U0561826

中译经典文库·世界文学名著

СБОРНИК ПЬЕСЫ М. ГОРЬКОГО

高尔基戏剧集

【苏联】高尔基◎著　　徐新民◎译

中国出版集团
中译出版社

图书在版编目（CIP）数据

高尔基戏剧集 /（苏）高尔基著；徐新民译. -- 北京：中译出版社，2020.12

ISBN 978-7-5001-6120-2

Ⅰ．①高… Ⅱ．①高… ②徐… Ⅲ．①剧本－作品综合集－苏联 Ⅳ．①I512.35

中国版本图书馆CIP数据核字(2020)第251041号

出版发行：中译出版社
地　　址：北京市西城区车公庄大街甲4号物华大厦6层
电　　话：（010）68359376；68359827（发行部）；68357328（编辑部）
传　　真：（010）68357870
邮　　编：100044
电子邮箱：book@ctph.com.cn
网　　址：http://www.ctph.com.cn

策划编辑：于建军
责任编辑：于建军
装帧设计：北京杰瑞腾达科技发展有限公司

排　　版：北京杰瑞腾达科技发展有限公司
印　　刷：北京久佳印刷有限责任公司
经　　销：新华书店

规　　格：880mm×1230mm　1/32
印　　张：19
字　　数：545千字
版　　次：2021年1月第1版
印　　次：2021年1月第1次

ISBN 978-7-5001-6120-2　　　　　定价：48.00元

《高尔基戏剧集》内容简介

　　本书编入了高尔基创作的 7 个剧本，揭示了俄国社会底层穷人和无业游民的悲惨命运，控诉了俄国革命前夜沙皇专制制度和资本主义社会的腐朽没落，塑造了先进工人的高大形象，反映了伟大的十月社会主义革命前后第一次世界战争、俄国资产阶级二月革命和俄国无产阶级十月革命所导致的历史性的巨变，讴歌了俄国无产阶级夺取政权之后初期为捍卫苏维埃政权和苏联社会主义建设而同国外武装干涉者和国内破坏分子展开的殊死斗争。

前　言

阿列克塞·马克西莫维奇·高尔基（Алексей Максимович Горький，1868—1936），出生于一个工人家庭，4岁丧父，即随母亲寄居在外祖父家里；10岁又丧母，当年就开始学徒，先后在皮匠店、绘画所、圣像店做过小徒弟，随后又做过小剧场的杂役、码头上的零工、渔场的工人、面包店的小伙计、饭馆的跑堂，还做过园丁、更夫、清道夫等。

高尔基从小就生活在苦难中，劳动在恶劣环境下。命运迫使他只上过两年学，但他喜欢读书，刻苦自学成才，并通过在社会底层的耳闻目睹和亲身经历，积累了丰富的文学创作素材，社会的黑暗和人间的疾苦激发了他文学创作的巨大冲动，促使他拿起笔来为争取光明、自由、平等、公正、善良和幸福而呐喊，从而使他由学徒成长为俄国和苏联的伟大作家、社会主义现实主义文学的奠基人和世界文坛的文学巨匠。

记得1951年早春二月我去湖南衡阳投考大学，试卷有一道暗藏玄机的题——"高尔基姓什么？"那时我还以为高尔基姓"高"呢！入学后我分到了俄语系，开始学习俄罗斯语言文学，并接触高尔基的作品和了解高尔基其人，那时就产生了学好俄语后将要翻译高尔基作品的兴趣。大学毕业后我被分配到中央机关工作，无暇从事文学翻译。退休后又应聘为一家公司的顾问和忙于《国际科技合作程》丛书的编辑工作。耄耋之年，我怀着对翻译高尔基作品的初衷，怀着对大学俄罗斯老师的谢意，怀着对工作中苏联和俄罗斯合作伙伴们的情谊，怀着对俄罗斯人民和大自然的美好记忆，开始翻译和编辑高尔基作品的文集。这本《高尔基戏剧集》就是其中之一。

《高尔基戏剧集》编入了高尔基创作的7个剧本，其中的《小市民》《在底层》《住别墅的人们》和《敌人》写于俄国革命前夜的1901—1906年；《索莫夫和其他人》《叶戈尔·布雷乔夫和其他人》以及《多斯齐加耶夫和其他人》写于苏维埃时代的1931—1933年。这些剧作选译自苏联国家文艺出版社1949—1956年于莫斯科出版的 30 卷《高尔基文集》(М．Горький, Собрание сочнений в тридцати томах, Государственное издательство художественной литературы, Москва, 1949—1956)。

《小市民》是高尔基的第一个剧本，它以一个富裕小市民的家庭为背景，通过对人性的冲突和爱情的纠葛的描写，塑造了先进工人的形象。别斯谢苗诺夫是个企业车间主任、一家之长，敛财、吝啬、鄙俗、残暴。儿子彼得被学校开除，又违逆父母之命和一个寡妇叶列娜相恋；女儿塔齐雅娜不出嫁，精神空虚，生活萎靡不振。这一切使别斯谢苗诺夫感到难过和痛苦，使他处于荒谬的、对生活感到恐惧的境地。别斯谢苗诺夫的养子尼尔是个火车司机，勤劳、勇敢、镇定、坚毅，深知普通人生活之艰难和悲惨，对压迫人的势力感到愤怒，确信必须而且可能按照自己的观点和意愿去改变和重建这种生活和生活秩序，并决心为此付出自己的全部力量和才能。他认为："权利——不是恩赐的，权利——是争取的……人应当自己为自己争得权利，如果他不想成为被堆积如山的义务所压倒的人的话……"他相信：欺压老实人的骗子们"将像健康机体上的脓包那样破灭和消失"。尼尔深爱贫苦、谦虚、简朴的缝衣女工波丽娅，她是寄居在别斯谢苗诺夫家的远房亲戚的女儿。别斯谢苗诺夫认为自己的养子应当娶有丰厚嫁妆的富豪之女，因此坚决反对尼尔和波丽娅结婚，并辱骂他们，轰他们滚出家门，威胁他们说：他才是这个家里的主人。尼尔则坚定地回答他说："谁劳动，谁就是主人……你们要记住这一点！"他喊出了鲜明的劳动人民当家作主的思想。最后，他带着波丽娅毅然决然地离开了这个市侩家庭。《小市民》的上演引起了广泛的社会反响，甚至激发了游行示威，喊出了"打倒专制制度！""自由万岁！"的口号。

《在底层》也是列宁喜爱的高尔基的剧作之一。它通过对一群聚居在一个小店的社会底层的人们——流浪者——的悲惨命运的描写，控诉了俄国革命前夜沙皇专制制度和资本主义社会的腐朽没落，表达了改变旧社会制度的革命倾向性。小店老板科斯德列夫和妻子华西丽莎凶恶残忍、阴险毒辣、作威作福、争宠吃醋。

科斯德列夫认为这些无业游民是一伙不幸的、太不中用的和毫无希望的人。试看失业钳工的妻子安娜吧，她一生战战兢兢，遭受痛苦，没有吃过一顿饱饭，穿的是破衣烂衫，最终在呻吟中抱怨含恨而死！萨京是该剧的主人公之一，他为保护姐妹杀了一个坏蛋，因而坐牢、流浪，遭人白眼，但他仍然抱有理想和希望，在回答"人为什么活着？"的问题时指出："人们为了最美好的东西而活着。"在谈到实话和谎言的问题时，他说："谁以别人的血汗为生，他们就需要谎言……谁完全自己做主……他干吗需要谎言？"他认为人不仅是追求温饱，还应有更大的抱负，他说："人——高大！人——比喂饱肚子看得更高！"上帝的信徒鲁卡是另一种典型人物，他开口说"基督怜惜所有人"，闭口说"上帝保佑你……基督帮助你！"他扮演了一个圆滑的劝慰人们顺应生活的鼓吹者。该剧上演时尽管遭到了检查机关旨在削弱剧本革命倾向性的大量删节和修改，但仍然获得了轰动性的成功。

　　《住别墅的人们》写的是这样一部分俄罗斯资产阶级知识分子，他们来自民主阶层，并取得了相当高的社会地位，但又失去了同人民的血肉联系，忘掉了人民的利益，背离了自己的民主阶层。他们没有了理想，只想着生活得有趣、美好、平静，但又面临着充满内心分裂的生活而感到恐惧。他们住在别墅里，无所事事，吃喝玩乐，养尊处优，相互攻讦。律师巴索夫说作家夏里莫夫是畜生，工程师苏斯洛夫骂法官扎梅斯洛夫是骗子，如此等等。巴索夫的妻子华尔华娜·米哈伊洛芙娜指出："这种生活仿佛河流中滚滚波涛上的浮冰……其中富含污泥浊水，富含无耻和卑劣……"这种生活"就像某种集市……相互欺骗：给得少些，取得多些。"她还说："为了相互掩盖精神上的贫乏，我们披上漂亮话的外衣，披上廉价的书本智慧的破衣烂衫……"医生玛丽娅·里沃芙娜也指出："我们国家任何时候都还没有过同人民群众血缘相连的有学问的人……我们离开他们而迷路了，我们自我营造了充满慌张混乱和内心分裂的孤独……这就是我们的悲剧！"别墅看守人普斯托巴伊卡说得好：这些住别墅的人是"饱食终日的人……""他们就像阴雨天水洼中的气泡……冒出来又破灭……"该剧最早曾被禁演，后来在许多城市上演时引发了反对专制、争取自由的政治游行。

《敌人》描写的是用社会主义思想武装起来的、有觉悟有组织的工人阶级同资产阶级的不可调和的斗争。资产阶级的代表人物、厂长米哈伊尔对工人采取残酷无情的手段，声称要用拳头掌管工厂。另一位企业主兼地主扎哈尔咒骂工人充满兽性的贪婪。他们认为工人是自己的敌人，必须对他们的活动进行坚决的镇压。当工人们要求厂长解雇欺压工人的工长，否则就罢工时，厂长米哈伊尔则威胁要关闭工厂，好让工人们饿死，并拔出手枪要枪杀工人；工人在反抗中夺下他的手枪并把他枪杀了。工人们面临着被逮捕、被审判、被关进监狱或被流放服苦役的困境。青年工人里亚布佐夫为了掩护同志挺身而出，声称是他杀了厂长。工人阿基莫夫则主动站出来承认自己才是杀人凶手。这反映了工人们为了同志式的事业而团结奋斗的伟大精神和阶级情谊，显示了"全世界无产者，联合起来！"的伟大号召力。老工人列弗申指出："我们生活在不法行为的黑暗之中，够啦！现在我们自己燃起了火光——那是熄灭不了的！任何恐怖都压制不了我们……"进步女青年娜佳斥责压迫工人的人们都是"没有心肝"的人。具有正义感、同情工人的塔齐雅娜预言工人们"将获得胜利！"工厂办事员辛佐夫看到了工人们的力量，说他"相信未来属于他们"。《敌人》标志着高尔基的创作开始进入新的境界和达到新的高峰。该剧因被禁演到1933年才第一次搬上舞台。

《索莫夫和其他人》反映的是俄国无产阶级夺取政权之后不久的20年代，为捍卫苏联社会主义建设而同资产阶级破坏分子展开斗争的史实。以索莫夫等人为代表的工程师和技术专家们对苏维埃政权怀着敌意，竭力破坏经济建设，企图恢复资本主义。索莫夫说："工人们夺取了政权，但他们不会管理"；"工人专政、社会主义——这是梦想、幻想"；"政权……应当由科学家和工程师来掌握"。怀念昔日醇香美酒生活的博戈莫洛夫也说："国家工业发展的领导权在我们手里，文明的总参谋部不在克里姆林宫，而正是应该在我们的环境中组成……政权应当属于我们工程师们……"

工人捷连齐耶夫则敏锐地指出："在所有劳动人民以全世界众志成城之势压倒敌人之前将不会有和平的。"经过不可避免的斗争，索莫夫之流及其破坏组织被揭露出来，被逮捕送上了审判台。

高尔基在30年代初构思写作一组反映伟大的十月社会主义革命前后的历史巨变的戏剧，《叶戈尔·布雷乔夫和其他人》是其开篇，《多斯齐加耶夫和其他人》是其续篇。作者在这两个剧本中展现了战争腥风血雨和革命风起云涌的画卷，反映了第一次世界大战、俄国资产阶级二月革命、俄国无产阶级十月革命以及为捍卫苏维埃政权而进行的斗争所导致的翻天覆地的变化。1917年十月革命前夜，世界战争使参战的俄国陷入了军事、政治和经济的深刻危机之中，在工人罢工浪潮的冲击下，沙皇专制政权摇摇欲坠，控制着领导权的社会革命党人和立宪民主党人趁机发动了二月革命，推翻了沙皇的统治，建立了资产阶级临时政府。以列宁为首的布尔什维克党领导工人阶级和贫苦农民不失时机地把资产阶级民主革命推进到社会主义革命，推翻了资产阶级临时政府，建立了苏维埃社会主义共和国。高尔基笔下的布雷乔夫和多斯齐加耶夫等人就是资产阶级的代表人物。布雷乔夫宣称自己的事业就是积攒金钱，承认自己是个淫乱放荡、待人残酷、贪求钱财、罪孽深重的人。他因病入膏肓而精神崩溃，扬言要沙皇"有什么鬼用"，"散发臭味的帝国也将死亡"。多斯齐加耶夫一面说沙皇是傻瓜；另一面骂工人是下流人，说临时政府应把工人送进疯人院。兹沃尼佐夫认为"沙皇显然没有能力统治"，声称自己是合法继承者，二月革命后成了资产阶级临时政府成员。涅斯特拉什内伊准备了武装进攻工农兵代表苏维埃，要对布尔什维克和工会委员会给以毁灭性的打击。保皇派的代表人物、女修道院长梅拉妮娅则哀叹"恶势力动摇着沙皇的宝座"是"反基督的时代"；"沙皇……君主的帝位被推翻了"是"庶民造反"。作者在剧本中还塑造了利亚毕宁、博罗达德、拉普节夫等工农兵代表人物的形象。利亚毕宁说："我们就是要消灭惨无人道的政权"，梅拉妮娅以及类似涅斯特拉什内伊的许多人"必须蹲监狱"。博罗达德满怀信心地指出："我们将掐死资本家，并将开始全世界兄弟般的生活，正如英明的伟人列宁所教导的那样。"十月革命后，资产阶级临时政府首脑克伦斯基逃跑了，兹沃尼佐夫和涅斯特拉什内伊等人被捕了，多斯齐加耶夫的住宅被搜查了。

　　本书的出版，希望能得到读者的喜爱。疏漏之处，敬请读者批评指正。

徐新民

2020 年 1 月于北京

阿列克塞·马克西莫维奇·高尔基

　　高尔基（1868—1936）系俄罗斯和苏联著名小说家、戏剧家、童话作家、诗人和社会活动家，苏联社会主义文学奠基人，列宁称他为"无产阶级艺术的最杰出的代表"。

　　高尔基诞生在一个木工家庭，四岁丧父，十岁丧母，之后开始学徒。他从小生活在苦难中，通过在社会底层的耳闻目睹和亲身经历，积累了丰富的创作素材。社会的黑暗和人间的疾苦激发了他文学创作的冲动，促使他拿起笔来为争取光明、自由、平等、公正和幸福而呐喊。他的作品揭露了旧社会的黑暗和腐朽，批判了统治者、压迫者和剥削者的虚伪、贪婪和残忍，喊出了劳动人民和社会底层人群痛苦的心声，歌颂了十月革命以后苏联各族人民为保卫和建设苏维埃政权的伟大斗争和成就。

　　他的主要代表作有：短篇小说《马卡尔·楚德拉》《莫尔多瓦女郎》；中篇小说《母亲》《奥库罗夫镇》；长篇小说《克里姆·萨姆金》，自传体三部曲《童年》《在人间》和《我的大学》；戏剧《小市民》《敌人》；童话《意大利童话》《俄罗斯童话》；诗歌《少女和死神》《海燕之歌》等。

译者简介

　　徐新民，1930 年正月二十五日生，湖南省安仁县人。青少年时代，曾就读于安仁县立中学、国立祖安中学和湖南省立第二中学，1954 年 1 月毕业于东北人民大学（今吉林大学）。从 1954 年 2 月起，先后任职于中央人民政府重工业部、中华人民共和国冶金工业部、对外贸易部、国家科学技术委员会、科学技术部，从事翻译工作和科技外事工作，被评为助理研究员和副译审，曾系中国翻译工作者协会会员和北京科普创作协会会员。先后合译出版了《原子时代的先驱者——世界著名物理学家传记》《宇宙工业》《海洋——1001 个问答》《未来的食物》等近 20 种约 220 万字的科普读物，还参加过马克思主义著作、词典和百科全书等的翻译工作。半个多世纪以来，为国家科技外事的光荣事业，为中外科技合作与交流的崇高使命，恪尽职守，殚精竭虑，真诚奉献了自己的美好年华。近十多年来，又潜心编辑出版了《国际科技合作征程》丛书共六辑约 250 万字；出版了《我的外事人生》《文艺译文集》《高尔基短篇小说精选》和《科技外事风云录》等著作。

目　录

小市民

剧中人物

别斯谢苗诺夫，华西里·华西里耶夫：58岁，富裕的小市民，油漆车间主任。

阿库丽娜·伊凡诺芙娜：他的妻子，52岁。

彼得：原先的大学生，26岁，他的孩子。

塔齐雅娜：学校女教师，28岁，他的孩子。

尼尔：别斯谢苗诺夫的养子，司机，27岁。

彼尔奇亨：别斯谢苗诺夫的远亲，鸣禽商人，50岁。

波丽娅：彼尔奇亨的女儿，缝衣女工，在各家做短工，21岁。

叶列娜·尼科拉耶芙娜·克利夫佐娃：狱吏的遗孀，住在别斯谢苗诺夫家的住宅里，24岁。

捷捷列夫：歌手，别斯谢苗诺夫家入伙的房客。

希什金：大学生，别斯谢苗诺夫家入伙的房客。

茨薇塔耶娃：女教师，塔齐雅娜的女朋友，25岁。

斯捷帕妮达：女厨师。

陌生女人。

学徒，油漆匠。

医生。

场地：小省城

布　景

富裕的小市民的住宅里的一个房间。房间右边的一角用两块隔板隔起来，成直角突出在房间之中，缩小房间的后景，前景又形成一个小房间，用木拱门使之和大房间隔开。拱门中拉一根金属丝，金属丝上挂着花门帘。大房间的后墙有一扇门通往外屋和另一半住宅，那里是厨房和入伙房客的房间。门的左边摆着一个又大又沉的碗橱，角上有一只箱子，右边是老式的罩钟，像月亮一样的大钟摆在玻璃后面缓慢地摆动，当房间寂静时，听得见它无精打采的声音——哒、哒！左边的墙上有两扇门，一扇进入两位老人的房间，另一扇通往彼得的房间。两扇门之间是镶白瓷砖的炉子。炉子旁边是旧的长沙发，它的前面是一张用以吃饭喝茶的大桌子。靠墙零零散散地摆着几张廉价的维也纳式的椅子。还是左边，紧靠戏台的边缘放着一个玻璃橱，其中摆着各种颜色的小盒子、一对青铜烛台、茶匙和汤匙、若干银杯和酒杯。在拱门外的房间里，观众对面的墙旁有一架钢琴、一个乐谱格子架，角上是一个蓬莱蕉桶。右边墙上有两扇窗户，窗台上摆着花，窗户旁有一张沙发床，沙发床附近的前墙旁有一张小桌子。

第一幕

傍晚，五点钟左右。秋日黄昏浸入窗户。大房间几乎一片暮色。塔齐雅娜半躺在沙发床上读书。波丽娅在桌旁做针线活。

塔齐雅娜（读书）："玉兔东升。叫人纳闷儿地看到，如此小小的忧郁的月亮向大地倾泻那么多银蓝色温柔的光亮"……（把书放在自己的膝盖上。）天黑了。

波丽娅：点灯吗？

塔齐雅娜：不需要！我读累了……

波丽娅：这描写得多好啊！就这么着……还忧郁……动人心弦……（停顿。）很想知道——结果如何？他们会结婚——还是不会？

塔齐雅娜（懊恼地）：问题不在这里……

波丽娅：我是不会爱这种人的……不会！

塔齐雅娜：为什么？

波丽娅：他无聊……还总是抱怨……没有信心。所以……

男人应该知道，他在生活中需要做什么……

塔齐雅娜（小声地）：那么……尼尔知道吗？

波丽娅（确信地）：他知道！

塔齐雅娜：是吗？

波丽娅：我……这个不能对您说……但只是——愚蠢的人们……凶恶的和贪婪的人们——将会因为他而感到不舒服！他不喜欢他们……

塔齐雅娜：谁——愚蠢？谁——好？

波丽娅：他知道！……（塔齐雅娜沉默，没有注视波丽娅。波丽娅微笑着从她膝盖上拿起书。）这写得好啊！它很吸引人……如此直接、单纯、真诚！瞧，你怎样看用可爱的形象所描写的女人，你就自我感觉也是那么美好……

塔齐雅娜：你多么天真……可笑，波丽娅！可是，这整个故事使我生气！没有这样的少女！庄园、河流、月亮，诸如此类的任何东西都没有！这一切都是虚构的。书中总是把生活描写得并不是现实中那样的生活……比方说，我们的、你的……

波丽娅：写的是有趣味的东西。而在我们的生活中——有什么样的趣味？

塔齐雅娜（没有听，激动地）：我常常觉得，书好像是那些不喜欢我并总是和我争论的人写的。他们似乎对我说：这比你想的好些，那这就更坏……

波丽娅：可是我想，所有的作家必定是善良的……我能见一见作家才好呢！……

塔齐雅娜（仿佛自言自语）：他们不是像我看到的那样去描绘粗俗的和沉重的东西……而有点儿特别……更粗鲁……用悲剧的色调。那么，好的东西则是他们虚构的。任何人都不像他们所描写的那样去表示爱情！生活也完全不是悲观式的……它静静地、单调地流淌……像混浊的大河。而当你看着河是怎样流淌的时候，那么眼睛感到疲劳，变得枯燥无味……头脑迟钝，甚至不愿去想——河为什么流淌？

波丽娅（沉思地望着自己眼前）：不，我能看一看作家才好呢！您读过，而我没有——没有，我还在想，他是怎样的人！年轻人？老年人？黑发男人？

塔齐雅娜：谁呀？

波丽娅：就是这位作家啊……

塔齐雅娜：他死了……

波丽娅：唉，多可惜啊！早死了吗？年轻吗？

塔齐雅娜：中年人。他喝伏特加酒……

波丽娅：可怜的人……（停顿。）这是为什么——聪明人酗酒？瞧，你们这位入伙的房客、歌手……他本来是聪明人，可是——纵酒……这是为什么？

塔齐雅娜：生活寂寞无聊……

彼得（睡眼惺忪，从自己的房间出来）：好一片漆黑！是谁坐在这里啊？

波丽娅：我……和塔齐雅娜·华西里耶芙娜……

彼得：你们怎么不点灯呀？

波丽娅：我们在暮色中闲谈。

彼得：低级橄榄油味从老年人那里进入了我的房间……大概，因此我梦见，我似乎在某河中游泳，而河水像焦油那样稠密……游得很吃力……我不知道应该往哪里游……我也没有看到河岸。向我漂来了一些什么样的木片，但当我抓住它们时，它们却化为乌有了……腐烂的巧木。荒诞无稽……（吹着口哨在房间转悠。）是喝茶的时候了吧…

波丽娅（点亮灯）：我就去张罗一下……（走出去。）

彼得：每逢傍晚我们家里就有点儿特别……憋闷、阴沉。所有这些陈旧的东西仿佛在增长，变得更大、更重了……它们挤占空间，妨碍呼吸。（一只手敲着碗橱。）瞧，这个碗橱原地不动地放了十八年了……十八年……据说，生活阔步向前……可是却没有把这个橱子往任何方向挪动一丝一毫……我小时候前额不止一次撞在这个堡垒似的橱柜上……为什么如今它依然在妨碍我。荒谬的古董……不是橱柜，而是某种象征……真见鬼！

塔齐雅娜：你多么无聊，彼得……你这样生活是有害的……

彼得：这怎么啦？

塔齐雅娜：你任何地方都不待……只待在上面列娜那里……每天傍晚。这使两位老人很担心……（彼得没有回答，踱步，吹口哨。）你知道——我很累……在学校喧闹和混乱使我厌倦……这里，宁静和有秩序。不过从列娜搬来的那时起我们欢快一些了。是——是的，我很累！可是离节日还很远……十一月……十二月。（钟响了六下。）

别斯谢苗诺夫（从自己的房门中探出头来）：小山羊吹口哨啦！那字据，大概，再次没有写吧？

彼得：写好啦，写好啦……

别斯谢苗诺夫：终于抽出工夫来了……唉！（消失。）

塔齐雅娜：什么字据啊？

彼得：关于收取商人西卓夫棚顶油漆费十七卢布五十戈比的字据……

阿库丽娜·伊凡诺芙娜（拿着灯走出来）：院子里再次下起了毛毛细雨。（走近碗橱，从碗橱中取出餐具，摆桌准备开饭。）我们怎么冷呀。生炉子了，但还冷。老房子……透风……唉嗬——嗬！你们的父亲，孩子们，再次生气了……他说，腰痛。也老了……一切都不顺利，乱七八糟……开销大……操心。

塔齐雅娜（面向弟弟）：你昨天在列娜那里坐吗？

彼得：是的……

塔齐雅娜：高兴吗？

彼得：和往常一样……喝茶……争论……

塔齐雅娜：谁和谁？

彼得：我和尼尔与希什金。

塔齐雅娜：照常……

彼得：是的。尼尔沉醉于生活过程……他以勇敢、热恋生活的说教使我非常生气……可笑！听着他讲，你就开始想象这种无人知晓的生活……有点儿像美国的阿姨，她眼看就要出现并给予你多种多样的财物……而希什金鼓吹牛奶的益处和烟草的害处……还揭发我的资产阶级思想方法。

塔齐雅娜：全都一个样……

彼得：是的，照常……

塔齐雅娜：你……很喜欢列娜吗？

彼得：还——还不错……她可爱……快活……

阿库丽娜·伊凡诺芙娜：她是轻浮的人！她的生活无聊！她每天都有客人，茶加糖……跳舞唱歌……可就是不能给自己买个洗脸池！用盆洗脸，把水洒在地上……房子霉烂……

塔齐雅娜：我昨天在俱乐部……参加家庭晚会。市参议会议员、我学校的督学索莫夫，勉强地向我点了点头……对。但当靠法官养活的妍妇罗曼诺娃走进厅时，他就奔向她，像对省长夫人那样行鞠躬礼，并吻她的手……

阿库丽娜·伊凡诺芙娜：好一个不知羞耻的人，啊？本来应该挽着一位正派姑娘的手，尊敬她，仪表堂堂地带领她在大庭广众之中漫步闲聊……

塔齐雅娜（面向弟弟）：不，你想呀！一个女教师，在这些人的眼睛里，还不如一个淫乱放荡的、浓妆艳抹的女人值得关注……

彼得：不值得理会这类……庸俗行为……应当把自己置于更高的地位……而她尽管是淫乱放荡的女人，但并不搽胭脂抹粉……

阿库丽娜·伊凡诺芙娜：你怎么知道？你添了她的脸颊吗？姐妹受到了欺负，而他还袒护欺负人的人……

彼得：妈妈！你得啦……

塔齐雅娜：不，当着母亲的面绝不能说……（在通往外屋的门后传来了沉重的脚步声。）

阿库丽娜·伊凡诺芙娜：唉——唉！好沉重的脚步……你，彼得，与其在这里蹀步，还不如去把茶炊搬进来……否则，斯捷帕尼达会抱怨的——很重，据说……

斯捷帕尼达（搬着茶炊，把它放在桌子旁边的地上，直腰，喘气，对女主人说）：嗨，随您的便，只是我再一次说——我没有力气搬这种该死的东西，——两腿累得站不住了……

阿库丽娜·伊凡诺芙娜：好吧——你的意思是要雇另外的人吗？

斯捷帕尼达：随您的便！让歌手搬吧——他怎么样？彼得·华西里伊奇——把茶炊放到桌子上吧，真的，挺不住了！

彼得：哼，来吧……嗨！

斯捷帕尼达：谢谢。（走出去。）

阿库丽娜·伊凡诺芙娜：确实，彼得，你对歌手说说，让他搬搬茶炊如何？真的……

塔齐雅娜（烦闷地叹息）：我的天啊……

彼得：那么是否对他说，让他提水、擦地板、清理烟囱，顺便还洗洗衣服呢？

阿库丽娜·伊凡诺芙娜（一只手懊恼地推开他）：你胡说什么呀？这一切没有他照常做……而茶炊搬起来……

彼得：妈妈！每天晚上您都提起这个非常不幸的问题，——关于谁该搬茶炊的问题。请您相信，在您没有雇用管院子的人之前，这个问题将始终是个悬而未决的问题……

阿库丽娜·伊凡诺芙娜：管院子的人，他有什么用处？你父亲自己收拾院子……

彼得：这就叫作——爱财如命。而吝啬是不好的，银行有钱不用……

阿库丽娜·伊凡诺芙娜：嘘——嘘！别吭声！父亲会听见的，他会揍你！你在银行里存钱了吗？

彼得：听我说！

塔齐雅娜（跳起来）：彼得，你就得啦……忍耐可是有限的……

彼得（走近她）：嗨，别叫喊！你不自觉地参与这些争论……

阿库丽娜·伊凡诺芙娜：哼哼起来了！有话不能对母亲说……

彼得：天天——一个样……这些辩论使心里积满了烟黑和铁锈……

阿库丽娜·伊凡诺芙娜（向自己的房间呼喊）：他爹！出来喝茶……

彼得：当我离开大学的期限届满时，我将去莫斯科，也像原先一样，将回到这里待一周，不超过一周。在三年大学生活中我和家庭疏远了……不习惯于这一切吝啬和小市民的日常琐事……置身于家园的天伦之乐以外，一个人生活也好！……

塔齐雅娜：我可是无处可去……

彼得：我告诉你——去专修班……

塔齐雅娜：唉，我干吗去专修班？我想生活，生活，而不是学习……你要知道！

阿库丽娜·伊凡诺芙娜（从茶炊上取下茶壶，烫痛了手，喊叫起来）：唉哟，叫你遭天打雷轰！

塔齐雅娜（面向弟弟）：我不知道，不能想象——生活意味着什么？我怎样生活才好呢？

彼得（沉思）：对，生活应当舒心……谨慎……

别斯谢苗诺夫（从自己房间出来，看了看孩子们，坐到桌子旁边）：叫了入伙的房客吗？

阿库丽娜·伊凡诺芙娜：彼佳！你去叫吧……

（彼得离去。塔齐雅娜走向桌子。）

别斯谢苗诺夫：再次买方块糖了？我说了多少次……

塔齐雅娜：嗯，不是全都一样吗，爸爸？

别斯谢苗诺夫：我不是对你而是对你母亲说。对你，我知道，全都一样……

阿库丽娜·伊凡诺芙娜：我只是买了一磅，他爹。是整个一大块，只是还没有来得及打碎……别生气！

别斯谢苗诺夫：我不生气……我是说，方块糖重而又不甜，因此，不合适。糖总是应当买大块的……由自己来破碎。由此得到糖粉末，糖粉末即可食用。糖本身轻而甜……（面向女儿。）你干吗皱眉头和叹息？

塔齐雅娜：没什么，没什么……真的……

别斯谢苗诺夫：既然没什么，那也就用不着叹息。难道父亲的话那么难听？我们不是自言自语，而是说给你们年轻人听的。我们活到老了，你们才开始生活。看到你们这个样子，可就不明白，说实在的，你们想怎样生活？你们的心意是什么？你们不喜欢我们的方式，这我们看得出来，感觉得到……可是你们想出了什么样的自己的方式？这就是问题吧？对……

塔齐雅娜：爸爸！您想一想，您对我说这话多少次了？

别斯谢苗诺夫：我还要说，没完没了地说，说到死为上！我生活得不安，为你们感到不安……也不好好想一想，我白让你们受教育了……瞧，彼得赶出去了；你，在家独守闺房……

塔齐雅娜：我工作……我……

别斯谢苗诺夫：听见了。这项工作对谁有利？对你这二十五卢布，谁也不稀罕，包括你自己。嫁个丈夫，过正当的生活。我每月将给你五十卢布……

阿库丽娜·伊凡诺芙娜（在父亲同女儿谈话时不安地坐在椅子上，好几次试图说点什么，最终，温柔地问道）：他爹！奶渣饼……不想要吗？午饭剩下的……啊？

别斯谢苗诺夫（转向她，开始生气地看着她，然后窃笑着说）：嗯，拿奶渣饼来……拿来……唉——唉！（阿库丽娜·伊凡诺芙娜奔向碗柜，而别斯谢苗诺夫对女儿说）：你瞧，母亲，就像鸭子保护自己的小鸭免遭狗咬一样，保护着你们免受我批评……总是担心，总是害怕，仿佛我的话不曾使你们伤心……哦，养禽的人！出现了，毫无希望的人！

彼尔奇亨（出现在门口，他后面默默地跟着波丽娅）：祝府上平安，祝银发主人、美丽的女主人和他们可爱的子女们平安——永远平安！

别斯谢苗诺夫：你再次许可喝酒了？

彼尔奇亨：由于忧伤！

别斯谢苗诺夫：这是为什么忧伤？

彼尔奇亨（一边问好一边讲述）：那只苍头燕雀今天卖了……那只鸟我饲养了三年，它唱出蒂罗尔的曲调，——卖了！为此感到自己是个低级小人，于是，动了感情。可惜那只鸟，养熟了……喜欢了……

（波丽娅微笑着向父亲点头。）

　　别斯谢苗诺夫：既然这样，那又干吗卖了？

　　彼尔奇亨（扶着椅子背环绕着桌子走动）：给了个好价钱……

　　阿库丽娜·伊凡诺芙娜：钱给你做什么了？反正是白白地挥霍掉了……

　　彼尔奇亨（坐下来）：是的，母亲！钱对我没有好处……是的！

　　别斯谢苗诺夫：就是说，再一次没有理由卖掉……

　　彼尔奇亨：有理由。那只鸟开始夫明了……所以会快死的……

　　别斯谢苗诺夫（冷笑）：你到底并非十足的傻瓜……

　　彼尔奇亨：难道我的行为是出于聪明吗？这是出于我本性的卑劣……

（彼得和捷捷列夫走进来。）

　　塔齐雅娜：尼尔在哪里？

　　彼得：和希什金去排演了。

　　别斯谢苗诺夫：他们这是想在什么地方演出？

　　彼得：在马戏团演出场地。为士兵演出。

　　彼尔奇亨（面向捷捷列夫）：上帝的心旨意——了不起！我们去捕山雀吧，大叔？

　　捷捷列夫：好吧。什么时候？

　　彼尔奇亨：就明天吧。

　　捷捷列夫：不行。有死人……

　　彼尔奇亨：日祷以前呢？

　　捷捷列夫：行。过来。阿库丽娜·伊凡诺芙娜！午饭没有剩下一点什么吃的吗？稀饭或诸如此类的东西？……

　　阿库丽娜·伊凡诺芙娜：请吧，老爷，有的。波丽娅，你从那里拿来吧……

（波丽娅走出去。）

捷捷列夫：非常感谢。今天，正如您所知道的，由于葬礼和婚礼我没有吃午饭……

阿库丽娜·伊凡诺芙娜：我知道，知道……

（彼得端起斟满的酒杯进入拱门后的房间，父亲投以审视的目光。捷捷列夫投以不友好的目光。几秒钟大家默默地吃喝。）

别斯谢苗诺夫：你，捷连津·赫利桑沃维奇，这个月挣了很多钱。几乎每天都有死人。

捷捷列夫：走运……还好。

别斯谢苗诺夫：婚礼也常有……

捷捷列夫：人们也倾心地结婚……

别斯谢苗诺夫：你就攒点钱，自己也结个婚。

捷捷列夫：不想……

（塔齐雅娜走近弟弟，他俩开始悄悄地交谈。）

彼尔奇亨：不结婚，不需要！我的老兄，怪人，结婚没用。我们最好去捕红腹灰雀……

捷捷列夫：同意……

彼尔奇亨：这是绝妙的事儿——捕捉红腹灰雀！刚才下了雪，大地仿佛披上了复活节的盛装……周围一片洁白、光耀、宁静……若是朗朗晴天——那就心儿欢唱！树上秋叶流金，枝丫银装素裹……瞧这动人的美景——妙啊！妙啊！突然一小群红色的鸟儿从纯洁的天空飞下来，啁啾！啁啾！啁啾！仿佛罂粟花绽放。如此丰满的草原小鸟儿，好像将军一样，踱步、呼唤、吱吱叫喊——动人心弦！自己变成一只红腹灰雀才好呢，以便和它们一起在雪里欢腾……唉嗨！……

别斯谢苗诺夫：笨鸟，红腹灰雀。

彼尔奇亨：我自己笨……

捷捷列夫：说得好……

阿库丽娜·伊凡诺芙娜（面向彼尔奇亨）：你幼稚……

彼尔奇亨：我爱捕鸟！世上有什么比鸣禽更好的呢？

别斯谢苗诺夫：捕鸟嘛，是一种罪过。知道吗？

彼尔奇亨：知道。但是如果喜爱呢？除了我不能做的以外，别的也就无所谓啦。我这样认为：一切事业都因爱而光彩熠熠……

别斯谢苗诺夫：一切事业吗？

彼尔奇亨：一切事业！

别斯谢苗诺夫：那么如果有谁爱把别人的财产据为己有呢？

彼尔奇亨：这就将不是事业，而是盗窃了。

别斯谢苗诺夫：嗨……那也许……

阿库丽娜·伊凡诺芙娜（打哈欠）：唉哟——哟！怎么烦闷无聊……怎么每逢夜晚总是这样烦闷无聊……哪怕你，捷连津·赫利桑沃维奇，拿来自己的吉他弹弹也好啊……

捷捷列夫（平静地）：我租房时，极可尊敬的阿库丽娜·伊凡诺芙娜，并未承担使您开心的义务……

阿库丽娜·伊凡诺芙娜（莫名其妙）：你怎么说话的？

捷捷列夫：高声而清晰。

别斯谢苗诺夫（惊讶和懊恼）：我看着你，捷连津·赫利桑沃维奇，感到奇怪。你……请原谅我的说法，完全是……不像样子的……毫不中用的人，但你的傲慢纯粹是老爷式的。这倒是从哪里来的？

捷捷列夫：（平静地）：天生的……

别斯谢苗诺夫：你究竟傲慢什么？请问！

阿库丽娜·伊凡诺芙娜：他就是这样——完全是行为古怪。他有什么值得傲慢的？

塔齐雅娜：妈妈！

阿库丽娜·伊凡诺芙娜（猛地一抖）：啊？你怎么啦？

（塔齐雅娜带有责备意味地摇头。）

阿库丽娜·伊凡诺芙娜： 难道我又有什么说得不合适吗？好吧，那我不吭声就是了。上帝保佑你们！

别斯谢苗诺夫（气恼的样子）：你，母亲，小心地表达自己的意思。我们生活在有学问的人们中间。他们可以从科学和高级智能的观点来批评一切。而我们是些老朽愚蠢的人……

阿库丽娜·伊凡诺芙娜（友善地）：那有什么？当然……他们本来知道。

彼尔奇亨： 这个，老兄，你说得对。尽管是开玩笑，但说得对……

别斯谢苗诺夫： 我不是开玩笑……

彼尔奇亨： 你等着吧！老年人——的确是愚蠢的人……

别斯谢苗诺夫： 特别是怎样看待你。

彼尔奇亨： 我——不算数。我甚至这样认为：要是没有老年人，那就没有愚蠢……老年人想事，有如湿柴燃烧，烟比火大……

捷捷列夫：（微笑）：我赞同……

（波丽娅温柔地看着父亲，一只手抚摸他的肩膀。）

别斯谢苗诺夫（忧郁地）：这样，这样！嗯，说下去……

（彼得和塔齐雅娜停止交谈，脸带微笑地看着彼尔奇亨。）

彼尔奇亨（兴奋地絮叨）：老年人主要问题是固执！他，老年人，也看到错了，也感到什么都不懂，但不能承认。傲慢！活着，据说，活着，只有一条裤子，也许，磨破了四十条，突然——不再明白！怎么这样？遗憾！嗯，他就敲打自己——我老了，我是对的。哪行？他头恼发沉……而年轻人——思想明快、敏捷……

别斯谢苗诺夫（粗鲁地）：嗯，可是你在胡说八道……那你就对我说：既然我们愚蠢，那么就应该开导我们？

彼尔奇亨：那怎么行？以卵击石，白取灭亡……

别斯谢苗诺夫：等一等，别打岔！我比你年长。我说：那敏捷的思想究竟为什么背着我们老年人扩散，并因而扮出可笑的嘴脸，还不想和我们谈呢？你就去想一想……我也去想一想……既然我对你们一伙人来说是愚蠢的，那我就一人待着……（他挪动自己的椅子，发出砰砰的响声，站在自己房间的门口说）：……我的孩子是有学问的……

（停顿）

彼尔奇亨（面向彼得和塔齐雅娜）：孩子们！你们干吗委屈老年人？

波丽娅（微笑）：这可是你委屈了他……

彼尔奇亨：我？我一生中没有一次委屈过任何人……

阿库丽娜·伊凡诺芙娜：唉嗨，兄弟们！我们这里的气氛不好……为什么要委屈一位老年人？大家都是绷着脸的人……而他——老了，他需要安静……应该尊敬他才好……他可是父亲……我去找他。帕拉格娅，你去把餐具洗了吧……

塔齐雅娜（走近桌子）：父亲为什么生我们的气？

阿库丽娜·伊凡诺芙口娜（站在门口）：你更要避开他……聪明人！

（波丽娅洗餐具，捷捷列夫用臂肘支撑在桌子上，露出凝重的目光直视她的脸。彼尔奇亨走向彼得，坐在桌子旁边。塔齐雅娜慢步走进自己的房间。）

波丽娅（面向捷捷列夫）：你干吗看着我……那样？

捷捷列夫：那样……

彼尔奇亨：你想什么，彼佳？

彼得：去哪里才好……

彼尔奇亨：我早就想问你，请你告诉我：线路网究竟是什么？

彼得：嗯，为什么告诉你？要这样说，好让你清楚地知道，——岁月悠长……内心烦闷……

彼尔奇亨：你自己到底知道吗？

彼得：知道……

彼尔奇亨（用怀疑的目光看着彼得）：嗫……

波丽娅：怎么尼尔·华西里耶维奇好久没有来了……

捷捷列夫：您的眼睛好漂亮……

波丽娅：这个您昨天也说过。

捷捷列夫：明天我还要说……

波丽娅：为什么？

捷捷列夫：不知道……您，也许在想，我爱上了您吗？

波丽娅：天哪！我什么也没有想。

捷捷列夫：什么也没想？遗憾呀！您想想吧……

波丽娅：是的……想什么呢？

捷捷列夫：嗯，哪怕想想我为什么追求您？想一想再告诉我……

波丽娅：您是一个多么古怪的人！

捷捷列夫：我知道……您告诉了我这个。我也对您重复说一遍——离开这里，待在这个家里对您是有害的……离开吧！

彼得：您表示爱情吗？也许，我应该走吧？

捷捷列夫：不，您别担心！我不认为您是生气勃勃的对象……

彼得：迟钝……

波丽娅（面向捷捷列夫）：您是一个多么好惹事的人！

（捷捷列夫走向一旁，仔细听彼得和彼尔奇亨的交谈。）

塔齐雅娜（从自己房间出来，围上披肩，坐下弹钢琴，一边识谱，一边问道）：尼尔还没有来吗？

波丽娅： 没有……

彼尔奇亨： 有点儿烦闷……真的，有这么回事，彼佳，我上次在小报中读到，好像在英国建成了飞艇。飞艇似乎应当有，但你若坐上它，按一下电钮——飞啦！现在它像鸟儿一样翱翔在云端之下，他人带往不知何方……仿佛很多英国人失踪了。这是真的吗？彼佳！

彼得： 无稽之谈！

彼尔奇亨： 可是刊登着呢……

彼得： 刊登的无稽之谈还少吗？

彼尔奇亨： 难道多吗？

（塔齐雅娜舒缓地弹奏着某种忧伤的曲子。）

彼得（懊恼地）：当然，多！

彼尔奇亨： 你别生气。你们所有年轻人确实看不起我们这些衰老的人，这是怎么回事？甚至无论如何也不想说吗？这不好！

彼得： 接下去！……

彼尔奇亨： 接下去我意识到，我该走啦。厌烦了。波丽娅，你很快回家去吗？

波丽娅： 我正准备呢……（走出房间，捷捷列夫目送着她。）

彼尔奇亨： 对，彼佳，你忘了我和你曾一起捕过黄雀。那时你喜欢我……

彼得： 我现在也一样……

彼尔奇亨： 意识到，感觉到……你现在怎么样？

彼得： 我那时爱水果糖和蜜糖饼干，而现在不可口……

彼尔奇亨： 我明白……捷连津大叔！我们去喝啤酒吧？

捷捷列夫： 不想去……

彼尔奇亨： 嗯，我一个人去。在小餐馆感到愉快。在小餐馆单纯。在你们这里——会因苦闷而死，对你们说的不是恭维话。你们什么也不做……什么爱好也没有……要不让我们来玩纸牌吧？玩每人宣布某种花为王牌的打法？正好四个人……（捷捷列夫看着彼尔奇亨，微笑。）不想玩？嗨，随你们的便……那么，再见！（走近捷捷列夫，弹自己的喉咙。）走吗？

捷捷列夫：不……

（彼尔奇亨失望地挥挥手，走了。几秒钟沉寂。清晰地听到了培齐雅娜舒缓地弹奏的轻柔的乐曲。彼得躺在沙发床上细听并用口哨吹着曲调。捷捷列夫从椅子上站起来在房间踱步。在外屋，门后，是什么铁的东西——铁桶或茶炊管一声巨响跌落下来。传来了斯捷帕妮达的声音："真见鬼"……）

培齐雅娜（未中断弹奏）：尼尔怎么好久未来……

彼得：任何人都没有来……

培齐雅娜：你等叶列娜吗？

彼得：无论何人……

捷捷列夫：任何人也不会来你们这里的……

培齐雅娜：您总是如此阴郁的人……

捷捷列夫：任何人都不来你们这里，因为你们这里没什么可取的……

彼得：捷连津·博戈斯洛夫斯基这样说……

捷捷列夫（固执地）：你们发现了吗，醉醺醺的、衰老的养禽人——他精神焕发、心灵敏捷，可是你们两位，站在生活的门槛上，没有生气！

彼得：那么您呢？您对自己怎么个看法？

塔齐雅娜（从椅子上站起来）：先生们，别说啦！这已发生过，发生过！这你们争论过……

彼得：我喜欢您的风格，捷连津·赫利桑沃维奇……也喜欢您的角色——我们所有人的法官的角色……但我想知道——您为什么偏要扮演这个角色呢……您说得总是这个样子，仿佛在向我们为亡灵唱赞歌……

捷捷列夫：这样的赞歌是没有的……

彼得：嗯，反正一样。我想说——您就是不喜欢我们……

捷捷列夫：很不喜欢……

彼得：谢谢您的坦率。

（波丽娅走进来。）

捷捷列夫：请随便吃吧！

波丽娅：您请吃什么？

塔齐雅娜：粗鲁言行……

捷捷列夫：真情实语……

波丽娅：我想去看戏……谁不和我一起去吗？

捷捷列夫：我……

彼得：今天是什么？

波丽娅：《第二个青春》……塔齐雅娜·华西里耶芙娜，我们走吧？

塔齐雅娜：不……我在这个季节未必去看戏。厌烦了。所有这些充满枪声、哀号、痛哭的戏剧使我生厌、生气。（捷捷列夫用手指弹击琴键，房间里扬起了低沉的、忧郁的声音。）这一切都是不真实的。生活折磨人是无声无息的……是无泪无痕的……是不知不觉的……

彼得（忧郁地）：人们演的是关于爱情痛苦题材的戏剧，谁也没有看到使处于"我想"和"我应该"之间的人精神痛苦的戏剧……

（捷捷列夫微笑着继续弹击低音部琴键。）

波丽娅（腼腆地微笑）：可是我喜欢看戏……令人震惊。比方说，堂塞扎尔·德·巴赞，西班牙贵族……好极啦！真正的英雄……

捷捷列夫：我像他吗？

波丽娅：唉哟，您算个啥！一点也不像！……

捷捷列夫（冷笑）：哎嗨……遗憾！

塔齐雅娜：当演员在戏台上表示爱情时，我听着就发怒……要知道，这是不存在的，不存在！……

波丽娅：嗯，我去……捷连津·赫利桑沃维奇，您去吗？

捷捷列夫（停止弹击琴键）：不。如果您未发现我同西班牙贵族任何共同点的话，我就不和您去……

（波丽娅微笑着走出去。）

彼得（目送她离去）：她说西班牙贵族是怎么回事？

捷捷列夫：她感到他是身强力壮的人……

塔齐雅娜：他衣着华丽……

捷捷列夫：还快活……一个快活的人，总是招人喜欢的人……下流人很少是快活的人。

彼得：嗯，从这个观点来看，您应该是地球上最大的恶棍……

捷捷列夫（重新开始在钢琴上弹奏出低沉的、舒缓的声音）：我只不过是——酒徒，别无其他。您知道，为什么在俄罗斯有许多酒鬼吗？因为做酒鬼方便。我们这里人喜欢酒鬼。人们憎恨革新家、勇敢的人，却喜欢酒鬼。因为爱任何小人物、坏蛋比爱什么样的大人物、高尚的总是更方便些……

彼得（在房间里走来走去）：在我们俄罗斯……在我们俄罗斯……这听来多么奇怪！难道俄罗斯是我们的？我的？您的？究竟是谁——我们？我们是谁？

捷捷列夫（哼曲）：我们是自—自由的鸟儿……

塔齐雅娜：捷连津·赫利桑沃维奇！请您停止弹唱吧……简直是哀乐！

捷捷列夫（继续）：我伴随情绪弹唱……

（塔齐雅娜懊恼地从房间走向外屋。）

彼得（沉思）：嗯——是的……您……真是应该停止弹唱，这使人神经错乱……我想，当法兰西人或英格兰人说：法兰西！英格兰！……他必定想象这个词所赋有的某种实际的、明显的、他所理解的含义……而我说——俄罗斯时则感到对我来说这是空话。我不能赋予这个词以任何明确的内涵。（停顿。捷捷列夫弹唱。）有许多词只是习惯上的说法，不去想它们暗含的意义……生活……我的生活……这两个词的含义是什么？……（沉默，走来走去。捷捷列夫轻轻地弹击琴键，使房间充满哀怨的弦音，他脸上堆着微笑注视彼得。）鬼让我参与这愚蠢的躁动！我进入大学学习，也学了……请停止弹奏！我没有感到

有任何方式妨碍我研究罗马法……没有！凭良心说……没有，没有感到！我觉察到了社会制度……并服从了它。瞧，我虚度了两年光阴……这是逼迫！对我的逼迫——不对吗？我曾想，结业后成为法学家，将工作……讲演，监督……将生活！

捷捷列夫（带讽刺意味地提示）：去安慰父母吧，去有益于教会和祖国吧，去充当社会的忠实仆人吧……

彼得：社会？我就痛恨社会！它总是提高对个人的要求，而不给个人提供名副其实地、畅通无阻地发展的可能性……人首先应当是公民！——社会以我的朋友们为代表这样向我呼唤。我是公民……真见鬼……我……不想……不必服从于社会的要求！我——是个人！个人是自由的……听我说！抛弃这……这种鬼话吧……

捷捷列夫：我给您伴奏……小市民，从前是公民——半小时？

（外屋门那边传来喧闹声。）

彼得（激动地）：您……不要嘲笑！

（捷捷列夫挑衅性地望着彼得，继续弹奏。走
进来尼尔、叶列娜、希什金、茨薇塔耶娃，他

们后面跟着塔齐雅娜。）

叶列娜：这就是出殡曲吧？您好，可怕的甲壳虫！您好，咫尺之间的检察官！你们在这干吗呀？

彼得（郁闷地）：胡说八道……

捷捷列夫：我这是在给垂死的人做送终祈祷呢……

尼尔（面向捷捷列夫）：听我说！我对你有个请求！（谁向他耳语。捷捷列夫点头。）

茨薇塔耶娃：唉嗨，先生们！排演多有趣啊！

叶列娜：啊，检察官！中尉贝科夫多么狂热地向我献殷勤！

希什金：您的贝科夫是个牛犊……

彼得：为什么您认为我有兴趣知道，是谁和是怎样向您献殷勤啊？

叶列娜：噢，您心情不好吧？

茨薇塔耶娃：彼得·华西里耶维奇总是心情不好。

希什金：这是他通常的精神状态……

叶列娜：塔涅契卡！还有你，就像九月的夜晚，通常也是阴沉沉的吧？

塔齐雅娜：是的，通常……

叶列娜：而我——愉快极啦！先生们，请告诉我——我为什么总是乐呵呵的啊？

尼尔：我拒绝回答问题——我自己也总是愉快的！

茨薇塔耶娃：我也是！……

希什金：我——不总是，但……

塔齐雅娜：经常是……

叶列娜：塔涅契卡！你说俏皮话呀？这就好！甲壳虫！您说说——我为什么愉快？

捷捷列夫：啊，地地道道的轻浮！

叶列娜：怎—怎么？好啊！我记着您这句话，当您将向我表示爱情的时候！

尼尔：然而，我吃点儿什么东西才好呢……我很快要去值班……

　　茨薇塔耶娃：通宵达旦吗？可怜的人！

　　尼尔：整个昼夜……然而我得去一下厨房……去问候一下斯捷帕妮达……

　　塔齐雅娜：我告诉她……（和尼尔一起离去。）

　　捷捷列夫（面向叶列娜）：嗳……对不起！难道我应当爱恋您吗？

　　叶列娜：对，粗鲁的人！对，昏沉的怪物！对！对！

　　捷捷列夫（走近她）：我服从……这对我不难……我曾一次很快爱上两位少女和一位有夫之妇……

　　叶列娜（继续向他进逼）：那又怎么样？

　　捷捷列夫：徒劳老益……

　　叶列娜（低声地，目示彼得）：你和他发生了什么事？

　　（捷捷列夫发笑。他们轻轻地交谈。）

　　希什金（面向彼得）：听我说，兄弟，——两三天没有一个卢布吧？你知道——鞋踩破了……

　　彼得：呐……你欠七卢布……

　　希什金：记住啦……

　　茨薇塔耶娃：彼得·华西里耶维奇！为什么您不参加我们的演出？

　　彼得：我不会表演……

　　希什金：难道我们就会吗？

　　茨薇塔耶娃：哪怕去参加排演嘛。小士兵们很有意思！有一位小兵，名叫希尔科夫，如此滑稽可笑！天真，可爱，笑得那么温柔、腼腆……什么也不懂……

　　彼得（斜视着叶列娜）：嗯，您知道，我不太理解，什么也不懂的人怎么能是有意思的？

　　希什金：要知道，那里不止一个希尔科夫……

　　彼得：我设想，他们整整一个连……

茨薇塔耶娃： 怎么可以谈论这样的事情？我就不明白——你们这是怎么啦？贵族作风，是不是？

捷捷列夫（突然高声地）：我不会怜惜……

叶列娜： 嘘—嘘—嘘！……

彼得： 正如你们所知道的，我是小市民……

希什金： 不太理解你对普通人的态度……

捷捷列夫： 任何人任何时候也没有怜惜过我……

叶列娜（小声地）：您难道不知道，应该以善报恶吗？

捷捷列夫： 我既无大钱，也无零钱……

叶列娜： 哎呀，静一静！……

彼得（倾听叶列娜和捷捷列夫的谈话）：我就不明白……你们为什么要表现出对这些普通人的好感……

茨薇塔耶娃： 我们——不是表演……我们是尽可能和他们分享……

希什金： 甚至不仅如此……我们在他们的氛围中简直感到愉快……他们朴实……在他们中间能呼吸清新的空气……像在森林中一样。我们的兄弟，书呆子，任何时候都要振奋精神才好……

彼得（固执地、内心激动地）：你们只不过喜欢生活在幻想中……你们怀着某种秘密的、可笑的意图走近你们的士兵，请原谅我说实话！在士兵中振奋精神，——这，对不起……

茨薇塔耶娃： 可不只是士兵！您也知道，我们还安排在工务段演出……

彼得： 全都一样。我说的是：你们把自己这所有的瞎忙称之为有意义的事业，这是自欺欺人。你们确信，你们在促进个人和其他东西得到发展……这是自我欺骗。明天来一位军官或工长，给个人戴上假面具，并从其头脑中消除你们来得及使之产生的一切，——如果还来得及的话……

茨薇塔耶娃： 多么遗憾地听这种话！

希什金（忧郁地）：嗯——是的……话不好听……我不是第一次听到这种话，我越来越不喜欢听这种话……彼得，我和你找个时间谈谈……任何时候！

彼得（冷淡地、懒洋洋地）：我害怕！但我渴望这次会谈……

叶列娜（热烈地大叫一声）：为什么你们故意做出这一切？先生们！为什么他想让大家认为他是恶人？

彼得：因为古怪，我想。

茨薇塔耶娃：当然，他卖弄自己！所有男人，在女人面前，都卖弄自己……有人装成悲观主义者，另有人装成梅菲斯托费尔①……而自己——简直是懒奴……

捷捷列夫：简短，清晰……好啊！

茨薇塔耶娃：怎么着——我将对你们说恭维话吗？等着吧！我了解你们！

捷捷列夫：在这种情况下您知道的比我多。可是，顺便说说，您是否知道：必须以善报恶还是不需要？也就是说，简而言之，——您认为善与恶是等价的或者不是？

茨薇塔耶娃：奇谈怪论满天飞！

希什金：等一等，别打搅他！这有趣。我，先生们，喜欢听捷捷列夫说话！他还是偶尔地别出心裁……而我们大家，说真的，思想总是飘忽不更的，像旧的五戈比硬币一样磨损了……

彼得：你太慷慨了……把自己个人的品格扩大到大家的身上……

希什金：嗯——嗯！必须实话实说，兄弟！甚至在小事中也应该是真实的！我直观地意识到——我任何时候也没有说过任何一句怪话！而我想，先生们！

捷捷列夫：瞧，终于说了！

希什金（活跃地）：是吗？撒谎？究竟是什么？

捷捷列夫：说了，兄弟！正确……是什么——自己去猜吧。

希什金：嗯，这是意外的结果……

捷捷列夫：你不会故意做怪人。我试过……

叶列娜：您，折磨人的人，倒是说说关于善与恶的问题啊！

---

① 梅菲斯托费尔：德国作家歌德的作品《浮士德》中的恶魔。——译者

希什金：喂，谈谈哲学的命题吧！

捷捷列夫（摆出姿势）：极可尊敬的两条腿的动物！当你们说必须以善报恶的时候，你们错了。恶是天赋予你们的品质，所以价值不大。善是你们自己想出来的，你们为它付出了极高的代价，所以它是贵重品和珍稀的东西，世界上没有任何东西比它更美好。由此得出的结论是：把善与恶相提并论对你们是不上算的和无益的。我到你们说，只能以善报善。任何时候付出的也不要多于你们所得到的，以免鼓励人的高利贷者的感觉。因为人是贪婪的。一次得到的比他应得的更多，第二次就想得到还要多。同时付给他的不要少于应付的。因为如果你们一次故意算错少给他，那么人是不忘旧怨的，他将说你们是"破产者"，于是不再尊敬你们，再次就不会对你们做善事，而只会给点施舍。兄弟们！报答对你们所行的善事要十分准确，因为世上没有任何东西更让给自己亲近者施舍的人更忧伤和更厌恶的了！但是对恶——永远要报以百时倍的恶！在报偿亲近的人给予你们的恶行时要十分慷慨！假如当你们乞求面包而他却给予你们石头时，那就把一座山压在他的头上！（捷捷列夫开始说笑，逐渐变为严肃的腔调，最后以坚定有力的语气结束自己的话。然后，他迈着沉重的步伐走到一边去了。大家沉默片刻。所有人都在他的话中感到了某种深沉的和坦率的意味而陷入窘迫之中。）

叶列娜（低声地）：然而，您……大概是，受了人们许多委屈……

捷捷列夫（龇牙咧嘴）：但这给了我愉快的希望，随着时间的推移，他们也将受到我给予的委屈……或者，更准确地说，因为我而感到委屈……

尼尔（手里拿着一个盆和一片面包走进来，一边说一边小心翼翼，仿佛不让洒出盆里的东西。他后面跟着塔齐雅娜）：这都是哲学！塔妮娅，你有一个用废话编造哲学的坏习惯！下雨——哲学，手指痛——也是哲学，散发煤气味——还是哲学。于是，当我听到这些废话连篇的哲学时，我就不由自主地想：认识字并非对任何人都是有益的……

塔齐雅娜：你多么……粗鲁，尼尔！

尼尔（坐到桌旁吃了起来）：没有什么关系——粗鲁？……你生活得无聊，就找点什么事做。谁工作，谁就不感到无聊。在家里待着难受，就去农村，在那里生活和教学……否则，就去莫斯科，自学……

叶列娜：收拾她！还要痛斥这位（指着捷捷列夫），——就是这位！

尼尔（斜眼看）：也是，任性的人！想当赫拉克利特①……

捷捷列夫：如果你不困难的话，就称我为斯威夫特②吧！……

尼尔：不胜荣幸之至！

彼得：是的，不胜荣幸！……

捷捷列夫：而我会对此感到愉快的……

茨薇塔耶娃：好一个逗人喜爱的人！……

尼尔（看着盆里）：请勿见怪……至于……那个……波丽娅在吗？她倒是去哪里了？

塔齐雅娜：去剧院了。怎么啦？

尼尔：没什么……没啥——一般地……问一问……

塔齐雅娜：你需要她？

尼尔：不，不需要……就是说，现在不需要……而一般地说，总是……需要。啊，真见鬼……乱了套了！

（大家都笑了起来，除了塔齐雅娜。）

塔齐雅娜（固执地）：为什么？为什么你需要她？

（尼尔没有回答，吃面包。）

---

① 赫拉克利特（公元前6世纪末—前5世纪初）：古希腊哲学家，辩证论者。——译者

② 斯威夫特（1667—1745）：英国启蒙运动中激进民主派的创始人，18世纪最杰出的政论家和讽刺小说家。他的代表作有《格列佛游记》等。——译者

叶列娜（面向塔齐雅娜迅速地说）：因为什么他刺激了你？说呀！

茨薇塔耶娃：是的，这有意思！

希什金：我也喜欢，像尼尔·华西里耶夫训斥的那样……

彼得：而我喜欢，像他叶面包那样……

尼尔：我全都做得错……

叶列娜：嗯，塔妮娅，你说！

塔齐雅娜：不想说……

茨薇塔耶娃：她任何时候任何事都不想！

塔齐雅娜：为什么你知道？也许，我很想……死？

茨薇塔耶娃：呸，胡说八道！

叶列娜：咦！我不喜欢谈死亡！

尼尔：直到你未死为止何谈死亡？

捷捷列夫：瞧，这才是真正的哲学家！

叶列娜：先生们，去我那儿吧！是时候了，茶炊大概已准备好了……

希什金：好啊，现在去喝点茶！要是能吃东西就更好……可以期待吗？

叶列娜：当然！

希什金（指着尼尔）：否则我看着他就感到羡慕，把歉得很！

尼尔：别羡慕，我已经全吃了！我也和你们一起去，我还有一个多小时的自由时间……

塔齐雅娜：你最好在值班前休息一下……

尼尔：这样也行……

叶列娜：彼得·华西里耶维奇！您去吗？

彼得：如果您允许的话……

叶列娜：真诚邀请！算您一个……

茨薇塔耶娃：大家分成两人一对。尼尔·华西里耶维奇，靠着我……

希什金（面向塔齐雅娜）：也就是说，您和我在一起……

捷捷列夫：瞧，据说——地球上女人多于男人。然而，我在许多城市待过，何时何地却总感女人不够……

叶列娜（笑着走向门口低声地唱）：Allons, enfants de la patri ... i ... i ... e！ ①

希什金（推彼得的脊背）：振作精神，祖国的儿子！……

（大家喧哗着、唱着和笑着离去。房间片刻空虚。然后，老年人的房门启开，阿库丽娜·伊凡诺芙娜走出来，不断地打呵欠，熄灯。传出了老头儿在自己房间单调地读诗篇的声音。老太婆碰撞着椅子走回自己房间。）

幕 落

第二幕

同一个房间

秋日中午。老头儿别斯谢苗诺夫坐在桌旁。塔齐雅娜悄悄地缓步来回走动。彼得站在隔墙旁边望着窗户。

别斯谢苗诺夫：我对你们说了整整一个钟头……我可爱的孩子们，但显然，我没有什么话能触动你们的心……一个背对着我，另一个像乌鸦在围墙上那样走来走去。

塔齐雅娜：我坐下……（坐下来。）

彼得（转过身来面对父亲）：你就直说，你想要我们怎么样？

别斯谢苗诺夫：我想知道，你们算什么人……我希望知道——你是怎样的人？

彼得：你等一等！我回答你……你将了解，你将看到。首先让我结束学习……

---

① 马赛曲法文的第一行诗。——译者

别斯谢苗诺夫：嗯——对……学习……你学习！但是你没有学习……而是自以为是。你就学会了蔑视所有的人，而没有行为的尺度。把你开除出大学了。你想——不对吗？你犯错误。大学生就是学生，而不是生活中的主宰。倘若任何一位二十多岁的小伙子都想成为规则的制定者……那就一切都该惶恐不安起来……世上就将没有能干人的地位。当你学业有成，成了你事业的行家，那时你再去发议论……而在那以前，任何人都有充分的权利对你的议论说说一个字——噁！我对你说这个并非恶意，而是心里话……因为你是我的儿子、我的血脉，如此等等。我对尼尔任何话都不说……即使我在他身上付出了许多精力，即使他是我的养子……但毕竟是别人的血脉。越往后，他对我来说就越是别人的。我看着——他将是骗子……将是演员抑或是诸如此类的什么人……也许，他甚至将是社会党人……嗯，那都是他命该如此！

阿库丽娜·伊凡诺芙娜（从门口探望，用抱怨畏怯的声音）：他爹！是不是吃午饭的时候了？

别斯谢苗诺夫（严厉地）：你滚开！不需要你的时候就别打岔……（阿库丽娜·伊凡诺芙娜消失在门后。塔齐雅娜用责备的目光看着父亲，从椅子上站起来，重又在房间里徘徊。）看见吗？你们的母亲连一分钟安静都不要，维护着你们……总是担心，怕我委屈了你们……我不想委屈任何人……我自己因你们而深感委屈，万分地委屈！我在自己家里走路都要小心谨慎，怕是地板上到处散落着碎裂的玻璃……客人、老朋友，也不再来我这里了，他们说：你的孩子们是有学问的，而我们——是普通老百姓，他们还嘲笑我们！可是你们还不止一次地嘲笑过他们，我为你们深感羞愧。所有朋友都离弃了我，仿佛我这有学问的孩子是鼠疫。你们任何时候也不关心自己的父亲……任何时候也不和他说说贴心话，任何时候也不会告诉他：你们在想什么，你们将做什么？我在你们面前就像外人……可是要知道，我爱你们！……爱你们！你们知道吗，爱——意味着什么？瞧，你被开除——这使我痛苦。塔齐雅娜不出嫁，徒然苦守闺房——这使我难过——甚至在人们面前感到难为情。塔齐雅娜哪一点不如已出嫁和诸如此类的其他许多人？我想看到你，彼得，成为一个人，而不是大学生……冯·菲里甫·纳查罗夫的儿子结束了学习，结了婚，得到了嫁妆，年收入两千……将成为参议会成员……

彼得：等一等……我也将结婚……

别斯谢苗诺夫：是的，我看着！你——哪怕明天准备也行……嗯，只是——娶谁？娶轻浮的女人，娶放荡的女人……还有就是娶寡妇！唉—嗨！

彼得（勃然大怒）：你无权这样称呼她！……

别斯谢苗诺夫：怎么——这样？寡妇还是放荡女人？

塔齐雅娜：爸爸！请……请别说啦！彼得……你走……或者——住嘴！瞧，我就保持沉默！听我说……我——什么都不明白……父亲！……当您说的时候，我感到您是对的！是的，我知道，您是对的！请相信，我……对此感受很深！但是，您的真理——不适合于我们……我和他……知道吗？我们已经有自己的真理了……您别生气，别着急！有两种真理，爸爸……

别斯谢苗诺夫（跳起来）：你撒谎！只有一种真理！我的真理！什么是你们的真理？它在哪儿？你说啊！

彼得：父亲，不要叫喊！我也说说……嗯，是的！你是对的……但我们感到你的真理狭窄……我们长大了，你的真理不够用了，就像婴儿长高了，衣服不合身了一样。我们感到夹得不舒服，这压抑着我们……你赖以生活过的东西是你的生活方式，它已经不适合于我们……

别斯谢苗诺夫：嗯，是的！你们……你们！怎么样……你们受了教育，而我是傻瓜！啊，你们……

塔齐雅娜：不是那样，爸爸！不是这样……

别斯谢苗诺夫：不是——那样！客人来找你们……整天整天地喧闹……夜晚都不能睡觉……你在我眼前和女房客调情……你总是不满，而我……而我和你母亲蜷缩在角落里……

阿库丽娜·伊凡诺芙娜（冲入房间，抱怨地叫喊）：亲爱的！我本来……我的亲人！要不要我说点什么？我也是在角落里！……也是在角落里，在棚圈里！只是你们别吵架！别相互折磨……心爱的人啊！

别斯谢苗诺夫（一只手拉住她，另一只手又推开她）：滚开，老太婆！他们不需要你。我们俩都不需要！他们是聪明人！……我们对他们来说是外人……

塔齐雅娜（哀叹）：多么痛苦！多么……痛苦！……

彼得（脸色苍白，绝望地）：对不起，父亲……这是无聊的！无聊！突然，无缘无故……

别斯谢苗诺夫：突然？你撒谎！并非突然……多年来刺激我的心！……

阿库丽娜·伊凡诺芙娜：彼佳，让一步吧！别争吵啦！……塔妮娅……可怜可怜你父亲吧！

别斯谢苗诺夫：无聊？你这傻瓜！可怕……而不是无聊！突然……父亲和孩子们生活着……突然——两种真理……你们这些人面兽心的人！

塔齐雅娜：彼得，走吧！父亲，消消气……嗯，我求您……

别斯谢苗诺夫：残酷无情的人们！使我们感到憋气……还得意什么？都做了些什么？而我们——生活着！工作了……盖了房子……为了你们……做过错事……也许，做过许多错事——为了你们！

彼得（叫喊）：我请求过你，让你做过这一切吗？

阿库丽娜·伊凡诺芙娜：彼得！为了……

塔齐雅娜：滚开，彼得！我无能，我走……（疲惫地坐到椅子上。）

别斯谢苗诺夫：啊！逃避……真理，像魔鬼怕正神那样逃避……感到良心有愧！

尼尔（敞开外屋的门，停留在门槛上。他下班了。他的脸被烟熏黑了，被烟黑弄脏了，双手也是脏兮兮的。他身穿一件沾满油污乃至发亮的短上衣，腰间系着皮带，脚穿一双弄脏了的高达膝盖的长筒靴子。他伸出一只手说）：快给二十戈比，给马车夫！（他意外的出现和突然传出的平静的声音很快终止了房间的吵闹，大家沉默几秒钟，一动不动地看着他。他发现房间的气氛，很快就料想到是怎么回事儿，于是带着遗憾的微笑说）：嗯——嗯！再次争吵啦！

别斯谢苗诺夫（粗鲁地叫喊）：你，异教徒，为什么来了！

尼尔：啊？为什么？

别斯谢苗诺夫：滚开！抓起帽子快走……

阿库丽娜·伊凡诺芙娜：这是怎么啦？这么脏兮兮的径直走进房间……真有你的！

尼尔：你们给二十戈比吧！

彼得（给他钱，并低声说）：快到这里来……

尼尔（微笑）：求助吗？这事难呀！现在啊！

别斯谢苗诺夫：瞧！这就是他！……总是那么冲动、那么莽撞……也在什么地方……得到了什么东西……人间已无尊重也无所谓……

阿库丽娜·伊凡诺芙娜（附和着丈夫的腔调）：真的……好一个顽皮的人！培妮娅，你去……去厨房……去厨房！告诉斯捷帕妮达——吃午饭……

（塔齐雅娜离去。）

别斯谢苗诺夫（忧郁地微笑）：嗯，那么你把彼得支使到哪里去呢？唉嗨，你呀！愚蠢的老太婆！你傻呵呵的……要记住，我不是什么野兽！我是衷心地……替他们担心……由于精神上的痛苦而叫喊……而不是出于愤恨。你干吗要赶他们离开我？

阿库丽娜·伊凡诺芙娜：是的，我知道……我亲爱的！我全都知道……怜惜他们！我和你垂垂老矣……我们已是日薄西山！我们还能干什么？上帝啊！我们还有什么用？而他们——日子长着呢！他们，可爱的人，将看到别人许多不幸……

彼得：父亲，你，说实在的，徒劳无益地……激动……你想象什么东西……

别斯谢苗诺夫：我害怕！这样的时代……可怕的时代！一切

都在剧变，濒于瓦解……生活在波动！……我为你担心……突然发生什么事情……谁将奉养我们老人？你是我们可靠的支柱……你看尼尔……瞧他是怎样的？还有捷捷列夫……这个家伙……也是！你避开他们！他们……不喜欢我们！要注意！

彼得：唉，得啦！我不会发生任何问题……瞧，再等一等，我就去递交字据……

阿库丽娜·伊凡诺芙娜：彼佳，你就快一点去递交吧，让父亲放心……

别斯谢苗诺夫：彼得，你这样深明事理、严肃认真地说……我相信你……相信你将度过一生，不会不如我……嗯，有时候……

彼得：嗯，让我们不再谈这个了，够啦……想一想，我们怎么样经常保持这种情景！

阿库丽娜·伊凡诺芙娜：你们，我亲爱的！

别斯谢苗诺夫：瞧，还有塔齐雅娜……唉！她能摆脱这个学校才好呢……它对她有什么用？就一身疲倦……

彼得：是的，她需要休息……

阿库丽娜·伊凡诺芙娜：唉哟，需要！

尼尔（脱下外衣、穿着蓝色短上衣走进来，但还未洗脸）：我们快吃午饭了吗，啊？

（彼得见到尼尔时就很快走到外屋去。）

别斯谢苗诺夫：先把你那个脏脸洗了吧，然后再问吃饭的事。

尼尔：嗯，我洗脸并不重要，我会赶快洗的，但我就像饿狼一样想吃东西了！下雨、刮风、寒冷，蒸汽机车老旧、破损……这一夜把我紧坏了，简直是累得筋疲力尽！让机务处长在这样的天气中和这样的机车上跑一趟才好呢……

别斯谢苗诺夫：你继续乱说吧！我看，你开始有点儿轻浮地谈论长官……你瞧，不会有什么不幸的事才好呢！

尼尔：对长官不会有不幸的事……

阿库丽娜·伊凡诺芙娜：你父亲不是说对他们，而是说对你。

尼尔：啊，对我……

别斯谢苗诺夫：是的，对你！

尼尔：啊哈！

别斯谢苗诺夫：你别打哈哈，而要听着……

尼尔：我听着……

别斯谢苗诺夫：你开始骄傲起来了……

尼尔：很久了吗？

别斯谢苗诺夫：你不许用这样的腔调和我说话！

尼尔：我就一个舌头说一种腔调（伸出舌头，指着它）：我和所有人都用它说话……

阿库丽娜·伊凡诺芙娜（两手举起轻轻一拍）：唉哟，你呀，不知害臊的人！你伸出舌头给谁看？

别斯谢苗诺夫：等一等，他妈，别着急！（阿库丽娜·伊凡诺芙娜带有责备意味地不时微微摇头，走出去了。）你……聪明人！我想和你谈谈……

尼尔：午饭后？

别斯谢苗诺夫：现在！

尼尔：最好是午饭后！说实话，我又饿又累，冷得发抖……劳驾，推迟一下谈话吧！然后，您会对我说什么呢？您将骂人……而我不高兴和您吵架……您最好……那个……直截了当地说，您不能容忍我……以便我……

别斯谢苗诺夫：嗨，见你的鬼去吧！（走进自己房间，随后紧紧地、死劲地掩上门。）

尼尔（嘟哝着）：太好啦！鬼比你强……（自我哼着歌曲，在房间里来回走动。塔齐雅娜走进来。）再次叫骂？

塔齐雅娜：你也不想一想……

尼尔：嗯，我在竭力地想……演了冗长喜剧中的一场戏，戏名叫《进退两难》……

塔齐雅娜：你这样说感觉良好呀？你能置身一旁……

尼尔：我能把这一切单调无聊的事从自己身边推到一旁。我很快就坚决地推，永远地推……我将转到机务段去当安装工……我厌烦了夜晚开货车！要是开客车就好了！例如，开特别快车，——飞吧！划破长空！全速奔驰！而在货车上——那就和司炉工一起爬行吧……寂寞无聊！我喜欢在众人面前……

塔齐雅娜：然而你跑着离开我们……

尼尔：请原谅说了实话！要知道，你在逃避！我爱生活，喜欢热闹和工作，喜爱愉快的、普通的人们！可是，难道你们在生活吗？倒是有点儿像在生活旁边徘徊，并不知何故在呻吟、在抱怨……抱怨谁和为什么抱怨？不知道。

塔齐雅娜：你不知道吗？

尼尔：不！当一个人一边侧卧感到不舒服时，他就翻过身去；而当他生活得不舒服时，他就只是抱怨……可是你要努力翻翻身呀！

塔齐雅娜：你知道，有位哲学家说过：只有愚蠢的人才觉得生活是单纯的！

尼尔：哲学家对愚蠢想必很内行。但是我本来未认为自己是聪明人……我只是发现和你们一起生活为什么就不堪忍受地烦闷。我想，那是因为你们很爱抱怨一切。为什么抱怨？谁将帮助你们？任何人也不会帮助……况且帮助某一个人……不值得……

塔齐雅娜：你这冷酷无情是从哪里来的，尼尔？

尼尔：这是冷酷无情吗？

塔齐雅娜：是残酷……我想，你从捷捷列夫那里感染上了这种残酷，他不知为什么憎恨所有的人。

尼尔：嗨，不是所有人……（冷笑。）你没有感到这个捷捷列夫像斧子吗？

塔齐雅娜：斧子？什么斧子？

尼尔：带本柄的普通铁斧子……

塔齐雅娜：不，别开玩笑！不需要……你知道，我和你说话很愉快……你是那么有活力……但就是……你漫不经心……

尼尔：对什么？

塔齐雅娜：对人……比方说，对我……

尼尔：嗯……也许，不是对所有人。

塔齐雅娜：对我……

尼尔：对你？嗯——对……（两人沉默。尼尔看着自己的靴子。塔齐雅娜带着某种期待望着尼尔。）你要知道……我对你……就是说……（塔齐雅娜对他做了一个动作。尼尔什么也没有发现。）我很尊敬你……也爱。只是我不喜欢——你为什么做女教师？这项事业不合你的心意，使你疲倦，使你生气。但事业是伟大的！孩子们——要知道，这是未来的人……应该珍惜他们，应该热爱他们。应该一热爱任何事业，以便把它做好。你知道，我酷爱锻选。摆在你面前的是火红的、炽热的、无定形的坯料……用锤子锻造它，简直是一种享受！坯料向着你火星四溅，发出嘶嘘的声音，其势可灼伤你的眼睛，令你目眩，逼你退避。它富有活力，富有弹性……瞧，你可挥臂猛锤，把它锻选成你所需要的一切……

塔齐雅娜：为此需要强壮有力的人……

尼尔：还要敏捷灵巧……

塔齐雅娜：听我洗，尼尔……你有时不怜惜……

尼尔：谁？

叶列娜（走进来）：你们吃午饭了吗？没有？到我那里去，请吧！我烤了多好的大馅饼啊！检察官在哪儿？美味的大馅饼！

尼尔（走近叶列娜）：我去！啊，我要吃完整个儿美味的大馅饼！我饿死了，他们有意不给我饭吃！不知他们为什么在这里生我的气了……

叶列娜：大概为了你舌头的事……塔妮娅，我们走吧！

塔齐雅娜：我就去给妈妈说一声……（走出去。）

尼尔：您从哪儿得知我向父亲吐舌头了？

叶列娜：什么呀？我什么也不知道！怎么回事？

尼尔：嗯，我也就不说了……最好是您对我说说美味大馅饼的事。

叶列娜：我会打听的！至于大馅饼……那是一位因杀人而被判有罪的囚犯教会我烤制的。丈夫允许他在厨房帮忙。他是那样瘦小……

尼尔：丈夫？

叶列娜：阁下！我丈夫二俄尺十二俄寸[1] 高……

尼尔：他如此矮小吗？

叶列娜：别说话！还有这样的胡须（用手指比画胡须的样式），长达三俄寸……

尼尔：我第一次听说这样的人，其特质用俄寸来衡量！

叶列娜：唉！除了胡须之外，他没有任何特质！

尼尔：这是可悲的！继续说大馅饼吧……

叶列娜：他，这个囚犯，是厨师……杀了自己的妻子……但我很喜欢他。他不知何故杀了妻子……

尼尔：顺便说一句……我知道！

叶列娜：滚开！我不想和您说话。（塔齐雅娜出现在门口，看着他们。从另一扇房门走出来彼得。）检察官！去我那里……有大馅饼！……

彼得：很高兴！

尼尔：今天爸爸严厉斥责了他的不敬……

彼得：嗯，得了吧……

尼尔：我还感到惊讶——他怎么擅自决定到您那里去？

彼得：（望着通往老年人房间的门，不安地）：走，我们就走吧！

塔齐雅娜：你们走吧，我马上就去……

（尼尔、彼得和叶列娜走出去。塔齐雅娜走进
自己房间，但此时从老年人房间传出阿库丽
娜·伊凡诺芙娜的声音。）

阿库丽娜·伊凡诺芙娜：塔妮娅！

塔齐雅娜（停下来，不耐烦地耸肩）：什么事？

阿库丽娜·伊凡诺芙娜（站在门口）：过来！（近乎耳语。）

---

[1] 旧俄长度单位，一俄尺等于 0.71 米，一俄寸等于 4.4 厘米。——译者

什么，彼得路夏再次去她那里了？

塔齐雅娜：是的……我也去……

阿库丽娜·伊凡诺芙娜：唉嗨，你呀，这是我们莫大的不幸，啊？她，坐立不定的人，将迷惑彼得！我已经有所感觉！你去对他说一说，你就说：弟弟，离开她！你就说：她配不上你……你去对他说吧！要知道，她的钱不过三千卢布，还是丈夫的抚恤金……我知道！

塔齐雅娜：妈妈，别说这个啦！叶列娜完全没有关注彼得……

阿库丽娜·伊凡诺芙娜：这是故意的！故意的！她，这个机灵鬼，在挑逗他……她只是做出我对你不感兴趣的假象……而其实就像猫捕黄雀似的盯住他……

塔齐雅娜：唉嗨！……我怎么办呀！我说什么呀？您自己去说吧……放开我！您知道，我累了！

阿库丽娜·伊凡诺芙娜：你不必现在和他说……得了吧，躺下，休息……

塔齐雅娜（几乎叫喊起来）：我无处可休息！我总是累……总是！您知道吗？整个一生……由于你们而感到累……由于一切！（迅速向外屋走去。阿库丽娜·伊凡诺芙娜走向女儿，仿佛想阻止她，但是，两手举起轻轻一拍，莫名其妙地张开嘴，留在原地。）

别斯谢苗诺夫（从门里探望）：又争吵了吗？

阿库丽娜·伊凡诺芙娜（猝然一抖）：没有，没什么……这没啥……

别斯谢苗诺夫：为什么？她顶撞你了？

阿库丽娜·伊凡诺芙娜（急促地）：不，没什么，你这是怎么啦？我对她说……是吃午饭的时候了！而她说——不想吃！我说——怎么不想吃呢？而她……

别斯谢苗诺夫：你信口雌黄，他妈！

阿库丽娜·伊凡诺芙娜：说得对！

别斯谢苗诺夫：你，为了他们，在我面前撒了多少谎！看着我的眼睛……不能……唉嗨，你呀！（阿库丽娜·伊凡诺芙娜在丈夫面前，垂头，沉默。别斯谢苗诺夫也默不作声，若有所思地抚摩胡须，然后，叹息一声，说道。）不，我们仍然是白费力气让他们受教育……

阿库丽娜·伊凡诺芙娜（低声地）：何苦啊，他爹！现在普通人也并非更好一些……

别斯谢苗诺夫：任何时候给予孩子们的东西都不应该多于你的所有……我只是感到沉重，因为我在他们身上看不到任何特质……看不到这样……坚强的任何东西……要知道，每个人都应当有自己的特点，而他们就没有面貌特征的人！你看尼尔……他傲慢……他是个捣蛋鬼。但他是个有特征的人！他是个危险分子，但可以理解他……唉—唉—嗨—嗨……就说我吧，年轻时爱教声乐……爱采蘑菇……而彼得爱什么？

阿库丽娜·伊凡诺芙娜（胆怯地、叹息）：到女房客那里去了……

别斯谢苗诺夫：嗯，你瞧！……等一等！我对她……要说句伤人的话！（捷捷列夫走进来，睡眼惺忪的样子，显得比平常更加阴沉。手里拿着一瓶酒和酒杯。）捷连津·赫利桑沃维奇！再次开戒了？

捷捷列夫：昨天，彻夜祈祷以后……

别斯谢苗诺夫：这是为什么？……

捷捷列夫：没有理电。快吃午饭了吗？

阿库丽娜·伊凡诺芙娜：我现在就去收拾桌子……（开始张罗。）

别斯谢苗诺夫：唉，捷连津·赫利桑沃维奇，你是个聪明人……瞧，伏特加酒在毁灭你啊！

捷捷列夫：可敬的小市民，你撒谎！毁灭我的不是伏特加酒，而是我的力量……多余的力量——就是我的死亡……

别斯谢苗诺夫：嗯，多余的力量是不存在的……

捷捷列夫：你再次撒谎！现在力量——不需要。需要的是机灵、狡猾……需要的是蛇一般的伸缩自如。（卷起袖子，伸出拳头。）你瞧，——如果我用这只拳头击打桌子，我会把桌子打得粉碎。用这样的手——在生活中没有什么事情可做。我能劈木柴，但我，比方说，写东西就显得困难和可笑……我的力量无处可使。我只能在临时售货棚和集市上凭能力找到自己的位置，在那里我能举铁链、举重锤……。但是，我学习……而且学得很好……为啥我也曾被开除出中等等学校。我学习，不想为了给别人看而生活，不想让你来到临时售货棚心满意足地观赏我。我希望让所有人心怀不满、惴惴不安地看我……

别斯谢苗诺夫：你是个恶人……

捷捷列夫：像我这种分量的家畜没有恶毒的，——你不懂动物学。本质是狡猾。因为如果凭我的力量再加上凶狠，那么你往何处去逃避我？

别斯谢苗诺夫：我无处可逃……我在自己的住宅里。

阿库丽娜·伊凡诺芙娜：你别说啦，他爹。

捷捷列夫：对啊！你在自己的住宅里。完整的生活——你的住宅，你的房屋。因此，我无处生活，小市民啊！

别斯谢苗诺夫：你白住着……无缘无故地。但是假如你想要……

捷捷列夫：我不想要，因为不合我心意。我觉得，酗酒和死亡比为你和与你类似的人生活和工作更高尚一些。你，小市民，能否想象我是忌酒的人，是衣着体面的人，是用你的仆人的奴才腔调和你说话的人？不，你不能……（波丽娅走进来，见到了捷捷列夫就往后退了一步。捷捷列夫见到她就豪放地微笑、点头，向她伸出一只手，说道。）您好，别害怕……我不会对您说更多的任何话……因为我知道一切！

波丽娅（腼腆地）：什么？……您不可能知道任何事情……

阿库丽娜·伊凡诺芙娜：啊，你来了！喂，你去告诉斯捷帕妮达，把菜汤送来……

别斯谢苗诺夫：是时候了……（面向捷捷列夫。）我喜欢听你议论……特别是你能得出关于自己的好的结论。于是，当看着你时，你是可怕的！而当你开始说出自己的思想时，我倒是感到了你脆弱……（满意地微笑。）

捷捷列夫：我也喜欢你。因为你恰如其分地聪明，也恰如其分地愚蠢；恰如其分地善良，也恰如其分地恶毒；恰如其分地诚实，也恰如其分地卑鄙；恰如其分地胆怯，也恰如其分地勇敢……你是标准的小市民！你充分体现出平庸鄙俗……体现出那种甚至能战胜英雄的力量，这种力量生机勃勃、高歌凯旋……来吧，让我们就着菜汤干杯，可敬的鼹鼠！

别斯谢苗诺夫：菜汤就会拿来——干杯。但是，顺便说一句，你为什么骂人？……没有理由就不要委屈别人……说话需要温柔、随和，好让别人有兴趣地听你说……而如果你拿话去刺伤人，那么任何人都不会听你说，谁要听——那将是傻瓜！

尼尔（走进来）：波丽娅来了吗？

捷捷列夫（冷笑）：来了……

阿库丽娜·伊凡诺芙娜：你问她做什么？

尼尔（没有回答她，面向捷捷列夫）：嘿嘿！开戒了？再次？常常是你开始……

捷捷列夫：喝伏特加酒比喝人血好……尤其是，现在人的血——稀薄、难闻、无味……健康的、有味的血少了，——被吸尽了……

（波丽娅和斯捷帕妮达走进来。斯捷帕妮达送
来一盆菜汤。波丽娅端来一盘肉。）

尼尔（走近波丽娅）：你好！有答案了吗？

波丽娅（低声地）：不是现在呀……当着大家的面……

尼尔：这很重要！怕什么？

别斯谢苗诺夫：对谁？

尼尔：对我……也对她……

阿库丽娜·伊凡诺芙娜：怎么一回事？

别斯谢苗诺夫：不知道……

捷捷列夫（冷笑）：我知道……（倒酒喝。）

别斯谢苗诺夫：发生什么事了？你怎么啦，帕拉格娅？

波丽娅（腼腆地、小声）：没什么……

尼尔（坐到桌子旁）：秘密……机密！

别斯谢苗诺夫：既然是机密，那你们就到什么角落里去说话，而不是在众人面前。听我说，这简直像是开玩笑……最好是跑到房子外面去！什么暗示、半吞半吐的话、密谋……可是你像个傻瓜似的坐着，眨巴着眼睛……我问你，尼尔，我是你的什么人？

阿库丽娜·伊凡诺芙娜：这究竟怎么啦，尼尔，说实话……

尼尔（平静地）：您是我的养父……但是不必动怒和提起往事……没有发生任何特别的事情……

波丽娅（从刚刚坐下的椅子上站起来）：尼尔……华西里耶维奇做了……对我说了……昨天晚上……问……

别斯谢苗诺夫：问什么？啊？

尼尔（平静地）：您不要吓唬她……我问她——她是否愿意嫁给我……

（别斯谢苗诺夫悬空拿着勺子惊奇地看着尼尔和波丽娅。阿库丽娜·伊凡诺芙娜也在原地发呆。捷捷列夫看着前方，死劲地眨巴眼睛，他的一只手放在膝盖上发颤。波丽娅低垂着头。）

尼尔（继续说）：而她说今天答复我……嗯，事情就是这样……

捷捷列夫（挥动一只手）：很……简单……没有别的……

别斯谢苗诺夫：这—这样……真的……很简单！（苦楚地。）时髦……新潮！不过——没关系！

阿库丽娜·伊凡诺芙娜：你这没心肝的人，没心肝的人！你这无所顾忌的人！……你要知道，应当首先和我们说……

尼尔（懊恼地）：我真是多嘴！

别斯谢苗诺夫：算啦，他妈！用不着我们管！吃，别说话。我也将默不作声。

捷捷列夫（带着醉意）：我将说……不过，我也暂时保持沉默……

别斯谢苗诺夫：是的……最好大家都沉默。但仍然，尼尔……不必慷慨地为了我的面包—盐而感谢我……你就悄悄地生活吧……

尼尔：为了您的面包—盐我付出了劳动，今后仍将付出，但我将不服从您的意志。您就是想要我和女傻瓜谢多娃结婚，只是因为她出嫁有四千卢布嫁妆。我需要她做什么？可是我爱波丽娅……我早就爱了，这未瞒住任何人。我总是光明磊落地生活，将来也总是这样地生活。对我无可指责，对我不必抱怨。

别斯谢苗诺夫（克制地）：这样，这样！很好……嗨，怎么着？你结婚吧。我们不是你的障碍。只是你将拿什么资本去生活？既然不是祕密——那你就说说看。

尼尔：我们将工作。我将转到机务段去……而她……她也将有自己的事业。您将按先前那样每月从我这里得到三十卢布。

别斯谢苗诺夫：等着看。许诺是容易的……

尼尔：请接收我的票据……

捷捷列夫：小市民！拿着他的票据吧！拿着！

别斯谢苗诺夫：没有人请您掺和这件事……

阿库丽娜·伊凡诺芙娜：也是……好一个谋士！

捷捷列夫：不，你拿着！要知道，不拿，于心有愧，不要笑……尼尔，给他票据，保证按月给……

别斯谢苗诺夫：票据我也可以拿……因为我想：从十岁开始，我给你吃，给你喝，给你鞋子和衣服穿……直到二十七岁……是的……

尼尔：我们最好是否以后再算账而不是现在？

别斯谢苗诺夫：也可以以后再算。（突然大发脾气。）嗯，只是你要记住，尼尔，——从今往后，你对我……我对你——都将是敌人！这种委屈我不宽恕，我不能宽恕！你要知道！

尼尔：那是什么样的委屈？委屈从何而来？你们本来就不期待我依靠你们娶妻吧？

别斯谢苗诺夫（叫喊，不听）：你记住！嘲弄给你吃喝的人……擅自……任意……暗地里……（面向阿库丽娜·伊凡诺芙娜。）你！温文尔雅！心平气和！干吗垂头丧气？啊！沉默吗？至于你，要知道，我能揍你……

尼尔（从椅子上站起来）：您什么也不能！嚷嚷就得啦！在这所房子里我也是主人。我工作了十年，工资给了您。在这里，就是在这里（他一只脚踩着地板，一只手打手势指着自己的周围），我付出了不少！谁劳动，谁就是主人……

（在尼尔说话的时候，波丽娅起身离去。在门口迎面走来彼得和塔齐雅娜。彼得瞥了一眼房间就躲避了。塔齐雅娜扶着门框站在门口。）

别斯谢苗诺夫（惊愕地睁大眼睛瞪着尼尔）：怎——怎么？主人？你？

阿库丽娜·伊凡诺芙娜：我们走，他爹！我们走……请吧，我们走！（挥舞拳头向尼尔示威。）嗯，尼尔卡！嗯，你就……等着瞧！（含着眼泪。）你就等着瞧……你等着瞧吧！

尼尔（坚定地）：是的，谁劳动，谁就是主人……你们要记住这一点！

阿库丽娜·伊凡诺芙娜（拖起丈夫）：我们走，老头儿！我们走吧！去他们的！……别说，别喊，谁会听得见我们的话？

别斯谢苗诺夫（顺从妻子的意志）：嗯，好啊！你待着……主人！我们走着瞧……谁是主人？日后会见分晓的！

（他去了自己房间。尼尔在房间里激动地走来走去。街上远远的某处有人在演奏手摇风琴。）

尼尔：瞧，惹出了麻烦！我是鬼迷心窍地问她……傻瓜！我心里简直是什么东西都藏不住……一切都不由自主地表露出来！唉嗨，你呀…

捷捷列夫：没有关系！这场戏很有意思。我满意地听了和看了。非常不错，非常！不要着急，兄弟！你有能力……你能演好英雄的角色。此刻需要英雄……请相信我！在我们时代所有人都应该分成为英雄和下流人，前者即所谓的傻瓜，后者即所谓的聪明人……

尼尔：为什么我要迫使波丽娅经受如此……难堪的情景？……她受惊了……不，她不胆怯！也许，她受委屈了……呸！

（塔齐雅娜在波丽娅身边做了一个动作。手摇
风琴的声音停止了。）

捷捷列夫：把人们分成为傻瓜和坏蛋是很方便的。坏蛋——愚昧无知！他们生活的智慧是野兽般的智慧，兄弟，他们只相信力量的真理……并非我的力量，并非我这种凝聚在胸中和手上的力量，而是狡猾的力量……狡猾——是野兽的智慧。

尼尔（不听）：现在必须加速结婚……嗯，我们会加速的……可是她还没有回答我。不过我知道，她会答应的……我可爱的小姑娘！……我多么憎恨这个人……这所房子……这整个生活……腐朽的生活！这里的一切……都那么丑陋！谁也没有感到，生活被他们搞坏了，弄得一团糟……他们用这种生活营造出监狱、苦役和不幸……他们怎能巧妙地做到了这个样子？我不知道！但是，我憎恨破坏生活的人们……

（塔齐雅娜向前走了一步又停了下来，然后悄
悄地走向箱子，在房角的箱子上坐了下来。她
弯腰曲背，变得瘦小，更加显得可怜。）

捷捷列夫：傻瓜美化生活。傻瓜——不多。他们总在寻找他们不需要的，而且不止是他们自己不需要的某些东西……他们喜欢臆造普遍幸福的美景以及诸如此类的无稽之谈。他们想找到一切事物的起始始和终结。总之，做蠢事……

尼尔（沉思）：对，蠢事！这个我在行……嗯，她比我头脑

清醒……她——也爱生活……充满如此殷切的、宁静的爱……知道吗，我和她将生活得幸福美满！我们俩——勇敢……如果我们想要什么，我们就将得到！是的，我和她就能得到……她是好样的……新生儿……（笑。）我和她将生活得十分美好！

捷捷列夫：傻瓜能整个一生在想为什么玻璃是透明的，而坏蛋只是用玻璃去做瓶子……

（手摇风琴重新演奏起来，已在很近的地方，
几乎是在窗户底下。）

尼尔：嗯，你总是谈论瓶子！

捷捷列夫：不，我是谈论傻瓜。傻瓜问自己——火在哪里，当火还没有点起来的时候，到哪里去找火，火什么时候熄灭？而坏蛋则坐在火旁，他感到暖和……

尼尔：（沉思）：是——是的……暖和……

捷捷列夫：其实，傻瓜和坏蛋都愚蠢。但是，其一蠢得可爱和勇敢，其二蠢得笨拙和软弱。不过，两者殊途同归——进入坟墓，只能进入坟墓，我的朋友……（哈哈大笑。塔齐雅娜轻轻地摇头。）

尼尔（面向捷捷列夫）：你怎么啦？

捷捷列夫：我在笑……还活着的傻瓜看着死去的同人问自己——他在哪儿？而坏蛋则只是继承死者的财产，并继续过着温暖的生活、富足的生活、舒适的生活……（哈哈大笑。）

尼尔：然而，你准是喝醉了……该回家去了，啊？

捷捷列夫：你说——这在哪儿？

尼尔：嗨，别胡闹！想要我领你去吗？

捷捷列夫：兄弟，你别领我去。我既不和被告人亲近，也不和受害人亲近。我就是我自己。我是罪行的物证！生活被破坏了！它编织得很糟糕……我说，生活打造得不合正派人的身量。小市民压缩了生活的空间，使之变得范围狭窄……瞧，我就是人无处栖身、无以为生、无所作为的物证……

尼尔：嗨，走吧，走！

捷捷列夫：留下我吧！你想我会跌倒吗？我已经跌倒了，你这怪人！早——早就跌倒了！不过，我本想站起来，但你从我旁边走过去，没有发现我，无意间又推了我一下！没关系，回家去！走，我不抱怨……你——身强力壮，理应随心所欲地去你想去的地方……我，倒霉的人，以赞赏的日光送别你——走吧！

尼尔：你唠叨些什么呀？什么事有趣……但又不知是什么事……

捷捷列夫：你不必知道！不需要知道！有些事不知道为好，因为知道它们是无益的……你走，走吧！

尼尔：嗯，好啊，我走。（走向外屋，未注意到紧靠在房角的塔齐雅娜。）

捷捷列夫（在他身后点头致意）：祝你幸福，强盗！你不知不觉地剥夺了我最后的希望……去她的吧！（走近放了瓶子的桌子，发现房角塔齐雅娜的身影。）说实在的，这是谁？

塔齐雅娜（轻声地）：这是我……

（手摇风琴的声音戛然而止。）

捷捷列夫：您？唔……而我想，我觉得好像……

塔齐雅娜：不，是我……

捷捷列夫：我知道……但为什么是您？您为什么在这里？

塔齐雅娜（低声地，但清晰、明确）：因为我无处栖身、无以为生、无所作为……（捷捷列夫默默地缓步走向她。）我不知道，我为什么这样疲倦，这样烦闷……但是，您知道，烦闷极啦！我才二十八岁……请您相信，我惭愧地、我非常惭愧地感到自自己是如此软弱、渺小……我的内心一片空虚……一切都干涸了、枯萎了，我感到了这点，我因此而痛苦……这怎么就不知不觉地发生了……空虚怎么就不知不觉地在我胸中油然而生……嗨，我干吗对您说这个？

捷捷列夫：不知道……烂醉如泥……完全不知道……

塔齐雅娜： 谁也没有和我说，我怎么想，我想要怎么样才好……我曾希望他……开始说……我曾默默地等待了很久……而这种生活……吵架、庸俗、鸡毛蒜皮、憋闷……这一切有时压抑着我……悄悄地、缓慢地压抑着我……我开始感到可怕……现在……我突然……感到可怕……

捷捷列夫：（摇头，离开她走向门口，打开门，吃力地转动舌头说）：该诅咒这所房子！……别的无所谓……

> （塔齐雅娜慢慢地走进自己的房间。片刻空场
> 和寂静。很快，波丽娅悄悄地进来，跟在她后
> 面的是尼尔。他们无言地走近窗户，尼尔抓住
> 波丽娅一只手，低声地说。）

尼尔： 你原谅我方才发生的事吧……这很愚蠢和很糟糕……但当我想说的时候我就不能沉默！

波丽娅（近乎耳语）：反正都一样……现在全都一样！他们所有的人能对我怎么样？反正都一样！

尼尔： 我知道，你爱我……我看得出来……我不必问你。你——真逗！昨天你说：我明天回答，我需要考虑考虑！瞧，真逗！既然爱，还考虑什么？

波丽娅： 嗯，是的，嗯，是的……早已爱了！……

> （塔齐雅娜悄悄从自己房间的门中走出来，站
> 在门帘后倾听。）

尼尔： 我们将生活得非常美满，你等着瞧吧！你是如此可爱的伴旅……你不怕贫穷……痛苦——你能克服……

波丽娅（朴实地）：和你在一起，有什么可怕的？况且我并非胆小的人……我只是温和的人……

尼尔： 你还是顽强的人、坚毅的人、不屈服的人……嗯，瞧……我高兴……我就知道，一切都将美好，我极为高兴！

波丽娅：我也预知了这一切……

尼尔：哦？你知道了吗？这很好……哎，生活在这世上真好！你呀，不是吗？

波丽娅：好……我可爱的朋友……你是我非常可爱的人……

尼尔：瞧你说的……说得太好了！

波丽娅：嗯，别啰唆了……该走啦……该走啦……有人来了……

尼尔：让他们来吧！……

波丽娅：不，该走啦！……嗯，再吻一下吧！……（她从尼尔双手中挣脱出来，从塔齐雅娜旁边跑过去，未发现她。而尼尔面带微笑走在波丽娅后面，看见了塔齐雅娜，并在她面前停留下来。他因她在场而感到吃惊和气愤。她也默不作声，用呆滞的目光、脸带讪笑地看着他。）

尼尔（鄙视地）：你偷听了？你窥视了？唉——嗨，你呀！……（迅速离去了。塔齐雅娜呆若木鸡，一动不动地站着。尼尔走出去的时候让通往外屋的门敞开着。房间里传来了老头儿别斯谢苗诺夫严厉的叫喊声："斯捷帕妮达！谁在撒炭？没看见吗？你去收拾一下！"）

幕　落

第三幕

问一个房间

早晨。斯捷帕妮达擦家具上的灰尘。

阿库丽娜·伊凡诺芙娜（洗茶具，说）：今天那牛肉不肥，你就这么办：昨天的热牛肉该剩下有脂油，你把它放入汤里……汤就会显得油性大些……听见了吗？

斯捷帕妮达：听见了……

斯捷帕妮达：那么，所剩无几了……

阿库丽娜·伊凡诺芙娜：我知道，所剩无几了……有多少油你心中要有数，就像男人知道盛焦油的器具中有多少焦油一样……阿库丽娜·伊凡诺芙娜：你烧烤牛犊肉的时候，不要在盘子中放许多的油……礼拜三我买了五俄磅油，昨天已剩下不到一俄磅了……

斯捷帕妮达：难道您真的没听见我
自己抹的是油灯中的低等橄榄油吗？

阿库丽娜·伊凡诺芙娜：嗯，好吧……（停顿。）早晨塔齐雅娜派你去哪里了？

斯捷帕妮达：去药店了……买氨水……她说：你去给我买二十戈比氨水……

阿库丽娜·伊凡诺芙娜：显然，她头痛……（叹息。）她在我们这里时时生病……

斯捷帕妮达：若是嫁了人……会立刻好起来的，别害怕……

阿库丽娜·伊凡诺芙娜：如今女儿出嫁不很容易……而有知识的少女……更难……

斯捷帕妮达：给一份好嫁妆，有知识的少女谁都会娶的……

（彼得从自己房间察看，随即隐避了。）

阿库丽娜·伊凡诺芙娜：我这双昏花老眼将看不到这样的喜事……塔妮娅不想嫁人……

斯捷帕妮达：我看，哪能不想……在她这个岁数上。

阿库丽娜·伊凡诺芙娜：唉—咳—咳……昨天谁在上面那个女房客家做客？

斯捷帕妮达：这个男教师……棕红色头发的人。

阿库丽娜·伊凡诺芙娜：这是妻子跑了的那位吗？

斯捷帕妮达：嗯，嗯，就是他！消费税税吏……那个骨瘦如柴、脸色发黄的人……

阿库丽娜·伊凡诺芙娜：我知道！他娶的是商人皮缅诺夫的侄女……听说，他有痨病……

斯捷帕妮达：咦……看得出来……

阿库丽娜·伊凡诺芙娜：我们的歌手在吗？

斯捷帕妮达：歌手在，彼得·华西里伊奇也在……歌手大声地唱歌……唱到了约两点钟……就像公牛哞叫……

阿库丽娜·伊凡诺芙娜：哎呀—呀……

彼得（走进来）：喂，斯捷帕妮达，快收拾，出去……

斯捷帕妮达：马上……我自己也乐得快些……

彼得：乐意——那就多做少说……（斯捷帕妮达嗤鼻作声，离去。）妈妈！我不止一次地请求您少和她说话……要知道，这不好。您听我说，到此为止！和厨娘倾心交谈……向她打听……各种各样乱七八糟的事情！不好！

阿库丽娜·伊凡诺芙娜（委屈地）：怎么，照你的意思，要问你我可以和谁说话吗？你不屑同我和父亲谈话，那就让我哪怕和仆人说句话呢……

彼得：您要明白，她不配和您交谈！除了拨弄是非以外，您从她那里什么也听不到！

阿库丽娜·伊凡诺芙娜：那么我从你那里听到了什么？你在家里住了半年，没有一次同你亲生的母亲一起坐过一小时……任何话也没有对我说过……比方说，在莫斯科怎么样啊……

彼得：嗯，您听着吧……

阿库丽娜·伊凡诺芙娜：你一说，就是一些伤心事……那不好，这也不好……于是你开始教训你的亲生母亲，像教训小丫头一样，又是责备，又是嘲笑……（彼得挥了一下手，迅速向外屋走去。阿库丽娜·伊凡诺芙娜跟在他后面。）瞧，说了几句话！……（用围裙的末端擦眼睛，啜泣。）

彼尔奇亨：（走进来。他穿一件破上衣，从上衣的窟窿中露出脏棉花，腰间系一根绳子，脚蹬草鞋，头戴皮帽。）你干吗愁眉苦脸？难道彼得路哈委屈你了？他怎么像雨燕一样从我身边一掠而过，连一句"你好"都没有说。波丽娅在这里吗？

阿库丽娜·伊凡诺芙娜（叹息）：在厨房，切白菜丝……

彼尔奇亨：你看，鸟儿情况很好！雏鸟羽毛已丰满，四处飞翔……没有父母对它进行严格的训练……这里没有给我留下鸥鸟吗？

阿库丽娜·伊凡诺芙娜：显然，你在自己的生活中也保持着鸟儿的嗜好？

彼尔奇亨：正是，就是这样！要知道，这很好！我什么都没有，我不妨碍任何人……我仿佛不是生活在大地上，而是在空中。

阿库丽娜·伊凡诺芙娜（蔑视地）：你还没有来自人们的任何尊敬。给你，喝吧……只有凉茶……而且淡薄一些……

彼尔奇亨（端起茶杯对着光看）：不浓……嗯，谢谢，尽管不浓！大概，你还困在浓茶中……至于尊敬，那就请便，你们不用尊敬我……我自己也不尊敬任何人……

阿库丽娜·伊凡诺芙娜：那么，谁需要你的尊敬？任何人都不需要……

彼尔奇亨：好哇！我发觉，在地上捡着一块面包的人们，相互从嘴中撕着吃这块面包。而我从空中获取食物……我靠天上的飞鸟为生……我的事业是纯洁的！

阿库丽娜·伊凡诺芙娜：嗯，那么婚礼快了吧？

彼尔奇亨：谁的婚礼？我的，是吗？那么还是那只杜鹃鸟儿，它嫁给我才好呢，骗子手是不会飞到这里的森林中来的！也许，它将姗姗来迟……等不到那天我就将死去了……

阿库丽娜·伊凡诺芙娜：你别唠叨些废话，就直说吧——你什么时候给办结婚仪式？

彼尔奇亨：给谁？

阿库丽娜·伊凡诺芙娜：女儿！似乎不知道……咦！

彼尔奇亨：女儿？她什么时候想结婚，我就给她举办结婚仪式……假如她将要和谁举行婚礼的话……

阿库丽娜·伊凡诺芙娜：嗨，你别献丑啦！她本来至少对你说了吧……

彼尔奇亨：关于什么？

阿库丽娜·伊凡诺芙娜：关于婚礼……

彼尔奇亨：这是关于谁的婚礼？

阿库丽娜·伊凡诺芙娜：呸，你呀！要知道，老头儿已羞于干蠢事了！

彼尔奇亨：你等一等！你不要生气……你简单地告诉我——事情的本质是什么？

阿库丽娜·伊凡诺芙娜：没有兴致同你说……

彼尔奇亨：你说……还要说多少时间，老是说不明白……

阿库丽娜·伊凡诺芙娜（冷漠地，怀着嫉妒之心）：什么时候你将给帕拉格娅和尼尔举行婚礼？

彼尔奇亨（很快站起来，惊讶地）：什——什么？和尼尔……是吗？

阿库丽娜·伊凡诺芙娜：难道她真的没有对你说吗？嗨，滚蛋吧！……对亲生父亲……

彼尔奇亨（高兴地）：你怎么啦？你开玩笑？尼尔？哎呀，该死的！真的吗？哎呀，鬼东西！真不错，波利卡①！这真是完整的卡德里尔舞，而不是波利卡舞……不，你不是撒谎吧？嗯，真妙！而我心里盘算，尼尔和塔齐雅娜结婚……实话！从表面看，仿佛是要娶塔齐雅娜……

阿库丽娜·伊凡诺芙娜（抱怨地）：谁还会把塔齐雅娜嫁给他呢！我们很需要……这种落魄的人……

彼尔奇亨：很需要尼尔吗？哪里话！我若是……我若是有十个女儿，我会把眼睛一闭把她们全都嫁给他！尼尔？就是他……他一个人供养一百个人！尼尔吗？哈——哈！

阿库丽娜·伊凡诺芙娜（讽刺地）：我看，他的岳父大人将很好！很——很招人喜爱！

---

① 波利卡（Полька）：是波丽娅的爱称，和后面的波利卡舞（полька）一词同形同音。——译者

彼尔奇亨：岳父吗？当然喽！这个岳父不想成为任何人的累赘……咿哟，你呀！他甚至乐意怂恿我去跳喀马林舞……我现在完全是个自由自在的孩子！我现在开始那样地生活！谁也将见不到我……直接到森林中去……彼尔奇亨失踪了！嗯，波丽娅！我常想，女儿……将怎样生活？在她面前我甚至曾感惭愧……生育——生了她，其他的一切我就无能为力！……而现在……现在我……该去我想去的什么地方！去捕火鸟，去非常遥远的地方！

阿库丽娜·伊凡诺芙娜：你怎么要离去呀！人们不离幸福而去……

彼尔奇亨：幸福？我的幸福就在于离去……而波利卡将会幸福……她会的！和尼尔吗？他健康、乐观、简朴……我甚至高兴得手舞足蹈……心花怒放！嗨，我是时来运转啊！（用脚踏拍子。）波丽娅攀上了尼尔，她干得好……咿哟，你呀！幸运儿！

别斯谢苗诺夫（走进来。他身穿大衣，手拿便帽）：又喝醉啦！

彼尔奇亨：高兴啊！你听见了吗？帕拉格娅？（高兴地笑。）要嫁给尼尔！啊？真棒！啊？

别斯谢苗诺夫（冷淡地、生硬地）：这和我们没有关系……我们将得到自己的东西……

彼尔奇亨：而我曾总想，尼尔有意娶塔齐雅娜……

别斯谢苗诺夫：什么？

彼尔奇亨：实话！因为看样子塔齐雅娜愿意……并且她看他是那样……这样，你要知道……嗯，好好地，总之……还有……啊？突然……

别斯谢苗诺夫（平静地、凶狠地）：瞧，我要对你说什么呢，亲爱的……你就算是个傻瓜，但也应该明白，对于少女不允许说如此下流的话。这是——第一！（逐渐提高嗓音。）其次，你的女儿看谁和怎样看，谁又怎样看她，她算什么少女，——我不说，我只说一句话：既然她嫁给尼尔，那她活该如此！因为他们俩一文不值，所以尽管他们在很多方面要感激我，但我从今往后瞧不起他们！这是——第二！那么，现在的情况是：虽然我和你仍然是远亲，但你对着镜子照照自己——你究竟是什么东西？流浪汉。你告诉我——谁叫你到我这里来做一无所有的侍仆？如此破落的样子……穿着草鞋，一身褴褛……

彼尔奇亨：你怎么啦？华西里·华西里伊奇，——你怎么啦，老兄？难道我是第一次这个样子吗……

别斯谢苗诺夫：我不曾计算次数，也不想计算。但是，我看到：既然你是这种表现，也就是说，你对房子的主人没有尊敬。我再说一遍：你是谁？穷鬼、无赖、坏蛋……听见了吗？这是——第三！咳——滋开！

彼尔奇亨（惊愕的样子）：华西里·华西里伊奇！为啥？为什么事儿……

别斯谢苗诺夫：滚！别耍滑头……

彼尔奇亨：你冷静下来吧！我在你面前什么都不是……

别斯谢苗诺夫：嗯？！走吧……否则……

彼尔奇亨（离去，露出责备和遗憾的神情）：唉咳，老头儿呀！嗯，我可怜你！再见！

> （别斯谢苗诺夫挺直身子，默默地，迈着沉重的步伐在房间走动，显出严肃、阴郁的样子。阿库丽娜·伊凡诺芙娜洗餐具，胆怯地注视着丈夫，她的双手在哆嗦，嘴唇在轻微地唠叨着什么。）

别斯谢苗诺夫：你在嘟哝着什么？施妖术还是怎么啦……

阿库丽娜·伊凡诺芙娜：我在祈祷……祈祷，他爹……

别斯谢苗诺夫：你要知道……别想做我的主人！等着瞧，别想……下流的东西！

阿库丽娜·伊凡诺芙娜：嗨，你怎么啦？唉，老天爷……啊？这是为什么？还有，也许……

别斯谢苗诺夫：什么——也许？费季卡·多谢金，钳工车间主任，想当头……黄毛小子！兔崽子！

阿库丽娜·伊凡诺芙娜：可是，还有可能人们不选他……你别转来转去……

别斯谢苗诺夫：会选的……从各方面来看……我来了，他坐在管理局……我听见——他在唱，在兴致勃勃地说。他说，生活艰难。他说，应该相互扶持。他说，要共同做一切事情……他说，劳动组合……据他说，现在工厂总是……手工业者不能分散地生活。我说，犹太人是一切的根源！必须限制犹太人！我说，要向省长控告他们，他们不给俄罗斯人通道，要请省长迫使犹太人迁移。（塔齐雅娜轻轻地打开房门，无声无息地、摇摇晃晃地走进自己的房间。）而省长却微微一笑地问道：那么，把那些比犹太人更坏的俄罗斯人放到哪里去呢？他开始用各种谨慎的话暗示我……我似乎不明白，但我感觉到他是在暗指着……坏蛋！他听了一会儿就走了……我想，你等着吧，我将得罪你……此时，修炉工米哈伊洛·克留科夫向我走来……他说，要知道，也许，多谢金该当头……他向旁边看，显出有点儿发窘的样子……我想对他说——唉，你呀，斜眼犹大……

叶列娜（走进来）：您好，华西里·华西里耶维奇！您好，阿库丽娜·伊凡诺芙娜！……

别斯谢苗诺夫（冷漠地）：啊……是您呀？请吧……您想说什么？

叶列娜：瞧，我带房钱来了……

别斯谢苗诺夫（更客气一些）：好事……这是多少钱？二十五卢布……我还该收您走廊窗户两块玻璃的钱四十戈比，还有柴棚门铰链的钱……您的厨娘损坏的……嗯，就算二十戈比吧……

叶列娜（笑）：好样的，您……真准确！好吧……我没有零钱……这是三卢布……

阿库丽娜·伊凡诺芙娜：您拿了一袋煤炭……您的厨娘拿的。

别斯谢苗诺夫：煤炭多少钱？

阿库丽娜·伊凡诺芙娜：爆炭三十五戈比……

别斯谢苗诺夫：共计九十五戈比……我回给您二卢布五

比……请收下！至于准确嘛，可爱的女士，您说得很对。整个世界都保持准确性……太阳本身准确地升起和落下，就像亘古以来规定它的样……既然天空有秩序，那么地上就更应该如此……就瞧您自己——期限一到，您就带钱来了……

叶列娜：我不喜欢欠债……

别斯谢苗诺夫：最最美妙的事！因此任何人都信任您……

叶列娜：嗯，再见！我该走啦……

别斯谢苗诺夫：祝您好！（望着她的背影离去，然后说。）好一个机灵鬼！但我依然非常乐意能把她从这所住宅中赶出去……

阿库丽娜·伊凡诺芙娜：这样才好呢，他爹……

别斯谢苗诺夫：嗯，可也未必……她在这里时……我们还能观察。而当她搬走之后，彼得鲁什卡那时就会开始闲逛着去找她，她则更能背着我们暗地里欺骗他……还应该考虑到，她按时足额缴付房租，而且毫无二话地赔偿住宅的任何破损……是的！彼得……当然，危险……甚至很危险……

阿库丽娜·伊凡诺芙娜：也许，他不想和她结婚……只不过是那样……

别斯谢苗诺夫：既然知道是那样……那么我们也就不必说什么了，也就不必忧心忡忡了。比起逛妓院来说，反正都一样，在这里倒是近在身边……甚至还好些……（从塔齐雅娜房间传出嘶哑的呻吟声。）

阿库丽娜·伊凡诺芙娜（轻声地）：怎么回事？

别斯谢苗诺夫（也是轻声地）：这是怎么啦？

阿库丽娜·伊凡诺芙娜（她小声地说，不安地环顾，像要倾听什么声音）：似乎在外屋……

别斯谢苗诺夫（大声地）：猫，大概是……

阿库丽娜·伊凡诺芙娜（踌躇地）：你要知道，他爹……我想对你说……

别斯谢苗诺夫：嗯，你说吧……

阿库丽娜·伊凡诺芙娜：你对待彼尔奇亨是否太严厉了？他本是无恶意的人……

别斯谢苗诺夫：既然是无恶意的人，那就不会抱怨……既然不会抱怨，那对我们损失就不大……和他是熟人，尊敬并不重要……（呻吟声再起，且越来越大。）这是谁啊？他母亲……

阿库丽娜·伊凡诺芙娜（手忙脚乱）：我不知道……真的……这是怎么啦……

别斯谢苗诺夫（奔向彼得房间）：这里，怎么啦？彼得！

阿库丽娜·伊凡诺芙娜（惊恐地跟在他后面跑）：彼佳！彼佳……彼佳……

塔齐雅娜（嘶哑地叫喊）：……妈妈……救命啊……救命啊……（别斯谢苗诺夫和阿库丽娜·伊凡诺芙娜从彼得房间跑出来，默默地朝叫喊声的身向跑去，在房门口他俩一起跑进门里。塔齐雅娜的叫喊声迎面传来。）火烧般地疼痛……啊——啊！心里难受……喝！训斥吧！……救命啊！……

阿库丽娜·伊凡诺芙娜（从房间里跑出来，打开通往外屋的门，叫喊）：老天爷啊！慈悲的老天爷……彼佳……（在塔齐雅娜房间响起了别斯谢苗诺夫低沉的声音："你怎么啦……女儿……你怎么啦……你发生什么事啦……女儿……"）

塔齐雅娜：水……我会死的……全身火烧般地疼痛……啊，上帝呀！

阿库丽娜·伊凡诺芙娜：来啊……到这里来，老天爷……

别斯谢苗诺夫（从房间出来）：快去，叫……医生……

彼得（跑进来）：究竟是啥事？你们怎么啦？

阿库丽娜·伊凡诺芙娜（抓住彼得一只手，气喘吁吁）：培妮娅……快要死了……

彼得（挣脱）：放开我……放开我……

捷捷列夫（边走边穿上衣）：发烧还是怎么啦？

别斯谢苗诺夫：医生！叫医生，彼得……给二十五卢布！……

彼得（从姐姐房间跑出来，面向捷捷列夫）：医生！去叫医生……您就说——中毒了……女人……少女……氨水……快！快！

（捷捷列夫跑向外屋。）

斯捷帕妮达（跑进来）：我的老天爷……我的老天爷……

塔齐雅娜：彼佳……我火烧般地疼痛！我会死的！……我想活着！活着……给点水吧！

彼得：你喝了多少？你什么时候喝的？说吧……

别斯谢苗诺夫：我的女儿……塔涅契卡……

阿库丽娜·伊凡诺芙娜：自我伤言，亲爱的！

彼得：妈妈，您走吧……斯捷帕妮达，你搀扶她……告诉您，走吧……（叶列娜跑进塔齐雅娜房间。）搀扶母亲……

（一个陌生女人走进来，停在门旁，向房内探看，低声地说着什么。）

叶列娜（挽着阿库丽娜·伊凡诺芙娜的手把她搀扶出来，喃喃地说）：这没有关系……这没有危险……

阿库丽娜·伊凡诺芙娜：我亲爱的！女儿……我怎么委屈你了？怎么使你生气了？

叶列娜：这会没事的……医生就会来……他将会医治的……啊，多么不幸！

陌生女人（挽着阿库丽娜·伊凡诺芙娜的另一只手）：不要悲痛，老大娘！也许是常有的事吧？唉，可怜的人……你看，在商人西达诺夫那里……马用蹄子踢伤了马车夫的腰……

阿库丽娜·伊凡诺芙娜：我亲爱的……我将怎么办呀？我唯一的女儿……（搀扶她离去。）

（在塔齐雅娜房间，她的叫喊声和父亲低沉的嗓音、彼得神经质的断断续续的话语声掺杂在一起。什么餐具叮叮当当地响，椅子倒了，床铁发出吱吱喳喳的声音，枕头掉在地板上发出柔软的啪嗒严。斯捷帕妮达披头散发、张开嘴巴、睁大眼睛，几次从房间跑出来，从碗橱中拿取盘子和碗，分装什么东西，又跑回去了。一些什么人从外屋往门里张望，但谁也没有下决心进来。一位油漆工学徒跳起来向塔齐雅娜房间看了看之后，马上又退回去了，哗众取宠地悄悄说："要死了！"院子里传来手摇风琴的声音，但瞬间就中断了。外屋人群中低声细语地议论："打死了？父亲……他对她说，瞧我的！……打在头上……用什么打的——不知道吗？你撒什么谎呀，——她是自杀的……"一个女人的声音问道："她嫁人了吗？"什么人高声地、惋惜地吧嗒着嘴唇。)

陌生女人（从老人房间走了出来，走过桌子旁边，拿起一块白面包塞到头巾底下，走近门口说）：安静！走开！……

某男人：叫什么名字?

陌生女人：丽扎薇塔……

某女人：她这是为啥?

陌生女人：所以，还在圣母升天节的时候，他对她说——丽扎薇塔，他说……

（人群中一阵躁动。医生和捷捷列夫走进来。医生戴着礼帽、穿着大衣，径直走进塔齐雅娜房间。捷捷列夫朝房门内看了看就离开了，显出愁眉苦脸的样子。从塔齐雅娜房间不断传出嘈杂的说话声和呻吟声。从老人房间传出阿库丽娜伊凡诺芙娜的哀号声和叫喊声："放开我！你让我到她那里去！"外屋一片低沉的嘈杂声。有人感叹地说："严肃的人……这是歌手……真的吗？真的……来自伊凡·普列德捷恰。")

捷捷列夫（走近门口）：你们干吗在这里？滚开！听见吗？

陌生女人（也挤向门口）：走吧，善良的人们……这和你们无关……

捷捷列夫：你是什么人？你要干什么？……

陌生女人：我，老爷，我买卖蔬菜……青葱、黄瓜……

捷捷列夫：你需要什么？

陌生女人：我，老节，去谢米亚金娜那里……她是我的干亲家……

捷捷列夫：真的吗？这里需要你干什么？

陌生女人：我路过这里……听见了喧哗声……我以为发生了火灾……

捷捷列夫：是吗？

陌生女人：顺路来到这里……顺路看看这不幸的事情……

捷捷列夫：滚吧……你们大家都滚！滚出外屋！……

斯捷帕妮达（跑出来，面向捷捷列夫）：拉桶水来……赶快去拉！

> （一个用头中包着脸的白发老头把身子探进门内，使着眼色对捷捷列夫说："先生！她在你们这里从桌子上偷了一个白面包……"捷捷列夫走进外屋，推开人群跑去。外屋充满跺脚声和喧嚣声，一个顽童尖声叫喊："唉哟，唉哟！"有人在笑，有人抱怨地高声说："安静些！"）

捷捷列夫（画外音）：真见鬼！快跑！

彼得（从门内往外看了看）：安静……（转入房内。）走吧，父亲，到妈妈那里去！嗯，你走吧！（向外屋叫喊。）不要放任何人进来！……

> （别斯谢苗诺夫摇摇晃晃地走出来。坐到桌子旁边的椅子上，呆呆地看着眼前。然后站起

　　身来走进自己的房间。从房间里传出阿库丽
　　娜·伊凡诺芙娜的声音。)

阿库丽娜·伊凡诺芙娜：我不爱她吗？我不珍惜她吗？

叶列娜：嗯，您放心吧……我亲爱的……

阿库丽娜·伊凡诺芙娜：他爹！亲爱的……

　　(门在别斯谢苗诺夫身后关闭，话的末尾听不
　　见了。大房间空荡荡的。从两个方面传出喧哗
　　声：从别斯谢苗诺夫夫妇房间传出的是呼唤
　　声，从塔齐雅娜房间传出的是轻轻说话声、呻
　　吟声和嘈杂声。捷捷列夫提进来一桶水，放
　　在门旁，用手指小心地敲门。斯捷帕妮达打
　　开门，提着桶，也走进大房间，擦掉脸上的
　　汗水。)

捷捷列夫：怎么样？

斯捷帕妮达：还好，听……

捷捷列夫：这是医生在说话吗？

斯捷帕妮达：是他。哪里还能……(无望地挥手。)不准放她父母进去……

捷捷列夫：她好些吗？

斯捷帕妮达：谁知道呢？不呻吟，停止了……全身发青……眼睛显得很大……一动不动地躺着……(责备地低声细语。)我对他们说……多少次地说——把她婉出去！唉，嫁了吧！他们不听……你瞧，结果弄成这样！哪有健康少女这个年纪还没有丈夫？……再者，还不信神……既不祈祷，又不画十字祝福……嗨，你瞧！

捷捷列夫：住嘴……乌鸦！

叶列娜(走进来)：嗨，怎么，她怎么啦？

捷捷列夫：不知道……医生好像说不碍事……

叶列娜：两位老人发愁……可怜他们！

（捷捷列夫默默地耸肩。）

斯捷帕妮达（从房间跑出去）：老天爷啊！忘了做饭的事啦……

叶列娜：为什么？发生什么事了？可怜的塔妮娅……大概她疼痛（皱眉，哆嗦。）很痛吗？非常痛吗？极其痛吗？

捷捷列夫：不知道。我任何时候都不喝氨水……

叶列娜：您怎么能开玩笑？……

捷捷列夫：我不开玩笑……

叶列娜（走向彼得房间门口，向门里看）：彼……彼得·华西里耶维奇还总在她那里吗？

捷捷列夫：毫无疑问……因为他没有从那里出来……

叶列娜（沉思地）：我想象，这对他有怎样的影响！（停顿。）当我……当我偶然见到……某种与此类似的情况时……我内心会感到对不幸的事情的憎恨……

捷捷列夫（微笑）：这值得称赞……

叶列娜：您知道吗？我就会这样抓住它，把它扔到自己脚上，并踩踏它……总这样，永远这样！

捷捷列夫：指的是不幸的事情吗？

叶列娜：嗯，是的！我不怕它，也就是痛恨它！我喜欢生活得愉快、丰富多彩，喜欢见到许多人……我能做到使我自己和我周围的人轻松地、快乐地生活……

捷捷列夫：再次值得称赞！

叶列娜：哎呀，您知道怎么样？我对您老实说……我很冷酷……心肠很硬！我甚至不爱不幸的人……您要知道，有这样一些人，他们总是不幸，你想怎么办，怎样对待他们！给这种人的头上戴上斜裙以代替帽子——这也许更美观一些！——很仍然会诉苦和抱怨："唉哟，我如此不幸！我如此孤单！任何人都不关心我……生活一片黑暗和寂寞无聊……啊呀！唉哟！哎嗨！呜呼！……"当我看到这样的爷们时，我就产生一种使他更加不幸的恶意……

捷捷列夫：可爱的女士！我——也老实说……当女人高谈阔论时，我不能忍受，但当您发议论时，我却想吻您的双手……

叶列娜（调皮地和任性地）：只吻手吗？而且只有当我发议论时才吻吗？……（忽然想起。）唉哟—唉哟—唉哟！我开玩笑……逗笑呢，尽管那里有人在痛苦之中……

捷捷列夫（指向老人的房门）：那里也有人在痛苦之中。无论您手指向何处，到处都有人在痛苦之中！人总是有这种习性……

叶列娜：人毕竟是痛苦的……

捷捷列夫：当然啦……

叶列娜：那么对人就应该有怜惜之心。

捷捷列夫：不总是如此……未必甚至不论什么时候都应该怜惜人……最好是帮助他。

叶列娜：你不会帮助所有的人……既不怜惜，也就不会帮助……

捷捷列夫：女士！我这样认为：痛苦来自欲望。人有值得尊敬的欲望，也有不值得尊敬的欲望。帮助他满足那些使其健康和强壮所需的肉体的欲望，帮助他满足那些使其提高精神面貌而超群出众的欲望……

叶列娜（未听他说下去）：也许……也许是这样……但是，那里发生了什么事情呢？她怎么啦——睡熟了吗？那么寂静……人们在窃窃私议着什么……老人也……离去了，待在自己的房角……这一切都多么奇怪！突然——呻吟、喧嚣、叫喊、忙乱……又突然——沉寂、肃静……

捷捷列夫：生活啊！人们叫喊、疲倦、沉默……歇息，将再次叫喊。这里，在这所住宅里，一切都瞬息万变……又是痛苦的叫喊，又是欢乐的笑声……任何震动对它来说都像是木棍击打泥泞水洼……此地窈窕淑女的手庸的叫喊总是最后的喊声。洋洋得意的或是恶狠狠的她，在这里总是最后一个说话的人……

叶列娜（沉思地）：当我在监狱生活的时候，那里是有趣的。我的丈夫是个牌迷……有许多好挑剔的人，他们常去打猎。那是个县城……城里是些无关紧要的人……我自由自在，哪儿也不去，谁也不接待，就和囚犯生活在一起。他们爱我，真的……如果近距离地观察他们，他们都是些怪人。非常可爱的和朴实的人，请您相信！有时我看着他们，顿感完全不可思议：就这个——是杀人犯，这个——抢劫了，这个……又做了什么。有时问："你杀人了吗？"——"杀人了，亲爱的叶列娜·尼科拉芙娜，杀人了，有什么办法？"我感到，他，这个杀人犯，是承担别人的罪过……他只不过是被外力抛出来的石子……是的。我给他们买各种书籍，供给每个牢房棋子和纸牌……送烟草……还送葡萄酒，只是数量不多……在放风的时候，他们玩球，玩击木游戏，——活像一群孩子，说真的！有时我给佗们读逗笑的书，他们则听得哈哈大笑……就像一群孩子。我买了小鸟和鸟笼，每个牢房都有自己的一只小鸟……他们爱它，就像爱我一样！您可知道，他们非常喜欢我穿鲜艳的衣服——红色女短上衣，黄色……请您相信，——他们很喜欢明亮鲜艳的颜色！于是，我为他们故意穿得尽可能地五颜六色……（叹息一声。）和他们在一起惬意得很！我不知不觉地度过了三年时光……当我丈夫被马撞死的时候，与其说我哭他，似乎不如说我哭监狱……我依依不舍地离开监狱……囚犯们也是……他们也感到难过……（环视房间。）在这里，在这座城市里……我生活得差一些……在这所住宅里，有某种……不祥之感。不是人不好，而是……别的什么东西……然而，您可知道，我开始感到忧郁……有点心难受……瞧，我和您坐着、谈着……而那里也许要死人……

捷捷列夫（平静地）：我们不怜惜这个人……

叶列娜（迅速地）：您不怜惜？……

捷捷列夫：您也是…

叶列娜（轻轻地）：是，您是对的！这……不好，我知道……但我没有感觉这不好！您知道，常有这样的事：知道不好却无感觉……您知道，比起她来说，我更多地怜惜他……彼得·华西里耶维奇……我总是怜惜他……他在这里过得不好……对吧？

捷捷列夫：在这里大家都过得不好……

波丽娅（走进来）：你们好……

叶列娜（很快站起来向她走过去）：嘘！安静！您知道……塔妮娅——中毒了！

波丽娅：怎么啦？

叶列娜：嗨，是啊，是啊！瞧……医生和兄弟在她那里……

波丽娅：要死……会死吗？

叶列娜：谁也不知道……

波丽娅：为了什么？她说了吗？没有？

叶列娜：不知道为什么！没有说！

彼得（从门中伸向蓬乱的头）：叶列娜·尼科拉耶芙娜……一小会儿……（叶列娜迅速离去。）

波丽娅（面向捷捷列夫）：您干吗这样看着我？……

捷捷列夫：您有多少次这样问我了？

波丽娅：既然老是一个样……总是某种特别的目光……那么为什么？（走近紧靠他，严厉地。）您怎么啦……您认为我有过错……在这件事情当中吗？

捷捷列夫（冷笑）：类似过错的问题，难道您产生了某种感觉吗？

波丽娅：我感觉到，愈来愈……不爱您……就这样！您最好告诉我，这一切是怎么回事？

捷捷列夫：昨天有人悄悄地碰撞了她，于是，她今天就倒下了……这就全部情况！

波丽娅：谎言！

捷捷列夫：怎么，谎言？

波丽娅：我知道，您暗指什么……这是谎言！尼尔……

捷捷列夫：难道是尼尔？这和尼尔有什么关系呢？

波丽娅：他也好，我也好……我们俩与此毫无关系！您……不！我知道，您怪罪我们……嗯，那又怎么样？嗯，我爱他……他也爱我……这早就开始了！

捷捷列夫（严肃地）：我不怪罪你们任何事情……这是你们自我有所责怪的事儿，你们在首先遇到的什么人面前去自我表白吧。干吗？我很尊敬您……是谁总是经常不断地对您说要尽快地离开这所住宅，不要来这所住宅，这里氛围不健康，这里有损您的心情呢？这是我说的……

波丽娅：嗯，那又怎么样？

捷捷列夫：没关系。我只想说，如果您不来这里……您就不必经受您现在所经受的事情……这就是一切！

波丽娅：是的……但她怎么会这样？危险吗？她怎么办？

捷捷列夫：不知道……

（彼得和医生走出来。）

彼得：波丽娅！请帮助叶列娜·尼科拉耶芙娜……

捷捷列夫（面向彼得）：嗨，怎么样？

医生：不要紧，说实在的！只是个神经质的主，否则，不会有事的……喝得不多……灼伤了食道……酒精透入胃里，显然，也不多……但酒精反胃又涌了上来……

彼得：您累了，医生，请坐下……

医生：谢谢……她的病将延续约一周的时间……就在前几天我遇到一件有趣的事儿……一位油漆匠在醉后神志不清的状态下把一茶杯清漆当作啤酒喝了……

（别斯谢苗诺夫走进来。他停在自己房间门口，默默地、疑惑地和忧郁地望着医生。）

彼得：放心吧，父亲，这没有危险！

医生：是的，是的！不要害怕！过两三天她就会病愈的……

别斯谢苗诺夫：是真的吗？

医生：请您相信！

别斯谢苗诺夫：嗯！……谢谢！既然是真的……既然不危险，

那就——谢谢啦！彼得，你那个……到这里来……（彼得走近父亲。别斯谢苗诺夫在他前面退回到自己房间的门内。低声细语，钱的响声。）

捷捷列夫（面向医生）：嗯，油漆匠究竟怎么样了？

医生：唉……怎样？

捷捷列夫：油漆匠究竟怎么样了？

医生：啊！油漆匠……还好……痊愈了……嗯……我好像遇见过您……在什么地方呢？

捷捷列夫：也许吧……

医生：您……唉……没在伤寒病房住过吗？

捷捷列夫：住过！……

医生（高兴地）：啊哈！是，正是！难怪我看您像熟人……让我想一想……这是在春天吧？是不是？我好像还记得您的姓名……

捷捷列夫：我也记得您……

医生：是吗？

捷捷列夫：记得。当我开始恢复健康并请您给我增加饮食分量的时候，您板起难看的面孔对我说："给您多少，您该满足了，你们这种人，醉鬼和流浪汉，多得很"……

医生（慌张地）：等一等！这……这……对不起！您……您的名字……我是医生尼科拉·特罗耶鲁科夫……而……

捷捷列夫（走近他）：而我——是世代相传的酒鬼和醉汉勋章获得者捷连津·博戈斯洛夫斯基。（医生在他面前后退。）别害怕，我不会动手动脚的……（从旁边走过去。医生慌张地目送他走过去，同时扇着帽子。彼得走进来。）

医生（望着通往外屋的门）：再见，哎呀！有人在等我……在她如果将喊痛的情况下……那您就重复……再给她……一滴药……剧烈的疼痛不应当再有……再见！……啊——啊……请问，这里有这样一位……古怪的先生……他是您的亲戚吗？……

彼得：不，这是入伙的房客……

医生：啊哈！……非常高兴！……十足的怪人！再见……

感谢您！（医生离去。彼得送他到外屋。别斯谢苗诺夫和阿库丽娜·伊凡诺芙娜从自己房间走出来，小心地踮起脚走向女儿的房门。）

别斯谢苗诺夫：等一等，先别进去……什么也听不见。也许，她在睡觉呃……不要吵醒她……（把老太婆拉到房角的箱子旁边。）对，他妈！我们这就活到了……节日！奇谈怪论、流言蜚语将满城飞，无穷无尽……

阿库丽娜·伊凡诺芙娜：他爹！你怎么啦？也许是你说？不管大家摇唇鼓舌……只要她活下来了就好！让大家去大肆喧嚣吧……

别斯谢苗诺夫：嗯，是的……我知道……情况就是这样！……只是你……唉！你不知道！这对我们毕竟是丢脸的事！

阿库丽娜·伊凡诺芙娜：嗨……什么丢脸的事？

别斯谢苗诺夫：女儿中毒了，明白吗！我们给了她什么，使她承受了怎样的痛苦？什么事情使她难过伤心？我们是什么——对她来说是野兽吗？人们将说三道四……我才不在乎呢，我为了孩子将忍受一切……但只是——为什么？由于什么啊？哪怕是知道也好……孩子们！生活着——沉默着……他们内心在想什么？不得而知！头脑里装着什么？神秘不解！这就是怨恨！

阿库丽娜·伊凡诺芙娜：我知道……我原本也感到委屈！我毕竟是母亲……操心，整天操心，可是谁也不说一声谢谢……我明白！也罢……哪怕生活得健健康康吧……否则简直叫人没有办法！

波丽娅（从塔齐雅娜房间走出来）：她入睡了……你们小声一点……

别斯谢苗诺夫（站起来）：唉，她怎么样？可以去看看吗？

阿库丽娜·伊凡诺芙娜：我轻轻地进去好吗？就我和他爹……

波丽娅：医生不允许放任何人进去……

别斯谢苗诺夫（疑惑地）：你怎么知道？你又没有见到医生……

波丽娅：叶列娜·尼科拉耶芙娜转告我的。

别斯谢苗诺夫：她在那里吗？哪有的事……外人可以，亲人却不行。真怪……

阿库丽娜·伊凡诺芙娜：厨房该开午饭了，以便不打扰她……我可爱的女儿！……连看一眼都不行……（挥了一下手，走到外屋去了。波丽娅站着，靠在碗橱上，望着塔齐雅娜的房门。她双眉紧皱，双唇紧闭。她直挺挺地站着。别斯谢苗诺夫坐在桌旁，仿佛等待着什么。）

波丽娅（小声地）：我父亲今天没有到这里来吗？

别斯谢苗诺夫：你完全不是打听你父亲。父亲对你算什么东西？我知道，你需要谁……（波丽娅惊讶地望着他。）你父亲来过……是的！他脏兮兮的、破破烂烂的，不像样子……但你依然应当尊敬他……

波丽娅：我尊敬他……您为什么这样说？

别斯谢苗诺夫：为了让你明白……你父亲是无家可归的流浪者，但你仍然不应该违背他的意志……可是难道你们明白——父亲究竟是什么？……你们大家都是麻木不仁的……瞧你——一个贫穷和无家可归的女孩，你应该谦虚……对所有人亲昵……而你——也来这一套！——开始议论，模仿有学问的人。是的，你就要出嫁……而这里的人险些使自己丢了生命……

波丽娅：我不明白，您在说什么……为什么？

别斯谢苗诺夫（显然，自己失去了思维的连贯性，激动起来）：你去了解……你去想……然后我说，让你明白！你是谁？可真是……你要出嫁了！而我的女儿……你干吗老待在这里？到厨房去吧……做点什么……我来守卫……走吧！（波丽娅困惑莫解地望着他，想走。）等一等！方才我大声斥责了你的父亲……

波丽娅：为什么？

别斯谢苗诺夫：用不着你管！走吧……去吧！（波丽娅满怀惊讶地离去。别斯谢苗诺夫轻轻地走向塔齐雅娜的房间，把门打开一点儿，想看一眼。叶列娜走出来，推开他。）

叶列娜：别进去，她好像在睡觉！不要打扰她……

别斯谢苗诺夫：姆……大家都在打扰我们……这没有关系！

而打扰您——不行……

叶列娜（惊讶地）：您说什么呀？要知道，她是个病人！……

别斯谢苗诺夫：我知道……我知道一切……（离开去外屋。叶列娜在他背后耸肩。她向着窗户来回走动，然后坐在沙发床上，双手抱着脖子想什么。她的脸上露出一丝微笑，闭上眼睛，仿佛沉入幻想之中。彼得走进来，他愁眉不展，头发蓬乱。他摇头晃脑，仿佛想从头上甩掉什么东西。他看见了叶列娜，于是停了下来。）

叶列娜（没有睁开眼睛）：这是谁啊？

彼得：您在笑什么？奇怪的是见到了一张微笑的脸……现在……此后……

叶列娜（望了他一眼）：您——生气啦？累啦？可怜的孩子……我多么怜惜您……

彼得（坐在她旁边的椅子上）：我自我怜惜。

叶列娜：您需要远走到什么地方去……

彼得：是的，需要。其实——为什么我待在这里？这种生活可怕地压抑着我……

叶列娜：似乎您想生活？请告诉我！……我常问您这个问题……但是您一直没有回答……

彼得：难以直言不讳……

叶列娜：和我吗？

彼得：包括和您……难道我知道……您怎样对待我吗？您将怎样对待我会对您说的话呢？有时我觉得，您……

叶列娜：我怎么啦？嗯……

彼得：您真好……

叶列娜：我对您很——很好！我可爱的……小男孩！

彼得（热烈地）：我不是小孩，不是！我想了很多……您听我说，请告诉我……您喜欢——您对尼尔、希什金、茨薇塔耶娃……所有这些叽叽喳喳的人的瞎闹腾感兴趣吗？您能相信，共同阅读深奥的书籍、为工人演出……理性的娱乐……这一切杂七杂八的事儿，真的是重要的事业，并必须为此事业而生活吗？请告诉我……

叶列娜：亲爱的！我可是没有文化的人……我不能判断，我不明白。我本是个随便的人……我喜欢他们所有人，尼尔也好，希什金也好……都是快乐的人，总是在做某种事情……我爱快乐的人……我自己也是这样的人……为什么您问这个？

彼得：啊……这一切刺激着我！如果他们爱这样生活……如果他们在这个当中能得到快乐，那就请吧！我不妨碍……我不想妨碍任何人，但也不要妨碍我想要的生活！为什么他们赋予自己活动以某种特殊的意义……为什么他们说我是胆小鬼和利己主义者……

叶列娜（用手触摸他的头）：他受到了折磨……他疲倦了……

彼得：不，我不累……我只不过受到了刺激。我有权随心所欲地生活，像我所喜欢的那样生活！我有这个权利吗？

叶列娜（拨弄他的头发）：这又是一个我难以回答的问题……我就知道一点——我自己像能够做到的那样生活，做我想做的事情……如果将有人劝我去修道院，——我不会去！如果强迫我，——我就跑，就投河自杀……

彼得：您和他们在一起的时间比和我在一起的时间更多，您……您喜欢他们的程度比喜欢我的程变更大！我感到了这一点……但我想说而且能够这样说！他们是些空桶。

叶列娜（惊讶地）：什么？什么样的……

彼得：空桶……有一个关于桶的寓言……

叶列娜：唉咳，我知道……我也是……也就是说，我也是一只空桶吗？

彼得：噢，不！您不是！您是朝气蓬勃的，您像溪流般使人精神赎发！

叶列娜：哦！就是说，在您看来，我是冰冷的？

彼得：别开玩笑！我请求您！此刻……您还发笑！为什么？难道我可笑吗？我——想生活！想按自己的见解……按自己的意志……去生活……

叶列娜：生活吧！谁妨碍您？

彼得：谁？有什么人……有什么事！当我想该怎样生活——独身，独立……我就觉得有人说——不行！

叶列娜：良心？

彼得：这里与良心有什么关系？我——不……难道我想犯罪吗？我只想自由……我想说……

叶列娜（俯靠着他）：这不是这样说！这应该说得极其简单！我能帮助您，可怜的孩子……让您不要弄乱了如此简单的事情……

彼得：叶列娜·尼科拉耶芙娜！您……用玩笑……折磨我！这是残酷的！我想对您说……在您面前我有什么就说什么！

叶列娜：不然！

彼得：我，显然，是个软弱的人……这种生活——我力所不及！我感到了它的低级趣味，但我不能改变任何事情，不能带来任何东西……我想出走，一个人生活……

叶列娜（把他的头抱在怀里）：跟我说，重复说：我爱您！

彼得：哦，是的！是的！但是……不。您在开玩笑！……

叶列娜：实话，我十分认真并早就决定要嫁给您！也许，这不好……但我很想这样做。

彼得：但是……我好幸福啊！我爱您……像……（隔壁传出了塔齐雅娜的呻吟声。彼得跳起来，慌张地环顾四周。叶列娜平静地从位置上站起来。彼得低声地。）这是……塔妮娅吗？而我们……在这里……

叶列娜（从他身旁走过）：我们没有做任何见不得人的事情……

塔齐雅娜的声音：喝……给喝……

叶列娜：我就去……（向彼得微笑着去了。彼得站着，双手抱头，慌张地看着眼前。外屋的门打开了，阿库丽娜·伊凡诺芙娜大声地呼唤。）

阿库丽娜·伊凡诺芙娜：彼佳！彼佳——你在哪儿？

彼得：在这里……

阿库丽娜·伊凡诺芙娜：来吃午饭……

彼得：不想吃……不去……

叶列娜（走出来）：他到我那里去……

（阿库丽娜·伊凡诺芙娜不满地望着她，返回去了。）

彼得（扑向叶列娜）：这是怎么发生的……不好！她还在那里躺着……而我们……我们……

叶列娜：我们走吧……这里有什么不好的？甚至在剧院戏结束后也给予快乐……在生活中这更是必要的……

（彼得紧紧抱住她，她挽着他的手走了。）

塔齐雅娜（嘶哑地呻吟）：列娜！……列娜！……

（波丽娅跑进来。）

幕　落

第四幕

同一个房间

傍晚。房间亮着桌上的灯光。波丽娅收拾茶具。塔齐雅娜生着病，躺在半明半暗的房角的沙发上。茨薇塔耶娃坐在她旁边的椅子上。

塔齐雅娜（小声地、带有责备意味地）：你认为，我不愿意像你那样如此心情愉快地和精神饱满地看待生活吗？哦，我想……但我不能！我生来没有信心……我学会了思考……

茨薇塔耶娃：亲爱的！你思考得太多了……嗨，你承认不值得只为了思考而成为聪明人吧……思考力——是好的，但是……

你要知道，人为了生活得不寂寞和不沉痛，他应当成为有点儿幻想的人……他即使不是经常但有时也该向前看，面向未来……

（波丽娅认真地听着茨薇塔耶娃的话，露出温柔的、若有所思的微笑。）

塔齐雅娜：那里，前面是什么？

茨薇塔耶娃：你想见到的一切！

塔齐雅娜：是的，需要想象！

茨薇塔耶娃：需要相信……

塔齐雅娜：相信什么？

茨薇塔耶娃：相信自己的幻想。你知道……当我直视我的学童们时时，我就想着他们：就拿诺维科夫来说吧，他将小学毕业，将进入中学……然后将进入大学……他将成为医生，我觉得！这样优秀的孩子细心、善良……他的前额很宽。他很有情义……他无私、可爱，将有很多的工作……人们将很热爱和尊敬他……这个我知道！不定什么时候，他回忆起自己的童年，会想起女教师茨薇塔耶娃在课间休息时和他做游戏而碰伤了他的鼻子……也许他想不起来……嗨，反正都一样！他会想起来的，我想……他很爱我。我还有一个漫不经心的、头发蓬乱的、总是脏兮兮的学生，名字叫克洛科夫。他一直好抬杠、好胡闹、好惹事。他是个孤儿，住在做更夫的叔叔家里……他几乎是个乞丐……但是那样倔强和勇敢！我想——他将成为记者。哎呀，我有多少有趣的孩子！总是有点儿不由自主地想，他们将怎么样，他们在生活中将扮演什么角色……极其有趣地想象，我的学生将怎样生活……你看，塔妮娅，这种情况本来不多，但你若知道，该是多么愉快！

塔齐雅娜：那么你呢？你自己在哪儿？你的学生，也许，将生活得很好……而你那时已经……

茨薇塔耶娃：死了吗？还有这样的事！不，我将活得健康长寿……

波丽娅（小声地、温柔地、好像叹息地）：您多么可爱，玛霞！多么荣耀……

茨薇塔耶娃（向着波丽娅微笑）：赤胸朱顶雀开始歌唱了……你知道，塔妮娅，我不伤感……但当我想起未来，想想未来的人们，想想生活的时候，我不知何故有一种甜美愉快——忧郁凄凉的感觉……仿佛爽朗的秋日照耀在我心中……要知道，有这样的秋日：晴朗的天空悬挂着宁静的太阳，天空深邃、清澈，远处的一切是如此明亮……凉爽，但不寒冷；温暖，但不炎热……

塔齐雅娜：这一切……简直是童话……不过，我认为是可能的……也许，你们——你、尼尔、希什金以及和你们类似的所有人……也许，你们真能生活在幻想中……而我——不能。

茨薇塔耶娃：不，等一等……要知道，不只是幻想……

塔齐雅娜：任何东西任何时候我都不觉得是可信的……此外，难道这就是——我，这是——墙……当我说——是的或不是……我说得并不确信……而为什么如此……我只是回答，只是。真的！有时说——不是！可瞬间又心想——难道？也许——是的吧？

茨薇塔耶娃：你喜欢这样……你要认识清楚自己，在这种……内心分裂的情况下，你不能为自己找到某种愉快的东西吗？也许，你害怕自信……要知道，自信——要求……

塔齐雅娜：不知道……不知道。你强使我自信。瞧——你们在强使其他人相信你们……（轻微地讪笑。）而我怜惜相信你们的那些人……要知道，你们在欺骗他们！瞧，生活总是如现在这样惶惑不安和狭窄艰难……将来也总会是这样的！

茨薇塔耶娃（微笑）：难道是如此吗？也许，——不是吧？

波丽娅（像是自言自语）：不是！

塔齐雅娜：你说什么？

波丽娅：我说——将不是！

茨薇塔耶娃：好样的，好一只温顺的小鸟赤胸朱顶雀！

塔齐雅娜：这就是不幸的……信徒之一！你问问她，——为什么不是？为什么生活将发生变化？你去问问……

波丽娅：（平静地走近一点）：瞧，要知道，事情是这样，——

人们并非依然在生活！很少有人享受生活……许多人也没有时间去充分享受生活……他们只是工作，为了一块面包……而当他们终于……

　　希什金（快步走进来）：晚上好！（面向波丽娅。）您好，东干国王的有淡褐色头发的女儿。

　　波丽娅：什么？什么国王？

　　希什金：啊哈！逮住了！我现在发现您未读海涅，尽管书在您这里已放了两个多星期了。您好，塔齐雅娜·华西里耶芙娜！

　　塔齐雅娜（伸出一只手）：她现在顾不上读书，她要出嫁……

　　希什金：哦？这是要嫁给谁？啊？

　　茨薇塔耶娃：嫁给尼尔……

　　希什金：噢！在这种情况下我还要祝贺哟……但是，一般地说，这不是聪明的事情——娶妻、嫁人和这种样子的其他一切……现代条

　　件下的婚姻……

　　塔齐雅娜：啊，不，不需要！免了吧！关于这点，您已不止一次说了自己的意见……

　　希什金：既然这样，我就住嘴啦！顺便说一句——我也没有时间。（面向茨薇塔耶娃。）您和我走吗？好极啦！彼得——不在吗？

　　波丽娅：他在上面……

　　希什金：唔……不，我不去找他！我请您，塔齐雅娜·华西里耶芙娜……或者您，波丽娅……告诉他，我，再一次那个……要知道，也就是说，普罗霍罗夫的课是自由的……

　　茨薇塔耶娃：再一次？嗯，您不走运！

　　塔齐雅娜：你们吵架了？

　　希什金：说实在的……没有太吵！我——克制……

　　茨薇塔耶娃：但是，由于什么？你们自己不是赞扬普罗霍罗夫吗？

　　希什金：唉！赞扬过……真见鬼！其实，他……比许多人正派一些……相当聪明……就是有点儿爱说大话……多嘴多舌，总

之（突然地和热烈地）——不坏的牲口！

塔齐雅娜：现在彼得未必将会给你们得到教训……

希什金：对，也许，他会生气……

茨薇塔耶娃：你们和普罗霍罗夫到底发生什么事了？

希什金：您瞧，他是反犹太主义者！

塔齐雅娜：那么你们与此有什么关系？

希什金：嗨，要知道……这有失体面！不配做有知识的人！他本来是资本家！就讲这么一段故事吧：他的女作上星期日业余学校。非常好！他无聊地向我证明星期日业余学校的好处……而我根本没有求他这么做！他甚至自夸，说他就是建立学校的创始人之一。可是，不久前的一个星期一，他回到家里——不得了！开门的不是女仆，而是保姆！莎霞在哪儿？在学校。啊哈！于是他禁止女仆去学校了！按照你们的说法，这叫什么呀？

（塔齐雅娜默默地耸肩。）

茨薇塔耶娃：他是这样一个耍嘴皮子的人……

希什金：总之，彼得好像是为了开玩笑，总是让我向一些什么样的骗子学习。

塔齐雅娜（冷漠地）：仿佛记得，您很赞扬国家金库的司库……

希什金：是的……当然……可爱的老家伙！但是个古钱学家！他胡乱地塞给我各种铜币，谈论罗马皇帝、继业者和后来形形色色的法老与战车。我极为难受！于是，我对他说："您听着，维肯济·华西里耶维奇！按照我的看法，这一切都是无稽之谈！任何一枚鹅蛋石都比您的铜币更加古老！"他抱怨。"好吧，他说，我十五年的岁月都消耗在无稽之谈上了吗？"我肯定地回答了他。在清算时他也没有给我补足五十戈比……显然，他留下充实收藏品了。但这是小事……至于和普罗霍罗夫我……是的……（沮丧地。）我的性格不好！（匆忙地。）听我说，玛丽娅·尼基济什娜，我们走吧，是时候了！

茨薇塔耶娃：我准备好了。再见，塔妮娅！明天是星期日……

我一早就来看你……

塔齐雅娜：谢谢。我……说实话，感觉自己是你们脚下的葡萄植物……既不美貌，也不愉快……我缠住你们的双脚，妨碍大家行走……

希什金：多么有害的想法，呸！

茨薇塔耶娃：听到这话感到难受，塔妮娅……

塔齐雅娜：不，等一等……你知道吗？我明白……我懂得了残酷无情的生活逻辑：谁对任何事情都不相信，他就不能生活……他就应该死亡……是的！

茨薇塔耶娃（微笑）：是吗？也许，不对吧？

塔齐雅娜：你激怒我……嗯，值得吗？嘲笑我……值得吗？

茨薇塔耶娃：不，塔妮娅，不，亲爱的！是你的病和疲劳而不是你本人招致你说这所有的话……嗯，再见！不要认为我们是严厉的和恶毒的……

塔齐雅娜：你们走吧……再见！

希什金（面向波丽娅）：嗨，您到底什么时候将读海涅的书？哎嗨，对，您要出嫁了……哼！此前能说点什么才好……噢，再见吧！（跟在茨薇塔耶娃身后离去。停顿。）

波丽娅：大概，彻夜祈祷快要结束了……叫送茶炊来吗？

塔齐雅娜：两位老人未必将要喝茶……不过，随你的便。（停顿。）以前寂静使我感到压抑，而现在我喜欢我们这里安静。

波丽娅：您是否到服药的时候了？

塔齐雅娜：还不到时候……近些日子我们这里如此忙忙碌碌、吵吵嚷嚷。好一个叽叽喳喳的希什金……

波丽娅（走近她）：他是个好人……

塔齐雅娜：善良的人，但傻里傻气……

波丽娅：他是可爱的、勇敢的人。他在什么地方见到什么不公正的事情就马上打抱不平。瞧——他关心女仆。有谁关心女仆和其他为富人服务的人们是怎样生活的呢？如果有谁关心，难道他会抱不平吗？

塔齐雅娜（未望着波丽娅）：告诉我，波丽娅……你嫁给尼尔，不害怕吗？

波丽娅（平静地、惊奇地）：我害怕什么啊？不，没什么可怕的，我不害怕……

塔齐雅娜：怕什么？而我——会害怕的。我之所以和你说这个，是因为……我爱你！你不像他那样。你——普普通通……他——博览群书，他已是一个有学问的人。他和你在一起，也许，会觉得无聊……你想过这个问题吗，波丽娅？

波丽娅：没有。我知道，他爱我……

塔齐雅娜（懊恼地）：这怎么能知道……

（捷捷列夫搬着茶炊进来。）

波丽娅：啊，谢谢你！我去取牛奶。（离去。）

捷捷列夫（他醉后不舒服、浮肿）：我走过厨房，斯捷帕妮达恳求说："老兄！搬一下茶炊吧！需要时我给你一条黄瓜和一点盐水……"我禁不住诱惑而同意了，贪吃的人……

塔齐雅娜：您已参加完彻夜祈祷了吗？

捷捷列夫：不，我今天没去。脑袋痛得要裂。您——怎么样？您自我感觉好些了吗？

塔齐雅娜：还好。谢谢。大家问我这个一天一二十次……如果我们这里少一些喧哗，那么我会感到自己更好一些。这种忙乱使我有点儿不舒服……大家都在跑进跑出、大喊大叫。父亲——生尼尔的气，母亲——总在叹息……而我躺着，观察，但看不到他们……把这一切……称作为生活的意义何在。

捷捷列夫：不，很有趣！我是局外人……不参与本地的事情……出于好奇心而生活，看看这里发生了什么事儿——这有趣得很。

塔齐雅娜：我知道，您是简朴的人。但是——这里究竟有什么有趣的事儿？

捷捷列夫：瞧——人们在调整生活的调子。我爱听剧院乐器演奏者调好小提琴和小号的音。耳朵捕捉到某些准确的音，有时听到优美的句子……极想更快地听到乐器演奏者将到底演奏什么？他们之中谁是独奏者？是什么样的乐曲？这里也就是这样……人们在定调……

塔齐雅娜：在剧院……是的。那里有指挥，挥舞着指挥棒，乐器演奏者呆板地、拙劣地演奏什么样陈词滥调的玩意儿。而这里……而这些人呢？他们能够演奏什么？我不知道。

捷捷列夫：看来，是某种最强音的演奏……

塔齐雅娜：得着瞧吧。（停顿。捷捷列夫吸着烟斗。）您为什么抽烟斗而不抽烟卷？

捷捷列夫：方便些。要知道，我是流浪者，一年的大部分时间是在旅途中度过的。我很快就又要走了。等冬天稳定下来，我就上路。

塔齐雅娜：去哪里？

捷捷列夫：不知道……这反正都一样……

塔齐雅娜：会冻僵在什么地方的……醉醺醺的……

捷捷列夫：在路上——我从来不饮酒……至于冻僵——这有什么？死在途中，比待在一个地方死去更好一些……

塔齐雅娜：您这是暗指我吗？

捷捷列夫（吃惊地跳起来）：根本不是那样！您怎么啦？难道我……我不是野兽！

塔齐雅娜（露出微笑）：您不用担心。这并不使我感到委屈。我的痛感已经消失。（苦恼地。）大家知道不能委屈我。尼尔、帕拉格娅、叶列娜、玛霞……他们的举止像财主那样无视乞丐的感受……当看到他们享用山珍海味时，乞丐是怎么想的……

捷捷列夫（皱脸蹙眉、透过牙缝）：干吗贬低自己，必须自尊……

塔齐雅娜：嗯，好吧……不说啦！（停顿。）告诉我关于您自己的情况吧！您从未谈自己……为什么？

捷捷列夫：话题很大，但乏味。

塔齐雅娜：不，请说吧！为什么您……如此奇怪地生活？我感觉您聪明、能干……您生活中出了什么状况？……

捷捷列夫（咧着嘴笑）：出了什么状况？哦，如果用自己的话来讲述的话，那么这是一段漫长而枯燥的经历……我——

> 我去寻幸福和阳光……
> 又赤身光脚回乡，
> 在自己漂泊的路上，
> 穿破衣裳，看破希望。

　　这段描述虽然很短，但对我却是恰如其分的……需要补充的是：在俄罗斯做酒鬼和流浪汉比做清醒的、诚实的、敬业的人更方便些和更安宁些。（彼得和尼尔走进来。）只是人们像利剑一样残酷无情地锋利和坚硬，只是他们击中……哦，尼尔！从哪里来？

　　尼尔：从机务段来。经过了一场获得了胜利的战斗。这位愚蠢的段长……

　　彼得：大概，很快会解除你的职务……

　　尼尔：我会我到另外的职务……

　　塔齐雅娜：你知道吗，彼得，希什金和普罗霍罗夫吵架了，并不打算亲自告诉你这个情况……

　　彼得（生气、激动）：真见鬼！这……可恨！他使我在普罗霍罗夫面前陷入怎样尴尬的境地？使我不能成为对另一位同事可信赖的人……

　　尼尔：你别急着生气！最好先了解一下，看是谁的过错？

　　彼得：这我知道！

　　塔齐雅娜：希什金不喜欢普罗霍罗夫是反犹太主义者……

　　尼尔（笑）：哎嗨，可爱的好斗公鸡！

　　彼得：嗯，是的！你喜欢这样。你也完全失去了尊重别人观点的知觉……野人！

　　尼尔：且慢！难道你自己倾向于尊敬反犹太人者？

　　彼得：我在任何情况下都不会认为自己有权掐住别人的喉咙！

尼尔：而我——会掐的……

捷捷列夫（依次望着争论者）：得了！

彼得：谁给……谁给您这种权力？

尼尔：权利——不是赐予的，权利——是争取的……人应当自己为自己争得权利，如果他不想成为被堆积如山的义务所压倒的人的话……

彼得：随你的便！……

塔齐雅娜（忧郁地）：唉，争论激烈起来了……没完没了的争论！你们怎么就不感到厌烦？……

彼得（克制自己）：请原谅，我不打算再争了！但是，说真的，就是这个希什金使我……

塔齐雅娜：我理解……他愚蠢！

尼尔：他是优秀的小伙子！不仅不会允许触犯自己，而且自己将是触犯任何人的第一人！自己内心蕴藏着那么丰富的人的尊严的情感……

塔齐雅娜：你想说那么多的孩子气吧？

尼尔：不，我没说错。但是，就算这是孩子气，也仍然是好的！

彼得：可笑……

尼尔：嗯，如果把唯一的一块面包扔掉，那只是因为这块面包是讨厌的人给的……

彼得：也就是说，扔面包的人不十分饥饿……我知道，——你将反对。你自己是这样的……你也是……学生……可是你每一步都竭力向父亲表明：你对他没有任何一点尊敬……这是为什么啊？

尼尔：那为什么要掩饰这一点呢？

捷捷列夫：我的小孩子！礼貌要求人们撒谎……

彼得：但这是什么意思啊？什么意思？

尼尔：兄弟，我们不会相互理解……没什么可说的……你父亲做的和说的一切，——我不敢苟同……

彼得：也许，我也反对！然而，我克制自己。而你经常刺激他……我们——我、姐姐——却为这种刺激付出代价……

　　塔齐雅娜： 得啦！这是无聊的！

（尼尔看了她一眼之后走向桌旁。）

　　彼得： 谈话惊扰你吗？

　　塔齐雅娜： 我厌烦了！老一去……总是老一套！

（波丽娅手掌一壶牛奶走进来。看见尼尔沉入
幻想地微笑，她环顾大家说道。）

　　波丽娅： 你们瞧，多么怡然自得的人啊！

　　捷捷列夫： 你笑什么？

　　尼尔： 我吗？我想起怎样申斥了段长……有趣的事儿——这就是生活！

　　捷捷列夫（低沉地）：阿门！

　　彼得（耸肩）：我感到惊讶！乐观主义者是不是生来就是瞎子？

　　尼尔： 我是乐观主义者或是别的什么主义者，——这不重要，——但我热爱生活！（站起来，踱步。）生活在大地上——这是最大的乐趣！

　　捷捷列夫： 是的，很有趣！

　　彼得： 你俩是喜剧演员，但愿你们是真诚的人！

　　尼尔： 而你——我却不知道怎样称呼你？我知道，——这本来无论对谁都不是祕密，——你钟情，你招人爱。嗯，哪怕就以此为理由，难道你就不想歌唱和舞蹈？难道这就不给你带来欢乐？（波丽娅从茶炊后面自豪地看着大家。塔齐雅娜不安地翻来覆去，力求看着尼尔的脸。捷捷列夫微笑着磕掉烟斗的烟灰。）

　　彼得： 你忘记了某些事。第一，大学生不允许结婚；第二，我必须忍受同父母的争吵；第三……

　　尼尔： 老天爷啊！这可怎么办？嗯，你只有一条出路——出

走！跑到沙漠中去！……

（波丽娅微笑。）

塔齐雅娜：你耍花招，尼尔……

尼尔：不，彼得露哈，不！生活，——即使不是恋人，——其活动也是丰富多彩的！如果你愿意的话，在风雨交加的秋夜驾驶老旧的机车……或者在风雪大作、苍茫大地银装素裹、周围一片漆黑的冬天行驶，疲倦、艰难、危险！但这里仍然有着自己的乐趣！仍然有啊！只在一种情况下，那就是在流氓、傻瓜、骗子摆布我和老实人的情况下，我感觉不到任何愉快……但是，生活不全属于他们！他们将像健康机体上的脓包那样破灭和消失。没有不会变化的运行时刻表！……

彼得：我不止一次地听到了这些话。等着瞧，看生活怎样向你回应这些话！

尼尔：我将迫使生活像我所想的那样做出回应。你——不要吓唬我！我比你更近和更好地知道：生活是沉重的，有时是令人厌恶地严酷的；专横跋扈的、粗鲁笨拙的力量挤对和压制着人，我明白这种状况，我不喜欢这种状况，它使我感到愤怒！对这种状况我不愿意看到！我知道：生活是严肃的但却安排得不好的事情……它要求我为安顿好生活付出全部的力量和才能。我还知道：我不是勇士，而只是诚实的和健康的人，但我仍然说：没有关系！我们将占上风的！我将竭尽我内心的全部力量去满足我深入生活、使生活丰富多彩和左在逢源的愿望……这就是生活乐趣之所在！

捷捷列夫（讪笑）：这就是科学深邃的含义！这就是全部哲学的含义！其他任何哲理都是异端邪说！

叶列娜（站在门口）：关于什么问题在这里叫减、挥手啊？

尼尔（奔向她）：女士！您理解我吧！我在歌唱生活的荣耀！嗯，您说吧：生活就是乐趣！

波丽娅（小声地）：生活——很好！

叶列娜：谁反对这个？

尼尔（面向波丽娅）：哎嗨，你呀……我温柔的小姐！

叶列娜：当着我的面——别献殷勤！

彼得：鬼知道是怎么一回事！好像是醉汉……

（塔齐雅娜把头仰靠在沙发床背上，慢慢地抬
起双手掩盖着自己的脸。）

叶列娜：等一等！你们准备喝茶吗？我来叫你们去我那
里……嗨，我也留下来和你们在一起，你们这里今天快快乐乐。
（面向捷捷列夫。）只有您，英明的乌鸦，您独自扎煞羽毛缩头蜷
身——为什么？

捷捷列夫：我也快乐。只不过我爱默默地快乐，而高声地
叫苦……

尼尔：像所有聪明的、忧郁的大犬一样……

叶列娜：我任何时候都既未见到你忧郁，也未见到你快乐，
而只见到你高谈阔论哲理。你们可知道，先生们，你可知道，塔
妮娅，他教我哲学。昨天他完整地演讲了某种充足理由律……嗨，
我忘了这充足理由律怎样……用什么词汇来表述？用什么词汇？

捷捷列夫（微笑）：没有什么事情没有理由，所以它是……

叶列娜：你们听见了没有？瞧，我知道多么聪明的玩意儿！
你们可不知道，这充足理由律乃是——是，这最真实的哲学语
言！是……好似牙齿，因为它有四条棍……对吧？

捷捷列夫：我不敢争辩……

叶列娜：嗯，当然！您敢也罢！第一条根——啊，也许
不是第一条——存在充足理由律……存在——这是各种形态的
物质……瞧，我就是——并非没有理由——采取妇女形态的物
质……但是后来——已无任何理由——就丧生了。存在是永恒的，
而各种形态的物质在世间存在而又消失！对吗？

捷捷列夫：得啦，还行……

叶列娜：我还知道，存在着因果联系，先验地和根据经验地，

但它们究竟是什么意思，——我忘了！如果我从这一切深奥的道理中不变成秃子，那么我将是聪明人！而整个哲学中最有趣和最深奥的东西就是：为什么您，捷连津·赫利桑沃维奇，对我谈哲学？

捷捷列夫：因为，第一，我看着您感到很愉快……

叶列娜：谢谢！第二，大概是没有兴趣……

捷捷列夫：第二，因为人只有谈哲学才不会撒谎，因为他在谈哲学时只是思考问题……

叶列娜：我什么都不明白！对，塔妮娅，你自我感觉怎么样？（未等回答。）彼得……华西里耶维奇！您对什么不满意？

彼得：对自己。

尼尔：还对其他的一切吧？

叶列娜：知道吗，——我非常想歌唱！好遗憾，今天是星期六，彻夜祈祷还没有结束……（两位老人走进来。）啊！瞧朝圣者来了！你们好！

别斯谢苗诺夫（冷漠地）：祝您好……

阿库丽娜·伊凡诺芙娜（也不满意地）：您好，亲爱的！只是我们今天见过了……

叶列娜：哎嗨，是的！我忘记了……嗯，好的……教堂里……热吗？

别斯谢苗诺夫：我们去那里不是为了测量气候……

叶列娜（难为情）：啊，当然……我想问的不是关于气候……我想问……人很多吗？

阿库丽娜·伊凡诺芙娜：我们没有点数，亲爱的……

波丽娅（面向别斯谢苗诺夫）：您将喝茶吗？

别斯谢苗诺夫：首先我们吃晚饭……他妈，你去那里准备。（阿库丽娜·伊凡诺芙娜用鼻子去声抽气，离去。大家沉默。塔齐雅娜站起来，在叶列娜搀扶下走向桌旁。尼尔坐在塔齐雅娜的位置上。彼得在房间里踱步。捷捷列夫坐在钢琴旁边，注视大家，微笑。波丽娅坐在茶炊旁边。别斯谢苗诺夫坐在房角的箱子上。）出现了什么样的人——小偷，真怪！方才我和他母亲去教堂时在大门口放了一块小木板，以便走过泥泞。返回时，小木板已没有了……被一个小偷抢走了。生活中冒出了彻头彻尾的道德败坏……古时小偷少些……人们愈来愈多地盗窃，因为过去大家是胸襟宽大的人……由于荒诞的念头而羞于使良心不安……（街上，窗户外，传出了歌声和手风琴的声音。）听……人们在歌唱。星期六，他们歌唱……（歌声越来越近，两个声部。）大概是那些工人。想必是他们下工了，去了小饭馆，喝掉了工资，声嘶力竭地歌唱……（歌声到了窗户底下。尼乐把脸贴近玻璃，向街道张望。）他们就这样过一年快乐的生活，至多两年，也就完了！之后就将成有流浪汉……小偷……

尼尔：好像这是彼尔奇亨……

阿库丽娜·伊凡诺芙娜（从门里出来）：他爹，去吃晚饭……

别斯谢苗诺夫（站起来）：彼尔奇亨……瞧，也是个昏头昏脑的人……（离去。）

叶列娜（目送他）：到我那里去喝茶……更方便一些……

尼尔：您和老人谈话很机灵。

叶列娜：我……他使我发窘……他不喜欢我……这使我有点儿不高兴……甚至委屈！为什么不喜欢我？

彼得：其实，他是个善良的老人……但他的自尊心很强……

尼尔：他还有点儿吝啬……有点心恼怒。

波丽娅：嘘！干吗背里地这样说人？不好！

尼尔：不，做吝啬人不好……

塔齐雅娜（冷漠地）：我建议放下……这个问题不去讨论……父亲每分钟都可能进来……最近三天他……不骂人了……竭力和大家温柔相处……

彼得：他对此付出的代价不少……

塔齐雅娜：这应当珍惜……他老了……他早于我们出生，不像我们那样思考问题，这并非罪过……（激动起来。）人间有多少残酷！我们大家多么粗鲁和冷酷……教我们互爱……告诉我们做善良的人……要温顺……

尼尔（用和她相同的腔调）：还骑在我何脖子上，让我们驮着走……

> （叶列娜哈哈大笑。波丽娅和捷捷列夫微笑。
> 彼得对尼尔说点什么并向他走去。塔齐雅娜带
> 有责备意味地摇头。）

别斯谢苗诺夫（走进来，用不友好的目光扫视叶列娜）：帕拉格娅！你父亲在那边厨房里……你去告诉他，让他下一次清醒的时候来……是的！你说：爸爸，回家去吧……如此等等！

> （波丽娅和跟在她后面的尼尔离去。）

别斯谢苗诺夫：是的……你也走……去看看未来的……（猝然中止，坐在桌旁。）你们怎么啦……干吗不说话？我发现，我到门口时——你们都紧闭着嘴唇……

塔齐雅娜：我们……您不在场……说了一会儿话……

别斯谢苗诺夫（蹙额望着叶列娜）：您笑什么？

彼得：是这样……小事！尼尔……

别斯谢苗诺夫：尼尔！一切都出自他……我本来就知道……

塔齐雅娜：给您倒杯茶吗？

别斯谢苗诺夫：倒吧……

叶列娜：塔妮娅，让我来倒吧……

别斯谢苗诺夫：不，干吗要麻烦您呀？女儿给我倒……

彼得：我想，——谁倒不都一样吗？塔妮娅身体不好……

别斯谢苗诺夫：我没有问你，你对这个问题怎么想。如果对你来说外人比亲人更亲近的话……

彼得：父亲！嗨，你怎么就不觉得惭愧？

塔齐雅娜：开始啦！彼得，——要理智。

叶列娜（不自然地微笑）：嗨，是否值得……

> （门大敞开，彼尔奇亨走进来。他喝醉了，但

不厉害。）

彼尔奇亨：华西里·华西里耶夫！我到这里来了……你从那里走了……而我——来这里……跟在你后面……

别斯谢苗诺夫（没有瞧他）：既来了，那就坐吧……正好——喝茶……嗯……

彼尔奇亨：我不要喝茶！你自己随便喝吧……我——是来说话的……

别斯谢苗诺夫：有什么话？全都是鸡毛蒜皮的事。

彼尔奇亨：鸡毛蒜皮？啊？（笑。）你是怪人！（尼尔走进来，严肃地望着别斯谢苗诺夫，站在碗橱旁。）我准备来找你四天了……嗯，这就来了……

别斯谢苗诺夫：嗯，好吧……

彼尔奇亨：不，不好！华西里·华西里伊奇！你是聪明人！富人……要知道，我是冲着你的良心来的！

彼得（走近尼尔，小声地）：你干吗让他来这里？

尼尔：你别管！这和你无关……

彼得：你总是做……鬼知道你做什么……

彼尔奇亨（压过彼得的声音）：老年人……我早——早就知道你！

别斯谢苗诺夫（生气）：你要什么？

彼尔奇亨：告诉我，——你前几天为什么把我赶出住宅？我想呀，想，——弄不明白！告诉我，老兄，我来，不生你的气……我，老兄，我是带着对你的爱意来的……

别斯谢苗诺夫：你是昏头昏脑来的……情况就是这样！

塔齐雅娜：彼得！帮助我……不，去叫波丽娅……

（彼得离去。）

彼尔奇亨：是的——波丽娅！我可爱的女儿……我高贵的女儿……因为她你赶我走吗？——是不是？由于她夺走了的未婚

夫吗?

　　塔齐雅娜：啊！多么愚蠢……多么庸俗！……

　　别斯谢苗诺夫（从座位上慢慢站起来）：瞧着吧，彼尔奇亨！第二次……

　　叶列娜（面对尼尔低声说）：带他走！他们会吵起来的。

　　尼尔：不愿意……

　　彼尔奇亨：第二次——不用赶，华西里·华西里伊奇！没什么……波丽娅……我爱她……她是我的好闺女！嗯，我还是不赞成……我，不赞成她，不！她干吗拿了别人的一片面包？不好……

　　塔齐雅娜：列娜，我……回自己房间……（叶列娜挽扶着她一只手。塔齐雅娜走过尼尔身旁，小声地对他说。）你怎么不害羞！领他走吧……

　　别斯谢苗诺夫（克制自己）：彼尔奇亨！你……别说话！坐下——别说话……否则就回家去……

　　　　（波丽娅走进来。彼得跟在她后面。）

　　彼得（面向波丽娅）：要平静……我请求您……

　　波丽娅：华西里·华西里耶维奇！您为什么上次赶走我父亲?

　　　　（别斯谢苗诺夫沉默不语，严厉地看着她和依
　　　　次地看着大家。）

　　彼尔奇亨（用手指威胁）：嘘！女儿！别说啦……你该知道……塔齐雅娜中毒了——为什么? 啊? 华西里·华西里耶夫，——你知道吗? 我，老兄，坦率地说，我该怎样……凭良心说……评判你们大家呢！我——很简单……

　　波丽娅：得啦，父亲……

　　彼得：对不起，波丽娅……

　　尼尔：你最好不说话……

别斯谢苗诺夫：你，帕拉格娅，情况就是这样……你——无礼貌……

彼尔奇亨：她？不，她……我的……

别斯谢苗诺夫：你住嘴！我有点什么事不好理解……这是谁的住宅？这里谁是主人？谁是判官？

彼尔奇亨：我！按理……我来评判一切事和所有人……不伤害别人——第一！取了的，退回去——第二！

彼得（面向彼尔奇亨）：听着，——别再唠叨了！去我那里……

彼尔奇亨：我不喜欢你，彼得！你是高傲的人……你没正经事！你什么都不知道……下水道是什么东西？啊？而我听说，兄弟……（彼得牵着他的袖子。）别伤害人，等一等……

尼尔（面向彼得）：别碰他……放手！

别斯谢苗诺夫（面向尼尔）：你为什么在这里——要放狗咬人吗？啊？

尼尔：不，我想了解——发生什么事了？彼尔奇亨有什么过错？为什么赶他走？……这里和波丽娅有什么关系？

别斯谢苗诺夫：你追问我吗？

尼尔：即使问您——也行吧？您是人，我也是……

别斯谢苗诺夫（狂怒地）：不，你不是人……你是毒药！你是野兽！

彼尔奇亨：嘘！安静！需要安静，凭良心……

别斯谢苗诺夫（面向波丽娅）：而你——是阴险的人！你——是乞丐！……

尼尔（透过牙缝）：您不要叫喊！……

别斯谢苗诺夫：怎么着？滚！小毒蛇……我用血汗抚养你成人……

塔齐雅娜（从自己房间）：爸爸！爸爸！

彼得（面向尼尔）：怎么办？等到了吧？哎嗨，你——识感到害羞！

波丽娅（小声地）：不……不许冲我叫喊！我不是您的奴隶……您不能委屈所有人……您倒是说——干吗赶走我父亲？

尼尔（平静地）：我也要求……这里住的不是疯子……必须对自己的行为负责……

别斯谢苗诺夫（轻声地，克制自己）：走开，尼尔，别找倒霉……走开！瞧……你是我养大的……是我培养的坏蛋……

尼尔：别数落我莫忘供给饮食的恩德！我做工偿还了我吃的一切！

别斯谢苗诺夫：你……吞没了我的心……你——强盗！……

波丽娅（抓住尼尔的一只手）：我们离开这里！

别斯谢苗诺夫（面向波丽娅）：走……爬，毒蛇！这一切……都是由于你……你咬伤了我的女儿……现在又咬他……该死的……由于你我的女儿……安静！

彼尔奇亨：华西里·华西里伊奇！凭良心！

塔齐雅娜（叫喊）：父亲！不是实情！彼得——你怎么啦？（出现在自己房门口，无助地伸出双手，走到中间。）彼得，不需要这样！啊，我的天啦！捷连津·赫利桑沃维奇！告诉他们……告诉他们……尼尔！波丽娅！看在上帝面上，你们走吧！走吧！这一切都是干吗呀……（大家乱成一团。捷捷列夫龇着牙，慢慢从椅子上站起来。别斯谢苗诺夫走到女儿跟前。彼得搀扶着姐姐一只手，心慌意乱地环顾四周。）

波丽娅：我们走吧！

尼尔：好！（面向别斯谢苗诺夫。）：嗨，我们走啦……就这样！我感到遗憾，一切都得出这样糟糕的结果。

别斯谢苗诺夫：走吧，走吧！带着她……

尼尔：我不会回来了……

波丽娅（大声地，颤抖的嗓音）：难道可以因为这种事……由于塔妮娅……归罪于我吗？难道我对此有罪吗？您这个不知害臊的人……

别斯谢苗诺夫（火冒三丈地）：你走吗？！

尼尔：别吵！

彼尔奇亨：孩子们，——不要生气！必须——温和……

波丽娅：再见！走，父亲！

尼尔（面向彼尔奇亨）：我们走！

彼尔奇亨：不，我不想和你们一起……我没必要……我——独立自主……捷连津！我独自一人……我的事业是纯洁的……

捷捷列夫：到我那里去……

波丽娅：走吧！走，趁还未被驱赶的时候……

彼尔奇亨：不……我不走……捷连津，——我没必要和他们在一起！我了解……

彼得（面向尼尔）：你们就走吧……真见鬼！……

尼尔：我走……再见……然而你怎么样……

波丽娅：我们走，我们走……

（他们离去。）

别斯谢苗诺夫（在他们后面叫喊）：回来吧！哀求吧……

彼得：你别管，父亲！得啦……

塔齐雅娜：爸爸！我亲爱的……不必要叫喊……

别斯谢苗诺夫：你们别忙……你们等一等……

彼尔奇亨：嗨，你瞧……他们走了……也好！让他们去吧！……

别斯谢苗诺夫：他们也该向我说声告别的话……杯蛋！我给吃的，给喝的……（面向彼尔奇亨。）你，老鬼！傻瓜！来了，嘟嘟哝哝……你需要什么？什么？

彼得：爸爸，得啦……

彼尔奇亨：华西里·华西里伊奇！别叫喊……我尊敬你，你这怪人！我愚钝——是真的！但我明白……各走各的……

别斯谢苗诺夫（坐到长沙发上）：我……失去了思维。我不明白……发生了什么事？突然……好像夏天，进入了干旱的地方，火灾……一个人没有……有人说——我不会回来了……瞧，多么简单！瞧，你怎么……不……对此我不能相信……

捷捷列夫（面向彼尔奇亨）：你干吗在这里？你干吗？

彼尔奇亨：为了维持秩序……我，兄弟，一两下就能轻而易举地做出判断！不必多说！她是我的女儿吗？很好……就是说,——她应当——(突然沉默了一会儿。)我是个不好的父亲……
她一点也不应该……让她如自己所想的那样生活!而我怜惜塔妮
娅……塔妮娅……我怜惜你……我,兄弟们,怜惜你们所有人!
唉!……要知道,若凭良心说——你们全都是傻瓜!……

    别斯谢苗诺夫:你别说了……

    彼得:塔妮娅!叶列娜·尼科拉耶芙娜走了吗?

    叶列娜(从塔齐雅娜房间):我在这里……配药……

    别斯谢苗诺夫:我的思维错乱了……我什么也不明白!难道
尾尔……就这样走了吗?

    阿库丽娜·伊凡诺芙娜(走进来,不安地):发生什么事了?
尼尔和帕拉格娅在厨房那里……而我在贮藏室……

    别斯谢苗诺夫:他们走了吗?

    阿库丽娜·伊凡诺芙娜:不……他们要叫彼尔奇亨……帕
拉格娅说:告诉我父亲……而她的嘴唇在哆嗦。尼尔,反正像只
狗,——吼叫……怎么一回事?……

    别斯谢苗诺夫(站起来):赶紧……我这就过去……

    彼得:父亲,——不需要!别去……

    塔齐雅娜:爸爸!劳您的驾……不需要……

    别斯谢苗诺夫:为什么——不需要吗?

    阿库丽娜·伊凡诺芙娜:究竟怎么回事?

    别斯谢苗诺夫:你知道……尼尔走了……不再回来了……

    彼得:嗯,这怎么啦?他走了——很好……您需要他干吗?
他要结婚了……他想建立自己的家庭……

    别斯谢苗诺夫:啊!这样难道……我,我是他的陌生人吗?

    阿库丽娜·伊凡诺芙娜:他爹,你为啥不安?随他的便吧!
让他去……我们有自己的孩子……彼尔奇亨——你干吗?走吧!

    彼尔奇亨:我和他们——不是同路人……

    别斯谢苗诺夫:不……否则你就一去别返——走吧!怎么
样?像他那样去……你用什么样的目光看我啊?……

    (叶列娜从塔齐雅娜房间出来。)

捷捷列夫（抓住彼尔奇亨一只手，拉着他在身后走向门口）：我们去喝一杯茅香露酒吧……

彼尔奇亨：唉，神笛！你这个正儿八经的人……

（他俩离去。）

别斯谢苗诺夫：我知道，他会离开我们……嗯，只是——难道就这样离开？而她……她……叫喊着！这个短工，女孩子……我去，我对他们说说……

阿库丽娜·伊凡诺芙娜：唉，得了吧，他爹！他们把我们当外人！怜惜他们什么啊？走了——也就算了！

叶列娜（面向彼得小声说）：走，去我那里……

塔齐雅娜（面向叶列娜）：还有我……也带上我吧！……

叶列娜：我们走……走吧。

别斯谢苗诺夫（听到了她的呼唤）：去哪里？

叶列娜：回家……到我那里去！

别斯谢苗诺夫：叫谁去啊？彼得吗？

叶列娜：是的……还有塔妮娅……

别斯谢苗诺夫：塔妮娅——与此事无关！而彼得去您那里……没有必要！

彼得：别操心，父亲！我……不是小孩！我去或不去……

别斯谢苗诺夫：你别去！

阿库丽娜·伊凡诺芙娜：彼得！服从父亲吧！哎哟，服从吧……

叶列娜（激愤地）：对不起，华西里·华西里耶维奇！

别斯谢苗诺夫：不，该对不起你们！虽然你们是有知识的人……虽然你们丧失了良心……虽然你们不尊敬任何人……

塔齐雅娜（歇斯底里般叫喊）：爸爸！算了吧……

别斯谢苗诺夫：住嘴！既然你不是自己命运的主人——你就住嘴……等一等！去哪里？

（叶列娜走向门口。）

彼得（跟在她后面奔过去，抓住她一只手）：对不起！一会儿……需要马上……需要解释清楚……

别斯谢苗诺夫：需要倾听我的话……你们给我行行善吧，——听我的话！让我明白——究竟是怎么回事？（彼尔奇亨走进来，他容光焕发、喜气洋洋。跟在他后面的是捷捷列夫，后者也是满脸堆笑。他们停留在门旁，逐一端详。彼尔奇亨朝别斯谢苗诺夫丢个眼色并挥动一只手。）大家都去什么地方……丝毫不解释意图……无缘无故……令人气恼。没有理智！你能去哪儿，彼得？你……你究竟是谁？你想怎样生活？你想做什么？（阿库丽娜·伊凡诺芙娜啜泣。彼得、叶列娜和塔齐雅娜三人紧挨着站在别斯谢苗诺夫面前，听他说："你能去哪里"——塔齐雅娜走到母亲站的桌子旁边。彼尔奇亨向捷捷列夫暗示着什么，摇头晃脑，挥动双手，仿佛在轰鸟。）我有权利询问……你——年轻，你还——愚蠢！我——五十八岁为孩子们劳其筋骨……

彼得：我听见了这个话，父亲！我成百上千次……

别斯谢苗诺夫：打住！闭嘴！

阿库丽娜·伊凡诺芙娜：哎呀，彼佳，彼佳……

塔齐雅娜：妈妈，您……什么也不明白！

（阿库丽娜·伊凡诺芙娜摇头。）

别斯谢苗诺夫：闭嘴！你能说什么话？你指什么事？什么事也没有……

彼得：父亲！你折磨我！你需要什么？你想要什么？

阿库丽娜·伊凡诺芙娜（突然大声地）：不，且慢！我也有心肝……我也有声音！儿子啊！你做什么？你想什么？你问谁？

塔齐雅娜：这太可怕了！这简直是某种钝锯……（面向母亲。）您撕裂身……心……

阿库丽娜·伊凡诺芙娜：这是母亲——锯？母亲？

别斯谢苗诺夫：老太婆，等一等！瞧他……让他说……

叶列娜（面向彼得）：嗨，够了！我再也——不能……我走了……

彼得：等一等……看在上帝面上！现在全都一清二楚……

叶列娜：不——这是疯人院！这……

捷捷列夫：叶列娜·尼科拉耶芙娜，——走吧！让他们所有人都见鬼去吧！

别斯谢苗诺夫：您，先生！您……

塔齐雅娜：这是否能结束了？彼得，走吧！

（停顿。大家都看着彼得。然后阿库丽娜·伊凡诺芙娜两手举起轻轻一拍，惊恐地望着丈夫。别斯谢苗诺夫仿佛被人推了一下，全身往后一仰，低垂着头。塔齐雅娜深沉地叹息一声，双手下垂，缓慢地朝着钢琴走去。）

捷捷列夫（低声地）：灵活地选择时间……

彼尔奇亨（大模大样地往前走）：嗯，这就是一切！原来是这样……大家各飞西东了！去吧，孩子们，飞出牢笼，像鸟儿在报喜节那样……

叶列娜（把自己的手从彼得手中脱出来）：放开我！我不能……

彼得（嘟哝着）：现在一切都明朗了……很快……

别斯谢苗诺夫（向儿子致敬）：嗯，谢谢，儿子……谢谢愉快的消息……

阿库丽娜·伊凡诺芙娜（哭泣）：你毁了自己，彼捷尼卡！难道她……她配得上……

彼尔奇亨：她？配彼得吗？是的……哪里话！老太婆！是的——他算什么？

别斯谢苗诺夫（慢慢地面向叶列娜）：也要感谢您，太太！现在，这么说来，——他完蛋了！他本该求学……而现在……真妙！虽说我对此也有所感觉……（愤恨地。）祝贺您的收获！彼齐卡！不会给你幸福的！而你……你……抓到了？偷到了？母猫……黄癣……

叶列娜：您无权……

彼得：父亲！你……疯啦！

叶列娜：不，先别忙！对，这是真的！对，我自己在您这里抓住了他，自己！我自己……我自己首先对他说……建议他娶我！您听见吗？您，雕鹗！听见吗？这是我在您这里夺取了他！我怜惜他！您折磨他……您是个讨厌的家伙，非人类！您的爱——这对他就是死亡！您想——啊，我知道！——您想，——我是为自己这样做的吗？嗯，您想吧……啊呀！我多么憎恨您！

塔齐雅娜：列娜！列娜！你怎么啦？

彼得：叶列娜……我们走吧！

叶列娜：您要知道，也许，我还不和他举行婚礼！您高兴，是吗？啊，这是很可能的！您——不要过早地害怕！我将这样，只是和他同居……不行婚礼……但我不会把他给您了！不会给！您——再也不要折磨他，不要！他也不来找您——永不！永不！永不！

捷捷列夫：万岁！万岁，女人！.

阿库丽娜·伊凡诺芙娜：哎呀，老天爷！他爹……这是怎么啦！他爹……

彼得（把叶列娜推向门口）：走……您走……您去吧……

（叶列娜离去，后面拉着彼得。）

别斯谢苗诺夫（无助地环顾）：你看，怎样？（突然高声地、快速地，用生硬的声音）：叫警察！（跺脚。）滚出住宅去！就在明天……哎呀，你！……

塔齐雅娜：爸爸！您怎么啦？

彼尔奇亨（惊讶，什么也不明白）：华西里·华西里伊奇！亲爱的！你这是怎么啦？干吗叫喊？你该高兴才对……

塔齐雅娜（走近父亲）：您听我说……

别斯谢苗诺夫：啊，你！你还……留在这里！你为什么不离去？无人陪你去？无处可去？打呵欠了？

（塔齐雅娜急忙躲开，很快走向钢琴。阿库丽娜·伊凡诺芙娜显得张皇失措和可怜巴巴地奔向她。）

彼尔奇亨：华西里·华西里伊奇，——不要这样！你想一想！彼得现在不会上学的……这对他有啥用处？（别斯谢苗诺夫呆板地看着彼尔奇亨，点头。）生活——对他意味着什么。你攒钱……妻子是出色的女人……而你——叫喊，喧闹！怪人，清醒过来吧！

（捷捷列夫哈哈大笑。）

阿库丽娜·伊凡诺芙娜（号啕痛哭）：全都离开了！抛弃了！

别斯谢苗诺夫（环顾周围）：住嘴，他妈！他们将返回来的……他们无权！……他们能去哪里？（面向捷捷列夫。）你在这里咧着嘴笑什么？你！坏蛋！魔鬼！滚出住宅去！就在明天——滚！你们都是一伙的……

彼尔奇亨：华西里·华西里伊奇！……

别斯谢苗诺夫：滚开，你！倒霉鬼……流浪者……

阿库丽娜·伊凡诺芙娜：塔妮娅！塔涅契卡！我可爱的女儿！你有病，不幸！将怎么办？

别斯谢苗诺夫：你，女儿，全知道……你全知道……却保持沉默！串通起来反对父亲吗？（突然仿佛吃惊似的。）你想……他不会放弃她吧？这个泼辣的少妇？娶淫乱放荡的女人为妻！我的儿子……你们这些该死的人！倒霉的人……轻佻的人！

塔齐雅娜：宽恕我吧！别让我……仇恨……

阿库丽娜·伊凡诺芙娜：女儿啊！你是我的不运的女儿！你被人折磨了！我们大家都被人折磨了……为什么？

别斯谢苗诺夫：是谁？总是尼尔，这个土匪……下流的东西！儿子也是搅扰者……女儿也蒙受痛苦！（看了一眼站在碗橱旁的捷捷列夫。）你，流浪者，干什么？你干吗在这里？滚出住宅去！

彼尔奇亨：华西里·华西里伊奇！他怎么啦？唉哟，你——发疯了，老头儿！

捷捷列夫（平静地）：别叫喊，老头儿！不过，什么事招惹你了，你不用驱赶……同时不用担心……你的儿子会返回来的……

别斯谢苗诺夫（快速地）：你……你怎么知道？

捷捷列夫：他不会离你远走高飞的。他这是临时到上面去了，他被拉到那里去的……但是他会下来的……你行将死去，——他将重新稍微收拾一下这肮脏的房间，在房间里重新配置家具，将生活得像你一样，——安定、理性和舒适……

彼尔奇亨（面向别斯谢苗诺夫）：看见吗？怪人！暴躁的人！人家希望你幸福……说的是温存的话，为了让你安静……而你——大喊大叫！捷连津——他，老兄，是个聪明人……

捷捷列夫：他重新配置家具，将把出色完成自己对生活和对人的职责牢记在心坎上。他毕竟也是像你一样的人……

彼尔奇亨：一模一样！

捷捷列夫：完全如此……胆怯和愚蠢……

彼尔奇亨（面向捷捷列夫）：等一等，你怎么啦？

别斯谢苗诺夫：你……说，但不要骂人……好大胆啊！

捷捷列夫：他到时也将像你一样吝啬，——过于自信和刚愎自用。（彼尔奇亨吃惊地直视着捷捷列夫，不明白——他是在安慰老头儿还是在斥骂他。在别斯谢苗诺夫的脸上也露出莫名其妙的神情，但他对捷捷列夫的话感兴趣。）他甚至也将像你现在这样地不幸……生活在前进，谁跟不上生活，他就会落得孤苦伶仃……

彼尔奇亨：听见没有？听见了吗？这么说来，一切都在理所当然地前进……而你却在生气！

别斯谢苗诺夫：打住，不要再纠缠了！

捷捷列夫：就这样人们将不会怜惜你那个不幸的和可怜的儿

子，会当面对他说实话，就像我现在对你说的："你为什么活着？你做了什么善事？"你的儿子也将像你现在这样不会回答……

别斯谢苗诺夫：对……这是你在这里说的……你总是滔滔不绝地说！可是心里藏着什么呢？不，我不相信你！而且——仍然——请你离开住宅！得啦……我容忍你相当长时间了！你也在这里惹了不少事……有害于我的事……

捷捷列夫：哎呀，要是我该多好啊！但不，不是我……（离去。）

别斯谢苗诺夫（摇晃着头）：我们将忍受……好吧！我们将等待……整个一生都在忍受……还将忍受下去！（走进自己房间。）

阿库丽娜·伊凡诺芙娜（跑在丈夫后面）：他爹！你是我亲爱的！我们是不幸的！干吗孩子们折磨我们？干吗残酷地折磨我们？（进入自己房询。彼尔奇亨站在中央，纳闷地眨巴眼睛。塔齐雅娜坐在钢琴旁边的椅子上，用奇异的目光四周环顾。从老人房间传出低沉的说话声。）

彼尔奇亨：塔妮娅！塔妮……（塔齐雅娜没有看他，没有答应。）塔妮娅！为什么他们四散逃跑、哭泣？啊？（望着塔齐雅娜，长吁短叹。）怪人！（望着老人的房门，摇头晃脑，朝着外屋的方向走去。）好啦，我去捷连津那里……怪人！

（塔齐雅娜慢慢弯下腰，胳膊肘支撑在钢琴键上。房间发出不和谐的、响亮的、多音部的声音，随即声音静止下来了。）

幕　落

在底层

献给康斯坦丁·彼得罗维奇·皮雅特尼茨基

高尔基

剧中人物

米哈伊尔·伊凡诺夫·科斯德列夫：54 岁，小店老板。

华西丽莎·卡尔波芙娜：他的妻子，26 岁。

娜塔霞：她的妹妹，20 岁。

梅德韦杰夫：她们的叔叔，警察，50 岁。

华西卡·倍倍尔：28 岁。

克列希，安得列伊·米特利奇：钳工，40 岁。

安娜：他的妻子，30 岁。

娜斯佳：少女，24 岁。

克华什妮娅：饺子女小贩，近 40 岁。

布普诺夫：做便帽的人，45 岁。

巴伦：33 岁。

萨京：近 40 岁。

阿克捷尔：近 40 岁。

鲁卡：行踪无定的人，60 岁。

克列什卡：皮鞋匠，20 岁。

克利沃伊·卓普：使用抓钩的装卸工人。

塔塔林：使用抓钩的装卸工人。

若干没有姓名和台词的无业游民。

第一幕

类似洞穴的地下室。天花板——沉重、石拱、熏黑的颜色、抹灰剥落。光线——来自观众的方向以及从上往下来自右边正方形的窗户。右角是倍倍尔的用薄墙隔起来的房间，这个房间的门旁是布普诺夫的简易板床。左角是一个俄式大炉子；左石墙内有一扇通往厨房的门，厨房里住着克华什妮娅、巴伦、娜斯佳。在炉子和门之间靠墙是一张宽大的床，床上挂着脏兮兮的印花布帐子。靠墙到处是简易板床。在前景上左墙旁边有一段木头，木头上钉着虎钳和小铁砧，还有比这段木头低一些的另一段木头。克列希坐在后一段木头的铁钻前面，试旧锁的钥匙。他的脚旁有两大串用铁丝环穿起来的各种各样的钥匙、一个变了形的铁皮茶炊、一柄锤子和几把锉刀。小店中间有一张大桌子、两条板凳、一条凳子，一切都是没油漆过的和肮脏的。克华什妮娅在桌后茶炊旁忙忙碌碌。巴伦在啃黑面包。娜斯佳坐在凳子上靠着桌子读一本破旧的书。安娜在挂着帐子的床上咳嗽。布普诺夫坐在简易板床上，在两膝夹着的帽楦上量破旧的裤子，思索该怎样剪裁。他旁边有一个用过的破帽盒、几块漆布和破布。萨京刚刚睡醒，躺在简易板床上吼叫。阿克捷尔不见身影，在炉子上忙活、咳嗽。

春 初。早 晨

巴伦：继续！

克华什妮娅：不——不，我说，可爱的，你就此从我这里滚开。我说，这个我经受过……现在，即使为了一百只烤虾，我也不结婚！

布普诺夫（面向萨京）：你干吗哼哼？

（萨京吼叫。）

克华什妮娅：我说，让我做自由的女人，让我自己做主人，要我入任何人的户籍，把自己交给男人做农奴吗，不！即使他是美国亲王，我也不考虑嫁给他。

克列希：撒谎！

克华什妮娅：什——什么？

克列希：撒谎！你将和阿布拉姆卡举行婚礼……

巴伦（从娜斯佳手中夺取书，读书名）:《致命的爱情》……
（哈哈大笑。）

娜斯佳（伸出一只手）：给我……还给我！嗨……别胡闹！

（巴伦望着她，把书在空中一挥。）

克华什妮娅（面向克列希）：你这头棕红色的公山羊！也来
学样撒谎！你怎敢对我说这种粗鲁的话？

巴伦（用书在娜斯佳头上一击）：你是个傻瓜，纳斯齐娅……

娜斯佳（夺下书）：给我……

克列希：大人物！……你将和阿布拉姆卡举行婚礼……只等
着那位……

克华什妮娅：当然！还能……怎样！你去把你的妻子弄到半
死不活吧……

克列希：闭嘴，老狗！这不是你的事……

克华什妮娅：啊！不容忍实话！

巴伦：开始啦！纳斯齐卡——你在哪儿？

娜斯佳（未抬头）：啊？你走吧！

安娜（从帐子里伸出头）：一天开始了！看在上帝面上……
你们别叫喊……别骂人！

克列希：开始埋怨啦！

安娜：每天……哪怕让死得安静呢！

布普诺夫：喧闹——不妨碍死亡……

克华什妮娅（走近安娜）：我的大嫂，你怎么和这样的坏蛋
一起生活？

安娜：请原谅……别再纠缠……

克华什妮娅：得了！唉，你呀……有耐性的人！……怎么着，
心胸不轻快吗？

巴伦：克华什妮娅！是去市场的时候了……

克华什妮娅：我们走吧，马上！（面向安娜。）想要给你热腾腾的饺子吗？

安娜：不需要……谢谢！我干吗要吃呢？

克华什妮娅：你还是吃一点儿。热的——使人感到暖和。我给你放到碗里留下来……什么时候想吃，就吃吧！走，老爷……（面向克列希。）喔唷，魔鬼……（走进厨房。）

安娜（咳嗽）：上帝啊……

巴伦（轻轻地推娜斯佳的后脑勺儿）：别读了……傻女人！

娜斯佳（嘟哝着）：走开……我不妨碍你。

（巴伦吹着口哨跟在克华什妮娅后面走了。）

萨京（在简易板床上欠起身来）：昨天这是谁打了我？

布普诺夫：这对你不是全都一样吗？

萨京：就算是这样……那为什么打我？

布普诺夫：你玩纸牌了吗？

萨京：玩了……

布普诺夫：就为此打你了……

萨京：坏——坏蛋……

阿克捷尔（从炉子上伸出头）：总有一天人们将把你打死……打到死……

萨京：而你是个笨蛋。

阿克捷尔：为什么？

萨京：因为不可能打死两次。

阿克捷尔（沉默了一会儿）：我不明白……为什么——不能？

克列希：你从炉子上爬下来，再收拾一下住宅……干吗消闲自在？

阿克捷尔：这不是你的事……

克列希：华西丽莎就会来，她将向你表明是谁的事……

阿克捷尔：让华西丽莎见鬼去吧！今天是巴伦轮班收拾……

巴伦!

巴伦（从厨房出来）：我没有时间收拾……我和克华什妮娅去市场。

阿克捷尔：这与我无关……哪怕你去服苦役……但轮到了你打扫地板……我不会替别人劳动的……

巴伦：嗯，真见鬼！纳斯齐奥妮卡将打扫……唉，你呀，致命的爱情！神志清醒过来吧！（从娜斯佳手中抢过来书。）

娜斯佳（站起来）：你要什么？给我！顽皮的人！还是个不好劳动的人……

巴伦（归还书）：纳斯嘉！替我打扫一下地板，好吗？

娜斯佳（去厨房）：根本没必要……当然啰！

克华什妮娅（站在厨房门口，面向巴伦）：你——走吧！没有你大家也会收拾的……阿克捷尔！求你，——你就干吧……想必你不会累坏的！

阿克捷尔：嗯……我总是……不明白……

巴伦（从厨房用秤杆提出筐子，其中有用破布盖起来的瓦罐）：今天有点儿沉重……

萨京：你配得上生来是个男爵①……

克华什妮娅（面向阿克捷尔）：你当心，——打扫吧！（走向外屋，让巴伦走在自己前面。）

阿克捷尔（从炉子上爬下来）：呼吸灰尘对我有害。（自豪地。）我的机体被酒精毒害了……（坐在简易板床上开始思索。）

萨京：机体……工具②……

安娜：安得列伊·米特利奇……

克列希：还怎么啦？

安娜：克华什妮娅给我留下饺子在那里……你拿着吃吧。

克列希（走近她）：那么你——不吃吗？

① 俄文"барон"意译为"男爵"，音译为"巴伦"，巴伦以该词为名字。——译者

② "机体"俄文为"организм"，"工具"俄文为"органон"，这两个俄语词词形相似。——译者

安娜：不想吃……我吃有啥用处？你是工作人员……你——
需要……

克列希：你害怕吗？别怕……也许，还……

安娜：去，吃吧！我感到难受……看来，很快……

克列希（离去）：没关系……也许——你会好的……常有的
事！（去厨房。）

阿克捷尔（大声地，仿佛突然醒过来）：昨天，在诊疗所，
医生对我说：你的机体完全被酒精毒害了……

萨京（微笑）：工具……

阿克捷尔（坚定地）：不是工具，是机——体……

萨京：西卡姆普尔……

阿克捷尔（向他挥手）：唉，废话！我说得是认真的……是
的。如果机体被毒害了……那就意味着，——扫地……呼吸灰
尘……对我有害。

萨京：长生不老术……哈！

布普诺夫：你嘟哝什么啊？

萨京：词……可实际上还有——超自然的……

布普诺夫：这是什么？

萨京：不知道……忘了……

布普诺夫：那你说的意味着什么？

萨京：是这样……兄弟，我厌烦了人类的词语……我们
所有的词语——都厌烦了！每一个词语，大概，我都听了一千
次了……

阿克捷尔：在戏剧《哈姆雷特》中说："词，词，词！"好东
西……我在其中扮演掘墓人……

克列希（从厨房出来）：你很快将带着扫帚演出吧？

阿克捷尔：不关你的事……（一只手拍打自己的胸脯。）"奥
菲丽娅！啊……请在你的祷告中记住我！……"

（在戏台后面，远远的什么地方……传出低沉
的喧闹声、喊叫声、警察的哨声。克列希坐下

工作，锉刀发出吱吱的声音。）

萨京：我喜欢古怪旳、不常见的词……当我还是小孩……在电报局工作的时候，我读了许多书……

布普诺夫：那么，你还曾是电报员？

萨京：曾是……（微笑。）有很好的书和许多新奇的词……我是有学问的人……知道吗？

布普诺夫：听到……一百次了！嗯，曾是……好棒啊！……而我——曾是熟皮工……有自己的作坊……我的双手成了黄色——由于染料，因为我染皮革，所以，兄弟，双手染成黄色的了——直到胳膊肘！我想过，到死我也洗不掉……就将这样带着黄色的双手去……而现在，你瞧，这双手简直成了脏手……是的！

萨京：怎么办？

布普诺夫：再也没关系了……

萨京：你这意味着什么？

布普诺夫：这样……为了考虑……结论是：出门在外无论如何也不要夸大自己，一切都是过眼云烟……一切都是过眼云烟，是的！

萨京：哎哟……我浑身疼痛！

阿克捷尔（双手抱膝坐下）：教育——是瞎扯淡；主要的——是才能。我知道一位演员……他一个音节一个音节地读台词，但他能把人物演得栩栩如生，以致剧场都因观众的欣喜欲狂而震颤和摇晃……

萨京：布普诺夫，给五戈比硬币吧！

布普诺夫：我总共只有两戈比……

阿克捷尔：我说——才能，这就是英雄所需要的东西。而才能——这是自信，是相信自己的力量……

萨京：给我五戈比，我将确信，你是有才能的人、英雄、残忍的人还是警察分段长……克列希，给五戈比吧！

克列希：见鬼去吧！这里你们这样旳人很多……

萨京：你干吗骂人？你本来身无分文，我知道……

安娜：安得列依·米特利奇……我感到憋闷……难受……

克列希：我能做点什么？

布普诺夫：去把通往外屋的门打开……

克列希：好吧！你坐在简易板床上，而我坐在地板上……让我坐到自己的位置上去，并去开门…… 而我不开门也已伤风感冒了……

布普诺夫（平静地）：我不需要开门……是你妻子请求……

克列希（忧郁地）：管他是谁请求做什么事呢……

萨京：我的脑袋嗡嗡直响……唉哟！为什么人们互相敲打后脑勺？

布普诺夫：人们不只是敲打后脑勺，而且敲打全身的其他部位。（站起来。）去，买线去……不知为什么今天好久未见到我们的老板……似乎他们死了。（走出去。）

（安娜咳嗽。萨京双手往脑后一抱躺着不动。）

阿克捷尔（忧郁地环顾四周，走近安娜）：怎么样？不舒服吗？

安娜：憋闷。

阿克捷尔：想要我带你去外屋吗？嗯，起来吧。（帮助安娜站起来，把一件什么破旧衣服搭在她肩上，搀扶着他去外屋。）好啦……坚强！我自己也是病人……酒精中毒了……

科斯德列夫（出现在门口）：去散步吗？哎呀，多好的一对，公绵羊和小母羊……

阿克捷尔：你——让开点……瞧见两位病人来了吗？

科斯德列夫：过去吧，请……（小声地哼着某种神妙的小曲，用疑惑的目光环顾小店，把头垂向左侧，仿佛在留心听倍倍尔房间的什么声音。克列希把钥匙弄得叮当响，使锉刀发出吱吱的声音，皱着眉头注视老板。）你在吱吱地作响？

克列希：你说什么？

科斯德列夫：我说，你在吱吱作响？（停顿。）啊……那个……我倒是要问什么来着？（快速地和小声地。）我妻子没在这里吗？

克列希：没有看见……

科斯德列夫（小心地走近倍倍尔的房门）：你一个月花两卢布在我这里占用多少位置呀！床……自己占着……是的！五卢布的位置，是呀！你应当添加半卢布……

克列希：你给我套上绞索，勒死我得啦……你都快要死了，还老想着半卢布……

科斯德列夫：干吗要勒死你？这对谁有好处？上帝保佑你，什么也不管，随心所欲地生活……而我多要你半卢布，——买灯油……好让我的油灯在圣像前长明……为我去作为罪孽的酬报，也为你。要知道，你自己没有想到自己的罪孽……嗯，就这样……哎呀，安得留什卡，你是个恶人！你的妻子由于你的恶行变得憔悴了……任何人都不喜欢、不尊敬你……你的工作吱吱作响，烦扰所有人……

克列希（叫喊）：你来折磨我吗？

（萨京高声吼叫。）

科斯德列夫（哆嗦一下）：哎嗨，你啊，老天爷……

阿克捷尔（走进来）：我让娘儿们坐到外屋去了，给她穿暖和了……

科斯德列夫：你多么善良，兄弟！这很好……这件事大家会给你记功的……

阿克捷尔：什么时候？

科斯德列夫：在那个世界，小兄弟……在那里我们所有的任何行为都会考虑的……

阿克捷尔：你就在这里奖赏我的善良才好呢……

科斯德列夫：这我怎么可能呢？

阿克捷尔：你就免去一半债务吧……

科斯德列夫：嘿——嘿！你老开玩笑，亲爱的，老嬉戏……难道可以把心地善良和金钱相提并论吗？善良——它高于一切财物。而你对我的债务——这终究是债务！也就是说，你应当向我偿还你的债务……对我这位老人你应当无偿地给以善良……

阿克捷尔：你是个坏蛋，老家伙……（走进厨房。）

（克列希站起来走向外屋。）

科斯德列夫（面向萨京）：这个吱哇乱叫的人，跑了，嘿——嘿！他不喜欢我……

萨京：除了魔鬼以外，谁喜欢你……

科斯德列夫（微微地笑笑）：你真是个好骂人的人！而我喜欢你们所有人……我了解，你们是我的一伙不幸的、太不中用的和毫无希望的人……（突然快速地。）啊……华西卡——在家吗？

萨京：你看吧……

科斯德列夫（走近门口，敲门）：华西亚！

（阿克捷尔出现在厨房门口。他在啃着什么。）

倍倍尔：这是谁啊？

科斯德列夫：这是我……我，华西亚。

倍倍尔：需要什么？

科斯德列夫（闪开一些）：开门……

萨京（未看科斯德列夫）：他会开，而她——在那里……

（阿克捷尔扑哧地笑。）

科斯德列夫（平静地、小声地）：啊？谁——在那里？你……说什么？

萨京：什么？你——对我说话吗？

科斯德列夫：你说什么？

萨京：我这是……说自己……

科斯德列夫：当心，兄弟，开玩笑得有个度——是的！（死劲地敲门）：华西里！

倍倍尔（打开门）：怎么？你干吗打扰我？

科斯德列夫（窥视房间）：我……你瞧……

倍倍尔：钱带来了吗？

科斯德列夫：我有事找你……

倍倍尔：钱——带来了吗？

科斯德列夫：什么钱？等一等……

倍倍尔：钟表钱，七卢布，对吧？

科斯德列夫：什么钟表，华西亚？哎呀，你……

倍倍尔：嗨，你瞧！昨天，当着证人们的面，我卖给你十卢布的钟表……我收了三卢布，还有七卢布——给吧！你干吗眨巴眼睛？你在这里闲逛，打扰人……而自己的事却不知道……

科斯德列夫：嘘！别生气，华西亚……钟表。——它是……

萨京：偷来的……

科斯德列夫（严肃地）：我不接收偷来的东西……你怎么能……

倍倍尔（抓住他的肩膀）：你——干吗打扰我？你需要什么？

科斯德列夫：是的……我——不需要什么……我走……既然你是这样的人……

倍倍尔：走吧，把钱带来！

科斯德列夫（离去）：多么粗鲁的人们！唉—呀—呀……

萨京：很好！我喜欢这恶作剧……

倍倍尔：他到这里来干什么？

萨京（笑）：你不知道？他找妻子……你干吗不打死他，华西里？！

倍倍尔：由于这样的坏蛋我开始使自己的生活变坏了……

萨京：你——聪明。以后——你就娶了华西丽莎……那样你将是我们的老板……

倍倍尔：天大的喜事！你们大家不仅是我的客户，而且凭我的善良你们将在酒馆里把我吃光喝光……（坐到简易板庄上。）老鬼……吵醒我了……我本来在做一个好梦：似乎我在钓鱼，我钓到了一条最大的鳊鱼！这么大的鳊鱼，——只能在梦里才有……于是我就用钓竿拉住它，担心钓线断掉！我准备了捞鱼网……我想，现在就……

萨京：这不是鳊鱼，而是华西丽莎……

阿克捷尔：华西丽莎他早就抓住了……

倍倍尔（生气地）：你们见鬼去吧……而且和她一起！

克列希（从外屋进来）：好冷……酷寒……

阿克捷尔：你怎么没带安娜进来？她会冻坏的……

克列希：娜塔什卡把她带到厨房去了……

阿克捷尔：老头儿——会赶走她的……

克列希（坐下来工作）：嗯……娜塔什卡会带她来……

萨京：华西里！给五戈比硬币吧……

阿克捷尔（面向萨京）：哎嗨，你呀……五戈比硬币！华西亚！给我们二十戈比硬币吧……

倍倍尔：应该快点给……趁你们还没有要一卢布的时候……拿去吧！

萨京：直布罗陀^①！世上没有人比小偷更好的了！

克列希（忧郁地）：他们更容易得到钱……他们——不工作……

萨京：许多人容易得到钱，少数人容易舍弃钱……工作嘛？让工作令我感到愉快，也许我将去工作……是的！也许！当劳动是乐趣时，生活就美好！当劳动是义务时，生活就是奴役！（面向阿克捷尔。）你，萨尔达拉巴德！我们走……

阿克捷尔：我们走，尼布甲尼撒二世！我要畅饮——如何……四万个酒鬼……

---

① 这里的"直布罗陀（比利牛斯半岛南部地区名）"以及下面的"萨尔达拉巴德（亚美尼亚奥克坚别良市旧地名）""尼布甲尼撒二世（公元前巴比伦国王）"均为戏称。——译者

（他们离去。）

倍倍尔（打哈欠）：怎么着，你妻子怎么样？

克列希：看来，很快就……

（停顿。）

倍倍尔：我看你，——你白吱哇乱叫了。

克列希：那怎么办？

倍倍尔：没关系……

克列希：我将怎么生活？

倍倍尔：人们总得活下去……

克列希：这些人吗？他们都是些什么人？无赖，流氓……人们！我是工人……我望着他们就觉得害羞……我从小就工作……你想，我不会从这里挣脱出去吗？我将爬出去……扒层皮，爬出去……你就等着瞧……妻子将死……我在这里待了六个月……反正像是六年……

倍倍尔：这里任何人都不比你坏……你白说……

克列希：不坏！他们活得没有荣誉，没有良心……

倍倍尔（冷淡地）：荣誉、良心——有什么用？无论是荣誉还是良心，都不能代替靴子穿在脚上……荣誉和良心是那些有权有势的人所需要的

布普诺夫（走进来）：喔唷……冻僵了！

倍倍尔：布普诺夫！你有良心吗？

布普诺夫：什么？良心？

倍倍尔：嗯，对！

布普诺夫：良心干吗用？我——不是富豪……

倍倍尔：瞧，我也说：富豪才需要荣誉和良心，对！可是克列希骂我们，他说：不，我们要有良心……

布普诺夫：那他想取得什么？

倍倍尔：他有自己的许多东西……

布普诺夫：就是说，他要卖东西？嗯，这里任何人都不买东西。我倒想买破帽盒……但也是赊购……

倍倍尔（用教训旳口吻）：你是个傻瓜，安得留什卡！关于良心，你最好听听萨京怎么说……要不就听听巴伦的话……

克列希：我和他们没什么可说的……

倍倍尔：他们将比你聪明些……尽管他们是酒鬼……

布普诺夫：谁喝醉了但不糊涂，那他是倍加可贵的……

倍倍尔：萨京说：任何人都希望他的邻居有良心，可是任何人有良心都没有好处……这话是真的……

（娜塔霞走进来。鲁卡跟在她后面，一手拄着
拐杖，肩上扛着背包，腰间别着饭盒和水壶。）

鲁卡：祝你健康，诚实的人！

倍倍尔（捋胡须）：啊，娜塔霞！

布普诺夫（面向鲁卡）：曾是神圣的前年的春天……

娜塔霞：瞧——新住户……

鲁卡：我——反正一样！我对骗子也给予尊敬，在我看来，任何一只跳蚤都不坏，它们全都是黑黑的，全都跳跃……就这样。这里，亲爱的，我哪能适应啊？

娜塔霞（指着厨房门）：到那里去，老大爷……

鲁卡：谢谢，姑娘！去那里，那么就去那里……对老头儿来说，哪里温暖，那里就是故乡……

倍倍尔：你带来了一个什么样的有趣的老头子，娜塔霞……

娜塔霞：比您有趣些……安得列伊！你妻子在我们厨房……你，等一会儿来找她。

克列希：好吧……我来……

娜塔霞：你，看样子，现在对她更温柔些才好……要知道，时日不多了……

克列希：我知道……

娜塔霞： 你知道……知道得不多，你——要明白，死亡是可怕的……

倍倍尔： 可是——我并不害怕……

娜塔霞： 怎么！……勇敢……

布普诺夫（吹了一声口哨）：这线是腐烂的……

倍倍尔： 真的，我不害怕！即使现在——我也能接受死亡！你拿把刀子，朝心脏一捅……我就死了——不会哼一声！甚至——怀着快意，因为死于一只干净的手……

娜塔霞（离去）：嗯，您就向别人闪烁其词吧。

布普诺夫（拖长声地）：这线是腐烂的……

娜塔霞（站在外屋门旁）：安得列伊，别忘了妻子……

克列希： 好的……

倍倍尔： 可爱的少女

布普诺夫： 少女——还不错……

倍倍尔： 为什么她和我——这样？她拒绝……反正她要在这里消失……

布普诺夫： 由于你消失……

倍倍尔： 为什么——由于我？我怜惜她……

布普诺夫： 像狼怜惜羊……

倍倍尔： 你撒谎！我很怜惜她……她在这里生活得不好……我看见……

克列希： 等一等，瞧，华西丽莎在和她谈话时看着你……

布普诺夫： 华西丽莎？对，她不会把自己的东西白给人的……这个女人——厉害……

倍倍尔（躺到简易板床上）：你们俩见鬼去吧……预言家！

克列希： 看着……等着！

鲁卡（在厨房，小声唱）：半夜三更……不见路径……

克列希（去外屋）：你听，也是……悲号……

倍倍尔： 寂寞无聊……为什么这令我感到寂寞无聊？活着—活着——一切都好！突然——仿佛冻僵了，于是变得寂寞无聊了……

布普诺夫：寂寞无聊？嗨……

倍倍尔：哎嗨！

鲁卡（唱）：唉，不见路径

倍倍尔：老头儿！嗨！

鲁卡（从门中张望）：这是叫我吗？

倍倍尔：你。别唱啦。

鲁卡：走出来：你不爱听？

倍倍尔：如果唱得好——我就爱听……

鲁卡：而我，就是说，唱得不好啰？

倍倍尔：那么……

鲁卡：真有你的！而我想——我唱得好。瞧，事情总是这样：人想自己——我做得好！说失礼的话——人们不满意……

倍倍尔（笑）：瞧！真的……

布普诺夫：你说——寂寞无聊，而自己却哈哈大笑。

倍倍尔：你干吗？大乌鸦……

鲁卡：这是谁感到寂寞无聊啊？

倍倍尔：是我……

（巴伦走进来。）

鲁卡：真有你的！而在那厨房，少女坐着，读书，还哭泣！真的！眼泪横流……我对她说：可爱的，你这是干吗，啊？而她说：可怜！我说：谁可怜啊？她说：就是这书里写的……瞧，人读什么书，啊？看来，也是因为寂寞无聊……

巴伦：这是傻瓜……

倍倍尔：巴伦！喝茶吗？

巴伦：喝了……继续！

倍倍尔：想要我给你来半瓶吗？

巴伦：当然……继续！

倍倍尔：四肢着地，学狗叫吧！

巴伦：傻瓜！你是什么——商人？或是醉汉？

倍倍尔：嗯，吠叫一下！我将觉得好玩……你是老爷嘛……你曾把我们的兄弟不当人看……如此等等……

巴伦：嗯，接着说吧！

倍倍尔：到底为什么？而现在我就让你学狗叫……你就将是……要知道，你将是什么？

巴伦：嗯，将是！笨蛋！如果我自己知道好像是比你坏，那么你由此或许能得到怎样的乐趣呢？在我与你不能比时，你才让我四脚爬行吧……

布普诺夫：说得对！

鲁卡：我也要说——讲得好！

布普诺夫：都是过去的事了，而留下的都是些废话……这里没有老爷……全都脱毛了，留下的只是光溜溜的人……

鲁卡：就是说，大家是平等的……而你，可爱的，曾是男爵吗？

巴伦：这位又是什么人？你是谁，丑八怪？

鲁卡（笑）：我见过伯爵，也见过公爵……而男爵——我第一次见到，而且是个破落户……

倍倍尔（哈哈大笑）：巴伦！你使我发窘……

巴伦：是聪明一点的时候了，华西里……

鲁卡：哎嗨！我看你们，兄弟们，——你们的生活——喔唷！……

布普诺夫：生活是这样的，一清早起来就号啕大哭……

巴伦：生活得也好些了……是的！我……有时……早晨一起来就躺在床上喝咖啡……咖啡！——乳脂咖啡……是的！

鲁卡：可是——人们！无论装模作样，无论摇摆不定，但生来是人，死也是人……我看，人们越来越聪明了，越来越勤奋了……尽管生活得越来越坏，但希望越来越好……顽强的人！

巴伦：你，老头儿，是什么人？你从哪里来？

鲁卡：我吗？

巴伦：行踪无定的人？

鲁卡：我们大家都是地球上行踪无定的人……我听说，我们这个地球也是天空中行踪无定的球体。

巴伦（严肃地）：是这样，嗨，你有证件吗？

鲁卡（稍慢）：那么你是谁，侦探？

倍倍尔（高兴地）：真妙，老头儿！怎么样，巴罗沙，你也碰钉子了吧？

布普诺夫：是的，老爷碰到了……

巴伦（不好意思）：嗨，没有什么关系吧？我本是开玩笑，老头儿！我，老兄，我自己就没有证明文件……

布普诺夫：你撒谎！

巴伦：说得更确切些……我有证明文件……但它们毫无用处……

鲁卡：它们，这些证明文件，全都是这样……毫无用处。

倍倍尔：巴伦！我们去小饭馆吧……

巴伦：同意！嗯，再见，老头儿……你是个机灵鬼！

鲁卡：无奇不有，可爱的……

倍倍尔（站在外屋门旁）：嗨，我们走，好不好！（离去。巴伦快速走在他后面。）

鲁卡：这个人真的曾是个男爵吗？

布普诺夫：谁知道他？老爷，这是对的……他现在偶尔突然也表现出自己是个老爷。看来，还没有抛弃老爷习惯。

鲁卡：也许，老爷习气像天花……人康复了，但麻瘫留下来了……

布普诺夫：他毕竟还不错……只是有时有点固执……诸如关于你的证件……

阿辽什卡（带着醉意走进来，手里拿着手风琴，吹着口哨）：喂，居民们！

布普诺夫：你喊叫什么？

阿辽什卡：对不起……请原谅！我是个有礼貌的人……

布普诺夫：再次纵酒作乐了？

阿辽什卡：随意！现在副警察所长梅吉亚京赶我出区段，还说：让我在街上也不要出现……绝对不行！我是个有性格的人……而老板对我不满……老板是什么东西？唉！一番争吵……他，那个老板，是个酒鬼……而我是这样的人，即不盼望任何东西，不想要任何东西，——决不想要！花二十卢布雇佣我吧！而我——什么都不想要。（娜斯佳从厨房出来。）给我一百万——我也不想要！让我的一位同事，酒鬼，指挥我，——我不愿意！不想要！

（娜斯佳站在门旁，摇头，望着阿辽什卡。）

鲁卡（和善地）：唉，小伙子，你误入歧途了……

布普诺夫：人的糊涂……

阿辽什卡（躺在地板上）：责备我吧！而我——什么都不想要！我是个无所顾忌的人！你们告诉我——我比谁坏？我为什么要比别人坏呢？梅吉亚京说：别上街游逛，否则揍你的嘴脸！而我——上街……上街游逛——压死我吧！我——不盼望任何东西！

娜斯佳：不幸的人！……还年轻，却已经如此倔强……

阿辽什卡（望了她一眼，站起来）：小姐！千金小姐！我开始游玩了……

娜斯佳（大声地）：华西丽莎！

华西丽莎（很快打开门，面向阿辽什卡）：你又在这里？

阿辽什卡：您好……请吧……

华西丽莎：我对你兔崽子说过，不许你到这里来……而你又来了？

阿辽什卡：华西丽莎·卡尔波芙娜……想要我给你演奏送葬曲吗？

华西丽莎（推他的肩膀）：滚！

阿辽什卡（挪动到门旁）：且慢……不能这样！我刚学会了送葬曲！新鲜的音乐……等一等！不能这样！

华西丽莎：等我给你点厉害瞧瞧——不能……我将让整条街的人都追逐你……你这个该死的饶舌者……你这个叫骂我的年

轻人……

阿辽什卡（跑出去）：嗨，我走……

华西丽莎（面向布普诺夫）：别让他再到这里来！听见了吗？

布普诺夫：我在这里不是你的守卫者……

华西丽莎：不关我的事，你究竟是谁！出于仁慈让你住着——别忘了！欠我多少钱？

布普诺夫（平静地）：没有计算……

华西丽莎：你瞧——我来计算一下！

阿辽什卡（打开门，叫喊）：华西丽莎·卡尔波芙娜！我可不怕你……不—不怕你！（躲藏起来。）

（鲁卡发笑。）

华西丽莎：你究竟是什么人？

鲁卡：过路的人……浪迹天涯的人……

华西丽莎：过夜还是长住？

鲁卡：让我想想看……

华西丽莎：出示证件！

鲁卡：可以……

华西丽莎：拿来！

鲁卡：我给你拿来……去临时住处给你拿放证件的老式外衣……

华西丽莎：过路的人……也一样！说是无赖汉吧……则更加接近真相……

鲁卡（叹息一声）：唉，你不友善，大嫂……

（华西丽莎走向倍倍尔的房门。）

阿辽什卡（从厨房探望，低声说）：她走了？啊？

华西丽莎（回头看着他）：你还在这里啊？

（阿辽什卡离去，吹口哨。娜斯佳和鲁卡发笑。）

布普诺夫（面向华西丽莎）：他不在……

华西丽莎：谁不在？

布普诺夫：华西卡不在……

华西丽莎：我问了你他在不在吗？

布普诺夫：我瞧着……你在四处张望……

华西丽莎：我在检查卫生状况——懂吗？为什么你们到现在都还未打扫？我多少次吩咐要保持整洁？

布普诺夫：轮到阿克捷尔打扫了……

华西丽莎：这不关我的事——该轮到谁啦！可是，如果卫生员来了并处以罚金的话，那时我将叫你们所有人都滚蛋！

布普诺夫（平静地）：那样你将何以为生？

华西丽莎：不要有一点灰尘！（走向厨房。面向娜斯佳。）你为什么待在这里？你这脸怎么浮肿起来了？干吗痴呆地站着？打扫地板吧！看见过娜塔丽娅吗？她来过这里吗？

娜斯佳：不知道……没见过……

华西丽莎：布普诺夫！我妹妹来过这里吗？

布普诺夫：啊……他就是她带来的……

华西丽莎：这位……在家待过吗？

布普诺夫：华西里吗？待过……她，娜塔丽娅，在这里和克列希谈话来着……

华西丽莎：我没有问你——和谁谈话！到处都是尘土……脏得一塌糊涂！唉，你们……一群邋遢鬼！打扫干净……给我听好啦！（快步走出去。）

布普诺夫：她，这个婆娘，心中有多少残暴！

鲁卡：厉害的女人……

娜斯佳：在这样的生活中你会发狂……把像她这样的活人绑在这样一个丈夫身上……

布普诺夫：嗨，她绑得不是太紧……

鲁卡：她总是这样……痛苦吗？

布普诺夫：总是……瞧，她找情夫来了，而他不在……

鲁卡：这么看来，也就是说，感到委屈。唉哟哟！世间有多少各种各样的人发号施令……并用一切手段相互恐吓，生活中总是没有条理……也没有纯洁……

布普诺夫：大家都希望有条理，可是缺乏理智。然而，还是要打扫啊……娜斯佳！你来干吧……

娜斯佳：是吗，当然啰！我是你们这里的女仆……（沉默一会儿。）瞧，我今天要畅饮……是的，要畅饮！

布普诺夫：对，好哇……

鲁卡：少女，你这是为什么想喝酒呀？你方才哭泣，现在又说——要喝酒！

娜斯佳（挑衅性地）：喝完酒——将再哭……就这样！

布普诺夫：不过分……

鲁卡：清告诉我，究竟由于什么原因啊？要知道，没有原因，疖子也不会突然长出来……

（娜斯佳沉默，摇头。）

鲁卡：这样……哎嗨……先生们！你们将怎么办？……喂，就让我在这里打扫一下吧。你们的扫帚在哪里？

布普诺夫：在外屋的门后面……

（鲁卡走进外屋。）

布普诺夫：娜斯坚卡！

娜斯佳：啊？

布普诺夫：为什么华西丽莎冲撞阿辽什卡？

娜斯佳：他议论她了，说她使华西卡厌烦了，华西卡想抛弃她……而要去搂抱娜塔霞……我要离开这里……到别的住宅去……

布普诺夫：为什么？去哪里？

娜斯佳：我腻味了……我在这里是多余的……

布普诺夫（平静地）：你在任何地方都是多余的……而且世间所有人都是多余的……

（娜斯佳摇头，站起来，悄悄去外屋。梅德韦杰夫进来鲁卡手持扫帚跟在他后面。）

梅德韦杰夫：我似乎不认识你……

鲁卡：那么其他所有人你都认识？

梅德韦杰夫：在我自己区段所有人我应该都认识，可是你——我就不认识……

鲁卡：这是因为，大叔，世间不是全都置于你的区段……山外青山天外天……（去厨房。）

梅德韦杰夫（走近布普诺夫）：说得对，我的区段不大……是比任何大的差些……现在，在交接值班工作之前，我把皮鞋匠阿辽什卡带到区警察分局去……你可知道，他躺在街中间拉手风琴，还大喊大叫：我不想要任何东西，我不盼望任何东西！马车驶来驶去，行人来来往往，车轮可能把他压死的，如此等等……好闹事的小伙子……嗨，我现在就把他送去。他很喜欢破坏秩序……

布普诺夫：晚上你来下跳棋吗？

梅德韦杰夫：我来。对了……怎么……华西卡呢？

布普诺夫：没什么……一切如常……

梅德韦杰夫：就是说……他还在这里住着？

布普诺夫：干吗他不住下？他可以住下去……

梅德韦杰夫（怀疑）：可以吗？（鲁卡一手提着桶去外屋。）对了……这里传着流言蜚语……关于华西卡的……你听见了吗？

布普诺夫：我听得见形形色色的流言蜚语……

梅德韦杰夫：关于华西丽莎的，似乎你没有注意到吧？

布普诺夫：什么？

梅德韦杰夫：这样……总之……你也许知道，但撒谎吧？本来大家都知道……（严肃地。）不要撒谎，兄弟……

布普诺夫：我干吗撒谎！

梅德韦杰夫：真是的！唉，活见鬼！华西卡和华西丽莎……人家说……我怎么着？我不是她父亲，我是叔叔……干吗嘲笑我？……（克华什妮娅走进来。）什么人开始……嘲笑一切……啊！你……来了……

克华什妮娅：我最亲爱的警备队员！布普诺夫！他再次在市场上追求我，希望举行婚礼……

布普诺夫：快点吧……怎么样？他有钱，他还是强壮的男人……

梅德韦杰夫：我吗？哈哈！

克华什妮娅：唉，你呀，灰头土脸！不，你别触犯我这个痛处！可爱的，这个我曾经历过……女人出嫁——反正像在冬天跳入冰窟窿，——做了一次，终生难忘……

梅德韦杰夫：你——等一等……丈夫有各种各样的。

克华什妮娅：而我是始终如一的！在我可爱的丈夫死后，——他不得好死，——我就乐得整天这样孤单一人坐着……坐着，总不相信自己的幸福……

梅德韦杰夫：既然丈夫无缘无故地打你……应该到警察局去控诉……

克华什妮娅：我向上帝控诉了八年，——没给予帮助！

梅德韦杰夫：现在禁止打妻子……现在一切都有严格的规矩和法律秩序！任何人都不得任意打人……为了维持秩序，打人者要挨打……

鲁卡（领着安娜进来）：嗨，总算缓慢地走到了这里……唉，你呀！难道以这样虚弱的身体可以独自行走吗？哪里是你的位置？

安娜（指着自己的位置）：谢谢，老大爷……

克华什妮娅：这就是她——有夫之妇……瞧着吧！

鲁卡：这位小女子身体十分虚弱……在外屋行走，扶着墙壁，呻吟……你们为什么让她一个人外出？

克华什妮娅：没有看到，请原谅，老大爷！看来，那位女工去溜达了……

　　鲁卡： 瞧你——开玩笑……难道可以对一个人如此撒手不管吗？人——无论他是怎样的——都总有他自己的价值……

　　梅德韦杰夫： 需要监管！人万一死了呢？将由此生出无聊的麻烦事来……关照是必要的！

　　鲁卡： 对，士官先生……

　　梅德韦杰夫： 是的……虽然我……还不完全是个士官……

　　鲁卡： 是吗？可见识是最勇敢的！

（外屋传出喧闹声和脚步声。传来低沉的喊叫声。）

　　梅德韦杰夫： 似乎是——吵架吧？

　　布普诺夫： 好像是……

　　克华什妮娅： 去看看……

　　梅德韦杰夫： 我也该走了……哎嗨，老总！当人们打架时，为什么要用力把他们拉开？他们自己会停下来的……要知道打架是很累的……让他们相互自由地、尽情地殴打……以后打架就会少些，因为他们会长久地记住打架的伤痕……

　　布普诺夫（从简易板床上爬下来）：你对长官去谈谈这个想法吧……

　　科斯德列夫（推开门，叫喊）：阿普拉姆！去……华西丽莎在痛打娜塔什卡……快去！

（克华什妮娅、梅德韦杰夫、布普诺夫奔向外
屋。鲁卡摇头，望着他们的背影。）

　　安娜： 啊，天哪……可怜的娜塔申卡！

　　鲁卡： 谁在那里打架？

　　安娜： 女老板……姐妹俩……

　　鲁卡（走近安娜）：她们干吗争吵？

　　安娜： 她们……饱食终日……身体健壮……

鲁卡：怎么称呼你啊？

安娜：我叫安娜……我看你……你像我父亲……像老大爷……那么亲切……温柔……

鲁卡：经历了许多磨难，因此也就温柔了……（发出爽朗的笑声。）

幕　落

第二幕

布景同前

晚上。萨京、巴伦、克利沃伊·卓普和塔塔林在炉子旁边的简易板床上玩纸牌。克列希和阿克捷尔观战。布普诺夫在自己的简易板床上和梅德韦杰夫下跳棋。鲁卡坐在安娜床旁的凳子上。小店亮着两盏灯：一盏挂在玩纸牌的人旁边的墙上，另一盏放在布普诺夫的简易板床上。

塔塔林：再玩一次，——就不再玩了……

布普诺夫：唉！嗨！（开始唱。）

太阳升起来又降落……

克利沃伊·卓普（随着唱起来）：

而监狱一片黑暗……

塔塔林（面向萨京）：洗纸牌！好好洗！我们知道，你是怎样的人……

布普诺夫和克利沃伊·卓普（合唱）：

> 哨兵们日日夜夜地，
> 唉！在我窗口监看……

安娜：殴打……怨恨……此外，我什么也看不见……什么也看不见！

鲁卡：唉，小姑娘！不要发愁！

梅德韦杰夫：你往哪里去？瞧！……

布普诺夫：啊！这样，这样，这样……

塔塔林（用拳头威吓萨京）：你为什么想藏牌？我看见了……唉，你呀！

克利沃伊·卓普：不要，阿山！反正他们欺骗我们……布普诺夫，走呵！

安娜：不记得——我什么时候吃饱过……我舍不得每一片面包……我一生战战兢兢……遭受痛苦……仿佛吃不到另一片面包……我一生穿着破衣烂衫……我整个不幸的一生……为什么？

卢卡：唉，你呀，小姑娘！累了吧？没关系！

阿克捷尔（面向克利沃伊·卓普）：走"杰克"（J）……"杰克"，真见鬼！

巴伦：而我们有"老K"。

克列希：他们总是以大牌赢小牌。

萨京：我们就有这样的习惯……

梅德韦杰夫：王棋！

布普诺夫：我也有……嗯……

安娜：我在走向死亡，瞧……

克列希：咦，好啦！公爵，停止玩牌！我说，停止！

阿克捷尔：没有你他不明白吗？

巴伦：瞧，安得留什卡，仿佛我没有叫你见鬼去！

塔塔林：再发一次牌！库福申去取水，碰伤了自己……我也是！

（克列希摇着头，走向布普诺夫。）

安娜：我总在想：先生们！难道在那个世界也注定要受苦受难吗？难道在那里也是这样吗？

鲁卡：将没有什么！睡吧，听话！没有什么！你就休养吧！还要忍耐！亲爱的，大家都在忍耐……每个人都按自己的方式忍受生活……（站起来，快步走进厨房。）

布普诺夫（开始唱）：

你想监看就监看吧……

克利沃伊·卓普：

反正我不会逃窜……

（二人合唱。）

唉！我想听天由命啦……
我不能扯断锁链……

塔塔林（叫喊）：啊！一张牌塞到了袖子里！

巴伦（难为情）：嗯……我怎么办——塞到你鼻子里吗？

阿克捷尔（惊讶地）：公爵！你错了……任何人、任何时候都没有……

塔塔林：我看见了！滑头！我不玩了！

萨京（收牌）：你，阿山，别纠缠了……我们是什么——滑头，你知道。那么，你干吗玩？

巴伦：你输掉了两个二十戈比硬币，而造成了三戈比辅币的噪音……还有公爵！

塔塔林（热烈地）：应该诚实地玩！

萨京：这到底为什么？

塔塔林：怎么为什么？

萨京：真的……为什么？

塔塔林：你不知道吗？

萨京：我不知道。而你——知道？

（塔塔林吐痰，摆出凶狠的样子。大家冲他哈哈大笑。）

克利沃伊·卓普（心平气和地）：你这怪人，阿山！你——记住吧！既然他们开始诚实地生活，那么他们在三天之内就会饿死……

塔塔林：与我完全无关！应该诚实地生活！

克利沃伊·卓普：老生常谈！我们最好是喝茶去……布本！

　　　　唉，你，锁链，我的锁链……

布普诺夫：

　　　　你是钢铁守卫者……

克利沃伊·卓普：我们走吧，阿山卡！（唱着歌离去。）

　　　　我没办法把你砸断……

（塔塔林挥拳威吓巴伦，跟随同伴出去。）

萨京（面向巴伦发笑）：您，大人，再次扬扬得意地出了洋相！有学问的人，却无能偷换牌……

巴伦（两手一摊）：鬼知道，它怎么……

阿克捷尔：没有才能……没有自信……而没有这些……任何时候、任何事情都不行……

梅德韦杰夫：我有一枚王棋……而你有两枚……对吧！

布普诺夫：也是一枚——要是聪明就不算少……走吧！

克列希：您输了，阿普拉姆·伊华内奇！

萨京：赢钱数额——五十三戈比……

阿克捷尔：给我三戈比……不过，为什么要给我三戈比呢？

鲁卡（从厨房出来）：喂，赢了塔塔林吗？去喝酒吧？

巴伦：和我们一起去吧！

萨京：看你成什么样的醉鬼！

鲁卡：不会比清醒的人好……

阿克捷尔：我们走吧，老头儿……我给你朗诵讽刺诗歌……

鲁卡：这是什么啊？

阿克捷尔：诗，——知道吗？

鲁卡：诗！那诗，对我有什么用？

阿克捷尔：这——逗乐……而有时——忧伤……

萨京：嗨，讽刺诗歌朗诵者，你去吗？（和巴伦一起离去。）

阿克捷尔：我去……我会追赶上的！瞧，比方说，走头儿，从一首诗歌中……开头我忘了……忘了！（揉前额。）

布普诺夫：好啦！你的王棋完蛋了……走吧！

梅德韦杰夫：我不走那里……叫它遭天打雷轰吧！

阿克捷尔：从前，当我的机体未曾酒精中毒时，老头儿，我的记忆力曾是很好的……而现在就……当然，老兄！对我来说一切都完了！我总是非常成功地朗诵过这首诗……掌声雷动！你……不知道，什么是掌声……老兄，这就像伏特加酒！……那时，我出场，站立，就这样……（摆出架势。）站立……于是……（沉默。）现在我什么都不记得……任何一个词……都不记得！心爱的诗……老头儿，这不好吧？

鲁卡：既然心爱的东西都忘了，那还有什么好的？整个灵魂都在心爱的东西之中……

阿克捷尔：我喝酒喝坏了灵魂，老头儿……我，老兄，完蛋了……为什么——完蛋了呢？我不曾有信仰……我完了……

鲁卡：嗯，为什么？你……去就医吧！如今治疗酗酒，听见吗！老弟，免费治疗……为醉汉建立了这样的诊疗所，就是说，以便不花钱为他们治疗……你看，醉鬼也被承认是人……甚至当他愿意就医时还乐意为他效力！嗨，快点！去吧……

阿克捷尔（沉思）：去哪儿？这在什么地方？

鲁卡：这……在一个城市……叫什么来着？它的名称是那样的……我将把城市的名称告诉你！……你现在要做的就是：你暂时准备着！克制自己……控制自己，忍耐……然后，去治好……于是，将重新开始生活……好好地，老弟，重新开始！嗯，下决心吧……分两步走……

阿克捷尔（微笑）：重新……开始……这——好啊……是的，重新？（讪笑。）嗯，是的！我能！？瞧，我能，啊？

鲁卡：为什么？人是万能的，只要你愿意……

阿克捷尔（突然，仿佛清醒过来）：你——怪人！一会儿见！（吹口哨。）小老头儿……再见……（离去。）

安娜：老大爷！

鲁卡：亲爱的，什么事？

安娜：和我说说话吧……

鲁卡（走近她）：好吧，我们说说话……

（克列希环顾四周，默默地走近妻子，看着她，
双手做着什么样的手势，仿佛想说点什么。）

鲁卡：兄弟，想说什么？

克列希（小声地）：没什么——（慢慢走向外屋门，在她前面站了几秒钟，然后离去。）

鲁卡（目送他）：你男人艰苦啊……

安娜：我已顾不得他了……

鲁卡：他打你吗？

安娜：那还用说……也许，我就因为他而变得虚弱了……

布普诺夫：我妻子……曾有一个情夫。他时常狡猾地下跳棋，骗子……

梅德韦杰夫：嗯—嗯……

安娜：老大爷！亲爱的，和我说话吧……我感到恶心……

鲁卡： 这没关系！这——面对死亡……亲爱的。没关系，亲爱的！你——盼望……就是说，死了，也就安静了……再不需要任何东西了，也没啥可怕的了！寂静、平静……你睡你的！死亡——它使一切都安静下来……它对我们是温和的……死了，休息，说说话……这对吗，亲爱的！因此——人在这里哪能休息？

（倍倍尔走进来。他微醉，头发蓬乱，神情忧郁。他坐在门旁的简易板床上，一言不发，一动不动。）

安娜： 可是在那里会怎么样——也受罪吗？

鲁卡： 将不会有什么事的！没什么！你——请相信！只有平静，别无其他！你将被召唤到上帝面前并报告说：上帝，瞧，你的一位奴隶来了，她就是安娜……

梅德韦杰夫（严肃地）：而你怎么知道那里将会说什么？唉，你呀……

（倍倍尔在梅德韦杰夫说话时抬起头，侧耳听。）

鲁卡： 那么，我知道，士官先生……

梅德韦杰夫（平和地）：嗯……对！嗯……你的事……不过……我还不完全是……士官……

布普诺夫： 我跳两步……

梅德韦杰夫： 哎嗨，你呀……好让你……

鲁卡： 上帝——将温和地看你一眼，并说：我知道这个安娜！嗯，领她，安娜，去天堂！让她休息……我知道，她生活得很艰难……她很累……让安娜安静吧……

安娜（喘吁吁）：老大爷……我亲爱的……但愿这样！但愿……安静……什么也感觉不到才好呢……

鲁卡： 你将不会感到怎样的！将不会有任何事情的！你——请相信！你——高高兴兴地、无忧无虑地去死……死，我对你说，它对我们就像母亲对婴儿一样……

安娜：可是……也许……也许……我将康复呢？

鲁卡（微笑）：有啥用？再去受罪吗？

安娜：唉，哪怕再多活些日子……能多活几天才好呢！既然那里将没有苦难，那么在这里可以忍耐忍耐……可以！

鲁卡：那里将没有任何事情！只是……

倍倍尔（站起来）：对……也许，又不对！

安娜（胆怯地）：上帝……

鲁卡：那么，美男子……

梅德韦杰夫：谁在喊叫？

倍倍尔（走近他）：我！怎么样？

梅德韦杰夫：白白地喊叫，就这样！人的举止应当温顺……

倍倍尔：唉……笨蛋！……还有大叔——哈哈！

鲁卡（面向倍倍尔，小声地）：听着，——别嚷嚷！这里有位女人行将死亡……她的嘴唇已经青紫……别打搅！

倍倍尔：好吧，大叔，我给你面子！你是好样的！你撒谎撒得好，童话讲得惬意！撒谎，没关系……世上愉快的事情不多！

布普诺夫：这女人真的面临死亡吗？

鲁卡：看来好像不是开玩笑……

布普诺夫：也就是说，她将停止咳嗽……她十分不安地咳嗽……我跳两步！

梅德韦杰夫：哎嗨，叫你遭天打雷轰！

倍倍尔：阿普拉姆！

梅德韦杰夫：我不是你的阿普拉姆……

倍倍尔：阿普拉什卡！娜塔霞——在生病吗？

梅德韦杰夫：这对你有什么关系？

倍倍尔：不，请说说：华西丽莎把她打得厉害吗？

梅德韦杰夫：这也不关你的事！这是家务事……而你——算什么人？

倍倍尔：无论我是什么人，我想要你再也别见到娜塔什卡！

梅德韦杰夫（中止游戏）：你——说什么？你——这是说谁？

我的侄女让……哎呀，小偷！

倍倍尔：小偷，而未被你抓到……

梅德韦杰夫：等一等，我会抓到的……我很快……

倍倍尔：那你抓，——要使你整个家庭陷入痛苦之中。你想——我将在跟踪者面前保持沉默吗？等着撵走狼吧！人们会问：谁唆使我去盗窃并指出地点？米什卡·科斯列夫和妻子！谁接收了偷来的东西？米什卡·科斯德列夫和妻子！

梅德韦杰夫：你撒谎！人们不会相信你的！

倍倍尔：人们会相信的，因为这是真的！我还将使你不知所措……哈！我将毁灭你们这些鬼东西，——等着瞧！

梅德韦杰夫（局促不安）：撒谎！撒谎！还有……我对你做过坏事吗？你这条疯狗……

倍倍尔：那么你对我做过什么好事呢？

鲁卡：这——这样！

梅德韦杰夫（面向鲁卡）：你……干吗哑哑叫？这里有你的什么事？这是——家事！

布普诺夫（面向鲁卡）：别再纠缠了！别让给我们套上绞索。

鲁卡（温和地）：我本来——没什么！我只是说，如果谁对谁都不做好事，那么他就在做坏事……

梅德韦杰夫（不理解）：真是！这里我们大家相互了解……而你——究竟是谁？（气呼呼地快速离去。）

鲁卡：老总生气了……唉——呀——呀，你们这里的事，兄弟们，我看……是些乱七八糟的事！

倍倍尔：他跑去向华西丽莎诉怨了……

布普诺夫：你胡闹，华西里！为什么你冒出了那么大的勇气……瞧，去森林采蘑菇的地方才需要勇气……而在这里勇气无用武之地……他们要活生生地拧断你的脑袋……

倍倍尔：嗯，不！用赤手空拳是不会很快抓住我们雅罗斯拉夫尔人的……既然是战争，我们就将战斗……

鲁卡：你，小伙子，真是离开这个地方才好呢……

倍倍尔：去哪？喂，你说出来……

鲁卡：去……西伯利亚！

倍倍尔：嘿嘿！不，我还是等一等，等到用公费派我去这个西伯利亚的时候……

鲁卡：你听着——走吧！你在那里可以给自己找到一条路……那里需要你们这样的人！

倍倍尔：我的路——已经替我指出来了！我父亲一生蹲在监狱里，也嘱咐我……我那时还是个小孩，就已经被叫作小偷，小偷的儿子……

鲁卡：好地方——西伯利亚！极好的地方！谁有力气又有智慧，他在那里就像温室里的黄瓜！

倍倍尔：老头儿，你怎么老是撒谎？

鲁卡：什么？

倍倍尔：耳朵聋啦！我说，你为什么撒谎？

鲁卡：我这是在哪儿撒谎了啊？

倍倍尔：全是谎话……你那里好，这里好……反正是——你在撒谎！有啥用？

鲁卡：你就相信我吧，你去，亲自看看……你将说声谢谢……你干吗在这里厮混？你干吗太需要真实……想想吧！真实对你来说也许是大木槌……

倍倍尔：对我来说都一样！木槌，就木槌……

鲁卡：好一个怪人！自我折磨有啥用？

布普诺夫：你们俩在闲扯些什么啊？我了解……你，华西卡，需要什么样的真实？为什么需要？你知道自己的真实……而且大家也知道这种真实……

倍倍尔：等一等，别哑哑叫！让他给我说……你听着，老头儿：有上帝吗？

（鲁卡沉默、微笑。）

布普诺夫：所有人活着……像木片在河上漂浮……他们盖房子……而木片漂走了……

倍倍尔：怎么样？有吗？说呀……

鲁卡（低声地）：信则有，不信则无。信什么，就有什么。

　　（倍倍尔沉默不语、神情惊异、目不转睛地看
　　着老头儿。）

布普诺夫：我去喝茶……一起去小饭馆好吗？嗨！……

鲁卡（面向倍倍尔）：你看什么？

倍倍尔：好……等着瞧！也就是说……

布普诺夫：嗨，我一个人……（走向房门，遇到华西丽莎。）

倍倍尔：那么……你……

华西丽莎（面向布普诺夫）：娜斯塔西娅——在家吗？

布普诺夫：没有……（离去。）

倍倍尔：啊……你来了……

华西丽莎（走近安娜）：还活着吗？

鲁卡：别打搅……

华西丽莎：那么你……干吗老是待在这里？

鲁卡：我可以走……假如需要的话……

华西丽莎（走向倍倍尔的房门）：华西里！我有事找你……

　　（鲁卡走近外屋门，打开门，使门发出响亮的
　　砰砰声。然后，小心地爬向简易板床，接着爬
　　向炉子。）

华西丽莎（从倍倍尔房间出来）：华西亚……到这里来！

倍倍尔：我不去……不想去……

华西丽莎：怎么啦？生什么气？

倍倍尔：我感到无聊……我烦透了这一切单调无聊的麻烦事……

华西丽莎：对我……也厌烦了吗？

倍倍尔：也对你……

（华西丽莎扎紧肩上的头巾，双手按在胸口上。
走向安娜的床，细心观察帐子，又转身走向倍
倍尔。）

倍倍尔：喂……说吧……

华西丽莎：到底说什么啊？强扭的瓜不甜……乞求宠爱不符
合我的本性……谢谢你的真实……

倍倍尔：什么样的真实？

华西丽莎：我怎么着使你生厌……或者这不是真实？

（倍倍尔默默地看着她。）

华西丽莎（向他挪动脚步）：你看什么？不认识吗？

倍倍尔（叹息）：你漂亮，华斯卡……（女人把一只手搭在
他脖子上，但他耸肩把她的手抖落下来。）可是我的心从未放在你
身上……你我一起生活，仅此而已……我却始终不喜欢你……

华西丽莎（轻声地）：这——这样……嗯……

倍倍尔：嗨，我们没什么好谈的！没什么……离开我吧……

华西丽莎：看上了另一位吗？

倍倍尔：这不关你的事……即使看上了另一位，我也不会请
你做媒婆……

华西丽莎（意味深长地）：徒劳无益……也许，我也能做媒……

倍倍尔（多疑地）：做谁的媒呀？

华西丽莎：你知道……干吗装模作样？华西里……我是个直
爽的人……（低声地。）我不会掩饰……你委屈了我……你无缘无
故地用鞭子抽打我……你说过——爱……却又突然……

倍倍尔：完全不是突然……我早就……无心于你，娘儿
们……女人当有灵魂……我们是衣冠禽兽……我们应该……应该
使自己习惯……而你使我习惯于什么啊？……

西丽华莎：过去有的——现在烟消云散……我知道——人身

不由己……不再爱……拉倒！免不了出现那样的情况……

倍倍尔：嗯，也就是说，——结束了！心平气和地分手，不吵不闹……好呀！

华西丽莎：不，且慢！毕竟——当你我生活在一起的时候，我总期待过你帮助我跳出这个深渊……使我摆脱丈夫，摆脱叔叔……摆脱整个这种生活……也许，华西亚，我没爱过你，但是……我喜欢把我的希望、我的理想寄托在你身上……你明白吗？我等过你拉我一把……

倍倍尔：你不是钉子，我不是钳子……我自己想，——你是多么聪明……你本来就聪明……你——机敏！

华西丽莎（俯身靠近他）：华西亚！让我们相互帮助吧……

倍倍尔：这怎么做？

华西丽莎（轻声、有力地）：妹妹……你喜欢，我知道……

倍倍尔：为此你就残暴地揍她！你当心，华斯卡！她——你别伤害……

华西丽莎：等着吧！你别发火！一切都可以悄悄地、好好地进行……你想娶她吗？我还将给你钱……三百卢布！我积攒得多，还将多给……

倍倍尔（退离几步）：等一等……怎么这样？为什么？

华西丽莎：解救我……脱离丈夫！拔掉我脖子上的这条绞索……

倍倍尔（轻轻地吹口哨）：原来是这样呀！唉哟哟！这——你想出了一个精明的主意……也就是说，丈夫进棺材，情夫去服苦役，而自己……

华西丽莎：华西亚！为什么——服苦役？你——不要自己……通过同事嘛！即使自己，谁又会知道？娜塔丽娅——你想想！还将有钱……你将可以远走高飞……也永远解救了我……妹妹将不在我身边，这对她也好。我见到她深感痛苦……我为你而怨恨她……我不能忍受……于是折磨她，打她……我打她，自己又因怜惜她而哭泣……现在打，将来还会打！

倍倍尔：野兽！你夸耀自己的兽行吗？

华西丽莎：我不是夸耀，而是说实话。你想啊，华西亚……

你因为我丈夫，因为他的贪婪而两次蹲监狱……他，像臭虫一样叮咬我，吮吸了四年的血！他是我什么样的丈夫？娜塔什卡受气，被嘲弄，说她是乞丐！他对所有人来说都是狠毒的人……

倍倍尔： 你编造得很巧妙……

华西丽莎： 我的话说得明明白白……只有傻瓜才不懂我想要什么……

（科斯德列夫小心地走进来，悄悄地往前走。）

倍倍尔（面向华西丽莎）：嗨，来了！

华西丽莎： 想一想！（看见丈夫。）你——怎么啦？跟踪我？

（倍倍尔猛地站起来，怪异地看着科斯德列夫。）

科斯德列夫： 这是我……我呀！你们在这里……两个人？啊—啊……你们在交谈？（突然跺脚，高声叫喊。）华斯卡……坏女人！讨饭的……婊子！（对自己的声音迎来的是沉默和镇静而惊讶。）对不起，上帝啊……你，华西丽莎，再一次惹我发怒……我到处找你……（尖声叫喊。）是睡觉的时候了！你忘了添灯油……哼，你呀！讨饭的……下贱东西……（向她挥动颤抖的双手。华西丽莎望着倍倍尔，慢慢地走向外屋的门。）

倍倍尔（面向科斯德列夫）：你！走开……滚！

科斯德列夫： 你敢！我在这里……而你……

（倍倍尔抓住他的衣领，抖动。炉子上响起了响亮的嘈杂声和连天响的呵欠声。倍倍尔放开科斯德列夫，老头儿叫喊着跑进外屋。）

倍倍尔（跳上简易板床）：这是谁……谁在炉子上？

鲁卡（伸出头）：什么？

倍倍尔： 你呀？！

鲁卡（平静地）：我……我自己……，啊，上帝！

倍倍尔（关上外屋的门，寻找门闩，但没有找到）：啊，真见鬼……老头儿，爬下来！

鲁卡：马—马上……爬下去……

倍倍尔（粗暴地）：你干吗爬上了炉子？

鲁卡：那么应当去哪？

倍倍尔：你不是去外屋了吗？

鲁卡：小老弟，我，老头子，在外屋感到冷……

倍倍尔：你……听见了吗？

鲁卡：啊，听见了！怎么听不见呢？难道我是聋子？哎嗨，小伙子，你走运了……幸福正在走来！

倍倍尔（多疑地）：什么幸福？在哪儿？

鲁卡：我爬到了炉子上，这就是幸福之所在。

倍倍尔：啊……你为什么开始待在那里？

鲁卡：因为，就是说，我觉得热……祝你孤儿的幸福……我再次猜想，这小伙子可别犯错误……可别掐死那个老头子……

倍倍尔：是的……我能这样做……我憎恨……

鲁卡：那有什么奇怪的？一点也不困难……人们常常这样犯错误……

倍倍尔（微笑）：你——怎么啦？你自己是不是曾犯过一次错误？

鲁卡：小伙子！你听我给你说：这个女人——应当滚开！你爱她——绝对不行！——别让她接近自己……她自己连丈夫都要使之从世间消失，你更是捕猎的对象，是的！不要听她这个鬼女人的话……你瞧——我是什么模样？秃子……为什么这样？就因为这些形形色色的女人……我认识过的那些女人，也许，比头上有过的头发还多……而这个华西丽莎——她……比切列米斯人[①]还坏！

倍倍尔：我不明白……对你说声谢谢，或者你……也是……

鲁卡：你——别说！最好不要说我的事！你听着：你在这里有一位喜欢的少女，那就挽着她的手，从这里——齐步走！——

---

① 切列米斯人：马里人1918年以前的名称。——译者

走吧！一走了之……

　　倍倍尔（忧郁地）：你不了解人！谁善谁恶？什么也不明白……

　　鲁卡：人们过着各种各样的生活……心怎么想，人就怎么活……今天——善，明天——恶……既然这个少女深深地触动了你的心，那就和她从这里远走高飞，当然……否则，就独自走……你年轻，来得及结交女人……

　　倍倍尔（抓住他的肩膀）：不，你说，你为什么说这一切……

　　鲁卡：等一等，让我去一下……我去看看安娜……她怎么痛苦地发出呼哧声……（走向安娜的床铺，撩开帐子，看着，一只手触摸着。倍倍尔若有所思地和张皇失措地注视着他。）极为仁慈的耶稣啊！让你那新死去的奴仆安娜的灵魂安息吧……

　　倍倍尔（轻声地）：死了吗？（未走近，伸直身子看着床铺。）

　　鲁卡（轻声地）：不再受折磨了！她的丈夫在哪？

　　倍倍尔：大概在小饭馆……

　　鲁卡：必须告诉他……

　　倍倍尔（战栗）：我不爱死人……

　　鲁卡（走向门口）：为什么爱死人？爱——必须是活人……活人……

　　倍倍尔：我和你一起去……

　　鲁卡：你害怕了？

　　倍倍尔：我不爱……

　　　　　　（他们急忙地走出去。房间空荡荡和静悄悄。
　　　　　　外屋门后传出低沉的、不匀的和不明的嘈杂
　　　　　　声。然后，阿克捷尔走进来。）

　　阿克捷尔（没有关门，停在门槛上，双手扶着门框，叫喊）：老头儿，喂！你在哪儿？我——想起来了……你听着。（摇晃着身子，向前走两步，摆出姿势，朗读。）

先生们！如果世界不能
找到那通往真理的路径，
那么光荣将属于让人类
昏昏进入酣睡的狂人！

（娜塔霞在阿克捷尔后面出现在门口。）

阿克捷尔：老头儿！……

如果明天我们的太阳
不把我们大地之路照亮，
则明天照耀整个世界的
将是任何狂人的思想……

娜塔霞（讪笑）：丑八怪！喝醉了……

阿克捷尔（转身面向她）：啊，这是你呀？啊，小老头儿……可爱的老家伙在哪里？看来，这里没有任何人……娜塔霞，再见！再见……是的！

娜塔霞（走进来）：还没有问好，就说再见……

阿克捷尔（挡住她的路）：我——要走啦，要离去……春天即将来临，我不再待在这里啦……

娜塔霞：让开吧……你这是要去哪里？

阿克捷尔：找一个城市……就医……你——也走吧……奥菲丽娅……去修道院……你知道——有机体诊疗所，有酒徒诊疗所……非常好的诊疗所……大理石……大理石地板！阳光……清洁，饮食……一切都不花钱！还有大理石地板，是的！我将找到它，让身体痊愈，然后我将重新……我走在康复的路上，如国王……里尔所说的那样！娜塔霞……我的舞台名字叫斯维尔奇科夫—查沃尔日斯基……任何人都不知道这个名字，任何人！我在这里没有名字^①……你知道，丢失了名字——这是多么遗憾吗？甚至狗都有绰号……

　　　　　　（娜塔霞小心地绕开阿克捷尔，
　　　　　　停留在安娜旁边，张望。）

　　阿克捷尔：无名，等于无人……

　　娜塔霞：瞧……亲爱的……她死了不是……

　　阿克捷尔（摇头）：不可能……

　　娜塔霞（向后退）：真的……你看……

　　普诺布夫（出现在门口）：看什么啊？

　　娜塔霞：安娜……死了！

　　普诺夫布：也就是说，她停止了咳嗽。（走向安娜的床铺，张望，走到自己的位置上。）必须告诉克列希……这是他的事。

　　阿克捷尔：我去……我去说……她失去了名字！……（离去。）

　　娜塔霞（在房子中间）：还有我……不定什么时候也这样……在地下室……备受折磨的……

　　布普诺夫（在自己的简易板床上揉搓某种破布）：怎么啦？你在嘟囔什么呀？

　　娜塔霞：没啥……在说自己……

　　布普诺夫：你在等华西卡吗？瞧——华西卡在把自己折磨得要命……

　　娜塔霞：谁在折磨自己——反正不都是一样吗？让他最好是……

　　布普诺夫（躺下来）：嗯，你的事……

　　娜塔霞：本来就是……好，她死了……但可怜……上帝啊！人为什么活着？

　　布普诺夫：全都如此：出生，活着，死亡。我也会死……还

---

　　① "阿克捷尔"是原文 AKTEP 的音译，该俄文词的意译是"演员"，叫他阿克捷尔也等于是叫他演员，故这里说是没有自己的名字。——译者

有你……有什么可怜惜的？

> （走进来：鲁卡、塔塔林、克利沃伊·卓普和
> 克列希。克列希走在所有人的后面，缓慢地、
> 蜷缩着。）

娜塔霞：嘘！安娜……

克利沃伊·卓普：听说……要是死了，但愿升天……

塔塔林（面向克列希）：应当抬出去！抬到外屋去！这里不能躺着死人，活人还将在这里睡觉……

克列希（小声地）：抬出去……

> （大家走到安娜床边。克列希通过别人肩膀看着妻子。）

克利沃伊·卓普（面向塔塔林）：你想——灵魂归去吗？她将没有灵魂，因为她还活着时整个人就憔悴了……

娜塔霞：上帝啊！哪怕有人怜惜……哪怕有谁说句什么话！唉，你们呀……

鲁卡：你，姑娘，别难受……没关系！他们哪能……我们哪能——怜惜死人？唉，亲爱的！活人——我们都不怜惜……我们自己都不能自我怜惜……哪能做得到！

布普诺夫（打哈欠）：再说——死亡不怕闲话！疾病怕闲话，而死亡——不怕！

塔塔林（醒悟过来）：应当去警察局……

克利沃伊·卓普：去警察局——这是必需的！克列希！向警察局报告了吗？

克列希：没有……应当埋葬……而我只有四十戈比……

克利沃伊·卓普：嗨，在这种情况下——借钱吧……要不我们就凑钱……有给五戈比的，有尽其可能的……但报告警察局……要快！否则，它会想——是你杀了老婆……或者是……（走向简易板床，准备躺在塔塔林身旁。）……

娜塔霞（走向布普诺夫的简易板床）：瞧……今后我将梦见她……我总是梦见死人……我怕一个人走路……外屋——昏暗……

鲁卡（跟在她后面）：你——该怕活人……这就是我要说的……

娜塔霞：你陪伴我吧，老大爷……

鲁卡：我们走……走吧，我陪伴你!

（他俩离去。停顿。）

克利沃伊·卓普：唉——呀——呀! 阿山! 春天快到了，朋友……我们的生活将感到温暖! 现在农村庄稼汉正修理犁耙，安排耕地……是的! 可是我们呢，阿山? 该死的穆罕默德还在睡懒觉……

布普诺夫：鞑靼人爱睡觉……

克列希（站在小店中央，呆滞地看着自己的前方）：我现在究竟怎么办?

克利沃伊·卓普：躺下来睡觉……仅此而已……

克列希（轻声地）：那么……她……怎样啊?

（没有一个人回答他。萨京和阿克捷尔走进来。）

阿克捷尔（叫喊）：老头儿! 到这里来，我忠实的肯特……

萨京：米克卢霍—马克莱走来……哈哈!

阿克捷尔：结束了和解决了! 老头儿，城市在哪……你在哪?

萨京：摩根蜃景①! 老头儿对你说了好多谎话……什么也没有! 没有城市，没有人……什么也没有!

阿克捷尔：你撒谎!

塔塔林（跳起来）：老板在哪? 我来当老板! 不得睡觉，不得收钱……死人……醉鬼……（很快离去。萨京在他身后吹口哨。）

————————

① 摩根蜃景：地中海一些国家（意大利、埃及等）可见到的一种蜃景：在地平线出现地平线外景物的复杂而迅速变幻的映象。——译者

布普诺夫（用昏昏欲睡的声音）：睡吧，孩子们，别吵吵嚷嚷啦……夜晚——应当睡觉！

阿克捷尔：对……这里——啊哈！死人……"我们的网拖来了死人"——贝朗瑞①的诗！

萨京（叫喊）：死人——听不见！死人——感觉不到！你喊……你吼……死人听不见！……

（鲁卡出现在门口。）

幕 落

第三幕

"空地"——农家院落，垃圾成堆，杂草丛生。在院落深处有一堵高高的防火砖墙遮蔽着天空。砖墙旁边生长着接骨木丛。右边是某种建筑物（棚子或者马厩）原木搭的深色的墙。左边是科斯德列夫夫妇的小店所在的房屋的残存着抹灰的灰色的墙，该墙斜向，以致它的后角几乎伸出到空地中央。在两堵墙之间有一条狭窄的通道。灰墙上有两扇窗户，其中一扇与地面在同一水平上；另一扇高两俄尺，靠防火墙更近一些。灰墙旁边放着滑木朝上的无座雪橇和一段长四俄尺的原木。墙的右边有一堆旧木板和方木。傍晚，日落西山，浅红色的阳光照耀着防火墙。早春，雪刚刚融化。接骨木的枯枝尚未萌芽。娜塔霞和娜斯佳并排坐在原木上。鲁卡和巴伦坐在雪橇上。克列希躺在右墙旁边的木材堆上。平地窗户中露出布普诺夫的脸。

娜斯佳（闭目，合着词的节拍点头，富于旋律地叙述）：瞧，他夜晚来到花园凉亭，像我们约好的那样……而我早已在等他，并

① 贝朗瑞（1780—1857）：法国诗人，他的诗歌充满革命激情、贫民的幽默和乐观主义。——译者

因恐惧和忧伤而战栗。他也全身战栗，脸色刷白，手里拿着枪……

　　娜塔霞（嗑瓜子）：你瞧！显然，人们说得对：大学生悲观失望……

　　娜斯佳：他还用可怕的声音对我说："我的爱情是至高无上的……"

　　布普诺夫：哈哈！至高无上的？

　　巴伦：等一等！不好——就别听，不妨走调……继续！

　　娜斯佳："他说，我珍贵的爱情！他说，双亲不同意我和你举行婚礼……并威胁要为我对你的爱情而永远诅咒我。他说，嗯，我应该为此而自行结束生命……"他手里拿的枪装上了十发子弹……"他说，再见，我心爱的女朋友！我不可改变地决定……没有你，我怎么也不能活着。"我回答他："我不能忘怀的朋友……劳里……"

　　布普诺夫（惊异地）：什——什么？怎么样？克劳尔？

　　巴伦（哈哈大笑）：娜斯齐卡！本来……本来上次——曾是加斯顿！

　　娜斯佳（跳起来）：闭嘴……不幸的人们！唉哟……野狗！难道……难道你们能理解爱情吗？能理解真正的爱情吗？而我有过爱情，真正的爱情！（面向巴伦）你！微不足道的人！你说，你是受过教育的、躺着喝咖啡的人……

　　鲁卡：你们——等一等！你们——别打搅！要尊敬人……问题不在于说话，而在于为什么有话可说？——问题就在于此！说吧，姑娘，没关系！

　　布普诺夫：乌鸦，给羽毛涂上各种颜色吧……快点！

　　巴伦：嗨——继续！

　　娜塔霞：别听他们的……他们算什么东西？他们这是因为嫉妒……他们关于自己没什么可说的……

　　娜斯佳（重新坐下来）：我不想多说！我不再说……既然他们不相信……既然他们嘲笑……（突然，停止说话，沉默几秒钟，又再次闭上眼睛，仿佛倾听远方的音乐，挥动一只手合着节拍继续说。）是的，我对他说："我生命中可爱的人！你是我明朗的月亮！没有你我也完全不可能活在世界上……因为我是多么疯狂地爱你，并将一直爱你，只要我的心脏还在胸中跳动！但是，我说，你别剥夺自己年轻的生命，因为你的生命是你亲爱的父母所需要的，你是他们全部的欢乐……放弃我吧！最好是让我的生命怀着对你的思念消失……我是孤单一人……我就是这样的人！即使我死了，——反正都一样！我毫不中用……我什么也没有……什么也没有……"（双手掩面，无声地哭泣。）

娜塔霞（转过身子，小声地）：别哭……没有必要！

（鲁卡微笑着抚摸娜斯佳的头。）

布普诺夫（哈哈大笑）：唉哟……鬼把戏！啊？

巴伦（也在笑）：老大爷！你想——这是真的吗？这全都是《致命的爱情》这本书中的情景……这全都是瞎说！放开她吧！……

娜塔霞：你要干吗？你！住嘴……要不就天打雷劈……

娜斯佳（愤怒地）：不可救药的人！无聊的人！你的灵魂在哪里？

鲁卡（拉着娜斯佳一只手）：我们走，亲爱的！没关系……别生气！我知道……我相信！真理属于你，而不属于他们……既然你坚信你有过真正的爱情……那就是说，它有过！有过！而对他，住在一起的人，不要生气……他，也许，真的是出于嫉妒而发笑……他，也许，不曾有过那真正的东西……任何东西都不曾有过！我们走吧！

娜斯佳（双手紧紧地贴在胸前）：老大爷！真的，这是真的！一切都发生过！他是大学生……法国人……名叫加斯托夏，蓄着黑色的胡须，穿着上漆的皮靴……让雷劈死我吧！他是那样地爱我……那样地爱呀！

鲁卡：我知道！没关系！我相信！穿上漆的皮靴，你说的吧？唉——呀——呀！嗯，你也爱他吧？

（他俩走到屋角后面去。）

巴伦：嗨，这个少女有点傻……善良，但傻——不可忍受！

布普诺夫：人如此喜欢撒谎，这又怎么样？总是像站在侦查员面前一样……真是的！

娜塔霞：显然，假话比真话更令人愉快……我——也是……

巴伦：也是——什么？继续讲吧！

娜塔霞：我在想……我在想并在等……

巴伦：等什么？

娜塔霞（窘笑）：这样……我就想，明天将来一位什么特别的人……或者——将发生什么样的也是从未有过的事情……我久久地等待……总是在等待……就这样……实际上——有什么可等待的？

（停顿。）

巴伦（冷笑）：没有什么可等待的……我什么都不等待！一切都发生过！一切都过去了……无可挽回了！继续讲吧！

娜塔霞：否则……我就想象着……我明天会猝死……因此感到可怕……夏天有雷雨，于是夏天容易想象着死亡总可能是天打五雷轰……

巴伦：你生活得不好……你这位姐姐……性格阴险！

娜塔霞：那么谁又生活得好呢？我看，所有人都生活得不好……

克列希（此前神情呆板，无动于衷，突然跳起来）：所有人吗？撒谎！不是所有人！若是所有人……嗨！那就没有委屈了……是的！

布普诺夫：你顶什么牛啊？瞧你……这样吼叫！

（克列希重新躺到自己的位置上嘟囔着。）

巴伦：啊……我必须去找娜斯坚卡讲和……达不成和解，不给酒喝……

布普诺夫：唔……人们喜欢撒谎……嗯，娜斯齐卡……事情是不难理解的！她习惯于给自己脸上抹点颜色……还想粉饰一下心灵……面红心亦红……那么，其他人——为什么？比方说，卢卡……他谎话连连，而对自己毫无益处……老头呀，他会是为了什么呢？

巴伦（笑着挪动脚步）：所有人的心灵都是灰色的……所有人都希望薄薄地抹上一层胭脂……

鲁卡（从屋角后边走进来）：你，老爷，为啥使少女生气？你最好别打搅她，让她哭着解闷……她本来是流泪以快慰自己……这对你有什么害处？

巴伦：犯傻，老头儿！她令人厌烦……今天是——劳里，明天是——加斯顿……总是那老一套！最好还是——我去同她和解……（离去。）

鲁卡：等一等，去吧……亲热一点！对人亲热——任何时候都是无害的……

娜塔霞：老大爷，你善良……因为什么你如此善良啊？

鲁卡：你说，善良吗？嗯，得啦，既然这样……那就对了！（在红墙外轻轻响起了手风琴声和歌声。）姑娘，无论何人都应该善良……必须怜惜人！基督怜惜所有人并这样嘱咐我们……我对你说，时时怜惜人是件好事！比方说，我在托姆斯克市附近一位工程师的别墅做过看守人……嗯，很好！别墅位于森林中，地方僻静，又冬天，我一人独守别墅……非常好！只是有一次我听见——有人在悄悄溜进来！

娜塔霞：小偷？

鲁卡：他们。也就是说，在悄悄地溜进来，是的！我拿起火枪走出去……我看见——两个人，他们打开一扇窗户，并没有发现我，就这样开始盗窃了。我冲着他们叫喊：哎嗨！你们！滚出去！而他们，就是说，拿着斧子向着我……我警告他们说：住手！否则，我现在就开枪！枪一会儿瞄准这个，一会儿瞄准那个。他们跪下来说——放了我们吧！嗨，你知道，我因为他们拿着斧子而生气了！我说，我赶你们，该死的，你们不走……那么，现在随便哪一个折根枝条来！他们折来了树枝。现在我命令：一个躺下来，另一个抽打他！他们就这样按照我的命令相互抽打了。他们抽打完以后对我说，老大爷，看在基督面上，给点面包吧！他们说：我们吃完就走。瞧，亲爱的，这就是小偷……（笑。）瞧，他们还带着斧子！是的……两个好男人……我对他们说：你们，该死的，直接乞讨面包不好嘛！他们说，厌烦了，乞讨——乞讨，可是任何人都不施舍……遗憾！他们就这样整个冬天都住下来了。一个名叫斯捷潘，时常拿着火枪到森林中去……另一个名叫雅科夫，老生病，总是咳嗽……也就是说，我们三个人守卫了别墅。春天来了，他们说，再见吧，老大爷！于是，他们走了……步履蹒跚地走进俄罗斯……

娜塔霞： 他们是——逃犯？服苦役的人？

鲁卡： 真的——就是这样，——逃犯……从流刑移民处逃出来的……好男人！我若不怜惜他们，也许，他们能把我杀了……或者还能……之后，法院，监狱，还有西伯利亚……有什么用处？监狱教不会善良，西伯利亚也教不会善良……而人能教会……是的！人——能教会善良……很简单！

布普诺夫： 嗯——对！可是我就……不善于撒谎！为什么？按照我的看法，要实事求是，实话实说！干吗羞羞答答？

克列希（突然再次激动地跳起来叫喊）：什么样的实话？实话在哪里？（双手抖动着自己的破衣烂衫。）这就是实话！没有工作，没有力气，这就是实话！没有栖身之地……栖身之地，人该咽气了……这就是它，实话！岂有此理！它——实话，对我有……有啥用？让人喘口气……让人喘口气吧！我有什么罪过？为什么我要实话？生活，真见鬼，不能够生活……这就是它——实话！

布普诺夫： 瞧，这样……有趣！

鲁卡： 上帝啊……请听，亲爱的！你……

克列希（激动得颤抖）：你们说这里有实——实话！你，老头儿，安慰所有人……我对你说……我憎恨所有人！让这种可恶的实话见鬼吧！知道吗？记住！让它见鬼去！（环顾四周，跑到屋角后面去了。）

鲁卡：唉——呀——呀！他如此惊惶不安……这是跑到哪里去了？

娜塔霞：反正像发疯了……

布普诺夫：精彩入场了！像在剧院表演……这是常有的情况……还不习惯于现实生活……

倍倍尔（从屋角后面慢慢走进来）：志同道合的人们！怎么，鲁卡，狡猾的老人，总在讲故事吗？

鲁卡：你看见……这里有人怎样叫喊才好呢！

倍倍尔：这是克列希，是不是？他怎么啦？像用开水烫了似的奔跑……

鲁卡：你去跑，如果是这样……那将是什么思绪涌向了心头……

倍倍尔（坐下来）：我不喜欢他……他太凶恶和骄傲。（模仿克列希。）"我是工人"。似乎大家都比他低一等……既然乐意，那就工作……这里究竟有什么可骄傲的？如果按工作评价人，那么马比任何人都好……拉车，沉默！娜塔霞！你的家人在家吗？

娜塔霞：他们去墓地了……然后想去参加彻夜祈祷……

倍倍尔：难怪我看你自由自在的……少有的现象！

鲁卡（沉思，面向布普诺夫）：瞧……你说到实话，这就是实话，人并不总是心情沉痛，并不总是能用实话治愈心灵……比方说，曾有这样的事儿：我知道有一位这样的人，他相信有一方虔诚的热土……

布普诺夫：相信什么？

鲁卡：相信虔诚的热土。他说，世上应该有虔诚的热土……据他说，在那方热土上居住着特殊的、优秀的人们！他们相互尊重，在各方面相互帮助……他们的一切都称心如意！于是，这个人就准备去寻找这方虔诚的热土。他贫穷，生活得不好，有时困难到想躺下来死去得啦，但他没有丧失决心，往往只是苦笑着说："没关系！我要忍受！我再等一些时日，然后牺牲这一生也要进入这一方虔诚的热土……"他唯一的欢乐就是这方热土……

倍倍尔：啊？他去了吗？

布普诺夫：去哪儿？哈——哈！

鲁卡：事情发生在西伯利亚，一位被流放的学者被流放到这个地方。他，这位学者，携带着书本，携带着地图，还携带着各种各样的东西……那个人对学者说："劳驾，请你告诉我，虔诚的热土在什么地方？怎样才能到达那里？"现在这位学者打开书本，展开地图……看了又看——任何地方都没有虔诚的热土！完全正确，所有地方都标明了，而虔诚的热土——没有！

倍倍尔（小声地）：啊？没有？

（布普诺夫哈哈大笑。）

娜塔霞：你，老大爷，等一等……怎么样啦？

鲁卡：这个人不相信……他说，应该有啊……你更好地找一找！否则，他说，如果没有虔诚的热土，那么你的书本和地图毫无用处……学者感到委屈。我的地图，他说，是最准确的，而虔诚的热土任何地方都压根儿没有。嗨，此时这个人生气地说：怎么会这样？日复一日，一忍再忍，他始终相信——有！而按照地图得出的结论是——没有！什么玩意儿！他对学者说："哎呀，你啊……这样的坏蛋！你是下流的东西，而不是学者……"接着打他耳光——一下，再一下！……（沉默一会儿。）之后他回到家里，上吊自杀了！……

（大家沉默，鲁卡面带微笑看着倍倍尔和娜塔霞。）

倍倍尔（小声地）：真见鬼……令人不快的故事……

娜塔霞：他忍不住欺骗……

布普诺夫（忧郁地）：嗯——是的……这就是所谓的虔诚的热土……没有，也就是说……

娜塔霞：可惜……这个人啊……

布普诺夫：这也全是虚构出来的东西！哈——哈！虔诚的热

土！也来这一套！哈——哈——哈！（从窗户中消失。）

鲁卡（向布普诺夫的窗户点头）：笑！哎嗨——嗨……（停顿。）嗯，孩子们！生活得富裕起来吧！我很快就要离你们而去了……

倍倍尔：现在去哪里？

鲁卡：到乌克兰人那里去……我听说那里创立了新的信仰……必须去看看……是的！人们总在寻找，总是希望怎样更好一些……上帝，给他们耐性吧！

倍倍尔：你怎样想，能找到吗？

鲁卡：人们吗？他们能找到！谁去寻找，他就能找到……谁热切地渴望找到，他就能找到！

娜塔霞：但愿能找到一点什么东西，能更好地想出点什么东西来才好……

鲁卡：他们能想出来好主意的！只是必须帮助他们，小姑娘，必须尊重……

娜塔霞：我怎么能帮助？我自己都无助……

倍倍尔（坚定地）：我再次……我要再一次和你说……娜塔霞……瞧，在他面前……他知道一切……跟我走吧！

娜塔霞：去哪里？逛监狱吗？

倍倍尔：我说过——我要戒掉盗窃行为！真的，我会戒掉！言必行，我说到做到！我是有文化的人……我将工作……就如他所说，必须自愿去西伯利亚……我们去那里，好吗？你想——我不厌恶自己的生活吗？唉，娜塔霞！我知道……我看得见！我可以自慰的是，别人比我偷得更多，还受到尊敬……只是这无助于我！这——此非彼！我不忏悔……我不相信良心……但是，我只感到：必须按另外的方式去生活！必须生活得更好一些！必须那样生活，即让我能够自尊……

鲁卡：说得对，亲爱的！上帝保佑你……基督帮助你！是的，人应当尊重自己……

倍倍尔：我从小就是小偷……所有人总是叫我：小偷华西卡，小偷的儿子华西卡！啊？这样？嗯，随你的便！就这样，我是小偷！请你记住，我可能是出于愤恨而成为小偷的……由于我是小偷，所以任何人任何时候都没有想到称呼我其他的名字……娜塔霞，你称呼……啊？

娜塔霞（忧郁地）：我知道为什么不相信任何话……我今天感到不舒服，内心压抑，似乎在等待什么。华西里，你今天这番话白说了……

倍倍尔：到底什么时候说好啊？我不是第一次说……

娜塔霞：我究竟为什么要跟你去？要说是……爱你嘛……我并不是很爱……有时候你说喜欢我……而这时候你表现得却令人恶心……显然，我不爱你……当人爱的时候，那就看不到爱人的坏处，而我看得到……

倍倍尔：你爱吧——别害怕！我将使你习惯自己……你只要同意！我观察了你一年多时间……我发现你是一位端庄的、优秀的少女，是个可信赖的人……我深深地爱上了你！

（打扮得漂漂亮亮的华西丽莎出现在窗口，站
在窗侧框旁边听。）

娜塔霞：这样。你爱上了我，而我的姐姐呢……

倍倍尔（窘迫地）：嗯，她算什么？她这样的……有的是……

鲁卡：你……没关系，姑娘！没有面包嘛，如果没有面包，人们就吃野菜……

倍倍尔（愁眉苦脸地）：你……可怜可怜我吧！我生活得很不愉快……豺狼一般的生活——很少使人快乐……我好像陷在泥潭里……没有什么稻草可抓的……一切都是腐烂的……一切都不能支撑……至于你的姐姐……我想，她可不是……如果她不贪求钱财，我倒是愿为她豁出去的！只要她整个是我的……嗯，她需要另外的人……她需要钱……她需要自由，给她自由，以便淫荡。她——不可能帮助我……而你——像一棵幼小的云杉，挺拔而不扎人……

鲁卡：听我说——跟他走，小姑娘，走吧！他是个还不错的小伙子！你只是要经常提醒他，说他是个好小伙子，以便他，也

就是说，不要忘记这一点！他会相信你……你只是要对他说："华西亚，你是个好人，别忘了！"你想一想，亲爱的，此外你能去哪里？你的姐姐是一个凶狠残酷的女人……关于她的丈夫，没有什么可说的。老头子和这里的整个生活之坏，非任何语言所能形容……你去哪里？而小伙子是坚强的……

娜塔霞：无处可去……不知道……我想过……只是我不相信任何人……而我无处可去……

倍倍尔：道路有一条……嗯，我不允许走这条路……我最好是杀人……

娜塔霞（微笑）：瞧……我还不是你的妻子，而你已想杀人了。

倍倍尔（拥抱她）：别说，娜塔霞！反正都一样！

娜塔霞（贴近他）：嗯……我对你说一句话，华西里，就像当着上帝的面说！只要你第一次打我，或者以别的方式欺负我，我将不会怜惜自己……或者自缢，或者……

倍倍尔：假如我伤害你，就让我的手烂掉……

鲁卡：没关系，不要怀疑，亲爱的！比起你需要他来说，他更加需要你……

华西丽莎（从窗户中）：商讨好婚事了！祝相亲相爱！

娜塔霞：来啦！唉哟，上帝啊！瞧……唉，华西里！

倍倍尔：你干吗惊慌失措？现在任何人都不敢伤害你！

华西丽莎：别害怕，娜塔丽娅！他不会打你……他既不会打人，也不会爱人……我知道！

鲁卡（小声地）：哎呀，娘儿们……心肠恶毒的女人……

华西丽莎：他更多的是口头上的勇士……

科斯德列夫（走出来）：娜塔什卡！你在这里做什么，好吃懒做的女人？编造流言蜚语吗？埋怨亲人吗？茶炊还没准备好吗？还没摆好食物和餐具吗？

娜塔霞（一边离去一边说）：您本来想去教堂……

科斯德列夫：我们想做什么，这不关你的事！你应该做自己的事……做吩咐你的事！

倍倍尔：嘘，你！她不再是你的女仆……娜塔丽娅，别走……什么事也别做！

娜塔霞：你——不要发号施令……还早着呢！（离去。）

倍倍尔（面向科斯德列夫）：得啦！您挖苦人……到此为止！现在她是我的人了！

科斯德列夫：你——你的人？你什么时候买的？你付了多少钱？

（华西丽莎哈哈大笑。）

鲁卡：华西亚！你——走……

倍倍尔：你们瞧着吧……快乐的人！你们不哭才好呢！

华西丽莎：唉哟，可怕呀！唉哟，我害怕呀！

鲁卡：华西里——你走！瞧——她挑唆你……煽动——你懂吗？

倍倍尔：是的……啊哈！她撒谎……你也撒谎！不会像你所想的那样！

华西丽莎：我不想要的那种情况不会出现，华西亚！

倍倍尔（挥拳表示威胁）：让我们等着瞧！……（离去。）

华西丽莎（从窗户中消失）：我给你安排婚礼！

科斯德列夫（走近鲁卡）：怎么样，小老头儿？

鲁卡：没什么，小老头儿！

科斯德列夫：这样……据说，你要离去？

鲁卡：是时候了……

科斯德列夫：去哪里？

鲁卡：走到哪儿算哪儿……

科斯德列夫：也就是说，过流浪生活……显然，你不方便在固定一个地方生活？

鲁卡：俗话说——放平的石头，水流不过去……

科斯德列夫：那是石头，而人应当在一个地方生活……人们不能类似蟑螂那般生活……想去哪里就溜达到哪里……人应当确定自己在一个地方，而不是在大地上徒劳无益地游荡……

鲁卡：而如果人以处处为安身之地呢？

科斯德列夫：那么，他是流浪者……没用的人……人应该有益，应该工作……

鲁卡：唉，你呀！

科斯德列夫：是的。那还用说吗？行踪无定的人究竟是什么人？是古怪的人……不像别的什么人……如果他真古怪……那么他就随便了解什么事……随便打听任何人都不需要的什么情况，也许，他听到的是实话……嗯，并非任何实话都是需要的……是的！他该把实话隐藏在心中，该闭口不说！如果他真的古怪……那么他就保持沉默！否则，他就说，任何人都不明白……他就任何东西都不想要，任何事情都不干涉，也不徒劳无益地煽动人心不安……人们怎样生活，不关他的事……他应该追求遵守宗教训诫的生活……应该生活在森林中僻静的地方……悄悄地！不打搅任何人，不斥责任何人……而为所有人祈祷……为一切人间的罪孽——我的、你的、所有人的罪孽——祈祷！他为了祈祷而回避尘世的空虚。事情就是这样……（停顿。）而你……是什么样的行踪无定的人？……你没有身份证……好人应该有身份证……所有好人都有身份证……是的！

鲁卡：有这样的人，也有那样的人，但全都是人……

科斯德列夫：你——别耍滑头！你别出谜语……我不比你傻……这样的人和那样的人究竟是什么样的人？

鲁卡：这里哪有什么谜语？我说的是——有不适合播种的土地……也有丰产的土地，无论你在其中播种什么，都能长出庄稼……就这样……

科斯德列夫：啊？这究竟意味着什么？

鲁卡：就拿你来说吧……如果上帝本人对你说："米哈伊洛！你是人！"反正都一样，不需要任何解释……你是怎样就还是怎样……

科斯德列夫：啊……你知道我妻子有一个警察叔叔吗？如果我……

华西丽莎（走进来）：米哈伊拉·伊凡内奇，去喝茶。

科斯德列夫（面向鲁卡）：你……就这样：滚吧！从住宅中滚出去！……

华西丽莎：是的，收拾滚吧，老头儿！你的舌头太长……可是谁知道呢？也许，你是什么样的逃犯……

科斯德列夫：今天你就给我滚开！否则我就……你等着瞧！

鲁卡：你叫叔叔吗？那你叫叔叔吧……就说抓逃犯……你叔叔即可领取奖赏……三戈比硬币……

布普诺夫（在窗户中）：这是在做什么买卖！什么东西——三戈比？

鲁卡：瞧，他们在威胁出卖我……

华西丽莎（面向丈夫）：我们走……

布普诺夫：为了三戈比吗？嗨，你瞧，老头儿……他们为了一戈比也会出卖的……

科斯德列夫（面向布普诺夫）：你……瞪着眼睛，活像从炉子底下爬出来的灶神！（拉着妻子走。）

华西丽莎：世上有多少愚昧无知的人和形形色色的滑头！

鲁卡：祝你们胃口好！

华西丽莎（转过头来）：管住你的舌头……不能吃的蘑菇！（和丈夫一起走到屋角后面去。）

鲁卡：今天晚上我就走……

布普诺夫：这更好。及时走就好……

鲁卡：你说得对……

布普诺夫：我——知道！我，也许，只有及时走来免于苦役般的生活。

鲁卡：啊？

布普诺夫：真的。情况是这样的：我妻子和一位工长鬼混……这位工长，假定说，优秀……他能十分熟练地把狗皮染成浣熊皮，也能把猫皮染成袋鼠皮、麝鼹皮，等等。机灵鬼。就这样——我妻子和他鬼混……他俩相互抱得如此紧密，以致眼看或者就要毒杀我，或者就要弄死我。我打过妻子，而工长就打我，相互殴打得十分凶狠！有一次他揪掉了我一半胡须和打断了我一根肋骨。嗯，我也发狠了，有一次用一俄尺长的铁尺击打妻子的脑袋……总之，一场大战开始了！然而，我看到这样不会有任何结果……他们战胜了我！于是我就想杀死妻子……深深地思索着！但是，我及时醒悟过来了———走了之……

鲁卡：这样最好！让他们在那里把狗做成浣熊吧！

布普诺夫：只是……工厂转给了妻子，你瞧，我没有了工作！说实话，哪怕喝酒把工厂喝掉也好啊……你要知道，我有狂饮症……

鲁卡：狂饮症！啊！

布普诺夫：极厉害的狂饮症！我一开始酗酒就喝成了个穷光蛋，只剩下一张皮……我又懒，非常不爱工作！

（萨京和阿克捷尔争论着走进来。）

萨京：胡说八道！你任何地方都不会去……这全是荒谬的事！老头儿！你为什么向这个小无赖进谗言？

阿克捷尔：撒谎！老大爷，你对他说，他在撒谎！我——走！我今天工作了，给街道涂刷白粉……而伏特加酒我却没有喝！怎么样？瞧，这里是两个十五戈比硬币，而我——头脑清醒！

萨京：一视同仁，再没有什么可说的了！给我，我去喝……否则我去赌……

阿克捷尔：滚蛋！这是路上用的！

鲁卡（面向萨京）：你——为什么把他弄糊涂了？

萨京："请告诉我，魔法师，上帝宠爱的人，——我生活中将发生什么事？"兄弟，我彻底赌输了！还不是一切都完了，老大爷，——世上有比我更聪明的赌棍！

鲁卡：你，科斯嘉京，是个愉快的、乐观的人！

布普诺夫：阿克捷尔！到我这里来吧！

（阿克捷尔走近窗户，蹲在窗前。他们低声交谈。）

萨京： 兄弟，我年轻，曾是个勤奋的人！回想起来很好！朴实的人……舞跳得优美，在舞台上演出，爱逗人发笑……真好！

鲁卡： 你这是怎么从自己的生活道路上滑下来的呢，啊？

萨京： 老头儿，你是个多么好奇的人！你总想刨根问底，那是为什么啊？

鲁卡： 我想了解人的事情……可是我看你却不了解！你，科斯嘉京，这么仪表堂堂，又不笨，怎么突然……

萨京： 监狱，老大爷！我坐完四年零七个月监狱……此后就没了出路！

鲁卡： 哎呀！为什么坐牢？

萨京： 为了一个下流的家伙……我在气愤和激怒中杀了这个下流的东西……在监狱里我也学会了玩纸牌……

鲁卡： 你杀人——为了女人？

萨京： 为了亲姐妹……然而，你别再纠缠啦！我不喜欢别人盘问我……况且，这一切都是很久以前的事了……姐妹也死了，已经过去九年了……兄弟，我的姐妹是个漂亮的高尚的女人！

鲁卡： 你容易经受住生活！可是不久前这里的那位钳工是那样地吼叫……唉——呀——呀！

萨京： 克列希吗？

鲁卡： 就是他。"他叫喊，没有工作……什么都没有！"

萨京： 他会习惯的……我做什么才好呢？

鲁卡（小声地）：瞧，他正走来……

（克列希低垂着头缓慢地走来。）

萨京： 唉，鳏夫！你干吗垂头丧气啊？你想想出什么东西来啊？

克列希： 我在想，我将做什么？工具也没有了……出殡花光了一切！

萨京：我建议你什么也别做，只是游山玩水就行！

克列希：得啦！你说……我在别人面前感到羞愧……

萨京：别说啦！人们不会因为你生活得不如狗而羞愧……你想一想——你不去工作，我也不去工作……还有千千万万的人乃至所有的人！知道吗？所有人都抛弃工作！任何人任何事都不想做——那将是个什么情况？

克列希：所有人都将饿死……

鲁卡（面向萨京）：你最好是带着这些话去对赛跑运动员说……有这样的人，叫作赛跑运动员……

萨京：我知道……他们不是傻瓜，老大爷！

（从科斯德列夫夫妇的窗户中传出娜塔霞的叫喊声：为什么？等一等，为什么啊？）

鲁卡（不安地）：娜塔霞？她在叫喊？啊？唉，你呀……

（科斯德列夫夫妇房里一片嘈杂声、喧嚣声、器皿碎裂声和科斯德列夫的尖叫声："啊……异教徒……淫荡的女人……"）

华西丽莎：别忙……等一等……我来收拾她……瞧……瞧……

娜塔霞：他们打人啦！他们杀人啦……

萨京（向窗户里叫喊）：喂，你们那里打人啊！

鲁卡（心慌意乱）：华西丽娅……叫华西娅……哎呀，上帝啊！兄弟们……孩子们……

阿克捷尔（跑出去）：瞧，我……现在去教训他……

布普诺夫：嗨，他们已开始经常打她……

萨京：我们去，老头儿……我们去做证人！

鲁卡（走在萨京后面）：我是什么证人！有什么用……最好是华西丽娅快点……唉！

娜塔霞：姐姐……姐姐……华——华——华……

布普诺夫：他们堵住了她的嘴……我去看一看……

（科斯德列夫住宅中的喧哗声渐渐平息了，大概是从房间到了外屋。听到了老头子的叫喊："等一等！"门发出响亮的砰砰声，门的响声好像用斧头劈断了整个喧闹声。戏台上静悄悄。现出一片暮色。）

克列希（漠不关心地坐在雪橇上，使劲地揉搓着双手。然后开始嘟囔着什么，起初听不清，接着——）：那还用说吗？必须活着……（高声地。）要有安身之处……是吗？没有安身之处……什么都没有！孤单一人……一无所有……无助……

（他弯腰曲背慢慢地离去。几秒钟不祥的寂静。然后，过道的什么地方出现了乱哄哄的嘈杂声。这杂乱的声音越来越大，越来越近。听到了各人的声音。）

华西丽莎：我是她的姐姐！放开……

科斯德列夫：你有什么权利？

华西丽莎：坏蛋……

萨京：叫华西卡！……快……卓普，揍他！

（警察的哨声。）

塔塔林（跑出来。他右手用吊带吊着）：有哪一条法律允许白天杀人？

克利沃伊·卓普（他后面跟着梅德韦杰夫）：嗨，我给了他一下！

梅德韦杰夫：你——怎么能打人？

塔塔林：那么你呢？你的责任是什么？

梅德韦杰夫（追赶使用抓钩的装卸工人）：还给我警笛……

科斯德列夫（跑出来）：阿普拉姆！抓……抓住他！他打人了……

（从屋角那边走出来克华什妮娅和娜斯佳。她俩搀扶着蓬头垢面的娜塔霞。萨京后退，推开华西丽莎，后者挥动双手，试图打妹妹。阿辽什卡像个有精神病的人在她身旁跳来跳去，在她耳边吹口哨。后面还有若干个破衣烂衫的男人和女人。）

萨京（面向华西丽莎）：去哪里？该死的猫头鹰……

华西丽莎：滚开，坏蛋！我会死的！啊，我要撕碎……

克华什妮娅（牵着娜塔霞）：你，卡尔波芙哪，何苦啊……你不害羞吗！干吗逞凶？

梅德韦杰夫（抓住萨京）：啊哈……可抓住你了！

萨京：卓普！抽打他们！华西卡……华西卡！

（大家在过道附近红墙旁挤成一堆。娜塔霞被领到右边，让她坐到木柴堆上。）

倍倍尔（从小巷中跳出来，默默地死劲推开大家）：娜塔丽娅在哪儿？你……

科斯德列夫（消失在屋角后面）：阿普拉姆！抓住华西卡……兄弟们，帮助抓住华西卡！小偷……强盗……

倍倍尔：啊，你……老馋猫！（大力挥手打老头。科斯德列夫跌倒，以致从屋角后面只露出上半个身子。倍倍尔扑向娜塔霞。）

华西丽莎：揍华西卡！亲爱的……揍小偷！

梅德韦杰夫（冲着萨京叫喊）：你不能……这里是家务事！他们是亲人……而你是谁？

倍倍尔：怎么样……她用什么打你？用刀子吗？

克华什妮娅：瞧，多么残酷的人！他们用开水烫这少女的脚……

娜斯佳：他们弄翻了茶炊……

塔塔林：也许是无意地……应该正确地理解……不要信口开河……

娜塔霞（几乎处于昏迷中）：华西里……接收我……掩埋我……

华西丽莎：老天爷啊！瞧吧……看吧……他死了！打死人了……

（大家聚集在过道旁科斯德列夫身边。布普诺夫从人群中走出来，走近华西里。）

布普诺夫（小声地）：华西卡！老头子……不太妙……死了！

倍倍尔（看着他，仿佛不明白）：去……叫……必须送医院……嗯，我和他们算账！

布普诺夫：我说，是谁打死老头子的……

（戏台上的喧闹声像浇了水的篝火一样渐渐熄灭了。传出各种小声的呼喊："难道？""竟是这样！""真的吗？""我们走吧，兄弟！""唉，真见鬼！""现在够你受的！""趁还没有警察的时候咱们快滚！"人群逐渐散了。布普诺夫和塔塔林离去了。娜斯佳和克华什妮娅跑近科斯德列夫的尸体。）

华西丽莎（从地上站起来，用高昂的声音叫喊）：打死人了！是谁打死我丈夫的啊！是华西卡打死的！我看见了！亲爱的，我看见了！怎么回事——华西亚？警察！

倍倍尔（离开娜塔霞）：让开……滚！（看着老头儿。面向华西丽莎。）啊？你高兴吗？（用一只脚触碰尸体。）死了……老狗！按照你的愿望结束了……啊……是不是也要弄死你呀？（扑向她；萨京和克利沃伊·卓普很快抓住他。华西丽莎消失在小巷中。）

萨京：清醒过来吧！

克利沃伊·卓普：吁！你跑哪里去？

华西丽莎（走出来）：华西亚，可爱的朋友，怎么样？不要逃避命运……警察！阿普拉姆……吹警笛！

梅德韦杰夫：警笛被抢走了，魔鬼……

阿辽什卡：警笛在这儿！（吹警笛。梅德韦杰夫跑着追他。）

萨京（领着倍倍尔走向娜塔霞）：华西卡，别害怕！打架杀人……小事一桩！这代价不大……

华西丽莎：揪住华西卡！他杀了人……我看见了！

萨京：我也打了老头两三下……他经得起多次打吗！叫我去做证人，华西卡……

倍倍尔：我……不需要申辩……我必须把华西丽莎带去……我会把她带去的！她希望这样……她暗地里唆使我杀死丈夫……她唆使过我！

娜塔霞（突然大声地）：啊——啊……我明白了！是这样的呀，华西里？！善良的人们！他们串通一气！我姐姐和他……他们是一伙的！这一切都是他们暗中安排的！是这样吧，华西里？你……不久以前和我说，是让她听到一切吗？善良的人们！她是他的情妇……你们知道……所有人都知道这一点……他们是串通一气的！她……这是她唆使他杀死丈夫的……丈夫妨碍了他们……我也妨碍了他们……瞧，把我痛打了一顿……

倍倍尔：娜塔丽娅！你怎么啦……你怎么啦？！

萨京：这算什么……真见鬼！

华西丽莎：你撒谎！她撒谎……我……他，华西卡，杀人！

娜塔霞：他们串通一气！你们这该死的！你们俩……

萨京：嗨，一场游戏！当心吧，华西里！她们会把你淹死的！

克利沃伊·卓普：不可理解！唉，你呀……事件！

倍倍尔：娜塔丽娅！难道你……信以为真吗？难道你相信，我和她……

萨京：真的，娜塔霞，你要想明白！

华西丽莎（在小巷里）：打死了我的丈夫……阁下……华西卡·倍倍尔，小偷……他打死的……警察先生！我看见了……大家看见了……

娜塔霞（几乎处于盛怒之中）：善良的人们……我姐姐和华西卡打死的！警察——听我说，就是我这位姐姐教会了和说服了自己的情夫，就是他，这个该死的！是他们打死的！逮捕他们……审判他们……也把我抓去……把我关进监狱！看在基督的面上吧……把我关进监狱！……

幕　落

第四幕

布景同第一幕。但是，倍倍尔的房间没有了，隔墙被拆掉了。克列希坐过的地方没有了铁砧。曾是信倍尔房间所在的一角躺着塔塔林，他在忙活，偶尔发出呻吟声。桌子后面坐着克列希，他在修理手风琴，有时试试音调。在桌子的另一端是萨京、巴伦和娜斯佳。他们面前放着一瓶伏特加酒、三瓶啤酒和一大块黑面包。阿克捷尔在炉子上忙活、咳嗽。夜晚。放在桌子中央的灯照亮着戏台。院子里风声飕飕。

克列希：是的……他就在这一片混乱中消失了……

巴伦：从警察局消失了……就像烟从火中消散……

萨京：犯教规者就这样离开了遵守教规者！

娜斯佳：一个好老头儿啊！而你们……不是人，你们是些讨厌的家伙！

巴伦（喝酒）：祝您健康，夫人！

萨京：好奇的老头儿……是的！瞧，娜斯坚卡钟情于他……

娜斯佳：既钟情，又喜爱！没错！他看见了一切，他明白一切……

萨京（笑）：总之……对许多人来说，他就像没有牙齿的人吃的面包瓤……

巴伦（笑）：就像脓疮用的膏药……

克列希：他是富有怜悯心的人，可是你们没有怜悯心……

萨京：如果我怜悯你，那对你有什么益处？

克列希：你——可以不怜悯人，但可以不侮辱人……

塔塔林（坐在简易板床上，像小孩一样摆动自己的大手）：老头儿不错……心中有规矩！谁心里有规矩，那就不错！谁失去了规矩，那就糟糕！

巴伦：什么样的规矩，公爵？

塔塔林：这样的……那样的……你知道怎样的……

巴伦：继续说！

塔塔林：不侮辱人——这就是规矩！

萨京：这叫作《刑罚和改造惩治条例》……

巴伦：还叫作《民事法官实施惩治条令》……

塔塔林：可兰经叫作……古兰经应该是教规……心灵应该是古兰经……是的！

克列希（调试手风琴）：吱吱响，真见鬼！啊，公爵说得对，应当按规矩……按福音……生活……

萨京：活着吧……

巴伦：试试看吧……

塔塔林：穆罕默德创立了古兰经，他说："这就是教规！照这里所写的去行事！"后来随着时间的推移，古兰经将显得不够了，于是新时代将提出自己的新教规……任何时代都将提出自己的教规……

萨京：嗯，是的……一个时代来到了，就会提出这个时代的《惩治条例》……铁的法典……不会很快就失效！

娜斯佳（用杯子敲桌子）：干吗……为啥我在这里和你们生活在一起？我要走……随便去哪里……到海角天涯去！

巴伦：没有皮鞋，夫人？

娜斯佳： 赤脚！爬行！

巴伦： 如果爬行，夫人，这将是优美如画的景象……

娜斯佳： 是的，爬行！只要不见到你这张嘴脸就好……唉，这一切使我厌烦了！整个生活……所有的人！

萨京： 你走吧，那就带上阿克捷尔……他就准备去那里……他知道，在离海角天涯只有半俄里的地方有奥尔加龙诊疗所①……

阿克捷尔（从炉子上探出身子）：奥尔加——尼——兹姆，傻瓜！

萨京： 酒精中毒的奥尔加龙诊疗所……

阿克捷尔： 是的！他——要走！他要走……你们等着瞧！

巴伦： 他是谁，先生？

阿克捷尔： 我！

巴伦： Merci②，像她似的仙女的仆人？正剧、悲剧的仙女……怎么称呼她呢？

阿克捷尔： 缪斯，偶像！不是仙女，而是缪斯③！

萨京： 拉赫查……赫拉……阿佛洛狄忒……阿特罗帕……鬼才能辨别出她们呢！这都是老头儿……拧上了阿克捷尔……你知道吗，巴伦？

巴伦： 老头儿稀里糊涂……

阿克捷尔： 无知的人！粗野的人！墨尔—波—墨—涅！没有心肝的人们！你们将看到——他将离去！"暴饮暴食吧，忧郁的人们"……贝朗瑞的诗……是的！他将找到自己的地方……哪里没有……没有……

巴伦： 什么也没有吗，先生？

---

① 奥尔加龙：俄文原文为"орган"，音译为"奥尔加龙"，意译为"工具"，在这里系俄文"организм"一词的误读，后者音译为"奥尔加尼兹姆"，意译为"机体"。两者读音近似，容易混淆，产生歧义，以致把"机体诊疗所"说成了"工具诊疗所"，故下面阿克捷尔纠正说是"奥尔加尼兹姆（机体）"。——译者

② MERCI是法语，意为"谢谢"。——译者

③ 缪斯：是希腊神话中文艺和科学女神的通称，下面萨京和阿克捷尔说的就是各种女神的称谓，如：赫拉是司婚姻的女神，墨尔波墨涅是司悲剧的女神。——译者

阿克捷尔：是的！什么也没有！"这个坑……将是我的坟墓……我行将死去，无力的和软弱的人！"你们为什么活着？为什么？

巴伦：你！超群的人，或者是天才加放荡生活！别吼叫！

阿克捷尔：撒谎！我将大喊大叫！

娜斯佳（从桌子上抬起头，挥动双手）：叫喊吧，让他们听！

巴伦：什么意思，夫人？

萨京：别管他们，巴伦！见鬼去吧！让他们叫喊……让他们喊得昏头涨脑……让他们叫喊吧！这有意思！像老头说的，别妨碍人……是的，这是他，老酵母，使我们住在一起的人发酵……

克列希：他招呼他们到什么地方去，而自己说不出道路……

巴伦：老头儿是骗子……

娜斯佳：撒谎！你自己是骗子！

巴伦：嘘，夫人！

克列希：他，老头儿，不喜欢实话……非常反对实话……本来就应该这样！没错——这里有什么实话？没有实话就没有什么可关心的……你看，公爵在工作中压坏了一只手……必须把那只手完全锯掉……这就是实话！

萨京（一拳打在桌子上）：闭嘴！你们大家是畜生！笨蛋……关于老头儿，免开尊口！（更平静一些。）你，巴伦，比所有人都坏！你，什么都不懂，还撒谎！老头儿不是骗子！实话究竟是什么东西？人就是实话！他知道这一点，你们却不知道！你们，像砖头那么迟钝……我了解老头儿……是的！他撒过谎……但这是出于对你们的怜惜，真见鬼！我知道，我读到过，有许多人出于对亲人的怜惜而说谎！他们动听地、热情地和兴奋地说谎！有令人快慰的谎言，有使人平静的谎言……有的谎言补偿压坏工人手的那种沉痛，有的谎言责难因饥饿行将死亡的人……我理解谎言！谁的内心虚弱，谁以别人的血汗为生，他们就需要谎言……一些人得到谎言的维护，另一些人以谎言掩饰自己……谁完全自己做主，谁不依赖于人并不贪求别人，他干吗需要谎言？谎言是奴隶和主人的信仰……实话是自由人的上帝！

巴伦：好！说得漂亮！我——同意！你像个正派人说话！

萨京：如果正派人像骗子那样说话，那么究竟为什么有时不好好对骗子说话呢？是的……我忘记了许多事情，但我还知道一些事情！老头吗？他是个聪明人！他对我起的作用，就像酸对又旧又脏的硬币所起的作用那样……喝，为他的健康干杯！斟上……

（娜斯佳倒上一杯啤酒递给萨京。）

萨京（微笑）：老头儿生活得自由自在……他正眼看所有人。有一次我问他："老大爷！人们为什么活着？"（尽量模仿鲁卡的声音和姿势说。）"啊，人们为了最美好的东西而活着，亲爱的！瞧，比方，细木工们活着，都是些废物……可是在他们当中有这样一位人间没有见过的类似的细木工，他高于所有人，在细木工中没有和他相等的人。他赋予整个细木工事业以自己的面貌，于是这项事业很快前进了二十年……其他所有人也是如此……钳工、皮鞋匠、其他工人、所有农民甚至老爷——都为最美好的事物活着！每个人都想为自己活着，可实际上却是为最美好的东西活着！一百年，也许更长时间，人类都是为最美好的东西活着！"

（娜斯佳目不转睛地直视着萨京。克列希停止调试手风琴的工作也听着。巴伦低垂着头，用手指轻轻地敲着桌子。阿克捷尔从炉子上探出身子，小心翼翼地想爬到简易板床上。）

萨京："所有人，亲爱的，所有人，全都是为最美好的事物活着！所以也就应当尊重任何一个人……我们本不了解他究竟是谁，他生来为了什么和将要做什么……也许，他生来是为了给我们带来幸福，是为了给我们带来巨大的利益吧？尤其应当关爱孩子，关爱儿童！儿童需要广阔的天地！不要妨碍孩子生活……关爱孩子吧！"（微笑。停顿。）

巴伦（沉思）：嗯——是的……为了最美好的东西吗？这使

人回忆起我们的家族……叶卡捷琳娜时代的老氏族……贵族……勇士……来自法国的移民……他们效力，日益高升……在尼古拉一世时代，我的祖父古斯塔夫·杰比里占据高位……富豪……成百上千的农奴……马匹……厨师……

娜斯佳：撒谎！不曾有过这种盛况！

巴伦（跳起来）：什——什么？喂……接着说！

娜斯佳：不曾有过这种盛况！

巴伦（喊叫）：莫斯科的豪宅！彼得堡的豪宅！四轮轿式马车……带国徽的四轮轿式马车！

（克列希提着手风琴站起来走向一旁，从那里观察剧场。）

娜斯佳：不曾有过！

巴伦：哼！我说……几十个仆人！

娜斯佳（得意地）：不——不曾有过！

巴伦：我打死你！

娜斯佳（准备跑）：不曾有过四轮轿式马车！

萨京：得啦，娜斯坚卡！别惹怒他……

巴伦：等一等……你，下贱货！我祖父……

娜斯佳：没有过祖父！什么也不曾有过！

（萨京哈哈大笑。）

巴伦（愤怒得精疲力竭，坐到板凳上）：萨京，告诉她……淫妇……你——也讥笑？你——也不相信？（双拳击打桌子，绝望地喊叫。）有过，见你们的鬼去吧！

娜斯佳（洋洋得意）：啊——啊，你吼叫起来了吗？你明白了当人们不相信你时自己是什么人吗？

克列希（回到桌子旁边）：我想——将有一场打斗……

塔塔林：哎嗨，人们愚蠢啊！很糟糕！

巴伦：我……不能容忍挖苦我！我有证据，有文件……真见鬼！

萨京：别理他们啦！也忘记祖父的四轮轿式马车……坐昔日的四轮轿式马车你哪儿都去不了……

巴伦：然而她是怎样地讥笑！

娜斯佳：你说——说吧！我是怎样讥笑的！

萨京：你瞧——她在讥笑！她哪一点不如你？尽管她过去大概不仅没有四轮轿式马车，而且没有祖父，甚至没有父亲和母亲……

巴伦（平静下来）：真见鬼……你能心平气和地发议论……而我，看来，没有耐性……

萨京：开始培养吧，耐性是有益的……（停顿。）娜斯佳！你去医院吗？

娜斯佳：去干什么？

萨京：去看娜塔霞吗？

娜斯佳：你忽然想起来了！她——早就出院了……出院了，并且死掉了！她从人世间消失了……

萨京：也就是说，她一切都结束了……

克列希：有意思的是：谁更狠地打了谁？华西卡更狠地打了华西丽莎，或者是她更狠地打了他？

娜斯佳：华西丽莎不会有事的！她狡猾。而华西卡将被流放去服苦役……

萨京：为了斗殴杀人——只蹲监狱……

娜斯佳：真遗憾。服苦役——最好是……你们所有人都去服苦役才好呢……把你们像垃圾一样扫到随便何处的坑中去才好呢！

萨京（惊讶地）：你怎么啦？你发疯了吗？

巴伦：瞧，我去扇她耳光……为了她的粗鲁无礼！

娜斯佳：你试试看！打呀！

巴伦：我——试试！

萨京：得啦！别碰她……不要欺负人！这个老头儿没有从我头脑中消失！（哈哈大笑。）不要欺负人！如果有一次人家欺负了我，那我要记一辈子！怎么办？原谅？一点也不原谅。对任何人也不原谅！

巴伦（面向娜斯佳）：你应该记住，你比不上我！你是个废物！

娜斯佳：唉，你呀，不幸的人！要知道，你……靠我生活，就像蠕虫靠苹果生存一样！

（爆发出男人们友好的哈哈大笑声。）

克列希：唉哟……废物！苹果！

巴伦：不准……生气……蠢货！

娜斯佳：你们笑？你们撒谎！你们——不觉得可笑！

阿克捷尔（阴沉地）：带他们玩吧！

娜斯位：假若我能够的话，我会把你们——（从桌子上拿起一只茶杯摔在地板上）就这样！

塔塔林：干吗打碎茶具？唉……笨蛋！

巴伦（站起来）：不，我现在就去教会她做人！

娜斯佳（跑开）：见你们的鬼吧！

萨京（跟在她后面）：喂！够啦！你吓唬谁？到底是怎么回事？

娜斯佳：豺狼！让你们去叹息吧！豺狼！

阿克捷尔（阴沉地）：阿门！

塔塔林：喔唷！凶狠的女人——俄罗斯女人！粗鲁……任性！不是鞑靼人！鞑靼人懂规矩！

克列希：应该打她一顿……

巴伦：坏——坏女人！

克列希（调试手风琴）：调试好啦！而它的主人还是没有……小伙子激情燃烧……

萨京：现在——喝一杯！

克列希：谢谢！也该睡觉了……

萨京：你对我们这里习惯吗？

克列希（喝完酒，走向房角简易板床）：还好……处处有好人……开始没有发现……后来感到所有人都……还好！

（塔塔林把什么东西铺在简易板床上，跪下来祈祷。）

巴伦（指着塔塔林叫萨京看）：你瞧！

萨京：得啦！他是个好男子汉……别打搅！（哈哈大笑。）我今天善良……鬼知道为什么！

巴伦：当你喝酒的时候，你始终是善良的，也是聪明的……

萨京：当我醉醺醺的时候，一切都使我感到愉快。是的……他在祈祷吗？很好！人可以信教或不信教……这是他的事情！人是自由的，他自己偿付一切，为了信教，为了不信教，为了爱情，为了智慧——人自己要偿付这一切，因为他是自由的！人——这就是实话！人是什么？这非你，非我，非他们……都不是！这又是你、我、他们、老头儿、拿破仑、穆罕默德……一个整体！（用手指在空中画出人的体形。）知道吗？这——很大！一切始末都在其中……一切都在人之中，一切都为了人！有的只是人，其余的一切都是人的手和脑的事情！人—人！妙哉！听之顿感自豪！人—人—人！必须尊重人！不要怜惜……不要以怜惜贬低他……必须尊重！为人干杯，巴伦！（站起来。）高兴的是，感到自己是个人！我——是囚犯、凶手、骗子……嗯，是的！当我走在街上时，人们像看痞子似的看着我……闪到一边去，另眼相看……常常对我说："坏蛋！骗子！工作呀！"工作？为了什么？为了做个饱汉吗？（哈哈大笑。）我始终蔑视过于关注做个饱汉的人……问题不在于此，巴伦！问题不在于此！人——高大！人——比喂饱肚子看得更高！

巴伦（摇头）：你发表了一番议论……这很好……这大概温暖人心……我没有这种感觉……我不能！（环顾四周，小声地、谨慎地。）我，兄弟，有时害怕……知道吗？我胆怯……因为担心随后会怎么样呢？

萨京（走动）：人怕谁啊？

巴伦：你可知道，我自有记忆的时候开始头脑里就有一团迷雾。任何时候任何事情我都不明白……我有点儿难为情他感觉到自己一生只是在乔装打扮……为什么？我不知道！我学习过，穿过贵族学院的制服……可是学了什么？我不记得……我结婚了，穿上燕尾服，后来又穿长袍……而娶的是个丑老婆，为什么？我不明白……我随大溜地生活过来，穿着某种灰色的上衣和红褐色的裤子……而是怎么破产的呢？我没有发现……我在省税务局服务过……穿制服、戴有帽徽的制帽……后来盗用了公款，于是给我穿上了囚服……以后我就穿成了现在这个样子……总之，好像做梦一样……啊？这……可笑吗？

萨京：不太可笑……不如说是愚蠢……

巴伦：是的……我也想是愚蠢……唉……我生来倒是为了什么呢……啊？

萨京（笑）：也许……人生来是为了最美好的事物！（点头。）这样……很好！

巴伦：这位……娜斯齐卡！她跑到哪里去了？我去看看她在哪里？毕竟……她……（离去。停顿。）

（塔塔林转过头来。）

阿克捷尔：为我……祈祷……

塔塔林：什么？

阿克捷尔（小声地）：祈祷……为我！

塔塔林（沉默了片刻之后）：自己祈祷……

阿克捷尔（快速从炉子上爬下来，走近桌子，用一只颤抖的手斟上伏特加酒，喝完就几乎是跑向外屋）：我走啦！

萨京：唉，你啊！跑哪里去？（吹口哨。穿着女短棉衣的梅德韦杰夫和布普诺夫走进来，他俩喝醉了，但只是微醉。布普诺夫一只手拿着一串小甜面包，另一只手拿着几条里海鲤鱼，腋下夹着一瓶伏特加酒，上衣兜里放着另一瓶伏特加酒。）

梅德韦杰夫：骆驼——他类似……驴！只是没有耳朵……

布普诺夫：得啦！你自己才好像驴呢。

梅德韦杰：骆驼完全没有耳朵……它是用鼻子听取声音……

巴伦（面向萨京）：朋友！我沿着所有小饭馆小酒馆找你！你拿着一瓶酒吧，我两只手都占用了！

萨京：那么你把小甜面包放到桌子上，一只手就腾出来了……

布普诺夫：对啊！唉，你呀……瞧！就他，啊？是个聪明人！

梅德韦杰夫：滑头——所有人都聪明……这我知道！他们不可能没有智慧。好人，他即使糊涂，也是好人；而坏人，必定应该有智慧。至于骆驼，你必然知道，它是载人运货的动物……它没有角……也没有牙齿……

布普诺夫：人在哪儿？为什么这里没有人？喂，出来吧……我请客！房角里是谁？

萨京：你喝酒快喝穷了吗？丑八怪！

布普诺夫：我……快了！这次我积攒了一点点钱……卓普！卓普在哪儿？

克列希（走近桌子）：他不在……

布普诺夫：呜——噜噜！看家狗！我要呕吐、呕吐、呕吐！公火鸡！不要吠，不要唔唔叫！喝吧，作乐吧，别垂头丧气……我请大家吃喝！我，兄弟，喜欢请客！倘若我富有……我会建一个免费小饭馆！真的！带有乐队，以便演出合唱……来吧，喝吧，吃吧，听歌唱吧……抒发感情吧！穷人……赶快到我的免费小饭馆来吧！萨京！我招你入伙，我把我所有资本的一半给你！就这样！

萨京：你现在就把一切都给我吧……

布普诺夫：全部资本？现在？拿去吧！瞧——一卢布……瞧，还有……二十戈比……五戈比……二戈比……全部！

萨京：嗯，好吧！我将有够多的钱了……我用这些钱去娱乐……

梅德韦杰夫：我是见证人……钱已交出供保存……数额——多少？

布普诺夫：你？你是骆驼……我们不需要见证人……

阿辽什卡（光脚走进来）：兄弟们！我把脚浸湿了！

布普诺夫：走—— 去把喉咙浸湿……不过如此！你，亲爱的……你唱，你玩……这很好！而喝酒——没有用！兄弟，这有害……喝酒——有害！

　　阿辽什卡：在你身上我看到了！你只是喝醉了才像个人……克列希！手风琴修好了吗？（蹦蹦跳跳地唱起来。）

> 唉，倘若我的嘴脸
> 长得不那么美，
> 我的姘妇完完全全
> 就不会爱我的！

我觉得冷，兄弟们！好——好冷！

　　梅德韦杰夫：嗯……请问姘妇究竟是谁？

　　布普诺夫：别纠缠了！你，兄弟，现在——嘘嘘！你已经不是布托什尼克……当然！既不是布托什尼克，也不是大叔……

　　阿辽什卡：只不过是大娘的丈夫！

　　布普诺夫：你的一个侄女在监狱，另一个侄女行将死亡……

　　梅德韦杰夫（自豪地）：撒谎！她不会死，她在我这里失踪了！

　　布普诺夫：全都一样，兄弟！没有侄女的人——不算叔叔！

　　阿辽什卡：阁下！毫无作用的人！

> 姘妇富有钱财，
> 我却身无分文！
> 因此我是快乐男孩，
> 因此我很开心！

冷啊！

> （卓普走进来；然后，直到这幕剧终结，又走
> 进来若干个男人和女人，他们脱下外衣，躺到
> 简易板床上，嘟嘟囔囔。）

克利沃伊·卓普：布普诺夫！你怎么跑了呢？

布普诺夫：到这里来！坐下……我们开始唱歌，兄弟！我亲爱的……啊？

塔塔林：夜晚，应当睡觉！唱歌应当在白天！

萨京：嗨，没关系，公爵！你——到这里来！

塔塔林：怎么没关系？将有噪音……当唱歌的时候，是有噪音的……

布普诺夫（走近他）：公爵！一只手怎么啦？你一只手被锯掉了吗？

塔塔林：为什么？等一等……也许，不需要锯……手不是铁的，截断——不难……

克利沃伊·卓普：阿山卡！你缺一只手——这怎么行？我们兄弟的双手和脊背是珍贵的……缺一只手，就等于废了一个人！烟草是你的事！去喝伏特加酒吧……不必多说！

克华什妮娅（走进来）：哎嗨，你们，我可爱的居民们！那院子里，那院子里啊！冷，泥泞……我的布托什尼克在这里吗？布塔利！

梅德韦杰夫：我在！

克华什妮娅：你再次穿我的女短上衣吗？你仿佛……有点儿那个，啊？你这是怎么啦？

梅德韦杰夫：由于是命名日……布普诺夫……还因为冷……泥泞！

克华什妮娅：你看我一身……泥泞！别胡闹……去睡觉……

梅德韦杰夫（去厨房）：睡觉——我能……我想……是时候了！

萨京：你怎么啦……对他太严厉了吧？

克华什妮娅：朋友，别的做法不行。对这类男人要严加管束。我收他做姘夫，我想，像他这样的军人将给我带来利益……可是你们——都是些好打架闹事的人……我的事是女人的事……而他——喝酒！这对我没有用处！

萨京：你对帮手的选择是很糟糕的……

克华什妮娅：不——比较好……你不想和我同居……你竟是这样的人！即使你将要和我同居，那也不会多于一个星期的时间……你将会打牌输给我一些毫无用处的东西！

萨京（哈哈大笑）：这是真的，女老板！我会输……

克华什妮娅：正是如此！阿辽什卡！

阿辽什卡：他在，就是我！

克华什妮娅：你——唠叨我什么？

阿辽什卡：我？一切！一切，凭良心。我就说一个女人！一个奇怪的女人！肉、脂肪、骨头——共重十普特①，而脑子——没有一佐洛特尼克！

克华什妮娅：哦，你这是撒谎！我的脑子甚至很正常……不，你为什么说我打我的布托什尼克？

阿辽什卡：我想，你打了他，有时你揪头发……

克华什妮娅（笑）：傻瓜！你——似乎没有看见，为什么家丑外扬？他还感到委屈……由于你的闲话，他开始喝酒了……

阿辽什卡：那么，人们说得对，母鸡也喝酒！

（萨京和克列希哈哈大笑。）

克华什妮娅：哼，爱嘲笑人的人！你算个什么人，阿辽什卡？

阿辽什卡：最优等级的人！样样精通！愿意去哪里就到哪里！

布普诺夫（在塔塔林简易板床旁边）：我们走吧！反正一样——别去睡觉！我们去唱歌……通宵达旦！卓普！

克利沃伊·卓普：唱歌？可以……

阿辽什卡：可是我——要去配合演出！

萨京：我们去听一听！

① 普特：俄国重量单位，一普特等于16.38公斤。下面的佐洛特尼克也是俄国重量单位，1佐洛特尼克约等于4.26克。——译者

塔塔林（微笑）：嗯，魔鬼布普纳……拿酒来！我们喝酒，我们作乐，死到临头——我们去死！

布普诺夫：给他斟酒，萨京！卓普，坐下！哎嗨，兄弟们！需要许多人吗？瞧我——喝醉了就高兴！卓普！去吸引……亲爱的女人！我歌唱……我支付！……

克利沃伊·卓普（开始唱）：

> 太阳升起来又降落……

布普诺夫（随着唱起来）：

> 而监狱一片黑暗！

> （门很快打开了。）

巴伦（站在门槛上，叫喊）：喂……你们！来……到这里来！在空地……那里……阿克捷尔……上吊了！

> （沉默。大家看着巴伦。从他背后出现了娜斯佳，她睁大眼睛，缓缓地走近桌子。）

萨京（小声地）：唉……让他破坏了唱歌的情绪……傻瓜！

幕　落

住别墅的人们

（戏剧）

剧中人物

巴索夫，谢尔盖·华西里耶维奇：律师，近 40 岁。

华尔华娜·米哈伊诺夫娜：他的妻子，27 岁。

卡列丽娅：巴索夫的妹妹，29 岁。

弗拉斯：巴索夫妻子的弟弟，25 岁。

苏斯洛夫，彼得·伊凡诺维奇：工程师，42 岁。

尤丽娅·菲里波芙娜：他的妻子，30 岁。

杜达科夫，基利尔·阿基莫维奇：医师，40 岁。

奥丽加·阿列克谢耶芙娜：他的妻子，35 岁。

夏里莫夫，雅科夫·彼得罗维奇：文学家，约 40 岁。

柳明，帕维尔·谢尔盖耶维奇：32 岁。

玛丽娅·里沃芙娜：医生，37 岁。

索妮娅：她的女儿，18 岁。

德沃耶托契耶，谢苗·谢苗诺维奇：苏斯诺夫的叔叔，55 岁。

扎梅斯洛夫，尼古拉·彼得罗维奇：巴索夫的助手，28 岁。

济明：大学生，23 岁。

普斯托巴伊卡：别墅看守人，50 岁。

克罗皮尔京：看守人。

莎霞：巴索夫夫妇的女仆。

戏剧艺术爱好者：

包着脸颊的女人；

谢苗诺夫先生；

穿黄色连衣裙的太太；

穿方格衣服的男青年；

穿天蓝色衣服的小姐；

穿粉红色衣服的小姐；

军官学校学生；

戴高筒帽的先生。

第一幕

巴索夫夫妇的别墅。大房间，带餐厅和客厅。在后墙左边是通往巴索夫办公室的敞开的门，右边是通往他妻子房间的门。这两个房间之间有一条走廊，在走廊的入口处挂着深色的门帘。在右墙上有一扇窗户和一扇通往凉台的宽大的门；在左墙上有两扇窗户。房间中央是一张宽大的餐桌，办公室门对过有一台钢琴。家具是别墅用的编制的轻便家具，只是在走廊入口处旁边有一个宽大的长沙发，上面铺着灰色的布罩。夜晚。巴索夫坐在办公室桌子后面，他前面放着带绿色灯罩的工作台灯。他侧向门坐着写字，扭转头，注视着大房间昏暗中的什么东西，有时低声地歌唱。华尔华娜·米哈伊洛芙娜静悄悄地从自己房间走出来，划着一根火柴，把火柴拿在面前，环顾四周。火光熄灭了。她在黑暗中缓慢地走向窗户，碰到了一把椅子。

巴索夫：这是谁啊？

华尔华娜·米哈伊洛芙娜：是我。

巴索夫：啊……

华尔华娜·米哈伊洛芙娜：你拿了蜡烛吗？

巴索夫：没有。

华尔华娜·米哈伊洛芙娜：按铃叫莎霞吧。

巴索夫：弗拉斯来了吗？

华尔华娜·米哈伊洛芙娜（在通往凉台的门旁）：不知道……

巴索夫：无聊的别墅。按上了电铃，而到处是缝隙……地板吱吱作响……（唱着某种快乐的歌。）华丽娅，你走了吗？

华尔华娜·米哈伊洛芙娜：我在这儿……

巴索夫（收拾文件，把文件放好）：你房间透风吗？

华尔华娜·米哈伊洛芙娜： 透风……

巴索夫： 你瞧！

（莎霞走进来。）

华尔华娜·米哈伊洛芙娜： 点上灯光，莎霞。

巴索夫： 莎霞，弗拉斯·米哈伊洛维奇来了吗？

莎霞： 还没有。

（莎霞走出去，拿着灯回来，把灯放到沙发椅
旁的桌子上。擦干净烟灰碟，整理好餐桌上的
桌布。华尔华娜·米哈伊洛芙娜放下窗帘，从
书架上拿一本书，坐到沙发椅上。）

巴索夫（和善地）：他开始不认真了，这个弗拉斯……还懒
惰……近来他行为举止总是有点儿荒谬。这是事实

华尔华娜·米哈伊洛芙娜： 你想喝茶吗？

巴索夫： 不，我到苏斯洛夫那里去。

华尔华娜·米哈伊洛芙娜： 莎霞，你去一趟奥丽加·阿列克
谢耶芙娜那里……问一下她是否到我这里来喝茶……

（莎霞离去。）

巴索夫（把文件锁在桌子里）：嗯，这就好啦！（直起身
子走出了办公室。）你，华丽娅，最好告诉他，当然，以委婉的
方式……

华尔华娜·米哈伊洛芙娜： 说什么？

巴索夫： 嗯，让他……更用心地对待自己的职责…啊？

华尔华娜·米哈伊洛芙娜： 我说。只是，我觉得，你当着莎
霞的面以这种语气说他，那是无济于事的……

巴索夫（环顾房间）：这是废话！反正你不瞒着女仆任何事情……我们这里是如此空荡荡的！华丽娅，应当用什么材料装饰一下这没有粉刷的光秃的墙……挂点什么壁画……否则，你看，多么不舒适！嗯，我去啦。把手给我……你和我多么冷淡，那样沉默寡言……为什么，啊？你的脸也是如此闷闷不乐，为什么？你说啊！

华尔华娜·米哈伊洛芙娜：你很着急去苏斯洛夫那里吗？

巴索夫：是的，必须去。我很久没有和他下象棋了……也很久没有吻你的手了……为什么？真奇怪呀！

华尔华娜·米哈伊洛芙娜（掩饰微笑）：关于我的心情，等你有更多自由时间的时候，我们再谈吧……这本来不重要吧？

巴索夫（镇静地）：嗯，当然！我本来就这样……还能怎么样呢？你是可爱的女人……聪明、真诚……如果你有反对我的什么事情，你就会说了……啊，你的眼睛为什么露出如此神色？不舒服吗？

华尔华娜·米哈伊洛芙娜：不，我健康。

巴索夫：你听着……你应该做点什么事情才好，我亲爱的华丽娅！瞧你总在读书……读了许多的书！要知道，任何无节制都是有害的，这是事实！

华尔华娜·米哈伊洛芙娜：当你在苏斯洛夫那里喝红葡萄酒的时候，你可别忘了这个事实……

巴索夫（笑）：你这是反唇相讥！但是，你知道，所有这些流行的香艳色情的书比葡萄酒更有害，真的！其中有某种麻醉的东西……这类书是某些神经错乱的先生们杜撰的。（打哈欠。）瞧，一位如孩子们所说的，"真正的"作家将很快出现在我们这里……有趣的是，他成了怎样的人……大概，不可能骄傲起来……所有这些公众人物都是近乎病态地沽名钓誉的人……总之，是精神失常的人！瞧，卡列丽娅也是一个反常的人，尽管严格地说她是什么样的女作家呢？她将乐意见到夏里莫夫。她就嫁给他才好呢，真的！她年龄大啦……是的！年龄有点儿大了……并总是低沉地呻吟，仿佛她慢性地牙痛……而且不十分像一位美女……

华尔华娜·米哈伊洛芙娜：你怎么说那么多不必要的话，谢尔盖伊！

巴索夫：是这样吗？我和你本是一家……是的，我爱说一些没有意思的话……（门帘后面传出干咳的声音。）这是谁？

苏斯洛夫（在门帘后面）：是我。

巴索夫（迎面向他走去）：而我准备了去你那里！

苏斯洛夫（默默地和华尔华娜·米哈伊洛芙娜打招呼）：我们走。我来找你……你今天没有去城里吗？

巴索夫：没有。怎么啦？

苏斯洛夫（讪笑）：据说，你的助手在俱乐部赢了两千卢布……

巴索夫：哎呀！

苏斯洛夫：在某个烂醉如泥的商人那里……

华尔华娜·米哈伊洛芙娜：你们怎么总是说……

苏斯洛夫：怎样？

华尔华娜·米哈伊洛芙娜：总是说，赢了钱，而且强调是在醉鬼那里。

苏斯洛夫（微笑）：我没有强调。

巴索夫：这有什么特别的吗？要是他说了扎梅斯洛夫灌醉了商人并赢了他，那么这实际上就是一种恶劣的作风！我们走，彼得……华丽娅，当弗拉斯来了的时候……啊哈！瞧，他来了！

弗拉斯（走进来，手里拿着旧皮包）：我的庇护人，我不在你们感到寂寞了吗？很高兴得知这一点！（面向苏斯洛夫，开心地，含威胁意味地）：有一个什么样的人在找你，显然，是刚来的。他徒步沿着各个别墅寻找，并大声地问所有人您住在什么地方……（走向姐姐。）你好，华丽娅。

华尔华娜·米哈伊洛芙娜：你好。

苏斯洛夫：真见鬼！大概，这是我叔叔……

巴索夫：也就是说，不方便到你那里去了吧？

苏斯洛夫：嗯，还有这样的事！你想，我将很高兴和叔叔相处，我几乎不认识他了吧？我大约有十年没有见到他了。

巴索夫（面向弗拉斯）：到我这里来……（领着弗拉斯进入办公室。）

苏斯洛夫（开始吸烟）：您不想去我们那里吗，华尔华娜·米哈伊洛芙娜？

华尔华娜·米哈伊洛芙娜：不去……您的叔叔——是穷人吗？

苏斯洛夫：富人。很富。您想，我唯独不爱穷亲戚吗？

华尔华娜·米哈伊洛芙娜：不知道……

苏斯洛夫（不时地咳嗽几声）：您瞧，你们这位扎梅斯洛夫在可恶的一天里败坏谢尔盖的名声！他是个下流东西！您不同意吗？

华尔华娜·米哈伊洛芙娜（平静地）：我不想和您谈论他。

苏斯洛夫：嗯，也好……照此办理。（沉默了片刻。）瞧，直爽的人的角色是难扮演的角色……为了只是把这个角色演得不坏，就需要有多面的性格、很大的勇气和智慧……您不生气吧？

华尔华娜·米哈伊洛芙娜：不。

苏斯洛夫：您不想争论吗？抑或您打心眼里同意我的话？

华尔华娜·米哈伊洛芙娜（随便地）：我不会争论……不会说话……

苏斯洛夫（忧郁地）：别生我的气。我很难容许那种敢于不失本色的人存在。

莎霞（走进来）：奥丽加·阿列克谢耶芙娜说，他们现在就来。准备茶吗？

华尔华娜·米哈伊洛芙娜：是的，请吧。

莎霞：尼古拉·彼得罗维奇要到我们这里来。（离去。）

苏斯洛夫（走近办公室的门）：谢尔盖伊，你快了吗？我要走了……

巴索夫：马上，立刻！

扎梅斯洛夫（走进来）：我向您致敬，女庇护人！您好，彼得·伊凡诺维奇。

苏斯洛夫（不时地咳嗽几声）：我祝您好。您……好一只小蝴蝶。

扎梅斯洛夫：随和的人！内心随和，口袋随和，头脑随和！

苏斯洛夫（有点失礼地，带讽刺意味地）：关于头脑和内心的问题，我不会争论；而关于口袋的问题，据说，您在俱乐部赌赢了什么人……

扎梅斯洛夫（温和地）：关于我，必须说：赢了。赌赢——这说的是赌棍。

华尔华娜·米哈伊洛芙娜：关于你们，总能听到随便什么样的骇人听闻的事情。据说，这是杰出的人们的命运。

扎梅斯洛夫：至少我自己在听关于我的流言蜚语时，我就逐渐确信自己的出众……我是赢了，遗憾的是，赢得不多——四十二卢布……

（苏斯洛夫干咳，走向左边，从窗户眺望。）

巴索夫（走出来）：只是！我已想望香槟酒了……嗯，你们有什么事情通告我吗？我忙着呢……

扎梅斯洛夫：您要出去吗？这样我就以后再说，这不着急。华尔华娜·米哈伊洛芙娜，多么遗憾，您未去看演出！尤丽娅·菲里波芙娜演得令人陶醉……绝佳！

华尔华娜·米哈伊洛芙娜：我向来喜欢她的表演。

扎梅斯洛夫（兴致勃勃地）：她是个天才！如果我说错了的话，那你就砍了我的脑袋！

苏斯洛天（微笑）：那么，突然必须砍呢？完全没有脑袋是不方便的……嗨，我们走，谢尔盖伊！再见，华尔华娜·米哈伊洛芙娜。不胜荣幸……（向扎梅斯洛夫致意。）

巴索夫（看了一眼办公室，弗拉斯在办公室整理文件）：这样您明天早晨九点钟以前把所有这些文件抄写一遍，我可以期待吗？

弗拉斯：您可以期待……您会失眠的，尊敬的庇护人……

（苏斯洛夫和巴索夫离去。）

扎梅斯洛夫：我也走……吻您的手，女庇护人。

华尔华娜·米哈伊洛芙娜：留下来喝茶吧！

扎梅斯洛夫：如果许可的话，我以后再来。而现在不行！（很快离去。）

弗拉斯（从办公室出来）：华丽娅！在这个屋子里喝茶吗？

华尔华娜·米哈伊洛芙娜：叫莎霞吧。（把双手搭在他肩上。）你为什么这样疲惫不堪啊？

弗拉斯（用脸颊擦拭她的手）：累了。从十点钟到三点坐在法院里……从三点到七点在城里奔忙……舒罗契卡！还没有来得及吃午饭呢。

华尔华娜·米哈伊洛芙娜：文牍员……这比你低，弗拉斯！

弗拉斯（傻呵呵地）：需要努力达到高度，等等……这我知道。但是，华丽娅，我喜欢举屋顶烟囱清扫工的例子：当然，他爬得比所有人都高，可是，难道他能高于自己吗？

华尔华娜·米哈伊洛芙娜：别瞎闹！为什么你不想找一找别的工作……更有益的、更重要的工作？

弗拉斯（滑稽可笑地激愤）：女士！我尽管是间接地但却是紧张地参与保卫和维护神圣的所有权制度，而你们却把这叫作无益的工作！多么荒谬的想法！

华尔华娜·米哈伊洛芙娜：你不想严肃地说话吗？

（莎霞走进来。）

弗拉斯（面向莎霞）：最敬爱的！您就宽宏大量，给我喝点茶和吃点东西吧！

莎霞：我现在就拿来。肉饼行吗？

弗拉斯：既要肉饼，也要所有类似于肉饼的食物……我等待着！

（莎霞离去。）

弗拉斯（搂住姐姐的腰，和她在房间漫步）：嗨，你怎么样？

华尔华娜·米哈伊洛芙娜：我不知何故感到忧伤，弗拉西克！你知道……有时候，突然有点儿……你什么也不想，却整个身心感到自己处于被奴役之中……一切都似乎觉得是别人的……是暗中和你为敌的……是诸如此类任何人都不需要的……所有人都生活得有点儿轻浮……瞧，你也……打诨……取闹……

弗拉斯（在她面前滑稽可笑地摆出一副架势）：

> 为了我常插科打诨，
> 别责备我，我的友人；
> 我想以愉快的玩笑，
> 向你掩饰苦闷心情……

自己编造的诗也比卡列丽娅的诗好得多……但是我不会把它朗诵到底，因为它有约五俄尺 ① 长……我亲爱的姐姐！你想让我严肃吗？这样，独眼人大概想把自己所有亲近的人看成独眼人。

（莎霞端着茶具走进来，在桌子旁边敏捷地忙碌。传出夜晚看守人的哗嘟棒 ② 的声音。）

华尔华娜·米哈伊洛芙娜：别说啦，弗拉斯！不要说些没意思的话。

弗拉斯：好吧——他说，并忧郁地沉默了一会儿。是的，你不宽宏大量，姐姐！我整天沉默不语，抄写各种告密信和小讼案的副本……自然，晚上我就想说说话了……

华尔华娜·米哈伊洛芙娜：而我就想远走他乡，那里住着健康的普通人，那里人们说着别的语言和从事某种严肃的、伟大的、大家所需要的事业……你了解我吗？

---

① 俄尺：旧俄长度单位，1俄尺等于0.71米。——译者
② 哗嘟棒：俄罗斯的一种民间打击乐器，发出各种节奏的声响。——译者

弗拉斯（沉思）：是的……我了解……但是，你哪里也去不了，华丽娅！

华尔华娜·米哈伊洛芙娜：也许，我会去的。（停顿。莎霞搬来茶炊。）大概，夏里莫夫明天会来……

弗拉斯（打哈欠）：我不喜欢他近来的作品——空洞、枯燥、呆板。

华尔华娜·米哈伊洛芙娜：我有一次在晚会上见到了他……那时我是中学生……我记得，他走向舞台，那么强壮、坚定……飘逸浓密的头发，表情坦诚果敢的脸……这是这样一个人的脸，即他知道爱什么和恨什么，知道自己的力量。我看着他，感到世上竟有这样的人而高兴得颤抖……好啊！真的！我记得，他充满活力地甩头，他那豪放的头发黑旋风似的奔拉在前额上……我还记得他那热情洋溢的眼睛……六七年过去了，已是八年了……

弗拉斯：你幻想着他，像贵族女子中学学生幻想看新教师那样。小心点，我的姐姐！作家，正如我所听到的，是引诱妇女走上邪路的老手……

华尔华娜·米哈伊洛芙娜：这不好，弗拉斯，这很庸俗！

弗拉斯（单纯地、真诚地）：嗯，别生气，华丽娅！

华尔华娜·米哈伊洛芙娜：你要理解，我等待他……像等待春天！我生活得不好……

弗拉斯：我理解，理解。我自己也生活得不好，有点儿觉得惭愧……尴尬……不了解往后将究竟怎么办？

华尔华娜·米哈伊洛芙娜：啊，是的，弗拉斯，是的！但你为什么……

弗拉斯：我要解释吗？我不喜欢别人看到我不好……

卡列丽娅（走进来）：多么美妙的夜晚！而你们坐在这里，你们这里还散发出煤气味。

弗拉斯（振作起来）：您好，阿普斯特拉克齐娅·华西里耶芙娜！

卡列丽娅：森林里那样寂静、深沉……好极啦！温柔的月亮，浓密柔和的荫处……白天永远也不可能比夜晚优美……

弗拉斯（用和她相同的腔调）：啊，是的！老太婆永远比小姑娘更快乐，虾比燕子飞得更快……

卡列丽娅（坐到桌旁）：您什么都不懂！华丽娅，给我倒杯茶……没有任何人来过我们这里吗？

弗拉斯（教训人地、傻呵呵地）：任何人——都不可能来还是不来……或者说，任何人——都不存在。

卡列丽娅：请让我安静。

（弗拉斯默默地向她致意，走进办公室，翻阅办公室桌上的文件。窗外远处传来夜晚看守人的哗啷棒的声音和轻轻的哨声。）

华尔华娜·米哈伊洛芙娜：尤丽娅·菲里波芙娜来找过你……

卡列丽娅：找我？哎嗨，是的……关于演出的事……

华尔华娜·米哈伊洛芙娜：你去过森林里吗？

卡列丽娅：是的。我遇见了柳明……他说了你许多的事……

华尔华娜·米哈伊洛芙娜：他究竟说了些什么？

卡列丽娅：你知道……

（停顿。弗拉斯带鼻音小声地哼着某种歌曲。）

华尔华娜·米哈伊洛芙娜（叹息）：这是很可悲的。

卡列丽娅：对他？

华尔华娜·米哈伊洛芙娜：有一次他对我说，对女人的爱是男人悲惨的义务……

卡列丽娅：你从前对他是另外的样子。

华尔华娜·米哈伊洛芙娜：你认为这是我的过错？是吗？

卡列丽娅：啊，不，华丽娅，不！

华尔华娜·米哈伊洛芙娜：最初我竭力排遣他忧伤的情绪……真的，我给了她许多关照……后来我看到，这将有什么结果，于是他走了。

卡列丽娅：你和他解释清楚了吗？

华尔华娜·米哈伊洛芙娜：没说任何一句话！我没说，他也没说……

（停顿。）

卡列丽娅：他的爱情应该是温暖的和无力的……整个都在漂亮的词语中……也没有欢乐。而没有欢乐的爱情是令女人难受的。你没感到他驼背吗？

华尔华娜·米哈伊洛芙娜（惊讶地）：没有发现……真的吗？你错了吧！

卡列丽娅：在他身上，在他内心里有某种不和谐的东西……当我发现这个人有这种情况时，我就开始觉得他的身体也是畸形的。

弗拉斯（从办公室出来，神情忧郁，挥动着一叠文件）：瞧这些小讼案如此之多，从这个事实出发，我荣幸地向您这个女保护人宣布，凭我满腔热情我也不能按那个男保护人指定的期限完成他交给我的不愉快的义务！

华尔华娜·米哈伊洛芙娜：待一会儿我帮助你。喝茶吧！

弗拉斯：我的姐姐！你真是我的好姐姐！你以此自豪吧！阿普斯特拉克齐娅·华西里耶芙娜，你学习热爱亲近的人吧，趁着我姐姐和我自己还在的时候！

卡列丽娅：您可知道，您有点儿畸形！

弗拉斯：从什么观点看？

卡列丽娅：您的心灵是畸形的。

弗拉斯：我希望，这不会损坏我的体型吧？

卡列丽娅：粗鲁——竟是如此畸形，像驼背……蠢人——就像跛子……

弗拉斯（用和她相同的腔调）：跛子——就像您的格言……

卡列丽娅：我感到庸俗的人像麻子，他们几乎总是淡黄发男子……

弗拉斯：所有黑发男子都早结婚，而形而上学者都是瞎子和聋子……很遗憾，他们都擅长摇唇鼓舌！

卡列丽娅：这并不机灵！您，大概，甚至不知道形而上学。

弗拉斯：我知道。烟草和形而上学对爱好者来说是享受的对象。我不吸烟，关于烟草的危害我一无所知，而我读过形而上学者的作品，这引起恶心和头昏……

卡列丽娅：虚弱的头脑闻花香也昏眩！

华尔华娜·米哈伊洛芙娜：你们结束争吵吧！

弗拉斯：我来吃东西——这是有益的。

卡列丽娅：我来弹琴——这是最好的。这里好闷热啊，华丽娅！

华尔华娜·米哈伊洛芙娜：我去打开凉台门……奥丽加来了……

（停顿。弗拉斯喝茶。卡列丽娅坐到钢琴旁。窗外响起看守人轻轻的哨声，回应他的是远处传来更加轻微的哨声。卡列丽娅轻弹中音区的琴键。奥丽加·阿列克谢耶芙娜走进来，很快掀开门帘，好像一只受惊的大鸟飞来，扔下头上灰色的披巾。）

奥丽加·阿列克谢耶芙娜：瞧，我也来了……好不容易挣脱出来！（吻华尔华娜·米哈伊洛芙娜。）晚安，卡列丽娅·华西里耶芙娜！啊，您弹琴，弹吧！要知道，也可以不握手，对吧？您好，弗拉斯。

弗拉斯：晚安，大娘！

华尔华娜·米哈伊洛芙娜：嗨，请坐……倒杯茶吧？你为什么这么长时期没有来了？

奥丽加·阿列克谢耶芙娜（神经质地）：等一等！在那里，室外——可怕！好像有谁……不怀好意的人……隐藏在森林里。看守人吹哨，接着传出同样的哨声，嘲弄的、凄凉的哨声……他们干吗吹哨?

弗拉斯: 是的! 可疑! 他们这是不是对我们发出嘘声?

奥丽加·阿列克谢耶芙娜: 我想尽快到你这里来……而娜佳大耍脾气, 大概是, 她也不太舒服……沃里加本来有病, 你知道吗? 他发烧……此外还必须给索妮娅洗澡……米沙午饭后就跑到森林中去了, 现在才回来, 全身撕得破破烂烂的, 弄得脏兮兮的, 当然, 饿得饥肠辘辘的……还有, 丈夫从城里回来, 因为什么事情恼怒……沉默不语, 愁眉不展……我忙得不可开交, 真的……我这是一个新的女仆——纯粹的惩罚! 我开始用开水洗牛奶小瓶子, 而它们偏又破碎了!

华尔华娜·米哈伊洛芙娜(微笑): 你, 我可怜的人! 我可爱的人! 你累了……

弗拉斯: 啊, 马尔发, 马尔发! 你操心得太多了, 因此你一切都操心得过了头或者还操心得不够……多么英明的话!

卡列丽娅: 只是读起来别扭: 过了头——呸!

弗拉斯: 请原谅——俄语不是我编造的!

奥丽加·阿列克谢耶芙娜(有点儿感到委屈): 你们, 当然, 听着这一切会觉得可笑……觉得无聊……我知道! 但是也好! 谁哪儿痛, 他就说哪儿……孩子们……每当我想起他们, 我这心里头就像钟嘀嗒嘀嗒地跳动……孩子们, 孩子们! 带好他们难啊, 华丽娅, 但愿你知道就这么难!

华尔华娜·米哈伊洛芙娜: 你原谅我, 我总觉得你言过其实……

奥丽加·阿列克谢耶芙娜(激动地): 不, 别说啦! 你不能判断……你不能! 你不知道, 这是多么沉重的令人苦恼的感觉——对孩子们的责任感! 要知道, 他们将问我应当怎样生活……而我将说什么?

弗拉斯: 那么您到底干吗提前就感到不安? 也许他们将不问呢? 也许他们自己会领悟到究竟应该怎样生活……

奥丽加·阿列克谢耶芙娜: 你们竟然不知道! 他们总是问这问那, 问东问西! 这都是些可怕的问题, 我没有答案, 你们也没有答案, 谁都没有答案。做女人极其艰难!

弗拉斯（小声地，但严肃地）：应该做人……（走进办公室，坐在办公室桌旁。书写。）

华尔华娜·米哈伊洛芙娜：别写啦，弗拉斯！（站起来，慢慢离开桌子走向凉台门。）

卡列丽娅（沉入幻想地）：喔，晚霞以自己的微笑熄灭了天空的星星。（也从钢琴后面站起来，和华尔华娜·米哈伊洛芙娜并排站在凉台门里。）

奥丽加·阿列克谢耶芙娜：我，看来，引起了大家的忧愁？像夜晚的猫头鹰……啊，我的上帝！嗯，好吧，我不再说这个了……你干吗走开，华丽娅？到我这里来……否则，我会认为你难以忍受和我在一起。

华尔华娜·米哈伊洛芙娜（很快走过来）：什么样的胡话，奥丽加！我只不过开始感到热得难受……

奥丽加·阿列克谢耶芙娜：不必……你知道，我自己有时感到自己非常讨厌和可怜……我觉得我这个人在做痛苦而不满的脸相和开始像只老小狗……有这样的室内犬，它们凶恶，不喜欢任何人，总想悄悄地咬人……

卡列丽娅：太阳升起又降落，而人的心里永远是黄昏。

奥丽加·阿列克谢耶芙娜：您怎么啦？

卡列丽娅：我？这是……我这是自我对话。

弗拉斯（在办公室带鼻音大声唱《永恒的记忆》）：家庭的幸福……家庭的幸福……

华尔华娜·米哈伊洛芙娜：弗拉斯，请你别唱！

弗拉斯：我沉默……

奥丽加·阿列克谢耶芙娜：这是我影响他的……

卡列丽娅：有人从森林中出来了。你们瞧，这多美啊！帕维尔·谢尔盖耶维奇可笑地来回摆动着双手……

华尔华娜·米哈伊洛芙娜：还有谁和他在一起？

卡列丽娅：玛丽娅·里沃芙娜、尤丽娅·菲里波芙娜、索妮娅、济明和扎梅斯洛夫。

奥丽加·阿列克谢耶芙娜（围上披巾）：而我却是这样一个

相貌难看衣着不整齐的女人！这位讲究穿戴的女人苏斯洛娃嘲笑我……我就是不喜欢她！

华尔华娜·米哈伊洛芙娜：弗拉斯，按铃召唤莎霞。

弗拉斯：您，保护人，打断了我分内的职责——您要知道！

奥丽加·阿列克谢耶芙娜：这个华丽的女主人……压根儿就不关心孩子们，可奇怪的是：她的孩子们总是健康的。

玛丽娅·里沃芙娜（走进凉台门）：您丈夫说您不太舒服，——是真的吗？您怎么啦，啊？

华尔华娜·米哈伊洛芙娜：我高兴您来了，但我是健康的……

（凉台一片喧哗和笑声。）

玛丽娅·里沃芙娜：脸显得有点儿神色紧张……（面向奥丽加·阿列克谢耶芙娜。）您也在这里？我那么久没有见到您了……

奥丽加·阿列克谢耶芙娜：似乎您高兴见到总是如此酸溜溜的我……

玛丽娅·里沃芙娜：如果我喜欢有酸味的呢？您的孩子们怎么样？

尤丽娅·菲里波芙娜（从凉台进来）：瞧，我给你们带来了多少客人！但你们别生气，我们很快就走。您好，奥丽加·阿列克谢耶芙娜……为什么男人们不进来？华尔华娜·米哈伊洛芙娜，那里有帕维尔·谢尔盖耶维奇和扎梅斯洛夫。我叫他们，可以吗？

华尔华娜·米哈伊洛芙娜：当然！

尤丽娅·菲里波芙娜：我们走，卡列丽娅·华西里耶芙娜。

玛丽娅·里沃芙娜（面向弗拉斯）：您瘦了，为什么？

弗拉斯：我不得而知！

莎霞（进入房间）：要把茶炊烧开吗？

华尔华娜·米哈伊洛芙娜：请吧……快一点。

玛丽娅·里沃芙娜（面向弗拉斯）：你干吗挤眉弄眼？

奥丽加·阿列克谢耶芙娜：他总是这样……

弗拉斯：我有这样的特点！

玛丽娅·里沃芙娜：您总力求成为机智敏锐的人吗？对吧？但又总是不成功？我亲爱的华尔华娜·米哈伊洛芙娜，您的帕维尔·谢尔盖耶维奇最终陷入意志消沉……

华尔华娜·米哈伊洛芙娜：为什么说是我的？

（柳明走进来。随后是尤丽娅·菲里波芙娜和卡列丽娅。弗拉斯皱了皱眉头，走进办公室，随手关上门。奥丽加·阿列克谢耶芙娜牵着玛丽娅·里沃芙娜走向左边，指着胸部悄悄地对她说着什么。）

柳明：请您原谅这么晚来打扰……

华尔华娜·米哈伊洛芙娜：我高兴见到客人……

尤丽娅·菲里波芙娜：别墅生活正是好在不拘礼节……要是您听到他们是怎样争论的就好啦，他和玛丽娅·里沃芙娜！

柳明：对于必须很好地弄清楚的事情，我不能平静地谈论……

（莎霞带进来茶炊。华尔华娜·米哈伊洛芙娜在桌旁悄悄地吩咐她一些什么事情，并准备茶具。柳明站在钢琴旁若有所思地和目不转睛地看着她。）

尤丽娅·菲里波芙娜：您太神经过敏，这妨碍您成为令人信服的人！（面向华尔华娜·米哈伊洛芙娜。）您丈夫和我那位以自杀的方式坐着喝白兰地酒，我有这样一种预感，即他们要开怀畅饮而醉。突然来了一位叔叔找我丈夫，他有点儿像肉类商人或油脂专家，总之，是个工厂主。他哈哈大笑、吵闹。他头发斑白卷曲，滑稽可笑！啊，

尼古拉·彼得罗维奇在哪儿？是我明智的英雄吗？

扎梅斯洛夫（从凉台回答）：我在这里，伊涅济丽娅，我在窗户下站着……

尤丽娅·菲里波芙娜：到这里来。您在那里说什么啊？

扎梅斯洛夫（走进来）：我在教诲青年人……索妮娅和济明要我确信，生命给予人是为了每天尝试解决各种社会的、道德的和其他的任务，而我向他们证明，生命是艺术！你们知道，生命是用自己的眼睛观察一切和用自己的耳朵听取一切的艺术……

尤丽娅·菲里波芙娜：这是无稽之谈！

扎梅斯洛夫：现在这还只是我的想法，但我感到这将成为我坚定的信念！生命就整体而言是寻求美与乐的艺术，甚至是吃与喝的艺术……他们像不文明的人那样骂人。

尤丽娅·菲里波芙娜：卡列丽娅·华西里耶芙娜……您来制止废话！

扎梅斯洛夫：卡列丽娅·华西里耶芙娜！我知道，您爱一切美的东西，为什么您不爱我？这是可怕的矛盾。

卡列丽娅（微笑）：您是这样的人……叽叽喳喳、花里胡哨……

扎梅斯洛夫：唔……但是现在问题不在于此……我们——我和这位美丽的太太……

尤丽娅·菲里波芙娜：得啦！我们来了……

扎梅斯洛夫（鞠躬）：到您那儿去！

尤丽娅·菲里波芙娜：为了请……

扎梅斯洛夫（更低他鞠躬）：请您！

尤丽娅·菲里波芙娜：我不能！让我们去您那可爱的、整洁的房间去吧……我是如此喜欢它……

扎梅斯洛夫：我们走！这里一切都打扰我们。

卡列丽娅（笑）：我们走！

（走向走廊入口处。）

尤丽娅·菲里波芙娜：等一等！你们瞧，我丈夫叔叔的姓叫做——德沃耶托契耶①！

扎梅斯洛夫（用手指往空中点了两下）：知道吗？冒号！

（讪笑，消失在门帘后面。）

奥丽加·阿列克谢耶芙娜：她总是那么快乐，可是我知道她生活得并不是很甜蜜……她和丈夫……

华尔华娜·米哈伊洛芙娜（冷淡地）：这不是我们的事。奥丽娅，我仿佛觉得……

奥丽加·阿列克谢耶芙娜：难道我说了什么傻话吗？

柳明：现在家庭悲剧何其多也……

索妮娅（向门里看望）：妈妈！我去散步……

玛丽娅·里沃芙娜：还散步？

索妮娅：还去散步！这里这么多妇女，和她们在一起总是难以忍受地枯燥无味……

玛丽娅·里沃芙娜（俏皮地）：你——小心点儿……你妈妈也是妇女……

索妮娅（跑进来）：妈妈！难道？很久了吗？

奥丽加·阿列克谢耶芙娜：她说什么！

华尔华娜·米哈伊洛芙娜：就算是问好吧！

玛丽娅·里沃芙娜：索妮卡！你没有礼貌！

索妮娅（面向华尔华娜·米哈伊洛芙娜）：我们今天本来相互见过面了吧？但是，我很高兴吻吻您……我是善良的和宽厚的，既然这给我带来愉快……或者至少这是非常容易的……

玛丽娅·里沃芙娜：索妮卡！别啰唆了，走吧！

索妮娅：不，我妈妈是怎么啦！突然称自己是妇女！我和她认识十八年了，第一次听到这个称呼！这是意味深长的！

济明（从门帘后面探出头来）：您走还是不走啊？

---

① 俄文原文 **ДВОЕТОЧИЕ** 音译为"德沃耶托契耶"，意译为"冒号"。——译者

索妮娅：我建议——我的奴隶！

华尔华娜·米哈伊洛芙娜：您怎么不进来？请进！

索妮娅：他不可能待在彬彬有礼的社会里。

济明：她撕破了我制服上衣的袖子——就是这样！

索妮娅：只是这样啊！他嫌这不够，他对我不满意……妈妈，我会来找你的，好吗？而现在我去听马克斯给我讲永恒的爱……

济明：当然啰……您等着吧！

索妮娅：我们等着瞧，少年！再见。还有月亮吗？

济明：我已不是少年……在斯巴达……请问，索妮娅，究竟为什么撞人，他……

索妮娅：他还不是人……前进——斯巴达！

（他们的话音和笑声久久地在房屋附近的什么地方回响。）

柳明：您有一个可爱的女儿，玛丽娅·里沃芙娜。

奥丽加·阿列克谢耶芙娜：我曾经有过一个时候也像她……

华尔华娜·米哈伊洛芙娜：我喜欢你们如此相待……真好！请坐下喝茶，先生们！

玛丽娅·里沃芙娜：是的，我们是朋友。

奥丽加·阿列克谢耶芙娜：朋友……这是怎样得到的？

玛丽娅·里沃芙娜：什么？

奥丽加·阿列克谢耶芙娜：孩子们的友谊。

玛丽娅·里沃芙娜：是的，很简单：应当对孩子们真诚，不对他们隐瞒真相……不欺骗他们。

柳明（微笑）：嗯，你们知道，这是有危险的！真相是粗鲁的和冷酷的，其中永远隐藏着轻微的怀疑主义的毒素……你们在儿童面前揭示总是可怕的真相的面貌，很快就可能毒害儿童。

玛丽娅·里沃芙娜：您认为逐渐毒害儿童好些？要让自己也不觉察出来，像您摧残人那样吗？

柳明（急躁地和神经质地）：对不起！我没有这样说！我只是反对这些赤裸裸的现象……反对这些从生活中撕掉美丽幻想外衣的不聪明的和不必要的企图，这种幻想掩盖着粗鲁的和常常是丑陋的生活方式……必须使生活丰富多彩！必须在扔掉旧外衣之前为生活准备好新的外衣……

玛丽娅·里沃芙娜：您说什么？我不明白！

柳明：我在说关于希望欺骗的人的权利！你们常说——生活！生活是什么东西？当你们谈起生活时，生活就好像一个巨大的和无形的怪物出现在我面前，它永远要求给予它牺牲品，给予它以人为牺牲品！生活天天吃人的脑髓和肌肉，贪婪地喝人的血液。（华尔华娜·米哈伊洛芙娜总是留心听柳明说话，但是在她脸上逐渐现出纳闷的表情。她做了一个动作，仿佛是希望制止柳明。）这是为什么？我没有看到这里面的意思，但我知道，人生活得越久，他看到自己周围的卑劣行为、低级趣味、笨拙的和龌龊的东西就越多，于是就更迫切地渴求美丽的、光明的、纯洁的东西！人不可能消除生活的矛盾，他没有力量摆脱生活中的恶和丑，因此不要剥夺人不看到摧残心灵的现象的权利！承认他有权回避侮辱他的那些现象！人想要沉思、休息……人想要和平！（迎来华尔华娜·米哈伊洛芙娜的目光，他哆嗦起来并停止了说话。）

玛丽娅·里沃芙娜（平静地）：他崩溃了吗，你的人？很遗憾……您仅以此来解释他在和平中休息的权利吗？令人不愉快

柳明（面向华尔华娜·米哈伊洛芙娜）：请原谅，我如此大声叫喊！我发现，您不高兴……

华尔华娜·米哈伊洛芙娜：不是因为您这样神经质……

柳明：那究竟为什么？为什么？

华尔华娜·米哈伊洛芙娜（缓慢地、很平静地）：我记得，两年前您说的完全是另外的话……也是如此真诚……如此热烈……

柳明（激动地）：人在成长，他的思想也在成长！

玛丽娅·里沃芙娜：这渺小的、昏暗的思想像受惊的蝙蝠那样来回乱飞！

柳明（还是如此激动）：这思想呈螺旋形发展，但它总是日益向上发展的！您，玛丽娅·里沃芙娜，怀疑我不真诚，对吗？

玛丽娅·里沃芙娜：我？不！我发现：您真诚……叫喊……虽然在我看来歇斯底里病发作不是理由，但我仍然理解……是什么东西使您惊慌失措……您想逃避生活……我还知道，不只是您一个人想这样做，惊慌失措的人不少……

柳明：是的，他们很多，因为人们越来越敏锐地和强烈地感到生活多么可怕！生活中一切都是严格注定的……只有人的存在是偶然的、无意义的和无目标的！

玛丽娜·里沃芙娜（平静地）：那么您竭力去把您偶然存在的事实提升到社会需要的程度，您的生活就将获得意义……

奥丽加·阿列克谢耶芙娜：我的天啊！当人们在我面前谈论什么严格的、责难的事情时，我全身都抽缩……仿佛这是在说我，是在斥责我！生活中亲切的东西何其少！是我回家的时候了！华丽娅，你这里好，总能听到无论什么消息，内心总是激荡着美好的东西……已经晚了，该回家去了……

华尔华娜·米哈伊洛芙娜：请坐，亲爱的！你干吗这样？突然？如果需要的话，会派人来接你的。

奥丽加·阿列克谢耶芙娜：是的，会派人来……嗯，好吧，我再坐一会儿。（走过去盘腿坐到长沙发上，蜷曲成一团。柳明站在凉台门旁，神经质地用手指敲击玻璃。）

华尔华娜·米哈伊洛芙娜（沉思地）：我们生活得好奇怪！我们说呀，说——仅此而已！我们积累了许多意见……我们以如此不佳的速度接受它们，又否认它们……可是我们没有愿望，没有清晰的、强烈的愿望……没有！

柳明：这是针对我的？对吧？

华尔华娜·米哈伊洛芙娜：我说的是所有人。我们生活得不真诚、不美满、寂寞无聊……

尤丽娅·菲里波芙娜（很快走进来，卡列丽娅跟在她后面）：先生们！帮帮我……

卡列丽娅：说实话，这是多余的！

尤丽娅·菲里波芙娜: 她写了新诗,允诺我在我们的晚会上为儿童教养院朗诵她的诗作……我请求现在就在这里朗诵!先生们,你们也请求吧!

柳明: 请朗诵吧!我喜欢您的温柔的诗……

玛丽娅·里沃芙娜: 让我也听一听。在争论中你冷酷无情。朗诵吧,亲爱的!

华尔华娜·米哈伊洛芙娜: 什么新诗,卡列丽娅?

卡列丽娅: 只是散文。枯燥无味。

尤丽娅·菲里波芙娜: 嗯,我亲爱的,朗诵吧!您付出了什么代价?我们去找他们!(拉着卡列丽娅离去。)

玛丽娅·里沃芙娜: 啊,弗拉斯·米哈伊洛维奇在哪儿?

华尔华娜·米哈伊洛芙娜: 他在办公室。他有许多工作。

玛丽娅·里沃芙娜: 我对他有点儿生硬……后悔只是把他看成为爱开玩笑的人,真的!

华尔华娜·米哈伊洛芙娜: 是的,这令人遗憾。您知道,您若是对他温和一点才好呢!他是可爱的……许多人教过他,但任何人都不宠爱他。

玛丽娅·里沃芙娜(微笑):像所有人……像我们所有人……因此我们所有人都是粗鲁的、生硬的……

华尔华娜·米哈伊洛芙娜: 他和父亲一起生活,父亲经常是醉醺醺的……父亲打他……

玛丽娅·里沃芙娜: 我去看看他。(走近办公室的门,敲门并走了进去。)

柳明(面向华尔华娜·米哈伊洛芙娜):您和玛丽娅·里沃芙娜越来越近乎了,对吗?

华尔华娜·米哈伊洛芙娜: 她喜欢我……

奥丽加·阿列克谢耶芙娜(小声地):她多么严厉地谈论一切……多么严厉!

柳明: 玛丽娅·里沃芙娜在很大程度上有着教徒的残酷性……盲目的和冷漠的残酷性……这怎么令人喜欢?

杜达科夫(从走廊走进来):你们好,请原谅……奥丽加,你在这里吗？快回家吧？

奥丽加·阿列克谢耶芙娜： 现在就走。你散步了吗？

华尔华娜·米哈伊洛芙娜： 基利尔·阿基莫维奇，喝杯茶吧？

杜达科夫： 茶？不。夜晚我不喝茶……帕维尔·谢尔盖耶维奇，我需要您……明天可以去您那里吗？

柳明： 欢迎。

杜达科夫： 这是关于幼年罪犯教养院的事儿。他们再次在那里大搞恶作剧了……真该死！他们在那里挨打，真见鬼！昨天报纸上在狠狠地抨击我们和你们……

柳明： 我，实际上，好久没有去教养院了……不知何故总是没有时间……

杜达科夫： 是——是的……总之，所有人都没有时间……大家麻烦事多，而正事没有……为什么？我就很累。现在在森林中溜达闲逛，这使心情得到几分舒缓……否则，我的神经紧张得很……

华尔华娜·米哈伊洛芙娜： 您的脸消瘦了。

杜达科夫： 可能。今天也有一件不愉快的事……头儿，这头蠢驴，指责说：不节俭！病人吃得多，还有大量奎宁……笨蛋！首先，这不是他的事儿……其次，我在排除城市低处街道水的时候并未动用你的奎宁……要知道，我自己不服用这种奎宁！我不能忍受奎宁……和无耻之徒……

奥丽加·阿列克谢耶芙娜： 基利尔，为了这些鸡毛蒜皮的小事，值得激动吗？说真的，是习惯的时候了。

杜达科夫： 而如果整个生活是由小事编织而成的呢？那么习惯是什么意思？习惯什么？去习惯于每一个白痴闯入你的事业和干扰你的生活吗？你瞧：好，我就去习惯。头儿说：应该节俭……嗯，我就去节俭！即：这不需要，这对事情有害，但我将……我没有私人开业行医，我也不能放弃这个荒谬的地方……

奥丽加·阿列克谢耶芙娜（带有责备意味地）：因为是个大家庭？基利尔，对吗？我不止一次地从你那里听到了这一点……而在这里你能不说这个为好……不知分寸的、愚蠢的人！（把披巾戴在头上，很快走向华尔华娜·米哈伊洛芙娜的房间。）

华尔华娜·米哈伊洛芙娜：奥丽加！你怎么啦？！

奥丽加·阿列克谢耶芙娜（几乎是放声大哭）：哎呀，让开，放我进去！这我知道！我听说……

（她俩消失在华尔华娜·米哈伊洛芙娜的房间。）

杜达科夫（张皇失措地）：瞧！完全不考虑到……帕维尔·谢尔盖耶维奇，您原谅我吧……这完全是偶然的……我真不好意思……（匆匆离去，在门口撞上卡列丽娅、尤丽娅·菲里波芙娜和扎梅斯洛夫。）

尤丽娅·菲里波芙娜：医师差点儿没撞翻我们！他怎么啦？

柳明：神经质……（华尔华娜·米哈伊洛芙娜走进来。）奥尔加·阿列克谢耶芙娜走了吗？

华尔华娜·米哈伊洛芙娜：去了……是的……

尤丽娅·菲里波芙娜：我不相信这位医师……他是这样一个不健康的人，结结巴巴，心不在焉……把茶匙塞到眼镜盒里，用自己叩诊用的小锤子在杯子中搅和……他可能开错药方并发给随便什么有害的药。

柳明：我觉得他将以开枪自杀而告终。

华尔华娜·米哈伊洛芙娜：您把这说得如此轻松平静……

柳明：在医师中自杀是常有的事。

华尔华娜·米哈伊洛芙娜：话比人更加使我们感到不安！您没有发现吗？

柳明（哆嗦了一下）：啊，华尔华娜·米哈伊洛芙娜！

（卡列丽娅坐到钢琴后面，扎梅斯洛夫在她身旁。）

扎梅斯洛夫：您方便吗？

卡列丽娅：谢谢……

扎梅斯洛夫：先生们，注意！

（走进来非常兴奋的玛丽娅·里沃芙娜和弗拉斯。）

弗拉斯：哎呀！要朗诵诗，对吗？

卡列丽娅（懊恼地）：如果你们想听，那你们就必须停止喧闹……

弗拉斯：沉默，所有的人！

玛丽娅·里沃芙娜：我们沉默……我们沉默……

卡列丽娅：我很高兴。这是一首散文诗。随着时间的推移将给它配上音乐。

尤丽娅·菲里波芙娜：配乐朗诵！这多么好啊！我喜欢！我喜欢一切原创作品……我，像个小孩，甚至喜欢插画明信片、汽车之类的东西……

弗拉斯（用和她相同的腔调）：地震、留声机、流行性感冒……

卡列丽娅（大声地、干巴巴地）：您们允许我开始吗？（大家很快坐下来。卡列丽娅轻弹琴键。）这首散文诗名叫《火绒草》。

"永恒的冰雪层长年覆盖着阿尔卑斯山峰，而冷冷清清的寂静——傲然高空明智的沉默——笼罩着山峰的上空。

山峰之上的天空浩渺空蒙，投向山峰积雪上的太阳的眼神忧郁蒙眬。

在山麓傍，在狭窄的平原上，生命在战战兢兢地成长，平原疲惫的统治者——人——在感受苦难和忧伤。

大地坑坑洼洼，一片昏暗，到处是呻吟、笑颜、爱的絮语、恨的呐喊……大地生活的合奏曲旋律忧郁，音调杂乱！……但是，人们深沉的叹息没有搅扰山峰的缄默和星星的冷淡。

永恒的冰雪层长年覆盖着阿尔卑斯山峰，而冷冷清清的寂静——傲然高空明智的沉默——笼罩着山峰的上空。

然而，后来仿佛是为了向谁倾诉大地的不幸和疲惫的人们的苦难和忧伤，郁郁寡欢的小山花——火绒草——在冰山脚下，在沉寂的世界里独自生长开放……

在火绒草的上空，在一望无际的空旷的天空，高傲的太阳在默默地浮动，恬静的月亮在忧郁地照耀，星星在静悄悄地、颤悠悠地闪烁……

倒是冷静的、自天而降的积雪把孤独的小花——火绒草——日日夜夜地拥抱着。"

> （停顿。大家沉思、沉默。远处响起看守人哗
> 嘟棒的声音和轻轻的哨声。卡列丽娅睁大眼睛
> 直视着前方。）

尤丽娅·菲里波芙娜（小声地）：这多么优美啊！忧伤……优雅……

扎梅斯洛夫：听我说！这应当穿白净的……宽大的……像火绒草那样毛茸茸的演出服装朗诵！你们知道吗？这将是极其优美的！绝妙!

弗拉斯（走近钢琴）：我喜欢，说真的！（局促不安地。）喜欢！美妙！俨如炎炎烈日中红莓苔子果汁！

卡列丽娅：走开！

弗拉斯：我可是真诚的，您别生气！

莎霞（走进来）：夏里莫夫先生来了。

> （全体走动。华尔华娜·米哈伊洛芙娜走向门
> 口，停留在能见到正走进来的夏里莫夫的地
> 方。他是个秃子。）

夏里莫夫：我有幸见到……

华尔华娜·米哈伊洛芙娜（小声地，从容地）：请进……欢迎您……谢尔盖马上回来……

幕　落

第二幕

巴索夫别墅凉台前的林中旷地，周围环绕着茂密的松树、云杉和桦树。前景左边是两棵松树，松树下有一张圆桌、三把椅子。它们后面是一个不高的台地，台地盖着帆布。台地对过有一丛树，树丛中有一条宽大的带靠背的凳子。凳子后面是一条通往森林的路。往后，在右边深处是不大的、贝壳状的、开阔的活动场地，从这个场地自右往左有一条通往苏斯洛夫别墅的路。场地前有几条凳子。傍晚，日落西山。卡列丽娅在巴索夫夫妇处弹钢琴。普斯托巴伊卡迈开缓慢的和沉重的脚步在林中旷地走来走去，同时把凳子分别摆好。克罗皮尔京肩后荷枪站在一棵云杉旁边。

克罗皮尔京：那座别墅，如今是谁租下了？

普斯托巴伊卡（忧郁地，用低沉的声音）：是工程师苏斯洛夫。

克罗皮尔金：总是新人吗？

普斯托巴伊卡：什么？

克罗皮尔金：就是说，总是新人。不是去年住的那些人……

普斯托巴伊卡（取出烟斗）：都一样。都是这样一些人。

克罗皮尔金（叹息）：那当然……都是些老爷们……唉——唉！

普斯托巴伊卡：住别墅的人们——全都一个样。我见到他们五年了——年复一年。在我看来，他们就像阴雨天水洼中的气泡……冒出来又破灭……冒出来又破灭……就这样……

（从巴索夫别墅一角沿通往森林的路上走出一群青年人，他们喧闹、欢笑，携带着曼多林琴、巴拉莱卡琴和吉他。）

克罗皮尔金：真有你的……乐器！显然，他们也准备演出吧？

普斯托巴伊卡：会的……他们干什么！饱食终日的人……

克罗皮尔金：可是我从未见过老爷们演出……想来，可笑吧？你见过吗？

普斯托巴伊卡：我——见过。我，兄弟，都见过……

（从右边传来德沃耶托契耶响亮的哈哈大笑声。）

克罗皮尔金：啊？他们怎么啦？

普斯托巴伊卡：很简单：他们穿上不是自己的服装，说着各种各样的、各自乐意的话……他们叫喊，瞎闹，仿佛做什么……仿佛生气……嗯，他们相互欺骗。一个人扮演——我，据说是诚实的，另一个人——而我是聪明的……或者那里我说是不幸的……谁感到扮演什么合适……他就扮演什么……

（左边有人用哨声唤狗，叫喊："弹唱歌手！弹
　　唱歌手！"普斯托巴伊卡用斧背敲打凳子。）

克罗皮尔金：唉，你啊……劳驾！是的……他们也唱歌吗？

普斯托巴伊卡：他们很少唱歌……工程师的妻子偶尔叽里呱啦唱几句……嗨，她的嗓音不好。

克罗皮尔金：老爷们走来了……

普斯托巴伊卡：嗯，让他们走……

（德沃耶托契耶从活动场地旁的右边走出来，
　　他后面跟着苏斯洛夫。）

德沃耶托契耶（温和地）：你别笑我……去你的吧！你知道，你刚过四十，你却成了秃子，而我快六十了，然而我还一头卷发，虽然头发已经花白，怎么样？哈哈！

（普斯托巴伊卡总是懒洋洋地和笨拙地在活动

场地旁边忙着修理凳子。克罗皮尔金小心地看
护活动场地。)

苏斯洛夫： 您很幸运……您继续说，我听着呢……

德沃耶托契耶： 让我们坐下吧。那么，就是说，来了德国人……我那小小的工厂已经老旧，机器已经破损；而德国人，你知道，装备是全新的，他们的商品比我的优良，价格又便宜……我感到，我的事业不妙……我想——做不到比德国人更好……嗨，于是我决定把整个工厂卖给了德国人。(沉思，沉默。)

苏斯洛夫： 全都卖了？

德沃耶托契耶： 留下了城里的房屋……大房子，老的……现在我没有了事业，只留下了一件事——数钱……哈哈！哈哈！是这样一个老傻瓜，如果说实话……你知道，卖完之后，我马上感到自己是个孤儿……我开始觉得寂寞无聊，我不知道现在自己做什么好？你瞧，我有一双手……以前我没有注意它们……而现在我发现用不着的两只手无所事事……(笑。停顿。华尔华娜·米哈伊洛芙娜来到凉台上，把双手放在背后，沉思着缓步来回走动。)你看，巴索夫的妻子出来了。好一个女人……磁铁！我要是年轻十岁该多好……

苏斯洛夫： 可是您……好像结婚了吧？

德沃耶托契耶： 结过婚。而且不止一次……但是，我的妻子有的死了，有的离我出走了……也有过孩子……两个女孩双双亡故了……一个男孩也是……淹死了，你知道……在女人的问题上我曾是很幸运的……在你们这里，在俄罗斯，总能得到女人……在你们这里非常容易夺取老婆！你们是坏丈夫……往往我来到这里到各处看看，我发现，你可知道，女人值得倾心关注，而她的丈夫有点儿像是微不足道的草包……嗨，你现在去把她弄到手吧……哈哈！(弗拉斯从房间走到凉台上，站下来望着姐姐。)是的，这一切都曾有过，而现在却是一无所有……你知道，既无任何东西，又无任何人……

苏斯洛夫： 您究竟想怎样生活？

德沃耶托契耶：我不知道。你给我提提建议吧！啊，小事一桩，老弟，你这份波特文尼亚汤……也算是烤小猪……夏天有烤小猪——这叫作季节错乱现象……

弗拉斯：嗨，怎么样，华丽娅？

华尔华娜·米哈伊洛芙娜：还好……我是如此可怜的人……对吗？

弗拉斯（拥抱她的腰部）：想对你说点什么温柔的……可是不知道这怎么说……不知道……

华尔华娜·米哈伊洛芙娜：放开我，亲爱的……

德沃耶托契耶：瞧，车尔诺夫先生向我们走来了……

苏斯洛夫：打诨的小丑……

德沃耶托契耶：活跃的小伙子，看来，是个游手好闲的人……

弗拉斯（走近来）：你们找谁？

德沃耶托契耶：我们就找您这个表侄子，哈哈！看来，您也不是十分认真干事的人，啊？

弗拉斯：我多少有点儿认识您，年高望重的谢苗·谢苗诺维奇，您把事业这个词暗指是从您亲近的人身上榨取膏血吗？在这个意义上我还不是能干的人……唉！

德沃耶托契耶：哈哈！您不要难过！在青少年时期，您知道，这是相当艰难的：良心还不坚强，头脑中玫瑰酱代替了脑子。在发育成熟中，极其舒适地骑在任何人的脖子上，哈哈！骑在亲人脖子上最可能快地到达自己幸福的彼岸。

弗拉斯：您，毫无疑问，在这种骑术中是有经验的人……我相信您！（鞠躬致意，随即离去。）

德沃耶托契耶：哈哈！他顶嘴了，心满意足了！讨人喜爱的家伙……大概，得了吧，他感到自己是个英雄……嗯，没有关系，让年轻人开开心吧。（低下头，默默地坐着。）

卡列丽娅（来到凉台）：你仍然不能和解吗？

华尔华娜·米哈伊洛芙娜（小声地）：不，不能……

卡列丽娅：现在你要等谁？

华尔华娜·米哈伊洛芙娜（沉思地）：不知道……不知道。

（卡列丽娅耸肩，离开凉台，向左走，消失在
别墅房角后面。）

德沃耶托契耶：是的！嗯，所以，彼得鲁哈……我将怎样
生活？

苏斯洛夫：这不能马上决定……必须考虑考虑……

德沃耶托契耶：不能决定吗？哈哈！唉，你啊，怎么办？

苏斯洛夫：没什么……我没什么可说的。

德沃耶托契耶：看得出来，你什么也不会说。（巴索夫和夏里
莫夫点头致意，从森林中自右边走来，走过一棵松树底下，坐到
桌子旁边，巴索夫脖子上搭着一条毛巾。）瞧，作家和律师一起走
来……你们在散步吗？

巴索夫：游泳了。

德沃耶托契耶：冷不冷？

巴索夫：正合适。

德沃耶托契耶：我也去游泳。我们走，彼得，也许我会淹死，
你快点继承遗产，啊？

苏斯洛夫：不，我不能。我需要去和他们谈谈。

德沃耶托契耶：那我去了。（站起来往右走入森林。苏斯洛夫
望着他的背影，微笑，向巴索夫走过去。）

巴索夫：华丽娅，去说一声，给我们送一瓶啤酒来……不，
最好是三瓶……嗯，你叔叔怎么回事儿？

（华尔华娜·米哈伊洛芙娜去房间。）

苏斯洛夫：他有点儿厌烦……

巴索夫：是的，这些老年人不开心……

苏斯洛夫：他，大概，想和我一起住……

巴索夫：叔叔吗？是的……嗯，那你怎么样？

苏斯洛夫：是的……鬼知道！也许，将像他所想的那样。

（莎霞送啤酒来。）

巴索夫：你，雅科夫，怎么不说话？

夏里莫夫：有点儿精神不振……我忘记了怎么称呼这位气势汹汹的太太？

巴索夫：玛丽娅·里沃芙娜……哎嗨，彼得，怎样的女人，兄弟，今天我们吃午饭时爆发了口舌大战！

苏斯洛夫：当然，玛丽娅·里沃芙娜……

夏里莫夫：凶狠的女人，我告诉你们……

（华尔华娜·米哈伊洛芙娜再次走到凉台上来。）

苏斯洛夫：我不爱她。

夏里莫夫：我是一个温和的人，但是我告诉你们实话，我差一点儿就对她说了些无礼的话。

巴索夫（笑）：而她说了你一些坏话。

夏里莫夫（面向苏斯洛夫）：我简单地告诉您，您把自己置身于我的位置：一个人在那里写什么东西，激动……最终，疲倦了。他来到朋友那里休息，生活阔绰，集中思路……突然，出现一位太太，她就开始询问：您信仰什么，盼望什么，为什么不写那个，干吗对这个保密？然后她说，您这个不明白，这个不正确，这个不漂亮……唉，亲爱的，您就自己写得明白，写得正确，写得漂亮吧！您完美地写，只是让我休息！呸！

巴索夫：这需要忍耐，我的朋友。沿伏尔加河航行，必须吃鲟鱼汤，而在作家面前——任何人都想表现自己是聪明人；这需要忍耐。

夏里莫夫：这是不礼貌的……不聪明的！她常到你这里来吗？

巴索夫：不……可也是，常来！但是，我本来也不太赏识她……她如此直来直去，像根木棍一样……我妻子和她友好……她大大伤害我妻子。（环顾凉台，看见华尔华娜·米哈伊洛芙娜。）

华丽娅……你在这里吗？

华尔华娜·米哈伊洛芙娜：如你所见的那样。

（扎梅斯洛夫和尤丽娅·菲里波芙娜沿着苏斯
洛夫别墅出来的路上快速走来，欢笑。夏里莫
夫面带笑容望着不安的巴索夫。）

扎梅斯洛夫：华尔华娜·米哈伊洛芙娜！我们举办野餐……
乘船……

尤丽娅·菲里波芙娜：我亲爱的，您好！

华尔华娜·米哈伊洛芙娜：我们进屋吧。

（他们消失在房间里。苏斯洛夫站起来慢慢地
走在他们后面。）

扎梅斯洛夫：卡列丽娅·华西里耶芙娜在家吗？

夏里莫夫（笑）：你，谢尔盖，看来有点儿怕老婆吧？

巴索夫（叹息）：嗨，废话。她是我的……好人！

夏里莫夫（笑）：你说这话倒是为什么如此忧伤？

巴索夫（低声地，向苏斯洛夫点头）：他因为我的助手而吃
醋……你知道吗？你注意，他的妻子是最招人喜欢的女人！

（索妮亚和济明穿行在林中旷地深处。）

夏里莫夫：是吗？等着瞧……不过，我告诉你，这位玛丽
娅·里沃芙娜毫无兴趣结识这里的女人！

巴索夫：这位嘛，兄弟，完全是另一种作风。这位——啊！
你瞧……（停顿。）你好久没有发表任何作品了，雅科夫。你现在
写什么大作吗？

夏里莫夫（抱怨地）：坦率地说，我什么都没有写……是的！
当任何事情都完全不可理解的时候，这里还有什么鬼东西可写

的？人们是那样精神错乱、滑头滑脑、捉摸不定……

巴索夫：那么你就这样写。别人说，我什么都不懂！主要的是，兄弟，作家要胸怀真诚。

夏里莫夫：谢谢忠告！真诚……问题不在如此，我的朋友！也许，我能真诚地做的一件事就是：搁笔……（乞丐在巴索夫别墅屋角后面低声哀求："恩人，供养人，看在基督的面上，为了复活节，给点施舍吧。"从活动场地后面出现普斯托巴伊卡，他走来驱赶乞丐。）但是，需要吃饭，也就是说，需要写作。可是为谁写呢？我不知道……必须清晰地想象一下读者，读者是怎样的人？读者是谁？四五年前我曾确信自己知道读者……知道读者对我的希望是什么……突然，我不知不觉地失掉了读者……失掉了，是的。悲剧就在于此，你要理解！瞧，现在据说产生了新的读者……他是谁？

巴索夫：我不理解你……失掉了读者——这是什么意思？而我……而我们大家——是国家的知识分子，难道我们不是读者吗？我不理解……怎么能失掉我们？啊？

夏里莫夫（沉思地）：当然，我说的不是知识分子……是的……可是还有……这个……新读者。

巴索夫（摇头）：噢？我不明白。

夏里莫夫：我也不明白……但我感觉到。漫步在街上，我看见那样一些人……他们的面容……还有眼睛……十分特别……我看着他们就感觉到：他们将不读我的作品……他们对此不感兴趣……冬天我在一次晚会上朗读，也看到有许多双眼睛望着我，凝神地、好奇地望着我，但这是我陌生的人们，他们不喜欢我。他们不需要我，就像不需要拉丁语一样……在他们看来我垂垂老矣……我的一切思想也已陈旧……而我则不知道他们是何许人也？他们喜欢什么人？他们需要什么作品？

巴索夫：是的……这很有趣！只是我想，这是神经质的，啊？你就在这里居住、休息、消闲，读者也会有的……生活中主要的是对一切采取平静的、关心的态度……这就是我所想的……我们到房间里去吧！还有那个，雅沙，我请求你！你，要知道，无论怎么样，要像只孔雀！

夏里莫夫（惊讶地）：什——什么？怎么像孔雀？这是为什么？

巴索夫（神秘地）：是这样，你知道，展开尾巴上所有的羽毛！在华丽娅面前……在我妻子面前……友好地使她开心，引起她的好感……

夏里莫夫（不是马上）：就是说，需要起避雷针的作用吗？你……怪人！嗯，也好，得了！

巴索夫：对，不，你别想……她可爱！只是，你知道，她不知何故在想念什么……现在大家都感到寂寞……总是不知是什么情绪……奇怪的谈话，总之，是单调无聊的麻烦事！顺便问一下，你结婚的吗？说得更确切些，我听说你和妻子离婚了。

夏里莫夫：再次结婚了，又再次离婚了……我对你说，难以找到志同道合的女人。

巴索夫：是的！这话说得对！我的朋友，这话说得对！

（他们走进房间。穿黄色连衣裙的太太和穿方
格衣服的男青年从森林中走出来。）

太太：还没有任何人吗？规定可是六点钟……您怎么喜欢这个角色？

男青年：其实，我是主人公……

太太：您表演！我也是这样想的……

男青年：是的，我是主人公……他赋予我喜剧演员的角色。荒谬，您同意吧！

太太：这类角色总是好的——对自己来说……

（他们往右走入森林。从另一方向出现了索妮
娅和济明。在活动场地的深处苏斯洛夫顺着朝
自己别墅去的方向蹒跚而行。）

济明（低声地）：喂，我将不去那里，索妮娅……那么……

就是说，我明天去……

索妮娅（用和他相同的腔调）：好……去吧。小心，马克斯，我求你！

济明（握住她的手）：你也是……我求你。

索妮娅：嗯，再见！两三个礼拜以后再见……不能早一点吗？

济明：不，不能早……再见，亲爱的索妮娅！没有我你……（不好意思，沉默。）

索妮娅：什么？

济明：这样……粗鲁。再见，索妮娅……

索妮娅（握住他的手）：不，你说……没有我你——什么啊？

济明（小声地，低垂着头）：不会出嫁吧？

索妮娅：不许这样说话，马克西姆……想都不要这样想！听见吗？这——粗鲁……也许，还讨厌，马克西姆……你知道吗？

济明：不必……不要感到委屈。请原谅……头脑中有点儿情不自禁地产生各种稀奇古怪的思想……据说，人不是自己情感的主人……

索妮娅（热烈地）：这是假话！这是谎言。马克西姆！我想让你知道，这是谎言！这是为了辩白软弱而臆造出来的谎言，记住吧，马克西姆，我不相信这个说法！走吧！

济明（紧握她的手）：好吧！我将记住你的话，索妮娅……我会的！嗯，再见，我亲爱的！

（济明快步走到别墅屋角后面去。索妮娅望着他的背影，缓慢地走向凉台，随即走进房间。杜达科夫、弗拉斯和玛丽娅·里沃芙娜从右边森林中走来，德沃耶托契耶跟随他们后面。玛丽娅·里沃芙娜坐到凳子上。德沃耶托契耶坐在她旁边，打哈欠。）

杜达科夫：人是轻率的，而生活是沉重的……为什么？

弗拉斯：这个我不了解，医师！我要说的是：嗯，是这样——

我父亲曾是个厨师，是个赋有幻想的人。他酷爱我，所到之处都带着我，就像带着自己的烟斗一样。我有几次逃离他跑到母亲那里去了，但他出现在洗衣房找到我母亲，殴打偶然落到他手里的所有人，又再次"俘虏了"我。当他在一位高级僧侣处服务的时候，他头脑中产生了一个决定命运的想法——着手安排我的教育……因此，我进入了教会学校。但是，几个月以后父亲转到了一位工程师那里，而我就转入了铁路学校……一年以后我已就读在农业学校，因为此时父亲去了地方自治局主席那里。我荣幸地在绘画学校和商业学校校园里也留下了身影。简而言之，在十七年的岁月里对学科的变换使我完全不可能学习什么东西，哪怕是玩牌和吸烟。玛丽娅·里沃芙娜，您干吗这样看着我？

玛丽娅·里沃芙娜（沉思地）：这一切使人感到可悲……

弗拉斯：可悲吗？但是，要知道，这是过去的事了！

包着脸颊的女人：先生们，你们没有看见热涅契卡吗？这样一个小孩……没有跑过去吗？戴一顶小草帽……白色的。

玛丽娅·里沃芙娜：没有看见。

女人：唉，你啊……怎样的罪过……罗佐沃伊先生的小孩！如此大胆……啊？

弗拉斯：没有看见，阿姨……

（女人唠叨着跑入森林之中。）

德沃耶托契耶：那个，车尔诺夫先生……您了解……

弗拉斯：什么？我不了解。

德沃耶托契耶：我喜欢您……

弗拉斯：是吗？

德沃耶托契耶：真的……

弗拉斯：我高兴……为了您！

（德沃耶托契耶哈哈大笑。）

杜达科夫：您将犯迷糊，弗拉斯！

弗拉斯：什么时候？

杜达科夫：一般地说……总是……

德沃耶托契耶：当然，将犯迷糊……因为——人是直爽的……你们知道，任何人都试图感到开心——可是，喂，是否会折弯了腰呢？

弗拉斯：等着瞧吧！现在我们去喝茶，好吗？在我们那里，大概有人已经在喝茶了……

杜达科夫：这是好事。

德沃耶托契耶：我倒想去……方便吗？

弗拉斯：很方便，老大爷。我前头走……（跑向别墅，大家慢步走在他后面。）

德沃耶托契耶：愉快的小伙子……

玛丽娅·里沃芙娜：是的，可爱的小伙子，只是有点儿矫揉造作……

德沃耶托契耶：没关系！这会过去的。他有内在的诚实，你们知道……人们的诚实通常类似领带一样是从外部附着在某处的，是不是……人更多的是自我叫喊："我诚实，诚实！"但是，你们知道，当少女自称："啊，我是少女！啊，我是少女！"时，在我看来，这是这样一个确切的证明，即她已成为王棋……哈哈！请您原谅我，玛丽娅·里沃芙娜。

玛丽娅·里沃芙娜：能得到您的什么……

（他们走向凉台进入房间。苏斯洛夫迎着他们走出来。）

德沃耶托契耶：你去哪儿，彼得？

苏斯洛夫：这样……到室外去吸一会儿烟……

（苏斯洛夫慢步走向自己的别墅。包着脸颊的女人迎着他跑出来。戴高筒帽的先生从森林中走出来，停下脚步，耸肩。）

女人：先生，您没有看见一个小孩吗？科列契卡……那么到底……热涅契卡……穿着儿童短上衣！

苏斯洛夫（小声地）：没有……滚开！

（女人跑开了。）

先生（斯文地鞠躬）：阁下，对不起……您不是找我吧？

苏斯洛夫（莫名其妙）：这不是我在寻找，这是那位妇女在寻找。

先生：您看见了吗……我被邀请扮演剧中的主角。

苏斯洛夫（继续走）：这与我无关。

先生（委屈地）：但是，劳驾……这究竟和谁有关？导演到底在哪里？我来来回回寻找了两个小时……他走了……不懂礼貌的人！（走向活动场地，接着消失在活动场地后面。奥丽加·阿列克谢耶芙娜顺着从苏斯洛夫别墅来的路走着。）

奥丽加·阿列克谢耶芙娜：您好，彼得·伊凡诺维奇！

苏斯洛夫：啊……晚上好！多么闷热！

奥丽加·阿列克谢耶芙娜：闷热吗？我没有感觉到……

苏斯洛夫（开始吸烟）：可是我喘不上气来……这里来了某些精神错乱的人，在寻找小孩、导演……

奥丽加·阿列克谢耶芙娜：是的，是的……您怎么啦，累了吗？您的双手在哆嗦。

苏斯洛夫（往回和她走向巴索夫的别墅）：这是……由于我昨天喝多了，又没有睡好……

奥丽加·阿列克谢耶芙娜：您干吗喝酒啊？

苏斯洛夫：为了生活得愉快些……

奥丽加·阿列克谢耶芙娜：您没有遇到过我丈夫吗？

苏斯洛夫：他在巴索夫家喝茶……

华尔华娜·米哈伊洛芙娜（出现在凉台上）：奥丽娅，你找我吗？

奥丽加·阿列克谢耶芙娜：我散步……

华尔华娜·米哈伊洛芙娜：您为什么走了，彼得·伊凡诺维奇？

苏斯洛夫（微笑）：像平时一样，在室外来回走走……听作家先生和可敬的玛丽娅·里沃芙娜的谈话令人感到厌烦。

华尔华娜·米哈伊洛芙娜：是吗？您觉得没有意思？我可是在听。

苏斯洛夫（耸肩）：请便……再见……（走向自己的别墅。）

奥丽加·阿列克谢耶芙娜（小声地）：你知道吗，他为什么是这个样子？

华尔华娜·米哈伊洛芙娜：不……我不想知道这个。我们进屋吧？

奥丽加·阿列克谢耶芙娜：和我一起坐一会儿吧，那里没有你也行。

华尔华娜·米哈伊洛芙娜：毫无疑义。你再次心绪不佳吧？

奥丽加·阿列克谢耶芙娜：我能平静吗，华丽娅？他从城里来了，在家里看了一分钟就消失了……这不能使我感到高兴，对吧……

华尔华娜·米哈伊洛芙娜：他在我们那里坐着。

（她俩慢慢走向一丛云杉。）

奥丽加·阿列克谢耶芙娜（激动地）：他逃避我和孩子们……我理解，他工作得疲倦了，他需要休息……但是，我也累……啊，我好累！我什么都不能做，我一切都不顺利……这使我生气。他应当理解，我把我的青春和我的全部精力都给了他。

华尔华娜·米哈伊洛芙娜（温柔地）：亲爱的奥丽娅……我觉得，你喜欢发牢骚……不是吗？我错啦？

（从房间里传出低沉的争论声，声音愈来愈大。）

奥丽加·阿列克谢耶芙娜：我不知道……也许吧！我想告诉他，最好是让我离去……还有孩子们……

华尔华娜·米哈伊洛芙娜：这原来如此！你们只是需要相互摆脱而得到休息……走吧，我给你钱。

奥丽加·阿列克谢耶芙娜：唉，我欠你太多了！

华尔华娜·米哈伊洛芙娜：这是小事！请放心。我们在这里坐一坐吧

奥丽加·阿列克谢耶芙娜：我没有你的帮助就不能生活，我因此而痛恨自己……痛恨！你想，在你这里拿钱……你丈夫的钱我感到轻松吗？如果没有本领生活……如果整个一生需要有人帮助自己，需要有人扶持自己，那么就不可能自尊……你知道吗？有时我也不喜欢你……痛恨！为了你是如此平静，总是只有议论，而没有生活，没有感觉……

华尔华娜·米哈伊洛芙娜：我亲爱的，我只是会沉默……我不能允许自己诉苦……这就是一切！

奥丽加·阿列克谢耶芙娜：那些助人的人内心里应当蔑视人们……我自己也想帮助人。

（柳明快步走向巴索夫家的别墅。）

华尔华娜·米哈伊洛芙娜：要蔑视人们？

奥丽加·阿列克谢耶芙娜：是的！是的！我——不喜欢他们！不喜欢玛丽娅·里沃芙娜，她干吗如此严厉地责备所有人？不喜欢柳明，他总是高谈阔论，却什么都不敢为，什么都不能为。你的丈夫我也不喜欢，他变得像面团一样柔软，他怕你，难道这样好吗？至于你的弟弟，他爱上了这位好说教的女人，这个恶毒的玛丽娅·里沃芙娜……

华尔华娜·米哈伊洛芙娜（惊讶地，责备地）：奥丽加！你怎么啦？这不好！你听我说……

奥丽加·阿列克谢耶芙娜：是的！是的！就算不好吧！可是这位高傲的卡列丽娅！她谈论美，而只不过是自己想嫁人！

华尔华娜·米哈伊洛芙娜（严厉地和冷淡地）：奥丽加！你不应该放纵这种感觉……它把你引向如此阴暗的角落……

奥丽加·阿列克谢耶芙娜（小声地，但有力地和愤恨地）：我无所谓！我来到哪里都一样，只要能从这寂寞无聊的痛苦中走出来才好呢！我渴望生活！我不比别人差！我看来看去，我不笨……我看，你也……啊，我明白！你生活得很好。是的，你丈夫富有……他在事业中不太墨守成规，你丈夫……大家都这么说他。你应当知道这一点！你自己也……你怎么这样做了安排，即不生孩子……

华尔华娜·米哈伊洛芙娜（慢慢地站起来，用惊讶的目光直视着奥丽加）：做了安排？你……你想说什么？

奥丽加·阿列克谢耶芙娜（不好意思地）：我没有说任何特别的话……我只是想说……丈夫对我说，许多女人不想要孩子……

华尔华娜·米哈伊洛芙娜：我不理解你的话，但我感到，你怀疑我有某种丑恶的行为……我不想知道，究竟怀疑什么……

奥丽加·阿列克谢耶芙娜：华丽娅，别这样说，别这样看着我……这本来是真的，你丈夫……人们粗俗地谈论他……

华尔华娜·米哈伊洛芙娜（颤抖，沉思）：你，奥丽加，曾和我是何等亲密……要是我不知道你生活艰难就好了……要是我不记得我们俩曾经幻想的不是这种生活就好了……

奥丽加·阿列克谢耶芙娜（真诚地）：嗯，原谅我……请原谅！我——恶毒……

华尔华娜·米哈伊洛芙娜：我们曾幻想美好的、光辉灿烂的生活，曾一起为这些幻想痛哭……我非常痛心，奥丽加……你希望这样吗？我痛心！

奥丽加·阿列克谢耶芙娜：别说了……别这样说，华丽娅！

华尔华娜·米哈伊洛芙娜：我走了……（奥丽加·阿列克谢耶芙娜站起来。）不！不要跟着我……没有必要……

奥丽加·阿列克谢耶芙娜：你，华丽娅，永远这样吗？你——永远这样吗？

华尔华娜·米哈伊洛芙娜：闭嘴……等着吧……我不理解你为什么这样对我？

（德沃耶托契耶很快从凉台上走下来，哈哈大笑，走近华尔华娜·米哈伊洛芙娜，拿着她一只手。）

德沃耶托契耶：我跑出来了，夫人！美貌的哲学家——柳明先生——把我弄得十分尴尬！对那些深奥的道理我显得愚钝，我无论如何也不能抗拒他……于是我陷入了他的话中……活像蟑螂粘在了糖浆上……我跑出来了，去他的吧！最好还是和您聊一聊……我这个老怪物很喜欢您，真的！可是您怎么这样愁眉苦脸的啊？（望着奥丽加·阿列克谢耶芙娜。不好意思地发出咯咯声。）

奥丽加·阿列克谢耶芙娜（温和地）：我该走了吧，华丽娅？

华尔华娜·米哈伊洛芙娜（坚定地）：是的……（奥丽加·阿列克谢耶芙娜快步走入活动场地深处。华尔华娜·米哈伊洛芙娜望着她的背影，再转向德沃耶托契耶。）您究竟说什么啊？对不起……我……

德沃耶托契耶（友好地，简单地）：唉，夫人！我看您在这里感觉不好，知道吗？不好，对不对？（哈哈大笑。）

华尔华娜·米哈伊洛芙娜（从头到脚打量着他，安静地，平和地）：听我说，谢苗·谢苗诺维奇，您能否向我解释一下是谁给您权利用这种古怪的腔调和我说话？

德沃耶托契耶：哈——哈——哈！嗳，得啦！是我的花甲之年和我的经验给了我这个权利……

华尔华娜·米哈伊洛芙娜：请原谅我……但是，我觉得这还不足以让您如此无礼貌地侵犯别人……

德沃耶托契耶（和善地）：我不侵犯任何人，但我发现，您在这里对大家来说像个陌生人……而我也是陌生人……于是，就那个……您知道，我想对您说什么……嗯，显然，我不能……请原谅，既然这样……

华尔华娜·米哈伊洛芙娜（微笑）：也请您原谅我……看来，我对您说得粗鲁了……但是，说实话，我纳闷的是，我不习惯于这种关系。

德沃耶托契耶：我理解…… 我发现您不习惯……哪能习惯呢！我们去散散步，啊？尊敬老人吧！

（谢苗诺夫骑自行车疾驰而来，径直驶到德沃耶托契耶脚旁。）

契耶德沃耶托（吃惊地）：您去哪儿，我旳先生？您怎么啦？

谢苗诺夫（喘吁吁地）：对不起……已经结束了吗？

德沃耶托契耶：什么结束了？上帝保佑您！

谢苗诺夫：真糟糕！一只轮胎绷裂了！您瞧，我今天有两场排演……

德沃耶托契耶：可是我对此有什么关系？

谢苗诺夫：您不参加吗？对不起！我想，您化装表演……

德沃耶托契耶（面向华尔华娜·米哈伊洛芙娜）：怎么一回事？

华尔华娜·米哈伊洛芙娜（面向谢苗诺夫）：您去排演？

谢苗诺夫：对，正是……

华尔华娜·米哈伊洛芙娜：还没有开始。

谢苗诺夫（高兴地）：噢，感谢您！这是很遗憾的……我总是如此准时！

德沃耶托契耶：您究竟有什么遗憾？

谢苗诺夫（客气地）：如果我迟到了，那就会感到遗憾……对不起！（行鞠躬礼，走向活动场地。）

德沃耶托契耶：好一只奇形怪状的昆虫！突然来了……真岂有此理！我们离开这里，华尔华娜·米哈伊洛芙娜，要不然还会碰上不知怎样的这种废物！

华尔华娜·米哈伊洛芙娜（心不在焉地）：我们走吧……我去拿头巾……马上就来。（走进别墅。谢苗诺夫走近德沃耶托契耶。）

谢苗诺夫：那里还有两位小姐和一位军官学校学生正在前来……

德沃耶托契耶：啊哈！还有人要来？我高兴听到此话……

谢苗诺夫：他们应该马上就到……您知道，就是那位军官学校学生的姐姐开枪自杀了……

德沃耶托契耶：正是那位……您说！

谢苗诺夫：可不是，轰动一时的事件……小姐突然就……开枪自杀？

德沃耶托契耶：对，真的……事件……

谢苗诺夫：我曾想，您化了装……您这样的头发和脸，恰似化装。

德沃耶托契耶：太感谢您啦……

谢苗诺夫：我不是奉承您……请您相信……

德沃耶托契耶：我相信……只是不明白，这里有什么可奉承的？

谢苗诺夫：当然啰！人化装总是比本色更美一些。请告诉我，您是不是画布景的美术家？

（苏斯洛夫从森林中走出来，一位穿黄色连衣裙的太太和一位穿方格衣服的男青年出现在活动场地深处。）

德沃耶托契耶：不……我只不过就是这位先生的叔叔……

穿黄色连衣裙的太太：萨查诺夫先生！

谢苗诺夫：这是人们对我的称呼。您知道，这就奇怪……我有这样一个简单的姓，而任何人都不记得它……再见！（兴奋地向太太鞠躬，同时应声而去。）

苏斯洛夫（走近来）：看见我妻子了吗？（德沃耶托契耶否定地摇头，轻松地叹气。）这些……演员们集合在别墅……

德沃耶托契耶：这棵刺实植物黏上了我……说我是画布景的

美术家……细腿的斯宾诺莎！在人间也占有一席之地！人们再次争论！嗯！

> （从别墅房间走出来卡列丽娅、夏里莫夫、柳
> 明、华尔华娜·米哈伊洛芙娜。德沃耶托契耶
> 迎向他们，留心听着争论。苏斯洛夫坐到他的
> 位置上，忧郁地注视着争论的人们。）

夏里莫夫（疲倦地）：不，我准备离开她跑到北极去……她令人难以忍受地热烈！

柳明：她的专横霸道的确使我生气。这种类型的人不能容忍地偏执……为什么他们认为，所有人都应当接受他们的观念？

华尔华娜·米哈伊洛芙娜（凝视着大家）：尊敬他们比这些观念更伟大和更美好的随便什么东西吧！

卡列丽娅：你把这些冷漠的、缺乏普遍富裕理想境界的东西称为伟大的和美好的吗？

华尔华娜·米哈伊洛芙娜（激动）：我不知道……我没有看到更光辉的任何东西……（夏里莫夫仔细听华尔华娜·米哈伊洛芙娜的话。）我不善于说……但是，先生们，我内心感到：应该、必须唤醒人们心中自尊的意识，所有人心中自尊的意识……所有人！那时我们之间的任何人就将不会侮辱其他人……要知道，我们不善于尊重人，这是如此令人痛心，如此令人遗憾……

卡列丽娅：唉，我的天啦！是不是那个玛丽娅·里沃芙娜能教会这个！

华尔华娜·米哈伊洛芙娜：你们大家如此敌视她……为什么？

柳明：她自己——先于大家！……她激怒……当我听见人们怎样确定生活的意义时，我感到，有粗鲁的、强壮的什么人死劲地拥抱我，压抑我，想歪曲我……

卡列丽娅：生活在这些人中间是多么沉重和艰难！

华尔华娜·米哈伊洛芙娜：那么在总是只抱怨生活的人们中间就愉快和轻松吗，卡列丽娅？让我们公道一点……难道生活在

经常只是呻吟哀叹，经常大肆宣扬自己，使生活充满怨恨，不给生活带来任何别的东西、任何更多的东西的人们中间就轻松和自由吗？我们大家……您、我、你，给生活带来什么？……

栌明： 而她呢？而玛丽娅·里沃芙娜呢？敌视？

卡列丽娅： 被遗忘的话已经遗忘，很好！活生生的人们不能靠死人的遗训生活。

（在活动场地旁聚集着戏剧艺术爱好者。普斯托巴伊卡在活动场地分别摆好椅子。）

德沃耶托契耶： 而您，华尔华娜·米哈伊洛芙娜，不要这么激动才好，啊？停止闲谈吧？我们去散步……您答应的。

华尔华娜·米哈伊洛芙娜： 是的，我去！我不善于说：我感觉……我想要什么……我不善于！这多么令人遗憾……成为智能上的哑巴……

夏里莫夫： 我证明这是假话……您允许我和您一起走吗？

华尔华娜·米哈伊洛芙娜： 请吧，走……

德沃耶托契耶： 我们去小河边……去凉亭。您干吗急躁，我的夫人？

华尔华娜·米哈伊洛芙娜： 唉……感到某种严重的误会。

（他们沿路走进森林。苏斯洛夫望着他们的背影发笑。）

栌明（目送他们）：当这位夏里莫夫来了的时候，她是多么振奋……正像她所说的那样！他算什么？她本来看到：他已文思枯竭，失掉了自己的立足点……当他信心百倍地说话的时候，他是在对自己撒谎，是在欺骗别人。

卡列丽娅： 她知道这点。昨天晚上和他交谈之后，她像失望的小孩那样哭了……是的……从远处看，她觉得他好像刚强、勇敢。她期待他将给她空虚的生活带来某种新的、有趣的东西……

（从巴索夫别墅房角后面走来扎梅斯洛夫和尤
丽娅·菲里波芙娜。他向她用非常低的声音说
话，她微笑。苏斯洛夫把此情此景看在眼里。）

柳明：我们到房间里去吧。您去弹奏一曲，请吧，我想听音乐……

卡列丽娅：我们走吧……是的，当你周围一切如此的时候，生活就使人感到凄凉……

尤丽娅·菲里波芙娜：瞧，我们的演员已经来了。六点排演，而现在？

扎梅斯洛夫：而现在是七点半。但是，以前只有您迟到，而现在大家都迟到。这是您影响的后果。

尤丽娅·菲里波芙娜：这是没有礼貌的话吧？

扎梅斯洛夫：这是赞美的话。我到老板那里去一会儿，您允许吗？

尤丽娅·菲里波芙娜：快点！

（扎梅斯洛夫去巴索夫别墅，尤丽娅·菲里波
芙娜走向树丛，低声歌唱，看着丈夫。）

苏斯洛夫：啊，你去了哪里？

尤丽娅·菲里波芙娜：在那里……在那里……

（在活动场地旁边有：穿黄色连衣裙的太太、
男青年、谢苗诺夫、军官学校学生和两位小
姐。普斯托巴伊卡在活动场地上摆桌子，发
出轰隆隆的响声。笑声，个别惊叫声："先
生们！""导演在哪儿？""斯捷帕诺夫先
生！"——"他在这里，我看见了。"——"我
们到城里晚了！"——"对不起，是谢苗诺夫，
而不是斯捷帕诺夫！"）

苏斯洛夫：你总是和他在一起？和这个……如此公开……你炫示什么，尤丽娅？人们已经在嘲笑我。你知道吗？

尤丽娅·菲里波芙娜：人们已在嘲笑？这可恶……

苏斯洛夫：我们需要解释……我不能允许你……

尤丽娅·菲里波芙娜：做被嘲笑的人的妻子这个角色不对我微笑……

苏斯洛夫：小心点儿，尤丽娅！我能……

尤丽娅·菲里波芙娜：你能成为像马车夫一样粗鲁的人吗？我知道……

苏斯洛夫：不许这样说！淫妇！

尤丽娅·菲里波芙娜（小声地、镇静地）：我们结束家庭这场戏。人们到这里来……你离开才好……你这样一张脸……（厌恶地哆嗦。苏斯洛夫向她跨了一步，但又很快地退了回去，从牙缝中挤出了自己的一句话之后随即消失在森林中。）

苏斯洛夫：不定什么时候……我将枪杀你！

尤丽娅·菲里波芙娜（跟随他）：这——不就在今天吗？对吧？（低声歌唱。）"已经是疲倦的一天……"（她的嗓音发颤。）"……俯身到深红色的水面……"（她睁开圆溜溜的双眼眺望前方，慢慢地低垂着头。从巴索夫别墅中走出来非常激动的玛丽娅·里沃芙娜、杜达科夫和拿着钓鱼竿的巴索夫。）

巴索夫（解钓线）：尊敬的玛丽娅·里沃芙娜……应当温柔一些，应当和善一些……我们大家都是人……真见鬼，是谁弄乱了我的钓鱼竿！……

玛丽娅·里沃芙娜：对不起！

杜达科夫：看见吗，人感到疲乏……

巴索夫：不能这样，尊敬的！按照您的意见，那么，但愿作家必定是什么样的英雄，是不是？您知道，这并非适合于任何作家。

玛丽娅·里沃芙娜：我们应该永远提高我们对生活和对人的要求。

巴索夫：这样……提高——是的！但这是在可能的范围之内……一切都是逐渐完善的……进化论！进化论！这就是不应该忘记的东西！

玛丽娅·里沃芙娜：我不要求不可能的东西……但是我们生活在这样的国度里，即这里只有作家能成为真理的代言人、自己人民罪恶的公正的审判员和维护人民利益的战士……只有作家能成为这样的人，俄罗斯作家就应该是这样的人……

巴索夫：嗯，是的，当然……然而……

玛丽娅·里沃芙娜（从凉台上走下来）：我没有看到您的朋友是这样的人，没有看到，没有！他想要什么？他寻求什么？他的恨在哪里？他的爱在哪里？他的真理在哪里？他是谁：我的朋友？敌人？对此我不了解……（很快走到别墅房角后面去了。）

巴索夫（解钓鱼竿）：我尊敬您，玛丽娅·里沃芙娜，为了这份炽热……她走了？不，您告诉我，她为什么急躁？要知道，甚至中学生都明白，作家应该诚实……嗯，应该为人民和其他一切而发挥作用；士兵应该勇敢；律师应该聪明……可是，这位无法抑制的女人仍然死啃旧书本……我们走，可爱的医师，去钓鲈鱼……这是谁弄乱了钓鱼竿？真见鬼！

杜达科夫：是——是的……她说得很多，深思熟虑地……她生活得很简朴……她有实践，需求不大。

巴索夫：而这位雅什卡——滑头！当她使他陷入窘境时，您发现了他是多么巧妙地溜走的吗（笑。）他有兴致时说得漂亮！虽然说得漂亮，然而，顺便提一句，他和第一个妻子仅仅生活了半年就抛弃了她……

杜达科夫：在这种情况下，也就是人们常说的离婚。

巴索夫：嗯，比方说，离婚……而现在，当她死了的时候，他却想把她的庄园据为己有。狡猾吧？

杜达科夫：欤，欤！很笨拙。这是分外的东西！

巴索夫：而他却认为这不是分外的东西……我亲爱的医师！走，我们去河边……

杜达科夫：您知道怎么样？

巴索夫：什么怎么样？

杜达科夫（沉思地、慢吞吞地）：您不感到奇怪，也就是说，您不感到吃惊，我们相互不令人厌烦吗，啊？

巴索夫（停顿）：什——什么？您这是认真的？

杜达科夫：十分认真……我们大家本来是非常空虚的人……您没有感觉这一点吗？

巴索夫（走动）：没有，没有感觉……我健康……我总的来说是个正常的人，对不起……

杜达科夫：不，您不是开玩笑……

巴索夫：玩笑？听我说……您，那个，医师……总而言之一句话：大夫，还是治你自己的病吧！顺便说一句，我求您——您别把我推下水去啊？

杜达科夫（严肃地，耸肩）：究竟为什么？

巴索夫（走动）：啊，这样……总的来说，您的情绪稀奇古怪。

杜达科夫（忧郁地）：很难和您严肃地说话……

巴索夫：那您就别说……不必要！可事实上您已经很独特地理解严肃的谈话……那我们将不严肃地说话吧！

> （巴索夫和杜达科夫离去。索妮娅和弗拉斯从
> 右边走出来。扎梅斯洛夫从巴索夫别墅出来，
> 急匆匆地跑向活动场地，迎面传来喧闹声。
> 在他旁边聚集着密集的人群，他在解释什么
> 事情。）

索妮娅：我不相信您的诗。

弗拉斯：徒劳无益……我有完美的作品，例如：

> 无论是桃还是菠萝，
> 都非为我们而生长。
> 啊，弗拉斯！对桃、菠萝，
> 别徒劳地瞪眼看着！

索妮娅（笑）：您为什么把精力耗费在琐碎事上？为什么您不尝试更严肃地对待自己？

弗拉斯（小声地、神秘地）：绝顶聪明的索菲娅，我尝试过！我甚至有一首为这些尝试而写的诗。（合着《阴雨绵绵的秋夜》的曲调带鼻音地小声吟唱。）

> 对小事来说我是伟大的，
> 对大事来说我是渺小的！

索妮娅（严肃地）：得了吧！我本来感到您完全不想胡闹……请告诉我，您想怎样生活？

弗拉斯（热烈地）：很好地！我想很好地生活！

索妮娅：为此您究竟在做什么？

弗拉斯（沮丧地）：没什么！我现在完完全全没有做什么！

玛丽娅·里沃芙娜（从森林中出来）：索妮娅！

索妮娅：我在这里。你做什么？

玛丽娅·里沃芙娜：回家去……有客人来找你了……

索妮娅：我就去……（玛丽娅·里沃芙娜走近来。）我把这位好挤眉弄眼的家伙托付给你了。他在胡扯，并要求为此好好读完他的东西。（跑去。）

弗拉斯（温顺地）：嗯，读吧……您的女儿从车站到此地一路上讽刺我，但我还活着。

玛丽娅·里沃芙娜（亲热地）：亲爱的！干吗要使自己成为丑角？干吗要贬低自己……这是谁所需要的？

弗拉斯（没有看着她）：不需要，您说……但是，任何人都没有笑，而我想让人们笑起来！（突然热烈地、纯朴地、真诚地。）我感到厌烦，玛丽娅·里沃芙娜，我觉得荒谬……所有这些人……我不喜欢他们，我不尊敬他们，因为他们类似蚊子一样卑微渺小……我不能严肃地和他们说话……他们激起我心中可憎的装腔作势的愿望，但装腔作势比他们更加露骨……某些乌七八糟的东西使我头脑混乱……我想呻吟、骂人、发牢骚……看来，我将开始喝伏特加酒，真见鬼！我不能、不善于以不同于他们的生活方式生活在他们中间……这种情况摧残着我……我将受低级趣味的毒害。瞧他们……听见吗？正在走来！有时我怀着可怕的心情看他们……我们走吧！我想，我如此迫切地想和您说话！

玛丽娅·里沃芙娜（拉住他的手）：但愿您知道，我多么高兴看到您是这个样子的……

弗拉斯：您不相信，有时大家想这样呼唤某种恶毒的、粗鲁的、侮辱性的东西……

> （他俩走入森林。夏里莫夫、尤丽娅·菲里
> 波芙娜和华尔华娜·米哈伊洛芙娜从右边走
> 出来。）

夏里莫夫：唉，再一次是严肃的话——饶恕吧！我厌烦做严肃的人了……我不想谈哲学——够了。让我过一段草木般的生活，强健神经……我想游逛、讨好女人们……

尤丽娅·菲里波芙娜：您讨好女人们，不担心自己的神经吗？这大概是奇怪的……您究竟为啥不讨好我呢？

夏里莫夫：我不会放过利用您盛情的许可……

尤丽娅·菲里波芙娜：我不是许可，而只是提问……

夏里莫夫：但是，我仍然将把提问看作是盛情的许可。

尤丽娅·菲里波芙娜：嗯，好的，留下此话……请回答我的问题……但要真实！

夏里莫夫：好吧，我接受和女人的友谊，但我不认为它是稳定的……天性是不可欺的！

尤丽娅·菲里波芙娜：换句话说，您把友谊只当作爱情的前奏？

夏里莫夫：爱情！我严肃地看待它……当我爱一个女人的时候我就想提高她的地位……我就想用我所有的感情和思维之花去

美化她……

扎梅斯洛夫（在活动场地旁）：尤丽娅·菲里波芙娜，请吧！

尤丽娅·菲里波芙娜：就去！再见吧，花卉栽培家先生！管理好您的温室……（走向活动场地。）

夏里莫夫：刻不容缓！好一个可爱的、愉快的女人……您干吗如此奇怪地看着我，华尔华娜·米哈伊洛芙娜？

华尔华娜·米哈伊洛芙娜：您的小胡子在奇怪地翘动……

夏里莫夫（微笑）：是吗？感谢您。您不喜欢我的腔调？您是要求严格的……但是，真的，用别的腔调和她说话有点儿尴尬……

华尔华娜·米哈伊洛芙娜：我好像正在丧失惊讶的能力……

夏里莫夫：我明白，您看到我是这个样子而感到奇怪，对吗？但是，要知道，终究不能像歇斯底里般的柳明那样成为如此招摇过市地毫无顾忌的人……啊，对不起！他似乎是……您的……朋友？

华尔华娜·米哈伊洛芙娜（否定地摇头）：我没有朋友……

夏里莫夫：我过于尊重自己的精神生活，以便把它公开在每一个好奇的人面前。毕达哥拉斯的信徒们只把自己的秘密告诉给特定的人……

华尔华娜·米哈伊洛芙娜：瞧，您的小胡子在您脸上成为多余的了！

夏里莫夫：唉！小胡子怎么啦！别去管它。您知道"与狼为伍就学狼嚎"这个谚语吗？我告诉您，这是一个不错的谚语。特别是对备尝孤独之痛苦的人来说……您大概还没有完全理解它……您还难以理解那样的人……不过，我不敢阻挡您……

　　　　（鞠躬并走向活动场地，那里聚集的人群默默
　　　　地看着扎梅斯洛夫手拿着书也是默默地、悄悄
　　　　地走在活动场地上，向谢苗诺夫演示应该怎样
　　　　表演。巴索夫拿着钓鱼竿从别墅中匆匆走来。）

巴索夫：华丽娅！好运气！了不起！医师显得无能为力，即使那样也很快就——啪的一声！瞧，好大的一条鲈鱼！大叔，三……（环顾。）你知道，我来这里的时候，突然，你瞧！在那凉亭附近的一棵枯萎的松树旁边，弗拉斯跪在玛丽娅·里沃芙娜面前！并吻她的双手！怎么样？我亲爱的，你告诉他，他还是个孩子呢！要知道，论年龄她可以做他的母亲！

华尔华娜·米哈伊洛芙娜（小声地）：谢尔盖，听我说，请别声张这件事……不要对任何人说任何一句话！你不明白！你理解不正确……我害怕你对所有人说……这将影响不好——你要理解

巴索夫：你干吗这样激动？嗨，不要去说——不要！但这是多么愚蠢，啊？还有玛丽娅·里沃芙娜……

华尔华娜·米哈伊洛芙娜：你向我保证，把这件事忘掉！保证！

巴索夫：保证？好的……真见鬼！但你向我解释……

华尔华娜·米哈伊洛芙娜：我什么也不能解释……但我知道，这不是像你所想的那样……这不是风流韵事！

巴索夫：啊哈！是的！不是风流韵事吗？嗨！是什么呀，华丽娅？嗯，嗯，我闭嘴，你别激动！我去钓鲈鱼，什么也没有见到过！哎呀，等一等！你知道，这个雅什卡，——就是个畜生，啊？

华尔华娜·米哈伊洛芙娜（惊惶地）：怎么一回事，谢尔盖？还有什么？

巴索夫：你怎么这样……有趣地对待一切？这完全是另一回事……

华尔华娜·米哈伊洛芙娜（低声地、厌恶地）：听我说……我什么也不想知道……你要理解我！不想，谢尔盖！

巴索夫（惊异地、快速地）：没有任何特别的，你这个怪人……你怎么啦？他只不过想打官司赢得自己已故妻子姐妹的土地，他和妻子……

华尔华娜·米哈伊洛芙娜（厌恶地、痛心地）：求你——住

嘴！求你！难道你不明白……别说，谢尔盖！

巴索夫（抱怨地）：你应当治疗神经，华丽娅！请原谅，但你的行为举止很古怪……甚至委屈！对吧！

（巴索夫匆匆离去，华尔华娜·米哈伊洛芙悄悄走向凉台。活动场地旁边一片喧闹声、笑声。）

扎梅斯洛夫：看守人！灯在哪里？

尤丽娅·菲里波芙娜：索莫夫先生！哪儿是我的角色？

谢苗诺夫：你演谢苗诺夫，如果允许的话！

尤丽娅·菲里波芙娜：请吧！

扎梅斯洛夫：注意，先生们！我们开始！

幕　落

第三幕

林中旷地。在林中旷地深处，树林底下，围绕摆着小吃和酒瓶的地毯坐着：巴索夫、德沃耶托契耶、夏里莫夫、苏斯洛夫、扎梅斯洛夫；在他们右边的一旁有一个大茶炊；莎霞在茶炊旁洗涤餐具，普斯托巴伊卡在茶炊旁躺着抽烟斗，其附近有船桨、篮子、铁桶。在左边的前景上有一垛凌乱的干草和一棵连根拔起的大树墩。干草上坐着：卡列丽娅、华尔华娜·米哈伊洛芙娜、尤丽娅·菲里波芙娜。巴索夫在低声地讲述着什么，男人们留心地听着他讲。从右边有时传出索妮娅的嗓音，响起巴拉莱卡琴的乱弹声，还有谁在弹吉他。暮色黄昏。

尤丽娅·菲里波芙娜：我们的野餐枯燥无味。

卡列丽娅：像我们的生活一样。

华尔华娜·米哈伊洛芙娜：男人们感觉愉快。

尤丽娅·菲里波芙娜：他们狂饮了，现在，也许，正相互讲述不成体统的奇闻逸事

（停顿。索妮娅："不是这样……慢点儿！"——响起吉他声。德沃耶托契耶哈哈大笑。）

尤丽娅·菲里波芙娜：我也喝酒了……但这并未使我高兴起来，相反，当我喝完一杯烈性酒时，我就感到自己更加郁闷……活得更坏……我就想做某种不理智的事情。

卡列丽娅（沉思地）：一切都是错乱的……模糊的……吓人的……

华尔华娜·米哈伊洛芙娜：怎么吓人？

卡列丽娅：人们……他们全都不可靠……你别信赖任何人……

华尔华娜·米哈伊洛芙娜：是的。正是不可靠。我理解你。

（巴索夫夹杂着亚美尼亚口音说："干吗，亲爱的？我这样也非常好。"——男人们一片笑声。）

卡列丽娅：不，你不理解我！我也不理解你。谁都不理解谁……不想理解……人们像北方寒冷的海中的冰块一样漂流……相互碰撞……

（德沃耶托契耶站起来，向右边走去。）

尤丽娅·菲里波芙娜（轻轻唱）：

　　白天已经精疲力竭，
　　俯身在深红色的水面……

（当华尔华娜·米哈伊洛芙娜开始说话时，尤

丽娅·菲里波芙娜停止歌唱，凝视着她的脸。）

华尔华娜·米哈伊洛芙娜：生活——就像某种集市。大家都相互欺骗：给得少些，取得多些。

尤丽娅·菲里波芙娜：

蔚蓝的苍穹变得昏暗，
清彻的阴影弥漫其间。

卡列丽娅：人们应当是怎样的，以便看着他们不是如此……乏味呢？

华尔华娜·米哈伊洛芙娜：他们应当诚实些！勇敢些……

卡列丽娅：他们应当更坚定些，华丽娅！在任何情况下，在一切方面，他们都应当坚定些。

尤丽娅·菲里波芙娜：别议论啦！这没有意思。来唱歌吧……

华尔华娜·米哈伊洛芙娜：你们唱的是优美的二部合唱歌曲，尤丽娅·菲里波芙娜。

尤丽娅·菲里波芙娜：是的，优美的……优雅的！我喜欢一切优雅的东西……您不相信？喜欢，是的……喜欢看到优雅的东西……听到……（笑。）

卡列丽娅：我内心产生某种阴暗的愤恨……阴暗的，像秋天的云……阴沉沉的、秋云一般的愤恨压抑在我心头，华丽娅……我不爱任何人，不想爱！一直到死也是个可笑的老处女。

华尔华娜·米哈伊洛芙娜：别再说了，亲爱的！那样忧伤……

尤丽娅·菲里波芙娜：即使出嫁了，愉快也未必真实……若是处在你的位置上，我宁愿嫁给柳明……他有点儿酸溜溜的，但是……

（索妮娅："等一等！嗯，开始吧！不，曼多林
琴开始。"——曼多林琴和吉他二重奏。）

卡列丽娅：他是个橡皮一样的人……

华尔华娜·米哈伊洛芙娜：不知何故我想起了一首忧郁的歌……我母亲店里的洗衣女工时常唱过这首歌……我那时还小，在中学读书。我记得，当我回到家里的时候，洗衣店弥漫着灰蒙蒙的、闷热的蒸汽……半裸露的女人们在蒸汽中摇晃着身躯，低声地、疲惫地唱：

> 你啊，我那亲爱的母亲，
> 怜惜我吧，多么地不幸，
> 寄人篱下我历尽艰辛，
> 奴役摧残着我的心灵。

我听着这首歌哭了……（巴索夫："莎霞！拿啤酒来……还有波尔图葡萄酒……"）那时我生活得很好！这些女人爱我……我记得，每天晚上，她们完工后坐到一张擦洗得干干净净的大桌子旁喝茶，让我当作平等的一员和她们坐在一起。

卡列丽娅：你说得无聊，华丽娅！像玛丽娅·里沃芙娜一样无聊……

尤丽娅·菲里波芙娜：我可爱的女人们，我们生活得不好！

华尔华娜·米哈伊洛芙娜（沉思地）：是的，不好……可是我们不知道应该怎样生活得好些。我母亲工作了一辈子……她是多么善良……多么愉快！所有人都爱她。她让我受教育……当我中学毕业的时候，她是多么高兴！那时她已经不能行走，因为她得了风湿病……她死得安详……她对我说："不要哭，华丽娅，没关系！我——是时候了……我生活了，工作了，够了！"她的生活比我的生活更充实。可是我，你瞧，生活得并不舒心……我感到自己误入了异国他乡，走向了陌生的人们，而我并不了解他们的生活！我不了解我们这种生活，也就是文明人的生活。我感到这种生活是不牢固的、不稳定的、临时草草形成的，像集市上临时搭起的戏台……这种生活仿佛河流中滚滚波涛上的浮冰，它坚硬、闪光，但其中富含污泥浊水，富含无耻和卑劣……当我阅读诚实的、独特的书籍的时候，我感到炽热的真理的太阳正冉冉升起，浮冰正在融化，暴露出其中的污泥，河流的波涛很快地冲击它、分化它、把它冲往不知何处……

卡列丽娅（嫌恶地、懊恼地）：你为什么不抛弃丈夫？这是一个如此庸俗的人，他对你完全是多余的……

（华尔华娜·米哈伊洛芙娜莫名其妙地看着卡列丽娅。）

卡列丽娅（坚定地）：抛弃他，随便去什么地方……去学习……去爱……只是要出走！

华尔华娜·米哈伊洛芙娜（站起来，懊恼地）：这多么粗鲁……

卡列丽娅：你能做到，因为你不嫌弃卑贱的人，你喜欢女洗衣工……你到处都能生活……

尤丽娅·菲里波芙娜：您很亲切地谈论自己的哥哥……

卡列丽娅（平静地）：是的！您想让我告诉您关于您丈夫的什么事吗？

尤丽娅·菲里波芙娜（笑）：您说吧！大概，我不会生气的。我自己常对他说点什么事儿，他因此大发脾气……他以眼还眼、以牙还牙地回敬我……就在不久以前他当着我的面说我淫荡……

华尔华娜·米哈伊洛芙娜：那么您……您怎么啦？

尤丽娅·菲里波芙娜：我没有反驳。我不知道……不知道什么叫淫荡，但我是个非常好奇的人。我对男人有一种如此糟糕的、强烈的好奇心。（华尔华娜·米哈伊洛芙娜站起来，向一旁挪动了两三步。）我漂亮，这就是我的不幸。还在中学六年级的时候，老师们就以那样的目光看着我，以致我不知为什么感到害羞和满脸通红，而这给他们带来了愉快，他们甜丝丝地微笑，就像小美食店前贪吃的人。

卡列丽娅（战栗）：咦……多么下流！

尤丽娅·菲里波芙娜：是的。后来已出嫁的女朋友开导我……但是更多的是我要感激丈夫。是他破坏了我的想象力……是他使我养成了对男人的好奇感。（笑。夏里莫夫那群男人缓慢地走向女人们。)

而我破坏了他的生活。有这样一个谚语："捡了树皮交出皮带。"

夏里莫夫（走近来）：好一个谚语！毫无疑问，它是慷慨善良的人编的……华尔华娜·米哈伊洛芙娜，您不想去河边走一走吗？

华尔华娜·米哈伊洛芙娜：请吧……我们走……

夏里莫夫：请允许我向您求婚吧？

华尔华娜·米哈伊洛芙娜：不，谢谢……我不爱。

夏里莫夫：您的脸色多么忧郁。您不像您的弟弟……他是个快活的人。有趣的青年……

（他们往右边离去）

卡列丽娅：在我们中间没有人对生活感到满意。就说您吧……总是那么快乐，然而……

尤丽娅·菲里波芙娜：您喜欢这位先生吗？在我看来，他有着某种不干净的东西！大概，像蛤蟆一样冷淡……走，我们也去河边。

卡列丽娅（站起来）：我们去！反正都一样。

尤丽娅·菲里波芙娜：他大概有点儿爱上了她。而实际上，她对所有人都是那么生疏！总是以那样古怪探询的目光看所有人……她想看到什么？我喜欢她……但我害怕……她——严厉……高贵……

（她们离去。从左边传来响亮的呼喊声和笑声。呼喊："小船！快！桨在哪？桨！"普斯托巴伊卡慢慢地站起来，把桨扛在肩上，正想走。苏斯洛夫和巴索夫迎向喧闹声跑去。扎梅斯洛夫跳到普斯托巴伊卡身边，夺下了他的桨。）

扎梅斯洛夫：机灵一点儿，真见鬼！你听见没有，大概，这是不幸的事儿，而你……这副嘴脸！（跑去。）

普斯托巴伊卡（走在他后面，嘟哝着）：但愿是不幸的事儿，不要害怕啊，不要这样叫喊才好呢……也是……英雄！跳起来了……

（活动场地几秒钟无人。传出叫喊声："不要诽谤！保持住！桨！"笑声。从左边匆匆走进来玛丽娅·里沃芙娜和弗拉斯，两人神情激动。）

玛丽娅·里沃芙娜（激动地，但小声地）：别说这个啦，听见了吗？我不愿意。不许这样和我说话！难道我给了您这个权利吗？

弗拉斯：我会说的！会的！

玛丽娅·里沃芙娜（双手伸向前方，好像想推开弗拉斯）：我要求尊重自己！

弗拉斯：我爱您……爱您！我疯狂地、深情地爱您的心灵……爱您的智慧……还爱这有风度的一绺银白色的头发……您的眼睛和言谈……

玛丽娅·里沃芙娜：闭嘴！不许说了！

弗拉斯：我不能活……我需要您，就像空气、像火光一样！

玛丽娅·里沃芙娜：我的上帝啊……难道没有这个不行吗？不行吗？

弗拉斯（双手抱头）：在我看来，您提高了我的地位……我徘徊在黄昏中的什么地方……迷失路径，漫无目标……您教会了我相信自己的力量……

玛丽娅·里沃芙娜：您走吧，不要折磨我！亲爱的！不要折磨我！

弗拉斯（跪着）：您已经给了我许多东西，但这依然还不够！但愿您慷慨，但愿您宽厚！我想相信，我想知道，我不只值得您关心，而且值得您爱！我恳求您，不要拒绝我！

玛丽娅·里沃芙娜：不，这是我要恳求您！您走吧！以后……以后我回答您……不是现在……您站起来吧！我请求您站起来！

弗拉斯（站起来）：请相信——我需要您的爱！我在所有这些卑微的人们中间如此玷污自己的心灵……我需要火光，它能消除我心灵中的污秽和锈迹！

玛丽娅·里沃芙娜：哪怕您对我有一点儿尊重也好啊……要知道，我是个老太婆！这您看得见！我需要您现在就走……您走吧！

弗拉斯：好吧！我走……但以后，以后您对我说……

玛丽娅·里沃芙娜：是的……是的……以后……您走吧！

（弗拉斯迅速向右走入森林，撞上了姐姐。）

华尔华娜·米哈伊洛芙娜：慢点！你怎么啦？

弗拉斯：哎嗨……是你呀？对不起！

玛丽娅·里沃芙娜（伸出双手迎向华尔华娜·米哈伊洛芙娜）：我亲爱的！到我这里来！

华尔华娜·米哈伊洛芙娜：你们怎么啦？他欺负您了？

玛丽娅·里沃芙娜：没有……也可以说是的……欺负？我什么……什么也不明白！

华尔华娜·米哈伊洛芙娜：您坐下……发生什么事了？

玛丽娅·里沃芙娜：他对我说……（笑，神色慌张地直视华尔华娜·米哈伊洛芙娜。）他……对我说……爱我！可是我都有白头发了……牙齿也是镶的……三颗牙！啊，我的朋友，我是老太婆了！难道他没有看到这个情况？我的女儿十八岁了！这是不可能的！这是不必要的！

华尔华娜·米哈伊洛芙娜（激动）：我亲爱的！可爱的！您不要激动！您说……您是这样的……

玛丽娅·里沃芙娜：我什么也不是！像我们所有人……我是个不幸的妇女！请帮助我！必须让他离开我……我不能做到这一点……我——将离去！

华尔华娜·米哈伊洛芙娜：我理解您……您怜惜他……您不

喜欢他……可怜的弗拉西克!

玛丽娅·里沃芙娜: 唉! 我总是对您说谎! 我不怜惜他……我怜惜自己!

华尔华娜·米哈伊洛芙娜(迅速): 不对……为什么?

> (索妮娅从森林中走出来,在干草垛后站了几
> 秒钟。她手里拿着鲜花,她想把鲜花撒向母亲
> 和华尔华娜·米哈伊洛芙娜。听到母亲的话,
> 她向她做了一个动作,转过身,悄悄地离去。)

玛丽娅·里沃芙娜: 我爱他! 您觉得这可笑吗? 嗯,是的……我爱……头发白了……但想生活! 我本来是饥饿的人! 我还没有享受过生活……我的婚后生活曾是三年的折磨……我任何时候都还没有爱过! 瞧,现在……我羞于承认……我是如此想要抚爱! 温柔的、强烈的抚爱,但我知道——晚了! 迟了! 我求您,我亲爱的,帮助我! 您去说服他,他错了,别爱! 我已经是不幸的……我经受了许多痛苦……够了!

华尔华娜·米哈伊洛芙娜: 您,我亲爱的! 我不理解您的畏惧! 既然您爱他,他也爱您,这不就行了吗? 您害怕未来的痛苦,但是,也许这痛苦本来就远在海角天涯!

玛丽娅·里沃芙娜: 您想啊,这可能吗? 那么我的女儿? 我的索妮娅? 那么年龄? 我这该死的年龄? 还有这些白发? 他可是十分年轻! 一年之后,他将抛弃我……啊,不,我不想受屈辱……

华尔华娜·米哈伊洛芙娜: 何必思前想后……左右为难! 我们大家多么害怕生活! 这有什么意义,您说说,这有什么意义? 我们大家多么怜惜自己! 我不知道我该说什么……大概,这是愚蠢的,应该不这样说……但我……我不明白! 我渴望自由……同时害怕像愚蠢的大苍蝇那样碰壁……我替您难过……我希望您哪怕有一丝愉快也好……我也怜惜弟弟! 但愿您能为他做许多好事! 他没有了母亲……他经受了那么多的痛苦和屈辱……您就权

当他的母亲吧……

玛丽娅·里沃芙娜（低垂着头）：母亲……是的！只是母亲……我理解您的意思……谢谢！

华尔华娜·米哈伊洛芙娜（急促地）：不，您没有理解……我没有说……

（柳明从右边森林中走出来，看见两位妇女，
停下来，咳嗽。她们没有听见，他走近来。）

玛丽娅·里沃芙娜：您不想说也不便说简单而清晰的实话……我对他应当是母亲……是的！是朋友！您，我亲爱的……我想哭……我就走！您瞧，柳明就在这里站着。我这张脸大概有点傻气……老太婆失落了！（悄悄地、疲惫地走入森林。）

华尔华娜·米哈伊洛芙娜：我和您一起走。

柳明（迅速地）：华尔华娜·米哈伊洛芙娜！我能请您留下来吗？我不会耽搁您很长时间的！

华尔华娜·米哈伊洛芙娜：我会赶上您的，玛丽娅·里沃芙娜，朝守卫室走吧。您想说什么，帕维尔·谢尔盖耶维奇？

柳明（环顾）：现在……我就说……（低下头，沉默。）

华尔华娜·米哈伊洛芙娜：为什么您这样神秘地四周张望？怎么一回事？

（在活动场地深处苏斯洛夫从右边向左走动，
他哼着什么曲调。传出巴索夫的声音："弗拉
斯，您曾想朗诵诗的。您倒是去哪里了"）

柳明：我……马上说……您早就了解我啦……

华尔华娜·米哈伊洛芙娜：四年了。您怎么啦？

柳明：我有点儿激动……我害怕！这些话我没有决心说出口……我想……让您……

华尔华娜·米哈伊洛芙娜：我不明白！我该做什么？

柳明：猜吧……只能猜！

华尔华娜·米哈伊洛芙娜：关于什么？您说简单些……

柳明（低声地）：关于……我早已……早就想对您说……现在……您明白了吧？

（停顿。华尔华娜·米哈伊洛芙娜皱起眉头严肃地看着柳明，慢慢地离他走向一旁。）

华尔华娜·米哈伊洛芙娜（不由自主地）：多么奇怪的一天！

柳明（小声地）：我感到，我一生都爱您……不知不觉地爱！您是我梦想的女人，更是少年时代形成的非常美好的形象……后来人们整个一生有时寻觅这种形象但未找到……而我却遇到了您……我的梦想……

华尔华娜·米哈伊洛芙娜（平静地）：帕维尔·谢尔盖耶维奇！不必说这个，因为我不爱您，不爱！

柳明：但是……大概……请允许我说……

华尔华娜·米哈伊洛芙娜：什么？为什么？

柳明：嗯，究竟怎么办？怎么办？（淡然地笑。）也就完了！这一切多么简单……我准备了那么长时间……对您说这个……我曾愉快地和可怕地想着这一刻对您说我爱……于是，我就说了！……

华尔华娜·米哈伊洛芙娜：但是，帕维尔·谢尔盖耶维奇……我到底能做什么？

柳明：是的……是的……当然……我理解！您知道，我把我的一切希望都寄托在您身上和您对我的关系上……可是现在希望落空了，对我来说也就没有生活了……

华尔华娜·米哈伊洛芙娜：不要这样说！不要使我心里难过……难道我有过错吗？

柳明：而我多么难过啊！不能实现的诺言压在我身上，使我难受……我在少年时代对自己和别人发过誓……我发誓要把我整个一生献给为在我看来是美好的和真诚的一切而做的斗争。瞧，我度过了自己美好的年华，可是无所作为，无所作为！最初我总是准备、等待、比较，后来开始了改变这种平静，为这种平静担心……您瞧，我说得多么坦率？不要使我失去做坦率人的快乐！我羞于说……但这种害羞包含着浓浓的甜蜜……自白……

华尔华娜·米哈伊洛芙娜： 但是，怎么着……我能为您做什么？

柳明： 我不恳求爱情和怜惜！生活以其对自己要求的执着使我不胜惶恐，而我小心翼翼地绕过这些要求，躲藏到各种论调的屏风之后，——我知道，您了解这一点……我遇到了您，我的心蓦然燃起了美好的、灿烂的希望，希望您将帮助我履行我的诺言，您给予我工作的力量和愿望吧……为了生活中的美好事物！

华尔华娜·米哈伊洛芙娜（热情地、忧郁地和懊恼地）：我不能！您要理解——我不能！我自己也是贫乏的……我自己面临生活也陷入困惑莫解之中……我寻觅生活的意义，但没有找到！难道这是生活？难道可以像我们生活得那样去生活？内心渴望灿烂的、美好的生活，而我们周围却是该死的无所事事的尘世的空虚……这样生活得令人厌恶、腻烦、羞愧！所有人都害怕什么，相互拉着，请求帮助，呻吟，叫喊……

柳明： 我也请求帮助！我现在是软弱的、优柔寡断的人。但倘若您想帮助才好呢！……

华尔华娜·米哈伊洛芙娜（有力地）：不对！我不相信您！这些只是抱怨的话！要知道，倘若我是个坚毅的人，我终究不能把我的心挪移到您的心胸之中！……我不相信在人之外的什么地方有一种能完全改变人的力量。要么人有这种力量，要么没有这种力量！我不再多说……怨恨在我心中油然而生……

柳明： 对我吗？为什么？

华尔华娜·米哈伊洛芙娜： 啊，不，不是对您……是对一切！我们生活在大地上对一切都陌生……我们无能为力做生活所需要的人。我觉得，很快，明天，就会出现其他一些什么样的强大的、勇敢的人，他们将把我们像垃圾一样从大地上扔出去……对谎言、对欺骗的怨恨在我心中油然而生……

柳明： 而我想做受骗的人，是的！我发现一个真相，那就是我无以为生！

华尔华娜·米哈伊洛芙娜（几乎是厌恶地）：您别在我面前吐露您的心声。我怜惜乞丐，如果这是被掠夺的人的话；但如果他是挥霍无度而致贫或生来就乞讨的人，那我就不能怜惜他！……

柳明（受了委屈似的）：不要那么残酷！您本来也是有病的、受伤的人！

华尔华娜·米哈伊洛芙娜（有力地、几乎是傲慢地）：受伤的人不是病人，他只是身体受了创伤。中了毒的人才是病人。

柳明：宽恕吧！我本来就是个人嘛！

华尔华娜·米哈伊洛芙娜：那么我呢？我难道不是人？我只是为了让你们生活得好些所需要的什么东西？对吗？而这不残酷吗？我看，您并非只是在少年时代发过誓和许过诺言，大概，您成千上万次地背弃了自己的誓言……

柳明（失常地）：再见！我明白！我迟到了！是的！当然……只是夏里莫夫本来也……您看他……您看，他本来也……

华尔华娜·米哈伊洛芙娜（冷淡地）：夏里莫夫？您没有权利……

柳明：再见！我不能……再见！

> （他迅速向左走入森林。华尔华娜·米哈伊洛芙娜做了一个动作，仿佛想跟他走，但立刻否定地摇了摇头，坐到树墩上。苏斯洛夫出现在活动场地深处摆着小吃的地毯旁边，喝着啤酒。华尔华娜·米哈伊洛芙娜站起来向左走入森林。柳明很快从左边走进来，环顾四周，懊恼地坐到干草上。有点儿醉意的苏斯洛夫打着口哨向柳明走去。）

苏斯洛夫：您听见了吗？

柳明：什么？

苏斯洛夫（坐下来）：争论。

柳明：没有。谁在争论？

苏斯洛夫（开始吸烟）：弗拉斯和作家与扎梅斯洛夫吧？

柳明：没有……

苏斯洛夫：遗憾！

柳明：别点燃了干草！

苏斯洛夫：真见鬼！……是的，他们在那里争论……但这一切只不过是装腔作势……我知道。我自己也曾在某个时候高谈阔论过……我那时说过一切时髦的话，我知道它们的价值。保守主义、知识分子、民主……还有什么名词？这一切都是空谈……一切都是谎言！人首先是动物，这就是真理。您知道这一点！无论您怎样装腔作势，您也掩盖不了这样一个事实，即您要喝，要吃，要有女人……这就是您的全部真理……是的！当夏里莫夫说话时，我了解他是文学家，玩文字游戏是他的手艺。当弗拉斯说话时，我了解他年轻和傻里傻气……但是，当扎梅斯洛夫，这个骗子，这头凶猛的动物说话的时候，我就想用拳头堵住他的嘴！……您听见了吗？他使巴索夫陷入真不错的故事之中！肮脏的故事……巴索夫和这个骗子，是的！但是，在这段经历之后，已经没有任何人称他们是正派人了！而这位高傲的华尔华娜仍然没有给自己选定情人……

柳明：您说的是肮脏话！（迅速离去。）

苏斯洛夫：愚蠢的草包！（普斯托巴伊卡从右边走出来，他从嘴中拿出烟斗，眼睁睁地看着苏斯洛夫。）喂，你干吗目不转睛地盯着？没有见过人？滚开！

普斯托巴伊卡：我就走！（慢慢地离去。）

苏斯洛夫（手脚伸开懒洋洋地躺在干草上）："大地上整个人种……"（咳嗽。）你们大家都是暗藏的坏蛋……"人们将为钱币而死……"胡说八道……钱微不足道……当有钱的时候……（昏昏欲睡。）而别人意见的可怕——没什么……既然人……清醒……我对你们说，你们大家都是暗藏的坏蛋……（睡了。杜达科夫和奥丽加挽着胳膊悄悄走来。她紧紧依靠着他的肩，直视着他的脸。）

杜达科夫：咦……当然，我们俩是不对的……学坏了，忙坏了……失去了相互尊重。可是你为什么要尊重我？我算什么东西？

奥丽加·阿列克谢耶芙娜：我亲爱的基利尔……你是我孩子们的父亲……我尊重你，我爱你……

杜达科夫：我累……我散漫，我不能控制自己的神经……而你仍然如此亲切地给予关怀……于是造成这种可怕的状况……

奥丽加·阿列克谢耶芙娜：在整个世上你是我的唯一……你和我们的孩子们！此外，我没有任何人……

杜达科夫：你记住，奥丽加……我和你曾经……难道我们幻想过这样的生活吗？（尤丽娅·菲里波芙娜和扎梅斯洛夫从左边出现在树林后面。）是的……

奥丽加·阿列克谢耶芙娜：但是，该怎么办呢？怎么办？我们可是有孩子！他们需要关怀……

杜达科夫：是的……孩子……我明白。但有时你在思考……

奥丽加·阿列克谢耶芙娜：我亲爱的！该怎么办呢？

（他俩走入森林。）

尤丽娅·菲里波芙娜（走出来，笑）：令人激奋和令人感动！对我是怎样的教训！

扎梅斯洛夫：这是对第五个小孩的开场白……或者已经是对第六个？嗯，亲爱的尤丽卡，我这样等着吗？

尤丽娅·菲里波芙娜（嘲弄地）：我可是不知道，现在怎么样……他们如此可爱……我是不是也回到高尚品德的人生之路去，我的小傻瓜？

扎梅斯洛夫：这是后话，尤丽卡……

尤丽娅·菲里波芙娜：对，这是后话。我现在决定留在淫逸的道路上，让我的别墅风流韵事自然消亡。你和弗拉斯与作家那么嚷嚷什么？

扎梅斯洛夫：今天这位弗拉斯有点儿精神错乱……话题转到

了信仰上……

尤丽娅·菲里波芙娜：那么，你到底信仰什么？

扎梅斯洛夫：我？只信仰自己，尤丽卡……我只相信我随心所欲地生活的权利！

尤丽娅·菲里波芙娜：而我不信仰任何东西……

扎梅斯洛夫：过去我有过饥饿的童年和同样充满屈辱的少年……我的过去是严酷的，我亲爱的尤丽卡！我经历过许多艰难困苦和悲惨遭遇，我经受住了太多的不幸。现在，我自己是法官和自己生活的主人——这就是一切！嗨，我要走啦……再见，我亲爱的！我们仍然需要表现出更小心谨慎一些，相互距离得更远一些……

尤丽娅·菲里波芙娜（热情地）：远一点，近一点——反正不都一样吗？啊，我的骑士！如此疯狂地热恋的我们还怕谁？

扎梅斯洛夫：我走了，我的美人！……（他走入森林。尤丽娅·菲里波芙娜望着他的背影，环顾林中旷地，自由地、深深地叹气，走向干草垛，小声地唱：

> 就像那孩子的母亲，
> 去安抚寂寞的心灵。

看见了丈夫。停下来，战栗，一动不动地站着张望了几秒钟。想走开，但又转过身来，微笑着坐到丈夫身边，用草茎胳肢他的脸。苏斯洛夫发出像牛哞哞叫的含混声音。）

尤丽娅·菲里波芙娜：很悦耳……

苏斯洛夫：啊，真见鬼！是你？

尤丽娅·菲里波芙娜：你怎么散发出啤酒味！整个干草垛都不能消除这种气味。你将在昂贵的啤酒上破产，我的朋友！

苏斯洛夫（向她伸出双手）：你……这么亲近……我已经忘了，尤丽娅，这是什么时候曾有过的……

尤丽娅·菲里波芙娜：回忆这些幸福时刻是徒劳无益的，我的朋友……听我说，你想使我愉快吗？

苏斯洛夫：什么样的愉快？你说吧，我准备着！相信我，尤丽娅……我为了你不惜付出一切……

尤丽娅·菲里波芙娜：慈爱的丈夫就应该如此！

苏斯洛夫（吻她的手）：嗯，说给我听……你想要什么？

尤丽娅·菲里波芙娜（从口袋中掏出小型左轮手枪）：让我们用枪自杀吧，我的朋友！你先来……然后我！

苏斯洛夫：多么严重的玩笑，尤丽娅……丢掉这蠢事……嗯，丢掉，我求你！

尤丽娅·菲里波芙娜：且慢……挪开你的手！你不喜欢我的建议？但你准备枪杀我吗？那我首先自杀才好呢，但我怕你骗我而仍然活着，而我不想再次被骗，我也不想离开你……我想久久地和你生活在一起……你高兴吗？

苏斯洛夫（压抑地）：你听着，尤丽娅，这样不行……不行！

尤丽娅·菲里波芙娜：可以——你瞧！嗯，你想让我自己枪杀你吗？

苏斯洛夫（用手挡住她）：别这样看着我！鬼知道这是怎么回事！我要走啦……我不能……

尤丽娅·菲里波芙娜（愉快地）：你走吧……我向你后背开枪……哎嗨，不行……瞧，玛丽娅·里沃芙娜正在大摇大摆地走来……可爱的女人！你，彼得，为什么会没有爱上她呢？她有多么秀美的头发！

苏斯洛夫（小声地）：你使我发疯！为什么？为什么你痛恨我？

尤丽娅·菲里波芙娜（轻视地）：不能痛恨你……

苏斯洛夫（低声地、喘吁吁地）：你如此折磨我，为什么？你说！

（玛丽娅·里沃芙娜低头弯腰，沉思似的走着。
苏斯洛夫站在妻子面前，紧紧地盯着她手中的
左轮手枪。）

尤丽娅·菲里波芙娜：玛丽娅·里沃芙娜！到这里来……你，彼得，使我成为坏女人……你走吧，走！玛丽娅·里沃芙娜，我们快要回家吗？

玛丽娅·里沃芙娜：不知道，真的！大家分散不知到哪里去了……您没看见华尔华娜·米哈伊洛芙娜吗？

尤丽娅·菲里波芙娜：她，也许，和这位作家在一起。你，看来，想去河边？你走吧，没有你不会寂寞的……

（苏斯洛夫默默地离去。）

玛丽娅·里沃芙娜（漫不经心地）：您多么严厉。

尤丽娅·菲里波芙娜：这没有害处。我听说，某哲学家劝告男人：当你去找女人时，那就随身携带一条鞭子……

玛丽娅·里沃芙娜：这是尼采①……

尤丽娅·菲里波芙娜：是吗？他，看来，他是个精神错乱的人吧？我不了解哲学家——既不了解聪明的哲学家，也不了解精神错乱的哲学家……但是，如果我是哲学家，那我就会对女人说：我亲爱的，你去找男人时要随身携带一块坚硬的劈柴。（奥丽加·阿列克谢耶芙娜和卡列丽娅从左边出现在林中旷地深处，她们坐在摆着小吃的地毯旁边。）我还听说，一个野蛮人部落有这种奇妙的风俗：男人在摘下令人愉快的花朵之前要用粗棍子敲打女人的头。在我们文明人这里，是在婚后这样做的。您的头挨过粗棍子敲打吗？

玛丽娅·里沃芙娜：是——是的！

尤丽娅·菲里波芙娜（微笑）：野蛮人更诚实一些——不对吗？您为什么如此愁眉苦脸的？

玛丽娅·里沃芙娜：您不要问……您感到生活艰难吗？

（德沃耶托契耶从右边走来，未戴帽子，手里

---

① 尼采（1844—1900）：德国哲学家，非理性主义者，唯意志论者。——译者

拿着钓鱼竿。)

尤丽娅·菲里波芙娜（笑）：谁听见过我的呻吟？我总是愉快的……瞧，叔叔来了……您喜欢他吗？我很喜欢他。

玛丽娅·里沃芙娜：是的，他非常好……

德沃耶托契耶（走近来）：我的帽子就这样漂走了……青年人乘船去捞它，最终还是让它沉下去了！谁有没有多余的头巾好把头包上？否则，你们知道，蚊子叮咬秃头。

尤丽娅·菲里波芙娜（站起来）：等一等，我马上拿来。（走入活动场地深处。）

德沃耶托契耶：现在车尔诺夫先生在那里逗大伙儿开心呢……可爱的小伙子！

玛丽娅·里沃芙娜：他……使人开心的人？

德沃耶托契耶：令人惊讶！大家那样目光炯炯！他总是朗诵自己的诗。有位夫人曾请他把诗写在她的纪念册中。知道吗，他写了。他说，您微笑，直视着我，但这眼神深入了我的心中。他说，唉，从那时起，夫人，我有两个多星期未安睡了……您可知道！再往后……

玛丽娅·里沃芙娜（匆忙地）：不必说啦，谢苗·谢苗诺维奇……我知道这些诗……请告诉我……你在这里住的时间长吗？

德沃耶托契耶：是的，您知道，我想在侄子这里居住到生命的终结……而从他那方面我不知道是否乐意支持我这个心愿。我可是无处可去……我没有任何人……钱有……但没有任何更多的东西！

玛丽娅·里沃芙娜（漫不经心地，没有看他）：您真是富翁吗？

德沃耶托契耶：您知道，我有约一百万。哈——哈！约一百万。我死后将全部留给彼得……但是，看来这并未使他感兴趣。他和我不亲热，是的。一般来说，他是某种无欲望的人……他不需要任何东西……我不了解他！假定说，他知道反正钱将是他的，那他还有什么可担心的？哈——哈！

玛丽娅·里沃芙娜（怀着更大的兴趣）：唉，您啊，真可怜！

您把这些钱用到无论什么样的社会事业上去——那就更好，更有意义！

德沃耶托契耶：是的！有一位花花公子曾这样劝过我，您知道，我不喜欢他。他是个棕红色头发的小丑，尽管他也假装自由主义者。啊，凭良心说，把这些钱留给彼得我也觉得可惜。给他做什么？他现在就骄傲得不得了。（玛丽娅·里沃芙娜发笑，德沃耶托契耶留心地看着她。）您干吗笑啊？我显得傻里傻气吗？不，我不傻……我只是不习惯一个人生活。唉！叹息、呻吟、痛苦，凝思起来——可怜所有人！啊……顺便说一句，您是个好人……（笑。）

玛丽娅·里沃芙娜：谢谢！

德沃耶托契耶：不用谢。谢谢您！您说我真可怜……哈——哈！我从未听到过这种说法……大家都说我是富人！哈——哈！我自己也想我是富人……可是看来，我真是个可怜的人……

尤丽娅·菲里波芙娜（走近来，她手里拿着头巾）：您，叔叔，表示爱情吧？

德沃耶托契耶：我哪能，真见鬼！我现在只能够尊重……戴上头巾吧，会显得更漂亮些……我去吃点东西准备上路……

尤丽娅·菲里波芙娜：瞧……很适合您戴！

德沃耶托契耶：嗯，撒谎！我是一张男人的脸。我们去吃点东西吧。我总想问你，你不爱自己的丈夫吗？

尤丽娅·菲里波芙娜：在您看来，他值得爱吗？

德沃耶托契耶：那你干吗嫁给了他？

尤丽娅·菲里波芙娜：他曾假装成招人喜欢的人……

德沃耶托契耶（哈哈大笑）：唉，上帝保佑你！

（三个人都走入活动场地深处。那里开始传出声音不高但连续不断的喧闹声和笑声。从左边走出来喝醉了的巴索夫、夏里莫夫、杜达科夫和弗拉斯。后者走入活动场地深处，前面三个人走向干草垛。）

扎梅斯洛夫（在森林中叫喊）：先生们！是回家的时候了！

巴索夫：这里是神奇的地方吧，雅沙？美好的闲游，啊？

夏里莫夫：你总是闭门索居。坐着，喝酒……怄气……

（在活动场地深处索妮娅把头巾捆在德沃耶托
契耶头上。笑声。扎梅斯洛夫从森林中摆着小
吃的地毯旁边走出来，手里拿着一瓶酒和杯
子，走向巴索夫；德沃耶托契耶挥手摆脱索妮
娅走在扎梅斯洛夫后面。）

巴索夫（坐到干草上）：我再次坐着……必须坐着欣赏自
然……自然、森林、树木、干草……我爱自然！（不知何故改用
忧郁的声调。）我也爱人类……爱我贫穷的、辽阔的、荒诞的国
家……我的俄罗斯！我爱一切和大家！我的心像桃一样娇嫩！雅
科夫，你享用吧，这美好的比喻：心像桃一样娇嫩……

夏里莫夫：好吧，我享用！

索妮娅：谢苗·谢苗诺维奇，对不起！

德沃耶托契耶：算啦！你们捉弄老人……我受委屈了……
哈——哈！

巴索夫：啊，酒！给我斟上。多好！多愉快，我可爱的
人们！对友好地、淳朴地看待生活的人来说，生活是非常美好
的……先生们，必须友好地、坦率地对待生活……必须用朴实的、
孩子般的目光直面生活，那一切都将是美妙绝伦的。（德沃耶托契
耶站在树墩旁哈哈大笑，听着巴索夫的闲话。）先生们！让我们用
明亮的、孩子般的目光明察彼此的内心，那就不需要任何别的东
西了。可是叔叔在笑……他捕到了一条幼小的、欢蹦乱跳的河鲈
鱼……而我钓到了一条河鲈鱼，却又把它放回到称心如意的环境
里去了。因为我是泛神论者，这是事实！我也爱河鲈鱼……而叔
叔葬送了自己的帽子——瞧！

夏里莫夫：你唠叨起来了，谢尔盖！

巴索夫：不要责备，我们不要责备……我说，我不比你

差……你是辞藻华丽的人，我也是辞藻华丽的人！瞧，我听到了玛丽娅·里沃芙娜的声音……非常好的女人……值得深深地尊重！

夏里莫夫：而我不喜欢这门速射榴弹炮！一般来说，我不是值得尊重的女人的崇拜者……

巴索夫（高兴地）：这是对的！不值得尊重的女人比值得尊重的女人更好些，前者更好些，这是事实！

德沃耶托契耶：不用说！当娶这样一个可以说是女王的时候……

巴索夫：我的妻子？华丽娅？啊！她是纯洁主义者！清教徒！这是令人惊讶的女人，神圣的！但是，和她在一起感到无聊！她广泛阅读，总是从任何使徒行传中引经据典。为她的健康干杯！

夏里莫夫：结论是完全出乎意外的！而玛丽娅·里沃芙娜仍然是……

巴索夫（打断夏里莫夫的话）：你知道，她和我的文牍员有恋爱关系，这是事实！我看见他向他表白爱情！

德沃耶托契耶：嗯……关于这个，看来不说为好。（走开了。）

巴索夫：啊，是的！这是秘密！

卡列丽娅（走近来）：谢尔盖！你没有看见华丽娅吗？

巴索夫：瞧，这是妹妹！我可爱的女诗人……雅科夫，她给你朗诵了自己的诗吗？啊，你听一听——非常讨人喜欢！一切都是那么高高的！云彩……山峰……星星……

卡列丽娅：你，看来，喝醉了？对吧？

巴索夫：不过一杯。

扎梅斯洛夫：这个瓶子的。

夏里莫夫：我对您诗歌创作的阅历非常感兴趣，卡列丽娅·华西里耶芙娜！

卡列丽娅：我接受您的话当作实话，并将带给您四本厚厚的笔记本！

夏里莫夫：别吓唬人……我不是胆小鬼……

卡列丽娅：等着瞧。

尤丽娅·菲里波芙娜（在森林中歌唱）：是回家的时候了……回家！

（卡列丽娅向右边离去，遇见索妮娅。扎梅斯洛夫朝着尤丽娅·菲里波芙娜传来声音的方向走去。巴索夫在他后面使眼色，俯身向着夏里莫夫窃窃私语，夏里莫夫听着发笑。）

卡列丽娅：我们准备回家吗？

索妮娅：是的，大家都累了……

卡列丽娅：每当我从家外出时，总有某种模糊的希望随我而行……而回家时我却是孤单一人……您没有发生这种状况——对吧？

索妮娅：没有。

卡列丽娅：得啦。

索妮娅（笑）：我为什么觉得您在怀着愉快的心情说着忧伤的事儿。

卡列丽娅：是吗？我想用惊慌的神情蒙上您明亮的眼睛。我常看见您身边有某些粗鲁的、衣衫破烂的人，我对您在生活尘土面前的勇敢感到惊讶……您不讨厌和他们在一起？

索妮娅（笑）：须知尘土是在他们的皮肤上，容易用肥皂洗掉。

（她俩去到深处，交谈变得不清晰。）

夏里莫夫（站起来）：你——好说别人坏话的人，谢尔盖……瞧——丈夫自己……

巴索夫：我？

夏里莫夫：自然是美丽的，但为什么滋生蚊子？就在这里什么地方我扔掉过我的厚毛围巾？

（他向右走去。巴索夫伸懒腰，哼哼小曲。莎
霞、索妮娅和普斯托巴伊卡收拾东西。在左边
干草垛旁出现华尔华娜·米哈伊洛芙娜，她双
手捧着花束。）

弗拉斯（在森林中）：谁在划船，先生们？

巴索夫：华丽娅！你在散步？我一个人。大家都走了。

华尔华娜·米哈伊洛芙娜：你又喝多了，谢尔盖……

巴索夫：难道多吗？

华尔华娜·米哈伊洛芙娜：白兰地酒可是对你有害。以后你将抱怨心脏不好。

巴索夫：但是我主要喝的是波尔图葡萄酒……不要斥责我，华丽娅！你总是那么生硬和严厉地和我说话，而我……我是个温和的人……我喜欢孩子般温柔的爱……我亲爱的，在这里坐下来！我们终究要谈谈心。我们必须谈一谈……

华尔华娜·米哈伊洛芙娜：别说啦！人们已经在准备回家……站起来到船边去……嗯，走吧，谢尔盖！

巴索夫：好，我走！去哪里？去那里？走……

（他拖着沉重的步伐走着。华尔华娜·米哈伊
洛芙娜望着他的背影。她的脸显得严肃。向右
边看去，她看见夏里莫夫正悄悄地走近她并亲
热地微笑。）

夏里莫夫：您的脸色显得疲惫，眼睛显得忧郁……您累了吗？

华尔华娜·米哈伊洛芙娜：有点儿累。

夏里莫夫：而我太累了……看人看累了……我还痛苦地看着您在他们中间。对不起！

华尔华娜·米哈伊洛芙娜：为什么？

夏里莫夫：您也许对我的话感到不高兴吧？

华尔华娜·米哈伊洛芙娜：但愿我这样对您说……

夏里莫夫：我看您默默地走在这喧闹的人群中，您的眼睛在静静地探视……您的沉静在我看来胜过言辞……我本来也经受了孤独的凄凉和沉痛……

索妮娅（叫喊）：妈妈，你在划船吗？

玛丽娅·里沃芙娜（从森林中出来）：不，我在走路。

华尔华娜·米哈伊洛芙娜（递给夏里莫夫一朵花）：您想接受吗？

夏里莫夫（鞠躬和微笑）：谢谢您。当只是这样友好地给我花时，我则含有妒意地保存它。（弗拉斯在森林中向右走："喂，看守人，第二副船桨在哪儿？"）您的花将藏在我的书中……然而我将拿着这本书，看着这朵花，从而想起您……这可笑吗？多愁善感吗？

华尔华娜·米哈伊洛芙娜（小声地，低垂着头）：您说……

夏里莫夫（用探询的目光打量她的面孔）：大概是，您在那么悲惨地不会生活的人们中间感到很苦闷。

华尔华娜·米哈伊洛芙娜：那您就去教会他们生活得更好些！

夏里莫夫：我没有教师的过于自信……我是生活的陌生人、孤独的观望者……我不会高谈阔论，我的话不会唤醒这些人的勇气。您在想什么？

华尔华娜·米哈伊洛芙娜：我？有这样一些疏远人们的思想，必须在萌芽时期消灭它们……

夏里莫夫：那时您的心灵将成为墓地……不，不必害怕脱离人们……请相信我，置身于他们之外——空气更清新、更洁净，越来越明朗，越来越清晰……

华尔华娜·米哈伊洛芙娜：我理解您……我如此忧郁，仿佛有谁很合我的心意而不可救药地病了……

（右边一片喧哗声。）

夏里莫夫（没有细听她的话）：假如您理解了……我现在说得多么真诚！也许您不相信我，但我仍然要对您说：在您面前我想成为真诚的人，表现得更好、更聪明……

华尔华娜·米哈伊洛芙娜：谢谢您……

夏里莫夫（吻她的手，激动）：我觉得当我在您身旁时……我是站在奥妙的、深似海洋的幸福的门前……觉得您有一种魔力，它能吸引人，就像磁体吸引铁一样……于是我就产生无礼的、疯狂的想法……我觉得如果您……（他中断自己的话，张望。华尔华娜·米哈伊洛芙娜注视着他。）

华尔华娜·米哈伊洛芙娜：如果我？……怎么样？

夏里莫夫：华尔华娜·米哈伊洛芙娜……您……不会嘲笑我吧？您想让我说吗？……

华尔华娜·米哈伊洛芙娜：不……我理解了……您不是一个很机智的勾引妇女的人……

夏里莫夫（腼腆地）：不，您不理解我！您……

华尔华娜·米哈伊洛芙娜（淳朴地、忧伤地、小声地）：当我读了您的书的时候，我是怎样地爱过您，怎样地等待过您！我曾觉得您是如此……崇高的人、心明眼亮的人……当有一次在文艺晚会上听到了朗诵您的作品时，我就觉得您是这样的人……那时我才十七岁……从那时起到和您相遇您的形象像明亮的星活现在我的记忆里……像一颗星！

夏里莫夫（低沉地，垂头）：听我说……不要！请原谅……

华尔华娜·米哈伊洛芙娜：鄙俗令我憋气，我就更容易想象您……曾有某种希望……

夏里莫夫：必须宽宏大量……必须理解……

华尔华娜·米哈伊洛芙娜：瞧，您出现了……像大家一样的人！一样的人……这令人痛心！请告诉我，您发生了什么情况？难道不能保持自己心灵的力量？

夏里莫夫（激动地）：对不起！您为什么对我提出另外的要求……采用比一般对人不一样的尺度？你们所有人……都随心

所欲地生活，而我，由于我是作家，就应该像您所想的那样去生活！

华尔华娜·米哈伊洛芙娜：不要这样说！不要！请扔掉我的花！我把它是给我曾认为比别人更好、更高尚的从前的那个您！请扔掉我的花……（迅速离去。）

夏里莫夫（望着她的背影）：真见鬼！……（揉花。）狠毒的人。（神经质地用手帕擦脸，朝华尔华娜·米哈伊洛芙娜走过去的方向走去。杜达科夫和奥丽加迅速从左边的森林中走来。）

扎梅斯洛夫（在森林中歌唱）：夜啊，快点遮掩……

尤丽娅·菲里波芙娜（随声附和）：用你那晶莹的幕帘……

弗拉斯（在森林中）：你们请坐！

杜达科夫：瞧……我们差一点儿就迟到了……

奥丽加·阿列克谢耶芙娜：我好累啊！我可爱的基利尔……你不要忘记这一天……

杜达科夫：而你……不要忘记自己的诺言……做善于自持的人……

奥丽加·阿列克谢耶芙娜：我的朋友！我如此高兴……现在我们的生活将更加幸福……

（他俩走过去。普斯托巴伊卡拿着篮子从
右边走出来，眼睛在地上寻找着什么。）

普斯托巴伊卡：咦，扔下多少垃圾，到处都是……你们留下的只有破烂和垃圾了……你们只会弄脏地！（向左离去。）

尤丽娅·菲里波芙娜（在森林中）：还有谁没有来？

索妮娅：妈妈，唉！

巴索夫：唉，妈妈！

玛丽娅·里沃芙娜（从左边走出来，她脸色疲倦，眼神心慌意乱）：我在这里，索妮娅！

索妮娅（跑出来）：坐船去，妈妈，坐船去！你怎么回事？

玛丽娅·里沃芙娜：没什么……我走路……去说一声，不要等我，去吧……

索妮娅（跑向一边，双手放到嘴边做成喇叭状叫喊）：不要等我们，你们坐船去吧！我们走路……什么？再见！

德沃耶托契耶（从森林中出来）：你们会累的！

索妮娅：再见！

玛丽娅·里沃芙娜：为什么你不和他们坐船去？

索妮娅：因为我留下来和你在一起……

玛丽娅·里沃芙娜：嗯，我们走……

索妮娅：不，我们坐一会儿……妈妈，你郁闷吗？我可爱的妈妈！坐……就这样。让我拥抱你……就这样……嗯，现在你说，你怎么啦？（从森林中传出喧闹声、笑声，凸显出高呼声。）

尤丽娅·菲里波芙娜（从森林中）：别摇晃船呀！

扎梅斯洛人：不，不要唱！让他们演奏吧！

巴索夫（同样从森林中）：音乐，前进！

（听到吉他和曼多林琴调弦的声音。）

弗拉斯（从森林中）：开船吧！……

玛丽娅·里沃芙娜：索妮娅！我的女儿！要是你知道就好了！……

索妮娅（淳朴地）：我知道呀！

玛丽娅·里沃芙娜：你什么都不知道！……

索妮娅：我的妈妈！你可记得，——在我小的时候，当我像个小傻瓜不懂功课而大声哭时，你走到我身边把我的头搂在你胸前，就这样，摇着拍着唱着哄我睡觉。（唱。）

睡吧睡吧睡觉觉，

让我妈妈好睡觉……

我觉得，现在你不懂功课，我的妈妈……如果你爱他……

（德沃耶托契耶哈哈大笑。）

玛丽娅·里沃芙娜： 索妮娅！别说了……你怎么知道？

（传出演奏吉他和曼多林琴的声音。）

索妮娅： 嘘—嘘！静静地躺着……

　　　　睡吧睡吧睡觉觉，

　　　　让我妈妈好睡觉……

我妈妈聪明，她教会了简单地和明确地想问题……他是个可爱的小伙子，妈妈，——别冷落了他！他在你手中掌控下会更好些。你已经塑造了一个优秀的人——我本来是个不错的人吧，妈妈？那么你现在培养另外一个人吧……

玛丽娅·里沃芙娜： 我的女儿啊！这不可能！

索妮娅： 嘘——嘘！他将是我兄弟……他粗鲁，你使他温柔些，你有那么多的温情……你教会他像你自己那样带着爱心工作，就像你教会我那样。他将是我的好同伴……我们将生活得很美好……开始是三个人，后来我们将是四个人，因为，我亲爱的妈妈，我将嫁给这位可笑的马克西姆……我爱他，妈妈，他是如此可爱的人！

玛丽娅·里沃芙娜： 索妮娅，我的孩子，你将幸福！你会的！

索妮娅： 你躺着，听我说！我们将和睦地、安然地、美好地生活！我们将是四个人，妈妈，四个勇敢的、诚实的人！……

玛丽娅·里沃芙娜： 亲爱的！我很幸运！我们将是三个人：你、你丈夫和我。至于他……如果他和我们在一起……那么他只是作为你的兄弟……作为我的儿子。

索妮娅： 于是我们将好好地过我们的生活！我们将把生活安排得称心如意！而此刻——你就休息，妈妈！不要哭泣！……

睡吧睡吧睡觉觉，

让我妈妈好睡觉……

（索妮娅的声音伴随着闪动的泪花。远处隐约
听到吉他和曼多林琴的声音。）

幕　落

第四幕

第二幕的布景。傍晚，太阳已经降落。巴索夫和苏斯洛夫在松树底下下象棋。莎霞在凉台上铺桌子准备晚餐。从右边森林中传来留声机嘶哑的声音。卡列丽娅在房间里弹钢琴，弹奏出某种忧伤的曲调。

巴索夫：我们国家首先需要友善待人的人。友善的人是进化论者，他不着急……

苏斯洛夫：吃子……

巴索夫：你吃吧……友善的人……不知不觉地、不露声色地改变着生活方式，但他的工作是唯一稳定的……

（杜达科夫匆忙从别墅的房角后面走出来。）

杜达科夫：嗳……妻子没有在你们这里吗？

巴索夫：您的妻子……没有！请坐，医师……

杜达科夫：我不能坐……我忙……需要准备教师报告付印……

巴索夫：好像您这是第二年准备教师报告了吧？

杜达科夫（离去）：如果除我之外任何人都不工作呢！人多，而工作人员没有——为什么？

巴索夫：荒谬的人——这位医师！

苏斯洛夫：走呀……

巴索夫：是——是的……我走！我这样说，——需要友善的意识。厌世，我的朋友，是过分的奢侈……十一年以前我来到这些地方……一只皮包加一条毛毯曾是我唯一的财产。皮包是空的，而毛毯是破的。我也曾是瘦骨嶙峋……

苏斯洛夫：将军。

巴索夫：哎嗨，真见鬼！我这怎么放过了你的马步呢？

苏斯洛夫：如果一个人爱发空洞的议论，他就会输棋……

巴索夫：真的，真的——正如谎言所说的……

（他俩专心一意地下棋。弗拉斯和玛丽娅·里沃芙娜从右边森林中走出来，没有看到下棋的人。）

玛丽娅·里沃芙娜（小声地）：亲爱的，我的好年轻人！请相信……您这很快会过去的……这会过去的。那时您就在心里对我说——谢谢！

弗拉斯（大声地）：我难过，非常难过！

（巴索夫留心听，向苏斯洛夫做了一个不要作声的手势。）

玛丽娅·里沃芙娜：您走吧……快点儿走，亲爱的！我答应给您写信……去工作，去给自己寻找生活中的位置……您将是勇敢的人，任何时候也不会屈从于日常琐事的影响。您是可爱的，我也爱您。是的，是的，我爱您。（巴索夫睁大眼睛。苏斯洛夫微笑地看着他。）但您不需要这个，而我也感到害怕……我不羞于承认——这是可怕的！您会很快熬过您的迷恋，而我……越往后就会越深地和越强烈地爱着您……这种结局会是可笑的，甚至是鄙俗的，——在任何情况下对我来说都是凄凉的……

弗拉斯：不，我向您发誓……

玛丽娅·里沃芙娜： 并不需要誓言……

弗拉斯： 爱情将过去——留下的是尊敬……

玛丽娅·里沃芙娜： 对恋爱中的女人来说这是不够的……亲爱的，还有就是：我羞于生活在私生活之中……也许，这是可笑的、反常的，但在我们时代羞于生活在私生活之中。您走，我的朋友，走吧！您记住：在您将需要朋友的困难时刻，您就来我这里……我将像接待亲爱的、娇惯的儿子那样欢迎您……再见啦！

弗拉斯： 让我吻您的手……我想在您面前跪下来……我多么爱您！我想哭……再见吧！

玛丽娅·里沃芙娜： 再见，我亲爱的好朋友！请记住我的忠告——什么也不要害怕……任何时候都不要屈服于任何事情，任何时候！

弗拉斯： 我走啦……我的爱人！我纯洁的初恋爱人！谢谢……（玛丽娅·里沃芙娜迅速向右走入森林。弗拉斯走向别墅，看见巴索夫和苏斯洛夫，知道他们听到了，他停下来。巴索夫站起来问候，想说什么。弗拉斯向他走过去。）别作声！别作声！一句话也别说！不许，———句话也别说！（走向别墅。）

巴索夫（窘迫地）：厉——厉害！

苏斯洛夫（笑）：什么？吃惊了？

巴索夫： 不，什么样的？我知道这个，但如此……这般高雅……唉，喜剧演员！（哈哈大笑。尤丽娅·菲里波芙娜和扎梅斯洛夫从苏斯洛夫别墅沿路走来。尤丽娅走向丈夫。扎梅斯洛夫走向别墅。）

苏斯洛夫： 要知道，她是故作姿态，以便把小伙子更紧地捏在手里……可

巴索夫： 唉，真见鬼！啊？很滑稽！

苏斯洛夫（皱着眉头）：她狡猾……暗中给我捣乱。你知道，叔叔，按照她的劝告，把自己所有的钱都捐出去了……

尤丽娅·菲里波芙娜： 彼得，那里有人来找你……

巴索夫（打断她的话）：不，您问一下，发生了什么事！

苏斯洛夫： 谁来了？………

尤丽娅·菲里波芙娜（面问巴索夫）：怎么一回事？（面向丈夫。）一个什么样的承包人……他说，有急事：什么地方什么东西坍塌了。

苏斯洛夫（急速离去）：胡说八道！

巴索夫：您看，亲爱的……我们——我和您丈夫——坐着，突然玛丽娅·里沃芙娜……（哈哈大笑）来到，他们有恋情！

尤丽娅·菲里波芙娜：谁？我丈夫和玛丽娅·里沃芙娜？（笑。）

巴索夫：弗拉斯！喜剧演员和这位……

尤丽娅·菲里波芙娜：啊，原来如此！但是，由于您的饶舌，这早已为大家所知……

巴索夫：可是在这里，您瞧，事情……在细节之中……

（德沃耶托契耶双手拿着几包东西和柳明从屋
　角后面走出来。）

德沃耶托契耶：祝大家平安！怎么样，华尔华娜·米哈伊洛芙娜在家吗？瞧，我带谁来了。

巴索夫：哦！从远途旅行归来……您好！变得更美了，晒黑了，也变瘦了，对……您从哪里来？

柳明：从南方来。第一次看到海……您好，尤丽娅·菲里波芙娜！

尤丽娅·菲里波芙娜：确实，您变得更美了，帕维尔·谢尔盖耶维奇，——看来，我也将去海边。

德沃耶托契耶：我去房间……（走。）侄儿，临别时我给你带来了糖果。

巴索夫：

我看见了海洋……我用
贪婪的目光把它打量，
面对海洋我检验了
我自己的精神的力量……

是这样吗？进屋去，妻子会很高兴的！

柳明：那里很好！难道只有音乐能描绘海洋的壮丽和浩瀚！面对海洋，人感到自己多么渺小，仿佛是沧海一粟。

（华尔华娜·米哈伊洛芙娜从屋角后面走出来。）

巴索夫：我收拾好棋子。华丽娅，帕维尔·谢尔盖耶维奇来了，你知道吗？

华尔华娜·米哈伊洛芙娜：他在我们这里吗？

巴索夫（走近她）：是的。看来他大大地充实了自己华丽的词汇……华柳霞，但愿你知道！我和苏斯洛夫坐着下棋，忽然玛丽娅·里沃芙娜和弗拉斯……你知道，他俩在恋爱！（笑。）你说过不是那么回事。那就是，就是这么回事！事实！

华尔华娜·米哈伊洛芙娜：谢尔盖，算了吧！我怕你说鄙俗话……

巴索夫：华丽娅！我毕竟还没有说……

华尔华娜·米哈伊洛芙娜：我求过你不要谈及玛丽娅·里沃芙娜对我弟弟的关系，而你却对所有人随口乱说……难道你不明白……这多么不好吗？

巴索夫：嗯，走吧！说真的，最好是不要和你说任何事情……

华尔华娜·米哈伊洛芙娜：对，总之你应该少说，哪怕有一次想一想你所做的事，哪怕有一次听一听人们说你的话，谢尔盖……

巴索夫：说我？我——站得高……人家愿意怎么说，就让他们怎么说去！但是让我感到惊讶的是，你，华丽娅，你，我的妻子……

华尔华娜·米哈伊洛芙娜：很荣幸做你的妻子……它不像你说得那么崇高……它很沉重，这份荣幸……

巴索夫（窘迫地）：华尔华娜，你说什么呀！你怎么说？

（德沃耶托契耶和弗拉斯走向凉台。）

华尔华娜·米哈伊洛芙娜：我想什么就说什么……感觉怎么样就怎么说。

巴索夫：然而我请你向我解释……

华尔华娜·米哈伊洛芙娜：好吧，我以后解释。

（巴索夫嗤鼻作声，走向别墅。弗拉斯用不友好的目光看着他离去，坐到凉台下面一级台阶上。）

德沃耶托契耶：华尔华娜·米哈伊洛芙娜，我给您带糖果来了。

华尔华娜·米哈伊洛芙娜：谢谢！

德沃耶托契耶（也坐到凉台台阶上）：我给所有女士都带了糖果……以便不要记恶，要知道，我想买人情。请给我一张您的相片。

华尔华娜·米哈伊洛芙娜：嗳，是的！马上。（走进房间。）

德沃耶托契耶：嗯，怎么，弗拉斯，我们走吗？

弗拉斯：快一点儿才好呢！

德沃耶托契耶：剩余的日子不多了。是的！再劝劝您姐姐才好。她在这里没什么可做的……

弗拉斯（忧郁地）：在这里所有人都无所事事。

德沃耶托契耶：我很高兴，您将和我一起走。我们的城市小而美，周围是森林、河流……我的房子很大，有十个房间。在一个房间咳嗽，所有房间都发出嗡嗡的回音。冬天，暴风雪怒吼时，房间里响遍着回声。是的！（索妮娅从右边快速走来。）在青少年时期，要知道，单身对人是有益的……而渐近老年时，最好是两个人相处，哈——哈！啊，淘气的女孩！再见！明天我将离去，后天你将忘记老头儿，就好像人世间没有他……

索妮娅：不，我不会忘记。我们有这样一个滑稽的姓。

德沃耶托契耶：仅只如此？嗯，也还是表示谢意！

索妮娅：不，可爱的老大爷，说真的，我不会忘记您！您是如此纯朴和善良！而我是如此喜欢普通的人！但是……你没有见到我妈妈吗？

德沃耶托契耶：可惜，没有机会。

弗拉斯：她没有在别墅。我们去找找……也许她在河岸的凉亭里。

卡列丽娅：我也去，你们无可反对的吧？

索妮娅：请吧！

（三人走入森林。德沃耶托契耶望着他们的背影，叹息，哼哼小曲。华尔华娜·米哈伊洛芙娜手里拿着照片走出来，柳明跟在她后面。）

华尔华娜·米哈伊洛芙娜：给您我的照片。您什么时候启程？

德沃耶托契耶：明天。谢谢题词！唉，可爱的太太，我爱您！

华尔华娜·米哈伊洛芙娜：为什么爱我？

德沃耶托契耶：难道人们爱还要为什么吗？爱是很单纯的！真正的爱就像天空的太阳，不清楚支撑在什么地方。

华尔华娜·米哈伊洛芙娜：这个我不知道……

德沃耶托契耶：我看您不知道……您到我那里去才好呢。您弟弟就去。您会给自己找到任何事情的。

华尔华娜·米哈伊洛芙娜：我究竟能做什么？我什么都不会！

德沃耶托契耶：您未学过，所以不会。那您就学习啊！我和弗拉斯就将建立两所中学……男子中学和女子中学各一所……

柳明（心不在焉地）：要让生活有意义，就必须做某种宏伟的、重要的事业……其业绩将留存于世世代代……应当建立某些教堂……

德沃耶托契耶：嗯，这是深奥的道理，是我理解不了的！我连中学都不是自己去上的，而是善良的人开导的，对……

柳明：甚至高等学校给予我们的也只是一系列矛盾的理论，

只是关于生命奥秘的猜想……

华尔华娜·米哈伊洛芙娜（懊恼地）：上帝啊！这是多么无聊！多么陈腐……

柳明（看着大家，奇怪地微笑）：是的，我知道：这是陈词滥调，像秋天的落叶……我习惯地说秋天的落叶……不知为什么……也许是因为秋天降临了……自从我看到了海的那一刻开始，绿波的若有所思的喧哗声就不停地在我心中回响，人的一切语言都湮没在这回响的乐曲中……仿佛雨滴湮没在海里……

华尔华娜·米哈伊洛芙娜：您是某种古怪的人……您怎么啦？

（卡列丽娅和弗拉斯从右边的森林中走来。）

柳明（笑）：没什么……请您相信

卡列丽娅：站稳脚跟，这意味着站在深到膝的泥泞中。

弗拉斯：那么您想在空中站稳吗？您只想保持女长衣拖地后襟和心灵的纯洁吗？但是谁需要和为什么需要干干净净的、冷冰冰的您？

卡列丽娅：我自己需要！

弗拉斯：谬误！您自己并不需要……

卡列丽娅：我不想和您说话，您粗鲁。（迅速走入房间。）

德沃耶托契耶：嗯，怎么啦，弗拉斯？激怒了小姐并感到得意吗？

弗拉斯（坐到姐姐脚旁的下面阶台上）：她令我厌烦。（重复。）唉，我苦闷死了……我对她说：生要和人相处，死要孤单地去……

柳明（迅速地）：瞧！这好严厉，但您是对的……是的！是这样！

（巴索夫和尤丽娅·菲里波芙娜走到凉台上。）

华尔华娜·米哈伊洛芙娜（仿佛自言自语）：生活从我们身旁消逝，没有触动心灵……而只是激发我们的思想……

巴索夫：华丽娅，我吩咐了莎霞摆桌在这里吃晚饭。（苏斯洛夫快速从自己的别墅走来。）谢苗·谢苗诺维奇，我们为您举行小小的欢送会……喝点香槟酒！合法的借口……

德沃耶托契耶：深受感动……

苏斯洛夫：尤丽娅，一会儿……

尤丽娅·菲里波芙娜：怎么一回事？

（苏斯洛夫拉走妻子，沿路对她非常低声地说着什么。她急忙闪开他，停了下来。他拉住她的手带到右边，在那里他们小声地谈了几分钟的话，在巴索夫离去之后他们又向凉台走回来。）

巴索夫：我向你们，先生们，推荐香肠……你们知道，是这样的香肠！它是一位客户从乌克兰给我送来的……嗨，我的助手在哪儿？（小声地。）他还是尤丽娅·菲里波芙娜丈夫的助手……

华尔华娜·米哈伊洛芙娜（难为情地、小声地）：这多么卑劣！

巴索夫（激昂地）：但这本来是大家都知道的，华丽娅！你徒劳无益地这么尖酸刻薄……莎霞！（走入房间。）

尤丽娅·菲里波芙娜（幸灾乐祸地）：叔叔！彼得的工程监狱的墙倒塌了……压死了两位工人！

苏斯洛夫（冷笑）：她高兴了！……

华尔华娜·米哈伊洛芙娜（胆怯地）：您怎么啦？这是在哪儿？

苏斯洛夫：在县里

德沃耶托契耶：祝贺！唉……孩子！好在工地上待过吗？

苏斯洛夫：待过……这是承包人的事，坏蛋。

尤丽娅·菲里波芙娜：他撒谎！他一次都没有去过……他没有时间！

德沃耶托契耶：抽打您的兄弟才好呢！这样的人！没有作为

地活着……

　　苏斯洛夫（冷笑）：我就去举枪自杀……那将是有作为了。

　　柳明（否定地摇头）：您——不要开枪自杀。

　　苏斯洛夫：那么万一？

　　华尔华娜·米哈伊洛芙娜：怎么样，彼得·伊凡诺维奇……压着的那些人究竟怎么样……死了吗？

　　苏斯洛夫（郁闷地）：我不知道……明天我将到那里去。

（奥丽加·阿列克谢耶芙娜走来。）

　　弗拉斯（大声嘟囔）：多么可恶！

　　苏斯洛夫（龇牙咧嘴）：小声，年轻人，小声！

　　奥丽加·阿列克谢耶芙娜（走近来）：晚安！你们怎么坐着……好像秋天的鸟儿……我今天见到了所有人。哎，帕维尔·谢尔盖耶维奇！很久了吗？

（苏斯洛夫重又拉着妻子走到一旁并对她说什
么。他脸带恶意。尤丽娅·菲里波芙娜嘲笑地
向他鞠躬，往回走向凉台。苏斯洛夫大声地吹
着口哨走向自己的别墅。德沃耶托契耶看了
一眼尤丽娅·菲里波芙娜，走在苏斯洛夫的
后面。）

　　柳明：只是今天。

　　奥丽加·阿列克谢耶芙娜：已经在这里了？您是个好朋友。好闷热啊！快秋天了……我们将去城里，在城里的砖墙内我们将相距更远了，彼此将会生疏的……

　　弗拉斯（嘟囔）：开始诉苦了……

　　巴索夫（从凉台门出来）：帕维尔·谢尔盖耶维奇，一会儿！

　　奥丽加·阿列克谢耶芙娜（面向弗拉斯）：难道这不是实情吗？

（柳明应声而去。迎面走来卡列丽娅和夏里莫
夫。弗拉斯没有回答奥丽加·阿列克谢耶芙娜
的问题，从台阶上站起来向松林走去。）

夏里莫夫（烦闷地、懒洋洋地）：人们期待民主更新生活，
但是我问您，谁知道民主派是什么玩意儿？

卡列丽娅（激动地）：对，对！您永远正确……民主派还是
野兽，是野蛮人！其有意识的愿望就一个——养尊处优。

夏里莫夫：穿鞋都困难。

卡列丽娅：民主派信仰什么？他的偶像何在？

弗拉斯（激动地）：那么您呢？您信仰什么？你的偶像何在？

卡列丽娅（没有回答弗拉斯）：生活靠信教的人……精神贵
族……得以更新……

弗拉斯：精神贵族是谁？他在哪儿？

卡列丽娅：我不想和您说话，弗拉斯！雅科夫·彼得罗维奇，
我们去那里……

（他俩从凉台上走下来，走向云杉林并在那里
坐下来轻轻地交谈。卡列丽娅焦躁；夏里莫夫
镇静，他动作迟缓，仿佛很累。）

华尔华娜·米哈伊洛芙娜（走近弗拉斯）：你今天精神紧张
得厉害，弗拉斯……

弗拉斯（低沉地）：我难受，华丽娅……

尤丽娅·菲里波芙娜：弗拉斯·米哈伊洛维奇，我们去河
边吧……

弗拉斯：不，请原谅，不想去……

尤丽娅·菲里波芙娜：嗯，别客气！我有话要对您说……

弗拉斯（勉强地）：好吧，我们走。什么事啊？

（尤丽娅·菲里波芙娜拉着他的手走入活动场

地深处，边走边对他轻轻地说着什么。华尔华娜·米哈伊洛芙娜走向凉台。）

奥丽加·阿列克谢耶芙娜（抓住华尔华娜·米哈伊洛芙娜的手）华丽娅！你还在生气啊？

华尔华娜·米哈伊洛芙娜（沉思地）：生气？不。

弗拉斯（在活动场地深处，大声地）：鄙俗的人！如果他不是我姐姐的丈夫……

尤丽娅·菲里波芙娜：嘘—嘘！（引他进入森林。）

华尔华娜·米哈伊洛芙娜（惊讶地）：我的上帝！怎么回事啊？

奥丽加·阿列克谢耶芙娜：大概，工程师的妻子在播弄是非。华丽娅，我看你在生气！本来是在激动时脱口而出的一句话……

华尔华娜·米哈伊洛芙娜（沉思地）：我求你别说这个啦！我不喜欢修补过的任何东西和修补过的友谊……

奥丽加·阿列克谢耶芙娜（站起来）：你是多么爱记仇的！难道不能忘记吗？还是告别吧！

华尔华娜·米哈伊洛芙娜（坚定地、冷淡地）：我们告别的次数太多了……这是一种毛病，它毁掉相互的尊敬……有一个人，我很多次向他告别……如今我在他眼睛里失去了任何意义……

奥丽加·阿列克谢耶芙娜（停顿之后）：你说的是谢尔盖·华西里耶维奇？（华尔华娜·米哈伊洛芙娜没有回答，轻轻地摇头和望着前方的某处。）人们变化得多快！我记得大学生的他……那时他多么好啊！一个无忧无虑的、心情愉快的穷学生……同学们称呼他朴实的小伙子……而你的变化很小：仍然是那么沉思的、庄重的、严肃的……当大家知道你嫁给他的时候，我记得基利尔曾对我说过：巴索夫将决不会亏待这样的妻子。他轻率，转向低级趣味，但她……

华尔华娜·米哈伊洛芙娜（简单地）：你为什么说这个，奥丽加！为了向我表明我自己是个微不足道的人吗？

奥丽加·阿列克谢耶芙娜：华丽娅！你怎么能这样想？我只

是这样……我在回忆……

华尔华娜·米哈伊洛芙娜（低声地、很清晰地、好像是自言自语地）：是的，我也是无力的、可怜的人。这是你想说的吧？这我知道，奥丽加，早就知道了！

莎霞（在凉台上）：华尔华娜·米哈伊洛芙娜，老爷叫您。

（华尔华娜·米哈伊洛芙娜默默地走入房间。）

奥丽加·阿列克谢耶芙娜（走在华尔华娜·米哈伊洛芙娜后面）华丽娅，听我说，你没有明白！

卡列丽娅（低声地）：在我看来，想着真理已被揭示的人已经死了！（停顿。夏里莫夫吸烟。）请问：您生活得郁闷吗？

夏里莫夫：有时很郁闷。

卡列丽娅：经常吗？

夏里莫夫：从来都没有生活愉快过。我已经见过太多的人去寻欢作乐。我要直截了当地说，这时代就是令人不快的。

卡列丽娅（小声地）：每一个有思想的人的生活都是一部沉痛的悲剧。

夏里莫夫：是的……接着说……

卡列丽娅：说什么？

夏里莫夫（站起来）：您开诚布公地说：您喜欢我的短篇小说吗？

卡列丽娅（活跃地）：很喜欢！特别是近来的作品……它们不如现实主义的，其中少些不文明的内容！它们充满柔和的和温暖的忧伤，这种忧伤笼罩着心灵，就像日落时分云彩笼罩着太阳一样。能珍视它们的人为数不多，但这少数人热爱着您。

夏里莫夫（面带微笑）：感谢您。您说的是新诗……您朗诵吗？

卡列丽娅：好。以后随便什么时候。（停顿。夏里莫夫默默地低着头，同意卡列丽娅的意见。弗拉斯和尤丽娅·菲里波芙娜从右边森林中沉思地走出来，来到松林旁边。弗拉斯坐下来，胳膊肘支撑在桌子上，轻轻地吹口哨。尤丽娅·菲里波芙娜走入房间。）您想——现在吗？

夏里莫夫：什么——现在？

卡列丽娅（苦笑）：已经忘了？好快啊！

夏里莫夫（皱眉）：对不起……这……

卡列丽娅（站起来）：您请我朗诵诗……您想我现在就朗诵吗？

夏里莫夫（很快地）：啊，是的，请吧！这样神奇的夜晚……这将好极啦！您错了，我没有忘记……我只是在沉思之中，没有理解您的问题。

卡列丽娅（走进屋内）：好……我就朗诵，尽管您本来对此完全没有兴趣。

夏里莫夫（注视着她）：这是假话，请相信我。

> （卡列丽娅迅速跑入凉台。夏里莫夫耸肩，做鬼脸，四面张望，看见了弗拉斯。德沃耶托契耶和苏斯洛夫从苏斯洛夫的别墅一路走来，两人气鼓鼓的，沉默不语。）

夏里莫夫（面向弗拉斯）：您在幻想吗？

弗拉斯（有礼貌地）：我在吹口哨。

> （走向凉台的有：奥丽加·阿列克谢耶芙娜坐到栏杆附近的藤椅上；柳明站在侧面，她对他轻轻地说着什么；巴索夫停留在铺设好的桌子旁边，注视着桌上的小吃。华尔华娜·米哈伊洛芙娜依靠凉台的柱子站着。扎梅斯洛夫站在她前面。）

巴索夫：人全到齐了吗？弗拉斯呢？玛丽娅·里沃芙娜呢？

弗拉斯：我在这里。

> （尤丽娅·菲里波芙娜从别墅里出来，小声地

哼着歌曲，坐到凉台的台阶上。）

扎梅斯洛夫：我们全都到了，华尔华娜·米哈伊洛芙娜，人们是复杂的。

巴索夫（把身子探过栏杆去）：好极了。雅科夫，你在这儿？啊哈！

扎梅斯洛夫：正是我们心理的这种复杂性造就我们是国家的优秀人才，换句话说，造就我们是国家的知识分子，而您……

（德沃耶托契耶站着听扎梅斯洛夫说话。苏斯洛夫仔细看了一眼这位演说家之后，走到松树底下，在那里默默坐着夏里莫夫和弗拉斯。玛丽娅·里沃芙娜和索妮从右边的活动场地深处走来。）

华尔华娜·米哈伊洛芙娜（神经质地）：知识分子——这不是我们！我们是某种另类……我们是我们国家的住别墅的人们……某些外来人。我们忙忙碌碌，寻找生活中舒适的位置……我们什么事也不做，令人厌恶地夸夸其谈。

巴索夫（嘲笑地）：你自己特别出色地证明着你自己的话的正确性。

（卡列丽娅手里拿着笔记本走出来，停留在桌子旁边听。）

华尔华娜·米哈伊洛芙娜（更加神经质地）：而且在我们的谈话中谎言可怕地多！为了相互掩盖精神上的贫乏，我们披上漂亮话的外衣，披上廉价的书本智慧的破衣烂衫……我们谈论生活的悲惨却不知道生活的悲惨，我们喜欢抱怨、诉苦、呻吟……

（杜达科夫走近凉台，站在妻子看不到他的地方。）

柳明（神经过敏地）：应当公正！人的诉怨是动听的……怀疑人的呻吟的真挚，华尔华娜·米哈伊洛芙娜，这是残酷的。

华尔华娜·米哈伊洛芙娜：诉怨足够多了，您有沉默的勇气！对于自己小小的忧伤应当保持沉默。要知道，既然我们对自己生活的日日夜夜感到满意，那我们就能够保持沉默吧？我们某个人都独自享受自己的一片幸福，却把自己的痛苦、微不足道的心灵的伤痕带到街上去向众人显露，向全世界呐喊、哭诉我们的伤痛！我们把自己的残羹剩饭扔出屋外去毒化城市的空气……我们就这样从我们的心灵中把一切坏透的和沉痛的东西倾倒在别人脚下。我相信，成千上万的健康人正濒于死亡，那是因为我们的诉怨和呻吟而使之受到毒害的和处于昏迷的人们……谁给了我们罪恶的权利去用我们私人的这种严重的祸患去毒害人们？

（停顿。）

弗拉斯（小声地）：说得对，华丽娅！

德沃耶托契耶：聪明人！正确！

（玛丽娅·里沃芙娜默默地抚摩华尔华娜·米哈伊洛芙娜的手。弗拉斯和索妮娅也在她旁边。柳明神经质地摇头晃脑。）

柳明：我请求发言！请允许我说……我最后的一句话！

卡列丽娅：必须有沉默的勇气……

奥丽加·阿列克谢耶芙娜（面向巴索夫）：她开始说得多好啊，勇敢……尖锐！

巴索夫：是的，巴兰的驴子开始说话了①……（话没说完，吃惊地用一只手掩住自己的嘴。激动的华尔华娜·米哈伊洛芙娜

———————

① 源于圣经，巴兰的驴子挨打时开口说人话表示抗议，今喻老实人也起来说话了、造反了，意为逼得哑巴说话。——译者

没有发现丈夫出格的话，但许多人都听到了和明白了他出格的话。扎梅斯洛夫迅速从凉台走向松树林并发出哈哈笑声。夏里莫夫微笑并带有责备意味地摇头。弗拉斯和索妮娅蔑视地看着巴索夫；其他人做出似乎什么也没有发现的样子。在华尔华娜·米哈伊洛芙娜的话引发的片段议论之后，出现了不自然的沉默。苏斯洛夫微笑，咳嗽。华尔华娜·米哈伊洛芙娜发现某种异常，张皇失措地四周张望。）

华尔华娜·米哈伊洛芙娜： 我，好像说了也许是某种尖锐的、粗鲁的话吧？因此大家都这样奇怪？……

弗拉斯（大声地）：这不是你说了粗鲁话……

奥丽加·阿列克谢耶芙娜（做出天真的样子）：怎么回事，先生们？

玛丽娅·里沃芙娜（快速地、小声地）：弗拉斯，请不要说了！（开始把话说开，以便掩饰巴索夫出格的话。然后全神贯注地说得有力而热烈。夏里莫夫、苏斯洛夫和扎梅斯洛夫佯装不听她说的话。杜达科夫肯定地摇头。巴索夫怀着谢意看着她，并用手势请大家听她说。）我们大家应该是另一个样子，先生们！我们——洗衣女工和厨娘的孩子，健康的工人的孩子——应该是另一个样子！要知道，我们国家任何时候都还没有过同人民群众血缘相连的有学问的人……这种血缘应当供给我们热切的希望——拓宽、重建、照亮我们亲人生活的希望才好，他们所有的日日夜夜都只是在黑暗中和尘土中工作和喘息……我们应当不是由于怜惜，不是由于宠爱去为了充实生活而工作……我们应当为自己做这一切，以便不要感觉该死的孤独……不要见到我们和我们亲人之间的鸿沟，他们怎么会把我们看成以他们的劳动为生的敌人呢！他们派我们走在自己前面，好让我们为他们找到通往更好生活的道路……可是我们离开他们而迷路了，我们自我营造了充满慌张混乱和内心分裂的孤独……这就是我们的悲剧！但是，我们自己创作了悲剧，我们就应当承受它对我们的一切折磨！是的，华丽娅！我们没有权利使生活充满我们的呻吟。

（她激动得疲倦了，坐到华尔华娜·米哈伊洛
芙娜旁边。沉默。）

杜达科夫（环顾大家）：瞧！是这样！这是真话！

奥丽加·阿列克谢耶芙娜（迅速地）：你在这儿？到这里来……

夏里莫夫（略微举起帽子）：玛丽娅·里沃芙娜，您说完了吗？

玛丽娅·里沃芙娜：是的。

奥丽加·阿列克谢耶芙娜（拉着丈夫到凉台的一角）：你听见了吗？明白了吗？巴索夫是怎样的傻瓜！

杜达科夫（小声地）：巴索夫在这里有什么关系？

（凉台上一片躁动。华尔华娜·米哈伊洛芙娜
看着大家。还不确信，巴索夫出格的话改正
了，被遗忘了。）

奥丽加·阿列克谢耶芙娜：小声点！华尔华娜在这里说如此严厉的话，而他叫她巴兰母驴。

杜达科夫：嗯，他是个笨蛋！奥丽娅，那里是家，你知道……

奥丽加·阿列克谢耶芙娜：等一等！卡列丽娅想朗诵诗。不，这还是好的，这好啊！华尔华娜是这样一个高傲的女人。

（沮丧的柳明从凉台上走下来，在凉台附近徘徊。）

夏里莫夫：先生们，卡列丽娅·华西里耶芙娜盛情地同意朗诵自己的诗……

巴索夫：朗诵吧，亲爱的妹妹，快点！

卡列丽娅（腼腆地）：好，我朗诵……好吧！

夏里莫夫：给您椅子。

卡列丽娅：不需要。华丽娅，我这要感激什么啊？对我的诗的这种兴趣使我感到害怕。

华尔华娜·米哈伊洛芙娜：我不知道。显然，有人办事不讲

策略，大家又竭力把此事隐瞒起来。

卡列丽娅：嗯，我就朗诵。华丽娅，我的诗遭遇到像你所说的那样的命运。整个陷入我们生活的无底的泥潭中……

> 这里弥漫着深秋的气息，
> 白皑皑的、晶莹的雪花，
> 这些精细的、无言的花朵，
> 从高寒处缓慢地飘洒……

> 雪花在肮脏的、疲惫的和
> 病态的大地上空飞旋，
> 织成柔美的、洁净的雪帘，
> 温情把大地污秽遮掩……

> 黑色的、若有所思的飞鸟……
> 呆板的乔木和灌木丛……
> 还有那洁白无言的雪花
> 在飘洒，从寒冷的高空……

> （停顿。大家都看着卡列丽娅，
> 似乎还在等待着后续的诗句。）

夏里莫夫：真好！

柳明（沉思地）：

> 柔美晶莹的雪花在飘洒，
> 默默无言、冷冰冰的花……

弗拉斯（激动地）：我也是诗的作者，我也想朗诵诗！

德沃耶托契耶（哈哈大笑）：嗬！

夏里莫夫：有趣的竞赛！

华尔华娜·米哈伊洛芙娜：弗拉斯，这需要吗？

扎梅斯洛夫：看来这是愉快的，这是必要的！

玛丽娅·娜里沃芙娜：亲爱的！我提醒您——要有自知之明！

（大家看着弗拉斯激动的脸。他开始显得非常镇静。）

弗拉斯：先生们！我想向你们表明，这是多么容易和简单——在自己亲人的头脑中乱撒诗句……（清晰有力地、挑战似的朗诵。）

> 渺小的、心情沉闷的人们，
> 徘徊在我祖国的土地上，
> 徘徊，忧郁地寻找着地方，
> 盼在那避开生活而躲藏。
>
> 撒谎者和灰溜溜的懦夫，
> 总想得到廉价的幸福，
> 总想饱食终日、宁静舒服，
> 徘徊呀，总在呻吟、诉苦。
>
> 狭隘的和剽窃来的思想……
> 时髦的、华而不实的辞章……
> 像阴影般昏沉的小人物，
> 悄悄地爬行，从生活的身旁。

（他朗诵完毕，站着不动，依次看着夏里莫夫、柳明、苏斯洛夫。停顿。大家都感到尴尬。卡列丽娅耸肩。夏里莫夫慢腾腾地吸烟。苏斯洛夫很激动。玛丽娅·里沃芙娜和华尔华娜·米哈伊洛芙娜走近弗拉斯，看来，担心什么。）

杜达科夫（低声地，但清晰地）：这——这非常准确。要知道……这非常正确！

尤丽娅·菲里波芙娜： 好啊！这诗我喜欢！

德沃耶托契耶： 嗯，他赢了！唉，你啊……亲爱的！

卡列丽娅： 粗鲁……恶毒……为什么？

扎梅斯洛夫： 不令人高兴……不！

夏里莫夫： 谢尔盖，你喜欢吗？

巴索夫： 我？就是说，你要知道，当然，诗意差点儿……但是，像开玩笑……

扎梅斯洛夫： 对玩笑来说这是严肃的。

尤丽娅·菲里波芙娜（面向夏里莫夫）：唉，您假装得多么巧妙！

苏斯洛夫（尖酸刻薄地）：现在请允许我这个愚钝的人来回答这……这……请原谅，我不知道怎样称呼这类创作。您，弗拉斯·米哈伊洛维奇……我将不回答您……我将直接转向您灵感的源泉……转向您，玛丽娅·里沃芙娜！

弗拉斯： 怎么回事？您！当心！

玛丽娅·里沃芙娜（高傲地）：转向我？这倒奇怪……但我听着。

苏斯洛夫： 丝毫不奇怪，因为我知道，正是您——是这位诗人的创作灵感。

弗拉斯： 不要庸俗！

尤丽娅·菲里波芙娜（温柔地）：他不可能不庸俗。

苏斯洛夫： 我请求不要打断我的话才好……当我把话说完，那就随您的便，我将对我所说的一切负责……您，玛丽娅·里沃芙娜，是所谓高尚的人……您在什么地方做某种隐秘的……也许是伟大的、历史性的事情，这已经不关我的事了！显然，您认为您的这种活动给您以轻蔑地待人的权利。

玛丽娅·里沃芙娜（平静地）：这是谎言。

苏斯洛夫： 您力求影响所有人，教训所有人……您以暴露性的方式控制了这位年轻人……

弗拉斯： 您在那里胡说什么？

苏斯洛夫（恼怒地）：忍受，年轻人！我至今默默地忍受了您的不轨行为！我想对您说，如果我们生活得不像您想的那样，可敬的玛丽娅·里沃芙娜，那么我们则有自己的理由！我们在少年时代焦躁不安和忍饥挨饿；自然，在成年时我们就想吃喝得多些和好些，就想休息……总之，就想充分地补偿自己少年岁月不安的、饥饿的生活……

夏里莫夫（冷漠地）：我们是谁，可以了解吗？

苏斯洛夫（仍然热烈地）：我们？这就是我、您、他，这全是我们。是的，是的……我们——小市民的孩子、穷人的孩子……都在这里。我说，我们在少年时代经常挨饿和不安……我们想在成年时吃饱和休息好——这就是我们的心理。您，玛丽娅·里沃芙娜，不喜欢这种心理，但它是十分自然的，而且不可能是别样的！可敬的玛丽娅·里沃芙娜，首先是人，然后是其他一切蠢事……因此请让我们安静！由于您将骂人并教唆他人骂人，由于您将称我们为懦夫或懒汉，所以我们任何人都不专心致志于社会活动……不！任何人都不！

杜达科夫：怎样的厚颜无耻！您别再说了吧！

苏斯洛夫（仍然热烈地）：我为自己说：我不是少年！玛丽娅·里沃芙娜，教训我是徒劳无益的！我是成年人，我是普通的俄罗斯人、俄罗斯居民！我是居民，仅此而已！这就是我的生活计划。我喜欢做居民……我将随心所欲地生活！最终我藐视你们的无稽之谈……口号……思想！（他把帽子低低地拉到额上，快速地沿着通往自己别墅的方向走去。大家都莫名其妙。扎梅斯洛夫、巴索夫和夏里莫夫兴奋地和低声地交谈着走向一边。华尔华娜·米哈伊洛芙娜和玛丽娅·里沃芙娜待在一起。尤丽娅·菲里波芙娜、德沃耶托契耶、杜达科夫和妻子待在一起。各自传出神经质的交谈声。沮丧的卡列丽娅独自站在一棵松树底下。柳明快步来回走动。）

弗拉斯（抓住自己的头走到一边）：真见鬼！真见鬼！

（索妮娅走在他后面，对他说着什么。）

玛丽娅·里沃芙娜：这是歇斯底里！只有心理病态的人才如此臭骂自己！

柳明（面向玛丽娅·里沃芙娜）：您瞧……您瞧……真话多么可怕？

华尔华娜·米哈伊洛芙娜：这多么沉重啊！

德沃耶托契耶（面向尤丽娅·菲里波芙娜）：我什么都不明白……什么都不明白！

尤丽娅·菲里波芙娜：玛丽娅·里沃芙娜，亲爱的，您说，他侮辱了您，对吗？

玛丽娅·里沃芙娜：我？不，他侮辱了自己！

德沃耶托契耶：亲爱的先生们，你们的事好奇怪呀！

杜达科夫（面向妻子）：等一等……（面向德沃耶托契耶）：这是脓疱！您知道，心灵中的脓疱破裂了……这是我们之中的每个人都可能……（他激动，挥手，结巴得厉害，不能说下去。）

尤丽娅·菲里波芙娜：尼古拉·彼得罗维奇……

扎梅斯洛夫（走近她）：这使您心情不好吧？

尤丽娅·菲里波芙娜：一点也不……但是我不方便留在这里。您伴送我吧！

扎梅斯洛夫：多么愚蠢，啊？很遗憾：庇护人，您知道，准备了这种好吃的意外的礼物！

尤丽娅·菲里波芙娜：别说了！意外的礼物足够多了。

（他俩离去。）

夏里莫夫（走近卡列丽娅）：您喜欢这样吗？

卡列丽娅：这很可怕！仿佛水藻从沼泽地底下长出来绞杀着我，绞杀！

（巴索夫走近弗拉斯，默默地拉着他的袖子。）

弗拉斯：您有什么事？

巴索夫（把他拉到一旁）：说两句话。

柳明（走近华尔华娜·米哈伊洛芙娜，情不自禁）：华尔华娜·米哈伊洛芙娜，这种尖酸刻薄的低级趣味的风暴使我心灰意冷……袭击着我。我将离去……再见！我是来和您告别的……我想度过平静的夜晚……最后的夜晚！我将一去不复返。再见！

华尔华娜·米哈伊洛芙娜（不听他说）：您知道我在想什么吗？我觉得，苏斯洛夫比你们所有人都真诚。是的，是的，真诚！他说得粗鲁，但他说了别人不敢说的残酷的实话！

柳明（向后退）：这就说完了？这就是您的告别词？我的天啊！（走入活动场地深处。）

巴索夫（面向弗拉斯）：嗯，老弟，您表现得突出了！现在怎么办？您侮辱了我妹妹……还有雅科夫，他是个作家啊！受到大家尊敬的人！况且苏斯洛夫……最终，柳明！您应当道歉……

弗拉斯：什么？我？道歉？向他们？

巴索夫：嗯，行吧，这不要紧！嗯，很简单，您就说：想开开玩笑，开开心，但是过火了……他们将原谅你，大家都习惯了您出轨的言行……大家本来就知道您其实是个喜剧演员。

弗拉斯（叫喊）：您见鬼去吧！您自己才是喜剧演员。您是个打诨的小丑！

索妮娅：先生们！宽恕吧！

华尔华娜·米哈伊洛芙娜：弗拉斯，你怎么啦？

玛丽娅·里沃芙娜：这是疯狂潮……

德沃耶托契耶：弗拉斯，您，那个，走开吧！

巴索夫：不，对不起，我也被侮辱了

华尔华娜·米哈伊洛芙娜：谢尔盖，我求你！弗拉斯！

巴索夫：不！我不是打诨的小丑！

弗拉斯：只是对姐姐的尊重不允许我说您……

华尔华娜·米哈伊洛芙娜：弗拉斯，不许……

（卡列丽娅走近来。）

莎霞（面向华尔华娜·米哈伊洛芙娜）：上菜吃饭吗？

华尔华娜·米哈伊洛芙娜（面向德沃耶托契耶小声地）：最好是上饭菜！老爷看到桌上的饭菜就不会生气了。

德沃耶托契耶：你去吧！

巴索夫（面向弗拉斯）：不，我问您！（突然凶狠地叱责弗拉斯。）您这顽童！

卡列丽娅：谢尔盖，这是粗暴的！

巴索夫：他是个顽童！是的！这是事实！

夏里莫夫（拉着巴索夫的手带他走向别墅。莎霞跟在后面走）：嗨，得啦！

玛丽娅·里沃芙娜：弗拉斯·米哈伊洛维奇！唉，你怎么啦！

弗拉斯：难道我有过错吗？难道我？

莎霞：老爷！上菜吃晚饭吗？

巴索夫：走开！我在这里什么也不是。我去待在自己房里……（走进房间。）

玛丽娅·里沃芙娜（面向索妮娅）：带他到我们那里去。（面向弗拉斯。）去吧，亲爱的！

弗拉斯：您原谅我，原谅吧！还有你，姐姐，原谅！我错了。我不幸的姐姐啊！离开这里！走吧！

华尔华娜·米哈伊洛芙娜（小声地）：去哪里？我去哪儿？

德沃耶托契耶：那就去我那里吧，真的！这该多好啊！

（他的话谁都没有听。他深沉地叹息，悄悄地
走向苏斯洛夫的别墅。）

玛丽娅·里沃芙娜：您也去我那里吧，华丽娅，去吧！

华尔华娜·米哈伊洛芙娜：我去……弗拉斯……随后……我去……

（华尔华娜·米哈伊洛芙娜走向别墅。玛丽
娅·里沃芙娜跟在她后面。弗拉斯和索妮娅走

进森林。无精打采的卡列丽娅步履蹒跚，也走
向别墅。）

奥丽加·阿列克谢耶芙娜：瞧，就这样吵闹一场！而这一切
又如此突如其来！你明白点什么，基利尔？

杜达科夫：我？明白！是的！不论什么时候我们大家总该相
互厌恶的！瞧，这就厌恶了！弗拉斯，他不偏不倚地碰上了，奥
丽加！他碰上了！但是，你该回家去了。

奥丽加·阿列克谢耶芙娜：等一等！这是如此有趣！也许，
还将发生什么事儿。

杜达科夫：唉，这可是不好的！应该回家去……那里大家在
叫喊，在哭泣。伏里卡斥骂保姆，她生气，而他说她揪了他的耳
朵……总之，那里上演一场惨剧。我早就对你说：应该回家去。

奥丽加·阿列克谢耶芙娜：不对！你未曾说过！

杜达科夫：我说过！我们就曾站在那里，你讲述关于巴索夫
的什么事儿，我就对你说过。

奥丽加·阿列克谢耶芙娜：你什么也没有对我说过，基利尔！

杜达科夫：我不知道，你争辩什么？我确实记得，我说：回
家去……

奥丽加·阿列克谢耶芙娜：你不可能对我说：回家去！只有
对小孩和女仆才这样说。

杜达科夫：奥丽加！你是个好争吵的女人！

奥丽加·阿列克谢耶芙娜：是吗？你怎么不害羞，基利尔！
你向我许诺过做个善于自持的人。

杜达科夫（离她而去）：别说啦！这……这无聊！这是村妇
之见！

奥丽加·阿列克谢耶芙娜（跟在他后面）：无聊吗，基利尔？
我是村妇？（饱含眼泪。）这样，谢谢！

（他俩消失在森林中。活动场地空场若干秒钟。
天色黑暗起来。巴索夫和夏里莫夫从房间走向

凉台。）

夏里莫夫（面向巴索夫）：我的朋友，应当有点儿像个思想超脱的人！为了一点小事就发火是可笑的……

巴索夫：本来令人烦恼！顽童！乳臭小儿！你不生气！啊？

夏里莫夫：像这位……失败的讽刺歌演唱者那样的狂妄言行……每天都能在庸俗的街头小报中见到。但是，我的朋友，他们到底触动了谁？

（他俩离开凉台站到一棵松树旁，苏斯洛夫很
   快走近来。）

苏斯洛夫：谢尔盖·华西里耶维奇！我转回来了……我知道，我应该向你（面向夏里莫夫）和向您道歉。我不能克制自己……但她早就使我感到气愤……她和类似她的人本能地反对我……我憎恨她的脸和她说话的派头。

巴索夫：我知道，兄弟，我知道得一清二楚！人应该温和、客气。

夏里莫夫（冷漠地）：但是您过分地表现出您的特性……是的……

巴索夫（匆忙地）：唉，得啦！我将对他所说的一切都表赞同，真见鬼！而我对这位女士，说句实在话，但愿如此……

苏斯洛夫：所有女人都是演员，这就是问题之所在！俄罗斯女人多半是戏剧演员……她们总想扮演英雄人物……

巴索夫：对，女人……难以和她们一起生活！

（华尔华娜·米哈伊洛芙娜和玛丽娅·里沃芙
   娜走向凉台。）

夏里莫夫：我们自己造成了这些困难。我们要告诉自己，女人仍然是底层人群。

巴索夫（仿佛换句话说）：当然……是的，我的朋友。女人比我们更近似野兽。为了让女人服从于自己的意志，必须对她实行温和的但却是有力的和适度的专制。

（在森林中，右边，传出枪声。人们没有注意它。）

苏斯洛夫：只要让她经常怀孕，那她就完全掌握在您的手中。

华尔华娜·米哈伊洛芙娜（小声地、有力地）：多么下流！

玛丽娅·里沃芙娜：我的天啦，这是什么东西的腐臭味！好像是尸体腐烂了……走吧，华丽娅，离开这里！

（苏斯洛夫悄悄走开、干咳。）

巴索夫（匆匆奔向妻子）：这是你，彼得，那个……你这已经说得没有分寸了……说得太过火了！

华尔华娜·米哈伊洛芙娜（面向夏里莫夫）：您！您！

夏里莫夫（脱帽、耸肩）：我怎么啦？

玛丽娅·里沃芙娜：我们快走，华丽娅！走开。（拉着华尔华娜·米哈伊洛芙娜跟着自己走。巴索夫惘然若失地看着他们的背影。）

巴索夫：真见鬼！她们暗中听到了……唉，你啊！

夏里莫夫（笑）：嗨，兄弟……你是个坏朋友。

巴索夫（伤感的，忧虑地）：鬼叫他……这样尖酸刻薄的怪物！岂能如此冒失地说这样的事？呸！

夏里莫夫（冷淡地）：我明天将离去。这里又冷又潮……我到房间去。

巴索夫（沮丧地）：我妹妹在那里吼叫！这是事实！

（他们离去。静悄悄。普斯托巴伊卡和克罗皮尔京从巴索夫的别墅中走出来，他俩穿得很暖

和，手里拿着哗啷棒和警笛。从苏斯洛夫的别
墅中传出钢琴的和弦音。随后是尤丽娅·菲里
波芙娜和扎梅斯洛夫的二重唱:《已经疲倦的
一天》。)

普斯托巴伊卡: 喂，你去那个地段，而我围着这个地段走一圈，会面后去厨房，到斯捷帕妮达那里去喝茶!

克罗皮尔京: 我们出来得早啦……任何人都还没有睡觉。

普斯托巴伊卡: 需要赶上能见度好走一圈。嗨，走吧……

克罗皮尔京 (向左走): 我走啦……唉，天哪!

普斯托巴伊卡: 多少垃圾……真见鬼! 这些住别墅的人们类似游手好闲的人出现，在地上乱扔许多垃圾，他们却一走了之……在他们吃喝玩乐之后你就清理、打扫……(大声地、懊恼地敲响哗啷棒和吹警笛。克罗皮尔京吹警笛给予回应。普斯托巴伊卡离去。忧郁的、沉思的卡列丽娅走出来坐在松林底下。她倾听着歌唱，摇头，轻轻地随着唱。从右边森林中传出普斯托巴伊卡的声音。)

普斯托巴伊卡 (大声地、警觉地): 是谁? 干什么? 啊，是你，请便!

(卡列丽娅胆怯地倾听。)

普斯托巴伊卡 (挽着柳明的双手): 去巴索夫那里还是怎样啊?

卡列丽娅: 谢尔盖! 谢尔盖! ……

柳明: 医师……我求您!

卡列丽娅: 帕维尔·谢尔盖耶维奇! 您? 您怎么啦? 他怎么啦?

普斯托巴伊卡: 我走着，而他——在地上爬着迎向来……他说受伤了……

卡列丽娅: 您受伤了? 谢尔盖，去找玛丽娅·里沃芙娜! 快去叫医生……

巴索夫 (跑出来): 你怎么啦? 这是怎么回事?

柳明：请原谅我。

卡列丽娅：谁伤着您了？

普斯托巴伊卡（嘟囔着）：这里有谁伤人？准是自己伤了自己。这就是手枪……（从怀中掏出左轮手枪，平静地、仔细地看着它。）

巴索夫：这是您？而我还以为是扎梅斯洛夫……我以为彼得打伤了他……（快速跑去，叫喊）：玛丽娅·里沃芙娜！

夏里莫夫（披着方格毛毯）：什么……这是谁？发生什么事了？

卡列丽娅：您很痛吗？

柳明：我羞愧……我羞愧！

夏里莫夫：也许，这不危险吧？

柳明：扶我离开这里……我不想让她看见……扶我走吧！我求你们！

卡列丽娅（面向夏里莫夫）：那您就去吧……去叫人……

（夏里莫夫走向苏斯洛夫的别墅。奔跑的人们的喧哗、断断续续的呼喊。出现了玛丽娅·里沃芙娜、华尔华娜·米哈伊洛芙娜、索妮娅和弗拉斯。）

玛丽娅·里沃芙娜：您？哎嗨！索妮娅，帮帮忙！脱下外衣……镇静，别激动……

华尔华娜·米哈伊洛芙娜：帕维尔·谢尔盖耶维奇……

柳明：请原谅我！我本该马上……但当人的心脏微小而又剧烈跳动的时候，子弹是很难击中它的。

华尔华娜·米哈伊洛芙娜：为什么？您干吗呀？……

卡列丽娅（面向柳明，歇斯底里般地叫喊）：这是残酷的！（醒悟过来。）我说什么！对不起！

弗拉斯（面向卡列丽娅）：您走开，对您有害……走开，亲爱的！（走向松林。奔跑着：苏斯洛夫，穿着男式西装背心、上面披着大衣、没有戴帽子的德沃耶托契耶，后面是扎梅斯洛夫，尤丽娅·菲里波芙娜，衣衫不整、情绪激动的杜达科夫，胆怯的、慌张的奥丽加·阿列克谢耶芙娜。）

玛丽娅·里沃芙娜： 啊哈！原来伤在这里！嗯，看来，这是小事一桩！

柳明： 大家正在来这里……华尔华娜·米哈伊洛芙娜，把您的手伸给我。

华尔华娜·米哈伊洛芙娜： 这一切都是为什么？

柳明： 我爱您……没有您我不能活！

弗拉斯（透过牙缝）：让你的爱……见鬼去吧！

卡列丽娅（响亮地）：不许这样！不要落井下石。

玛丽娅·里沃芙娜（面向华尔华娜·米哈伊洛芙娜）：您离去吧，离去！而您，先生，别激动，枪伤不足为虑……我就是医生。

杜达科夫： 嗨，什么呀？枪伤？嗯，肩膀？究竟谁会朝自己的肩膀开枪？如果要认真的话，就应该向左肋……向颅骨射击。

玛丽娅·里沃芙娜： 基利尔·阿基莫维奇，您说什么啊？

杜达科夫： 噢……是的！对不起！嗯，包扎了吗？怎么样？搀扶他……

巴索夫： 华丽娅，搀扶他到我们那里……到我们那里去吧？

柳明： 不需要……我能走。

杜达科夫： 您能吗？非常好。

柳明（摇摇晃晃地走。巴索夫和苏斯洛夫搀扶着他）：是的……瞧，活得不称心如意，死又不能……不幸的人啊！

（带他进房间。杜达科夫伴随。）

尤丽娅·菲里波芙娜： 他是对的……

扎梅斯洛夫（郁闷地）：好一出可悲的独幕剧！

普斯托巴伊卡（面向德沃耶托契耶）：这是我带过来的先生。

德沃耶托契耶： 啊哈……好啊！

普斯托巴伊卡： 我担心该从谁那里得到酒钱才好。

德沃耶托契耶（带有责备意味地）：你算什么人，兄弟，荒唐的人！（给他钱。）

普斯托巴伊卡：谢谢！

卡列丽娅（面向华尔华娜·米哈伊洛芙娜）：他会死吗？这是我该做的，华丽娅，是这样吗？……

华尔华娜·米哈伊洛芙娜：闭嘴……不必！（歇斯底里般地。）我们大家都是多么令人憎恶的人……啊！为什么？

夏里莫夫（面向玛丽娅·里沃芙娜）：怎么样……很危险的枪伤吗？

玛丽娅·里沃芙娜：不……

夏里莫夫：嗨……令人不快的事件！华尔华娜·米哈伊洛芙娜，对不起……

华尔华娜·米哈伊洛芙娜（战栗一下）：怎么一回事？

夏里莫夫：几分钟以前我听到了一些话……

（巴索夫、苏斯洛夫和杜达科夫走出来。）

巴索夫：嗨，我们把他安顿好了。

华尔华娜·米哈伊洛芙娜：得了！我不相信……我不想要解释！我无限地憎恨你们所有人。你们都是可鄙的人、不幸的小丑！

弗拉斯：等一等，姐姐，这我要说……我知道：你们都是化装的人！只要我活着，我就要永远撕掉你们的破衣烂衫，你们用这些破衣烂衫掩盖你们的谎言……你们的庸俗……你们情感的贫乏和思想的腐化！

（夏里莫夫耸肩，走向一旁。）

玛丽娅·里沃芙娜：别再说了！这有害而无益！

华尔华娜·米哈伊洛芙娜：不，让这些人听着。我为了和他们打开天窗说亮话的权利付出了高昂的代价！他们摧残了我的心灵，他们毒害了我的生命！难道我是那样的人？我不相信……我无论如何也不相信！我没有力量……我没法活！难道我是那样的人！

尤丽娅·菲里波芙娜（忧伤地）：我也要这样说！我也能这样说！

奥丽加·阿列克谢耶芙娜（面向丈夫）：你瞧华尔华娜，瞧她的脸……你看，她多么凶狠！……

（杜达科夫用手推开妻子。）

巴索夫：华丽娅，何苦呀！难道这一切不可能是另外的样子吗？嗯，怎么一回事？嗯，这个柳明愚蠢……为他值得吗……

华尔华娜·米哈伊洛芙娜：滚开，谢尔盖。

巴索夫：我的朋友……

华尔华娜·米哈伊洛芙娜：我任何时候都不曾是你的朋友……你任何时候也不曾是我的朋友！我们曾不过是丈夫和妻子。现在我们是外人。我走！

巴索夫：去哪儿？嗯，怎么不害羞，华丽娅！在众人面前，在大街上！

（苏斯洛夫一动不动地站在活动场地深处。）

华尔华娜·米哈伊洛芙娜：这里没有人……

玛丽娅·里沃芙娜：我们走，华丽娅……

尤丽娅·菲里波芙娜：唉，别干扰她！让她说。

德沃耶托契耶（悲伤地）：唉——唉，先生们！你们使我伤心……唉，先生们！

卡列丽娅（面向玛丽娅·里沃芙娜）：你们听着，这究竟是怎么一回事？这算什么？

玛丽娅·里沃芙娜：请安静！帮助我把她带走。

华尔华娜·米哈伊洛芙娜：是的，我走！远离这里，在这里你周围的一切都在腐烂……远离这帮无赖。我想活！我将活下去……还要有所作为……和你们反向而行！和你们反向而行！（看着大家，悲观失望地叫喊。）啊，你们都将该死！

弗拉斯：走吧，姐姐！不必要，得了！（拉着她的手走开。）

巴索夫（面向夏里莫夫）：你就帮我结束这一切吧！

夏里莫夫（平静、冷笑）：给她一瓢冷水……还需要别的什么东西吗？

尤丽娅·菲里波芙娜（走近华尔华娜·米哈伊洛芙娜）：唉，但愿我也能走啊！

巴索夫：华丽娅！嗨，你去那儿？玛丽娅·里沃芙娜，这不好。您是医生，您应该安慰……

玛丽娅·里沃芙娜：别再纠缠我了！

德沃耶托契耶（面向巴索夫）：唉，您啊，无辜的坏蛋！（跟在华尔华娜·米哈伊洛芙娜和巴索夫后面向右走入森林。）

卡列丽娅（号啕痛哭）：而我！而我——到底该去哪里？

索妮娅（走近她）：到我们那里去……走。（领着卡列丽娅走去。）

尤丽娅·菲里波芙娜（平静地、有点儿阴郁地）：嗨，彼得·伊凡诺维奇！我们走……去继续过我们的生活……

（苏斯洛夫默默地龇牙咧嘴跟着走。）

巴索夫：这到底是怎么回事？所有人都疯了还是怎么啦？这个柳明！是个木头人，啊？这一切都是由于他愚蠢的神经病！……雅科夫，你怎么不说话？你笑什么？你以为这不严重？如此出乎意外！扑哧——全都见鬼去了！现在该怎么办？

夏里莫夫：我的朋友，放心吧！这一切只是建立在歇斯底里基础上的华丽的表演……相信我！（拉着巴索夫的手领他走向别墅。杜达科夫倒背双手从房间出来慢慢向右走去，他的妻子一动不动地站在树林底下，默默地在那里等他。）

巴索夫：唉，真见鬼！

夏里莫夫（冷笑）：放心吧……你瞧——苏斯洛夫夫妇去继续过自己的生活了……我们也去平静地继续过我们的生活……

奥丽加·阿历克谢耶芙娜：基利尔……他会死吗?

杜达科夫（忧郁地）：不会……我们走吧……任何人都不会死……

（他俩走入森林。）

夏里莫夫：这一切，我的朋友，都是如此地无关紧要……无论是人还是事件……给我斟酒! ……这一切都是如此地微不足道，我的朋友……（饮酒。森林中静悄悄，看守人吹响悠长的笛声。）

幕　落

敌 人

（戏剧）

剧中人物

巴尔金，扎哈尔：45 岁。

波丽娜：他的妻子，近 40 岁。

巴尔金，雅科夫：40 岁。

塔齐雅娜：他的妻子，28 岁，女演员。

娜佳：波丽娜的侄女，18 岁。

彼契涅戈夫：退伍将军，巴尔金的叔叔。

斯克罗博托夫，米哈伊尔：40 岁，商人，巴尔金的合伙人。

克列奥帕特娜：他的妻子，30 岁。

斯克罗博托夫，尼古拉：他的弟弟，35 岁，律师，检察官的同事。

辛佐夫：办事员。

波洛吉：办事员。

科尼：退伍兵。

格列科夫：工人。

列弗申：工人。

雅戈金：工人。

里亚布佐夫：工人。

阿基莫夫：工人。

阿格拉菲娜：女管家。

博博耶多夫：骑兵大尉。

克华奇：骑兵司务长。

波鲁契克：中尉。

斯塔诺沃伊：区警察局局长。

乌里亚德尼克：警察。

宪兵、士兵、工人、职员、女仆。

第一幕

花园。巨大的老椴树林。在深处的椴树底下有一顶白色的士兵帐篷。往右，在树林底下有一张宽大的椈木长沙发，沙发前有一张桌子。往左，在椴树荫中有一张摆好开早饭的长桌子。不大的茶炊沸腾着。长桌周围摆着藤椅。阿格拉菲娜在煮咖啡。科尼站在一棵树下吸着烟斗，波洛吉站在他前面。

波洛吉（一边说话，一边怪诞地做手势）：……当然，您有道理，我是个小人物，我的生命是渺小的，但是每一条黄瓜都是我亲手栽培的，没有给我的报偿我就不能允许摘黄瓜。

科尼（忧郁地）：可是任何人都不需要你的允许。

波洛吉（把手按在心口上）：但是请问，如果您的所有权遭到侵犯，您有权请求法律保护吗？

科尼：你去请求吧。今天摘黄瓜，而明天将摘脑袋……这就是给你的法律！

波洛吉：然而……这听来奇怪，甚至危险！您，作为一个士兵和老总，怎么轻视法律呢？

科尼：法律——没有。有的是——命令。从左向后转！开步走！再喊——立正！那就——立正。

阿格拉菲娜：您，科尼，但愿别在这里吸您那个黄花烟草，它会使树叶发蔫……

波洛吉：如果他们是由于饥饿，这我能理解……饥饿能解释许多行为。可以说，一切卑鄙行为都是为了消除饥饿。当想吃东西的时候，那么，当然……

科尼：天使——不吃东西，而撒旦仍然反对上帝……

波洛吉（高兴地）：这就是我所说的胡作非为！

（雅科夫·巴尔金走来。他小声地说话，仿佛
自言自语。波洛吉向他鞠躬致意。科尼漫不经
心地"行军礼"。）

雅科夫：你们好！你们有什么事？

波洛吉：恭请扎哈尔·伊凡诺维奇……

阿格拉菲娜：来控诉。昨夜工厂的人偷了他的黄瓜。

雅科夫：啊哈……这要对我哥哥说……

波洛吉：完全正确……我正是往他们那里去。

科尼（埋怨地）：你哪儿也没有去，而是站在一个地方发牢骚。

波洛吉：我想不打搅您。如果您在读报或读别的什么东西，那么，当然，我就会打搅您了。

雅科夫：科尼，到这里来……

科尼（走去）：你是个吝啬的人，波洛吉……是个好造谣中伤的人！

波洛吉：您完全徒劳无益地说这些话……人的舌头是用来诉怨的……

阿格拉菲娜：算了吧，波洛吉……您似乎不是人，而是蚊子……

雅科夫（面向科尼）：他在这里干吗，啊？走吧……

波洛吉（面向阿格拉菲娜）：即使我的话打动你们的耳朵，但不会触动你们的心灵，因此我不再说话。（走开，漫步在小路上，一只手抚摸树木。）

雅科夫（惶恐不安地）：怎么，科尼，看来，我昨天再次……委屈了什么人？

科尼（笑）：是的。这是真的。

雅科夫（漫步）：嗯……奇怪啊！为什么醉醺醺的我总是说无礼貌的话呢？

科尼：这是常有的事。有时候喝醉的人比清醒的人更好，更勇敢。不怕任何人，连自己都不宽恕……在我们连里曾有一位士官，他清醒，但是个马屁精，是个好打架的人。而喝醉的人——

哭泣。他说，弟兄们，我也是人，朝我脸上吐唾沫吧。有些人
吐了。

雅科夫：我昨天和谁说话了？

科尼：和检察官。您对他说，他是个木头脑袋。然后您对检
察官说到经理的妻子，说她有许多情夫。

雅科夫：嗨，瞧……这对我有什么关系？

科尼：不知道。您还……

雅科夫：好啦，科尼，别再说了……否则，显得我对所有
人都说了什么不愉快的话……是的，这是多么的不幸——伏特加
酒……（走到桌子旁边，看着酒瓶，倒了一大杯酒，小口慢饮。
阿格拉菲娜斜眼看着他而叹息。）你们有点儿怜惜我，啊？

阿格拉菲娜：非常怜惜……您和大家一样如此朴实，仿佛不
是老爷……

雅科夫：瞧，科尼不怜惜任何人，他只是发空洞的议论。为
了让人思考问题，必须委屈他，是这样吗，科尼？（帐篷内传出
将军的叫喊声："科尼！喂！"）由于您也是聪明人，您吃了许多
苦吧？

科尼（走）：我一见到将军，就马上变成傻瓜……

将军（从帐篷内走出来）：科尼！洗澡，赶快！

（他俩走入花园深处。）

雅科夫（坐到椅子上摇晃）：我的夫人还在睡觉吗？

阿格拉菲娜：已经起床了。洗澡了。

雅科夫：你们如此怜惜我吗？

阿格拉菲娜：您最好治疗一下。

雅科夫：嗯，给我来点儿白兰地酒。

阿格拉菲娜：也许，不必要吧，雅科夫·伊凡诺维奇？

雅科夫：那为什么？即使我有一天不喝酒，那么这也不会有
任何帮助。

　　（阿格拉菲娜叹了一口气，斟了一点儿白兰地
　　酒。米哈伊尔·斯克罗博托夫快速走来，神情
　　激动，神经质地捋着尖形的黑胡须。他一只手
　　拿着帽子，帽子在手指间揉搓。）

　　米哈伊尔：扎哈尔·伊凡诺维奇起床了吗？还没有？不用说！给我……这里有凉牛奶吗？谢谢。早上好，雅科夫·伊凡诺维奇！您知道新闻吗？这些下流的东西要求我解雇工长吉契科夫……是的！他们威胁要罢工……见他们的鬼……

　　雅科夫：那么您将解雇工长。

　　米哈伊尔：这个简单，是的，但问题不在这里！问题在于退让等同纵容他们。今天他们要求赶走工长，明天他们就想要我上吊自杀以满足他们的快感……

　　雅科夫（温和地）：您想，他们明天会这样要求您吗？

　　米哈伊尔：给您开玩笑啊！不，你试试去和肮脏的外表端正的人去打打交道吧，他们可是约一千人，而且您哥哥以各种自由主义和某些白痴以传单使他们冲昏头脑……（看钟表。）快十点了，他们答应中午开始自己的荒唐行为……是的，雅科夫·伊凡诺维奇，在我休假的时候您可敬的哥哥破坏了我的工厂……因立场不坚定而把人们惯坏了……

　　（右边出现了辛佐夫。他约三十岁。在他的
　　体态和脸上显露出某种平静的和意味深长的
　　神情。）

　　辛佐夫：米哈伊尔·华西里耶维奇！工人代表来到了办事处，他们要求见老板。

　　米哈伊尔：要求？您叫他们见鬼去！（波丽娜从左边走来。）请原谅，波丽娜·德米特里耶芙娜！

　　波丽娜（客气地）：您——总是骂人。现在——为什么？

　　米哈伊尔：瞧，还是这个无产阶级！它在那里——要求！以

前它向我谦恭地请求……

　　波丽娜：您对人要严厉，请您相信我！

　　米哈伊尔（两手一摊）：嗯，正是！

　　辛佐夫：究竟怎样对代表们说呢？

　　米哈伊尔：让他们等着……您去吧！

（辛佐夫缓缓离去。）

　　波丽娜：这位职员有一张漂亮的脸。他早就在我们这里了吗？

　　米哈伊尔：好像约一年了……

　　波丽娜：他给人以正派人的印象。他是谁？

　　米哈伊尔（耸肩）：他挣四十卢布。（看表，叹息，环顾，看到树下的波洛吉）：您干吗？找我吗？

　　波洛吉：我，米哈伊尔·华西里耶维奇，找扎哈尔·伊凡诺维奇……

　　米哈伊尔：为什么？

　　波洛吉：因为所有权遭受破坏……

　　米哈伊尔（面向波丽娜）：瞧，我也介绍新职员之一！一位向往园艺栽培的人。他深信，大地上的一切都是为了破坏他的兴趣而形成的。一切都妨碍他——太旧、英格兰、新机器、蛤蟆……

　　波洛吉（微笑）：蛤蟆，容许我指出，妨碍所有人，当它们鸣叫的时候……

　　米哈伊尔：您到办事处去！您这是什么习惯——丢下工作而去诉苦？我不喜爱这种习惯……您走吧！

（波洛吉鞠躬之后走了。波丽娜面带微笑用单目眼镜看着他。）

　　波丽娜：瞧，您多么严厉！而他——滑稽可笑……您知道，俄罗斯人比外国人更加多种多样。

　　米哈伊尔：您说——更加不成样子，那我就同意。我支使人十五年……我知道，染上僧侣文学色彩的善良的俄罗斯人是怎样的人。

波丽娜： 僧侣文学？

米哈伊尔： 嗯，当然。这些都是车尔尼雪夫斯基、杜勃罗留波夫、兹拉托夫拉茨基、乌斯宾斯基们的……（看钟表。）扎哈尔·伊凡诺维奇好长时间没有来，唉！

波丽娜： 您知道，他忙什么？他在和您弟弟下完昨天的一盘棋。

米哈伊尔： 可是那里午后想要罢工……不，您知道，从俄罗斯永远得不到成效！这是确实的。无政府主义的国家！本能地厌恶工作，完全没有能力维持秩序……无视法纪……

波丽娜： 但这是自然的！在没有法律的国家怎么可能有法纪？何况，在我们之间说，我们的政府……

米哈伊尔： 嗯，是的！我不替任何人辩解！也包括政府。就拿盎格鲁撒克逊人来说吧……（扎哈尔·巴尔金和尼古拉·斯克罗博托夫走来。）没有构建国家的优良材料。英格兰人在法律面前徘徊，就像马戏院里受过特别技能训练的马一样。他的法纪感深刻在骨骼里，在肌肉里……扎哈尔·伊凡诺维奇，您好！尼古拉，你好！请允许我告诉您关于您对待工人的自由主义政策的最新结果：他们要我马上赶走吉契科夫，否则就在午后罢工……是的！对此您怎么看？

扎哈尔（揉前额）：我？唔……吉契科夫？这……他打架？还是关于少女的什么事？赶走吉契科夫，当然啦！这是公平的。

米哈伊尔（激动）：哎呀，尊敬的合伙人，请严肃地说吧。说的是事业，而不是公平；公平——这是尼古拉的任务。我再说一次，公平，正如您了解的那样，对事业来说是危害极大的。

扎哈尔： 对不起，亲爱的！您说的是奇谈怪论！

波丽娜： 打一早……就当着我的面……进行事务上的谈话……

米哈伊尔： 千百次地请求原谅，但我要继续说……我认为这个解释是决定性的。在我去休假以前，我把工厂掌管得是这样的（显示攥紧的拳头），任何人都不敢尖声叫！正如您所知道的，我认为星期日的娱乐、讲座和其他越轨行为在我们的条件下是有害而无益的……不成熟的俄罗斯人的头脑不会燃起智慧之光，当知识的火花落入他的头脑之中，它也是无焰燃烧和冒烟……

尼古拉：说话应当平和。

米哈伊尔（勉强克制自己）：谢谢提醒。他很聪明，但不适合我！扎哈尔·伊凡诺维奇，您对工人的态度半年内破坏了和动摇了我八年劳动所创立的整个坚固的机构。我曾受到尊敬，我曾被称为主人……如今大家清楚，事业上有两个主人，一个善良的，一个恶毒的。善良的，当然是您……

扎哈尔（惶恐不安地）：对不起……怎么会是这样？

波丽娜：米哈伊尔·华西里耶维奇，您说得很奇怪！

米哈伊尔：我有理由这样说……我被置于最愚蠢的境地！上一次我宣称：宁愿关闭工厂，也不开除吉契科夫……他们明白，我将照我说的那样去做，于是他们安静下来了。星期五，您，扎哈尔·伊凡诺维奇，对工人格列科夫说：吉契科夫是个粗鲁的人，您准备解雇他……

扎哈尔（温和地）：但是，亲爱的，如果他打人家的嘴巴……如此等等呢？您该同意：这是不能容忍的！我们是欧洲人，我们是文明人！

米哈伊尔：我们首先是工厂主！工人们每个节日都相互打嘴巴，这与我们有什么关系？但问题在于您以后必须教工人有良好的举止，而现在代表团在办事处等您，它将要求您解雇吉契科夫。您想怎么办？

扎哈尔：但是，难道吉契科夫是如此宝贵的人，啊？

尼古拉（冷淡地）：据我的理解——这里问题不在于人，而在于原则。

米哈伊尔：正是！问题是：谁是工厂的主人，是我和您还是工人？

扎哈尔（张皇失措地）：是的，我理解！但是……

米哈伊尔：如果我们向他们让步，我不知道他们还会提出什么要求。这是些无赖汉。星期日业余学校等活动在半年内起了作用，他们把我看成狼，已经有传单……闻到了社会主义的气味……是的！

波丽娜：这样偏僻的地方，突然就是社会主义……这是滑稽可笑的。

米哈伊尔：您想呢？尊敬的波丽娜·德米特里耶芙娜，当孩子小的时候，他们总是滑稽可笑的，但他们在逐渐长大，总有一天我们遇到的是大坏蛋……

扎哈尔：您到底想怎么办？啊？

米哈伊尔：关闭工厂。让他们挨几天饿，这将使他们冷静下来。（雅科夫站起来，走到桌子旁边喝了起来；然后慢慢地走开。）当我们关闭工厂的时候，妇女们就将进入到事件中来……她们将哭泣，而女人的眼泪就像氨水一样对陶醉于理想的人是起作用的，她们使人清醒！

波丽娜：您说得太严厉了！

米哈伊尔：生活就这样要求的。

扎哈尔：但是，您知道，这个办法……它是必须采取的吗？

米哈伊尔：您能提出别的什么办法吗？

扎哈尔：如果我去和他们谈谈，怎么样？

米哈伊尔：您，当然，将向他们让步，那时我的措施将变得不可能……您原谅我吧，但是您的动摇令我感到不快，是的！且不说它的危害……

扎哈尔（匆忙地）：但是，亲爱的，我本不反对，我只是在想。您知道，和工业家比起来，我在更大程度上是个地主……这一切对我来说是新鲜的、复杂的……想成为公正的人……农民比工人更温柔些、更和善些……我和他们相处得很好！在工人中有很好奇的人，但在群体中——我同意——他们是很放纵的……

米哈伊尔：特别是在您给了他们许诺之后……

扎哈尔：但是，您是否看见，在您离开之后很快就开始出现了某种活动的迹象……也就是气氛紧张起来了……我，也许，行动不谨慎……然而需要使他们平静下来。报纸上刊登关于我们的问题……非常尖锐，您知道……

　　米哈伊尔（不耐烦地）：现在是十点十七分。问题必须解决，它这样摆着：或者我关闭工厂，或者我不再管这件事。关闭工厂之后，我们不会受到损失，我采取了措施。准备了紧急的订货，仓库里还有些存货……

　　扎哈尔：是—是的。现在必须解决……我知道！您怎么想，尼古拉·华西里耶维奇？

　　尼古拉：我想，我哥哥是对的。如果我们珍视文化的话，就必须坚持铁定的原则。

　　扎哈尔：也就是说，您也想——关闭？这是多么遗憾！亲爱的米哈伊尔·华西里耶维奇，别生我的气……约十分钟以后我给予回答！好吗？

　　米哈伊尔：请吧！

　　扎哈尔：波丽娜，我请你和我一起去……

　　波丽娜（跟着丈夫走）：唉，我的天啦！这一切多么令人扫兴……

　　扎哈尔：农民有着世世代代天赋的对贵族的尊敬感……

（他俩离去。）

　　米哈伊尔（透过牙缝）：懦夫！他是在南方农业浩劫之后说这种话的！傻瓜……

　　尼古拉：镇静点儿，米哈伊尔！何必如此放纵？

　　米哈伊尔：我神经痛，你要理解！我去工厂——就这样！（从口袋里掏出左轮手枪。）由于这个笨蛋他们憎恨我！我不能丢掉事业，否则你会第一个为此谴责我。在这个事业中有我们的全部资本。我去——这个秃顶白痴将会毁灭一切。

　　尼古拉（平静地）：这很糟糕，如果你不估计得太高的话。

　　辛佐夫（走来）：工人们请您……

　　米哈伊尔：请我？怎么回事？

　　辛佐夫：散布流言说，午后工厂将被关闭。

　　米哈伊尔（面向弟弟）：怎么？他们从哪里知道的？

尼古拉：大概，这是雅科夫·伊凡诺维奇说的。

米哈伊尔：啊……见鬼！（看着辛佐夫，激动不已，难以克制。）为什么正是您这样担心，辛佐夫先生？您来，您问吧……啊？

辛佐夫：会计员请我来找您。

米哈伊尔：是吗？你这是什么习惯：皱着眉头张望，魔鬼般地撇嘴？请问您高兴什么？

辛佐夫：我想——这是我的事儿。

米哈伊尔：而我想的是另外一个样子，我建议您更有礼貌地对待我……是的！（辛佐夫凝视着他。）怎样？您等什么？

塔齐雅娜（从右边走进来）：啊，经理……忙呀？（向着辛佐夫叫喊。）马特维·尼古拉耶维奇，您好！

辛佐夫（温柔地）：日安！您感觉怎样？不累吗？

塔齐雅娜：不累，谢谢。划桨弄得手痛……您上班去吗？我送您到篱笆门前。您知道，我想对您说什么？

辛佐夫：不，当然。

塔齐雅娜（和辛佐夫并排走）：在您昨天所有的讲话中包含着许多智慧，但更多的是某种激昂的、蓄意的东西……有些讲话，当其中少些情感的时候，倒是更具说服力……（往后听不清说什么。）

米哈伊尔：请注意，怎样的形势！你们的一位职员因粗鲁言行被你们中止了工作，他在你们眼前和你们的合伙人的兄弟的妻子保持亲热的关系……兄弟是个醉鬼，妻子是个演员。他们干吗来到这里？不知道！

尼古拉：奇怪的女人。漂亮，会着装，如此有诱惑力。看来，她和一个乞丐建立了恋爱关系。离奇，但愚蠢。

米哈伊尔（嘲讽地）：这就是民主主义。你要知道，她是乡村女教师的女儿，经常使她接近普通人……鬼使神差地使我和这些地主建立联系……

尼古拉：嗯，假定说，这并不坏，你是事业的主人。

米哈伊尔：将是！但还不是主人……

尼古拉：我想，她是非常和蔼可亲的人……看来，是性感强烈的女人。

米哈伊尔：这个自由主义者——在那里睡觉还是怎样啊？不，我说，俄罗斯是无生气的！人们稀里糊涂，任何人都不能准确地确定自己的地位，大家都在徘徊、幻想、议论……政府是一群发傻的人……凶恶的人、愚蠢的人，他们什么也不明白，什么也不会做……

塔齐雅娜（回来）：你们叫喊吗？大家干吗开始叫喊……

阿格拉菲娜：米哈伊尔·华西里耶维奇，扎哈尔·伊凡诺维奇请您。

米哈伊尔（没有听完就走）：终于！

塔齐雅娜（坐到桌子旁边）：为什么他如此激动？

尼古拉：我认为，这对您没有兴趣。

塔齐雅娜（平静地）：他使我想起一位警察。在我们科斯特罗马经常有一位警察在活动场所值班……身材高高的、眼睛睁得大大的人。

尼古拉：我没有看到和我哥哥的相似之处。

塔齐雅娜：我说的不是外表相似……他——警察，也总是匆匆赶往某处，他不是走，而是跑，不吸烟，但有点儿呼出烟气。看来，他不是在生活，而是在跳跃，在翻跟斗，力求尽快达到某种目的……究竟是什么目的——他不知道。

尼古拉：您想——他不知道？

塔齐雅娜：我相信。一个人有明确的目的，他走起路来很镇静。而这位匆匆忙忙。匆忙非同一般，它是他内心冲动的表现，于是他跑呀，跑呀，搅扰自己和他人。他不贪婪，不狭隘地贪婪……他只是贪婪地想尽快地做完一切需要做的事情，使一切责任远离自己，其中包括受贿的责任。他不是受贿，而是索贿，匆匆忙忙忘了说声谢谢……最终他让马撞倒，被马踩死了。

尼古拉：您想说，我哥哥的动力没有目的？

塔齐雅娜：是吗？会是这样吗？我不想这样说……只是他和那位警察相似……

尼古拉：这里对我哥哥来说感到得意的东西很少。

塔齐雅娜：我未曾准备使人得意地谈论他……

尼古拉：您原来在卖弄风情。

塔齐雅娜：是吗？

尼古拉：但是，令人不愉快。

塔齐雅娜（平静地）：难道有和您在一起感到愉快的女人吗？

尼古拉：哎呀！

波丽娜（走来）：今天我们的一切都有点儿不顺利。谁也不吃早饭，大家都激动……仿佛都没有睡够。娜佳清晨和克列奥帕特娜·彼得罗芙娜到森林里采蘑菇去了……我昨天请她别去……啊，天啦……生活变得困难了！

塔齐雅娜：你多吃点吧……

波丽娜：塔妮娅，干吗这种腔调？你对人的态度不正常……

塔齐雅娜：是吗？

波丽娜：当你什么也没有的时候，当你自由的时候，你就容易平静！而就在你周围有一千人要吃饭的时候……这可不是玩笑！

塔齐雅娜：你罢手，别供养他们，让他们自己随心所欲地去生活……把一切——工厂、土地——都交给他们，于是你就安静下来了。

尼古拉（开始吸烟）：您这是出自什么剧本？

波丽娜：干吗这样说，塔妮娅？我不明白！你应该看见扎哈尔是多么心灰意冷……我们决定暂时关闭工厂，直到工人们平静下来。但是你想一想，这是多么困难！成百上千的人将没有工作，而他们有孩子……可怕啊！

塔齐雅娜：既然可怕，那就别关闭……干吗自己给自己做不愉快的事？

波丽娜：唉，塔妮娅，你激动！如果我们不关闭，工人们就会罢工，而这将更坏。

塔齐雅娜：怎么更坏？

波丽娜：总之……我们不能向他们的所有要求让步吧？而且，这完全不是他们的要求，而只是社会主义者教给他们的，他们于是叫喊……而在我们俄罗斯，却是从角落里向工人们悄悄传播社会主义，完全不理解在君主主义的国家里这是不合适的！我们需要宪法，而完全不是这个……您怎样想，尼古拉·华西里耶维奇？

尼古拉（笑）：有点儿不同。社会主义是非常危险的现象。在没有独立的可以说是种族哲学的国家里，在人们如饥似渴一字不漏地听取外来的一切的国家里，社会主义要为自己找到土壤……我们是极度贫困的人……这就是我们的病症。

波丽娜：这很对！是的，我们是极度贫困的人。

塔齐雅娜（站起来）：特别是你和你的丈夫。或者就是检察官的同事……

波丽娜：你不知道，塔妮娅……人们认为扎哈尔是省里的红色分子之一！

塔齐雅娜（走动）：我想，他只是由于羞愧而脸红，而且也并非经常的现象……

波丽娜：塔妮娅！上帝保佑你，你怎么啦？……

塔齐雅娜：难道这令人委屈吗？我不知道……你们的生活在我看来像是业余演剧。角色分配得很糟糕，没有才能，大家表演得令人厌恶……剧本不可理解……

尼古拉：这里有实话。大家都在抱怨——唉，多么无聊的剧本！

塔齐雅娜：是的，我们正在破坏剧本。我觉得，没有台词的配角和所有幕后的人们对此开始理解……总有一天他们会把我们赶下戏台……

（将军和科尼走来。）

尼古拉：真是！您说到哪里去了。

将军（走近来，叫喊）：波丽娜！给将军来点牛奶，呵！凉牛奶！……（走向尼古拉。）啊，法律完蛋了！……我漂亮的侄女，吻吻你的手！科尼，回答功课：士兵是什么人？

科尼（闷闷不乐地）：随首长怎么想，大人！

将军：士兵可能是冷漠的人，啊？

科尼：士兵应该会是一切……

塔齐雅娜：可爱的叔叔，您昨天也是以这种情景使我们开心的……莫非——每天如此？

波丽娜（叹息）：每天，在洗澡之后。

将军：每天，是的！永远是各种不同的样子——必定的！他，老侍从丑角，应当自己想出答案和问题。

塔齐雅娜：您喜欢这样吗，科尼？

科尼：大人喜欢。

塔齐雅娜：那么您呢？

将军：他也是……

科尼：对马戏院来说，我老了①……嗯，需要时必须忍耐……

将军：啊！狡猾的鬼东西！向后转——开步走……

塔齐雅娜：您嘲弄老年人不感到无聊吗？

将军：我自己就是老年人！而您自己是寂寞无聊的……女演员应该逗笑，可是您怎么啦？

波丽娜：你知道，叔叔……

将军：我什么也不知道……

波丽娜：我们正在关闭工厂……

将军：啊哈！太好啦！它——在鸣笛。清晨睡得很熟，突然间——呜—呜—呜！关闭它！

米哈伊尔（快速走来）：尼古拉，马上！嗨，工厂关闭了。但是，以防万一，必须采取措施……去给副省长发个电报，简单地通报事情的状况，并请求派兵……以我的名义签发。

尼古拉：我和他也是朋友。

米哈伊尔：我去向这些代表解释——真见鬼！……你别说电报的事，将来需要时我自己说……好吗？

---

① "科尼"这个名字是俄文 КОНЬ 的音译，该词的意译是"马"，故这里和马戏院联系起来说。——译者

尼古拉：好。

米哈伊尔：当站稳自己的立场，感觉是非常美好的！兄弟，我比你大几岁，但心灵比较年轻，啊？

尼古拉：这不是青春，而是神经过敏，我想……

米哈伊尔（嘲讽地）：我就向你显示一下神经过敏！等着瞧！（讪笑，离去。）

波丽娜：决定了，尼古拉·华西里耶维奇，对吗？

尼古拉（离去）：看来，是的。

波丽娜：啊，我的天啦！

将军：什么决定了？

波丽娜：关闭工厂……

将军：唉，是的……科尼！

科尼：到！

将军：把钓鱼竿放到船上去。

科尼：好的。

将军：我去默默地和鱼打交道……这比无聊地和人打交道更聪明些……（哈哈大笑。）说得真妙，啊？（娜佳跑来。）噢，小蝴蝶！……怎么一回事？

娜佳（高兴地）：意外事！（返回，叫唤。）来，请吧！格列科夫！您别放他走，克列奥帕特娜·彼特罗芙娜！要知道，阿姨，我们从森林中出来——突然三个醉醺醺的工人……知道吗？

波丽娜：嗨，瞧！我总是对你说……

克列奥帕特娜（格列科夫跟在她后面）：你瞧，真下流！

娜佳：为什么——下流？只是可笑！……三个工人，阿姨……他们微笑着并且说："你们是我们可爱的小姐……"

克列奥帕特娜：我一定要丈夫解雇他们……

格列科夫（微笑）：到底为啥？

将军（面向娜佳）：这是什么人——富农？

娜佳：我们的救星，爷爷，知道吗？

将军：我什么都不知道！

克列奥帕特娜（面向娜佳）：您讲一讲，天知道怎么样。

娜佳：我说，照应该的那样！

波丽娜：但是什么都不可理解，娜佳！

娜佳：所以您打搅我！……他们走近我们并说："小姐们！和我们一起唱歌吧……"

波丽娜：哎呀，真是厚颜无耻！

娜佳：完全不是！他们说："我们知道，你们歌唱得很好……当然，我们喝醉了，但醉醺醺的我们唱得更好！"这是真的，姑妈！喝醉了的他们不是像往常的那样愁眉苦脸……

克列奥帕特娜：我们真侥幸，瞧，这位青年人……

娜佳：我说，比你们好！克列奥帕特娜·彼特罗芙娜开始骂他们……您这是徒劳无益的！请您相信！……当时他们中的一个又高又瘦的人……

克列奥帕特娜（威胁地）：我知道他！

娜佳：他抓住她一只手，那样忧郁地说："您是如此漂亮的、文明的女人，看着您都愉快，可是您却骂人。难道我们委屈了您？"他说得很好，这样……由衷地！嗯，而另一位，——他确实……他说："你和她们说什么？难道她们能理解什么？她们是野兽！"……说我们——我和她——是野兽（发笑。）

塔齐雅娜（冷笑）：你，看来，对这个称号感到满意？

波丽娜：我对你说过，娜佳……瞧你到处跑……

格列科夫（面向娜佳）：我可以走了吗？

娜佳：噢，不，请吧！想喝茶吗？或者牛奶？想吗？

（将军哈哈大笑，克列奥帕特娜耸肩。塔齐雅娜看着格列科夫，低声哼着什么歌曲。波丽娜低垂着头，用毛巾仔细地擦勺子。）

格列科夫（微笑）：谢谢，不想。

娜佳（恳切地）：您，请吧，别客气！这都是……善良的人，请您相信！

波丽娜（抗议）：啊，娜佳！

娜佳（面向格列科夫）：您别走，我现在一切都说……

克列奥帕特娜（不满意地）：总而言之，这位青年人及时出现了，说服他的醉汉同事不要打扰我们……于是我请他护送我们。这就是全部情况……

娜佳：哎呀，这是什么啊！如果一切都曾是像你们所讲的那样，那么大家都会苦闷死的！

将军：怎么样，啊？

娜佳（面向格列科夫）：您坐吧！姑妈，您就请他坐吧！干吗你们大家都这么酸溜溜的？

波丽娜（坐下来，面向格列科夫）：感谢您，青年人……

格列科夫：没什么……

波丽娜（更冷淡地）：从您这方面而言，很好地保护了妇女。

格列科夫（平静地）：她们不需要保护……任何人都没有委屈她们。

娜佳：但是，姑妈呀！难道可以这样说话吗？

波丽娜：请你别教训我……

娜佳：但是你要明白，未曾有过任何保护！他只不过对他们说："别打扰，同志们，这不好！"他们高兴地听从了他，并说："格列科夫！和我们一起走吧，你是个聪明人！"他，姑妈，确实很聪明……您原谅我，格列科夫，但这本来是真话！

格列科夫（笑）：你把我置于尴尬的境地……

娜佳：这不是我，而是他们，格列科夫！

波丽娜：娜佳！你知道，我不理解神魂颠倒……这一切太可笑了……真的够了！

娜佳（激动地）：你们这样笑吧！你们到底为什么像鸮一样坐着？你们笑吧！

克列奥帕特娜：娜佳有本事从任何小事中编成有声有色的故事。特别是现在当着外人的面编得很出色，瞧，这个外人在取笑她。

娜佳（面向格列科夫）：您在取笑我吗？为什么？

格列科夫（简单地）：我在欣赏您，而不是取笑……

波丽娜（惊讶地）：什么呀？叔叔……

克列奥帕特娜（讪笑）：活该！

将军：嗨，算了！适可而止。青年人，你就拿着，走吧……

格列科夫（转过身去）：谢谢……不需要。

娜佳（双手捂着脸）：啊呀！为什么？

将军（让格列科夫止步）：等一等！这是十卢布……

格列科夫（平静地）：嗨，怎么回事？

（大家片刻沉默。）

将军（不好意思地）：唉……您是什么人？

格列科夫：工人。

将军：锻工？

格列科夫：钳工。

将军（严肃地）：这全都一样！你为什么不拿钱，啊？

格列科夫：不想要。

将军（激动）：这是什么样的喜剧？你到底需要什么？

格列科夫：什么都不需要。

将军：也许，你想吻吻小姐的手，对吗？（哈哈大笑。将军出格的话使大家感到难为情。）

娜佳：哎哟，您做什么呀！

波丽娜：叔叔，您瞧……

格列科夫（平静地面向将军）：您多大年纪了？

将军（惊讶地）：什么？我……年龄？

格列科夫（同样惊讶地）：您高寿？

将军（环顾）：有什么奇怪的？六十一岁……嗨，怎么啦？

格列科夫（走开）：这把年纪的人必须更聪明些。

将军：怎么？我——更聪明些？

娜佳（跟在格列科夫后面跑）：听我说……您别生气！他是老年人。他们大家都是善良人，说实话！

将军：多么荒唐啊！

格列科夫： 你们别担心……这一切都是自然的！

娜佳： 他们感到难堪……因此他们的情绪很坏……而我的话又说得那么不好。

格列科夫（微笑）：无论您怎么说，您都得不到理解，请相信。

（他俩消失了。）

将军（发呆）：这是他对我……岂敢，啊？

塔齐雅娜： 您徒劳塞钱。

波丽娜： 唉，娜佳……这个娜佳！

克列奥帕特娜： 您说说！什么样的高傲的西班牙人！我这就叫我丈夫对他……

将军： 这样的狗崽仔！

波丽娜： 娜佳——不可能！和他走了……她多么激动！

克列奥帕特娜： 他们一天比一天更不听话，你们的社会主义者……

波丽娜： 为什么您想他是社会主义者？

克列奥帕特娜： 我已意识到！所有正派的工人都是社会主义者。

将军： 我去对扎哈尔说，今天就把这个乳臭小儿撵出工厂！

塔齐雅娜： 工厂关闭了。

将军： 总之——撵出去！

波丽娜： 塔妮娅！去叫娜佳……我请求你！告诉她，我感到非常惊讶……

（塔齐雅娜走来。）

将军： 唉，畜生！多大年纪，啊？

克列奥帕特娜： 这些醉鬼跟着我们吹口哨……而您却向他们说客气话……各种赞许……这是为什么？

波丽娜：对，对！您瞧：我星期四去农村，突然响起了口哨！甚至向我吹口哨，啊？别说这有失体面，这可能是恐吓马匹！

克列奥帕特娜（含教训意味地）：扎哈尔·伊凡诺维奇有许多过错！正如我丈夫所说的，他错误地确定自己和这种人之间的距离……

波丽娜：他温和……他想对所有人都善良！待人善良的关系对双方都更加有益，这是他的信念……农民非常认同他的观点……他们租用土地并缴纳租金，一切都很完美。而这些……（塔齐雅娜和娜佳走来。）娜佳！我亲爱的，你知道，多么有失体面……

娜佳（热烈地）：这是你们……你们有失体面！你们热得发昏了，你们狠毒、病态，什么也不明白！而您，爷爷……唉，您多么糊涂！

将军（狂怒地）：我？糊涂？再说一遍！

娜佳：您为什么说这个……吻手的话？

将军：害羞吗？不，够啦！谢谢！今天够啦！（走开，喊叫。）科尼！你所有的亲戚都见鬼去吧，你笨手笨脚陷入其中，木头人，笨蛋！

娜佳：而您，姑妈，您呀！还生活在国外，讲讲礼数吧！不请人落座，不给他一杯茶！唉，您……

波丽娜（站起来，扔勺子）：这不可忍受……你说什么啊？……

娜佳：还有您，克列奥帕特娜·彼特罗芙娜，也是……一路上您和他既亲热又殷勤，而在这里……

克列奥帕特娜：那又如何，我吻他还是怎样啊？对不起，他没有洗脸。我也没有兴趣听您的指责。瞧，波丽娜·德米特里耶芙娜，看见了吗？这是民主主义或者是——怎么说来着——人道主义！这一切现在都压在我丈夫的脖子上……但是也将压在您的脖子上，您等着瞧吧！

波丽娜：克列奥帕特娜·彼特罗芙娜，我替娜佳向您道歉……

克列奥帕特娜（离去）：这是多余的。事情也不在于她，不在于娜佳一个……所有人都有过错!

波丽娜: 听着,娜佳! 你母亲去世时把对你的抚养托付给我……

娜佳: 别提我妈妈! 您对她总说得不那么好!

波丽娜(惊讶地):娜佳! 你有病吗? 你要清醒! 你的母亲和我是姐妹,我比你更好地了解她……

娜佳(热泪盈眶,但忍住了):您什么也不了解,是的! 穷人不是富人的亲戚……我妈妈贫穷、善良……您不了解穷人! 您甚至不了解阿姨塔妮娅……

波丽娜: 娜杰什达,我请你离开! 出去!

娜佳(离去):我走! 毕竟还是我对! 不是您,是我!

丽娜波: 呸! 我的天啦! 一个健康的女孩——突然……如此发作,几乎成了歇斯底里! 你原谅我,塔妮娅,但这里我看到你的影响……是的! 你和她一切都谈,就像和成年人一样……你带领她和职工结伴……这些办事员……工人中的某些怪人……都是荒诞派! 最终,划小船游玩……

塔齐雅娜: 你镇静下来……你喝点什么,好吧! 你应该承认,你对待这位工人的态度……相当无礼! 假如你让他落座,他是不会毁坏椅子的。

波丽娜: 你不对,不……难道能说我粗暴地对待工人吗? 但是一切都该有自己的界限,我亲爱的!

塔齐雅娜: 再说,我没有带领她到任何地方去,像你所说的那样……她自己行走……我也不想需要打扰她。

波丽娜: 她自己行走! 似乎她懂得往哪里去?

(醉醺醺的雅科夫缓慢地走来。)

雅科夫(坐下):工厂将发生暴动……

波丽娜(忧郁地):唉,去阻止吧,雅科夫·伊凡诺维奇!

雅科夫: 将会。将发生暴动。他们将烧毁工厂,把我们大家像兔子一样在火上……煎烤。

塔齐雅娜(懊恼地):你,看来,已经喝醉了……

雅科夫：我在这个时候总是醉醺醺的……我现在看见了克列奥帕特娜……这是一个很坏的婆娘！不是因为她有许多情夫……而是因为她的胸中没有灵魂，却怀着一只狠毒的老狗……

波丽娜（站起来）：唉，我的天，我的天啦！一切都曾是好好的，却突然……（在花园里走来走去。）

雅科夫：一只小狗，毛发稀疏。它贪婪。它蹲坐着，龇牙咧嘴……它已吃得饱饱的，全都吃了……但还想吃点什么……到底是什么——它不知道……它还担心……

塔齐雅娜：闭嘴，雅科夫！瞧你哥哥来了。

雅科夫：我不需要哥哥！塔妮娅，我明白，我已不值得爱……但这仍然令我感到委屈。委屈……可是不妨碍我爱你……

塔齐雅娜：你去凉爽一下才好……走，去洗个澡……

扎哈尔（走近来）：什么？已经宣布了工厂关闭吗？

塔齐雅娜：不知道。

雅科夫：没有宣布，但工人知道了。

扎哈尔：为什么？谁对他们说了？

雅科夫：我。我去了，也就说了。

波丽娜（走近来）：为什么？

雅科夫（耸肩）：这样……他们对这感兴趣。如果他们听，我就对他们全说……我想，他们喜欢我。他们愉快地看到他们主人的弟弟是个醉鬼。这应该有助于灌输平等思想。

扎哈尔：嗯……你，雅科夫，经常在工厂……我，当然，对此没什么可反对的！但是，米哈伊尔·华西里耶维奇说，你在和工人们交谈时有时指摘工厂的秩序……

雅科夫：他这是撒谎。我对秩序和无秩序一无所知。

扎哈尔：他还说，你有时随身携带伏特加酒……

雅科夫：撒谎。不是携带，而是派人买酒；不是有时，而是经常。你知道，没有伏特加酒，他们对我不感兴趣！

扎哈尔：但是，雅科夫，你自己想一想吧，你是工厂主人的弟弟……

雅科夫：这不是我唯一的缺点……

扎哈尔（气恼地）：嗯，我沉默！沉默！在我周围正在形成一种我不理解的敌对气氛……

波丽娜：对，这是对的。你听听娜杰什达在这里说了什么才好呢！

波洛吉（跑来）：请听我说……现在……现在厂长先生被杀了……

扎哈尔：怎么？

波丽娜：您……您说什么？

波洛吉：千真万确……被杀了……倒下了……

扎哈尔：谁……谁开的枪？

波洛吉：工人们……

波丽娜：逮捕了他们吗？

扎哈尔：医生在那里吗？

波洛吉：我不知道……

波丽娜：雅科夫·伊凡诺维奇！您就去看看吧！

雅科夫（两手一摊）：去哪里？

波丽娜：这是怎么发生的？

波洛吉：厂长先生处于激动之中……一脚踢中了一位工人的腹部……

雅科夫：他们到这里来了……

（喧哗声。有点儿秃顶的、已过中年的工人列弗申搀扶着米哈伊尔·斯克罗博托夫的一只手，尼古拉搀扶着他另一只手。几位工人和职员伴随着他们。）

米哈伊尔（疲倦地）：放开我……让我躺下……

尼古拉：你看见是谁开的枪？

米哈伊尔：我累了……我累了……

尼古拉（固执地）：你发现了是谁开的枪吗？

米哈伊尔：我痛……一个棕红色头发的人……让我躺下……

一个棕红色头发的人……

（把他放到长凳形的草土墩上。）

　　尼古拉（面向警察）：您听见了吗？棕红色头发的人……

　　乌里亚德尼克：我在听！……

　　米哈伊尔：啊！现在反正都一样……

　　列弗申（面向尼古拉）：您此刻别惊扰他才好……

　　尼古拉：不说话！医生在哪儿？我问，医生在哪儿？

（大家无条理地忙乱、私下议论。）

　　米哈伊尔：别喊叫……我痛……让我休息！……

　　列弗申：休息吧，米哈伊尔·华西里耶维奇，没关系！唉，人的事，一戈比的事！为了一戈比我们丧失掉灵魂！它是我们的生命之母，也是我们的死亡之源……

　　尼古拉：警察！您请所有多余的人都离去。

　　乌里亚德尼克（小声地）：出去，孩子们！这里没什么好看的……

　　扎哈尔（轻声地）：医生到底在哪里？

　　尼古拉：米夏！……米夏！……（俯身向着哥哥，大家跟着他俯身过去。）我觉得……他去世了……是的。

　　扎哈尔：不可能！这是昏迷不醒。

　　尼古拉（缓慢地、小声地）：您知道吗，扎哈尔·伊凡诺维奇？他死了……

　　扎哈尔：但是……您可能是错觉！

　　尼古拉：不。这是您把他置于枪口之下的，您！

　　扎哈尔（惊讶地）：我？

　　塔齐雅娜：多么残酷……愚蠢！

　　尼古拉（逼近扎哈尔）：是的，您！……

　　斯塔诺沃伊（跑来）：厂长先生在哪儿？伤得严重吗？

列弗申：死了。催促……催促大家快走，而自己——瞧……

尼古拉（面向斯塔诺沃伊）：他倒是说了，是一个什么棕红色头发的人杀了他……

斯塔诺沃伊：棕红色头发的人？

尼古拉：是的，你们采取措施……赶快！

斯塔诺沃伊（面向乌里亚德尼克）：赶快把所有棕红色头发的人集合起来！

乌里亚德尼克：是。

斯塔诺沃伊：所有的！

（乌里亚德尼克离去。）

克列奥帕特娜（跑来）：他在哪儿？……米夏！……怎么回事……昏迷不醒？尼古拉·华西里耶维奇……这是昏迷不醒？（尼古拉把脸转向一边。）死了？不对吧？

列弗申：他死了……手枪致命。这就是手枪，他面对手枪结束了生命。

尼古拉（凶狠地，但低声地）：您——滚蛋！（面向斯塔诺沃伊。）赶走这个人！

克列奥帕特娜：嗯，什么……什么，医生呢？

斯塔诺沃伊（面向列弗申，轻声地）：你，走吧！

列弗申（轻声地）：我走。干吗推啊？

克列奥帕特娜（小声地）：他被杀了？

波丽娜（面向克列奥帕特娜）：我亲爱的……

克列奥帕特娜（小声地、恼怒地）：去你的吧！这本来是你们的事情……你们的！

扎哈尔（沮丧地）：我知道……您受了伤害……但是为什么……到底为什么是这样？

波丽娜（含泪）：您想，亲爱的，这是多么可怕！……

塔齐雅娜（面向波丽娜）：你走吧……医生在哪儿？

克列奥帕特娜：这是您那该死的优柔寡断扼杀了他！

尼古拉（冷淡地）：安静吧，克列奥帕特娜！扎哈尔·伊凡诺维奇不可能不意识到自己对我们的罪过……

扎哈尔（神情沮丧）：先生们……我不明白！你们说什么？难道可以这样横加指责？

波丽娜：多么恐惧！我的天啦……如此残酷！

克列奥帕特娜：啊，残酷？你们唆使工人们迫害他，你们消除他在工人间的影响……工人们曾怕他，曾在他面前颤抖……可是，你瞧！现在他们杀人了……这是你们……你们的罪过！你们身上沾满了他的血！……

尼古拉：够啦……不必叫喊！

克列奥帕特娜（面向波丽娜）：流泪？让你们的眼泪和他的鲜血一起流淌吧！……

乌里亚德尼克（走来）：阁下！

斯塔诺沃伊：小声点，你！

乌里亚德尼克：棕红色头发的人集合完毕！

（将军走在花园深处，推开自己前面的科尼，放声大笑。）

尼古拉：小声点！……

克列奥帕特娜：什么，杀人凶手？

幕　落

第二幕

月夜。地上是一片浓密的、厚实的阴影。桌子上杂乱地散落许多面包、黄瓜和鸡蛋，摆着啤酒瓶。带灯罩的蜡烛点亮着。阿格拉菲娜在洗餐具。雅戈金坐在椅子上，一手拿着棍子，吸烟。左边站着塔齐雅娜、娜佳、列弗申。大家轻轻地、压低嗓音说话，仿佛在倾听着什么。普遍的心情是惊慌地等待。

列弗申（面向娜佳）：世上所有人都受到铜币的毒害，可爱的小姐！那么干吗您年轻的心灵感到寂寞无聊……所有人都和铜钱联系在一起，而您还是自由的，人间没有您的地位。铜钱在世上每个人的耳边鸣响：爱上我吧，像爱自己一样……小鸟不播种，不收割。

雅戈金（面向阿格拉菲娜）：列弗申连老爷们也开始教训……怪人！

阿格拉菲娜：怎么？他说实话。老爷们也应该知道一点儿实话。

娜佳：您生活很艰难吗，叶菲梅奇？

列弗申：我——不十分艰难。我没有孩子。有女人——妻子，就是说，所有孩子都死了。

娜佳：塔妮娅阿姨！当家里有死人的时候，为什么大家都轻轻地说话？

塔齐雅娜：我不知道……

列弗申（面带微笑）：小姐，因为我们面对死者是有罪过的，从头到尾有罪过……

娜佳：但是，叶菲梅奇，人们并非总是……就像这样……被杀害的……而在任何死者面前都是轻轻地说话……

列弗申：亲爱的，我们在杀害所有人！一些人被子弹杀害，另一些人被语言杀害，我们用我们的事业杀害所有人。我们把人们从世间赶入地下，对此却没有发现，也没有感觉……而当我们杀害一个人的时候，那时我们才有点儿领悟到我们对死者的罪过。开始怜惜死者，面对死者感到羞愧，内心充满痛苦……要知道，我们也将被这样驱赶，我们正准备着进入坟墓！……

娜佳：是——是的……这是可怕的！

列弗申：没关系！今天可怕，明天就一切都将过去。人们又将重新开始互相推挤……被挤压的人死了，大家瞬间沉默，难为情，叹息——又是老一套！又是自行其是……黑暗！而您，小姐，没有感到自己的罪过，死者也没有妨碍您，您在死者面前可以大声说话……

塔齐雅娜：为了以另外的方式生活，应该怎样做？您知道吗？

列弗申（神秘地）：必须消灭钱币，必须埋葬钱币！没有了钱币，干吗还相互为敌？干吗还彼此排挤？

塔齐雅娜：这就是一切？

列弗申：作为开始，这就够了！

塔齐雅娜：你想在花园里散散步吗，娜佳？

娜佳（沉思地）：好吧……

（她俩走入花园深处。列弗申走向桌子。帐篷旁边出现将军、科尼、波洛吉。）

雅戈金：你，叶菲梅奇，在石头上播种……怪人！

列弗申：怎么啦？

雅戈金：你白费力气……难道他们懂吗？工人懂得，而对老爷来说这并非合乎心意……

列弗申：这位小姑娘不错。关于她，是米嘉伊卡·格列科夫对我说的……

阿格拉菲娜：也许，你们还喝点茶？

列弗申：这——可以。

（沉默。听见了将军低沉有力的声音。娜佳和塔齐雅娜的白色连衣裙闪亮。）

将军：或者横着道路拉一条绳子……绳子要放得隐蔽，不要让人容易看得见……这样，当人走过时就突然"咕咚"一声跌倒了！

波洛吉：看到有人摔倒是很愉快的，大人！

雅戈金：听见吗？

列弗申：听见了……

科尼：今天不能这样做，因为屋里有死人。在死者面前不宜开玩笑。

将军：别教训我！当你死的时候，我将手舞足蹈！

　　　　　　（塔齐雅娜和娜佳走向桌子。）

列弗申：人老了！

阿格拉菲娜（朝房屋走去）：他就喜欢这样胡闹……

塔齐雅娜（坐到桌子旁边）：叶菲梅奇，您说说，您是社会主义者吗？

列弗申（简单地）：我吗？不，我和季莫菲是织布工，我们是织布工……

塔齐雅娜：那么您知道社会主义者吗？听说过他们吗？

列弗申：听说过……知道——又不知道，但听说过，是的！

塔齐雅娜：您知道辛佐夫吗？办事员？

列弗申：知道。我们知道所有职员。

塔齐雅娜：和他说过话吗？

雅戈金（不安地）：对我们有什么可说的？他们——高高在上，我们——身处下层。来到办事处，他们把厂长吩咐他们的事告诉我们……仅此而已！这就是熟人。

娜佳：你们，看来，害怕我们，叶菲梅卡？你们别害怕，我们很想知道……

列弗申：干吗害怕？我们不做任何坏事。为维护秩序把我们叫到这里来，因此我们来了。那里愤怒的人们说：我们将烧毁工厂，烧毁一切，将只留下一堆灰烬。嗨，但是我们反对胡作非为。任何东西都不应当焚毁……干吗要焚毁？那是我们自己建立的，还有我们的父亲、我们的祖父……突然焚烧掉！

塔齐雅娜：你们是否在想我们追究你们的某种蓄谋？

雅戈金：为什么？我们不想要恶意！

列弗申：我们这样想：发挥作用的东西是神圣的。人的劳动必须公平地评价，就是这样，而不是焚烧。嗨，人是昏暗的，喜欢火。人们发怒了。就我们而言，死者是相当严厉的，其实不应该提起这一点！

娜佳：那么叔叔呢？他——好些吗？

雅戈金：扎哈尔·伊凡诺维奇？

娜佳：对！他——善良？或者他……也委屈你们？

列弗申：我们不谈论这个……

雅戈金（忧郁地）：对我们来说全都一样。严厉的和善良的……

列弗申（温柔地）：严厉的是老板，善良的也是老板。人的病没有区别。

雅戈金（烦闷地）：当然，扎哈尔·伊凡诺维奇是个有心人……

娜佳：就是说，比斯克罗博托夫好些，对吧？

雅戈金（轻声地）：况且已经没有厂长了……

列弗申：小姐，您的叔叔是个好男人……只是对我们来说……由于他的和善我们感到不轻松。

塔齐雅娜（懊恼地）：我们走，娜佳……他们不想理解我们……你瞧！

娜佳（轻声地）：是的……

（她俩默默地离去。列弗申看着她们的背影，
然而看着雅戈金，两人相对微笑。）

雅戈金：瞧，触动着灵魂！

列弗申：你瞧，她们有意思……

雅戈金：也许，她们在想、在闲聊着什么。

列弗申：这位小姐很好……遗憾——她是个富人！

雅戈金：必须告诉马特维·尼古拉耶维奇……就说是女主人在追究……

列弗申：我们去说。也去对格列科夫·米嘉伊卡说。

雅戈金：那里怎么样，啊？应该向我们让步……

列弗申：会让步的。可是过一会儿又会再次进攻的。

雅戈金：硬逼着我们……

列弗申：怎么样？

雅戈金：是——是的……想睡了！

列弗申：忍耐……那是将军来了。

　　　（将军。波洛吉恭敬地和他并排走着，后面是
　　　科尼。波洛吉突然挽扶着将军的一只手。）

将军：究竟是什么？

波洛吉：一个小坑！

将军：啊！这里桌子上是什么？一些残羹剩饭。这是你们吃的？

雅戈金：正是这样……小姐也和我们一起吃了。

将军：嗯，怎么样？你们守卫，啊？

雅戈金：正是这样……我们守卫。

将军：好样的！我将把你们的事迹对省长说。你们在这里有几个人？

列弗申：两个人。

将军：傻瓜！我能数到二……所有人是多少？

雅戈金：三十个人。

将军：有武器吗？

列弗申（面向雅戈金）：季莫菲，你有一支手枪在什么地方吧？

雅戈金：就在这里。

将军：别握枪口……见鬼！科尼，去教会笨蛋应该怎样手握枪支。（面向列弗申。）你有左轮手枪吗？

列弗申：没——没有，我没有！

将军：怎么，如果暴动者来了，您将开枪吗？

列弗申：他们不会来，大人……他们就这样：发一阵火也就过去了。

将军：而如果他们来呢？

列弗申：因为工厂的关闭……他们很委屈……有些人还有孩子呢……

将军：你对我唠叨什么！我问的是你将开枪吗？

列弗申：是的，大人，我们准备好了……究竟为什么不开枪呢？只是我们不会。不用什么。用枪……用炮。

将军：科尼，去，教会他们……到那里去，到河边去……

科尼（忧郁地）：报告大人，现在是夜晚。况且，如果开枪，那会引发紧张。人们会闯来。对我——您怎么想。

将军：推迟到明天！

列弗申：而明天一切都将平静。工厂将开门……

将军：谁开门？

列弗申：扎哈尔·伊凡诺维奇。他现在正就此事和工人们座谈……

将军：见鬼！我希望永远关闭这个工厂。清晨别鸣笛！……

雅戈金：晚一点对我们也会好些。

将军：把你们大家全都饿死！别造反！

列弗申：难道我们在造反？

将军：闭嘴！你们干吗待在这里？你们应该沿着围墙来回走动……如果有谁爬进来，那就开枪……我负责

列弗申：我们走，季莫菲！拿上你那支手枪。

将军（望着他们的背影）：手枪！幼稚的笨蛋！甚至武器的名称都不能正确地叫出来……

波洛吉：我冒昧向大人报告：平民总的来说是粗鲁的和野蛮的……举我的例子来说：我有一个菜园，亲手在其中栽培蔬菜……

将军：是的。值得称赞！

波洛吉：我在自由时间里劳动……

将军：所有人都应该劳动！

（出现塔齐雅娜和娜佳。）

塔齐雅娜（从远处）：您干吗这样叫喊？

将军：我激动。（面向波洛吉。）是吧？

波洛吉：但是，工人们几乎每天晚上偷走我劳动的果实……

将军：盗窃？

波洛吉：正是！我寻求法律保护，但是，该法律这里是由对居民的灾难不感兴趣的区警察局局长这样一个人提出来的……

塔齐雅娜（面向波洛吉）：请问您为什么用这样愚蠢的口吻说话？

波洛吉（不好意思）：我吗？对不起！但是，我在中学学习了三年，现在每天都读报……

塔齐雅娜（微笑）：哎呀，原来如此……

娜佳：您很滑稽，波洛吉！

波洛吉：如果你们对这感到愉快，我很高兴！人应当是愉快的……

将军：您爱钓鱼吗？

波洛吉：没有尝试过，大人！

将军（耸肩）：奇怪的回答。

塔齐雅娜：什么没有尝试过——是钓鱼或者是爱？

波洛吉（难为情）：是前者。

塔齐雅娜：那么后者呢？

波洛吉：后者尝试过。

塔齐雅娜：您结婚了吗？

波洛吉：只是在想这个……但是，每月所得只有二十五卢布，故不能下决心。（尼古拉和克列奥帕特娜快速走来。）

尼古拉（发怒）：一片惊人的景象！一团糟！

克列奥帕特娜：他怎么敢？他怎么能！……

将军：怎么回事？

克列奥帕特娜（喊叫）：您的侄子是个窝囊废！他同意了暴动者的一切要求……那都是杀害我丈夫的凶手！

娜佳（小声地）：但是，难道他们所有人都是杀人凶手吗？

克列奥帕特娜：这是对死者的愚弄……也是对我的愚弄！在死去的人还没有下葬的时候就开启工厂，而此人正是因为他关闭了工厂而被坏蛋们杀害的！

娜佳：但姑父害怕他们把一切把烧光……

克列奥帕特娜：您是个小孩……应当闭嘴。

尼古拉：而这个小孩的言论啊！……简直是公然的社会主义的说教……

克列奥帕特娜：是一个什么样的办事员在处理一切，在出主意……他竟敢说：罪过是由死者本人引起的！……

尼古拉（把什么事记入笔记本）：这个人可疑，——他作为办事员过于机灵……

塔齐雅娜：您说的是辛佐夫？

尼古拉：正是。

克列奥帕特娜：我感到他们似乎鄙视我……

波洛吉（面向尼古拉）：请允许我指出：辛佐夫先生一边读报，一边总在考虑策略，非常偏袒地对待权力……

塔齐雅娜（面向尼古拉）：您听到这个感兴趣吗？

尼古拉（挑战地）：是的，感兴趣！……您想使我发窘吗？

塔齐雅娜：我想，波洛吉先生在这里是多余的……

波洛吉（不好意思）：对不起……我走！（匆匆离去。）

克列奥帕特娜：他向这里走来……我不想、不能见到他！（很快离去。）

娜佳：发生什么事了？

将军：对这种浪费时间的麻烦事来说，我是太老了。杀人，造反！……扎哈尔请我去他那儿休息之后，他应该预料到……（扎哈尔出现了，他神情激动，但表情满意。他看见尼古拉，惶恐不安地停下来，整理一下眼镜。）你听着，亲爱的侄子……唉……你明白自己的行为吗？

扎哈尔：叔叔，稍等一下……尼古拉·华西里耶维奇！

尼古拉：是的……

扎哈尔：工人们曾是那样激动……我害怕工厂遭到焚毁……于是满足了他们不停工的要求。还有关于吉契科夫的问题……我向他们提了一个条件——交出罪犯，他们已着手寻找他……

尼古拉（冷淡地）：他们可能不会把此事放在心上。我们不需他们帮助而把杀人犯揪出来。

扎哈尔：我觉得，如果他们自己……那会更好些……是的……我们决定明天从中午开始让工厂开工……

尼古拉：这是谁——我们？

扎哈尔：我……

尼古拉：啊哈……感谢告知……然而，我觉得，在我哥哥去世之后他的发言权转给了我和他的妻子，如果我没有错的话，您应该和我们商量，而不是独自一人决定问题……

扎哈尔：但是我请您了！辛佐夫去请过您……您拒绝了……

尼古拉：您该承认，在我哥哥去世的日子里我很难做事！

扎哈尔：可是您本来在那里、在工厂！

尼古拉：是的，我在。在听讲话……嗯，由此得出什么？

扎哈尔：但是您要理解——原来，您哥哥去了城里发电报……他请求派兵。得到的回答是——士兵明天中午以前就来……

将军：啊哈！士兵？原来是这样！士兵——这不是开玩笑！

尼古拉：明智的措施……

扎哈尔：我不知道！士兵来了……工人的情绪高涨……如果工厂不开工，鬼知道可能发生什么事情！我觉得，我的做法是理智的……流血冲突的可能性现在是消失了……

尼古拉：我有另外的观点……哪怕是出于对被杀害者的悼念，您也不该向这些人让步……

扎哈尔：唉，我的天啦……但是你没有说任何一句关于可能的悲剧的话！

尼古拉：这与我无关。

扎哈尔：嗯，是的……那么我呢？要知道，我将要和工人们相处！如果他们流血……最终，他们可能摧毁整个工厂！

尼古拉：我不相信这个。

将军：我也是！

扎哈尔（神情沮丧）：那么，您谴责我吗？

尼古拉：是的，我谴责！

扎哈尔（真诚地）：为什么……为什么敌对？我本来就想一

件事——避免可能的……我不想见到流血。难道和平地、理智地度过生活是不能实现的吗？您怀着痛恨的目光看我，工人们怀着不信任的目光看我……我想的是善良……只是善良！

将军： 善良——是什么？甚至不是词，而是字母……字母"Г"，善良……去干——事业……怎么说来着，啊？

娜佳（含着眼泪）：别说啦，爷爷！姑父……平静下来……他不懂！唉，尼古拉·华西里耶维奇，您怎么不明白呢？您是如此聪明的人……为什么您不相信我姑父？

尼古拉： 对不起，扎哈尔·伊凡诺维奇，我走啦。我不能在孩子们参与的情况下进行业务谈话……（离去。）

扎哈尔： 你瞧，娜佳……

娜佳（拉着他一只手）：这没有关系，没有关系……要知道，主要的是要让工人们满意……他们那么多人，他们人比我们多！……

扎哈尔： 等一等……我应该告诉你……我对你很不满意，是的！

将军： 我也是！

扎哈尔： 你同情工人……在你这个年龄这是自然的，但不应该没有分寸，我亲爱的！瞧，你早晨把这个格列科夫带到桌子旁边……我知道他，他是个很成熟的小伙子，然而你不该因为他而和你姑妈闹起来。

将军： 她是好样的！

娜佳： 但是你可不知道当时是怎样的情况……

扎哈尔： 我比你知道得更多，相信我！我们的人粗鲁，他不文明……如果伸给他一个手指，他会抓住整个一只手……

塔齐雅娜： 就像一个快淹死的人——抓住一根稻草。

扎哈尔： 我的朋友，他充满兽性的贪婪，要不让他胡闹，而要教育他……是的！你，请想一想这个问题。

将军： 现在我要说。鬼知道你是怎样对待我的，小姑娘！我提醒你，你过大约四十年以后将和我现在是同龄人……那时我可能允许你像和平等的人那样和我说话。懂了吗？科尼！

科尼（在树林后面）：有！

将军：这个……怎么说，螺旋在哪儿？

科尼：什么样的螺旋？

将军：这个……怎么说？平螺旋……爬行式螺旋……

科尼：倾斜的。不知道。

将军（走进帐篷）：去找！

> （扎哈尔低垂着头，用手巾擦眼镜，来回走
> 动。娜佳沉思地坐在椅子上。塔齐雅娜站着，
> 观察。）

塔齐雅娜：知道是谁杀的吗？

扎哈尔：他们说不知道，但会找到的……当然，他们知道。我想……（环视，放低声音。）这是集体的决定……阴谋！说实话，他激怒了他们，甚至侮弄了他们。其中有如此病态的特点……他热爱权力……瞧，他们……这很可怕，糊涂得可怕！他们杀了人，却露出如此泰然的目光，似乎完全不懂得自己的罪行……如此非常简单！

塔齐雅娜：据说，斯克罗博托夫想开枪，但他们之中的谁夺下了他的左轮手枪，于是……

扎哈尔：这反正都一样。是他们杀了人……而不是他……

娜佳：你坐下吧……啊？

扎哈尔：为什么他去叫兵？他们得知了这个情况……他们全都知道！这加速了他的死亡。我，当然，应当让工厂开工……否则，我会长久地破坏我和他们的关系。现在是这样的时期，即必须更小心地和更温和地对待他们……谁又知道，其结果可能是什么？在这个时代明智的人应该在群众中有朋友……（列弗申在活动场地深处走动。）这是谁在走动？

列弗申：这是我们巡游……守卫。

扎哈尔：什么，叶菲梅奇，杀了人，现在就开始亲切了、温和了，啊？

列弗申：扎哈尔·伊凡诺维奇，我们总是这个样子……温和的。

扎哈尔（威严地）：是的！也温和地杀人吗？……顺便说说，你，列弗申，在那里鼓吹什么……某种新的学说——不需要金钱，不需要主人，等等……这是情有可原的……即在列夫·托尔斯泰那里是可以理解的，是的……我的朋友，你停止此举才好呢！从这些说教中对你将不会有任何好处。

（塔齐雅娜和娜佳向右边走去，那里响起了
辛佐夫和雅科夫的声音；从树林后面出现雅
戈金。）

列弗申（平静地）：可是我说什么呢？我过日子，我思索，嗯，我就说……

扎哈尔：老板——不是野兽，这就是必须懂得的……你知道，我不是恶人，我永远准备帮助你们，我希望善良……

列弗申（叹了一口气）：谁希望自己恶毒呢？

扎哈尔：你记住——我希望你们，你们善良！

列弗申：我们明白……

扎哈尔（看了他一眼）：不，你错了。你们不明白。你们是怪人！一会儿是野兽，一会儿是孩子……（走开。列弗申双手支撑在手杖上，望着他的背影。）

雅戈金：再次说教了？

列弗申：中国人……纯粹的中国人……他说什么？除了自己以外，什么他都不可能明白……

雅戈金：他说，希望善良……

列弗申：是，正是！

雅戈金：我们走……瞧，那就是他们！……

（走入活动场地深处。从右边走来塔齐雅娜、
娜佳、雅科夫、辛佐夫。）

娜佳：我们大家打圈子，来回漫步……仿佛在梦中。

塔齐雅娜：您想吃点东西吗，马特维·尼古拉耶维奇？

辛佐夫：最好来杯茶……我今天说呀说……甚至嗓子发痛。

娜佳：您什么也不害怕吗？

辛佐夫（坐到桌子旁边）：我？没什么！

娜佳：而我感到可怕！……突然不知何故一切都乱套了，而我已经不明白……哪里是好人，哪里是坏人？

辛佐夫（微笑）：结子正在解开。您只是别怕去想……您勇敢去想，想到底！总之——没什么可怕的。

塔齐雅娜：您认为一切都平静了？

辛佐夫：是的。工人们罕见地正在获得胜利，甚至小小的胜利也给予他们巨大的满足……

娜佳：你喜欢他们吗？

辛佐夫：话不是那样说。我和他们相处很久了，我了解他们，看到他们的力量，相信他们的理智……

塔齐雅娜：还相信未来属于他们吗？

辛佐夫：还相信。

娜佳：未来……我就不能想象是个什么样子。

塔齐雅娜（讪笑）：他们很狡猾，你们这些无产者！我和娜佳试着和他们说话……结果是无聊……

娜佳：甚至感到委屈。老人说话的神气是这样的，仿佛我们俩是某种不好的人……难道是奸细不成！还有另外一个人……格列科夫……他看人是别样的眼神。老人总是微笑……那样地笑，好像他怜惜我们，好像我们是病人！……

塔齐雅娜：你别唠叨这许多，雅科夫！看来不愉快。

雅科夫：我究竟怎么办？

辛佐夫：难道已经没什么可做吗？

雅科夫：我心怀厌恶……无法遏止对事务和对事业的厌恶。瞧见吗，我是第三类人……

辛佐夫：怎么？

雅科夫：情况就是这样！人分为三类：一类——整个一生工

作；二类——积蓄钱财；三类——不想为了面包工作，因为这没有意义；也不能积蓄钱财，因为这既愚蠢又有点儿尴尬。于是，我是第三类人。所有懒汉、流浪者、僧侣、乞丐和当今世界的其他食客都属于第三类人。

娜佳：你说得无聊，叔叔！你完全不是这样的人，简而言之，你是个善良的和温和的人。

雅科夫：也就是说，我毫不中用。我还在学校的时候就明白了这一点。人在少年时代就已经分为三类……

塔齐雅娜：娜佳说得对：这无聊，雅科夫……

雅科夫：我同意。马特维·尼古拉耶维奇，您怎么想，生活有特征吗？

辛佐夫：也许……

雅科夫：有。特征就是永远年轻。不久前生活就对我冷淡，而现在则对我严厉，并且询问……询问："您是怎样的人？您到何处去，啊？"（他因什么吃惊，想微笑，但他的嘴唇在颤动，不听使唤，脸歪曲成难看的鬼脸。）

塔齐雅娜：你别说这个了，请吧，雅科夫！那里是检察官在散步……我不想让你在他面前说话。

雅科夫：好吧。

娜佳（小声地）：他们总是在等待和担心着什么……为什么他们不准我去了解工人？这是愚蠢的！

尼古拉（走近来）：可以给我一杯茶吗？

塔齐雅娜：请吧。

（大家默默地坐了片刻。尼古拉站着，用茶匙搅拌茶。）

娜佳：我想了解，为什么工人们不信任叔叔，而且总是……

尼古拉（忧郁地）：他们只信任那些号召他们高呼"全世界无产者，联合起来！"的人……他们相信这个！

娜佳（动一动肩膀，低声地）：当我听到这句话……这个全世界的号召时，我感觉到我们大家是这大地上多余的人……

尼古拉（神情激动）：当然！每一个有文化的人的自我感觉都应该是这样……并且很快，我相信，大地上将响起另一种召唤："全世界有文化的人，联合起来！"是呼喊这个口号的时候了，是时候了！走来一个野蛮人，为了粗暴地践踏人类千万年劳动的果实。他走来，被贪婪所激动……

雅科夫：他魂不附体，饥饿得要死……一幅引起欲望的景象。（给自己倒啤酒。）

尼古拉：走来一群人，被贪婪所激动，其贪吃的渴望的一致把他们组织起来！

塔齐雅娜（沉思地）：一群人……到处都有一群人：在剧院，在教堂……

尼古拉：这些人能带来什么？不能带来任何东西，除了破坏以外……请注意，我们这里的这种破坏将比无论何处的破坏更可怕……

塔齐雅娜：当我听说工人是先进的人们时，我感到这很奇怪！这离我的理解相距十万八千里……

尼古拉：而您，辛佐夫先生……您，当然，不同意我们的看法吧？

辛佐夫（平静地）：不。

娜佳：你，塔妮娅阿姨，还记得那位老人所说关于戈比的话吗？这简直可怕。

尼古拉：您到底为什么不同意，辛佐夫先生？

辛佐夫：我有另外的想法。

尼古拉：完全合理的回答！但是，也许，您让我们分享您的观点？

辛佐夫：不，我不想。

尼古拉：我感到太遗憾了！我希望当我和您再次相遇时，您的情绪将有所改变，我权且以此希望而自慰。雅科夫·伊凡诺维奇，如果可以，我请您……陪伴我！我使神经错乱到了如此程度……

雅科夫（吃力地站起来）：请吧。请……

（他俩走出去。）

塔齐雅娜：这个检察官是令人厌恶的家伙。赞同他的意见令我感到不愉快。

娜佳（站起来）：你到底为什么赞同？

辛佐夫（发笑）：为什么，塔齐雅娜·巴甫洛芙娜？

塔齐雅娜：我自己就是这样感觉的……

辛佐夫（面向塔齐雅娜）：您是这样想，但您感觉和他不同。您想了解，他对此不关心……他不需要了解！

塔齐雅娜：大概，他很残酷。

辛佐夫：是的。在那城市里，他从事政治案件，极其恶劣地对待囚犯。

塔齐雅娜：顺便说一句，他在自己的小本里记了关于你们的事。

辛佐夫（面带微笑）：大概，他记了。他和波洛吉交谈……一般地说，他在工作！……塔齐雅娜·巴甫洛芙娜，我对您有个请求……

塔齐雅娜：请说……请您相信，如果我能，我将愉快地去办！

辛佐夫：谢谢。大概，叫了宪兵……

塔齐雅娜：是的，叫了。

辛佐夫：这意味着将要搜查……您不能帮我隐藏点什么东西吗？

塔齐雅娜：您想，你们那里将要搜查？

辛佐夫：也许。

塔齐雅娜：还可能抓人吗？

辛佐夫：没有想。为啥？……我讲话了？但扎哈尔·伊凡诺维奇知道，我在这些讲话中呼吁工人们守秩序……

塔齐雅娜：那么您过去……没什么事儿？

辛佐夫：我没有过去……就这样，帮我吗？我本不愿打扰您……但我想，所有可能隐藏这些东西的人明天将被搜查。（轻轻一笑。)

塔齐雅娜（表情尴尬）：我将坦率地说，我在家里的地位不允许我把给我的房间看作是我的……

辛佐夫：就是说，您不能？嗯，好吧……

塔齐雅娜：您别生我的气！

辛佐夫：啊，不！您的拒绝是可以理解的……

塔齐雅娜：但是，您等一等，我去和娜佳谈谈……

（她走出去。辛佐夫用手指敲击桌子，望着她的背影。传来小心翼翼的脚步声。）

辛佐夫（低声地）：这是谁？

格列科夫：我。您一个人？

辛佐夫：对。人们在那里走动……工厂怎么样？

格列科夫（笑）：您知道，他们决定找出开枪的人。现在那里正进行侦查。有些人在喊叫："社会主义者杀人啦！"总之，人面兽心的家伙唱起了自己下流的歌。

辛佐夫：您知道——是谁？

格列科夫：阿基莫夫。

辛佐夫：真是？唉……未曾预料！这样一个可爱的、聪明的小伙子……

格列科夫：他热情。他想声明……他有妻子、小孩……等待着另一个小孩……现在我和列弗申说了。他，当然，正在虚构幻想，他说，必须以什么人替换阿基莫夫……

辛佐夫：但是，这是多么令人苦恼的事儿！（停顿。）这么办，格列科夫，把一切都埋进土里……舍此无处可藏。

格列科夫：我找到了一个地方。报务员同意全都拿去。您，马特维·尼古拉耶维奇，离开这里才好。

辛佐夫：不，我不走。

格列科夫：他们会逮捕您。

辛佐夫：嗨，好吧！而如果我离走，这将给工人们以极坏的影响。

格列科夫：是这样……但怜惜您……

辛佐夫：小事一桩。可就是怜惜阿基莫夫。

格列科夫：是的。无可帮助！他想声明……可笑地把您看作保护老板财产的长官！

辛佐夫（微笑）：有啥小法？看来，我的指挥已到头了吧？

格列科夫：不。大家聚集成群了，在议论。美好的夜晚！

辛佐夫：我也离开这里才好……我就等着……也许，也要逮捕您。

格列科夫：让我们蹲一个时期的监狱吧！我走啦。（离去。）

辛佐夫：再见。（塔齐雅娜走来。）别受累了，塔齐雅娜·巴甫洛芙娜，一切都安排好了。再见！

塔齐雅娜：我，说实话，很愁闷……

辛佐夫：晚安！

（他离去。塔齐雅娜缓步而行，望着自己便鞋
的尖头。雅科夫走来。）

雅科夫：你为什么不去睡觉？

塔齐雅娜：不想。我想从这里乘车而去……

雅科夫：是的。可是我——无处可去……我已经走过所有大陆和岛屿。

塔齐雅娜：这里难以忍受。一切都在晃动，奇怪地使人头晕。不得不撒谎，而我不喜欢这样。

雅科夫：嗯……你不喜欢这样……遗憾的是，对我来说……遗憾的是……

塔齐雅娜（自言自语）：但现在——我撒谎了。娜佳，当然，会同意隐藏这些东西……但是我无权把她推向这样的道路。

雅科夫：你说谁啊？

塔齐雅娜：我？是这样……一切都奇怪……还在不久以前生活曾是明亮的，愿望也是明确的……

雅科夫（小声地）：能干的酒徒、漂亮的懒汉和其他快乐专业的人们，唉，都不再引人注意了！……当我们置身于枯燥无味的日常琐事之外时，人们欣赏我们……但是，日常琐事变得越来越成为悲剧……有人叫喊：喂，喜剧演员和小丑们滚下戏台吧！……但是戏台——这已是你的活动场地了，塔妮娅！

塔齐雅娜（惊慌不安地）：我的活动场地？……我想，我坚定地站在活动场地上……我能长高……（忧郁地和有力地。）我面对人们感到沉痛和尴尬，他们用冷淡的目光看着我，并且默默地说："我们知道这个。这是老生常谈和枯燥无味的！"我在他们面前感到自己是软弱无力的和束手无策的……我不能感染他们，不能唤起他们！我因为恐惧、因为喜悦而想颤抖，我想说充满热情、激情、愤怒的话……想说尖锐似刀子、炽热如火炬的话……我想抛给人们许许多多这样的话，慷慨地、沉痛地抛给他们！……让人们勃发、叫喊、狂奔……但是这样的话——没有。我克制说这样的话，重新抛给他们美丽若鲜花，充满希望、欢乐、爱情的话！……大家哭泣……我也哭泣，流出美好的泪水……他们给我鼓掌，鲜花沁人心脾……他们把我捧在手上……片刻之间我是人们的主宰……在此片刻生活……整个生活在此片刻之间！但是——没有生动感人的话。

雅科夫：我们仍能只按片刻生活……

塔齐雅娜：永远在片刻之中更好。多么想要更富同情心的其他人的另一种生活，不是这种大家永远不需要艺术的、日常琐事的生活！为了让我并非多余的人……（雅科夫睁大眼睛向黑暗中张望。）为什么你如此酗酒？这会毁了你……你曾是漂亮的……

雅科夫：得啦……

塔齐雅娜：你感觉到我是多么沉痛吗？

雅科夫（惊恐地）：不管我怎么喝醉了，但我一切都明白……这就是不幸！僵硬的头脑始终在工作，在工作！在我面前出现了一张嘴脸，一张宽大的、没洗的嘴脸，两只大眼睛在问："是吗？"你知道，这张嘴脸只问一个词："是吗？"

波丽娜（跑来）：塔妮娅！请你到那里去……这位克列奥帕

特娜……她发疯了！她侮辱所有人……也许，你能使她安静下来。

塔齐雅娜（忧郁地）：哎呀，您就别再以一些不愉快的事纠缠我了！您这是要使相互不得安宁，但不要折腾，不要碍人手脚！

波丽娜（吃惊）：塔妮娅！你怎么啦？你发生什么事啦？

塔齐雅娜：您需要什么？您想要什么？

波丽娜：你就瞧瞧她吧……她正往这里走来！

扎哈尔（还看不见他）：我求您——干脆沉默下来。

克列奥帕特娜（是这样）：您……这是您应当在我面前保持沉默！

波丽娜：她将在这里叫喊……男人们在这里来回走动……这是可怕的！塔妮娅，我求你……

扎哈尔（走来）：请听我说……我好像要神经错乱了！

克列奥帕特娜（走在他后面）：您别逃避我，我要迫使您听我的！……啊，您讨好工人们，您需要他们的尊敬，您把一个人的生命扔给了他们，就像把一块肉扔给了恶狗一样！您以别人为代价，以别人的血为代价成为人道主义者！

扎哈尔：她在说什么？

雅科夫（面向塔齐雅娜）：你离开吧。（离去。）

波丽娜：夫人！我们是正派人，不能允许一个女人以这种名声向我们叫喊……

扎哈尔（吃惊地）：闭嘴，波丽娜……看在上帝面上！

克列奥帕特娜：为什么你们是正派人？是因为你们空谈礼数吗？空谈人民的不幸吗？空谈进步和人道，是吗？

塔齐雅娜：克列奥帕特娜·彼得罗芙娜！够啦！

克列奥帕特：我不和您说，不！您在这里是多余的，这不是您的事！……我的丈夫是个诚实的人……直爽的和诚实的人……他比你们更好地了解人民……他不像你们那样空谈……而你们用你们的可恶的愚蠢言行出卖了他，杀害了他！

塔齐雅娜（面向波丽娜和扎哈尔）：你们走吧！

克列奥帕特娜：我自己走！我痛恨你们……痛恨所有人！

（离去。）

扎哈尔：瞧，疯狂的妇人……啊？

波丽娜（含泪）：应当抛弃一切……应当离去！如此侮辱人……

扎哈尔：她为什么这样？……如果她爱丈夫，就和丈夫和平相处……可事实上，他每年更换两位情人……那时她也叫喊！

波丽娜：应当把工厂卖掉！

扎哈尔（懊恼地）：扔掉，卖掉……情况不是这样，不是那样！应该想一想……好好地想一想！……我现在同尼古拉·华西里耶维奇说了……这个妇人闯进来了，打搅我们……

波丽娜：他仇恨我们，尼古拉·华西里耶维奇……他恶毒！

扎哈尔（镇静）：他十分凶狠和激动，但他是个聪明人，他没有理由仇恨我们。在米哈伊尔死后，完全现实的利益现在把他和我联系在一起……是的！

波丽娜：我不相信他，我害怕他……他将欺骗你！

扎哈尔：唉，波丽娜，这全都是小事！他十分理智地做出判断……是的！问题在于：在我和工人们的关系中，我采取了模棱两可的立场……不得不承认这一点。晚上，当我和他们说话的时候……啊，波丽娜，这些人的情绪充满了深深的敌意……

波丽娜：我对你说过……说过！他们永远是敌人！（塔齐雅娜走开，轻轻地发笑。波丽娜望着她，故意提高嗓门，继续说。）所有人都是我们的敌人！所有人都嫉妒……所以扑向我们！……

扎哈尔（快步来回走动）：嗯，是的……在某种程度上是如此，当然！尼古拉·华西里耶维奇说：不是阶级斗争，而是种族斗争——白种人和黑种人！……不言而喻，这是粗暴的，这是牵强附会……但如果想一想：我们是文明人，我们创造了科学、艺术……平等……生理平等……嗯……好呀。但是，首先要做人，要掌握文化……然后再谈论平等！……

波丽娜（倾听）：这是你新的见解……

扎哈尔：这是简单扼要的、未考虑成熟的……应当了解自己，这就是问题之所在！

波丽娜（握住他一只手）：你过于温和，我的朋友，这就是为什么你如此艰难!

扎哈尔: 我们知之甚少,并经常感到惊讶……瞧,比方说,辛佐夫——他使我吃惊,使我对他很有好感……如此简单,如此清晰的逻辑!……

波丽娜: 是的,是的……他关注自己……一张如此令人不愉快的脸!……但是你休息休息才好……我们走,啊?

扎哈尔(跟在她后面走):还有一位工人——格列科夫……十分傲慢!他的话现在还浮现在我和尼古拉·华西里耶维奇的心头……一个黄口小儿……竟如此说话……如此放肆无礼……

> (他俩离去。寂静。某处有人在唱歌。然后传
> 来低微的声音。出现雅戈金、列弗申和年轻小
> 伙子里亚布佐夫。后者频繁地摇头晃脑,有着
> 一张和善的圆脸。他们三人停留在树林旁边。)

列弗申(低声地、神秘地):帕肖克,这里是同志式的事业。

里亚布佐夫: 我知道……

列弗申: 共同的人的事业……现在,兄弟,任何一个优秀的人物都有着巨大的价值。人的智力在提高,听、读、想……理解了一些事情的人是宝贵的……

雅戈金: 这是真的,帕肖克……

里亚布佐夫: 我知道……怎么样? 我去。

列弗申: 不必徒劳地去任何地方,应该明白……你年轻,而这是苦役……

里亚布佐夫: 没关系。我跑去……

雅戈金: 也许,并不是苦役!……就苦役而言,帕肖克,你不适龄……

列弗申: 我们就说是苦役吧! 在这件事情中更可怕——更好。一个人既然苦役都不怕,就是说,他坚定地作了决定!

里亚布佐夫: 我决定了。

雅戈金: 等一等。你考虑考虑……

里亚布佐夫：有什么可考虑的？杀了人，就得有人应该为此忍受……

列弗申：是的！应该。如果一个人都不去，那就会使许多人恐慌。帕肖克，使比你对同志式的事业更宝贵的优秀的人感到恐慌。

里亚布佐夫：我可是什么都不说。虽然年轻，但我明白——我们必须像链条一样……相互更加紧密地联系在一起……

列弗申（叹了一口气）：是的。

雅戈金（微笑）：让我们联合起来，形成包围圈，紧紧拥抱在一起——这就好了。

里亚布佐夫：得啦。怎么样？我单身一人，我应该去。不过令人厌恶的是：为了这样的流血……

列弗申：为了同志，而不是为了流血。

里亚布佐夫：不，我说的是，这个人是可恨的……很恶毒……列弗申：恶毒的人应该被杀。善良的人自行死亡，他不成为别人的障碍。

里亚布佐夫：嗯，再见吧？

雅戈金：再见，帕肖克！这样，就是说，你明天早晨去说？

里亚布佐夫：干吗要到明天？我现在就去说。

列弗申：不，你最好明天去说！夜晚，好像母亲，她是善良的女谋士……

里亚布佐夫：嗯，得啦……我现在就去。

列弗申：祝你走好！

雅戈金：去吧，兄弟，坚定地去……

（里亚布佐夫从容地离去。雅戈金看着并转动
　着手中的棍子。列弗申遥望着天空。）

列弗申（低声地）：好人开始成长了，季莫菲！

雅戈金：看天气……收获在即！

列弗申：事情会是这样的，我们会变好的。

雅戈金（忧郁地）：可怜这个小伙子……

列弗申：怎么不可怜呢！我也可怜他。瞧，进监狱，还是因为不好的事。对他来说是一种安慰——为同志们而入狱。

雅戈金：是的……

列弗申：你，别说啦！……唉，安得烈扣动扳机是徒劳无益的！杀人有什么用？毫无用处！杀了一只走狗，主人另买一只……这就是整个故事！……

雅戈金（忧郁地）：多少我们的兄弟在死亡……

列弗申：我们走！卫兵，守卫主人的财产！（走。）啊，天哪！……

雅戈金：你怎么啦？

列弗申：难过！快些找出生活的头绪吧！

幕　落

第三幕

巴尔金家的住宅中的一个大房间。后墙上有四扇窗户和一条朝向凉台的门；玻璃后面现出士兵、宪兵、一群工人，工人中有列弗申、格列科夫。房间是无人居住的样子：家具少而陈旧，样式杂七杂八，墙上壁纸脱落。在右墙旁边摆着一张大桌子。科尼生气地挪动着椅子，把它们分别摆放到桌子周围。阿格拉菲娜打扫地板。左墙上有一条大的双扇门，右墙上也有一条。

阿格拉菲娜：没有理由生我的气……

科尼：我不生气。我藐视所有人……我，谢天谢地，快快死去……我的心脏正在停止跳动。

阿格拉菲娜：我们都将死去……没什么可自我吹嘘的……

科尼：一切都将令人厌恶！六十岁——像核桃般使人讨厌……我没有牙齿去啃它们……抓到人……让他在雨中挨

雨淋……

（从左边的门走出来骑兵大尉博博耶多夫和尼古拉。）

博博耶多夫（愉快地）：这就是会议厅，非常好！这样，就是说，您在履行职务？

尼古拉：是的，是的！科尼，去叫骑兵司务长！

博博耶多夫：这道菜我们是这样上：在中间的这位……怎么称呼他？

尼古拉：辛佐夫。

博博耶多夫：辛佐夫……好听的名字！在他周围——是全世界无产者吗？——这样！这令人高兴……这里的主人是个可爱的人……很可爱！我们那里曾对他想得坏些。我知道他的小姨子——她在沃罗涅日演出过……应当说，是个非常好的女演员。（克华奇从凉台走进来。）嗯，怎么样，克华奇？

克华奇：搜查了所有人，阁下！

博博耶多夫：是的。那又怎么样？

克华奇：可是什么也没有发现……都藏起来了！报告：区警察局局长忙得很，阁下，对待事情不仔细。

博博耶多夫：嗯，当然，警察永远是这样！在被捕的人那里找到了什么东西没有？

克华奇：在列弗申那里发现一些神像。

博博耶多夫：全都拿到我的房间里去。

克华奇：遵命！阁下，不久以前来自龙骑兵的年轻的宪兵……

博博耶多夫：怎么一回事？

克华奇：对待事情也不仔细。

博博耶多夫：嗯，你就自己支使他，去吧！（克华奇离去。）瞧，您知道，克华奇这个家伙！看样子平平常常，甚至好似愚蠢，却有着狗的嗅觉！

尼古拉：您，博格丹·杰尼索维奇，请注意这个办事员……

博博耶多夫：怎么，怎么！我们逼迫他！

尼古拉：我说的是波洛吉，而不是说辛佐夫。他，我觉得，一般地说可能是有用的。

博博耶多夫：啊，我们的这位对话者！嗯，不用说，我们安排好他……

（尼古拉走向桌子，把文件整齐地分别摆在桌子上。）

克列奥帕特娜（站在右边的门口）：骑兵大尉，您还要茶吗？

博博耶多夫：感谢您，请再给一杯！这里美呀……很美！神奇的地方！……瞧，我知道卢戈华娅女士！她曾在沃罗涅日演出过吧？

克列奥帕特娜：是的，好像演出过……嗯，你们的搜查怎么样，你们找到了什么吗？

博博耶多夫（殷勤地）：一直，总是在找！我们会找到的，您别担心！对我们来说，甚至在没有任何东西的那个地方，也总能有某种东西……被找出来。

克列奥帕特娜：死者容易观看这一切告示……他说过：公文干不成革命……

博博耶多夫：嗬……这不完全正确！

克列奥帕特娜：他还说得出从明显是白痴的密室向傻瓜发出的告示——指令的名称。

博博耶多夫：尽管也不正确，但这是中肯的……

克列奥帕特娜：但是，它们却从公文转为案件……

博博耶多夫：请您相信，他们将遭受最严厉的惩罚，最严厉的！

克列奥帕特娜：这使我得到很大的安慰。在您面前不知怎的我开始觉得轻松了一些……自由了一些！

博博耶多夫：我们的责任是给社会带来振奋……

克列奥帕特娜：这样，愉快地看到了一个满意的、健康的人……这本来是少有的事！

博博耶多夫：啊，在我们宪兵团男人们全都一样地棒！

克列奥帕特娜：我们到桌旁去吧！

博博耶多夫（走）：很高兴！请问，在这个季节卢戈华娅女士将在哪里演出？

克列奥帕特娜：不知道。

（塔齐雅娜和娜佳从凉台走进来。）

娜佳（神情激动地）：你看见了老头儿是怎样看我们的吗？……列弗申！

塔齐雅娜：看见了……

娜佳：这一切是多么地不好……多么地羞愧！尼古拉·华西里耶维奇，这是为什么？为什么逮捕他们？

尼古拉（冷淡地）：逮捕的理由足够多……我求求你们，别通过凉台，正当那里这些……

娜佳：我们不会……我们不会……

塔齐雅娜（看着尼古拉）：辛佐夫也被捕了吗？

尼古拉：辛佐夫先生也被捕了。

娜佳（在房间来回走动）：十七个人！妻子们在那里，在大门旁边哭泣……而士兵们在推搡她们，在笑！您去告诉士兵们，叫他们哪怕让自己文明一点儿！

尼古拉：这不关我的事。中尉斯特列彼托夫在指挥士兵们。

娜佳：我去，我求求他……

（她向右走到门口。塔齐雅娜微笑着走近桌子。）

塔齐雅娜：听我说，将军怎么称呼您，法规的坟墓……

尼古拉：在我看来，将军不像是机智敏锐的人。我不愿重复他的俏皮话。

塔齐雅娜：我说错了，他称呼您——法规的棺材。这使您生气吗？

尼古拉：我只不过是没有兴致开玩笑。

塔齐雅娜：您好像是如此严肃的人？……

尼古拉：我提醒您——我哥哥昨天被杀害了。

塔齐雅娜：您对此有什么关系？

尼古拉：对不起……怎么？

塔齐雅娜（讪笑）：不需要任何矫揉造作！您不怜惜哥哥……您不怜惜任何人……比方说，像我。死亡，就是说死亡的意外，使所有人都产生痛苦的感觉……但是，我向您保证，您一分钟都不曾怜惜过哥哥，都不曾对他产生过真正的人的怜惜之情……您没有这种情感！

尼古拉（勉强地）：这有意思。但是您想从我这里得到什么？

塔齐雅娜：您没有发现我和您是亲戚吗？不是吗？没有用！我是演员，冷淡的人，永远只想一件事——演好角色。您也想演好角色，也是一个无情的动物。您说，您想成为检察官，啊？

尼古拉（小声地）：我想让您到此为止……

塔齐雅娜（沉默片刻，笑）：不，我不善于外交手腕。我来找您是有目的的……我想成为和您亲近的、迷人的女人……但是，我看见了您并开始说无礼貌的话……您总是引起我对您说坏话的愿望……您走动或者静坐，您说话或者默默地斥责人……是的，我曾想求您……

尼古拉（冷笑）：我猜到是怎么回事了！

塔齐雅娜：也许。但现在这已经徒劳无益了，对吧？

尼古拉：现在和以前——全都一样。辛佐夫先生的名声被严重地破坏了。

塔齐雅娜：您在对我说这个的时候感到了一丝愉快吧？是这样吗？

尼古拉：是的……我不掩饰。

塔齐雅娜（叹息了一声）：您瞧，我们相互多么类似。我也是器量很小和恶毒的人……请说说——辛佐夫完全掌握在你们手中……正是在您们手中吗？

尼古拉：当然！

塔齐雅娜：如果我请您宽恕他呢？

尼古拉：这不会成功的。

塔齐雅娜：如果我恳求您呢？

尼古拉：反正都一样……我对您感到惊讶！

塔齐雅娜：是吗？为什么？

尼古拉：您是美女……无疑地，是具有独特思维方式的女人……可以看出您的性格。您有许多理由可以豪华地、富丽地安排自己的生活……您却在做着某种小事！怪癖——是一种病态。您应当使任何一个有知识的人激愤起来……谁珍视女人，谁爱美人，他就不会原谅您的类似的异常行为！

塔齐雅娜（好奇地看着他）：这样，我受到了斥责……唉！辛佐夫——也是吗？

尼古拉：晚上这位先生将去监狱。

塔齐雅娜：决定了吗？

尼古拉：是的。

塔齐雅娜：出于对太太的盛情没有任何让步吗？我不相信！如果我殷切希望的话，您会放了辛佐夫的。

尼古拉（低沉地）：您试试看吧……您试试。

塔齐雅娜：我不能。我不会……但仍然请您说实话，——说一次实话——这并不困难，您放了他吧？

尼古拉（不慌不忙地）：不知道……

塔齐雅娜：而我知道！（沉默片刻，叹息了一声。）我们俩是怎样的坏蛋……

尼古拉：然而有些事情即使对女人也不能原谅！

塔齐雅娜（漫不经心地）：嗯，那有什么关系呢？我们俩……任何人都不听我们的话。反正我有权对您和自己说我们俩……

尼古拉：我求您……我不想更多地听下去……

塔齐雅娜（坚决地、平静地）：您还是看重您那些低于亲吻女人的原则吧！

尼古拉：我已经说过，我不想听您说了。

塔齐雅娜（平静地）：这样——您走吧。难道我阻挡您？

（他迅速离去。塔齐雅娜围上披巾，站在房子
中间，望着凉台。从右边的门中走来娜佳和中
尉波鲁契克。）

波鲁契克：士兵任何时候都不欺侮女人，我说的是实话！对士兵来说，女人是神圣的……

娜佳：您就将看到……

波鲁契克：这不可能！只在军队里还保留着对女人的骑士般的关系……

（他向左通过门而去。走来波丽娜、扎哈尔和
雅科夫。）

扎哈尔：雅科夫，你是否看见……

波丽娜：你们想一想，究竟怎样按另一种方式？

扎哈尔：这里是现实，是必要性……

塔齐雅娜：究竟是什么？

雅科夫：瞧，在给我举行安魂祈祷……

波丽娜：令人惊讶的残酷！大家都在攻击我们！甚至雅科夫·伊凡诺维奇，总是如此温和……但是，难道是我们叫了士兵？任何人也没有请过宪兵。他们总是自己出现。

扎哈尔：为了这些逮捕而指责我……

雅科夫：我没有指责……

扎哈尔：你没有直说，但我感觉……

雅科夫（面向塔齐雅娜）：我坐着，他走近我说："你怎么啦，兄弟？"而我说："令人厌恶，兄弟！"这就是全部情况！

扎哈尔：但是应当明白，以在我们这里所做的这种形式宣传社会主义，在任何地方都是不可能的，在任何地方都是不允许的……

波丽娜：从事政治，这是大家所需要的，但这里与社会主义有什么关系？这就是扎哈尔所说的。他说得对！

雅科夫（忧郁地）：老头儿列弗申究竟是什么样的社会主义者？他只不过工作得过久，由于疲倦而说胡话……

扎哈尔：他们所有人都在说胡话！

波丽娜：必须宽恕人，先生们！我们如此疲惫不堪！

扎哈尔：瞧，就在我们家里设立法庭，你想，我对此不感到沉痛吗？但这一切都是尼古拉·华西里耶维奇的企图，而在这幕闹剧之后和他争辩已不可能！

克列奥帕特娜（快速走来）：你们听见了吗？杀人凶手已经找到……现在就会把他带到这里来。

雅科夫（嘟囔）：嗬，瞧……

塔齐雅娜：这是谁？

克列奥帕特娜：一个什么样的小孩……我高兴……也许，从人道的观点来看这不好，但我——高兴！既然他是个小孩，那么我就吩咐在审判之前每天都抽打他……尼古拉·华西里耶维奇在哪儿？……你们没有看见他？（她向左走到门口，将军迎着她走来。）

将军（忧郁地）：嗨，瞧！……大家都像落汤鸡似的站着。

扎哈尔：令人不快，叔叔……

将军：宪兵？对……这位骑兵大尉是个正派的无赖！我想跟他开个玩笑……他们不会留下来过夜吧？

波丽娜：我想，不会……留下来干吗？

将军：遗憾！否则……当他睡觉的时候，一桶冷水淋在他身上！在我们军曾这样对付胆怯的见习军官……当一个光溜溜的和湿淋淋的人跳起来大声叫喊的时候，那是太可笑了！……

克列奥帕特娜（站在门口）：天知道，将军，您在说什么？为什么这样？骑兵大尉是个相当好的和活动能力异常强的人……他一出现就捕获了所有人！这应当给以好评！（离去。）

将军：嗯……对她来说，所有大胡子的男人都是相当好的人。每个人都应该知道自己的位置，事情原本如此……确切地说——正派就在于此！（往左走向门口。）喂，科尼！

波丽娜（低声地）：她明显感到自己在这里是主人。你们看，她是怎样表现自己的！……没有教养的、粗鲁的女人……

扎哈尔：这一切快点结束才好呢！多么想要安静、和平……正常的生活！

娜佳（跑进来）：姨妈塔妮娅，他愚蠢，这个波鲁契克！……他，大概，打士兵……他叫喊，现出严厉的脸色……姑父，应该让妻子去见被捕的丈夫……这里有五个人是结了婚的！……你试试去对这个宪兵说说……看来，他在这里是为头的。

扎哈尔：你看见吗，娜佳……

娜佳：我看见，你不去！……去吧，去吧，对他说说！……她们在那里哭……你倒是去啊！

扎哈尔（离去）：我想——这是徒劳无益的……

波丽娜：你，娜佳，总是打搅所有人！

娜佳：这是你们打搅所有人……

波丽娜：我们？你想一想……

娜佳（激动地）：我们所有人——有我，有你，有姑父……这是我们打搅所有人！我们什么事也没有做，而一切都是由于我们……士兵、宪兵以及一切！这些逮捕——也是……还有妇女在哭泣……一切都是由于我们！

塔齐雅娜：到这里来，娜佳。

娜佳（走过去）：嗯，我来了……嗯，什么事？

塔齐雅娜：坐下，平静下来……任何事你都不了解，任何事你都不能做……

娜佳：而你甚至任何事都不能说！我不想平静，不想！

波丽娜：你死去的母亲在谈到你的时候说得对，——可怕的性格。

娜佳：是的，她是对的……她工作，吃自己的面包。而你们……你们做什么？你们吃谁的面包？

波丽娜：瞧，开始了！娜杰什达，我请你丢掉这种腔调……向年长的人吆喝算什么呀！

娜佳：你们可不是年长的人！嗯，你们是什么年长的人？确切说——你们是老年人！

波丽娜：塔妮娅，说实在的，这一切都是你的思想！你应当告诉她，她是个愚蠢的女孩……

塔齐雅娜：你听见了吗？你是个愚蠢的女孩……（抚摸她的肩膀。）

娜佳：嗯，是的。你们不能说任何更多的话！没关系！你们甚至不会保护自己……奇怪的人！你们，说实在的，是某种多余的人，甚至在这里，在你们家里，也是多余的人！

波丽娜（严厉地）：你知道你在说什么呀？……

娜佳：到你们这里来了宪兵、士兵、什么样的蓄胡子的傻瓜，他们发号施令，喝茶，舞弄兵刀发出嗖嗖的呼啸声，挥动马刺发出呼啦啦的响声，哈哈大笑……逮捕人，冲着被捕者大喊大叫，威胁被捕者。女人们哭泣……嗯，而你们呢？你们在这里有什么关系？你们被推到了某处的角落……

波丽娜：你要明白，你是在胡扯！这些人是来保护我们的。

娜佳（悲伤地）：唉，姑妈！士兵不可能保护我们避免愚蠢，不可能！

波丽娜（气愤地）：什一什么？

娜佳（向她伸出双手）：你别生气！我这是说大家！（波丽娜快速离去。）瞧，她跑了！她将对姑父说：我粗鲁、固执……姑父将长篇大论……于是所有苍蝇都将因枯燥无味而死亡！

塔齐雅娜（沉思地）：你将怎样生活？我不知道！

娜佳（用手环指四周）：不是这样！决不——这样！我不知道，我将做什么……但我不会像你们这样做任何事情！现在我和这位军官走过凉台旁边，而格列科夫看着，吸着烟……他的眼睛在眯眯笑。但是他本来知道，他……将进监狱。瞧！随心所欲地生活的人们什么都不害怕……他们愉快！我惭愧地看着列弗申，看着格列科夫……别的人我不知道，但这些人！……这些人我任何时候都不会忘记……瞧，蓄着小胡子的小傻瓜正在走来……呜一呜！

博博耶多夫（走进来）：多么可怕！你们这是吓唬谁？

娜佳：我害怕您……您让妇女去见丈夫，好吗？

博博耶多夫：不，我不让。我是个恶人！

娜佳：当然，如果您是宪兵的话。为什么您不愿意让妇女们去？

博博耶多夫（客气地）：现在——不可能！可是以后，当要把他们送走的时候，我将允许告别。

娜佳：但是为什么不可能？这本来取决于您吧？

博博耶多夫：取决于我……即取决于法律。

娜佳：那是什么样的法律！开开恩吧……我求您！

博博耶多夫：这是怎么啦——什么样的法律？您也否定法律吗？唉——呀——呀！

娜佳：别这样和我说话！我不是小孩……

博博耶多夫：我相信！只有小孩和革命者才否定法律。

娜佳：瞧，我就是革命者。

博博耶多夫（笑）：啊！那就必须把您关进监狱……逮捕并关进监狱……

娜佳（忧郁地）：唉，不要开玩笑！让她们去！

博博耶多夫：我不能……有法律！

娜佳：荒谬的法律！

博博耶多夫（严肃地）：嗨……您这是徒劳无益的！假若如您所说您不是小孩，您就应该知道，法律是国家政权机关制定的，没有法律就不可能有国家。

娜佳（热烈地）：法律、政权机关、国家……呸，我的天啦！但这本来是为了众人的吗？

博博耶多夫：嗨……我想！说得更确切些，首先是为了维持秩序！

娜佳：如果人们在哭泣，那么这是毫不中用的。如果人们在哭泣，那么这一切都不需要！国家……真是胡扯！我干吗需要它？（走向门口。）国家！他们什么都不明白，却在谈论！（离去。博博耶多夫有点儿惊慌失措。）

博博耶多夫（面向塔齐雅娜）：奇特的小姐！但是，思维方向是危险的……看来，她的姑父是持自由主义观点的人，对吧？

塔齐雅娜：您对此知道得更清楚。我不知道自由主义者是怎样的人。

博博耶多夫：嗯，那还用说？对此所有人都知道！……不尊重政权机关——这就是自由主义！……我本来在沃罗涅日就见过您，卢戈华娅夫人……当然啰！我欣赏您细腻的、异常细腻的表演！也许，您发现了我总是坐在副省长的沙发椅旁边吧？我那时曾是局里的副官。

塔齐雅娜：我不记得了……也许吧。在每个城市都有宪兵，不是吗？

博博耶多夫：啊，当然！必须每个城市都有！应当对您说，我们是行政管理人员……正是我们才是艺术的真正的赏识者！可能还有商人。例如，在为纪念某一可爱的演员举行的演出中，就拿作为礼物赠给该演员的签名集来说吧……您在签名单上必定能看到宪兵军官的姓名。可以说，这是传统！下一个季节您将在哪里演出？

塔齐雅娜：我还没有决定……但是，当然在必定有真正的艺术赏识者的城市里！……这本来是无法排除的吧？

博博耶多夫（没有理解）：啊，当然！在每个城市必定有他们！人们变得更有文化了……

克华奇（从凉台走来）：阁下！开枪的这位……正被带来！请问送往何处？

博博耶多夫：送到这里来……把他们所有的人都带来！去叫检察官同志。（面向塔齐雅娜。）对不起！我应当做点事情。

塔齐雅娜：您将审问？

博博耶多夫（客气地）：略微问问，以便认识这些人……可以说是无关紧要的点名！

塔齐雅娜：我可以旁听吗？

博博耶多夫：嗨……一般地说，在政治案件中我们没有这样的惯例……但这是刑事案件，我们没有在自己的地方，我愿使您感到高兴……

塔齐雅娜：我将不露面……我就从这里看着。

博博耶多夫：很好！我很高兴姑且以此报答您我看见您在舞台上所享受的喜悦。我这就拿来几份文件。（他离去。两位已过中年的工人带着里亚布佐夫从凉台进来。科尼在旁边走着，打量着他的面孔。跟在他们后面的是列弗申、雅戈金，还有几位工人和宪兵。）

里亚布佐夫（生气地）：干吗捆住双手？解开……嘿！

列弗申：你们，兄弟们，给他解开双手吧！干吗委屈人啊？

雅戈金：他不会跑的！

工人之一：为了遵守规矩——必须！按照法律要求捆住……

里亚布佐夫：我不愿这样！解开！

另一位工人（面向克华奇）：宪兵先生！可以吗？小伙子温顺……我们感到惊奇……这怎么是他？

克华奇：可以。解开吧……没关系！

科尼（忽然地）：你们白费劲地抓了他！当那里开枪的时候，他曾在河边……我看见过他，将军也见过！（面向里亚布佐夫。）你干吗沉默，傻瓜？你说：不是我开的枪……你干吗沉默？

里亚布佐夫（坚定地）：不，是我。

列弗申：老总，他更好地知道是谁……

里亚布佐夫：是我。

科尼（叫喊）：你撒谎！坏蛋……（博博耶多夫和尼古拉·斯克罗博托夫走进来。）那时你乘小船沿河航行，还唱着歌……怎么样？

里亚布佐夫（平静地）：是我……之后。

博博耶多夫：这位？

克华奇：正是！

科尼：不，不是他！

博博耶多夫：什么？克华奇，带走老头！老头从哪里来的？

克华奇：他是将军部下的人，阁下！

尼古拉（端详着里亚布佐夫）：对不起，博格丹·杰尼索维奇……放了吧，克华奇！

科尼：别抓了！我自己是士兵！

博博耶多夫：等一等，克华奇！

尼古拉（面向里亚布佐夫）：这是你杀了老板吗？

里亚布佐夫：是我。

尼古拉：为什么？

里亚布佐夫：他虐待我们。

尼古拉：怎么称呼你？

里亚布佐夫：巴维尔·里亚布佐夫。

尼古拉：这样！科尼……您说——什么？

科尼（激动）：不是他杀了人！那时他在沿河划船……我发誓！……我和将军看见了他……将军还说过：把船弄翻了以便他洗个澡才好呢……是的！真有你的，小孩子！你这是干什么，啊？

尼古拉：科尼，您为什么如此坚定地说，正是在杀人的时刻他在河里？

科尼：从工厂到他那时所在的地方一小时是走不到的。

里亚布佐夫：我跑到的。

科尼：划船和唱歌。杀了人之后你是唱不起歌来的！

尼古拉（面向里亚布佐夫）：你知道，法律严惩隐藏罪犯的企图和作伪证……你知道这个吗？

里亚布佐夫：对我反正都一样。

尼古拉：好。那么，是你杀了厂长？

里亚布佐夫：是我。

博博耶多夫：好一头野兽崽子！……

科尼：他撒谎！

列弗申：唉，老总，在这里您是外人！

尼古拉：究竟是什么人？

列弗申：我说——这位老总是外人，却在碍事……

尼古拉：那么你不是外人？你是杀人的参与者，是吧？

列弗申（笑）：我？老爷，我有一次用棍子打死了一只兔子，就那样我的心都酸痛……

尼古拉：嗯，沉默！（面向里亚布佐夫。）你开枪用的左轮手枪在哪里？

里亚布佐夫：不知道。

尼古拉：它是什么样的？你说！

里亚布佐夫（窘迫）：什么样的……它们是什么样的？普通的。

科尼（高兴地）：啊，狗杂种！连左轮手枪都没有见过！

尼古拉：多大的尺寸？（双手比画成半俄尺的尺寸。）这么大？对吗？

里亚布佐夫：对……还小一点……

尼古拉：博格丹·杰尼索维奇，请到这里来。（低声地对他说。）这里隐藏着某种恶劣的行径。必须更严格地对待这个小孩……我们把他留下直到侦查员到来。

博博耶多夫：但是他本来会招认……怎么办？

尼古拉（庄严地）：我们俩都怀疑，这个小孩不是真正的罪犯，而是冒充的人，明白吗？

> （醉醺醺的雅科夫从塔齐雅娜旁边的门中小心翼翼地走出来，默默地张望。他的头有时无力地低垂，仿佛他微微入睡了。他抬起头，惊惶失措地环顾四周。）

博博耶多夫（不明白）：啊哈……对，对，对！您说说，啊？……

尼古拉：这是密谋！集体的罪行……

博博耶多夫：好一个坏蛋，啊？

尼古拉：让骑兵司务长暂时把他带走。最严格的隔离！我现在离开一会儿……科尼，你和我一起去！将军在哪儿？

科尼：在挖蠕虫……

> （他俩离去。）

博博耶多夫：克华奇，把这位带走。看管好他！要绝不出问题!

 克华奇：是！嗯，我们走吧，小伙子！

 列弗申（温和地）：再见，帕肖克，再见，亲爱的！……

 雅戈金（忧郁地）：再见，帕甫路哈！……

 里亚布佐夫：再见……没关系！……

（里亚布佐夫被带走。）

 博博耶多夫（面向列弗申）：你，老头儿，了解他吗？

 列弗申：怎么不了解？我们在一起工作。

 博博耶多夫：怎么称呼你？

 列弗申：叶菲姆·叶菲莫夫·列弗申。

 博博耶多夫（面向塔齐雅娜，小声地）：你瞧，将发生什么！列弗申，你对我说真话，你是位老人、聪明人，你应该对长官只说真话……

 列弗申：为什么说假话……

 博博耶多夫（欣喜地）：对。那你就凭良心告诉我：你家里隐藏着什么东西，啊？说真话！

 列弗申（平静地）：那里什么都没有。

 博博耶多夫：这是真话？

 列弗申：情况就是这样……

 博博耶多夫：唉，列弗申，你很惭愧！你秃顶白发，却像小孩一样撒谎！……长官不仅知道你在做什么，而且知道你在想什么。不好，列弗申！瞧，我这手里拿的是什么？

 列弗申：我看不清楚……我的视力微弱……

 博博耶多夫：我说。这是被政府禁止的书，它们号召人民去暴动反对国君。这些书是从你那里拿来的，怎么样？

 列弗申（平静地）：没什么。

 博博耶多夫：你承认这些书是自己的吗？

 列弗申：也许，是我的……本来书是彼此相似的……

 博博耶多夫：老年人，你怎么会是这么撒谎？

列弗申：阁下，我可是对您说了真正的实话。您问我家里藏着什么东西，既然您问这个，可见那里什么都没有，也就是说，什么东西都被你们拿走了。所以我就说——那里已经没有任何东西了。究竟为什么还要羞辱我？我受不了这个。

博博耶多夫（窘迫地）：原来如此？然而，少和我开玩笑！谁给了你这些书？

列弗申：嗯，究竟为什么您要知道这个？我不会说这个的。何况我也忘记了这些书是从哪里来的……您就别自寻烦恼了。

博博耶多夫：啊哈……这样？好……阿列克谢伊·格列科夫！谁是格列科夫？

格列科夫：我是。

博博耶多夫：您参加了在斯摩棱斯克手工业中革命宣传案的初步调查，对吗？

格列科夫：参加了。

博博耶多夫：如此年轻的和如此有才能的人？很高兴相识！……宪兵，把他们带到凉台去……这里令人憋气。威勒帕耶夫·雅科夫？啊哈……斯维斯托夫·安得烈？

（宪兵们把所有人带到凉台去。博博耶多夫手
里拿着文件也走向那里。）

雅科夫（轻声地）：我喜欢这些人！

塔齐雅娜：是的。但是为什么他们如此简朴……说话如此简单，观望如此随便，——为什么？他们没有激情？没有英雄气概？

雅科夫：他们平静地相信自己的真理……

塔齐雅娜：他们应当有激情！应当是英雄！……但是在这里……你能感到——他们蔑视所有人！

雅科夫：叶菲梅奇好样的！他有一对看透一切的、忧郁温柔的眼睛。他仿佛说："嗨，这一切都是为了什么？你们滚一边去……给我们自由吧……你们滚吧！"

扎哈尔（从门里察看）：这些法律的代表先生们太迟钝！他

们设立了小小的法庭……尼古拉·华西里耶维奇表现为某种征服者……

雅科夫：你，扎哈尔，只是反对在你眼前发生的这整个事件？

扎哈尔：嗯，当然，能使我避免这种快感才好呢！娜佳完全发狂了……她对我和波丽娜说了许多无礼貌的话，称克列奥帕特娜是狗鱼，而现在闲躺在我的沙发上叫喊……天知道，会发生什么事情！……

雅科夫（沉思地）：在我看来，正在进行的事情的意义变得越来越走向反面。

扎哈尔：是的，我明白……但是到底怎么办呢？既然有人进攻——便当自卫。我完全不能在房子中找到自己的位置……仿佛房子倾覆得顶朝下！今天潮湿、寒冷……这场雨啊！……秋来早！

（尼古拉和克列奥帕特娜走来，他俩神情激动。）

尼古拉：现在我确信——他被收买了……

克列奥帕特娜：他们自己不可能想出这种办法……这里必须寻找出主意的聪明人。

尼古拉：您想——是辛佐夫吗？

克列奥帕特娜：到底是谁？瞧，博博耶多夫……

博博耶多夫（从凉台走来）：我能担当什么？

尼古拉：我最终确信小孩是被收买的……（悄悄地说。）

博博耶多夫（小声地）：啊——啊？嗯……

克列奥帕特娜（面向博博耶多夫）：您明白吗？

博博耶多夫：嗯——是——是的……什么样的坏蛋！

（尼古拉和骑兵大尉热烈地交谈并消失在门口。
克列奥帕特娜环顾四周，看见了塔齐雅娜。）

克列奥帕特娜：啊……您在这里？

塔齐雅娜：还发生了什么事情？

克列奥帕特娜：这对您无所谓，我想……你听说过辛佐夫吗？

塔齐雅娜：我知道。

克列奥帕特娜（挑战似的）：是的，他被捕了！我高兴，工厂的这整根杂草最终被割掉了，您呢？

塔齐雅娜：我想，我的感觉对您无所谓……

克列奥帕特娜（幸灾乐祸的）：您同情这位辛佐夫！（看着塔齐雅娜，她的脸变得温和些了。）您怎么看上去好奇怪……脸显得萎靡不振……为什么？

塔齐雅娜：也许，由于天气。

克列奥帕特娜（走近她）：原来如此……大概，这糊涂……但我是个直率的人！……我活了许多时间！我感受了许多事情……并且很爱发脾气！我知道，只有女人才可能是女人的朋友……

塔齐雅娜：您想问什么？

克列奥帕特娜：是想说，而不是问！我喜欢您……您是如此自由，穿戴总是如此合身得体……并且对男人举止优美。我忌妒您……既像您所说的那样，又像您所想的那样……可有时我不爱您……甚至恨您！

塔齐雅娜：这有意思。为什么？

克列奥帕特娜（古怪地）：您究竟是谁？

塔齐雅娜：怎么？

克列奥帕特娜：我不了解——您是谁？我想看到所有人都是确定的人，我喜欢知道，每个人在想什么！按照我的看法，不确知他们在想什么的人们是危险的！对他们不可相信！

塔齐雅娜：您这是奇谈怪论！干吗我需要了解您的观点？

克列奥帕特娜（热烈地和惊慌地）：需要让人们生活得亲密友好，让我们大家能彼此信任！您瞧，他们开始杀害我们，他们想使我们破产！您瞧，这些被捕者有着怎样的强盗般的嘴脸？他们知道想要什么，他们对此清楚得很。他们友好相处，他们彼此信任……我仇恨他们！我害怕他们！而我们生活得总是不和睦，什么也不相信，无以相互联系，各自为政……我们就得依靠宪兵，依靠士兵，而他们则自力更生……他们比我们更坚强有力！

塔齐雅娜： 我也想直率地问您……您和丈夫曾幸福吗？

克列奥帕特娜： 您问这个干吗？

塔齐雅娜： 随便问问。好奇！

克列奥帕特娜（想了想）：不，他总是忙，不是忙于我……

波丽娜（走来）：听见了吗？办事员辛佐夫原来是社会主义者！而扎哈尔公然和他在一起，甚至还想让他做助理会计员！当然，这是小事，但是你们想，生活变得多么艰难！和你们在一起的是你们的宿敌，而你们没有发现他们！

塔齐雅娜： 多么好呀，我不是富人！

波丽娜： 你老年时才说这个话吧！（面向克列奥帕特娜，温和地。）克列奥帕特娜·彼得罗芙娜，请您再量一下连衣裙……并送来黑纱……

克列奥帕特娜： 我去……不好……我的心脏跳得不均匀……我不喜欢成为病人！

波丽娜： 想要我给您心跳过速的滴剂吗？很有效。

克列奥帕特娜（走）：谢谢！

波丽娜： 我马上就来。（面向塔齐雅娜。）和她在一起需要温和一些，这能使她平静！你和她说说话，这很好……总之，我羡慕你，塔妮娅……你总会站在如此适当的中间的立场上！……我去给她滴剂。

　　　　（塔齐雅娜独自一人留下，望着凉台，那里被
　　　　捕者处于士兵的拘禁下。雅科夫从门中察看。）

雅科夫（冷笑）：我站在门外听来着。

塔齐雅娜（漫不经心地）：据说这不好……偷听……

雅科夫： 一般地说，听到人们说话是不好的。多么怜惜他们……是这样，塔妮娅！我要走了……

塔齐雅娜： 去哪里？

雅科夫： 一般地说……还不知道……再见！

塔齐雅娜（温柔地）：再见！……写信！

雅科夫：这里糟糕透了！

塔齐雅娜：你什么时候走？

雅科夫（古怪地微笑）：今天……你也走吧……啊？

塔齐雅娜：是的，我要走。你为什么这样笑？

雅科夫：这样……大概，我们再也见不着了……

塔齐雅娜：蠢话。

雅科夫：嗯，原谅我！（塔齐雅娜吻他的前额。他轻轻地笑，推开她。）你吻我，就像吻死人一样……（慢慢地离去。塔齐雅娜看着他的背影，想跟他走，但做了个微弱的手势就停了下来。娜佳手里拿着伞走出来。）

娜佳：请吧，我们去花园……我头痛……我刚才哭呀，哭……像个傻瓜！如果我一个人去，又会哭的。

塔齐雅娜：哭什么，小姑娘？没什么可哭的！

娜佳：我感到烦恼。我什么都不明白。究竟谁对？姑父说是他……而我没有这种感觉！他善良吗，姑父？我曾相信他善良……而现在却不知道！当他和我说话时，我感到我自己凶狠而愚蠢……可是当我开始想他……并扪心自问一切的时候……我就什么都不明白！

塔齐雅娜（忧郁地）：如果你将自我提问，你将变为革命者……并将毁灭在这混乱之中，我亲爱的你！……

娜佳：应当成为什么样的人，应当！（塔齐雅娜轻轻地笑。）你笑什么？应当！不能活着眨巴眼睛，什么都不明白！

塔齐雅娜：我之所以笑，是因为今天大家都说这个……大家，突然！

（她俩往外走。迎着她俩走来将军和中尉波鲁契克。波鲁契克机灵地让路。）

将军：中尉，动员是必要的！它有双重目的……（面向娜佳和塔齐雅娜。）你们去哪里，啊？

塔齐雅娜：散步。

将军：如果你们遇到这位办事员……怎么称呼他来着？中尉，方才我让您认识的那个人姓什么？

波鲁契克：波卡德，阁下！

将军（面向塔齐雅娜）：让他到我这里来，我将在食堂喝茶和白兰地酒，还有中尉……哈——哈——哈哈！（一只手掩着嘴，四周环顾。）感谢，中尉！您有好记性，是的！这很好！军官应该记住自己连的每位士兵的名字和相貌特征。当士兵是新兵的时候，他是狡猾粗野的人——狡猾的、懒惰的、愚蠢的人。军官要了解他的心思，按照自己的方式不断加以调教，以便使他从愚笨粗野的人变成为聪明的、忠于职责的人……

（忧虑重重的扎哈尔走来。）

扎哈尔：叔叔，您没有看见雅科夫吗？

将军：我没有看见雅科夫……那里有茶吗？

扎哈尔：有，有！（将军和中尉离去。生气的、头发蓬乱的科尼从凉台走来。）科尼，您没有看见我弟弟吗？

科尼（严肃地）：没有。我现在什么话都不说。见到人——不说话……沉默……得啦！我一生说过许多话……

波丽娜（走来）：那里来了一些男人，他们再次请求延期交租金。

扎哈尔：瞧！他们找到了时间……

波丽娜：他们抱怨收成不好，他们没什么可交付的。

扎哈尔：他们总是抱怨！……你没有遇见雅科夫吗？

波丽娜：没有。到底对他们说什么呢？

扎哈尔：对那些男人吗？让他们去办事处……我不会和他们说话！

波丽娜：但是办事处没有任何人！你该知道——我们处于彻底的无政府状态。很快就是吃午饭的时候了，而这位骑兵大尉总在要求喝茶……食堂从早晨起就没有收起过茶炊，总而言之，生活就像是胡闹！

　　扎哈尔：你知道，雅科夫突然打定了主意到什么地方去了！

　　波丽娜：你原谅我吧，但是，说实话，他走得好……

　　扎哈尔：是的，当然。他太使人生气，胡说八道……现在还追着我问——是否可以用你的左轮手枪去打乌鸦？他说话粗鲁无礼。他最终还是拿着左轮手枪走了……他总是醉醺醺的……

　　　　（辛佐夫和两个宪兵以及克华奇从凉台走进
　　　　来。波丽娜默默地用单目眼镜看了一下辛佐夫
　　　　之后离去。扎哈尔窘迫地摆正好眼镜，随即向
　　　　后退。）

　　扎哈尔（带有责备意味地）：瞧，辛佐夫先生……怎么这样愁闷！我非常怜惜您……非常！

　　辛佐夫（面带微笑）：别担心……值得吗？

　　扎哈尔：值得！人们应当相互同情……甚至即使是我信任过的人辜负了我的信任，反正一样，当我看到他处于不幸之中时，我仍然认为有责任同情他……是的！再见，辛佐夫先生！

　　辛佐夫：再见。

　　扎哈尔：您对我……没有任何要求吗？

　　辛佐夫：绝对没有任何要求。

　　扎哈尔（窘迫地）：非常好。再见！您的薪金将寄给您……是的。（走去。）但这是不行的！我的房子变成为宪兵的办公室了！

　　　　（辛佐夫笑。克华奇适时地凝视着他，特别是
　　　　他的双手。辛佐夫发现之后也直视着克华奇好
　　　　几秒钟。克华奇也笑了起来。）

　　辛佐夫：啊？怎么回事？

　　克华奇（高兴地）：没什么……没什么！

　　博博耶多夫（走进来）：辛佐夫先生，您现在到城里去。

克华奇（高兴地）：阁下，他们完全不是辛佐夫先生，而是另外的人！……

博博耶多夫：怎么？说得更清楚些！

克华奇：我可认识他们！他们住在布良斯克工厂，在那里他们的名字是马克西姆·马尔科夫！我们在那里逮捕过他们……两年以前，阁下！……在他们的左手大拇指上没有指甲，我知道！他们准是从什么地方跑了，那就是使用别人的身份证！

博博耶多夫（格外惊讶地）：这是真的，辛佐夫先生？

克华奇：全是真的，阁下！

博博耶多夫：这么说，您不是辛佐夫，唉—唉—唉……

辛佐夫：无论我是谁，您都必须有礼貌地对待我……别忘记了！

博博耶多夫：哎呀—呀！很快可看到一个严肃的人。克华奇，你亲自送他去！……要特别留神！

克华奇：是！

博博耶多夫（高兴地）：就这样，辛佐夫先生，或者像那里那样称呼您，您去城里吧。你，克华奇，把你了解他的一切马上向长官报告，现在就要求恢复原先的生产……不过，这个我自己去！等一等，克华奇……（迅速离去。）

克华奇（和善地）：瞧，我们又相遇了！

辛佐夫（冷笑）：您高兴？

克华奇：那还用说？熟人嘛！

辛佐夫（厌恶地）：是您该丢弃这件事的时候了。头发斑白，还不得不像狗那样跟踪……难道您不感到委屈吗？

克华奇（和善地）：没关系，我习惯了！我已经服务二十三年……而且完全不像狗！长官尊重我。许诺授予勋章！很快就给！

辛佐夫：因为我？

克华奇：因为您！您从哪儿逃跑的？

辛佐夫：以后您会知道的。

克华奇：我们会知道！您还记得在布良斯克工厂那里的那位戴眼镜的黑黑的人吗？是教师萨维茨基吧？他也在不久前再次被

捕了……嗨，只是他在监狱死了……他病入膏肓！你们这种人还
是少啊！

辛佐夫：将会多起来的……您等着瞧！

克华奇：啊？这好呀！多些政治犯——对我们更好！

辛佐夫：你们可以频繁地获得奖赏？

（博博耶多夫、将军、中尉、克列奥帕特娜和
尼古拉出现在门口。）

尼古拉（望了一眼辛佐夫）：我感到了这个……（消失。）

将军：好啊！

克列奥帕特娜：现在一清二楚，这一切是从哪里开始的！

辛佐夫（讽刺地）：喂，宪兵先生，您不觉得自己的举止是
愚蠢的吗？

博博耶多夫：不，别教训我！

辛佐夫（坚定地）：不，我要教训！您停止这种愚蠢的表演吧！

将军：噢—噢……怎样的，啊？

博博耶多夫（叫喊）：克华奇，带他走！

克华奇：是！（带走辛佐夫。）

将军：这大概是头野兽，啊？他怎么……吼叫，啊？

克列奥帕特娜：我确信，他这是为一切开个头！

博博耶多夫：可能……非常可能！

波鲁契克：将审判他，是吗？

博博耶多夫（笑）：我们吃掉他们，不加调味汁……津津有味！

将军：这是巧妙的。像牡蛎……卑贱的人！

博博耶多夫：啊哈！瞧，阁下，现在我们可以分享野味了，
并使您避免意外事件！尼古拉·华西里耶维奇，您在哪儿？

（大家消失在门口。斯塔诺沃伊从凉台走进来。）

斯塔诺沃伊（面向科尼）：将在这里审问吗？

科尼（忧郁地）：我不知道……我什么都不知道！

斯塔诺沃伊：桌子、文件……就是说，是在这里！（向着凉台说。）把所有人都带到这里来！（面向科尼。）死者错了，他说是棕红色头发的人向他开的枪，却原来是头发有点黑的人！

科尼（抱怨地）：活人也错了……

（重新把被捕的人从凉台带进来。）

斯塔诺沃伊：让他们并排站在这里……老头儿，站边上！你不害羞！老鬼！

格列科夫：您干吗骂人？

列弗申：没关系，阿辽夏！让他……

斯塔诺沃伊（威胁）：看我教训你！

列弗申：没关系！他们的职责就是这样的……欺侮人的。

（尼古拉和博博耶多夫走进来，坐到桌子后面。将军坐在一角的沙发椅上，他后面是中尉。克列奥帕特娜和波丽娜站在门口，他们后面是塔齐雅娜和娜佳。扎哈尔通过她们的肩膀不满意地张望。波洛吉侧身小心地从某处走来，向坐在桌子后面的人鞠躬致意，不知所措地站在房子中间。将军挥动手指招呼他到自己身边来，他用靴子尖走到将军的沙发椅旁边。里亚布佐夫被带进来。）

尼古拉：我们开始。巴维尔·里亚布佐夫！

里亚布佐夫：干吗？

博博耶多夫：不要说——干吗，傻瓜；而要说——悉听尊便！

尼古拉：那么，您坚持说厂长是被您杀死的？

里亚布佐夫（不满意地）：我已经说过了……还有什么可说的？

尼古拉：您知道阿列克谢伊·格列科夫吗？

里亚布佐夫：这是什么人？

尼古拉：瞧，他和您并排站着！

里亚布佐夫：他在我们这里工作。

尼古拉：也就是说，您和他是熟人。

里亚布佐夫：我们所有人都是熟人。

尼古拉：当然。但是您在他家里待过，和他一起散过步……总之，您亲近他，熟知他？你们是同志？

里亚布佐夫：我和所有人散步。我们所有人都是同志。

尼古拉：是吗？我想——您在撒谎！波洛吉，您告诉我们——里亚布佐夫和格列科夫是什么关系？

波洛吉：是亲近的友谊关系……这里有两伙人。格列科夫率领年轻人，青年人对地位比他高得多的人的态度是很粗鲁的。叶菲姆·列弗申领导已过中年的人……他是个说话赋有幻想和态度像狐狸般狡猾的人……

娜佳（轻声地）：哎嗨，好一个坏蛋！

（波洛吉上下左右打量着她，又用疑惑的目光
看着尼古拉。尼古拉也把目光投向娜佳一边。）

尼古拉：嗯，继续说！

波洛吉（叹了一口气）：辛佐夫先生把他们联合起来，他和所有人都保持良好的关系。这是个不像普通人的人，具有健全的智慧。他阅读各种书籍，对一切都有自己的见解。他有一套三室的住宅，在我的住宅的斜对面……

尼古拉：您不必说得这么详细……

波洛吉：对不起……真理要求形式的完整！出入他住宅的有形形色色的人物，也包括在座的人，例如：格列科夫……

尼古拉：格列科夫，这是真的吗？

格列科夫（镇静地）：请不要向我提问，我不会回答。

尼古拉：徒劳无益！

娜佳（高声地）：好啊！

克列奥帕特娜：怎样的狂妄行为？

扎哈尔：娜佳，我亲爱的！

博博耶多夫：嘘——嘘……

（凉台上传出喧闹声。）

尼古拉：我发现这里局外人的参加是多余的……

将军：嗯……在这里到底谁是局外人？

博博耶多夫：克华奇，你去看看，是什么喧闹声？

克华奇：有人在拽门，阁下！拽门和骂人，阁下！

尼古拉：他要干吗？这是谁？

博博耶多夫：去问一问！

波洛吉：请问是继续或是暂停？

娜佳：啊，下流的东西！

尼古拉：暂停……我请局外人离开！

将军：请问……这怎么理解？……

娜佳（激昂地叫喊）：这里的局外人是你们！是您而不是我！你们到处都是局外人……我这里是家！我这就能要求让你们离去……

扎哈尔（激动地，面向娜佳）：你走吧！快点……走吧！

娜佳：是吗？原来如此！……就是说，这是我……我在这里确实是局外人！那么我就走，但我要对你们说……

波丽娜：管住她……她将说什么可怕的话！

尼古拉（面向博博耶多夫）：请您告诉宪兵，把门关上！

娜佳：你们都是没良心的人……没有心肝、可怜的人……不幸的人……

克华奇（走进来，高兴地）：阁下！又一个人坦白地承认！

博博耶多夫：什么？

克华奇：又一个杀人犯来了！

（阿基莫夫不慌不忙地走到桌子旁边，他是个淡红褐色头发、蓄着大胡子的小伙子。）

尼古拉（下意识地欠起身来）：您需要什么？

阿基莫夫：厂长是我杀的。

尼古拉：您？

阿基莫夫：我。

克列奥帕特娜（轻声地）：啊——啊……坏蛋！你有良心吗！……

波丽娜：我的天啦！多么可怕的人们！

塔齐雅娜（平静地）：这些人将获得胜利！

阿基莫夫（忧郁地）：嗯，怎么样？拿去吧，任由你们处置！人是我杀的。

> 全都惊慌不已。尼古拉向着博博耶多夫快言快语低声地说着什么，后者张皇失措地微笑。在被捕的人群中一片沉默，大家都一动不动地站着。娜佳在门口望着阿基莫夫而哭泣。波丽娜和扎哈尔低声地交头接耳。在寂静中清晰地传出塔齐雅娜微弱的声音。

塔齐雅娜（面向娜佳）：别哭，这些人将获得胜利！……

列弗申：唉，阿基莫夫，你白费心思……

博博耶多夫：闭嘴！

娜佳（面向阿基莫夫）：您为什么这样做，为什么？

列弗申：别吼叫，阁下。我比你年长。

阿基莫夫（面向娜佳）：您——在这里什么也不明白，——离开才好……

克列奥帕特娜：瞧这可恶的老头儿假装成什么样虔诚的人吧！

博博耶多夫：克华奇！

列弗申：你怎么啦，阿基莫夫？你——说呀！你说，他用手枪紧贴在你胸膛，嘿，于是你就那个……

博博耶多夫（面向尼古拉）：您听见吗，他在教什么？唉，老撒谎人！

列弗申：不，我不是撒谎人……

尼古拉：那么，里亚布佐夫，您现在怎么样？

里亚布佐夫：啊——无论如何也……

列弗申：沉默！你——沉默。他们狡猾，他们说话比我们有力……

尼古拉（面向博博耶多夫）：把他撵出去！

列弗申：我们——你撵不走，撵不走！得啦，住手吧！我们生活在不法行为的黑暗之中，够啦！现在我们自己燃起了火光——那是熄灭不了的！任何恐怖都压制不了我们，都压制不了。

幕　落

索莫夫和其他人

剧中人物

索莫夫

安娜——他的母亲。

丽吉娅——他的妻子。

雅罗别戈夫。

博戈莫洛夫。

伊卓托夫。

杜妮娅霞——女仆。

菲克娜——厨娘。

特罗耶鲁科夫。

黎索戈诺夫。

西兰齐耶夫。

济托娃。

阿尔谢妮耶娃——女教师。

德罗兹多夫。

捷连齐耶夫。

柳德米娜。

克勒绍夫。

基塔耶夫。

谢米科夫。

米夏。

索莫夫——工程师，约 40 岁，说话有点干巴乏味。在他的镇静之下感觉得到强烈的神经紧张。在同母亲的争吵中态度生硬，甚至粗暴；在同妻子的争吵中表现出自己的虚荣心，他之所以坦率，不是因为说话真诚，而是因为考验自己。

安娜——他的母亲，约 60 岁，精神矍铄、"风度"翩翩的女人。

丽吉娅——约 27 岁，迟缓的动作，悦耳的声音。她生活孤单和无聊。阿尔谢妮耶娃唤起她少年时代的回忆，故她亲近她。

雅罗别戈夫——40 — 42 岁，索莫夫的同学，丽吉娅所正确地评论的人。

博戈莫洛夫——约 60 岁，感受委屈和好发脾气。

伊卓托夫——约 55 岁，牌迷，喜欢吃喝。

特罗耶鲁科夫——毫无成就的冒险家，为了报复自己的失败能做一切事情的人。

济托娃——约 45 岁，肥胖、很庸俗、相当聪明。

阿尔谢妮耶娃——约 30 岁，热爱自己事业的人。

捷连齐耶夫——约 35 岁，工人、工厂厂长，和善。

德罗兹多夫——约 30 岁，漂亮、严肃、好怀疑。

基塔耶夫——约 30 岁。

克勒绍夫——60 岁开外。

谢米科夫——23 — 25 岁，萎靡不振的小伙子。

米夏——约 20 岁。

杜妮娅霞——约 20 岁。

柳德米娜——18 — 20 岁。

菲克娜——60 岁开外。

黎索戈诺夫——60 岁开外。

西兰齐耶夫——约 45 岁。

第一幕

新建的木结构别墅。凉台。安娜·索莫娃坐在桌子旁边，穿宽大连衣裙，戴夹鼻眼镜，读报。在她前面摆着喝咖啡的用具。

杜妮娅霞： 投机商人带来了奶油。

安娜： 第一，应当说——私商，而不是投机商人。

杜妮娅霞： 我们这样习惯了。

安娜： 投机商人——是个贬义词，侮辱人的词。坏习惯。第二，菲克娜在哪儿？

杜妮娅霞： 她去买鸡了，要不要……

安娜： 让西兰齐耶夫等一等。

杜妮娅霞： 他想要钱。

安娜： 请求，而不是——想要。

杜妮娅霞： 不想要呗，所以不请求。

安娜： 您说了许多废话。让他到这里来。（生气地，穿过报纸望着杜妮娅霞的背影。丢下报纸，走近凉台的栏杆。在阶梯上站着西兰齐耶夫，一个约四十五岁的男人。）您好，西兰齐耶夫！

西兰齐耶夫： 祝您健康，安娜·尼古拉芙娜！

安娜： 嗯，您有什么事，女儿怎么样？

西兰齐耶夫： 不好。

安娜： 医生没帮助看看病？

西兰齐耶夫： 没有。她本来是什么样的医生，对不起……

安娜： 她到底说什么？

西兰齐耶夫： 她有什么可说的？她不给自己治病，她总给我治病。你瞧，我不这样想，不是她的意思。我对她说："你——去医治肚子，而不是心灵，医治心灵不是你的事情！你给自己治治心灵。"

安娜： 很遗憾，玛霞得病了，我和她相处得如此之熟。

西兰齐耶夫： 您的新人很机智。

安娜： 是的，瞧，我们生活落到了什么地步，西兰齐耶夫！

西兰齐耶夫： 别说啦！活着毫无意义。这位共青团员米什卡说："像玛丽娅一样去高加索吧。"昔日士兵被派往高加索，而她是个少女呀。

（索莫夫走出来，站到桌子旁边，清理报纸，倾听。）

西兰齐耶夫： 他教训我："你是富人，而对女儿吝啬金钱。"

安娜： 他们忌妒别人的财富。

西兰齐耶夫：嗯，是的！他们知道，无钱的人就像无翼的鸟……

安娜：他们把从我们这里夺去的一切都挥霍掉了……

索莫夫：要有咖啡才好呢……

安娜：啊，你在这里？按铃吧……

索莫夫：铃不响了。您就自己……

安娜：您去厨房，西兰齐耶夫，我在那里跟您算账。

西兰齐耶夫：我这里给您运来了木柴。用了两只兔子……

（西兰齐耶夫离去。）

安娜：好，好！（走近门，按铃。）铃响了。

索莫夫：我不赞同你这些谈话。

安娜：唉，这就是为什么铃不响吧！你怎么啦，你想让我在周围所有人都暴动时变成哑巴？

索莫夫：那么你在组织暴动，对吗？

安娜：我觉得不应该冷嘲热讽地和母亲说话！甚至不请安问好。

索莫夫：对不起。但你的这些"和人的谈话"，类似这个小商贩、黎索戈诺夫和……

安娜：你认为他们是傻子？不，你就允许我这样吧！你与聪明人为伍，而我习惯了和愚蠢的但是诚实的人待在一起……

索莫夫：我应该说，我特别不喜欢这个虽然精神错乱但形迹可疑的声乐教师……

安娜：他是历史教师，需要时才教声乐。你本来知道现在俄罗斯没有历史……

索莫夫：听我说，妈妈……

（雅罗别戈夫走进来。）

雅罗别戈夫：Бонжур[①]，夫人！尼古拉，你的卧室有苍蝇吗？

索莫夫：有。

雅罗别戈夫：我建议你用头发刷打苍蝇！

索莫夫：你有用蠢话作为一天的开始的荒谬习惯！

雅罗别戈夫：这不是蠢话，而是宝贵的发现。我昨天躺下睡觉时用刷子打死了几十只苍蝇。顺便说一句，关于发现，伊万年科宣称，他发现了最丰富的多金属矿矿床。苏维埃政权很走运了！

安娜：谁带来[②]？是您，您带来！想起来很可怕，您在做什么……（她激愤得几乎流泪，且说且走。）只有你听到：那里发现了，这里找到了……可怕！

雅罗别戈夫：老大娘的战斗情绪日益高涨……

索莫夫：在这里比在城市更加不合适。

雅罗别戈夫：你想春天送她和丽吉娅出国？

索莫夫：曾不便张罗。

（杜妮娅霞送来咖啡。）

雅罗别戈夫：睡得怎么样，杜妮娅？

杜妮娅霞：睡了，维克多尔·帕甫洛维奇。

雅罗别戈夫：在睡梦中看见了什么？

杜妮娅霞：我闭着眼睛睡觉，什么也没有看见。

雅罗别戈夫：妙！

（杜妮娅霞离去。）

索莫夫：无礼貌的小姑娘。

雅罗别戈夫：非常可爱的小母鸡！

索莫夫：我不是从公鸡的观点看她的。

---

① Бонжур（博尼茹尔）：意为"日安"（法语）。——译者
② 俄语词 везти 有两种意义，其一为"走运"，其二为"携带"。安娜诙谐地用了第二种意义。——译者

雅罗别戈夫：你怎么生气了？没有睡醒？

索莫夫：昨天捷连齐耶夫对我说了许多恭维话，你知道，怀着他这种铁定的纯朴。最后他这样说："您是个优秀的工作人员，索莫夫同志，我欣赏你，我想，我们将是否很快有自己的这样的同志？"

雅罗别戈夫：嗨，怎么样？他感觉到我们不是同志，而是骗子或是下贱东西。

索莫夫：你总是开玩笑，维克多尔，粗鲁地和愚蠢地开玩笑。你给自己抹上玩笑的油脂，大概是，为了让生活的侮辱性低级趣味从你的皮肤上溜走，而不致堵在心里。

雅罗别戈夫：什么话！

索莫夫：可是你忘了，我们需要得到他们方面的完全信任。

雅罗别戈夫：我倾向于想享有这样的信任。

索莫夫：你呀！我们所有人而不是一个人需要信任！反对我们的是群众，他们的阶级嗅觉在提高，对此不要闭目塞听。你给他们读什么东西，你举行技术史座谈，是不是……他们认为这是应该的……

雅罗别戈夫（讪笑）：他们钻进我的心里，好像钻入装着他们金钱的口袋里。说实在的，我喜欢这样。

索莫夫：就是说，这使你开心，但是，你以为他们对你比对我、对博戈莫洛夫更好、更信任，那你就错了。

（菲克娜走进来。）

菲克娜：尼古拉·华西里伊奇……

索莫夫：您需要什么？

菲克娜：安娜·尼古拉耶芙娜问：有谁来吃早饭吗？

索莫夫：是的。有两个人。

菲克娜：那么准备什么早餐？

索莫夫：嗯……什么都可以！

雅罗别戈夫：你们有什么？

菲克娜：有好吃的小母鸡。

雅罗别戈夫：又是小母鸡！得了，快别作孽了……

菲克娜：不，十分感谢，我害怕，算了吧！有牛犊肉。

雅罗别戈夫：菲克娜·彼得罗芙娜，难道您就不怕上帝吗？

菲克娜：不，维克多尔·帕甫内奇，快乐的人，我不害怕！我是不信神的老太婆，上帝如此多地破坏了我生活的命运，想起来就令人悲伤！那么到底准备什么好呢？有脑髓。

雅罗别戈夫：我们自己的脑髓绰绰有余。

菲克娜：可是，不够订早餐。

索莫夫：听我说，您去我妻子那里吧……

菲克娜：她还在睡觉。

索莫夫：嗯……您打搅我们！

菲克娜：那么我走。可是，延误早餐那就不是我的过错了。（离去。）

索莫夫（激动）：我感到惊讶，你怎么能和这个愚蠢的女人说废话！

雅罗别戈夫：兄弟，这是一位出众的老太婆！她的一生是一部完整的戏剧，但她用诙谐的声调来讲述它！

索莫夫：哎嗨，你让她见鬼去吧！

雅罗别戈夫：不，你试试，想象一下诙谐声调的戏剧……

索莫夫：你听着，你在故意戏弄我吗？

雅罗别戈夫：瞧，捷连齐耶夫的朴实刺伤了你，而你就完蛋了！你悲惨地承受生活。

索莫夫：你别胡说八道，维克多尔。

雅罗别戈夫：兄弟，你有酸溜溜的贵族的气质；而我有：祖父——助祭，父亲——士官……

索莫夫：唉，别说庸俗话……

雅罗别戈夫：嗯，兄弟，这是阶级气质，而不是庸俗话，你这是信口开河！

（停顿。）

索莫夫：地质学家有着太多的发现。这些发现的收益是极可疑的。普罗塔索夫把地质学家比作急于出嫁而穿着过于袒胸露背的衣服的少女。

雅罗别戈夫：就是说，他们想使当局满意？我听说，他最近的一次报告是彻头彻尾的反苏维埃的宣传。

索莫夫：胡说八道！他只是像往常那样说得有点粗鲁……

雅罗别戈夫：一般地说，你们这里的空气有毒。这是怎么回事？是沙赫京斯克地区生产过程的影响吗？

索莫夫：毒气——我未发现，而"自我批评"却在泛滥。嗯，不用说，沙赫京斯克地区的事件不能忘。此外，还有克里姆林宫的不和谐……

雅罗别戈夫：这正在唤起希望吗？

索莫夫：这说明同志们在渐渐清醒。

雅罗别戈夫：啊？是这样吗？按照我的看法，他们之中的优秀者是摆脱不了意识形态的不可救药的酒鬼。他们有着百分之九十的意识形态。

阿尔谢妮耶娃（来到阶梯上）：丽吉娅·博利索芙娜在家吗？

索莫夫：是的。在自己那里。请吧……

雅罗别戈夫：这是什么人？

索莫夫：女教师，我妻子的中学女朋友。

雅罗别戈夫：好一个女教师……嗨！女党员吗？

索莫夫：不知道，不知道！听我说，维克多尔，博戈莫洛夫将来吃早饭……

雅罗别戈夫：我虔敬地准备好。

索莫夫：他，也许，将开始谈黎索戈诺夫的工厂，谈它的恢复、扩大等。对此我坚决反对。我看不到修复和扩充当地人的小企业的意义。你知道我的观点：面向欧洲人，面向能力……苏维埃政权应当回归到租赁上来，否则……

雅罗别戈夫（开始吸烟）：凡此等等。总之，绝妙。

索莫夫：博戈莫洛夫有私人的原因，有某种老关系，甚至好像和黎索戈诺夫是亲戚。（汽车喇叭声。）啊，见鬼！这是谁？

雅罗别戈夫：是捷连齐耶夫。这位新人是他的副手。

索莫夫：不是非常令人愉快的家伙。

雅罗别戈夫：好像是个有意思的小伙子。

（捷连齐耶夫和德罗兹多夫走进来。）

捷连齐耶夫：向建设者致敬！

（德罗兹多夫默默地握手。）

索莫夫：日安，伊凡·伊凡诺维奇……

捷连齐耶夫：美好的一天，瞧，从莫斯科发出了对我们的训斥。读了吗？

索莫夫：没有。在哪儿？

捷连齐耶夫：啊，这就是。

雅罗别戈夫（面向德罗兹多夫）：您吸烟吗？

德罗兹多夫：谢谢。

雅罗别戈夫：猎人吗？

德罗兹多夫：消遣。您怎么猜到了？

雅罗别戈夫：我看见您在森林中拿着猎枪。

德罗兹多夫：啊哈！（走到凉台远处的一角去。）

索莫夫：嗨，这是废话！

捷连齐耶夫（叹气）：自我批评，当然……

索莫夫：是的，他们胡扯……

（丽吉娅和阿尔谢妮耶娃从房间里出来。）

丽吉娅：也许，你把同志们叫到自己那里去？

索莫夫：对。请吧，伊凡·伊凡诺维奇。

捷连齐耶夫（目光凝集地和惊异地看着阿尔谢妮耶娃，呼唤）：博利斯，我们走！

（三人离去。雅罗别戈夫留下来，坐到栏杆上。）

丽吉娅（按铃）：是的，很无聊！在城里大家都不满意，噘着嘴生活，说埋怨话，向党员拨弄是非，讲莫斯科的老掉牙的奇闻趣事。

阿尔谢妮耶娃：城市没有生气。

丽吉娅：还找不到任何一顶合适的帽子。

阿尔谢妮耶娃：那你就自己做呀。

雅罗别戈夫：因此，容易伤害面容。

丽吉娅：您为什么在这里偷听？认识一下吧：维克多尔·帕甫洛维奇·雅罗别戈夫，叶卡捷琳娜·伊凡诺芙娜·阿尔谢妮耶娃。

雅罗别戈夫：十分高兴！

丽吉娅：我不会做帽子。一般地说，我任何事都不做。

雅罗别戈夫：这对保证不犯错误是最好的。

丽吉娅：不幸的嘲讽。瞧，你们这些工程师在做事，也总在犯错误，而且你们的整个活动就是个错误。

雅罗别戈夫：安娜·尼古拉耶芙娜也完全是这样想的。从她的政治美学的观点来看，在乡村的景色中教堂比工厂要美丽得多。

（杜妮娅霞出现在门口。）

丽吉娅：咖啡，杜妮娅霞，咖啡！还有面包。您回应铃声太慢了。

杜妮娅霞：我在上面。（离去。）

雅罗别戈夫：我听说，您是女教师？

阿尔谢妮耶娃：是的。

雅罗别戈夫：完全不像。

阿尔谢妮耶娃：这是责备或是恭维？

雅罗别戈夫：我尚未决定对您说恭维话，况且为此需要许多时间。

阿尔谢妮耶娃：我为您爱惜时间而感到高兴。

丽吉娅：卡佳，你对他要小心，就像人们所说的，他是个不可救药的追逐女性的人。

（杜妮娅霞送来咖啡。）

索莫夫（叫唤）：维克多尔！

雅罗别戈夫：对不起！（离去。）

阿尔谢妮耶娃：这是谁？

丽吉娅：我丈夫的朋友，曾娶他的姐妹为妻，已丧偶。很能干、滑稽可笑、酒鬼、有点儿——小丑、无赖、好色。瞧，如果你想出嫁……

阿尔谢妮耶娃：不，谢谢！经过这么一番形容，再也不想了。

丽吉娅：（讪笑）：你对生活满意吗？

阿尔谢妮耶娃：不，当然。我甚至不能想象，在我们这个时代怎么可能感到满意。

丽吉娅（沉思）：你这是说的某种严肃的话。我不理解！

阿尔谢妮耶娃：很好理解。丽吉娅，生活遭受破坏的现状不可能使生活原本轻松愉快的人感到满意，而进行破坏的那些人又对生活破坏得不如所想的那么快而感到不满。

丽吉娅：瞧，你变成了怎样的人……女哲学家！你真诚地希望旧生活破坏得快些吗？

阿尔谢妮耶娃：是的。

丽吉娅：多么简单，而且多么干脆！但是，你本来说过你不是党员吧？

阿尔谢妮耶娃：我支持党的工作。

丽吉娅（叹口气）：你曾是那样的人……独立自主！我不理解，当大家都反对党的时候，怎么可能支持。

阿尔谢妮耶娃：大家，优秀的工人除外。这里有你的丈夫和他的朋友……

丽吉娅：嗯，丈夫！……他很不乐意，正如常言所说的……

阿尔谢妮耶娃：难道？

丽吉娅：而雅罗别科夫，你知道，他一般未必能感到支持。你知道，他是那样简单的人！他可是独立自主。支持——意味着已经有点儿爱上谁了，可是爱和独立不可兼备，不可！

阿尔谢妮耶娃：你用什么去代替某人吧。

丽吉娅：我不知道！总之，发生了什么事情？人们总是兴建了工厂。

阿尔谢妮耶娃：兴建了，可是不是那些人，不是为了现在兴建。瞧，你喜欢独立，但只有当所有人将独立了，单个人才将有可能独立。

丽吉娅：这就是所谓的乌托邦吗？顺便问一句：你陶醉过吗？

阿尔谢妮耶娃：是的。

丽吉娅：你令人惊讶地说了一声——是的！瞧，米夏正在走来。

米夏：啊，见鬼……

丽吉娅：他总是骂人。

米夏：并非总是。

丽吉娅：应该说：您好，而他却说：见鬼！

米夏：中国人的仪式！你们这里钉子露出来了，拿锤子把钉子砸进去才好。

丽吉娅：我不想砸钉子！请坐，我上咖啡。

米夏：我不想喝。阿尔谢妮耶娃同志……

丽吉娅：你知道，阿尔谢妮耶娃同志，米夏爱上了我。

米夏：我？爱上了您？得了吧，这真是胡说八道！我甚至不喜欢您。

丽吉娅：当真？

米夏：嗯，当然！

丽吉娅：如果是这样，我很高兴。

米夏：真是这样！可是没什么可高兴的。而且您说高兴也并非实话。谁喜欢知识分子，反正都一样……

丽吉娅：您让我安静吧，米夏！

米夏：我让您安静？唉，您……我怎么不让您安静了？您根本没任何理由不安静的。只是您打扰别人……

丽吉娅：我——沉默。

阿尔谢妮耶娃：您，米夏，心情不好吗？

米夏：还好，阿尔谢妮耶娃！这个官僚主义者德罗兹多夫禁止在工地上拿舞台用的板子，我们将怎么扩大舞台？基塔耶夫允许了，而他说——不行！厌烦！他也总是开玩笑，仿佛是个什么样的知识分子。

阿尔谢妮耶娃：德罗兹多夫——在这里，我去和他说说。

丽吉娅：喝咖啡，米夏！

米夏：好吧。那么——谢谢！还有幕布需要两幅布缝合起来，而他却说，这是一些小事！旗帜是破的，旗帜不多……他说，你们应该用自愿捐献的办法去解决问题，可是我们干吗要自愿捐献？

丽吉娅：啊呀，米夏……

米夏（镇静地）：嗯，没关系！您自己大概也在痛快淋漓地骂人吧，这从脸色就看得出来。舍此不能生存……我们就这样一个月交了四十七卢布的废品，加固堤坝挣了七十三卢布，还有修理阅览室木房和扫盲……

（捷连齐耶夫、德罗兹多夫和索莫夫走进来。）

捷连齐耶夫：那么——就这样：您去工厂；我去跑一趟工地，看看那里在做什么。

阿尔谢妮耶娃：可以请您和我出去说两句话吗？

德罗兹多夫：时刻准备着！（他俩离去，米夏跟在他们后面。）

索莫夫：想喝咖啡吗，伊凡·伊凡诺维奇？

捷连齐耶夫（望着离去的两个人的背影）：很高兴！很高兴！

索莫夫：再见！（离去。）

捷连齐耶夫：这天气，丽吉娅·彼得罗芙娜，啊？多好的天气！

丽吉娅：非常好的天气。

捷连齐耶夫：正是！这……这位妇女是什么人？

丽吉娅：谢里希的女教师、我的女朋友。

捷连齐耶夫：这——这样。我以前怎么没有见过她？

丽吉娅：她只是从秋天刚到这里，是不久以前才从莫斯科来的……

捷连齐耶夫：那么您——早就认识她了？

丽吉娅：我们一起在中学读书。

捷连齐耶夫：在什么城市？

丽吉娅：在库尔斯克。

捷连齐耶夫：啊哈！原来如此！

丽吉娅：这使您高兴什么？

捷连齐耶夫：这里……情况是这样！黑帮的城镇！在白匪的年代我在那里待过。

丽吉娅：令人恐怖的岁月！

捷连齐耶夫：是的，在战争中有点儿可怕。特别是如果要退却的话。进攻——这是很容易的。

阿尔谢妮耶娃（返回来）：哎，丽达，我要去农村。

捷连齐耶夫：您等一等，对不起……就是说——请原谅！您可是阿霍特尼科夫医生的女儿？

阿尔谢妮耶娃：是的。但是我不记得您……

捷连齐耶夫：嗯，哪能记得！然而我就是那位伤员，曾躺在库尔斯克你们的住宅里……

阿尔谢妮耶娃：阿费多尔……我怎么忘记了！很难认出您了。

捷连齐耶夫：可不是吗！快七年过去了。况且那时我曾是斯捷潘·杰多夫，而现在我的名字是伊凡·捷连齐耶夫。我变得很胖了，老是待在汽车里。瞧，我们相遇了，啊？鬼知道怎么回事！您当教师吗？

阿尔谢妮耶娃：是的。

捷连齐耶夫：这样。入党了吗？

阿尔谢妮耶娃：没有。

捷连齐耶夫（略显伤感）：为什么？

阿尔谢妮耶娃：一言难尽。

捷连齐耶夫：而我想，您在那以后入党了！您的品行……

阿尔谢妮耶娃：嗯，什么样的品行！

捷连齐耶夫：然而——那是冒险！

阿尔谢妮耶娃：那时不只我一个人在冒险。

捷连齐耶夫：倘若他们在你们家里搜到了我，那么会送给你们子弹或绞架的……哎，您父亲呢？

阿尔谢妮耶娃：他作为医生，白匪对他进行了动员，而第二天某喝醉了的军官枪杀了他……

丽吉娅：你多么……平静！

捷连齐耶夫：这……样！他是个好人！（面向丽吉娅。）"据说，您希望生活？嗯，那就按照对您的命令去做事情！"（笑。）这就是问题之所在！就拿鱼油来说吧。这是难闻的液体，而命令是这样的：按命令去做！我却是从十九岁开始就未按命令做事，而我已过了二十七个春秋。我蹲过监狱，遭到过流放，逃跑过，做过地下工作，自认是受过训练的人。突然，叫我唯命是从，叫我喝鱼油！除了鱼油以外，未必有什么可食用的。（面向阿尔谢妮耶娃。）他本来叫伊凡·康斯坦丁诺维奇吧？怎么样，卡捷琳娜·伊凡诺芙娜，按规矩我们必须恢复旧交吧？

阿尔谢妮耶娃：我——不反对。

捷连齐耶夫：太好啦！（面向丽吉娅。）我们说得使您厌烦了吗？就是说，这是我说得让人厌烦……

丽吉娅：不，您怎么啦！我感兴趣……好在你们相遇了……

捷连齐耶夫：好吗？是的，常有的事。

德罗兹多夫（在凉台外）：卡捷琳娜·伊凡诺芙娜——我们等着呢！华尼亚总是和女士在一起。

捷连齐耶夫：这是——诱过于人。

德罗兹多夫：你，华尼亚，和卡捷琳娜·伊凡诺芙娜在一起要小心啊，她是——敌视我们的人。

捷连齐耶夫：我不相信！

阿尔谢妮耶娃：不是我们，而是您，德罗兹多夫同志。再见，丽达。

丽吉娅：你晚上来吗？

阿尔谢妮耶娃：不。

丽吉娅：来吧！

阿尔谢妮耶娃：不能来，有事。（随德罗兹多夫走。）那么您不会忘记吧？

德罗兹多夫：时刻准备为您服务。

阿尔谢妮耶娃：不是为我，而是为扫盲。我不需要您的服务。

德罗兹多夫：当真。

（阿尔谢妮耶娃和德罗兹多夫离去。）

捷连齐耶夫（沉思地望着他俩的背影）：哎，我也走。再见。

（丽吉娅一个人留下，使茶匙在盛着水的水瓶
里碰撞出微弱的响声。）

杜妮娅霞（走进来）：黎索戈诺夫来了……

丽吉娅：您知道，尼古拉·华西里耶维奇走了。让他去找安娜·尼古拉耶芙娜。

杜妮娅霞：他问您。

丽吉娅：我不能接待他。

（黎索戈诺夫走进来。）

杜妮娅霞（冷笑）：而他已经转了一圈，老鬼……

黎索戈诺夫：请允许，尊敬的……

丽吉娅（站起来）：您有什么事？我自我感觉不好。

黎索戈诺夫：大家，大家都自我感觉不好！地方不利于健康，附近是沼泽地，——此地不适合于有知识的人……工人们，

当然……

丽吉娅：您正是来找我的，对吗？

黎索戈诺夫：正是！瞧，您在演出中对现在不可能找到古时的花边表示了遗憾。出于好感一切都可以找到！瞧，我愿意把我妈妈的花边献出来……

丽吉娅：对不起，我应该……去办事了……（离去。）

黎索戈诺夫（把花边藏起来，嘟哝着）：蠢货，蠢货……（噘嘴，脸红。）

（安娜·索莫娃、济托娃走进来。）

安娜：您好，叶弗济赫·安东诺维奇！

黎索戈诺夫：深表敬意！

济托娃：你口袋里藏着什么，叶弗吉赫，平和的人？

黎索戈诺夫：头巾。

济托娃：我知道一个人二十年了——不管是什么！他有一股辛酸味，有如醋腌蘑菇。

黎索戈诺夫：是泪水中的辛酸。

济托娃：你簌簌流的是别人的眼泪，这是众所周知的！

黎索戈诺夫：你，玛丽娅·伊凡诺芙娜，爱嘲笑……

济托娃：那留下了什么让我爱呢？

安娜：丽吉娅说，您卖花边？

黎索戈诺夫：我？不。就是说，我想……但是我也能卖。

安娜（细看花边）：俄罗斯的……

黎索戈诺夫：我不知道。（面向济托娃。）我们这些不幸的人不该相互嘲笑才好。

济托娃：难道我出于恶意嘲笑了吗？我——由于惊讶。我这么瞧着你，这条鲶鱼，就觉得滑稽：鲶鱼怎么容许鲈鱼把它赶到了干涸之地，于是它就成了四不像的东西呢？

安娜：玛丽娅·伊凡诺芙娜说得有点儿粗鲁，她就是这样的风度，不过她总是说得聪明。

黎索戈诺夫：为此，为聪明，也可以原谅她……

济托娃（卖弄）：我也看着无产者而吃惊！哎嗨，我想，你是无产者吧，无产者，你这无产者要爬到哪里去呢？

黎索戈诺夫：嗯，是的……最伟大的智者和势力，从赫利斯特到斯托雷平，曾尝试按新的方式安排生活……

安娜：生活很久就遭到了破坏。

济托娃：啊，习以为常的是，你去找警察区段长，给他一点钱，对他说："哎嗨，您多么好呀！"那白痴就信以为真，就给以帮助。

安娜：近卫军军官们曾在警察局服务过……

黎索戈诺夫：大家都曾是酒足饭饱……

济托娃：友善的白痴比比皆是，他们都曾坐在显赫的位置上……

安娜（抱怨地）：但是，究竟为什么是白痴？

济托娃：这已是现在人们对他们的称呼，而他们当然曾是纯粹友善的人。我熟知人们，我本来曾有一个时装店，上面还曾是一间小小的贵宾店。富人和高级娼妓、将军和叛徒……总是光顾我店。

安娜：请问，是什么样的叛徒？

济托娃：嗯，这些……怎么形容他们呢？变质分子。

安娜：蜕化变质的人？

济托娃：就是，就是！简而言之——败类……

安娜：您是个逗乐的。

济托娃：我，是个善良的人。我不诋毁任何人，所有人都想吃喝，都想有点儿快感。

黎索戈诺夫：人们已经不是那么贪婪，取之所得，是的——并非都是！您瞧，现在有人开始生活得多么吝啬！

安娜：是的，是的！有人在收集任何废物、某种可用的废品，这是在俄罗斯！面对欧洲是多么大的耻辱！

济托娃：欧洲对他们有什么关系？他们就是教会了莫尔多瓦族识字……

（杜妮娅霞手持地板刷子望了一望。）

安娜：我们到森林里去吧，在那里坐一坐。

济托娃：

> 在沙滩，在河之滨，
> 那里自由而安宁。

黎索戈诺夫：我们的土地吐出黄金，可以这么说……

安娜：您的近况如何？

黎索戈诺夫：是的——怎么说呢？周围在建设中，我的小工厂还像过去那样存在着。将发生什么事情……生活的急剧变化，比如：大家收入多了，大家都有工作，而我，简直是处于乞丐之中……

济托娃：你撒谎，叶弗济赫！你有钱……

黎索戈诺夫：什么钱？在哪儿？

济托娃：金币。藏着呢。

安娜：您的花边到底想要多少钱？

黎索戈诺夫：是的……怎么说呢？花边是稀有之物。

（他们离去。杜妮娅霞走出来，一边哼着歌曲，
　一边收拾桌子。接着打扫地板。菲克娜走进来。）

菲克娜：你这是怎么啦，杜妮卡，冻僵了吗？快一点了，而你还没有收拾完。

杜妮娅霞：别捣乱，老太婆！发现了蟑螂，刚从这里爬出去。

菲克娜：这个济托娃曾是富—富人！她在莫斯科持有过一家妓院。

杜妮娅霞：这是什么样的房子？

菲克娜：类似有夫之妇卖春的房子。

杜妮娅霞：老头儿在这谈论急剧变化。

菲克娜：对他能说什么呢？他们大家在这里就只说这个问题。（拿了两块糖。）没有羞耻，没有恐惧心。他们就这样待着，三株蛤蟆菌。

杜妮娅霞：你不拿糖才好呢。

菲克娜：没关系，我不是给自己，而是给守卫者的孩子们。（望着树林。）你对谁生气？

杜妮娅霞：工农的政权，而老爷们犹存，——这就是对谁。

菲克娜：别生气，他们老了，很快会死去！无聊的人。在老年时期宜安度晚年，在老年时期要心境恬静，要淡泊寡欲。

杜妮娅霞：你开始胡扯了！

菲克娜：我说得对！在青年时期生活着，担心着钟情于谁，担心着怎样打扮得漂亮，我就经历过这一切，可是仍然是个傻丫头。（杜妮娅霞离去，菲克娜打了个哈欠，欲睡。）我，菲克露霞，快要完蛋啦！瞧，你也将是这个样子，杜妮卡……就是说——要学习！大家都在学习……瞧着吧！不学习，——就会像老鼠那样生活……在地窖里……

（丽吉娅、博戈莫洛夫从房间里出来。）

丽吉娅（面向菲克娜）：您在这里做什么？

菲克娜：在帮助杜妮娅什卡。

丽吉娅：那里门给什么人开着……

菲克娜（动身离去）：门开着——是通常的事。

丽吉娅（面向博戈莫洛夫）：女仆十分令人厌恶。

博戈莫洛夫：是的，她好议论。您知道，大家都在议论。我们工作。工作，为此得到报酬，比方说，以沙赫特诉讼案①的形式，您知道……

丽吉娅：雅罗别戈夫说，在这种情况下工程师们实际上胡作

---

① 沙赫特诉讼案：是指1928年在莫斯科对反革命破坏组织参与者的诉讼案，该组织从1923年起在顿巴斯的沙赫特地区活动，参加者均为与过去的矿主有联系的工程师和技师。——译者

非为。

博戈莫洛夫：他这样说？对谁说？

丽吉娅：对我。

博戈莫洛夫：胡作非为？

丽吉娅：对。

博戈莫洛夫：这是他……想使您笑一笑！他，总是……爱开玩笑，爱说闲话。

丽吉娅：好像是，——尼古拉来了。

博戈莫洛夫：对，对，是他！您知道，雅罗别戈夫是这样一个人，即类似古代的虚无主义者。他既不信梦，也不信打喷嚏。嗨，我们也不应该相信他，对吗？

（索莫夫走进来。）

索莫夫：对不起，雅科夫·安东诺维奇，——我迟到了！

博戈莫洛夫：别——别客气！

索莫夫：吃早饭吗，丽达？

丽吉娅：全都准备好了……

索莫夫：请上坐！母亲在哪儿？

丽吉娅：就来。

索莫夫：有伏特加酒吗？

博戈莫洛夫：和雅罗别戈夫一起喝伏特加酒很好，——瞧，说他，他就到！您好，亲爱的！

（雅罗别戈夫走进来。）

雅罗别戈夫：您好！

博戈莫洛夫：您知道，我刚才还说，您能给任何事情添加俏皮话，懂得如此……轻松愉快……

雅罗别戈夫：我喝伏特加酒轻松愉快吗？

博戈莫洛夫：那做什么比它更愉快些。您知道，您甚至写萨多夫尼科夫的悼词也有点儿……

　　雅罗别戈夫：死者对悼词不感兴趣。

　　博戈莫洛夫（讪笑）：是的，悼词本来不是写给死者的，而是写给我们的。

　　安娜（走进来）：您好，雅科夫·安东诺维奇！

　　博戈莫洛夫：您好，敬爱的夫人。

　　安娜：哎呀！您们在河里看上去才好呢——不得了！男人、女人，全身裸露……

　　博戈莫洛夫：是的，是的！像在天堂……

　　安娜：像在地狱……这——更准确一些！

　　索莫夫（稍微挪动一下母亲的椅子）：坐下，妈妈！

　　博戈莫洛夫：唉，在我们的时代曾有过多么醇香的伏特加酒啊！

第二幕

　　在捷连齐耶夫住处。也是新别墅，带一个小凉台，一条门和两扇窗户朝向凉台；从凉台到地面有四级台阶。花园：四棵幼小的云杉，它们已是半凋萎的样子；每一棵云杉底下有一个花坛，但其中没有种花，却是杂草丛生。有两条油刷成绿颜色的靠背长凳。在围墙旁边是个滚球场，其起端有一个不大的房间，其中架着一张单人床，摆着一张桌子和两把椅子。在门口和窗户中闪现捷连齐耶夫的侄女柳德米娜的身影。基塔耶夫和谢米科夫在凉台上下象棋。

　　基塔耶夫：你没看见？将军！

　　谢米科夫：哎嗨，你……请说！

　　基塔耶夫：你，谢米科夫，是在拉手摇风琴①，而不是在下

————————

　　① 手摇风琴的俄文词 ШАРМАНКА 与象棋的俄文词 ШАХМАТЫ 的词形和读音有点儿近似，这里借以说话诙谐。——译者

象棋。

谢米科夫： 不是谢米科夫，而是七只——眼①！在《消息报》上刊登关于改姓的文章。把谢米科夫改为谢米克②，后者的词义是悼亡节——多神教徒的节日，那是迷信，——懂吗？

基塔耶夫： 嗨，你——下棋，走一步吧！

谢米科夫： 我插入一个字母"O"：七只眼！小空心圆圈，——高明。

基塔耶夫： 你倒是下棋呀！嗨，钻到哪里去？将军！

谢米科夫： 多么不幸的事儿！

基塔耶夫： 嗨，见你的鬼去吧！和你一起玩没意思。

> （他开始吸烟。柳德米娜走出来，拿了一把椅
> 子离去了。他俩望着她的背影，然后彼此相
> 望。谢米科夫把象棋叠放在棋盒里。传来小提
> 琴的乐声。）

谢米科夫： 在诗歌下面愉快地签名：七只眼。

基塔耶夫： 无论小提琴演奏得多么美妙，手风琴依然胜过小提琴。

谢米科夫： 现在我的诗歌油然流淌。

基塔耶夫： 像吐沫。兄弟，我不喜欢你的诗作，它有点儿软弱无力，淡薄无味。

谢米科夫： 你不懂，而特罗耶鲁科夫……

基塔耶夫： 他之所以称赞你，那是因为他是个胆怯的知识分子，尽管他也是个机灵的人物……他说得正确：当然，有群众，但没有英雄，历史也就终止了。这是对的：既然我不感到自己是

---

① 在谢米科夫的俄文词 СЕМИКОВ 中间插入一个字母"O"，即成为 СЕМИ—О—КОВ（或 СЕМИ—ОКОВ），就有了"七只眼"的意思，这里也是在玩文字游戏。——译者

② 把谢米科夫的俄文词 СЕМИКОВ 改成为俄文词 СЕМИК，就成了"悼亡节"的意思（即复活节后第七个星期四举行的民间纪念亡者的节日）。——译者

个英雄，那就仿佛完全没有了我。这里可以举这样一个例子：建成了一条船，那就让它去航行，但如果它总是停泊，那它还有什么用呢？

谢米科夫：是，这是对的！

基塔耶夫：或者把人扔到沼泽地里——游吧！可是——沿着沼泽地你能游到哪里去呢？瞧，比方说，我……

柳德米娜：基塔耶夫，喂，到这里来，帮帮忙。

（基塔耶夫离去。谢米科夫从口袋里掏出一本
小书读着，嘴唇微微颤动。米夏走进来。）

米夏：你在这里做什么？

谢米科夫：下象棋。

米夏：合唱排演——在这里，七点吗？…

谢米科夫：是的。

米夏：你没看见阿尔谢妮耶娃吗？

谢米科夫：曾在这里，去修补幕布了。

米夏：你将朗诵诗吗？

谢米科夫：我能。

米夏：旧诗吗？

（柳德米娜出现在门口。）

谢米科夫：不，昨天写的：

岁月年复一年飞奔，
人们生活更艰辛，
我可是不能理解
我们岁月的狂奔。
它们往哪，往哪驰骋？

米夏：嗯，你算了吧！谁对你不理解的东西感兴趣？

柳德米娜：华涅契卡，你头脑里这是怎么出现如此乏味的词句？是某种帕希尼达……

谢米科夫：人们说的是——帕尼希达[1]，而不是帕希尼达。

柳德米娜：嗯，好吧，帕希尼达算是口误！你快跑去俱乐部，去看看，那里也许叔叔早已准备好午饭。你去叫一下阿尔谢妮耶娃，如果她在那里的话……（谢米科夫气恼地离去。柳德米娜坐到椅子上。）你知道，萨夏·奥西波夫怎样给他起外号的？诗歌剽窃者；他说，他抄袭别人的诗歌，像牛犊那样咀嚼、反刍别人的诗歌。啊，米什卡，我厌烦了操持家务！我想学习，那么——如何是好？我劝说叔叔——叫他还是娶妻为好！而我——去莫斯科学习！倘若我留在这里——匆匆忙忙地嫁出去，像从窗户跳入荨麻中。

米夏（庄重地）：你出嫁——还早！

柳德米娜：在这个问题上你一清二楚！别担心，我不会嫁给你。

米夏：可是我也不会娶你这样的……

柳德米娜：哎嗨，你呀……小绵羊！不，说真的，你——聪明。你听着：让叔叔成为外人——也不合适。他一个人像五个健康人那样工作着，废寝忘食，无人缝洗，无暇自顾。

米夏：你和阿尔谢妮耶娃商量商量……

柳德米娜：商量过了。她决定得干脆——学习！可是我怜惜叔叔，他把我抚养成人。我开始因为无聊而种植花卉。嗨，人们累得精疲力竭，而我在浇花。羞愧！

米夏：对，是有点儿可笑。

柳德米娜：你没有看见科斯佳·奥西波夫吗？

米夏：没有。我不知道他待在了什么地方？他去村里，去村苏维埃已是第三天了……

---

[1] 帕尼希达是俄文词 панихида 的音译，意译为"祭祷"，即东正教对亡人举行的一种教堂仪式。帕希尼达（пахинида）系误读（口误），没有意义。——译者

（阿尔谢妮耶娃走进来。）

阿尔谢妮耶娃：我在找您，米夏！瞧，这是给您的帆布、涂料、毛笔、扫盲的口号，你快去写吧，写快点，写好点。

米夏：轻车熟路。柳德卡，在你那里——可以吗？

柳德米娜：去吧，只是不要把那里弄得很脏。

米夏：好吧。我会的——不会太脏。

阿尔谢妮耶娃：为什么你的小脸蛋儿显得闷闷不乐？

柳德米娜：一切都因为……

（克勒绍夫走来，向四面张望。）

柳德米娜：您找谁，老大爷？

克勒绍夫：伊凡·捷连齐耶夫住在这里吗？

柳德米娜：住在这里。

克勒绍夫：嗯，我就是来找他的。女儿，还是怎么啦？

柳德米娜：侄女。

克勒绍夫：而这位——是妻子？

柳德米娜：还不是。

克勒绍夫：也就是说，是未婚妻。

柳德米娜：也不是。

阿尔谢妮耶娃：是熟人，我是来做客的。

克勒绍夫：嗯，这是您的事情！我洗一洗才好，姑娘，是的，给点儿水喝，啊？老头子满身尘土。

柳德米娜：到这里来。

（柳德米娜和克勒绍夫离去。阿尔谢妮耶娃走
进滚球场，坐到桌子旁边，解开包袱，里面是
破烂的旗帜，剪刀发出喀嚓声，她开始缝补。
德罗兹多夫和捷连齐耶夫走来。）

德罗兹多夫（忧郁地）：机器里有沙，有！

捷连齐耶夫：老工人非常注意到这种情况。

德罗兹多夫：而沙是怎么落入的——不得而知。

捷连齐耶夫：瞧，老头儿应该今天独自来才好，我可以说，他是我的老师……

阿尔谢妮耶娃：他已经来了。

捷连齐耶夫：啊哈，卡捷琳娜·伊凡诺芙娜！我高兴。

德罗兹多夫：我也高兴。

捷连齐耶夫：他在房间，老头儿？

阿尔谢妮耶娃：是的。

（捷连齐耶夫离去。）

德罗兹多夫：我们俩，卡捷琳娜·伊凡诺芙娜，总是在好日子里相遇。

阿尔谢妮耶娃：您这是——谈天气吗？

德罗兹多夫：谈天气。我不记得我是在雨天、在阴天遇见过您！阿尔谢妮耶娃：我们不常见面。

德罗兹多夫：就是说——应当常见面，——对吗？

阿尔谢妮耶娃（笑）：您狡猾……

德罗兹多夫：没关系，小伙子是精明的！我在和您相遇的时候总是感到……

阿尔谢妮耶娃：感到天气依附于我的个性，是吗？

德罗兹多夫：正是！我想感谢您。

阿尔谢妮耶娃：别费心。

德罗兹多夫：我甚至准备好了吻吻您。

阿尔谢妮耶娃：可是我对此还没有准备好。

德罗兹多夫：准备吧。

（捷连齐耶夫来到凉台，手里拿着一块面包，站着，留心听，皱眉，退到门里。）

阿尔谢妮耶娃：您不觉得您有点儿厚颜无耻吗？

德罗兹多夫：不，不觉得！有一首短小的歌：

> 你，她说，是无赖汉，她说，
> 这样的人，她说，不少……

阿尔谢妮耶娃：别继续了，后面说得不正确！

（捷连齐耶夫消失了。）

德罗兹多夫：

> 但是，她说，我爱你，她说，
> 爱你，她说，这无赖汉……

阿尔谢妮耶娃：博利斯·叶菲莫维奇！你试着严肃地对我，啊？

德罗兹多夫：您——感到委屈了吗？

阿尔谢妮耶娃：您试试看，也许，这对您和对我都将更加庄重些。

德罗兹多夫：别生气，不必要！老实说……我对您有极大的好感！您是我们这里的女工作人员——很好！而如果我开玩笑……

阿尔谢妮耶娃：开玩笑得会开，不要令人生厌。您，看来，在向雅罗别戈夫学习开玩笑吧？

德罗兹多夫：为什么——向雅罗别戈夫学习？

阿尔谢妮耶娃：这不适合您。我知道，您为人不坏……

德罗兹多夫（严肃地）：雅罗别戈夫坏在哪儿？

（捷连齐耶夫、克勒绍夫走来，柳德米娜跟在
他们后面。）

柳德米娜：叔叔同志！你明白地说——我们将吃午饭吗？

捷连齐耶夫：别闹！我和博利斯吃了一点东西，克勒绍夫不想吃。等一等，还有两个人要来……

柳德米娜：你怎么没有对我说？原来人未到齐。

捷连齐耶夫：走开，柳德米娜！博利斯……

克勒绍夫：你们这里没有秩序吗？

捷连齐耶夫：瞧，你听着，博利斯……让我们坐下来晒晒太阳。

（阿尔谢妮耶娃收拾旗帜，想离去。）

捷连齐耶夫（冷淡地）：您没有打扰我们。

柳德米娜（面向阿尔谢妮耶娃）：让我来帮助。

克勒绍夫（装烟斗）：兄弟同志们，情况是这样的：一伙人来到了我们工厂，说是来改造扩建，如此等等。工厂实际上已经这样做了，还在革命以前工厂就已老旧，早就该加以修理。我们这些老人历时三年像乞讨似的请求修理。嗯，总算开工了！工作进行得还算凑合，不慌不忙，不是那个没有，就是这个不够。指挥的是一个我这把年纪的老头，而先前来了博戈莫洛夫，也是个老头儿。

德罗兹多夫：雅科夫·安东诺夫？

克勒绍夫：这是谁？

德罗兹多夫：是这个博戈莫洛夫吗？

克勒绍夫：我不知道。我将不谈细节，而直截了当地说：事情是这样，即先前锻造车间的一个笨蛋到我这里来了四个小时，而料理好了事情——七个小时过去了。如此等等。在我这里作了记录、我对老头们说，兄弟同志们，好像出了点什么问题？大家说，瞧，然而——也许本该如此。

（基塔耶夫在凉台上，忧郁地嚼着什么。）

　　克勒绍夫：大家仍然决定和厂长说说，他是我们这里的铸工，来自雷西瓦工厂，曾是游击队员、红军指挥员，现在还怀念军队。"瞧，我们说，杰米德，兄弟同志，出现了什么情况"。——"你们，他说，老头们，想得不对，总之，他说，专家像蜘蛛一样知道自己的事情。"

　　如此等等。他叫大家放心。

　　　　（基塔耶夫离去，然后拿出一瓶啤酒，坐下来
　　　　饮用。逐渐地开始倾听谈话，站起来，走近长
　　　　凳。柳德米娜缝补，轻轻地唱着歌曲。阿尔谢
　　　　妮耶娃未停止缝补，留心地听着。）

　　克勒绍夫：他叫大家放心，可是我还是不放心！等了一会儿，我来到工厂工会委员会。那里也在叫大家放心。嗯，在这种情况下，我骂了一阵人。唉，我说，兄弟同志们，你们这是什么玩意儿。是的，我发了一阵火。我说，你们是什么样的主人？如此等等。我被叫到国家政治保安局，我们有一位优秀的小伙子坐在那里，然而他也说："你，同志，给工作带来不和谐！"于是青年人就开始嘲笑我。我在墙报中被说成是：惹是生非的人、好胡闹的人。是的，只有工人通讯员、共青团员科斯丘什卡·菲亚兹洛夫一个人站在我这边，嗨，对他也不信任，他是住在我的住宅里的。甚至我的孙女也反对，她也是共青团员。嗨，得啦！然而，我记着、记录和看到一切。不，我是正确的：那事做得不好！我感到很不痛快，以致生气，并开始喝酒。钻孔十九年，在工厂三十四年，我知道一切，胜过在自己家里。我懂，我的事业不好，大概将在老年习惯喝酒。嗯，我就决定很不乐意地清账辞职去莫斯科！突然在车站我看见了你，伊凡。我就是要对你们、兄弟同志们确切无疑地说：那里的事不单纯，是一桩破坏的勾当！我有一个笔记本，里面记录着一切：所有的钟点、整个拖拖拉拉的作风……

德罗兹多夫：可以瞧瞧吗？

克勒绍夫：记录就是为了让读的。你认得出来吗？我是作者，不是杰米扬……我比他将更加不幸……

德罗兹多夫：我认得出来。

克勒绍夫（面向阿尔谢妮耶娃）：你干吗瞧着我？喜欢我吗？

阿尔谢妮耶娃：很喜欢。

克勒绍夫（用胳膊肘碰捷连齐耶夫）：听见了吗？哈—哈！原来是这样呀！我的女儿比你年纪大，只是长成为一个傻瓜。孩子一个接一个地生，而别的什么都不会。瞧我的孙女，她很好！她去了斯维尔德洛夫斯克学习。你——党员吗？

阿尔谢妮耶娃：不是。

克勒绍夫：你做什么工作？

阿尔谢妮耶娃：教孩子们。

德罗兹多夫：伊凡！

克勒绍夫：你们，年轻人，应该申请入党，拐过事业的峭壁。瞧，我来到这里——跋山涉水，穿林扬帆，——正如常言所说的，放眼望去：这里——在建设，那里——在建设，厂房林立，比比皆是，嘿，我的妈呀！事业兴旺发达！当然，我也听过报告，读过报纸，凡事略知一二，嗯，可是当亲眼见到时，真是另一番景象，百闻不如一见！

（德罗兹多夫和捷连齐耶夫坐在另一条长凳上
翻阅笔记本。）

捷连齐耶夫：他不是惹是生非的人。

德罗兹多夫：对，不像！而数字表明不好。

基塔耶夫：你是党员吗？

克勒绍夫：我——不是。我不需要，我不入党也是个天然的无产者。在十月革命以前，在列宁以前，甚至也不想了解党。我曾想——就这样，青年人嚼舌头。我的事是严肃的，要求全力以赴。我不是开会的能手，而且识字不多。三年前大家想推举我为劳动英雄，嗨，我不是头衔—称号的爱好者，我恳求作罢。

基塔耶夫：这是徒劳无益的！集体知道该做什么，它需要英雄……

克勒绍夫：英雄，健忘的人……

德罗兹多夫：你看见吗？

（捷连齐耶夫在默默地点头。）

德罗兹多夫：叫他到房间里去。

基塔耶夫：你到底去哪里？

克勒绍夫：我就是到这里来的。

柳德米娜：明天午饭我们将吃什么？任何人都没有来。

捷连齐耶夫：别纠缠！到这里来，克勒绍夫。

克勒绍夫（走）：看来，关于午饭的事你还没有安排？显然，你还像过去一样，——没有秩序，啊？（用手掌拍捷连齐耶夫的背。）我高兴见面了！

柳德米娜（在阿尔谢妮耶娃旁边）：好一个糊涂虫！几乎每天如此。

阿尔谢妮耶娃：好一个有意思的老头儿！

柳德米娜：年轻人更有意思。比方说，德罗兹多夫，啊？你发现他是怎样凝视你的吗？

阿尔谢妮耶娃：他有这样的职责……

柳德米娜：通常的男人的职责。而我喜欢工程师。

阿尔谢妮耶娃：哪一个？

柳德米娜：当然是雅罗别戈夫！他在俱乐部作关于地球史、关于金属的讲演，——很有意思！快乐的人，见鬼！

阿尔谢妮耶娃：他怎么——向你献殷勤？

柳德米娜：他健谈、逗笑。我爱快乐的人！

阿尔谢妮耶娃：你最好是和自己的什么人寻欢作乐。

柳德米娜（叹息）：自己的、自己的……你看，基塔耶夫请求和他登记。

阿尔谢妮耶娃：讨厌的小伙子。

德罗兹多夫（从凉台）：卡捷琳娜·伊凡诺芙娜！可以占用您一会儿时间吗？

（阿尔谢妮耶娃走过去。）

德罗兹多夫：帮助我们做个小小的计算——好吗？想要支烟卷吗？

阿尔谢妮耶娃：不吸烟。戒了。

德罗兹多夫：为什么？

阿尔谢妮耶娃：给孩子们不好的榜样。

德罗兹多夫：有道理。

（他们离去。柳德米娜缝补。）

基塔耶夫：每逢星期日都寂寞无聊！

柳德米娜：你平日也寂寞无聊。

基塔耶夫：这样——怎么办？我们去，登记，啊？

柳德米娜：因为寂寞无聊？

基塔耶夫：为啥因为寂寞无聊？因为爱情。

柳德米娜：你的上衣上有白菜。

基塔耶夫：我没有吃白菜。

柳德米娜：嗨，那就是从鼻子中出来的什么味。

基塔耶夫：你是个很粗鲁的小姐。

柳德米娜：你瞧！可是你却约请我去户籍登记处。

（西兰齐耶夫站在凉台的拐角处。）

基塔耶夫：因为热恋。由于爱情而烦闷。

柳德米娜：当人们恋爱的时候是什么样的感觉？

基塔耶夫：这——取决于女孩子。

柳德米娜：到底怎么样？

基塔耶夫：嗯……比方说，像歌剧《魔鬼》中那样——我希望见到生活的永恒的女朋友……

柳德米娜：那么——她呢？

基塔耶夫：她，当然，笑。爱情——是开心的事，是快活的事！

柳德米娜：哟，你真愚蠢，甚至可怕！……（跑开了。）

西兰齐耶夫（走进来）：您好，基塔耶夫同志！我找您

基塔耶夫：是吗？

西兰齐耶夫：在我这里把板子拿走了，就是那些……

基塔耶夫：谁拿走了？

西兰齐耶夫：共青团员米什卡。

基塔耶夫：就这么干脆——一来就拿走了？

西兰齐耶夫：不，当然，花钱，只是他有点儿不情愿付款。

基塔耶夫：为什么？

西兰齐耶夫：他没有钱，他说，缓一缓！可是我需要，我是个穷人……

基塔耶夫：你不是人，而是拳头 ①。

西兰齐耶夫：我是什么拳头？拳头的五个手指是紧捏着的，而我的手指——瞧，它们是张开的，因为我没有什么可抓的。

基塔耶夫：你散发出伏特加酒的气味。

西兰齐耶夫：嗯，这又怎么样？德国人也喝伏特加酒。

基塔耶夫：德国人——喝啤酒！你口袋里装着酒瓶。

西兰齐耶夫：它不妨碍我。

基塔耶夫：嗯，走吧！板子与我无关。

西兰齐耶夫：本来就是您管理俱乐部和所有这些设备。我本来是为它们来找您的……

基塔耶夫：走吧，走吧！你将得到板子……你去喝伏特加酒

---

① 俄语词 КУЛАК 有两种含义：其一是"拳头"，其二是"富农"。这句话还可译为：你不是穷人，而是富农。这里说的是一语双关。——译者

吧，见鬼……

西兰齐耶夫：唉，和你们打交道真难，同志们！你们不是认真做事的人！（离去。）

（特罗耶鲁科夫迎面走来；他俩顺路窃窃私语。
克勒绍夫拿着一瓶矿泉水走出来，走过滚球
场，卧倒在单人床上，吸烟。）

基塔耶夫：累了吗，老头儿？

克勒绍夫：有点儿累。

基塔耶夫：你们那里怎么样，破坏分子在工作吗？

（克勒绍夫没有回答。）

基塔耶夫：我们周围有许多外人。

克勒绍夫：我们将把他们赶出去。

（特罗耶鲁科夫看表，使表盖发出咯嚓的声音。）

基塔耶夫：啊，教师！你——怎么样？

特罗耶鲁科夫：我这里有合唱排演。

基塔耶夫：为什么——在这里？

特罗耶鲁科夫：舞台没准备好。

基塔耶夫（用手指在矿泉水瓶上弹出响声）：H_2O！——就是说，这是水。（把特罗耶鲁科夫拉到一旁。）朗诵了我的诗吗？

特罗耶鲁科夫：当然啰……

基塔耶夫：嗯——怎么样？

特罗耶鲁科夫：说真话？

基塔耶夫：务必！

特罗耶鲁科夫：诗——坏透了，但——出自内心。

基塔耶夫：怎么——怎么这样？

特罗耶鲁科夫：很简单，您别抱怨，赫利斯托弗尔同志。就形式而论——坏透了，但就真诚而论——还不坏。

（基塔耶夫说着含混不清的话。）

特罗耶鲁科夫：看见吗，词是一回事，另一回事是旋律。旋律——是内心的真正的诗歌，就是说，是人的最真实的东西、最深刻的实情，——您的真情……

基塔耶夫：嗯！是的……

特罗耶鲁科夫（环顾周围，低声地）：比方说，《国际歌》可以教堂唱，用第三声调，用第六声调。（唱。）

旧世界打个落花流水。

基塔耶夫（惊异）：唉，见鬼！实际上，这真可笑……

特罗耶鲁科夫：有许多人在唱《国际歌》的时候，并不想打碎旧世界，而在召唤恢复旧世界。他们已经厌恶新世界，您明白……

基塔耶夫：没错！某些人在唱！唉，你呀，狗崽子！你觉察到！

特罗耶鲁科夫：现在回到您的诗歌上来……

基塔耶夫：你当心，别对任何人说是我写的！

特罗耶鲁科夫：我知道！绝不对任何人说！那么，诗……其缺点在哪儿？赫利斯托弗尔同志，在于您写的不是自己的事儿。按事物的本质，您是破坏者，您应当破坏，而您却建设，并歌颂建设，官样文章，不是您的事业。所以词不符合您内心的旋律，不符合真正的您的真实，您的真实！知道吗？

基塔耶夫：对，是呀，这是对的！唉，见鬼！的确……我自己也感觉——我有点儿不合适！我写的不对味！

特罗耶鲁科夫：您瞧！

基塔耶夫（精神振奋起来）：你——自己判断一下：我是什

么人？战士！游击队员。我参过军，是饲马员，因为我从年轻时就喜欢马，喜欢参加赛马。你知道，我有性格！我被折腾得够呛，可是，你瞧，人们是怎样在建设新村的！

特罗耶鲁科夫：是呀！

基塔耶夫：我，常有过……是的，我……全都吃掉了……像狗吃蟑螂似的！不给面包？可是我已把面包全吃掉了呀！有如童话里描述的：唉，任何东西都没有，只有灰尘、扬沙和笨拙的人！你们——是什么人？地主、贵族、资产阶级或者只不过是人？我要收拾你您，让您全身将只剩下两只耳朵……而现在就……

特罗耶鲁科夫：时代不是您的，不是英雄的！

基塔耶夫：你知道吗？现在我是什么人？

德罗兹多夫（走到凉台上，环顾，顺便走向克勒绍夫）：确实，基塔耶夫同志，你想一想，你是什么人……

基塔耶夫：我记得！

德罗兹多夫：别忘了。（面向特罗耶鲁科夫。）您为啥在这里？

特罗耶鲁科夫：合唱排演将在这里进行。

（基塔耶夫和特罗耶鲁科夫消失在别墅的拐角
处。德罗兹多夫看了克勒绍夫一眼，然后走向
凉台。迎着他走来捷连齐耶夫。）

捷连齐耶夫：嗨，他怎么样？

德罗兹多夫：他在睡觉。

捷连齐耶夫：就是说，已经决定让他明天去莫斯科？

德罗兹多夫：嗯，是的。你熟知基塔耶夫吗？

捷连齐耶夫：完全不了解。他是不久前被派到这里来的。

德罗兹多夫：看来，他是个傻瓜。

捷连齐耶夫：怎么样呢？

德罗兹多夫：为啥他和这位声乐教师胡闹？

捷连齐耶夫：这位教师看来似乎是个精神错乱的人。顺便说

一句，德罗兹多夫，你在向阿尔谢妮耶娃献殷勤……

德罗兹多夫：这对谁有害吗？

捷连齐耶夫：你本来是这样，为了消遣……

德罗兹多夫（微微一笑，低声唱）：

唉，你呀，我的白鸽，
你和我做了什么？

捷连齐耶夫：等一等，我是认真的！她好像是拯救了我的生命……

德罗兹多夫：你说过。那时他们还不大了解我们，所以偶尔就出手相救了。如果你是认真的，那么，请注意，别犯错误……

捷连齐耶夫：兄弟，三年来我想念着她……甚至就是没有结婚了。也许，这值得可笑……你，当然，比我年轻，长得漂亮。

德罗兹多夫：嗨，得啦……

捷连齐耶夫：所以……真是的！你明白这个情况吗？

德罗兹多夫：得啦，我明白。她好像是个好人、多才多艺的女工作人员……

捷连齐耶夫：有学识的人。

德罗兹多夫：一切都好啊！但我不喜欢她的朋友——这个声乐教师，半死不活的家伙。

捷连齐耶夫：他不是她的朋友，她谈论他没有好话。

德罗兹多夫：怎么——不好？

捷连齐耶夫：你最好自己去问她。

德罗兹多夫：我们生活在狡猾的人们之中，应当小心听信别人的话。

（柳德米娜走出来，把两瓶啤酒和酒杯摆到桌子上。）

柳德米娜：你们怎么啦——打开了酒瓶，啊——不喝？会变坏的。

捷连齐耶夫：这说得对！

德罗兹多夫：昨天索莫夫那里有盛大的资产阶级酒宴。他的妻子是那样的——请别用手去抚摸——穿一件连衣裙。好一个胖乎乎的女人……红润的肉体。特罗耶鲁科夫吱吱嘎嘎地拉小提琴，她敲敲打打地弹钢琴。我大约半夜从旁边走过，唉，我想……

捷连齐耶夫：让他们去欢乐吧，只要诚实地工作就行……

德罗兹多夫：诚实！正如我们小组的一位同志所说的，这最近的一切是最主要的……大约十五年以前……

捷连齐耶夫：你——多大了？

德罗兹多夫：三十三岁。沙赫特诉讼案……

（米夏走进来。）

米夏：德罗兹多夫同志，在谢里希那边发现了一位伤员……

柳德米娜：是萨夏·奥西波夫吗？

米夏和德罗兹多夫（异口同声地）：还不知道……为什么你想是奥西波夫呢？

柳德米娜：他对我说过，有人威胁要揍他……

德罗兹多夫：谁？

柳德米娜：但是，我不知道！

德罗兹多夫：嗨，应当去……

柳德米娜：大概，大概，是萨夏·奥西波夫……

捷连齐耶夫：别叫喊！还没有确定。

柳德米娜：你们的一切都没有确定！谁纵火烧了俱乐部？又是谁砸破了玛霞·华洛娃的头？

米夏：德罗兹多夫同志，我和您一起去，可以吗？

基塔耶夫（走来）：为什么喧哗？

柳德米娜：萨夏·奥西波夫挨揍了。

基塔耶夫：大概，有人要流氓了……

柳德米娜：撒谎！

（克勒绍夫睡醒了，一边听说话，一边装烟斗。）

基塔耶夫：我干吗撒谎？

柳德米娜：他在墙报上写了关于您的事，这就是为什么！

基塔耶夫：谁冒着枪林弹雨游逛了，墙报就说他是苍蝇！

克勒绍夫：打伤了谁呀？

捷连齐耶夫：工人通讯员受伤了。

克勒绍夫：这种风气我们那里也有。我们很快就清楚：谁认为工人通讯员是敌人和告密者，也就是说，此人是外人而不是我们的人。

柳德米娜：唉，我多么想到那里去啊！

克勒绍夫：去看死者吗？

柳德米娜：但不是死者……

克勒绍夫（带着老年人的固执）：在死者身上任何有趣的东西都没有。（面向基塔耶夫。）我在这里打瞌睡，听见你如此胡说八道，小伙子啊！

基塔耶夫：你老了，你不理解我的意思！

克勒绍夫：哪能理解！胡扯——难以理解。和你逗乐的这个人是教士，对吗？

基塔耶夫（走开）：你不喜欢年轻人吗？

克勒绍夫：为什么？年轻又聪明——这是倍加可贵的。他生气了。现在我休息一会儿，然后吃点东西才好……

捷连齐耶夫：我们走。

柳德米娜：嗯，终于有了时间……

（他俩离去。基塔耶夫喝啤酒。出现了特罗耶
鲁科夫。）

特罗耶鲁科夫：歌手迟到了。

基塔耶夫：他们就会来的。唱歌，不是工作，他们会来的！

特罗耶鲁科夫：您，基塔耶夫同志，曾是司机吗？

基塔耶夫：谁对你说的？

特罗耶鲁科夫：不记得了。

基塔耶夫：嗯，如果曾是，那就是吧，怎么？

特罗耶鲁科夫：据说司机可以用汽车挡泥板杀人，并且任何人也不会觉察出来，是真的吗？

基塔耶夫（凝集目光地注视着他）：这个人——不会觉察出来？

特罗耶鲁科夫：不是说他。

基塔耶夫：这样。那么，你干吗问呢？

特罗耶鲁科夫：为了知道情况。我对敏感的事有兴趣。我不相信可以这样做而能逍遥法外。

基塔耶夫（不慌不忙地）：你教什么？唱歌？

特罗耶鲁科夫：是的。

基塔耶夫：嗯，那你就教吧！汽车不关你的事。

特罗耶鲁科夫：好吧！因为关于用挡泥板的事，也没有我！

基塔耶夫（看着他）：这……你头脑里回绕的到底是什么曲调？

特罗耶鲁科夫：这只不过是好奇心。瞧，人们终于开始集合了！同志们！你们过于迟到了……

（走来：杜妮娅霞，还有两位少女、两位工人。）

基塔耶夫（看了她们一眼，拿起啤酒瓶）：我建议喝一杯！谁——赞成？谁——反对？弃权者——没有吗？一致通过……（斟酒，喝。）

（歌手们集合起来了。杜妮娅霞和柳德米娜开始唱。）

> 沿着那小溪，
> 沿着卡赞卡河，
> 游着灰色的公鸭。

（基塔耶夫走近来，也唱。在凉台——克勒绍
夫用一只脚踏着拍子哈哈大笑。捷连齐耶夫和
阿尔谢妮耶娃望着他也笑了起来。）

基塔耶夫：哎哈，我的妈呀！你们好，孩子们！（叫喊。）

而我们在它头顶上
啪，啪，啪！

第三幕

在索莫夫住处，同前面的凉台。深夜。明月。丽吉娅坐在沙发椅上。雅罗别科夫在她身旁走动。

雅罗别科夫：假定你说得正确……

丽吉娅：告诉我——您！婆婆在走动。

雅罗别科夫：在执行巡逻勤务。

丽吉娅：一般地说——满意！你要永远和我说：给你！

雅罗别科夫：我听着。这样——假定你——原谅，你们判断正确。但是我有另一种心灵，我完全不能忍受悲剧。

丽吉娅：你没有心灵。

雅罗别科夫：决定说：给你……

丽吉娅：小声点！

（杜妮娅霞端给丽吉娅一杯牛奶。）

丽吉娅：谢谢。现在你们是自由的……瞧，杜妮娅霞有心灵。她蔑视你们所有人。

雅罗别科夫：难道心灵是蔑视的器官？

丽吉娅：是诚实感觉器官。杜妮娅霞待人诚实。

雅罗别科夫：某作家形容过诚实。这有点儿类似狗，——给盲人带路的狗。

丽吉娅：而您——不诚实。

雅罗别科夫：谢谢。那么，索莫夫呢？

丽吉娅：你们——所有人！

雅罗别科夫（开始吸烟）：祖先的过错。鬼叫他们选择这个痴呆的地球作为居住的地点！想象一下抹上油的巨大的西瓜。人站在它上面是非常不方便的，——前后左右滑动。

丽吉娅：您玩笑开得无聊！

雅罗别科夫：也许。但无恶意。

丽吉娅：和您不值得说正经事。

雅罗别科夫：这是真的，因为：什么是正经事？

丽吉娅：我想，您将以自杀结束生命。

雅罗别科夫：嗯……未必！

丽吉娅：或者——您将变成酒鬼。

雅罗别科夫：这是可能的。

丽吉娅：您总之是个不幸的人。

雅罗别科夫：我没感到自己是这样的。

丽吉娅：谎言。

雅罗别科夫：可能发生的情况是，我将到不论什么样的杜妮娅霞那里去，并对她说："杜妮娅，改造我吧……"

丽吉娅：非常庸俗和虚伪。

雅罗别科夫：您徒劳无益地发威吼叫，丽吉娅，我这样说……是由衷的。这个春天我特别近距离地观察了工人，观察了庄稼汉。工人相当快地把庄稼汉改造得和自己一个样，总之，生活在这种氛围中是极有意思的！许多险恶，不少愚蠢，但一切都是可以理解的，——理解得非常好！我在那里感到自己极其年轻……

丽吉娅：我不相信你，不相信你任何一句话！（走向阶梯。）

雅罗别科夫（跟随着她，触摸她的肩膀）：你听着，——这一切都意味着什么？从哪里，突然……

丽吉娅（挣脱他的手）：不是——突然！愚钝的人……我——不知道……我不能理解……（默默地直视着他。）你用三言两语告诉我，法西斯主义是什么？

雅罗别科夫：三言两语？嗯，这……困难……

丽吉娅：不想说，对吗？

雅罗别科夫（耸肩）：为什么——不想？嗯……你——知道：生活就是斗争，大家互相倾轧，大野兽捕食小野兽，小野兽捕食小小野兽。法西斯主义是小野兽，它想成为大野兽，而小小野兽也想变成大的。大野兽感兴趣的是让小野兽成为更肥些，而小野兽感兴趣的是让小小野兽变肥。为了这个……善良的目的，需要的……正是现存的东西，即互相捕食的充分的自由，而为了这种自由就需要私有制，——野兽般的制度。瞧，布尔什维克就试图消灭野兽般的生活方式的基础——私有制……明白吗？

（丽吉娅默默地从阶梯上走来。）

雅罗别科夫（叹了一口气）：法西斯主义没有任何新意——没有。它是腐朽的和丑恶的东西……为什么你需要了解这个？

（他俩离去。走上凉台的有：索莫夫、博戈莫洛夫、伊卓托夫。索莫夫拿着克留香饮料盆儿。伊卓托夫拿着杯子。然后索莫夫关紧房间的门窗。博戈莫洛夫用手帕擦脸和脖子。伊卓托夫开始吸烟。）

博戈莫洛夫：最关心一件事情。

伊卓托夫：是的。庄稼——在霉烂。

博戈莫洛夫：你们想——将要歉收吧？

伊卓托夫：据说。

博戈莫洛夫：你们知道，不错吧，啊？（面向索莫夫。）我们是孤家寡人吗？

索莫夫：对。但是看来，我们谈了一切吧？

博戈莫洛夫：确定了的是：设备集中起来，而建筑停止，这在一定程度上是可能的。

伊卓托夫：这像是公理。

博戈莫洛夫：然后，不明了我们计划的人们……

伊卓托夫：或者是明了的，但不喜欢的人们……

博戈莫洛夫：或者是过于明了的人们，——你们可知道，要限制这些人力求在同志们面前表现出众的企望。

伊卓托夫：从实际工作转移到办公室工作上来。

博戈莫洛夫：知道吗，还有其他方式。总之，限制！

伊卓托夫：正确。

索莫夫：是否需要重复这一切呢？

博戈莫洛夫：不碍事，要知道，不碍事。（面向伊卓托夫。）您，德米特利·帕甫洛维奇，有点儿那个……明白吗，有点儿过于流露出您的悲观主义，可是我们应该表现出自己是乐观主义者，明白吗，相信同志们的幻想的乐观主义者……

索莫夫：他们不愚蠢，他们有嗅觉。他们并非一切都是幻想。

博戈莫洛夫：是吗？

索莫夫：关于五年计划的议论，社会主义竞赛……

伊卓托夫：快步跑不远，欲速则不达。

博戈莫洛夫：但必须鞭打，要知道，鞭打！鼓励一些人的幻想，发展另一些人的疑心，明白吗……而悲观主义在我们的处境中是不合时宜的。

伊卓托夫：我不是悲观主义者，但当你冒掉脑袋危险的时候……

博戈莫洛夫（激动起来）：要知道，脑袋没有特殊价值，如果它是作为被野蛮人敲打的对象的话，——是呀！脑袋，明白吗，应当高昂起来，让野蛮人的拳头够不着它！要记住，明白吗，国家工业发展的领导权在我们手里，文明的总参谋部不在克里姆林宫，而正是应该在我们的环境中组成，——明白吗？历史属于我们，这就是必须领会的，——历史！展现在我们面前的是广阔的天地。政权有足够多的辩护人，政权应当属于我们工程师们，——明白吗？

伊卓托夫：是的，在法国辩护人曾经并还在庸庸碌碌地发号施令。

索莫夫：发号施令的是资本……

博戈莫洛夫：其后你们会说，按照同志们的教义，政府为企业家们服务，等等。但是，辩护人的罢工不可能改变任何事情，而如果是工程师们罢工呢？你们怎么想？问题就在于此！您，亲爱的，要知道，感染上了维克多尔·雅罗别戈夫的虚无主义。

伊卓托夫：令人厌恶的男人。

索莫夫：他有才能。

博戈莫洛夫：喏！

伊卓托夫：他适合在同志们的报纸上写小品文。

博戈莫洛夫：他，明白吗，正好是来自需要限制的那些人之中。要知道，必须让这些人和稿纸打交道……

索莫夫：你们忘记了这些人有文化，会计算……

博戈莫洛夫：嗯，我们将更有文化。我们——更有心计……

索莫夫：说话小声点，这里有人散步。

伊卓托夫：在平日里呀！

索莫夫：在栅栏后面有一条通向河流的道路。今天黎索戈诺夫再次来了。

博戈莫洛夫：他也到过我那里。他总是问：他的工厂将在何时开工？

伊卓托夫：工厂真糟糕！老旧了。

博戈莫洛夫：别厌恶，别厌恶！它可值约三百万。还可以多一点。

伊卓托夫：哎哈！您从这个观点出发吗？嗯，以如此份额使资本呆滞——长长的历史！

博戈莫洛夫：但是，顺便说一句，要知道，这也是有益的。顺便说一句！小东西不显眼，但一大群蚊子可以征服一只熊，要知道！

索莫夫：黎索戈诺夫患了糖尿病。他将很快死去而没有继承人。

博戈莫洛夫：会找到的！

伊卓托夫：有儿子。

博戈莫洛夫：儿子死了。要知道，我也有糖尿病。医生叫禁酒，自然要禁女人，剩下的就只有一件高兴事——玩牌……

索莫夫：雅罗别戈夫正在走来。

伊卓托夫：酗酒吗？

（雅罗别戈夫走进来。）

博戈莫洛夫：嗨，我们该走了！维克多尔·帕甫洛维奇！在月光下散步了吗？

雅罗别戈夫（喝醉了）：正是。甚至是和一位少女。

博戈莫洛夫：和一位美女？幸福的人！我昨天也看见了您，好像是和工厂厂长的侄女吧？

雅罗别戈夫：正是和她。

博戈莫洛夫：您这个民主主义者！怎么啦？我们大家都是民主主义者。

雅罗别戈夫：原则上是："与狼同住，则学狼嚎"。

博戈莫洛夫：要知道，他总是要说点什么尖锐的话！奇怪的习惯！嗯，走吧！对啦，差点儿没忘记！维克多尔·帕甫洛维奇，亲爱的！你们关于这位年轻人的发明的结论……怎么样？

雅罗别戈夫：哪位年轻人？库兹涅佐夫还是吉贝尔？

博戈莫洛夫：前者。乐观的结论！你们算错了。非常乐观。可是且慢！但在委员会我将反对。

雅罗别戈夫：这是您的权利，也是义务。

博戈莫洛夫：对，对，我将反对

雅罗别戈夫：让我们将争论吧！

博戈莫洛夫：嗯，祝一切都好！

（他们离去。索莫夫送别。雅罗别戈夫喝克留
香饮料。）

索莫夫：你不知道我妻子在哪里吗？

雅罗别戈夫：在河岸上，和阿尔谢妮耶娃、捷连齐耶夫一起。共青团员们在那里用大渔网捕鱼。

索莫夫：看来，捷连齐耶夫在对女教师献殷勤吧？

雅罗别戈夫：男人们总是爱对女人们献殷勤。

索莫夫：你依然喝酒吗？

雅罗别戈夫：我依然喝酒。

索莫夫（在凉台上漫步）：你不觉得这位女教师对丽吉娅起坏作用吗？

雅罗别戈夫：对她起坏作用的是无所事事。你建议她做点什么事情才好，哪怕是从事扫除文盲工作也行。

索莫夫：你去建议吧……

雅罗别戈夫：我对她来说不是权威。你们和雅科夫谈了什么？

索莫夫：这个嘛……一般地谈事情。

雅罗别戈夫：他想抹掉库兹涅佐夫的发明，在这个问题上他将输给我。

索莫夫：奇异的嫌疑！他可能有什么样的目的呢？

雅罗别戈夫：仇恨的心满意足。

索莫夫：你去哪儿？

雅罗别戈夫：我应邀到特罗耶鲁科夫那里去做客。（离去。）

（索莫夫在凉台上走来走去，停下来，倾听，
走进房间，打开窗户。走来：捷连齐耶夫、丽
吉娅、阿尔谢妮耶娃、米夏和杜妮娅霞。）

捷连齐耶夫：没有和平，丽吉娅·彼得罗芙娜，在所有劳动人民以全世界众志成城之势压倒敌人之前，将不会有和平的。

丽吉娅：您……相信这个吗？

捷连齐耶夫：嗯，不应该再不相信了！不相信为什么生活和工作——难道这可以吗？

阿尔谢妮耶娃：您走吧，米夏，去喝伏特加酒……

米夏：可是我不喝酒！

阿尔谢妮耶娃：搓一搓胸脯和双脚，否则会感冒的。

米夏：我生来任何时候都未感冒过……

杜妮娅霞：你——走吧！别夸耀……

米夏：哟，你们厌烦了！我算什么——小姐？

（米夏和杜妮娅霞离去。）

丽吉娅：多么可爱的男孩！

捷连齐耶夫：我们有成千上万这样仪表堂堂的人。不久前富农射伤了一位这样的男孩，子弹穿过右胸。他在失去知觉的状态下被送到了医院，而当苏醒过来时的第一句话就是："我将久病卧床吗？"瞧，他怕耽误被录取上工农速成中学，——问题的实质就在于此！我们的青年是品学兼优的人才。当然，也有不成器的人，正所谓"家里难免有畸形儿"，但家庭是伟大的！

丽吉娅：空气正在变得潮湿。卡佳，你不到我这里来吗？

阿尔谢妮耶娃：不。清晨六点我要进城，需要做点准备，那里有教师区代表会议。

捷连齐耶夫：我该回家了。祝您健康！

丽吉娅：晚安！你——时间长吗？

阿尔谢妮耶娃：五天左右。

捷连齐耶夫：您，卡捷琳娜·伊凡诺芙娜，给我弄清楚这件事情吧？

阿尔谢妮耶娃：是的。这个我已经做完了。

捷连齐耶夫：太好啦！

（阿尔谢妮耶娃和捷连齐耶夫离去。丽吉娅坐

（到凉台旁的长凳上，抽出一支烟卷，但把它折
断并扔掉了。）

索莫夫（隔着栏杆）：有点儿潮湿，你回家去吧。

丽吉娅：给我拿来披巾吧。

（安娜·索莫娃和济托娃走来。）

济托娃：瞧，他们是怎样行动的？这里有一个鳏夫的女儿
病了……

安娜：对，对，西兰齐耶夫的女儿，我知道！

济托娃：他们就这样把她似乎是送到了卫生院……

安娜：可怕！

济托娃：假定说，她是共青团员。

安娜：彻底的恣意妄为……这是您，丽吉娅？

丽吉娅：正如您所看到的，——是我。

安娜：尼古拉在家吗？

（索莫夫从窗户中扔出披巾。）

济托娃：您好，最严厉的人！

索莫夫：您好！

安娜：到我这里来玩玩吧。

济托娃：很高兴。请喝茶吗？

安娜：当然，如果女仆赐予的话。您知道，我们依赖女仆……

（安娜和济托娃离去。）

索莫夫（面向妻子）：到这里来，固执的女人！潮湿呀！（丽
吉娅走来。索莫夫在凉台上迎着她，拥抱她。）你曾和捷连齐耶
夫、阿尔谢妮耶娃在一起吗？和善的男人。他说了什么？

丽吉娅：说了那么多，一半我不明白，另一半我不记得。杜妮娅霞和他的侄女在那里唱歌——《我失却了光环》，歌词奇特，但歌曲非常忧伤。

索莫夫：稀里糊涂的歌。而这位阿尔谢妮耶娃到底是怎么一回事？

丽吉娅：她非常简单有力地说"是的！"，或者同样有力地说"不是！"

索莫夫：嗯，你这是有点儿出自被遗忘的易卜生的剧本！你说，你不感到她在对你施加坏的影响吗？

丽吉娅：坏影响？为什么？

索莫夫：嗯……她使你产生忧郁的思想，总之……

丽吉娅：不，我没有这种感觉。而忧郁的思想……倒是镜子使我产生的。

索莫夫：这是胡说八道。你一点也没有变丑，甚至变得更美了。

丽吉娅：谢谢！但我觉得："我失却了光环……"

索莫夫：这也是胡说八道。我对你的爱不浅。我很爱你。

丽吉娅：我不是说爱，而是说和生活相连的光环……

索莫夫：嗯，瞧！这无疑是受了阿尔谢妮耶娃的影响……

丽吉娅：怎么……你赶快说你很爱我呀。

索莫夫：啊，你再次陷入你新的腔调！你该知道这是多么不妥！不，必须尽快让你到国外去。我想秋天就办成这件事……

丽吉娅：而我——想出国吗？

索莫夫：这将使你开心。即使你不想去，也必须去。这更加合适。

丽吉娅：对谁？

索莫夫：对你。我都对你说过，可能发生重大的事件。这——在我们之间，请你不要和女教师就这个话题吐露隐私……

丽吉娅：那么，其他话题呢？

索莫夫：总之，我求你对她要小心，特别是在她开始打听什么事情的场合下。她打听吗？

丽吉娅：她讲，我打听。

索莫夫：关于什么？

丽吉娅：关于少先队员、共青团员，关于扫除文盲……

索莫夫：你对此感兴趣？

丽吉娅：我不明白，一个年轻漂亮的女人在此能得到什么快乐？

索莫夫：这是精神上贫乏的人的快乐，丽达。

丽吉娅：而我——不是精神上贫乏的人吗？

索莫夫：这是什么问题？当然不是！

丽吉娅：高兴得知。但是，你用多么枯燥的声调说这种话呀！

索莫夫：别说啦……怪诞的声调！

安娜（从房间里）：科里亚，你不记得副省长的狗的名字吗？……

索莫夫：怎么一回事

安娜（走进来）：唉，对不起！你怎么叫喊！你那么喜欢杜马诺夫的狗，我忘记了它的名字。

索莫夫：贾尔玛！贾尔玛……

安娜：谢谢。你们，看来，在争吵？

索莫夫：一点也没吵。你这是从何说起？

安娜：很高兴，是我错了。你们俩近来如此急躁。这有害于健康。（离去。）

（索莫夫生气地开始吸烟。）

丽吉娅：继续吧。

索莫夫：是的。那么，重大事件是不可避免的……

丽吉娅：战争？

索莫夫：可能……

丽吉娅：于是，再一次革命？

索莫夫：为什么——革命？变革，你想说……

丽吉娅：嗯，对，革命倒退。反革命？

索莫夫：反革命——这是空话。我对你说过，生活就是为政权……为进步和文明而斗争……

丽吉娅：对，对，我记得。当我们曾经亲近的时候，你说过这种话……

索莫夫：别臆想！你我依然亲近。

丽吉娅：在卧室。

索莫夫：你想了解我吗？

丽吉娅：啊，早就想！

索莫夫：嗯，那就了解吧！工人们夺取了政权，但他们不会管理。他们的党在瓦解，群众不了解它的任务，农民反对工人。总之，工人专政、社会主义——这是梦想、幻想，这是由我们知识分子被迫以我们的工作所支撑的。我们是这样一种唯一的力量，即它能够工作，它应该在古老文明基础上按欧洲方式建设国家——强大的工业国。你在听吗？

丽吉娅：当然。

索莫夫：政权——是钳工、油漆工、纺织工力所不及的，它应当由科学家和工程师来掌握。生活要求的不是油漆工，而是英雄。你知道吗？

丽吉娅：这是法西斯主义？

索莫夫：谁对你说的？这是……国家社会主义。

丽吉娅：法西斯主义——这是当小野兽当政的时候，以便大野兽靠小野兽为生吧？心须要让小野兽变肥吧？……

索莫夫：什么样的胡说八道！这是从哪里来的？

丽吉娅：维克多尔说的。

索莫夫：维克多尔？见鬼……但是，你看得见：他是个醉鬼，他道德败坏，他实际上什么都不懂……

丽吉娅：你——是大的？

索莫夫：什么？

丽吉娅：你——是大野兽？

索莫夫：你听着，丽吉娅，——你说什么？你怎么啦？

丽吉娅：我——不知道。你的脸色变得多么煞白，你的眼睛多么凶狠……

索莫夫：我在问……我应该知道：你怎么啦？

丽吉娅：我说了：不知道。但我觉得，你口是心非，还有这个敌对的老头、寒毛很重的伊卓托夫，还有驼子——你们全都是口是心非的人……等一等，别碰我。我该有不同的说法，但我没有有力的话语，没有浓厚的感情。

索莫夫：你在变成歇斯底里病患者——情况就是这样！这是因为你没有孩子。

丽吉娅：你不想要孩子……

索莫夫：这也是因为你已不爱我……我知道！

丽吉娅：你什么都不知道！什－么－都－不－知－道！你总是这样：当我把你当作一个人和你说话的时候，你就把我引进卧室。

索莫夫：不对！

丽吉娅：在所有小说中都是这样描写的：她开始和他像和朋友一样谈话，而他就说：你脱衣服吧！……

索莫夫：等一等，丽吉娅！够啦！听我说，并记住：你……不笨，你应当明白。别说话！……我是口是心非的人吗？对！不可能是另外的样子！在追求自己设定的伟大目标时，按另一种方式生活是不可能的。我就是我！我是个对自己的力量，对自己的使命有信心的人。我来自胜利者家族……

丽吉娅：大野兽？

索莫夫：失败者的角色，俘虏的角色，——不是我的角色！博戈莫洛夫是个老白痴……

丽吉娅：你想成为领袖、拿破仑式的人物？伟大的？

索莫夫：见鬼去吧……

丽吉娅：别叫喊……

索莫夫：丽吉娅！你所说的对我具有……重大意义……人们向你散布诽谤言词，想使你成为自己丈夫的敌人……

丽吉娅：不，尼古拉，你不是大野兽……

索莫夫：不许开玩笑！

丽吉娅：对——别叫喊呀！

索莫夫：你应该想一想……也许，这位阿尔谢妮耶娃……

丽吉娅：小声！谁正在走来……

（场外传来歌声。他俩听着。索莫夫开始吸烟
卷，双手颤动。他离开妻子，惊讶地和不安地
望着她。）

索莫夫：怎么可能发生，丽吉娅，你突然……

（听到两个人，雅罗别戈夫和特罗耶鲁科夫，
在大声唱《国际歌》。）

> 他认为爱情是纯废话，
> 特啦——哒哒！特啦——哒哒哒！
> 突然它像是那梦幻，
> 在他学者的目光下。

索莫夫：啊，听见吗？这就是维克多尔……

（走来雅罗别戈夫、特罗耶鲁科夫，跟在他们
后面的是黎索戈诺夫，三人全都烂醉如泥。）

雅罗别戈夫：月亮下的一对夫妇……教师——快来吧！

特罗耶鲁科夫：啊，这多么令我羡慕！

（黎索戈诺夫试图登上来，却坐在了阶梯上。）

雅罗别戈夫：好，鬼东西！丽多契卡——原谅吧！多亏上
帝，我们畅饮了！我们如此痛快地喝酒，总之，畅饮了！历史
教师……作曲家——歌唱吧！用第三声调！尼古拉，你听着！教

师——一,二!

特罗耶鲁科夫:

> 旧世界打个落花流水,
> 奴隶们起来 起来。

索莫夫: 请别唱啦!……维克多尔,你明白……

雅罗别戈夫: 什么鬼玩意儿我都不明白! 非常高兴! 我不想明白!

丽吉娅(笑):维克多尔! 您真奇怪!

雅罗别戈夫: 正是如此! 非常高兴。为什么不能歌唱? 难道有谁要睡懒觉?

索莫夫: 我请求你……

特罗耶鲁科夫: 对不起……请允许我解释,我是声乐教师,教一员! 我对青年人说:词——无关紧要! 含义总在曲调之中, 在心灵的主乐曲之中, 在悦耳的古老的……不朽的……音乐之中……

雅罗别戈夫(面向索莫夫夫妇):这是他——真妙! 这——不是精神失常! 兄弟,这是某种无赖……

特罗耶鲁科夫: 好呀,我说,我们在消灭教会,但是,教会观点、大教堂仪式、盲从的思想犹存! (笑。)犹存! 我教歌喉运用技巧……单一纯一插入。单纯的——插入,插入单纯的话! 我教青年人。

索莫夫: 请听我说! 够啦!

雅罗别戈夫: 不,他是个狡猾的骗子! 你要明白:在生活中插入单纯的空话,啊? 奇思妙想,坏蛋! 教师! 你是坏蛋吗?

特罗耶鲁科夫: 是的!

雅罗别戈夫: 瞧,他自己明白! 自觉,兄弟……鬼知道,多么有趣! 丽达,有趣吗?

丽吉娅: 非常有趣!

特罗耶鲁科夫: 我是坏蛋,对! 我不适合作野——野蛮人的奴隶……

（丽吉娅哈哈大笑。）

索莫夫（面向特罗耶鲁科夫）：从这里滚开！醉醺醺的傻瓜！

（安娜走来。）

特罗耶鲁科夫：不——不，不是傻瓜！不能侮辱我……

安娜（严厉地）：先生们！你们太欢腾喧闹了……

雅罗别戈夫：生活的乐趣使然……

特罗耶鲁科夫：这是——安娜·尼古拉耶芙娜，她知道，我没有变穷！特罗耶鲁科夫——没有变穷！他可以斗争，他能够报仇……他受到了挤压，他变得更坚强了！悲剧式的欢乐，安娜·尼古拉耶芙娜。深度绝望的欢乐。

安娜：我理解，但不要忘记，我们生活在敌人的包围之中。

索莫夫：我请求你，维克多尔——把这个丑角带走！

雅罗别戈夫：是。我也是丑角！无家可归的人们，跟我走！教师——齐步走！歌唱。

特罗耶鲁科夫：我乞求……

雅罗别戈夫：兄弟，任何人都不会施舍一点儿东西！唱吧！（歌唱。）

> 旧世界打个落花流水，
> 一个一个爬到床下睡。

特罗耶鲁科夫：沙夏·乔尔内①编写的，天才的沙夏，最有

---

① 沙夏·乔尔内（Саша Черный，1880—1932）：俄国诗人，他的诗讥笑小市民的心理，代表作有讽刺诗集《不同的情调》（1906）、《讽刺诗和抒情诗》（1911），1920年移居国外。——译者

才能的！阿韦尔琴科[①]……天才的！《讽刺》周刊[②]——啊？所有的他们在哪儿，在哪儿？谁都没有了，谁都没有了！全都死亡了……

雅罗别戈夫：唱吧，讨厌的笨蛋！黎索戈诺夫，萎靡不振的白痴，——开步走！（两人走起来，用进行曲的节律歌唱。）

> 光溜溜的黑蟑螂，
> 悄悄爬到沙发下。
> 妻子将不去巴黎，
> 因为它，嗨——不像话！

雅罗别戈夫（大喊）：好！

（雅罗别戈夫和特罗耶鲁科夫离去。）

索莫夫（面向妻子）：我们走，丽吉娅……

丽吉娅：不，我不想走……

安娜：这是——谁？哎嗨，这是——黎索戈诺夫。您——不好吗？

黎索戈诺夫（跪下）：亲爱的……

安娜：您怎么啦？您干吗？

黎索戈诺夫：可爱的人们……你们工作吧！购买吧，供给吧！我将怎么感谢您们……

丽吉娅：他想要什么？

索莫夫：只不过——喝醉了！我们该结束了，丽达……

丽吉娅：结束——什么？等一等……

---

① 阿韦尔琴科（А.Т.Аверченко，1881—1925）：俄国作家，他的幽默短篇小说、剧本和讽刺小品文嘲讽了庸俗的资产阶级生活，如选集《欢乐的牡蛎》（1910），1917年移居国外，发表过反苏作品。——译者

② 《讽刺》周刊——系俄国自由资产阶级派讽刺与幽默刊物。1908—1914年在彼得堡出版。——译者

安娜：起来吧！

黎索戈诺夫：我不能起来。我被禁止喝酒，但我——瞧，喝了！忧伤！孤单！有过一个儿子……痞子和坏蛋……

安娜：尼古拉，帮助他！

黎索戈诺夫：我去为他们服务……反对父亲和人——人民！像走狗一样死去……使之精疲力竭了！由于痨病。他从年轻时起就是害痨病的人。第一个妻子、他的母亲、女贵族，也是痨病患者……就这样！尼古拉·华西里耶维奇……我求您看在基督的面上……

丽吉娅：多么令人憎恶的人！

安娜：应当理解：他感到痛苦！

丽吉娅（面向丈夫）：他求你什么？

索莫夫：你都看见了，他——喝醉了！

丽吉娅：啊——他清醒吗？

安娜：尼古拉，你倒是帮帮我呀……

索莫夫：嗯，您！起来吧……

安娜：多么粗鲁！领他下阶梯。

索莫夫：您走吧……唉，您……

黎索戈诺夫：我亲爱的——装……装备那工厂吧，工厂……是时候啦！到处在建设，给所有人买……

（丽吉娅发笑。）

安娜：多么不合时宜的、多么残酷无情的嘲笑！您有一副多么严厉的心肠，丽吉娅。人们神经错乱了……

丽吉娅：您想想看，我也是……（到房间去了。）

安娜（用手指在她背后做出威胁的动作，同时嘟囔着）：等着瞧！看谁笑到最后。

索莫夫（走）：丽吉娅在哪？

安娜：我不幸的尼古里亚！怎样的生活……

索莫夫（发出嘘嘘声）：您要什么？这仍然是您的……您的

朋友……（跑到房间去了。）

安娜：我的天啊……我不认识儿子了。我的天……

第四幕

同前，在索莫夫住处。深夜。在凉台上——谢米科夫坐着，书写，嘴唇微微颤动，弯起手指头计算。在他旁边的地板上放着一卷图纸。杜妮娅霞从房间出来，拿着茶具。

杜妮娅霞：服饰漂亮的人，你仍然在等待？

谢米科夫（嘟囔）：向着自己某种昏暗的目标……

杜妮娅霞：你在创作？你最好以基塔耶夫，以傻瓜为题材写首四行诗式的流行歌谣。

谢米科夫：基塔耶夫——粗鲁，不是傻瓜

杜妮娅霞：嗯，你对傻瓜了解得多！你就写点随便什么滑稽可笑的东西吧。

谢米科夫：我不喜欢滑稽可笑的东西。

杜妮娅霞（向他伸伸舌头）：哼！你也没什么可喜欢的。也来这一套——我不喜欢……

（丽吉娅走出来。）

丽吉娅：这是谁？

杜妮娅霞：瞧，是创作家。（离去。）

谢米科夫：丽吉娅·彼得罗芙娜，您读过这本书吗？

丽吉娅（拿起书）：《宗教婚姻的服装》。不。这是什么意思——宗教婚姻？

谢米科夫：这里——一般地说……关于上帝……

丽吉娅：您是教徒？

谢米科夫：不，——因为什么？但他说：即使不信教，也必须有所了解。

丽吉娅：他——是谁？

谢米科夫：声乐教师。

丽吉娅：他，似乎，是个怪人？还酗酒？

谢米科夫：不，他很严肃……有文化的人。我在这本书中什么都不明白。这里有梅特林克①的序言，他如此直截了当地说，这位雷斯布鲁克是用荒凉的语言写作的。

丽吉娅：原来如此？

谢米科夫：是的。我就是这样记录的："直观——这是没有形象的认识，它永远高于理性。"照我的意见，这是对的。思想严重干扰创作，创作，总在思考，以便得到好的结果。可是他说，如果不思考，而只是倾听自己心灵的音乐，那将有好的结果，有好的诗歌。生活中没有任何诗歌。

丽吉娅：这是您说的还是他说的？

谢米科夫：是他。照我看来，他说得对。只是我无论如何不能没有形象。我就这样写：

> 暗淡的月亮淹没在
> 云中，发出微弱的光，
> 一丛丛黑压压的云杉，
> 向某种神秘目标徜徉。

丽吉娅：怎么样？看来，——这并不坏。

索莫夫（跑出来）：唉，亲爱的，您怎么来了，而不说一声？

谢米科夫：我对杜妮娅霞说了……

索莫夫：拿图纸来……杜妮娅霞！您不是为杜妮娅霞工作。您可以走！不过——等一等！

丽吉娅：您——快吗？

索莫夫：是的。马上。（离去。）

谢米科夫：我还摘录："借助于理性表现出有关高于理性的起

---

① 梅特林克（Maurice Maeterlinck，1862—1949）：比利时法语剧作家、诗人，他的象征主义的剧作充满诗意，同自然主义的平淡无奇适成对照。作品有剧本《比亚特里斯的妹妹》（1900）、《青鸟》（1908）等。获诺贝尔奖（1911）。——译者

点的许多问题。但是，在没有思维的情况下比在借助于思维的情况下达到这个起点要轻易得多。"

丽吉娅（漫不经心地）：对……

谢米科夫：但是，怎么没有思维呢？况且显然，狗都有所思所想。

丽吉娅（揉前额）：您要明白，谢米科夫……

谢米科夫：我改了姓，改成了谢米奥科夫。这样——对创作更好。否则——谢米科夫、库兹涅佐夫、戈尔什科夫，——这里有什么样的诗意？

（走出来：伊卓托夫和另外两个人，一个肥胖，
另一个驼背拱肩，他俩恭敬地和默默地告别丽
吉娅。）

伊卓托夫：我能给您送来奶油。

丽吉娅：谢谢，我们有……

伊卓托夫：安娜·尼古拉耶芙娜说——没有。那么蜂蜜——有吗？我能送来。品质极佳的蜂蜜！

丽吉娅：我问问婆婆。

伊卓托夫：请注意到：同志们正在作食品奇缺的安排……

（丽吉娅目光投向谢米科夫。）

伊卓托夫：当然，我指的是你丈夫，他自己吃的应有尽有。他对城市感到气愤，吃奶油、鸡蛋、肉——吃所有的东西！他戏弄我们，畜生。据说，您想摆脱丈夫生活？您不给衣食？我也不会给任何一粒粮食！哈——哈！嗨，再见！

丽吉娅：去城市？

伊卓托夫：不，我们在这里，在博戈莫洛夫那里过夜。我们将玩文特牌游戏。我们这位老头是最狂热的文特牌游戏爱好者。你可以不给他奶油，但必须玩文特牌！祝一切都好！

丽吉娅：您今天很愉快。

伊卓托夫：事业顺利！事业发达！（离去。）

谢米科夫：我也摘录过关于鱼的描写……

丽吉娅：什么？关于鱼？

谢米科夫：关于鱼鳞有各种各样的，人也不可能是一个模样的。但鱼鳞就是衣服，类似上衣或托尔斯泰式的男短衫……

（索莫夫和博戈莫洛夫走进来。）

索莫夫：听我说，亲爱的，您工作漫不经心！那里弄得鬼知道怎样的乱七八糟！您可以走啦。

（谢米科夫迅速消失。）

博戈莫洛夫：多么纯洁的小伙子……

索莫夫：有点儿傻。他写诗，嗬……

博戈莫洛夫：您知道，在他这个年龄，愚蠢只是美化……

丽吉娅：你们喝茶吗？

博戈莫洛夫：不，谢谢！是呀，青年……是个大问题。当然，他将有权穿戴无论什么颜色的裤子和领带，但许多人要求戴斯托雷平的领带，啊？

丽吉娅：您很……忧郁地开玩笑……

博戈莫洛夫：我们生活在忧郁玩笑的时代！是的，顺便问一句：雅罗别戈夫给您写信吗？

索莫夫：写过一次。

博戈莫洛夫：嗯，他怎么样？健康恢复了吗？

索莫夫：也许吧。

博戈莫洛夫：奇怪的事件，啊？嗯，我走啦！老头子，开始多嘴多舌了……晚安！（离去。）

杜妮娅霞（走进来）：摆茶炊吗？

丽吉娅：是的，请吧。那里是谁在走动？

杜妮娅霞：卡捷琳娜·伊凡诺芙娜和菲克娜。（离去。）

丽吉娅（呼唤）：卡佳，来喝茶……

阿尔谢妮耶娃：谢谢。过十来分钟。

（阿尔谢妮耶娃和菲克娜离去。）

索莫夫（送走博戈莫洛夫）：你干吗呼唤她？

丽吉娅：喝茶。

索莫夫：在那次歇斯底里吵架之后，你似乎在避免留下来单独和我在一起……

丽吉娅：我们约定了不再回忆它……

索莫夫：不躲避，不？

丽吉娅：如你所见。

索莫夫：丽达，应当承认，那个晚上仍然……十分病态地使我异常痛苦！我还继续在想，这位阿尔谢妮耶娃……

安娜（走进来）：你——在谈论阿尔谢妮耶娃，是吗？她想成为笨手笨脚的人捷连齐耶夫的情妇，她似乎已经达到了这个目的，对此所有人都在谈论！

丽吉娅：比方说，济托娃。

安娜：这是个相当庸俗的、但十分聪明的女人！当然，我们有必要认识任何下贱人，但是，丽达，我完全不能理解，你在这个冷冰冰的、傻乎乎的女教师、还可能是女特务的身上找到有意义的东西？

丽吉娅：您仍然没有放弃教育我的希望？……

索莫夫：你们继续像平时那样用这种腔调争吵。

丽吉娅：我任何时候都不和谁争吵。

安娜：但是你越来越喜欢激怒我……

丽吉娅：我不争吵，我开始想，这是我的毛病之一。

索莫夫：够啦，丽达！您，妈妈，也……

安娜：你剥夺我的权利……

索莫夫：小声！这位正在走来……你去哪，丽吉娅？

丽吉娅：我和她到河边去散散步。

索莫夫：我希望，——不要到半夜？

（丽吉娅离去，杜妮娅霞搬来茶炊。）

安娜：您，杜妮娅，今天又在厨房喧闹了起来……

杜妮娅霞：我们怎么办——用耳语说话吗？

安娜：不，当然，但您这些粗野的歌啊！

杜妮娅霞：谁觉得是粗野的，但我们觉得是愉快的。您——及时给我放假，那就将安静啦。我工作不是八小时，而是十三小时。这不是法律！（离去。）

安娜（沏茶）：生活遭到破坏。一切都遭到破坏。

（索莫夫站在栏杆旁，眺望森林。）

安娜：你怎么想，尼古拉，但你选错了妻子！我警告过你。这样的……自私自利的，——对不起！——微不足道的小人。可怕！可怕，尼古拉……总之，这个乌瓦罗夫的家庭是一些道德腐化的人们。她的父亲曾是自由主义者，叔叔也是，尽管是高级僧侣。高级僧侣——自由主义者！要知道，这是……我不知道是什么！瞧，你现在是如此强健、聪明、有才能……我的天啊！

索莫夫：您说完了，是吗？

安娜：不是那么恶毒，尼古拉！别忘了，你和母亲说什么。

索莫夫：您默默地听我说，如果您能……我不止一次地对您说过，在我的地位中一切……都是微不足道的东西……

安娜：我希望，母亲——不是微不足道的东西吧？

索莫夫：不，但是她从事可能败坏我名声的琐碎事。您的行为……是极其可笑的，但我不能幽默地对待它。

安娜：我不想听！你没有权利限制……

索莫夫：别用语法教科书中的句子说话……

（菲克娜走来。）

安娜：您需要什么？

菲克娜：我们的投机商人被逮捕了，安娜·尼古拉耶芙娜……

安娜（画小十字，几乎看不出来）：瞧见吗？这曾是诚实的、明理的人。也许，这是个错误，菲克娜……

菲克娜：是的，人们说，错了。偷了建筑工地的板子，还是怎样？当然，这是他的事，他本该今天给厨房送各种东西……

安娜：嗨，也罢！去找另一个供应者……去吧！

菲克娜（沉思）：这里有一位妇女，也是富农婆，还很坏。

安娜：请不要骂人！

索莫夫：您从谁那里得知逮捕的事？

菲克娜：共青团米舒特卡说的。

安娜：走吧，走吧……去和无论何人商定好……

菲克娜：嗯，好的！我已和这位妇女……没有别的人。（离去。）

安娜：瞧，尼古拉，怎样消灭人！西兰齐耶夫曾是有威信的男人。他，工人基塔耶夫、特罗耶鲁科夫……

索莫夫：小偷、傻瓜和醉醺醺的丑角，但他们能把您拖入……能使您置于很无聊的境地……

安娜：我整个一生任何时候都未曾处于无聊的境地。你应当明白，和你说话的不只是一位生了你的女人，而且是我们这个阶层受侮辱的、受委屈的、被剥夺生活权利的成千上万的妇女之一，——成千上万的妇女之一！

索莫夫：是的，是的，好呀！我对您说过……您知道，国家正在经历严重的危机……

安娜：你和我不是说话，你是在向我发命令。雅科夫·安东诺维奇和我说，对他这个人，你应当……

索莫夫（惊讶地）：博戈莫洛夫？他怎么啦？

安娜：我不知道，尼古拉！我知道他英勇的工作、他苦修者的生活，他是位虔诚的人，尼古拉！而在你身旁的这位雅罗别戈夫，你如此天真地、如此幼稚地轻信他……雅科夫·安东诺维奇——处于恐惧之中！他担心雅罗别戈夫既出卖你，又出卖……

索莫夫（怀着轻微的怒意）：博戈莫洛夫……老白痴……饶舌的人……小贪污分子，这就是博戈莫洛夫！他说了什么？

安娜：尼古拉！你疯了！

索莫夫（抓住她的双肩，摇晃）：别说话！这是您疯了！我把您关进疯人院！明白吗？不许和雅科夫说！而且不许和任何人说，——听见了吗？这位……教师——不接收！

安娜：尼古拉！你干什么？你醒悟吧！（哭泣。）

索莫夫（推开她）：明天您去城里。

安娜：你在做蠢事！为布尔什维克服务……你……

索莫夫（剧烈地把她从椅子上拉起来）：回您自己房间去。明天——进城！听见了吗？

安娜：放开我！放开……（走。在门口环顾了一下。）你给我灌输可怕的思想，——诅咒你！

索莫夫：别演悲喜剧……够啦！（安娜离去。他在凉台踱步，开始吸烟。火柴折断。他停下来，仔细听，把火柴盒扔到栏杆外。）

特罗耶鲁科夫（在阶梯上，手持拐棍，有点儿瘸）：晚上好。

索莫夫：您要什么？

特罗耶鲁科夫：火柴。（伸出火柴盒。）

索莫夫：什么？

特罗耶鲁科夫：火柴掉了。

索莫夫：见鬼！您——要——什么？

特罗耶鲁科夫：这是雅科夫·安东诺维奇的便条。

索莫夫（拿过来，读，望着他）：请坐。（瞥了一眼便条。）嗨，怎么样？博戈莫洛夫建议调您到谢米科夫的位置上……您知道此事吗？

特罗耶鲁科夫：是的

索莫夫：您……教过历史？

特罗耶鲁科夫：习字、图画。我对外行人说，教过历史。

索莫夫：原来是这样？（不是马上。）您蹲过监狱，是吗？

特罗耶鲁科夫：两次。分别是四个月和十一个月。

索莫夫：当然，为了信仰，对吗？就是说，为了闲话？

（特罗耶鲁科夫沉默。他俩面面相觑。）

索莫夫：少啦。我若是在国家政治保安局的位置上会把您送到索洛夫基。待上十年左右。

特罗耶鲁科夫：您开玩笑还是侮辱人？

索莫夫：啊，您觉得呢？

特罗耶鲁科夫：看来——您想侮辱人。

索莫夫：嗯，那又怎么样？

特罗耶鲁科夫：这是枉费心机的。我是经过侮辱而得到了如此磨炼的人，以致不会因侮辱而锈迹斑斑。您给我工作？

索莫夫：不。

特罗耶鲁科夫：可以问一问——为什么？

索莫夫：您问吧，但我不会回答。

特罗耶鲁科夫：再见。（起身。）对雅科夫·安东诺维奇也这样说？

索莫夫：您就这样说吧……不过，先别忙！您能开诚布公地说吗？

特罗耶鲁科夫：这取决于——关于什么以及和谁。

索莫夫：关于自己。和我。

特罗耶鲁科夫：为什么？

索莫夫：就这样？我不把您说成这样的人。很有趣。您早就知道博戈莫洛夫吗？

特罗耶鲁科夫：五年。

索莫夫：咦……关于他，您是怎么想的？可以打听吗？

特罗耶鲁科夫：老人，不很聪明，好发怒，漫不经心……

（索莫夫默默地看着他。凉台后面传来阿尔谢
妮耶娃和丽吉娅的声音。）

特罗耶鲁科夫：我可以走了吗？

索莫夫：不。到我那里去……您似乎……是个并不愚笨的人，啊？

特罗耶鲁科夫：我没有理由认为自己是个傻瓜。

索莫夫：也不是一个坏演员？

特罗耶鲁科夫：所有的人都是演员。

（他俩离去。妇女们走进来。）

阿尔谢妮耶娃：我不知道，我能怎样帮助你才好。

丽吉娅：我也不知道。

阿尔谢妮耶娃：你可真是意志很薄弱。

丽吉娅：我也知道这一点。我们喝茶吗？

阿尔谢妮耶娃：是的。孩子也没有。

丽吉娅：他不想要。况且，我是怎样的母亲？

阿尔谢妮耶娃：他很自私自利吗？

丽吉娅：他虚荣心重。而且心肠硬。总之……他不太像，完全不像我在结婚前所见到的那个人。

阿尔谢妮耶娃：你——非常钟情吗？

丽吉娅：是的。可是，我不知道。也许，我只是想尽快嫁出去。父亲憎恨革命、工人和一切……也憎恨我。他变得如此可怕。我们生活在一个房间里，有时我感到他想杀了我。他说："假若不是你，我要和他们搏斗。"你记得他吗？

阿尔谢妮耶娃：模模糊糊。

丽吉娅：夜晚，他祈祷，吼叫："上帝，惩罚吧，惩罚吧！"在他自己没有睡觉之前我不能入睡。清晨，他醒来之后坐在沙发上那样看着我，以致我不能活动活动。

阿尔谢妮耶娃：断绝关系，丽吉娅，和我住在一起，我有一个小男孩，养子，流离失所的、极好玩的、有本领的小男孩。

丽吉娅：我这个样子……废物！我甚至在镜子里看到自己就

感到恶心。一张如此令人厌恶的、陌生的脸……

阿尔谢妮耶娃（抚摸她的肩膀和头）：别再说了。

丽吉娅：夜晚，回想起自己就特别厌烦……他爱，以便在卧室燃起欲火，你知道吗？他是如此性感强烈的人，并感染着我。然后，你想：作为女人的多么不幸、多么羞辱！

阿尔谢妮耶娃：我很是……和你一起忧伤……

丽吉娅：忧伤？岂止？

阿尔谢妮耶娃：你曾是如此……清纯、诚实，那样认真地学习、思考。

丽吉娅：我那时也感到自己微不足道。现在变得更坏了、更蠢了，成了不幸的人。

阿尔谢妮耶娃：丽达，我没有温柔的语言，我不会安慰……

丽吉娅：我永远是这样的。

阿尔谢妮耶娃：你瞧，我热忱地、真诚地爱那些正在建设新生活的人们。除了他们以外，对其他所有人我都已经看不明白。我甚至有时不了解自己。我羞愧地想起，我曾经有过另外的、不像现在的想法和感觉。

丽吉娅：你多么热情……

阿尔谢妮耶娃：像德罗兹多夫、捷连齐耶夫这样的人，实际上是一些新人。他们处于危险的境地，他们的敌人比朋友要多得多。

丽吉娅：工人们使一切都变得非常淳朴。

阿尔谢妮耶娃：他们使真理变得淳朴……

丽吉娅：谁正在走来？

雅罗别戈夫（穿着猎靴，背后背着双筒猎枪，手里提着箱子）：请原谅，夫人们！我，看来，陷入抒情剧中了吧？茶？啊，快给我一杯茶！从歌剧《伊戈尔公爵》中——你们没有看到？

阿尔谢妮耶娃：您的头怎么样？

雅罗别戈夫：清醒，像平时一样：好极了！

丽吉娅：还痛吧？

雅罗别戈夫：有点儿。与其说是必然的，不如说是出于礼貌。

丽吉娅：你在哪儿……您曾在哪儿？

雅罗别戈夫：密林深处的鬼地方。离最近的车站六十三公里。森林。被暴风折损的树木、枯树枝、腐烂物，总之，森林的一切景象，除了林妖树精之外，任何人都没有在那里胡作非为。修筑支线——是地狱的工作，但是愉快！尼古拉在家吗？（他一边讲，一边卸下武器，把它放在角落，从口袋里掏出左轮手枪，把它放到窗台上，并用帽子盖上。）

丽吉娅：看来，您惊惶什么？

雅罗别戈夫：我自己胡扯，——您怎么喜欢骂人？

阿尔谢妮耶娃：嗨，丽达，我要走啦！

丽吉娅：再坐一会儿。

雅罗别戈夫：这不是我吓跑了您吧？

阿尔谢妮耶娃：哦，不，我不是胆小鬼。

丽吉娅：坐吧！

雅罗别戈夫：可是我要走啦，去看看尼古拉在哪里。（离去。）

阿尔谢妮耶娃：他是个多么乐观愉快的人。

丽吉娅：不，这只是他的话如此，而他其实是个不幸的人，他在装模作样。我了解他。他因何有点儿惊惶。他装模作样，但不会装。也不会撒谎。

阿尔谢妮耶娃：青年人很喜欢他。

丽吉娅：他总是对自己和对所有人胡扯。他同我丈夫的堂姐妹结过婚，而她同一个什么英格兰人去了西伯利亚并在那里死了。你的丈夫是谁？

阿尔谢妮耶娃：一个坏人。

丽吉娅：也是？

阿尔谢妮耶娃（笑）：唉，你呀……你还是个小孩！我丈夫曾是个记者，十月革命以后他表现那样，以致我们离了婚……

丽吉娅：他现在哪里？

阿尔谢妮耶娃：在国内战争中被打死了。他是白匪、科尔尼洛夫反革命叛乱分子。

特罗耶鲁科夫（匆忙从房间出来，手执拐杖）：请原谅！（从阶梯上跑下来。）

  丽吉娅：瞧，令人厌恶的人。

  阿尔谢妮耶娃：是的。十分令人厌恶。

  索莫夫（从房间出来）：丽达！

  丽吉娅：什么事？

  索莫夫：来一会儿！

  丽吉娅（离去，很快又回来）：到我上面去……

  阿尔谢妮耶娃：是我回家的时候了……

  丽吉娅：不，我们走吧！你今天和我谈得多好啊！

  阿尔谢妮耶娃：我住得很远。

  丽吉娅（拉着她）：是的，离我很远，很远！但我如此想和你多待一会儿。

   （她俩离去。过一分钟索莫夫走出来，其后跟
    着雅罗别戈夫。）

  索莫夫：这里方便些。

  雅罗别戈夫：什么？（倒茶。）

  索莫夫：总是看到有谁走来……

  雅罗别戈夫：有这样一部芭蕾舞剧《徒然的预防》。（烫手。）啊，见鬼……

  索莫夫：你对妻子什么都没说过？

  雅罗别戈夫：我跳上凉台，在这位女教师面前像报童一样大声叫喊："波波夫从国外回来了，并在火车站被捕了……"

  索莫夫（来回走动）：从我们中间抓走了像他这样的人，同志们解除了自己的武装。最终一切都对着他们。

  雅罗别戈夫：你想？嗯……

  索莫夫：博戈莫洛夫将……惊惶不安……

  雅罗别戈夫：老头儿变糊涂了。他把工厂办到了荒凉的地方，而本可把它建在靠近铁路线约三十公里的干燥的地方。总之，他工作进行得不太合乎要求。当同志们弄清情况时就羞辱他。他们

很快就明白了，在他们中间已出现极灵敏的小伙子。

索莫夫：我没发现。

雅罗别戈夫：你由于设计和文件看不到人了。（停顿。）你徒劳无益地把我从生动的事业中拉出来。在实际工作中我自我感觉良好，酒也喝得少。你们这里低压的大气和某种……总想打喷嚏。

索莫夫：维克多尔！什么时候你被汽车撞倒过？

雅罗别戈夫：日期——不记得了。

索莫夫：我不是说这个。司机没有引起你任何怀疑？

雅罗别戈夫：我怀疑他喝醉了，是个呆子。清醒的人不会开车灯无效的车。

索莫夫：奇怪，你没有认出司机以及是谁和他坐在一起……

雅罗别戈夫：当汽车向人奔来的时候，人首先注意的是汽车，然后发现汽车撞上了他的肚子，再往后，他发觉他被摔到了便道上，他的脑袋重重地碰到了某种硬物体上。此后，人一时失去了辨别事物的能力。恢复知觉之后，他才清醒地意识到，他被撞坏到什么程度。在这整个过程中，没有时间辨认司机。

索莫夫：这很可笑，维克多尔，但是……

雅罗别戈夫：你为什么想起这件事？

索莫夫：你要知道，你——对不起！但我感到，压根儿就没有什么汽车，只不过是你自己摔倒了……

雅罗别戈夫：在醉醺醺的状态下？对此我们可予同意。

索莫夫：这里总是在寻找这位司机……德罗兹多夫同志大概对无赖行为有怀疑，也许……

雅罗别戈夫：我必须声明，这是我自己在喝醉了的状态下撞上了汽车？行吧，也可以声明。但是，把我医治好的那位公民……

博戈莫洛夫（匆忙走来，腋下夹着雨伞，低声地说，气喘吁吁，结结巴巴）：维克多尔·帕甫洛维奇……真的……波波夫，啊？

雅罗别戈夫：正是他。

博戈莫洛夫：多么奇怪，您知道吗？那是为什么，啊？

雅罗别戈夫：这——不知道。您怎么啦——带着雨伞？

博戈莫洛夫：防狗。我本想拿根棍子。这是怎么回事？

雅罗别戈夫：很简单：在这种情况下的人们碰到了他……

博戈莫洛夫：在什么情况下？

雅罗别戈夫：嗨，就是在需要逮捕人的情况下……

索莫夫：不要这样大声，维克多尔……

博戈莫洛夫：需要吗？需要……有理由！

雅罗别戈夫：大概他们也有理由。

博戈莫洛夫（发怒）：你们瞎闹！你们总是瞎闹……

雅罗别戈夫：习惯。上帝赋予我的。

索莫夫：雅科夫·安东诺维奇，我要对您说几句话……

博戈莫洛夫：现在，等一等！（面向雅罗别戈夫。）嗯，碰到了，于是……怎么样？

雅罗别戈夫：带走了。

博戈莫洛夫：他们说什么了吗？

雅罗别戈夫：没听见。

博戈莫洛夫：他有皮包吗？有行李吗？

雅罗别戈夫：是的——我是什么？行李托运员？我看见了，波波夫被客气地带走，而他……走了！这就是全部情况！

博戈莫洛夫：客气地！哦，您说得多么轻率！您没有委员会集体的感觉！您……不明白——谁被捕了！谁！

雅罗别戈夫：我说了，被捕的是波波夫，您知道他，是吗？嗯，就是这样。那么，你干吗冲我叫喊？根据什么样的权利？

博戈莫洛夫：年长的同志的权利……走，索莫夫，走！不要因为这种无法纪的行为而愤怒……（索莫夫对他用耳语说。）是的……走！请您原谅，维克多尔·帕甫洛维奇，但是……我是老人，又激愤，您知道！尼古拉·华西里耶维奇，应当告诉伊卓托夫……

索莫夫：对，但我无人可派……

博戈莫洛夫：等一等……这里应该有人……（叫喊。）基利克·华连吉内奇，您在哪？（从阶梯上跑下来。特罗耶鲁科夫从树林后面走出来。他俩用耳语说话。雅罗别戈夫感到惊讶。索莫夫皱起眉头注视着他。博戈莫洛夫返回来。）我们走！多么激动……在老年……

> （博戈莫洛夫和索莫夫离去。雅罗别戈夫用手
> 指擦眼睛，摸后脑勺，捻胡须，嘟囔着，拿起
> 箱子和枪。）

菲克娜（走进来）：您好，维克多尔·帕甫内奇，——您来了？

雅罗别戈夫（像在睡梦中）：显然，我来了！生活怎么样，绝顶聪明的女人？

菲克娜：做饭、侍奉人，这就是全部生活！需要钱，而无处可得，年长的女主人——深居简出，不让人接近自己，年轻的女主人——对饮食没有兴趣……您的碰伤养好了吗？

雅罗别戈夫：完全好了。简直想娶老婆了……

菲克娜：您娶老婆——是最有益的事情。娶个年轻的女人吧，你是个乐观愉快的人，年轻女人和您在一起也不会感到寂寞的。

雅罗别戈夫（想走）：我将就这么办……

菲克娜（从桌子上收拾餐具）：我们这里尽是丑闻，不断拘捕。什别库良特·西兰齐耶夫被捕了，还有基塔耶夫，听说，他们习惯于从建筑工地盗窃材料。这倒是什么样的坏习惯——偷窃！嗨，西兰齐耶夫——活见鬼！工人不该偷窃呀！你想吧：偷谁的？自己偷自己的。

雅罗别戈夫（把箱子放到地板上）：对呀！您说，基塔耶夫被抓了？

菲克娜：是的，是的！听说，他似乎是醉醺醺的，吹牛皮说：我撞倒了一个人，——莫非是他撞倒了您？

雅罗别戈夫：不——不……撞人的人还少吗。

菲克娜：您现在若有所思。

雅罗别戈夫：大概是累了。

菲克娜：嗯，休息吧，休息……（带着餐具去房间。）

（雅罗别戈夫给她让路；而博戈莫洛夫推开菲
克娜，从门外跑进来。）

博戈莫洛夫（气喘吁吁）：不，这不可能。我——抗议！这
是你们的事，不是我的事！这是你们的计划！我反对！这是你
们……越过了地理和理智的界线！

索莫夫：请允许提醒一下，雅罗别戈夫未被告知……

博戈莫洛夫：我不相信！你们现出冷静的样子吗？对冷静
我也不相信！就这样，维克多尔·帕甫洛维奇？笑话——开玩笑
吗？真妙！

雅罗别戈夫：怎么回事，尼古拉？

索莫夫：如你所见，雅科夫·安东诺维奇张皇失措。

博戈莫洛夫：我？张皇失措？谎言！我——愤怒。我——老
了，老年无听畏惧！（用哭泣的声音。）老年……没有什么可丢失
的……没有什么，是的！

雅罗别戈夫：显然，在这种私人的交谈中第三者是多余的。

索莫夫：让我们平心静气地讨论……

博戈莫洛夫：平心静气？在您说完之后？

索莫夫：您做了一系列蠢事……

博戈莫洛夫：我？是的，您算什么？您……认为自己是拿破
仑吗？对不起……真见鬼！这——行不通！

索莫夫：您等着吧。

博戈莫洛夫：我从您那里没什么可等待的……

索莫夫：不是从我这里……别说了……听见了吗？

博戈莫洛夫：算什么东西？什么……听见？

（索莫夫迅速把双手插进口袋里，透过牙缝小
声唔唔咬咬地说。博戈莫洛夫伸直腰，摇摇晃
晃地走起来。国家政治保安局的四名代表走进
凉台。）

代表（很有礼貌地）：谁是尼古拉·华西里耶维奇·索莫夫？

索莫夫：我是。

代表：您被捕了。把双手从口袋里伸出来。而您——是谁？

博戈莫洛夫：雅科夫……博戈莫洛夫。雅科夫·安东诺维奇……博戈莫洛夫……

代表：您——也被捕了。您住在这里，不是吗？

博戈莫洛夫：我……偶然。就是说，来做客。这种拘捕……是显然的误会……

代表：这里应当还有……雅罗别戈夫，维克多尔·帕甫洛夫。

雅罗别戈夫（在门口）：他在这儿。

代表：您也应当被捕。

雅罗别戈夫：不高兴。

代表（微笑）：我从未发现，这种行动对被捕的人来说是令人高兴的。

雅罗别戈夫：没有发现？奇怪。

代表（面向索莫夫）：您的办公室？

索莫夫：我这里没有保存文件。

代表：反正都一样，我们应当进行搜查。

索莫夫：请吧。（坐到窗台上。）

代表：您不愿告诉我们您的办公室在哪里吗？

索莫夫：你们将搜查整个别墅，办公室就在别墅里。（摸到雅罗别戈夫帽子底下的左轮手枪。）

代表：好吧。搜查时您不在场吗？同志们，开始行动。（坐到桌子旁，从皮包中拿出文件。代表人数逐渐增加。）

雅罗别戈夫（抓住索莫夫一只手）：喂，喂，兄弟，这不是游戏！（拿过来左轮手枪。）没有拉开保险机，不能开枪。（代表之一夺下他的武器。）别去想，他想向我们开枪。

代表（在桌子后面）：不，我们不想开枪，你放心。

（博戈莫洛夫坐着，一副微睡者或深思者的姿
态。在索莫夫旁边的是两名代表。雅罗别戈夫

坐在栏杆上，开始吸烟，注视所有人。）

索莫夫（面向雅罗别戈夫）：你……猪猡！
雅罗别戈夫（平静地）：因为我不承认你自行停业的权利？
不，这是他们的权利……

（从房间里走出来安娜、阿尔谢妮耶娃、丽吉
娅，一位代表伴随她们。）

安娜（回应雅罗别戈夫的话）：什么，尼古拉？我对你说过，
我说过！
代表：那么你们其实说过什么？
索莫夫：这是我母亲……她精神不正常。
安娜：尼古拉！你说什么呀！

（博戈莫洛夫站起来，也力图向前，想说什么，
但向索莫夫挥了一下手，重新坐下了。）

丽吉娅（小声地）：尼古拉……这——严重吗？
索莫夫：别担心。
丽吉娅：不……维克多尔，这是什么意思？
雅罗别戈夫：我想，是扫除文盲的事……
安娜：滑稽草台戏的丑角……

（丽吉娅想从桌子上拿起雅罗别戈夫的左轮手
枪，阿尔谢妮耶娃抓住她的手，代表握住枪。）

雅罗别戈夫（惊惶失措）：你怎么啦，你怎么啦！你不会射
击啊！
丽吉娅（叫喊）：我想……我应该自杀……我是小野兽……
我有权……

安娜：您——别装样子！歇斯底里病患者！

阿尔谢妮耶娃（面向代表）：可以带她走吗？

索莫夫：有礼貌些，丽吉娅！

丽吉娅：不，尼古拉……我再也不能……不能……

代表（面向一位同志）：带她去房间，留在那里。

丽吉娅：卡佳，别留下我……

（迎着她和阿尔谢妮耶娃走来菲克娜、杜妮娅
霞、代表。）

菲克娜：老——老爷们，好多人呀！你们好，同志们！

杜妮娅霞（面向代表）：别推人！我不是囚犯！

代表：无意地……

菲克娜：维克多尔·帕甫内奇，唉哟！难道您也被抓了？

雅罗别戈夫：已被抓。

菲克娜：嗯，大概因为喝酒醉了的事抓了您！

代表：别喧闹，老太婆！

菲克娜：是吗，难道我喧闹了？我也不是囚犯。

杜妮娅霞：我们的权力，而您推人。别教训人！

菲克娜：这是徒然的——您吼叫，同志。

杜妮娅霞：女仆不因主人而受惩罚……

代表：够啦！

菲克娜：嗨，让我们沉默吧，杜妮娅什卡……

（代表手提箱子，把特罗耶鲁科夫带向凉台。
博戈莫洛夫见到他，摇摇晃晃地从椅子上站
起来。）

代表：这位先生带着箱子跑到一个什么地方去……

特罗耶鲁科夫：我在森林里找到了它……

博戈莫洛夫：这只……箱子……这个人……

代表：公民，不要激动！我们会弄清楚的，这个人是谁和箱子里装的是什么……

（博戈莫洛夫打了一声呼噜就倒下去了。）

菲克娜：唉哟，瞧，老头儿……
安娜（画十字）：瞧……
索莫夫（怀抱希望，几乎是感到高兴）：死了？

（在博戈莫洛夫周围一片嘈杂。特罗耶鲁科夫向索莫夫作了个什么手势，后者微微一笑。灯光熄灭了。）

代表：谁熄灭了灯光？怎么回事？
雅罗别科夫：大概是碰撞。

（两位代表把特罗耶鲁科夫带向凉台，其一说："这位公民想跑"。）

特罗耶鲁科夫：谎言！只不过是：我在黑暗中跨栏杆摔倒了……
代表：摔得真妙！派车去请医生，急救车。工厂有急救车吗？赶快！那里搜查得怎么样？（面向特罗耶鲁科夫。）公民，您的名字？职业种类？
特罗耶鲁科夫：基利克·华连吉诺夫·特罗耶鲁科夫，声乐教师。

叶戈尔·布雷乔夫和其他人

（戏剧）

剧中人物

叶戈尔·布雷乔夫。

克谢妮娅——他的妻子。

华尔华娜——克谢妮娅的女儿。

阿列克山德娜——私生女儿。

梅拉妮娅——女修道院长、妻子的姐妹。

兹沃尼佐夫——华尔华娜的丈夫。

吉亚津——他的叔伯兄弟。

莫凯伊·巴什金。

华西里·多斯齐加耶夫。

伊丽莎白——他的妻子。

安东妮娜——第一个妻子的孩子。

阿列克谢伊——第一个妻子的孩子。

帕弗林——牧师。

医生。

特鲁巴奇。

卓布诺娃——女巫师。

普罗波节伊——圣徒（？）。

格拉菲娜——女仆。

塔伊西娅——梅拉妮娅的女仆。

莫克罗乌索夫——警察，

雅科夫·拉普节夫——布雷乔夫的教子。

多纳特——守林人。

第一幕

富裕的商人住宅的餐厅。沉重的大型家具。宽大的皮沙发，旁边是通往二层的楼梯。右角是凉台，通往花园的出口。明朗的冬日。克谢妮娅坐在桌子旁边，洗茶具。格拉菲娜在凉台忙着整理花卉。阿列克山德娜走进来，她身穿长袍，脚穿便鞋，未梳洗，头发像叶戈尔·布雷乔夫的一样，是棕红色的。

克谢妮娅： 哎哟，舒尔卡，你睡觉呢……

舒娜： 别嘟囔，无济于事。格拉霞——咖啡！报纸在哪儿？

格拉菲娜： 我给楼上华尔华娜·叶戈罗芙娜送去了。

舒娜： 拿来。整个住宅就订一份报纸，见鬼！

克谢妮娅： 这谁是鬼？

舒娜： 爸爸在家吗？

克谢妮娅： 去看伤员了。鬼——是兹沃尼佐夫夫妇？

舒娜： 对，是他们。（在电话旁。）

克谢妮娅： 我这就告诉兹沃尼佐夫夫妇，你是怎样骂他们的！

舒娜： 您叫托妮娅吧！

克谢妮娅： 你要达到什么目的？

舒娜： 这是你，安东妮娜？我们去滑雪吧？不去？为什么？演出？放弃吧！唉，你呀，——私生的寡妇！嗯，好吧。

克谢妮娅： 你怎么称呼少女为寡妇？

舒娜： 她的未婚夫死了没有？

克谢妮娅： 她仍然是少女。

舒娜： 您为什么知道？

克谢妮娅： 呸，不知害臊的女人！

格拉菲娜（送上咖啡）：华尔华娜·叶戈罗芙娜会自己把报纸带下来。

克谢妮娅： 你在自己这个年龄知道的事太少。要注意：少知道些事情，多酣睡些时间。我在你这个年龄什么都不知道……

舒娜： 您现在也……

克谢妮娅：去你的！

舒娜：瞧，大姐傲慢地大摇大摆地走来了。Бонжур①，夫人！Комман са ва②？

华尔华娜：已经十一点钟，而你还没有穿戴，没有梳洗……

舒娜：一天才开始。

华尔华娜：你越来越厚颜无耻地利用父亲对你的娇生惯养，利用父亲身体欠佳……

舒娜：这是你——很久吗？

克谢妮娅：父亲的健康对她算什么？

华尔华娜：我应当去对父亲说说你的行为……

舒娜：预致谢意。完了吗？

华尔华娜：你是个蠢货！

舒娜：我不信！蠢货不是我。

华尔华娜：棕红色蠢货！

舒娜：华尔华娜·叶戈罗芙娜，您完全是徒劳无益地耗费精力。

克谢妮娅：就该教训教训她！

舒娜：您的性格也在变坏。

华尔华娜：好呀……好，亲爱的！妈妈，我们去厨房，厨师在那里要脾气……

克谢妮娅：他——失去常态，他的儿子被杀了。

华尔华娜：这不是要脾气的理由。现在那么多人被杀……

（她俩离去。）

舒娜：如果她的美男子安德柳夏被杀了，她就会怒发冲冠的！

格拉菲娜：您徒然招惹她们。快喝，我要在这里收拾。（带着茶炊离去。）

---

① Бонжур（博尼茹尔）：意为"日安"（法语）。——译者
② Комман са ва（科漫·萨·华）：意为"近况如何"（法语）。——译者

（舒娜坐着，往后仰靠在椅背上，双目紧闭，
双手抱着棕红色的、头发蓬乱的后脑勺儿。）

兹沃尼佐夫（从楼梯上下来，穿着便鞋，悄悄走近她，从后
面把她抱住）：幻想什么，棕红色小山羊？

舒娜（没有睁开眼睛，没有动弹）：别动我。

兹沃尼佐夫：为什么？你不是感到愉快吗？说——是吗？愉
快吗？

舒娜：不。

兹沃尼佐夫：为什么？

舒娜：放开我。您——装模作样。我不喜欢您。

兹沃尼佐夫：你想喜欢，对吧？

（华尔华娜出现在楼梯上。）

舒娜：如果华尔华娜知道……

兹沃尼佐夫：小声……（离开，用教训人的腔调说。）是的……
必须严加管束自己。应当学习……

华尔华娜：她更喜欢和安东妮娜说粗鲁无礼的话和吹肥皂泡
（意即搞浮夸无益的勾当。——译者）……

舒娜：嗯，我就吹。我喜欢吹肥皂泡。你怎么啦——舍不得
肥皂？

华尔华娜：我舍不得你。我不知道，你将怎样生活？你被要
求离开中学……

舒娜：谎言。

华尔华娜：你的女朋友是个精神错乱的人。

兹沃尼佐夫：她想学音乐。

华尔华娜：谁？

兹沃尼佐夫：舒娜。

舒娜：谎言。我不想学音乐。

华尔华娜：你这是从何说起？

兹沃尼佐夫：难道你，舒娜，没有说过想学吗？

舒娜（离去）：我任何时候都没有说过。

兹沃尼佐夫：嗯……奇怪。这莫不是我自己想出来的！你，华丽娅，对她很粗暴……

华尔华娜：而你过分温柔。

兹沃尼佐夫：什么意思——过分？你可是知道我的计划……

华尔华娜：计划——这是计划，但我感到你有嫌疑地温柔。

兹沃尼佐夫：你满脑子的稀里糊涂……

华尔华娜：是吗？稀里糊涂？

兹沃尼佐夫：你自己想想，在如此严峻的时刻吃醋的闹剧合适吗？

华尔华娜：你干吗下楼到这里来？

兹沃尼佐夫：我？这里……报纸上有一则广告。守林人来了，他说：农夫们围猎了一头熊。

华尔华娜：多纳特——在厨房。广告——关于什么？

兹沃尼佐夫：当然，这是令人气愤的！你和我怎么说的？说我是个顽童？鬼知道……

华尔华娜：别动肝火！好像——父亲来了。而你是这个样子。

（兹沃尼佐夫匆忙走上楼去，华尔华娜赶紧迎
接父亲。舒娜穿着绿色防寒短上衣和戴着绿色
尖顶帽子跑向电话，布雷乔夫抓住她，默默地
紧紧抱住她，跟在他后面走来身穿浅紫色长袍
的牧师帕弗林。）

布雷乔夫（坐到桌子旁边，拦腰抱住舒娜，她将着他那红黄色夹杂着斑白色的头发）：使这么多人变坏了，看到就可怕……

帕弗林：您身体好吗，舒罗契卡？请原谅，我未问好……

舒娜：这是我应该做的，帕弗林神父，但是爸爸抓住了我，像抓住了一头熊似的……

布雷乔夫：等一等！舒尔卡，安静！现在这些人往何处去？

我们这里无能为力的人在战前就相当不少。徒劳无益地加入了这场战争……

帕弗林（叹了一口气）：最高当局的主意……

布雷乔夫：对日本也想错了，世界性的耻辱……

帕弗林：然而，战争不只是破坏，同时也丰富经验……

布雷乔夫：一些人战斗，另一些人偷窃。

帕弗林：况且，除了上帝的意志外，世界上什么事情也没有完成，那么，我们的怨言意味着什么？

布雷乔夫：你，帕弗林·萨维里耶夫，别去布道……舒罗克，你准备去滑雪吗？

舒娜：是的，我等安东妮娜。

布雷乔夫：嗯……好吧！别离开，这样过五分钟左右我会叫你。

（舒娜跑开了。）

帕弗林：她成长为少女了……

布雷乔夫：身材优美、苗条，而相貌一般。她母亲不漂亮，像鬼一样机灵，但不漂亮。

帕弗林：阿列克山德娜·叶戈罗芙娜的相貌独特，但不失魅力。她的母亲是哪里人氏？

布雷乔夫：西伯利亚人。你说——最高当局……天生的……如此等等，嗯，那么杜马——怎么样？从哪里来的？

帕弗林：杜马，这……可以说——当局本身允许贬低它。许多人认为，甚至这是严重的错误，但神圣教会服务人员不应当去议论这些话题。况且，在我们时代，神职人员承担鼓舞勇敢精神、加深热爱帝位和祖国的义务……

布雷乔夫：鼓舞精神，去跳水洼——扑通一声……

帕弗林：正如您所知道的，我说服了我教堂的领班扩大唱诗班合唱团，为了你们叶戈尔的上天的庇护者，我还和贝特林格将军交谈了为新建教堂的铜钟捐款的事……

布雷乔夫：他没有为铜钟捐款吗？

帕弗林：他拒绝了，甚至取笑说："即使在军团乐队中我也不喜欢铜制品！"瞧，由于您身体欠佳，您给铜钟多捐点儿款不好吗？

布雷乔夫（站起来）：人们不用钟声治病。

帕弗林：怎么知道的？科学不知道病因。我听说，在某些外国人的疗养院人们利用音乐治病。我们这里也有消防队员利用铜管演奏治病的……

布雷乔夫（微笑）：什么管？

帕弗林：铜管。据说是很大的铜管！

布雷乔夫：嗯，如果是大的……能治好病吗？

帕弗林：好像是成功的！一切都是可能的，德高望重的叶戈尔·华西里耶维奇！一切都是可能的。我们生活在奥秘之中，在许多未解的奥秘的昏暗之中。我们感到，这光亮来自我们的智慧，光亮本来只是用于肉体视觉的，精神大概只由智慧使之暗淡甚至熄灭。

布雷乔夫（叹息）：你这些话何其多呀……

帕弗林（越来越兴奋）：比如拿圣徒普罗科彼来说吧，这位被无知的人称为傻瓜的老兄生活在多么幸福之中…

布雷乔夫：嗯，你再次，那个……说教！再见吧！我累了。

帕弗林：衷心祝福您身体健康！您的祈祷者……（离去。）

布雷乔夫（抚摸右侧腰部，走近沙发，叫喊）：肥胖的人，吃喝够了基督的血肉……格拉菲娜！喂……

华尔华娜：您怎么啦？

布雷乔夫：没什么。我叫唤格拉菲娜。瞧，你打扮得漂漂亮亮，这是要去哪儿？

华尔华娜：去为初癒的病人演出……

布雷乔夫：戴上了夹鼻眼镜？撒谎，眼睛表现出要穿时装……

华尔华娜：爸爸，您去和阿列克山德娜说才好呢，她的行为举止坏透了，变得完全无法容忍。

布雷乔夫：你们都是好样的！去吧！（嘟囔。）无法容忍。我呀……即将恢复健康，我将容忍你们！

格拉菲娜：您叫我了？

布雷乔夫：叫了。唉，格拉哈，你好极了！健康！勇敢坚强！而我的华尔华娜是瘦弱难看的女孩！

格拉菲娜（瞥视楼梯）：她真有福气。若是她漂亮，您也会把她拉到自己床上去的。

布雷乔夫：女儿？你想明白点，傻瓜！你说什么呀？

格拉菲娜：我知道——说什么！您像对别的女人……像对士兵那样拥抱舒娜！

布雷乔夫（惊讶地）：瞧你，格拉菲娜，发疯了！你怎么啦，向女儿狂叫？对舒尔卡，不许你这样想。像对士兵……像对别的女人！你曾在士兵的怀抱里待过吗？啊？

格拉菲娜：这些谈话不合地点，不合时宜……您叫我干吗？

布雷乔夫：叫多纳特来。且慢！握握手。你仍然爱吗？即使是有病的人？

格拉菲娜（贴近他）：你是我不堪救药的人……但愿你别生病！别生病……（挣脱，跑去。）

> （布雷乔夫皱着眉头微笑，馋涎欲滴。摇头晃
> 脑。躺下来。）

多纳特：祝您健康，叶戈尔·华西里耶维奇！

布雷乔夫：谢谢。带什么来了？

多纳特：带好东西：围猎了一头熊。

布雷乔夫（叹了一口气）：嗯，这……令人羡慕，而不令人高兴。现在熊对我来说并非消遣。人们在砍伐森林吗？

多纳特：逐渐地。没有人了。

> （克谢妮娅走进来，打扮得漂漂亮亮的，双手
> 都戴着戒指。）

布雷乔夫：你怎么啦？

克谢妮娅：没什么。你，叶戈利，若是不受熊的诱惑了，那你怎能去打猎。

布雷乔夫：闭嘴。没有人吗？

多纳特：老的和小的留下来了。给公爵交了五十头猎物，这样他们在森林中不能工作了。

布雷乔夫：他们大概和妇女们一起工作。

多纳特：正是这样。

布雷乔夫：是的……妇女现在处于饥饿之中。

克谢妮娅：听说——腐败淫荡之风蔓延到了农村……

多纳特：为什么腐败淫荡，阿克西妮娅·雅科夫列芙娜？男人们被打死了，孩子还应该生吧？结果是这样：谁打死了人，谁就应该生孩子……

布雷乔夫：看来是这样……

克谢妮娅：嗨，俘虏有什么孩子！不过，当然，假如男人是健康的……

布雷乔夫：如果妇女是个傻瓜，他就不想要这个妇女生孩子。

克谢妮娅：我们的妇女是聪明的。而所有健康的男人都被赶去参加战争，家里剩下的只是一色的律师。

布雷乔夫：有很多的人变坏了。

克谢妮娅：可是其余的人将生活得更加富裕。

布雷乔夫：你准备好了！

多纳特：没有人民养肥的沙皇。

布雷乔夫：你怎么说？

多纳特：我说，没有人民养肥的沙皇。没有什么东西喂养自己人，我们还总想征服别人。

布雷乔夫：正确。这说得正确！

多纳特：不能作别的理解——我们为了什么目的在战斗？瞧，人们为了贪婪在打击我们。

布雷乔夫：你说得对，多纳特！瞧，教子雅科夫也说："贪婪是一切悲哀之源。"他——在那里怎么样？

多纳特：他——还好。他是您的聪明的教子。

克谢妮娅：找到了一个听话的孩子！他果敢，而并非聪明。

多纳特：果敢来自聪明，阿克西妮娅·雅科夫列芙娜。他在那里，叶戈利·华西里耶维奇，挑选了十个逃兵，让他们参加工作，他们工作得还行。否则，他们喜欢盗窃。

布雷乔夫：嗯，这……莫克罗乌索夫将得知，就会开始使人难堪。

多纳特：莫克罗乌索夫知道，他甚至高兴。他更轻松了。

布雷乔夫：哦，你瞧……

（兹沃尼佐夫从楼上走下来。）

多纳特：熊，就是说……

布雷乔夫：熊——你真幸运。

兹沃尼佐夫：请允许我建议把熊送给贝特林格！你们知道，他给予我们……

布雷乔夫：我知道，我知道！建议吧。要不你建议送给高级僧侣吧！

克谢妮娅（微笑）：那就瞧瞧，高级僧侣怎样射杀熊。

布雷乔夫：嗯，我累了。再见，多纳特！总是有点儿不好，我的兄弟，啊？要是我生病了，也开始有问题了……

（多纳特默默地一鞠躬，离去。）

布雷乔夫：阿克西妮娅，叫舒尔卡到我这里来。安德烈，你怎么犹豫不决？快说！

兹沃尼佐夫：我由于拉普节夫……

布雷乔夫：是吗？

兹沃尼佐夫：我开始知道，他和不可靠的人们联系，并在科波索夫集市上向男人们发表反政府的言论。

布雷乔夫：别说啦！嗯，现在是什么样的集市？是什么样的男人？您干吗总是在抱怨雅科夫？

兹沃尼佐夫：但是，他如果是我们家庭的一员……

（舒娜跑进来。）

布雷乔夫：如果……您不十分认为他是自己人。于是他每逢星期日也不来吃午饭了……走吧，安德列伊……以后再说……

舒娜：他诽谤雅科夫？

布雷乔夫：这不是你的事。坐到这里来。所有人也抱怨你。

舒娜：所有人——是谁？

布雷乔夫：阿克西妮娅、华尔华娜……

舒娜：这还不是所有人。

布雷乔夫：我严肃地说，舒列诺克。

舒娜：你严肃地说——不是这样。

布雷乔夫：你对所有人都没有礼貌，你什么也不做……

舒娜：如果我什么都不做，那么没有礼貌表现在哪里？

布雷乔夫：你任何人的话都不听。

舒娜：我听所有人的话。厌烦听，棕红色头发的人！

布雷乔夫：你自己就是棕红色头发，还不如我。还和我说……有毛病！应该骂你，但我不想骂。

舒娜：不想骂，就是说，不该骂。

布雷乔夫：瞧你！不想——不该。这样生活轻松才好，但不能！

舒娜：那么，谁妨碍？

布雷乔夫：仍然是……所有人妨碍。你不理解这一点。

舒娜：那你——教会我理解，教会人们不要妨碍我……

布雷乔夫：唉，这个……教不会的！阿克西妮娅，你怎么啦？你干吗总在徘徊，在找什么？

克谢妮娅：医生来了，巴什金在等待。列克山德娜，整理一下裙子，你坐的什么样子？

布雷乔夫（站起来）：喂，叫医生。我老躺着是有害的，我躺得越发沉重。唉，你走开，舒列诺克！不要使脚脱臼了，瞧着点!

医生：您好！我们自我感觉怎么样？

布雷乔夫：不怎么样。你治得不大好，尼丰特·格利戈利耶维奇。

医生：喂，到您那里去……

布雷乔夫（和他并排走）：你给我最坏、最贵的药。兄弟，我必须康复！你治好我，我将把医院建成，你将是医院的院长，做你想做的事情……

（他俩离去。克谢妮娅、巴什金走进来。）

克谢妮娅：这位医生说什么了？

巴什金：癌，他说，肝癌……

克谢妮娅：唉哟，天啦！怎么回事啊！

巴什金：他说，危险的病。

克谢妮娅：嗯，当然！任何人都认为自己的事是最困难的。

巴什金：病得不是时候！钱好像从坏口袋里掉光了，乞丐变成了百万富翁，而他……

克谢妮娅：对，对！就这样人们变富了，就这样变富了！

巴什金：多斯齐加夫发胖到如此程度，以致全身扣不上衣服走路，只能说非常有钱。而叶戈尔·华西里耶维奇似乎头脑开始糊涂。几天前他说："我生活过，不管现在的事情。"这是什么意思？

克谢妮娅：唉哟，我也发现——他说话不利索！

巴什金：他本来已开始靠你和姐妹的资本生活。该增加资本才好。

克谢妮娅：我错了，莫凯伊，我早就知道我错了。我嫁给了管家，而没有嫁给……假若我嫁给了你，那生活得该多么安宁！而他……天啦！怎样胡闹的人！我为什么不能忍受他。他与人姘居而私生一个女儿，并让她骑在我脖子上。他选了一个女婿——更坏。我怕，莫凯伊·彼得罗维奇，女婿和华尔华娜欺骗我，使我沦为乞丐……

巴什金：一切都是可能的。战争！在战争中——既没有羞耻，也没有怜惜。

克谢妮娅：你——是我们的老仆人，我父亲把你养大成人，你想想我……

巴什金：我是在想……

（兹沃尼佐夫走来。）

兹沃尼佐夫：怎么，医生走了？

克谢妮娅：还在那里。

兹沃尼佐夫：莫凯伊·彼得罗维奇，怎么样——呢绒？

巴什金：贝特林格不接收。

兹沃尼佐夫：应当给他多么？

巴什金：不少于五千。

克谢妮娅：好一个掠夺者！本来是个老头儿！

兹沃尼佐夫：通过再娜吗？

巴什金：像是已经规定的。

克谢妮娅：五千！为什么？啊？

兹沃尼佐夫：现在钱不值钱。

克谢妮娅：在别人的口袋里……

兹沃尼佐夫：岳父同意吗？

巴什金：瞧，我来了解是否同意……

医生（走出来，拉住兹沃尼佐夫的手）：嗨，情况是这样……

克谢妮娅：啊呀，使我们高兴……

医生：病人应该尽可能多地躺着。任何事情、激动、刺激——对他都是极为有害的。平静再平静！然后……（用耳语对兹沃尼佐夫说。）

克谢妮娅：为什么不能对我说？我是他的妻子。

医生：有些事不便和夫人们说。（重新用耳语说。）今天晚上我们就安排。

克谢妮娅：你们这是要安排什么？

医生：会诊，医生会议。

克谢妮娅：老天爷啊……

医生：这并不可怕。嗯，再见！（离去。）

克谢妮娅：好厉害的家伙……五分钟要了五个卢布。一小时六十卢布……真是的！

兹沃尼佐夫：他说，需要手术……

克谢妮娅：开刀？啊，这可不行！不，我不允许开刀……

兹沃尼佐夫：请听我说，你是外行！这是外科，是科学……

克谢妮娅：我才不在乎你的科学！活该！你和我说话也没有礼貌。

兹沃尼佐夫：我说的不是关于礼仪，而是关于您的不明此理……

克谢妮娅：是你自己不太明理！

（兹沃尼佐夫挥了挥手，走开了。格拉菲娜跑来。）

克谢妮娅：跑哪里去？

格拉菲娜：卧室铃声……

（克谢妮娅和她一起走向丈夫那里。）

兹沃尼佐夫：岳父病得不是时候。

巴什金：是的。使人感到沉重。是这样的时代，聪明人像魔术师一样直接从空气中捞取金钱。

兹沃尼佐夫：是的。况且革命即将来临。

巴什金：这个我不赞同。在一九零五年发生过革命。混乱不堪的事件。

兹沃尼佐夫：一九零五年曾是叛乱，而不是革命。那时农民和工人待在家里，而现在是在战线上。如今的革命将是反抗官员、省长和部长。

巴什金：如果是这样——愿上帝保佑！官员比蜱螨更坏，吸血，继续说……

兹沃尼佐夫：沙皇显然没有能力统治。

巴什金：商人们也在谈论这个。似乎是什么样的男人欺骗了皇后？

（华尔华娜在楼梯上听着。）

兹沃尼佐夫：是的。是格利戈利·拉斯普京[①]。

巴什金：不相信魔力。

兹沃尼佐夫：那么，情人——相信吗？

巴什金：像童话。她有千百个将军。

华尔华娜：你们说什么蠢话。

巴什金：大家都这么说，华尔华娜·叶戈罗芙娜。我仍然认为，没有沙皇——不行！

兹沃尼佐夫：沙皇不应当在彼得格勒，而应当在头脑中。演出结束了？

华尔华娜：推迟了。来了一个什么检查员，说晚上将有一列车伤员，约五百人。可是没有他们的位置。

格拉菲娜：莫凯伊·彼得罗维奇，有人叫您。

（巴什金离去，把保暖便帽落在了桌子上。）

华尔华娜：你和他吐露什么心事？你是知道的，他是母亲安排在我们身边的密探！这顶便帽他戴了大约十年，吝啬鬼！整个帽子沾满了油渍。我不明白，你为什么和这种骗子……

兹沃尼佐夫：唉，得啦！我想借用他的钱去贿赂贝特林格……

华尔华娜：但是，我已对你说过，这一切都将由丽沙·多斯齐加耶娃通过冉娜去安排！其价钱将便宜些……

---

a　格利戈利·拉斯普京（Григорий Распутин, 1872—1916）：沙皇尼古拉二世及其妻子亚历山德拉·费多罗芙娜的宠信，对沙皇、皇后及其亲信有极大的影响，干预国家事务，后被保皇派杀害。——译者

兹沃尼佐夫：丽沙白欺骗你……

克谢妮娅（从丈夫房间出来）：你们去劝慰他，让他躺着！他在那里走动，在骂莫凯伊……唉，上帝啊！……

兹沃尼佐夫：你得了吧，华丽娅……

布雷乔夫（穿着长衫和毡鞋）：嗨，还有什么！倒霉的战争？

巴什金（走在他后面）：到底是谁在争吵？

布雷乔夫：这倒霉的战争为了谁？

巴什金：为了我们。

布雷乔夫：为了谁——为了我们？你倒是说：他们从战争中积攒几百万？啊？

巴什金：为了人民……也就是说……

布雷乔夫：人民——庄稼汉，他反正一样：无论活或是死。这就是你的什么样的真理！

克谢妮娅：是的——你别生气！这对你有害……

巴什金：嗨，您怎么啦？这究竟是怎样的真理？

布雷乔夫：最实在的真理！这也是真理。我直截了当地说：我的事业就是积攒金钱，而庄稼汉的事业就是生产粮食、购买商品。还有别的什么真理吗？

巴什金：当然，这是如此，不过仍然……

布雷乔夫：嗯，什么——仍然？你在想什么时候在我这里偷窃？

巴什金：您到底为什么欺侮人？

克谢妮娅：嗨，华丽娅，你瞧什么？劝慰他！医生吩咐他躺着。

布雷乔夫：你——在想着人民？

巴什金：您当着众人的面欺侮人！我偷窃！这需要证明！

布雷乔夫：用不着证明。众所周知：偷窃是合法的事情。也用不着欺侮你。欺侮你不会使你变得更好，而会变得更坏。不是你偷窃，而是卢布偷窃。卢布本身是主要的窃贼……

巴什金：这是雅科夫·拉普节夫一个人可以说的。

布雷乔夫：他也这样说。嗨，走吧。别再给贝特林格行贿。

给得相当多了，够他这个老鬼买棺材和白色尸衣了！你们干吗聚集在这里？在等待什么？

华尔华娜：我们什么都不等待……

布雷乔夫：好像——没什么？既然这样，就去做你们的事情。你们有事情吗？阿克西妮娅，去告诉他们让我房间通通风。那里憋气，散发出酸药味。对——让格拉菲娜带酸果蔓克瓦斯来。

克谢妮娅：你不能喝克瓦斯。

布雷乔夫：去吧，去吧！我自己知道，什么不能，什么可以。

克谢妮娅（边走边说）：但愿你知道……

（大家离去。）

　　布雷乔夫（围绕着桌子走动，一只手支撑在桌子上。照镜子，几乎是大声地说）：你的情况不好，叶戈尔。你这张脸，兄弟……有点儿不像是你的！

格拉菲娜（手持托盘，其上放着一杯牛奶）：这是给您的牛奶。

布雷乔夫：拿去给猫喝，而我要克瓦斯。酸果蔓克瓦斯。

格拉菲娜：没有吩咐给您克瓦斯。

布雷乔夫：他们没有吩咐，而你去拿来。等一等！你怎么看——我会死吗？

格拉菲娜：这不可能。

布雷乔夫：为什么？

格拉菲娜：我不相信。

布雷乔夫：你不相信？不，兄弟，我的情况不好！非常不好，我知道！

格拉菲娜：我不相信。

布雷乔夫：你固执。嗨，拿克瓦斯来！我把它当酸橙汁喝……它是有益的。（走向餐柜。）锁上了，真见鬼。这些猪！防护着。好像我是被监禁的人。好像是囚犯……

幕　落

第二幕

布雷乔夫家的客厅。兹沃尼佐夫和吉亚津坐在一角的小圆桌后面，桌上摆着一瓶葡萄酒。

兹沃尼佐夫（吸着烟）：明白吗？

吉亚津：坦白地说，安德列伊，我不喜欢这个……

兹沃尼佐夫：那么，钱你喜欢吗？

吉亚津：钱，很遗憾，我喜欢。

兹沃尼佐夫：你——爱惜谁？

吉亚津：不言而喻，爱惜自己……

兹沃尼佐夫：有什么可爱惜的！

吉亚津：你知道，我本身仍然是唯一的朋友。

兹沃尼佐夫：你不是高谈阔论而是想问题才好。

吉亚津：我想。她是个娇养惯了的少女，将难以和她相处。

兹沃尼佐夫：要断绝关系。

吉亚津：可是钱将留在她那里……

兹沃尼佐夫：我们将设法使你有钱。我来着手让舒尔卡听话。

吉亚津：坦白地说……

兹沃尼佐夫：这样，人们将急忙让她出嫁，嫁妆将增多。

吉亚津：你这是……绝顶聪明！什么样的嫁妆？

兹沃尼佐夫：五十。

吉亚津：五十个千（五万——译者）

兹沃尼佐夫：纽扣。

吉亚津：真的吗？

兹沃尼佐夫：但你给我写个十的字据。

吉亚津：十个千（一万——译者）

兹沃尼佐夫：不，十个卢布！怪人！

吉亚津：多——多……

兹沃尼佐夫：那么，我们终止谈话。

吉亚津：你……这一切都是认真的？

兹沃尼佐夫： 只有傻瓜才不认真谈钱的问题……

吉亚津（微笑）：见鬼去吧……想得真妙。

（多斯齐加耶夫走进来。）

兹沃尼佐夫： 很高兴，看来你有所理解。你，无产者知识分子，在这残暴的时代不能……

吉亚津： 是的，是的，当然！但是，是我去法院的时候了。

多斯齐加耶夫： 你不知因为什么心绪不佳，斯捷帕夏？

兹沃尼佐夫： 我们想起了拉斯普京。

多斯齐加耶夫： 瞧——命运，啊？普通的西伯利亚男子汉——和主教们、部长们下过跳棋？掌管几十万钱财！少于一万的贿赂——不收！我从可靠的人那里得知——不收！你们喝什么？布尔冈红酒？这种酒味浓，午餐必喝，不文明的人！

兹沃尼佐夫： 您怎么找到了岳父？

多斯齐加耶夫： 那何谈要找他，他并未藏起来。你，斯捷帕夏，给我拿酒杯来吧。（吉亚津慢腾腾地离去。）关于布雷乔夫，必须直截了当地说，他的状况不好！他处于危险状态之中……

兹沃尼佐夫： 我也感觉到……

多斯齐加耶夫： 是的，是的！正是这样。同时，他怕死，所以必定会死。你要考虑到这个事实！我们生活的时代是这样的，不能马马虎虎，不要两手插在口袋里。猪从四面八方破坏国家的篱笆，革命即将来临，甚至省长也明白这一点……

吉亚津（走进来）：叶戈尔·华西里耶维奇出来去了餐厅。

多斯齐加耶夫（接过杯子）：谢谢，斯捷帕夏。你说，他出来了？嗯，我们也去那里。

兹沃尼佐夫： 看来，企业家们理解自己的作用……

（华尔华娜、伊丽莎白走来。）

多斯齐加耶夫： 莫斯科的那些企业家们依然不理解！

伊丽莎白： 他们像老油子那样喝酒，而布雷乔夫在那里吼叫——不能听！

　　多斯齐加耶夫：美国为什么繁荣？因为那里当权的是老板自己……

　　华尔华娜：冉娜·贝特林戈娃十分严肃地说，在美国厨娘们坐汽车去市场。

　　多斯齐加耶夫：完全可能。尽管……大概，是假话。而你，华柳霞，总和军人在一起？你想成为中校吗？

　　华尔华娜：哟，多么陈旧的事！吉亚津，您在幻想什么？

　　吉亚津：是的……这样，一般地说……

　　伊丽莎白（在镜子前）：昨天冉娜给我讲了一个惊人的奇闻！好像一朵花！

　　多斯齐加耶夫：嘀，嘀，什么样的花呀！

　　伊丽莎白：在男人们的面前——不能说。

　　多斯齐加耶夫：一朵美丽的花！

（华尔华娜用耳语对伊丽沙白说。）

　　伊丽莎白：丈夫！你将在这里坐到瓶子彻底干了吗？

　　多斯齐加耶夫：那么，我妨碍谁吗？

　　伊丽莎白（面向吉亚津）：您，斯捷波契卡，知道圣诗吗？诗云："丈夫幸福，不与渎神者为伍，不走有罪者之路。"

　　吉亚津：有点儿记得这样的诗句……

　　伊丽莎白（拉着他的手）：瞧，这些人，他们所有人就是渎神的罪孽深重的人，而您对月亮、对爱情、对其他的一切都是温和的少年，对吧？（牵着他。）

　　多斯齐加耶夫：好一个饶舌的女人！

　　华尔华娜：华西里·叶菲莫维奇，母亲和巴什金召唤姨妈梅拉妮娅。

　　多斯齐加耶夫：召唤女修道院长？噢，这是个极端残酷的人！她将反对多斯齐加耶夫和兹沃尼佐夫公司，她反对！她赞成克谢妮娅·布雷乔娃和多斯齐加耶夫招牌……

兹沃尼佐夫：她可能要事业中的钱。

多斯齐加耶夫：一笔糊涂钱——多少？七万？

兹沃尼佐夫：九万。

多斯齐加耶夫：这仍然是一笔巨款！个人的还是修道的？

华尔华娜：这怎么得知？

多斯齐加耶夫：可以得知。一切都可以得知！瞧，德国人，他们不仅知道我们在前线的士兵人数，甚至知道每个士兵身上有多少虱子。

华尔华娜：您严肃地说点什么吧……

多斯齐加耶夫：可爱的华柳霞，不会数口袋里有多少钱，既不能做买卖，又不能作战。关于这笔糊涂钱，可以这样去了解：有一位太太谢克列节娅·波鲁博雅利诺娃，她是大主教尼坎德尔彻夜祈祷的参加者，而尼坎德尔任何钱都爱数。此外，主教管辖区委员会有一个人，我们把他留在预备队。你，华柳霞，去和波鲁博雅利诺娃会谈，如果发现这钱是修道院的，嗯，你们自己就知道了！我这美女溜到哪里去了？

格拉菲娜：请到餐厅去。

多斯齐加耶夫：快去。喂，走吧？

华尔华娜（似乎衣服下摆挂住了沙发椅）：安德列伊，帮帮忙！——你相信他吗？

兹沃尼佐夫：找了个傻瓜。

华尔华娜：唉，好一个骗子！我和姨妈想得不坏。可是和爸爸怎么样？

兹沃尼佐夫：我勉强说服。

华尔华娜：此事得赶紧做。

兹沃尼佐夫：为什么？

华尔华娜：要知道，在葬礼后将要等很久。而父亲的心脏虚弱。此外，我还有其他原因。

（他们离去。格拉菲娜迎面走来，她痛恨地看
着他们的背影，从小桌子上收拾餐具。拉普节

夫走进来。)

格拉菲娜：昨天有流言，说你被捕了。

拉普节夫：是吗？这大概不正确。

格拉菲娜：你总是开玩笑。

拉普节夫：有——没什么，对——生活快乐。

格拉菲娜：开玩笑是要拧脑袋的。

拉普节夫：为了好的玩笑不挨打，还会受夸奖，那么，雅舒特卡将因为坏的玩笑而挨揍。

格拉菲娜：梅里，叶梅里亚！冬妮卡·多斯齐加耶娃在舒娜那里。

拉普节夫：咦，她——不需要！

格拉菲娜：我叫舒娜到这里来，好不好？

拉普节夫：好的。布雷乔夫怎么样？

格拉菲娜（生气地）：他，布雷乔夫，和你是什么关系！他是你的教父！

拉普节夫：别生气，格拉霞阿姨。

格拉菲娜：他不好。

拉普节夫：不好？等一等，等一等！我的朋友们生活得忍饥挨饿，格拉霞阿姨，你能否弄到一两普特面粉，否则一袋？

格拉菲娜：怎么着——我为你到主人那里去盗窃？

拉普节夫：本来这已不是第一次！反正你以前犯过罪，罪过——归我！同伴们真的想要吃饭！在这个家里，为了你的劳动，属于你的多于属于主人的。

格拉菲娜：我听到了你这些童话！明天早晨将有人送给多纳特面粉，你在他那里拿一袋。（离去。）

拉普节夫：谢谢！（坐到长沙发上，打哈欠打得流出了眼泪，擦掉眼泪，环顾四周。）

克谢妮娅（走来，嘟囔）：跑呀，像躲避瘟疫似的……

拉普节夫：您好……

克谢妮娅：啊！唉哟，你怎么坐在这里？

拉普节夫：那么必须走吗？

克谢妮娅：时而任何地方都没有他，时而他突然来了！好像捉迷藏。你那教父病着，而你哪怕……

拉普节夫：我应该病，是不是？

克谢妮娅：你们大家都疯了，还带着其他人。什么也不可理解！那里，听说，人们想把沙皇关进笼子里，像关叶梅里卡·普加乔夫那样。人们在撒谎，是不是，读书人？

拉普节夫：一切都是可能的，一切！

格拉菲娜：阿克西妮娅·雅科夫列芙娜，占用一会儿。

克谢妮娅：嗯，还有什么事？没有安静……啊，上帝呀……（离去。）

舒娜（跑进来）：你好！

拉普节夫：舒罗契卡，我去莫斯科，但没有钱——帮帮忙吧！

舒娜：我有三十卢布……

拉普节夫：五十卢布才好呢，啊？

舒娜：我拿来。

拉普节夫：晚上，上火车前？可以吗？

舒娜：是的。听着：将发生革命吗？

拉普节夫：革命已经开始了！你——怎么，不读报？

舒娜：我不了解报纸。

拉普节夫：你问吉亚津啊。

舒娜：雅科夫，诚实地说：吉亚津是怎样的人？

拉普节夫：哎呀，真没想到！你几乎半年之间每天都见到他。

舒娜：他诚实吗？

拉普节夫：是的……还行，诚实。

舒娜：为什么你说得不坚定？

拉普节夫：他是个优柔寡断的人。有点儿稀里糊涂。受委屈还是怎么啦。

舒娜：谁使他受委屈？

拉普节夫：从二年级被开除出大学。在叔伯兄弟那里做文牍员，而兄弟……

舒娜：兹沃尼佐夫——骗子？

拉普节夫：自由主义者，立宪民主党人，而他们总的来说好诈骗。钱你交给格拉菲娜，她会给我。

舒娜：格拉菲娜和吉亚津帮助你？

拉普节夫：什么事？

舒娜：别耍滑头，雅什卡！我明白。我也想帮你，听见吗？

拉普节夫（惊讶地）：你这是怎么啦，姑娘，你仿佛今天才醒过来？

舒娜（生气地）：不许挖苦我！你——傻瓜！

拉普节夫：很可能，也就是个傻瓜，但我仍然想了解……

舒娜：华尔华娜正在走来！

拉普节夫：嗯，我不愿见到她。

舒娜：我们走……快。

拉普节夫（搂住她的肩膀）：真是——你怎么啦？

（他俩离去，随手关上了门。）

华尔华娜（听到门锁发出喀嚓的声音，朝门走去，转动把手）：格拉菲娜，是你吗？（停顿。）那里有人吗？神秘地……（迅速离去。）

（舒娜拉着多纳特的手。）

多纳特：嗨，你找我干什么，舒罗克……

舒娜：等一等！你说：在城里人们尊敬父亲吗？

多纳特：富人到处受尊敬。你总是胡闹……

舒娜：尊敬还是害怕？

多纳特：如果不害怕，那就不会尊敬。

舒娜：为此人们喜欢吗？

多纳特：喜不喜欢？不知道。

舒娜：那你知道，人们喜欢什么？

多纳特：他？怎么说呢？马车夫们似乎喜欢，他和他们不还价，他们要多少，他就给多少。一个马车夫，当然，会告诉另一个马车夫，于是……

舒娜（跺了一下脚）：你开玩笑？

多纳特：为什么？我说的是实话。

舒娜：你变得恶毒了。你变得完全是另一个人了！

多纳特：我哪能成为另一个人！我迟到了。

舒娜：你夸奖我父亲。

多纳特：我也不诋毁他。任何鱼都有自己的鳞片。

舒娜：你们大家都在撒谎。

多纳特（垂头，叹息）：你——别生气，怒气证明不了任何东西。

舒娜：你走吧！你听，格拉菲娜……喂，有人在悄悄溜进来……（躲进帷幔中。）

（阿列克谢伊·多斯齐加耶夫走进来，衣着
漂亮的人，穿马裤、瑞典夹克，满身皮带和
口袋。）

阿列克谢伊：您越来越变得漂亮了，格拉霞。

格拉菲娜（忧郁地）：愉快地听见您说的话。

阿列克谢伊：而我——不愉快。（挡住格拉菲娜的去路。）美的东西，如果不是我的，我也不喜欢。

格拉菲娜：请放我过去。

阿列克谢伊：请帮个忙。（打了个哈欠，看表。）

（安东妮娜走进来，稍后，是吉亚津。）

舒娜：看来，你对女仆也殷勤？

安东妮娜：他——反正一样，哪怕是对冷漠的人。

阿列克谢伊：女仆，如果脱掉她们的衣服，一点也不比小姐们逊色。

安东妮娜：听见吗？他现在总是说这样的话，仿佛不是生活在前线，而是生活在小酒馆……

舒娜：是的，他从前曾是那样懒洋洋的，但口头上并非如此胆大。

阿列克谢伊：我——也在行动上。

安东妮娜：唉，他撒谎！他是个懦夫，懦夫！他极害怕继母诱骗他。

阿列克谢伊：你编造什么？傻丫头！

安东妮娜：还令人厌恶地贪婪。你知道，如果有一天他不对我说任何脏话，那么为这一天我支付给他一卢布二十戈比。他要了！

阿列克谢伊：吉亚津！您喜欢安东妮娜吗？

吉亚津：是的，很喜欢。

舒娜：那么——我呢？

吉亚津：说实话……

舒娜：嗯，当然，说实话！

吉亚津：您——不很喜欢。

舒娜：原来如此？这是实话？

吉亚津：是的。

安东妮娜：别信，他说的就像回声。

阿列克谢伊：吉亚津，您娶安东妮娜才好呢。我厌烦她了。

安东妮娜：好一个木头人！滚开！你像个怀孕的洗衣女工。

阿列克谢伊（抱住她的腰）：唉哟，好一个贵族小姐！ Не гриз па ле семиачки, се моветон①。

安东妮娜：放开我！

阿列克谢伊：很高兴！（和她跳舞。）

舒娜：也许，你完全不喜欢我吧，吉亚津？

---

① 这几个俄语词是意义相同的法语词的音译，意思是：这是不好的形体。——译者

吉亚津：您为什么想知道这个？

舒娜：必须。有兴趣。

阿列克谢伊：你怎么懒洋洋地？她强求嫁给你。现在所有少女都急于成为英雄的遗孀。因为有份粮、荣耀和抚恤金。

安东妮娜：他相信，这是绝顶聪明的！

阿列克谢伊：我走自己的路。冬妮卡，送我到前厅。

安东妮娜：我不愿意！

阿列克谢伊：我需要。当真，我们走吧！

安东妮娜：大概，又有什么蠢话。

舒娜：吉亚津，您是个诚实的人吗？

吉亚津：不是。

舒娜：为什么？

吉亚津：没什么好处。

舒娜：既然您这样说，那就意味着，您是个诚实的人。嗯，现在您马上告诉我：人们建议您向我求婚吗？

吉亚津（开始吸烟，不是马上）：有人建议。

舒娜：而您明白这是个不好的建议吗？

吉亚津：我明白。

舒娜：是的，您……我就没有预料到！我想过，您……

吉亚津：大概，您想得很坏？

舒娜：不，您……是优秀的！不过，您也许是狡猾的，对吗？您玩弄实话？是为了捉弄我？

吉亚津：这对我来说，是力所不及的。您——聪明、厉害、胡闹，非常像您的父亲；老实说，我怕您。您像叶戈尔·华西里耶维奇，有着棕红色的头发，类似火灾的火焰。

舒娜：吉亚津，您是个棒小伙子！或者是个可怕的大滑头……

吉亚津：还有您的脸，也非同一般……

舒娜：关于脸，这是为了减轻打击吗？不，您狡猾！

吉亚津：您就随心所欲地想吧。按照我的看法，您必将做出什么……犯罪的事！而我习惯了四肢舒展地生活。您知道，罪犯如何……

　　舒娜：罪犯怎么样？

　　吉亚津：不知道。问题在于：罪犯没有牙齿，不能咬人。

　　安东妮娜（走进来）：傻瓜阿辽什卡狠狠地揪我的耳朵，痛死了。还拿走了钱，像个小偷！你可知道，他将成为酒鬼，这是确定无疑的。我和他是如此无用的、商人的孩子。你觉得可笑吗？

　　舒娜：冬妮娅，忘记我对你说过的关于他的一切坏话！

　　安东妮娜：关于吉亚津吗？那么，你说过什么话？我不记得了。

　　舒娜：嗨，就是我说过他想向我求婚。

　　安东妮娜：为什么这是坏话？

　　舒娜：因为钱。

　　安东妮娜：唉，对！嗨，这是鄙陋的成见，吉亚津！

　　舒娜：可惜你没有听见他是怎样回答我的问话的。

　　安东妮娜：华鲁姆式的问话。记得舒伯特的《华鲁姆》吗？

　　吉亚津：难道是舒伯特？

　　安东妮娜：华鲁姆酷似秃鹫，如此忧郁的鸟儿……在非洲。

　　舒娜：你在编造什么？

　　安东妮娜：我更加喜欢可怕的东西。既然可怕，那就不枯燥无聊。我喜欢坐在黑暗之中，等待着爬来一条蟒蛇……

　　吉亚津（笑）：这是在天堂？

　　安东妮娜：不，更可怕。

　　舒娜：你——有意思。你总是想出什么新鲜的事儿，而所有人说的是千篇一律的话：战争——拉斯普京——皇后——德国人，战争——革命……

　　安东妮娜：你将做演员或者修女。

　　舒娜：做修女？无稽之谈！

　　安东妮娜：做修女很难，需要老演一个角色。

　　舒娜：我想做高级娼妓，像纳娜·乌·卓丽娅一样。

　　吉亚津：瞧您说的！呸！

　　舒娜：我想诱人淫行、报仇。

吉亚津：向谁报仇？为了什么？

舒娜：为了我的头发是棕红色的，为了父亲患病……为了一切！当革命开始的时候，我将抡起拳头！等着瞧。

安东妮娜：你相信将会发生革命吗？

舒娜：是的！是的！

吉亚津：革命——将会发生。

格拉菲娜：舒娜，师父梅拉妮娅来了，叶戈尔·华西里耶维奇想在这里接待她。

舒娜：哟，阿姨！我们去我那里，孩子们！吉亚津，您很尊敬您的兄弟吗？

吉亚津：他是我的叔伯兄弟。

舒娜：这不是回答。

吉亚津：看来——亲属一般很少相互尊敬。

舒娜：瞧，这才是回答！

安东妮娜：别说无聊的话。

舒娜：您很可笑，吉亚津！

吉亚津：嗯，那该怎么办？

舒娜：您穿着也很可笑。

（他们离去。格拉菲娜拉开被帷幔遮掩的门。
布雷乔夫站在青年们离去的门口。女修道院长
梅拉妮娅缓慢地、高傲地走进来，一手挂着拐
扙。格拉菲娜俯首站着，拉住帷幔。）

梅拉妮娅：你仍然还在这里厮混，荡妇？没有把你赶走？嗯，快被赶走的。

布雷乔夫：那时你就接收她为修女吧，她有钱。

梅拉妮娅：啊，你在这里？唉哟，叶戈尔，你怎么完全变样了，老天爷饶了我吧！

布雷乔夫：格拉哈，关上门，去告诉人们不要到这里来。请坐……圣徒！我们谈谈什么事情？

　　梅拉妮娅：那些医生无助吗？瞧：上帝耐心等待一天，等待一年和一个世纪……

　　布雷乔夫：以后再谈上帝，让我们先谈事情。我知道，你是来谈你的钱的问题。

　　梅拉妮娅：钱不是我的，而是修道院的。

　　布雷乔夫：嗯，全都一样：修道院的、欺侮者的、掠夺者的。钱使你担心什么？你怕我会死，钱将落空？

　　梅拉妮娅：钱落空——不可能，但我不想让钱落入别人手里。

　　布雷乔夫：这么说，你想从事业中把钱取出来？对我来说，反正都一样，那你就取出来吧。但是，说不定你会输的！现在卢布像士兵身上的虱子发行量大增。而我的病情还不至于死亡……

　　梅拉妮娅：我们既不能预见一天，也不能预见一个小时，当死亡来临的时候。你写好了正式遗嘱吗？

　　布雷乔夫：没有。

　　梅拉妮娅：是时候了。写吧！突然之间上帝就会召唤……

　　布雷乔夫：我和他有什么关系？

　　梅拉妮娅：别说你那些粗鲁的话！你知道，我不爱听这些话，况且我的教职……

　　布雷乔夫：而你——得啦，马拉霞！从视觉和触觉上我们都相互了解。钱你可以取，布雷乔夫有很多钱！

　　梅拉妮娅：我不想从事业中抽出资本，而只想把票据过户到阿克西妮娅名下，我就此预告一声。

　　布雷乔夫：这样。嗯，这是你的事情！然而，在我过世的情况下兹沃尼佐夫将欺骗阿克西妮娅。华尔华娜将在这个问题上帮助他……

　　梅拉妮娅：瞧你怎么说的？似乎是按照新的方式？恶毒的话闻所未闻。

　　布雷乔夫：我在另一个方面生气。好吧，现在让我们来谈谈上帝，谈谈天主，谈谈灵魂。

　　　　年轻时许多东西遭劫破损，

垂暮之年需要拯救灵魂……

梅拉妮娅: 嗯……好吧,你说!

布雷乔夫: 你日日夜夜为上帝服务,就像,比方说,格拉菲娜为我服务一样。

梅拉妮娅: 不要亵渎神灵! 你疯了? 那个格拉菲娜每逢夜晚是怎样为你服务的?

布雷乔夫: 怎么说呢?

梅拉妮娅: 不要亵渎神灵,我说! 你想明白一点!

布雷乔夫: 别吼叫! 我说的只是不用官腔套语而用普通人的话。瞧,你对格拉菲娜说,她很快会被赶出去。这么说来,你相信我很快就会死的。这是为什么呀? 华西卡·多斯齐加耶夫比我大九岁,行骗厉害得多,但身体健康,延年益寿。他的妻子是一流的。当然,我是个犯教规者,欺侮人,总之……是个彻头彻尾的犯教规者。嗨,所有人都相互欺侮,不这样不行,生活如此。

梅拉妮娅: 你不要向我、不要向人们悔过,而要向上帝悔过! 人们不会原谅你,而上帝是慈善的。你自己知道:古时,强盗作为犯教规者,向上帝表示忏悔,于是就得救了。

布雷乔夫: 嗯,是的,如果你偷了东西,又把东西给了教堂,这样,你就不是贼,而是正人君子了。

梅拉妮娅: 叶—叶戈尔! 你亵渎上帝,我不听了! 你不愚蠢,应当明白:上帝不认为魔鬼不诱人作孽是可能的

布雷乔夫: 嗯,谢谢!

梅拉妮娅: 这还有什么?

布雷乔夫: 你使我安心了。这么说来,上帝完全没有约束地允许魔鬼诱使我们作孽,就是说,在犯教规的事情上,上帝对魔鬼和我而言是同伴……

梅拉妮娅(站起来):这些话……你这样的话,如果说给大主教尼坎德尔听……

布雷乔夫: 那么,我错在哪里?

梅拉妮娅: 异教徒! 你想一想——都是些什么玩意儿钻进了

你这不健康的脑袋里？您要知道，既然上帝允许过魔鬼诱使你作孽，那就是说，上帝摈弃你了。

　　布雷乔夫：摈弃——啊？因为什么？因为我爱钱、爱女人、为钱而娶了你的傻姐妹、曾是你的情夫，为了这而被摈弃？唉，你呀……咧着大嘴的乌鸦！哑哑叫——毫无意义！

　　梅拉妮娅（发呆）：你怎么啦，叶戈尔？你失去了理智？上帝保佑……

　　布雷乔夫：你日夜在钟声下祈祷吧，而向谁祈祷，你自己都不知道。

　　梅拉妮娅：叶戈尔！你正在飞快地跌入深渊！跌入地狱的深渊……在这样的年代……一切都遭受着破坏，恶势力动摇着沙皇的宝座……反基督的时代……也许，可怕的审判临近了……

　　布雷乔夫：你想起了！可怕的审判……基督二次降世……哎呀，乌鸦！飞进来了，哑哑地报祸！得啦，带着丫头们回到自己的巢穴去，带着修道院唱诗班的见习修女们亲嘴吧！要钱没有，你从我这里得到的，瞧，就是这个！（打出拇指从食指和中指间伸出来的轻蔑的手势。）

　　梅拉妮娅（大吃一惊，几乎跌倒在沙发椅上）：唉哟，坏蛋……

　　布雷乔夫：格拉菲娜——是荡妇？啊——你？你是谁？

　　梅拉妮娅：胡言乱语……胡言乱语……（跳起来。）痞子！你很快会咽气的！蠕虫！

　　布雷乔夫：滚蛋！别找倒霉……

　　梅拉妮娅：毒蛇……魔鬼……

　　布雷乔夫（一个人，吼叫，揉右腰，呼喊）：格拉菲娜！唉……

　　克谢妮娅：你怎么啦？梅拉妮娅在哪儿？

　　布雷乔夫：飞走了。

　　克谢妮娅：难道你们再次争吵了？

　　布雷乔夫：你在这里坐了很久？

　　克谢妮娅：你，叶戈尔，让我说句话吧！你已经完全不再和我说话了，仿佛我是什么家具！嗨，你像是在看什么？

　　布雷乔夫：快点，快点，说吧！

克谢妮娅：我们这里到底开始发生了什么呢？这是什么样的世界末日！女婿自己在楼上开设小饭馆，从早到晚人们纷至沓来，举行什么会议。昨天喝了七瓶红酒和若干瓶伏特加酒……管院子的人伊兹马伊尔发牢骚，警察控制了他，总是问：是谁到我们这里来？而他们在那里依然谈论沙皇和部长们。每天是小饭馆。你，怎么垂头丧气？

布雷乔夫：快点，快点，滔滔不绝地说！青年的我爱坐在小饭馆听音乐。

克谢妮娅：马拉霞为什么来了？

布雷乔夫：阿克西妮娅，你不会撒谎，在这个问题上你是愚蠢的。

克谢妮娅：我为什么要撒谎，在哪儿？

布雷乔夫：在这里。马拉妮娅和你约好来谈钱的问题。

克谢妮娅：到底什么时候我约过她，你怎么啦？

布雷乔夫：嗯，得啦！住嘴……

（多斯齐加耶夫、兹沃尼佐夫、帕弗林兴奋地
走进来。）

多斯齐加耶夫：叶戈尔，听我说，帕弗林神父从莫斯科带来了……

克谢妮娅：你最好躺下，叶戈尔！

布雷乔夫：嗯，知道了……神父！

帕弗林：我能讲的好事不多，是的，按照我的看法，好事也是坏事，不能想象还有比战前生活更好的了。

多斯齐加耶夫：不，我抗议，不—不！

（兹沃尼佐夫和岳母低声耳语。）

克谢妮娅：她在哭？

多斯齐加耶夫：谁在哭？

克谢妮娅：女修道院长。

多斯齐加耶夫：她这是怎么啦？

布雷乔夫：你们去看看，她受了什么惊吓？而你，神父，请坐，继续讲。

多斯齐加耶夫：有意思的是，马拉妮娅因何悲伤得哭了起来。

帕弗林：大暴动在莫斯科开始了。甚至智力健全的人也确信：沙皇因其无能应予推翻。

布雷乔夫：二十多年他都曾有能力。

帕弗林：人的精力随着时间的推移而衰竭。

布雷乔夫：一九一三年，在庆祝罗曼诺夫王朝三百周年的时候，尼古拉握了我的手。全体人民欢腾。整个科斯特罗马。

帕弗林：这是往事。的确，人民欢腾过。

布雷乔夫：怎么发生了这样的事？瞧，杜马犹在……不，问题不在沙皇，而在于根基本身……

帕弗林：根基——这就是专制制度。

布雷乔夫：每个人都自行其是……以自己的力量……可是力量何在？在战争中——没有表现出来。

帕弗林：杜马促进了力量的崩溃。

伊丽莎白（在门口）：您，帕弗林神父，请让提个问题吧？

帕弗林：嗯，怎么啦，什么问题。

伊丽莎白：我丈夫在哪儿？

帕弗林：曾在这里。

伊丽莎白：您今天好严厉，帕弗林神父。（消失。）

布雷乔夫：神父……

帕弗林：您要说什么？

布雷乔夫：全都是父亲。上帝是父亲，沙皇是父亲，你是父亲，我是父亲。而我们没有力量。大家都生活在死亡线上。我不是说自己，我是说战争，说大众的死亡。犹如马戏院把老虎从笼子中放出来伤人。

帕弗林：您，叶戈尔·华西里耶维奇，请放心……

布雷乔夫：放心什么？谁使我放心？怎么放心？嗨，你使我放心吧，神父！显示出力量吧！

帕弗林：请读一读圣书、圣经，比方说，好好回忆起约书亚①……战争——在教规中……

布雷乔夫：别说了。这是什么样的教规？这是童话。太阳不可阻挡。胡扯。

帕弗林：发牢骚——是最大的罪孽。必须为了我们罪孽的生活而以平静的心态恭顺地接受惩罚。

布雷乔夫：当领班阿列克谢伊·古宾委屈你的时候，你容忍了？你向法院控诉了他，聘请了兹沃尼佐夫为律师，高级僧侣替你辩护了吧？可是，我向什么法院去控诉我的病？去控诉过早的死亡？你将恭顺地死去吗？以平静的心态，对吗？不，——你会号哭呻吟。

帕弗林：我的教职不允许听这样的言论。因为这样的言论……

布雷乔夫：别说了，帕弗林！你——是人。长袍——这是你身上的色彩，而长袍下面的你——是像我这样的人。医生就说——你的心脏不好，增大了……

帕弗林：这样的言论招致什么结果？您想一想，您会感到害怕！永恒的规定……

布雷乔夫：规定，对，显然，不牢固。

帕弗林：列夫·托尔斯泰曾是邪教徒，为了不信教几乎被革出教门，类似野兽一般跑到森林中躲避死亡。

克谢妮娅：叶戈尔·华西里耶维奇！莫凯伊来了，他说：晚上宪兵逮捕了雅科夫，这样他请求……

布雷乔夫：嗯，谢谢，帕弗林神父……为了训诫！我还会打扰你。阿克西妮娅，叫巴什金！告诉格拉菲娜，让她把饭送来。还有酸橙露酒。

克谢妮娅：你不宜喝酒……

布雷乔夫：一切都可以。走吧！（环顾，微笑，嘟囔。）神

① 约书亚：圣经神话中摩西的仆人和继承人。摩西是圣经神话中将以色列部族从埃及法老奴役下领出来的人，上帝曾向摩西传"十诫"。犹太教、伊斯兰教和基督教的信徒都尊称摩西为"先知"。——译者

父……帕弗林……菲林……你，叶戈尔，应该吸烟。在烟雾中轻松些，不能看到一切……嗯，怎么样，莫凯伊？

巴什金：健康如何，叶戈尔·华西里耶维奇？

布雷乔夫：一切都好。雅科夫被捕了？

巴什金：是的，今天夜晚。糟糕的事！

布雷乔夫：一个人？

巴什金：据说，还有：某钟表匠、给阿列克山德娜·叶戈罗芙娜讲课的女教师卡尔梅科娃、有名的暴动者——司炉叶利霍诺夫。仿佛有约十个人。

布雷乔夫：都是那些要打倒沙皇的人吗？

巴什金：他们各不相同：一些人要打倒沙皇，另一些要打倒所有富豪，以便工人自己管理国家……

布雷乔夫：无稽之谈！

巴什金：当然。

布雷乔夫：他们将因狂饮而毁掉国家。

巴什金：准是。

布雷乔夫：是的……那么，他们突然不喝酒了呢？

巴什金：可是没有主人他们还能做什么？

布雷乔夫：说得对。没有你和华西卡·多斯齐加耶夫——就不得生存。

巴什金：您——也是主人……

布雷乔夫：嗯，那还用说？我也是。怎么样，你说，他们唱歌？

巴什金（叹了一口气）：旧世界打个落花流水……

布雷乔夫：是吗？

巴什金：奴隶们起来起来……

布雷乔夫：听这词——像祈祷。

巴什金：什么祈祷？说的是痛恨沙皇……宫廷……

布雷乔夫：竟是这样呀！是的，蠕虫！（想了想。）嗨，你需要什么？

（格拉菲娜送来饭和酒。）

巴什金：我？不需要什么。

布雷乔夫：那你干吗来了？

巴什金：来问把谁放到雅科夫的职位上。

布雷乔夫：盖伊谢尔·波塔波夫。

巴什金：他也是这种思想的人——既无上帝，又无沙皇……

布雷乔夫：也是？

巴什金：请允许推荐莫克罗乌索夫。他诚心请求我们录用。是个有文化的、有处理事务才干的人。

格拉菲娜：饭要凉了。

布雷乔夫：警察？小偷？他为什么请求录用？

巴什金：如今在警察局服务很危险，许多人都离开了。

布雷乔夫：是这样。危险？唉，小官吏……好吧，派来了波塔波夫。明天早晨。走吧……格拉哈，喇叭手来了吗？

格拉菲娜：在厨房坐着呢。

布雷乔夫：吃饭，把他带到这里来。这是怎么啦——房子里多么安静？

格拉菲娜：大家都在楼上。

布雷乔夫（饮酒）：嗯，好吧。你怎么啦……有些垂头丧气？

格拉菲娜：别喝了，别伤害自己，你不要生病！抛弃这一切，离开这一切。这一切像蠕虫一样伤害你……活活地伤害你！我们走……去西伯利亚……

布雷乔夫：让进来，痛……

格拉菲娜：我们去西伯利亚，我将工作……嗨，你干吗要待在这里？任何人都不爱你，大家都在等待死亡……

布雷乔夫：别再说了，格拉哈……别使我难过。我知道一切，我看到一切！我知道，你是我什么人……你和舒尔卡，这就是我之所以活了下来，而其余的人迫使我离去……也许，我将康复……去叫喇叭手，喂……

格拉菲娜：吃饭吧。

布雷乔夫：去他的饭吧！去叫舒尔卡……（留下一个人，贪婪地、一杯接一杯地喝酒。）

（特鲁巴奇走进来。他滑稽、消瘦、褴褛，背
后用皮带系着一个袋子，袋子里装着一个大
喇叭。）

特鲁巴奇：祝先生健康！

布雷乔夫（惊讶地）：好啊。坐吧。格拉哈，关上门。你可好……

特鲁巴奇：正是。

布雷乔夫：嗨……外表平常！你讲一讲，你怎样治疗？

特鲁巴奇：我的治疗简单，先生，只是人们习惯了服用药房里的药，并不相信我，所以我要求预先给钱。

布雷乔夫：你这想得不错！可是你能治好病吗？

特鲁巴奇：我治好了成千上万人。

布雷乔夫：然而并没有发财。

特鲁巴奇：做善事发不了财。

布雷乔夫：你原来是这样？你能治好哪些病？

特鲁巴奇：所有的病都源自腹中的浊气，所以我包治百病……

布雷乔夫（冷笑）：勇敢！嗯，展示你的喇叭……

特鲁巴奇：您能支付一卢布吗？

布雷乔夫：一卢布？有。格拉哈，你有吗？拿着。你要的不多。

特鲁巴奇：这是开始。（解开口袋，取出低音喇叭。）

（舒娜跑近来。）

布雷乔夫：怎样的茶炊……舒罗克，好一个治病的医生？嗨，吹一吹吧！

（特鲁巴奇咳嗽几声，吹起来，声音不很大，咳嗽。）

布雷乔夫：这就完了？

特鲁巴奇：一昼夜四次，每次五分钟，——这就得了。

布雷乔夫： 人会精疲力竭？会死亡？

特鲁巴奇： 永远不会！我治好了成千上万人！

布雷乔夫： 这样。嗯，现在你说实话：你认为自己是什么人——傻瓜还是骗子？

特鲁巴奇（叹了一口气）：瞧，您也不相信，像大家一样。

布雷乔夫（微微地笑笑）：你——别把喇叭收起来呀！你坦率地说：是傻瓜还是骗子？我给钱！

舒娜： 不要侮辱他，爸爸！

布雷乔夫： 我不是侮辱，舒罗克！怎么称呼你，医生？

特鲁巴奇： 加弗利拉·乌维科夫……

布雷乔夫： 加弗利洛①？（讥笑。）唉哟，见鬼……难道真是个骗子？

特鲁巴奇： 人名很普通，任何人都不取笑！

布雷乔夫： 那么，你究竟是：傻子还是骗子？

特鲁巴奇： 给十六卢布吧？

布雷乔夫： 格拉哈，拿来！在卧室……为什么十六卢布，加弗利洛？

特鲁巴奇： 错了！应当多要些。

布雷乔夫： 就是说，你是傻子？

特鲁巴奇： 不，我不是傻瓜……

布雷乔夫： 那么，是骗子？

特鲁巴奇： 也不是骗子……您自己知道：没有欺骗不得生存。

布雷乔夫： 这个说得对！兄弟，这不好，但说得对。

舒娜： 难道欺骗不害羞吗？

特鲁巴奇： 既然相信，还为什么害羞？

布雷乔夫（激动地）：这个也说得对！舒尔卡，你知道吗？这是对的！而帕弗林牧师不会这样说的！他——不敢！

特鲁巴奇： 为了实话实说应当给我加钱。瞧，给你十字架！

———————

① 俄语词 Гаврила、гаврило、гаврик 的词形和读音相近，其读音依次是加弗利拉（人名）、加弗利洛（人名的谐音）、加弗利克（意译为"骗子手"），这样，把人名和"骗子"联系起来。——译者

喇叭对某些人有帮助。

布雷乔夫：我相信。给他二十五卢布，格拉哈。再来。常来！

特鲁巴奇：真是……十分感谢……也许，您试试喇叭？天晓得……它怎么样，真的，它起作用！

布雷乔夫：不，谢谢！唉，你呀，加弗利洛，加弗利洛！（讥笑。）你……这样吧，你演示一下，看它怎么样……嗯，吹！对——时间再长一点！

> （特鲁巴奇紧张地、震耳欲聋地吹。格拉菲
> 娜忐忑不安地看着布雷乔夫。舒娜捂住耳朵
> 发笑。）

布雷乔夫：全力以赴地使劲吹！

> （多斯齐加耶夫夫妇、兹沃尼佐夫夫妇、巴什
> 金、克谢妮娅跑进来。）

华尔华娜：这是怎么回事，爸爸？

克谢妮娅：叶戈尔，你又想起了做什么呀？

兹沃尼佐夫（面向特鲁巴奇）：你喝醉了？

布雷乔夫：别打扰！不许！震昏他们，加弗利洛！这是加弗利洛—天使长在吹响世界的末日！……

克谢妮娅：啊呀，啊呀，他神经错乱了……

巴什金（面向兹沃尼佐夫）：您看见了吗？

舒娜：爸爸，你听见了吗？他们说：你发疯了！您走吧，喇叭手，您走！

布雷乔夫：不必！吹吧，加弗利洛！世界末日！世界末日……吹——吹吧！……

幕　落

第三幕

　　餐厅。其中的一切都像是挪动了位置。桌子上摆着未收拾的餐具、茶炊、商店的纸袋、瓶子。餐厅的一角放着儿只箱子，头戴尖顶帽的修道院女仆塔伊西娅在清理其中的一只箱子，她旁边是手里拿着托盘的格拉菲娜。桌子上方亮着灯。

　　格拉菲娜： 师父梅拉妮娅到我们这里来，要待很久吗？
　　塔伊西娅： 我不知道。
　　格拉菲娜： 为什么她不住在自己的教会会馆？
　　塔伊西娅： 不知道。
　　格拉菲娜： 你多大年纪？
　　塔伊西娅： 十九岁。

（兹沃尼佐夫在楼梯上。）

　　格拉菲娜： 你什么都不知道！你怎么啦——什么样奇怪的人？
　　塔伊西娅： 不允许我们和俗人谈话。
　　兹沃尼佐夫： 女修道院长喝茶了吗？
　　格拉菲娜： 没有。
　　兹沃尼佐夫： 把茶炊拿去烧开，以备万一。

（格拉菲娜拿着茶炊离去。）

　　兹沃尼佐夫： 那里怎么样，士兵恐吓你们？
　　塔伊西娅： 士兵。
　　兹沃尼佐夫： 他们怎么恐吓？
　　塔伊西娅： 他们宰杀了一头母牛，威胁要焚烧修道院。对不起！（离去，带走一大堆衣物。）
　　华尔华娜（从前厅走来）：怎样的窝囊废！你在这里和修女

交谈?

兹沃尼佐夫：在我们的住宅里没有女修道院长是一件令人不快的事情，知道吗?

华尔华娜：住宅还不是我们的……怎么，爸爸同意了?

兹沃尼佐夫：爸爸——是个愚笨顽固的人或者是假装老实人。

华尔华娜：等一等，好像父亲在叫喊……（在门旁往父亲房间听。）

兹沃尼佐夫：尽管医生们确信他精神正常，但在这次愚蠢的喇叭闹剧之后……

华尔华娜：他还不只是演出这样的闹剧，还有更坏的。看来，在阿列克山德娜和爸爸之间建立了友善的关系?

兹沃尼佐夫：是的，但我在这里面未看到任何好的东西。你的姐妹是个狡猾的人，从她那里可以等待……极严重的不愉快的事情。

华尔华娜：可惜，当她和你卖弄风情的时候，你没有想到这一点。其实，你对此感到愉快。

兹沃尼佐夫：她和我卖弄风情，是逗你生气的。

华尔华娜：你感到痛心吗? 嗯，帕弗林悄悄地进来了。他养成了习惯!

兹沃尼佐夫：我们这里神职人员太多了。

（伊丽莎白和帕弗林争论着走进来，随后是莫凯伊。）

帕弗林：报纸通常撒谎! 晚上好!

伊丽莎白：我要对你说，这是谎言!

帕弗林：情况十分准确：国君并非自愿而是在压力下退位的，因为在去彼得格勒的路上为立宪民主党成员所抓获……是的!

兹沃尼佐夫：由此得出的结论到底是什么?

伊丽莎白：帕弗林神父反对革命，赞成战争，而我反对战争! 我想去巴黎，正如安利—卡特所说："巴黎比战争好。"我知道，他不这样说，但他错了。

帕弗林：我不坚持任何事情，因为一切都在动荡之中。

华尔华娜：需要和平、和平，帕弗林神父！您瞧，平民持什么态度？

帕弗林：噢，我看见了！我们的病人怎么样？这方面的情况如何？（一个手指压到鼻梁上。）

兹沃尼佐夫：医生没有发现失常的征候。

帕弗林：这令人愉快！尽管医生只是正确无误地发现了诊疗费。

巴什金：被捕的人放出来了，而警察感到不爽快。

帕弗林：是的，是的……令人惊讶！您从事件中期待什么好的东西，安德烈·彼得罗维奇，啊？

兹沃尼佐夫：社会力量正在合法地组织起来，将很快发表自己的言论。所谓社会力量，我指的是掌握坚固经济的人们……

华尔华娜：听着，冉娜邀请我们……（拉着他到一旁低声耳语。）

兹沃尼佐夫：嗨，你知道，这使我不太方便！一边是女修道院长，另一边是高级娼妓……

华尔华娜：是的，你小声点！

巴什金：安德烈·彼得罗维奇，您知道这里——莫克罗乌索夫是警察所长的助手吗？

兹沃尼佐夫：是的。他需要什么？

巴什金：他因为危险而放弃职务去另谋出路，并请求我们录用他。

兹沃尼佐夫：这方便吗？

华尔华娜：等一等，安德烈……

巴什金：很方便。拉普节夫现在要卷起尾巴造反。你们自己知道，多纳特是个不合适的人，也是个教派信徒，总是嘟囔着真理的教规，可是这里有什么样的真理，既然……你们自己瞧吧！

兹沃尼佐夫：嗨，这是胡说八道！我们正是在真理的胜利之初参加的……

华尔华娜：等一等，安德烈。

兹沃尼佐夫：还有正义的胜利。

华尔华娜：您想要什么，莫凯伊？

巴什金：我想雇用莫克罗乌索夫。我向叶戈尔·华西里耶维奇建议过。

华尔华娜：他怎么样？

（兹沃尼佐夫皱着眉头离开了。）

巴什金：他具体的表现不太清楚。

华尔华娜：您雇用莫克罗乌索夫吧。

巴什金：也许，您见一见他？

华尔华娜：为什么？

巴什金：认识一下。他在这里。

华尔华娜：嗯，好吧……

（巴什金走进前厅。华尔华娜在笔记本里写着什么。巴什金领着莫克罗乌索夫返回来；后者是个身材矮小的人，圆脸，眉毛异常地扬起，脸上露出微微的笑容，但看来他是想狠狠地骂人。他穿着警服，腰间别着左轮手枪，脚跟相碰发出咔嚓的声音。）

莫克罗乌索夫：荣幸地自我介绍。为了服务的荣誉表示深深的谢意。

华尔华娜：很高兴。您甚至穿着警服，而我听说正在解除警察的武装。

莫克罗乌索夫：完全正确，在自然状态下沿街巡游很危险，因此我穿文职人员的大衣，虽然配带武器。但现在由于希望渺茫，卑微的人稍微有些平静了下来，所以不带马刀。

华尔华娜：您想什么时候开始在我们这里服务？

莫克罗乌索夫：脑子里想的——我早已是你们忠实的仆人了。我准备了哪怕是明天就来就职，我单独一人……

华尔华娜：您想这次暴动能持久吗？

莫克罗乌索夫：我认为持续整个夏天。随即来临的是雨季和严冬，上街闲逛将多有不便。

华尔华娜（微笑）：只是一个夏天？莫非革命取决于天气。

莫克罗乌索夫：哪能呢！当然喽！冬天——使平静下来。

华尔华娜（微笑）：您——是乐观主义者。

莫克罗乌索夫：警察——总的来说是乐观主义者。

华尔华娜：原来是这样！

莫克罗乌索夫：正是这样。这源自力量意识。

华尔华娜：你在军队服务过吗？

莫克罗乌索夫：是的。在布祖卢克后备营，我有少尉军衔

华尔华娜（伸出一只手）：嗯，祝您万事如意！

莫克罗乌索夫（吻手）：深受感动。（后退，跺脚，离去。）

华尔华娜（面向巴什金）：看来，他是个傻瓜？

巴什金：这不是罪过。聪明人——他们又如何……给他们自由，那他们就会搅得天翻地覆……像把口袋翻过来一样。

帕弗林（面向巴什金、伊丽莎白）：必须给神父们以自由布道的权利，否则不会有任何结果！

（格拉菲娜和舒娜搀扶着布雷乔夫出来。大家
　　都默默地看着他。他愁眉苦脸。）

布雷乔夫：嗨，怎么都不说话？嘟嘟囔囔了，唠唠叨叨了……

帕弗林：对突然的情景感到惊讶……

布雷乔夫：什么？

帕弗林：被搀扶的人的情景……

布雷乔夫：被搀扶的人！他的双脚不听使唤，所以被人搀扶！被搀扶的人……莫凯伊，雅舒特卡被释放了？

巴什金：是的。释放了所有的被捕者。

兹沃尼佐夫：政治犯。

布雷乔夫：雅科夫·拉普节夫获得了自由，而沙皇却被拘留！原来如此，帕弗林神父！你怎么说，啊？

帕弗林：在这些事情上我不内行……但依我粗浅的见解——宜先询问这些人究竟打算说什么和做什么……

布雷乔夫：要推选沙皇。没有沙皇——你们大家将对吵起来……

帕弗林：您今天脸色热情洋溢，显然，您在忍住病痛？

布雷乔夫：瞧，瞧……忍住！你们，夫妇们，还有你，莫凯伊，把我和帕弗林留下。你，舒列诺克，别走。

（巴什金去了前厅。兹沃尼佐夫夫妇和多
斯齐加耶夫夫妇去了楼上。一两分钟
后华尔华娜下到楼梯中间，听着。）

舒娜：你——躺下。

布雷乔夫：我不想躺下。嗯，怎么样，帕弗林神父，你关于钟的问题——是不是？

帕弗林：不，我指望见到您处于良好的状态，对此我没有错。但是，当然，不忘您过去慷慨的、舍己为人的事业，这些事业旨在让这个城市和教堂变得壮丽辉煌……

布雷乔夫：你为我祈祷得不好，瞧，我变得愈来愈坏。不想给上帝花钱了。为什么花钱？花了不少钱，而好处没有。

帕弗林：您的贡献……

布雷乔夫：你等一等！有一个问题：上帝怎么不害臊？为什么要死亡？

舒娜：别说死亡两个字，不必要！

布雷乔夫：你——别说话！你——听着。这是我，不是关于你。

帕弗林：让这些想法使自己生气是徒劳无益的。死亡有什么意义，既然灵魂不灭？

布雷乔夫：为什么它挤入肮脏的和瘦小的肉体中？

帕弗林：教会认为这个问题不只是无聊的，而且是……

（华尔华娜在楼梯上用手帕掩着嘴发笑。）

布雷乔夫：你——别吞吞吐吐！有话直说。舒娜，——你记得喇叭手吗，啊？

帕弗林：在阿列克山德娜·叶戈罗芙娜在场的情况下……

布雷乔夫：别管！让她生活，让她知道！瞧，我活着，活着，不禁要问：你为什么活着？

帕弗林：我在教堂服务……

布雷乔夫：我知道，知道——你在服务！可是你也不得不死亡。这意味着什么？死亡对我们来说意味着什么，——帕弗林？

帕弗林：你问得不合情理和徒劳无益！请原谅！但是，不应该仅谈论尘世的事才好……

舒娜：不许这样说话！

布雷乔夫：我是尘世的人！我是个完完全全的尘世的人！

帕弗林（站起来）：尘世是尘土……

布雷乔夫：尘土？这样你们，嗯……这样你们就是尘世——尘土，你们自己应该明白！尘土，而你身上的长袍是绸缎的。尘土，而十字架是镀金的。尘土，而你们贪得无厌……

帕弗林：您当着少女的面发出恶毒的和危害极大的言论……

（华尔华娜迅速到楼上去了。）

布雷乔夫：你们这些傻瓜得到训练，像狗那样追捕兔子……从耶稣的乞丐那里发了财……

帕弗林：疾病使您变得凶恶，于是像野猪一样暴怒、嚎叫……

布雷乔夫：你要走？啊哈……

舒娜：你徒劳无益地激动，这使你更加不好。你怎么啦……如此地不平静……

布雷乔夫：没什么！没什么可懊悔的！唉，我不喜欢这位牧师！你——瞧，听，我有意给他厉害看看……

舒娜：我自己全看得见……我不是小孩，不是傻瓜！

（兹沃尼佐夫在楼梯上。）

布雷乔夫： 在喇叭手之后，他们认定我发疯，而医生们说：你们撒谎！你本来是相信医生的吧，舒娜？那些医生？

舒娜： 我相信你……你……

布雷乔夫： 嗯，正是如此！不，我的理智很正常！医生们知道。的确，我撞在了钉子上。嗯，本来任何人都感兴趣：死亡意味着什么？或者，比方说，生命意味着什么？明白吗？

舒娜： 我不相信你病得厉害。你应当从房子里走出去。格拉菲娜说得对！应当认真地治疗。你——别听信任何人。

布雷乔夫： 我听所有人的话！我们来试试女巫医。也许突然有助于治愈？是她来到的时候了。疼痛折磨着我……好烦人！

舒娜： 别说了，亲爱的！不必要，我的亲人！你——躺下……

布雷乔夫： 躺下——更坏。躺下，就是说，临终了。这就像在拳击之中。我想说。我必须讲给你听。你明白……什么情况……我不是生活在那条街上！我落入到了陌生人之中，三十年左右总和陌生人在一起。我不想让你这样！我父亲流送木排。而我，瞧……这个我不能向你表达清楚。

舒娜： 你说得小声点儿、平静点儿……说得像往常那样，给我讲童话。

布雷乔夫： 我给你讲的不是童话，我给你说的总是实话。瞧见吗……牧师、沙皇、省长……我要他们有什么鬼用？我不信上帝。这里上帝在哪儿？你自己看得见……好人——没有。好事——稀少，像……假钱！瞧，都是些什么玩意儿？他们现在混乱了、好战了……发傻了！我和他们有什么关系？叶戈尔·布雷乔夫要他们做什么？还有你……嗯，你和他们怎样生活？

舒娜： 你不用担心我……

克谢妮娅（走来）：阿列克山德娜，冬妮娅和兄弟来找你了，这个……

舒娜： 让他们等一等。

克谢妮娅： 你还是去吧！我需要和你父亲说说话……

布雷乔夫： 而我——需要吗？

舒娜：你们不要说得太多了……

克谢妮娅：教训，教训我！叶戈尔·华西里耶维奇，卓布诺娃来了……

布雷乔夫：舒罗克，你随后把他们带到这里来，青年人嘛……嗯，让卓布诺娃来吧！

克谢妮娅：就来。我想说，列克山德娜和安德烈的叔伯兄弟，这个狡猾之徒交上了朋友。你自己明白：他配不上她。我们收留了一个乞丐，这样，你看他怎样发号施令。

布雷乔夫：你，阿克西妮娅，完全……像做了一场噩梦，——真的！

克谢妮娅：你怎么啦，委屈一下人吧！你最好是禁止他和吉亚津搞恋爱。

布雷乔夫：还有什么？

克谢妮娅：梅拉妮娅在我们这里……

布雷乔夫：做什么？

克谢妮娅：她遭遇了不幸。逃兵袭击了修道院，一头母牛被宰杀了，两把斧子被盗了，被盗的还有一把平头铁锹、一捆绳索，这都是干什么呀！而我们的守林人多纳特殷勤地招待不怀好意的人，他们住在伐木场的简易宿舍里……

布雷乔夫：显然，倘若某人令我喜爱，那他就令任何人都不喜爱。

克谢妮娅：你同她和解才好……

布雷乔夫：同马拉妮娅？为什么？

克谢妮娅：是的，怎么样？你的健康……

布雷乔夫：得啦。让我和解！我对她说："把债务留给我们。"

克谢妮娅：你更温柔些。（离去。）

布雷乔夫（嘟囔）："把债务留给我们"……"因为我们也留下"……假话满天飞……唉哟，见鬼……

华尔华娜：爸爸！我听见了母亲是怎样说斯捷潘·吉亚津的……

布雷乔夫：是的……你听到了一切，你知道一切……

华尔华娜：吉亚津是个质朴的人，他不要求阿列克山德娜大量的嫁妆，他和她是很好的一对。

  布雷乔夫：你是个用心的人……

  华尔华娜：我仔细观察过她……

  布雷乔夫：你关心谁？唉，你呀……见鬼！

   （梅拉妮娅和克谢妮娅走来，女仆塔伊西娅停
   留在门口。）

  布雷乔夫：嗨，怎么样，马拉霞？我们和解吧，好不好？

  梅拉妮娅：正该这样。战士！你委屈所有人……无缘无故地……

  布雷乔夫："把债务留给我们"——马拉霞！

  梅拉妮娅：说的不是债务问题。别胡闹！那里开始发生了什么事情。沙皇、受过登极涂油仪式的君主的帝位被推翻了[①]。要知道，这意味着什么？上帝把无数的灾祸投向了人间，所有人都失去了理智，自己在自己脚下挖陷阱。庶民造反。科波索夫斯克的娘儿们冲着我叫喊：我们是人民！我们的丈夫是士兵，是人民！怎么样？你想一想，什么时候士兵曾被认为是人民？

  克谢妮娅：这一切都是雅科夫·拉普节夫证实的……

  梅拉妮娅：省长的权力被剥夺了，公证人奥斯莫洛夫斯基坐上了他的位置……

  布雷乔夫：也是个胖子。

  梅拉妮娅：昨天大主教尼坎德尔说："我们生活在惊心动魄的事变的前夜；难道文官的政权可能存在吗？从圣经时代起人民就是由手持宝剑和十字架的人统治的……"

  华尔华娜：在圣经时代人们未曾顶礼膜拜过十字架……

  梅拉妮娅：你闭嘴，聪明人……福音书载于单行本圣经中。十字架就是宝剑！也来这一套！大主教比你知道得清楚，人们什么时候顶礼膜拜什么东西。你们，沽名钓誉的人们，因帝位坍塌

---

  ① 这里指的是1917年俄历2月推翻沙皇制度的俄国资产阶级民主革命。二月革命是向十月社会主义革命过渡的重要阶段。——·译者

而幸灾乐祸。欢乐别变成你们辛酸的眼泪才好呢。叶戈鲁什科，我应该和你单独谈谈……

布雷乔夫：这样，我和你要再次争吵吗？然而，也可以谈谈，嗯，之后！现在巫医就要来了。我想恢复健康，马拉霞！

梅拉妮娅：卓布诺娃——有名的巫医。医生们远远比不上她！然后你最好同圣徒普罗科彼谈谈……

布雷乔夫：这就是孩子们称呼他普罗波节伊的那个人？据说他是个滑头？

梅拉妮娅：嗨，你怎么啦，你怎么啦！这怎么可能！你接待他吧……

布雷乔夫：也可以接待普罗波节伊。我今天似乎好一些……只是这双腿……好像愉快一点。一切都有点儿可笑……感觉可笑！阿克西妮娅，叫女巫医。

（克谢妮娅离去。）

梅拉妮娅：唉，你身上还保留了许多东西！

布雷乔夫：正是如此，保留了许多东西……

克谢妮娅（走进来）：她说，让所有人都离去……

梅拉妮娅：嗯，应该走啦……

（大家都离去了。布雷乔夫微笑着揉腰部和胸部。卓布诺娃走进来。本不出众，但装成显眼的样子。她撇着嘴，向右边吹气，右手按在心口上，左手掌像鱼翅一样摆动。她停下来，用右手抚摩一下脸。）

布雷乔夫：你这是——向鬼祈祷？

卓布诺娃（歌唱似的）：唉哟，你们呀，凶恶的疾病、肉体的伤痛！解脱吧，消退吧，躲开上帝的奴隶吧！我用坚定的话儿永生永世驱逐你们！您好，名叫叶戈利的慈善的人！……

布雷乔夫：你好，大娘！你这是赶鬼？

卓布诺娃：你怎么啦，难道可以和鬼有关系吗？

布雷乔夫：需要的话，就可以！牧师祷告上帝，而你不是牧师，你应该祷告鬼。

卓布诺娃：嗨，你这是说的多么可怕的话！只有蠢人才说我似乎同龌龊的势力有来往。

布雷乔夫：嗯，那么你，大娘，将能给个解释吧！牧师替我祷告了上帝，上帝拒绝了，不帮助我！

卓布诺娃：你这是开玩笑，亲爱的，你这是因为不相信我。

布雷乔夫：我愿意相信，如果你是从鬼那里来的。当然，你本来知道，听见过：我是个淫乱放荡的人，待人残酷，贪求钱财……

卓布诺娃：我听说过，但我不相信你将舍不得给我足够的钱。

布雷乔夫：大娘，我是个罪孽深重的人，上帝不干我的事。上帝摈弃了叶戈尔·布雷乔夫。所以，如果你和鬼不熟悉，那你就去给少女们做人工流产吧！这是你的活儿，对吗？

卓布诺娃：啊，传说你是个坚定的胡闹的人！

布雷乔夫：是吗？你想得到什么？快说！

卓布诺娃：我没有学会撒谎。你告诉我：你什么痛，怎样痛，哪里痛？

布雷乔夫：腹部。剧痛。就是这里。

卓布诺娃：你要知道……只是你别对任何人说，绝对不说！

布雷乔夫：我不说。你别担心。

卓布诺娃：有黄病，还有黑病。黄病医生也能治好，而黑病无论是牧师还是僧侣都不能祈祷得治！黑病——这乃是来自龌龊的势力，抗黑病有一种药……

布雷乔夫：快：成则一举成名，败则身败名裂，对吗？

卓布诺娃：这种药很贵！

布雷乔夫：当然，我明白。

卓布诺娃：这里实际上需要和龌龊的势力有点关系。

布雷乔夫：和魔鬼本身？

卓布诺娃：嗯，并非直接和它有关系，但仍然……

布雷乔夫：你能吗？

卓布诺娃：只是你对任何人都不要说任何一句话……

布雷乔夫：见鬼去吧，大娘！

卓布诺娃：等一等吧……

布雷乔夫：滚蛋，否则我要开打了……

卓布诺娃：你听我说吧……

格拉菲娜（从前厅走来）：对你说了，叫你滚开！

卓布诺娃：你们这是什么人……

布雷乔夫：赶她走，赶！

格拉菲娜：也来这一套，假装巫婆！

卓布诺娃：你自己是巫婆！臊，这张嘴脸……唉，你们呀……你们既不得成眠，也不得安宁！

（她俩离去。）

布雷乔夫（环顾，叹息）：唉……

（梅拉妮娅和克谢妮娅走进来。）

梅拉妮娅：不喜欢卓布诺娃，她不令人满意？

（布雷乔夫望着她，沉默不语。）

克谢妮娅：她也是个脾气很坏的人。她被夸坏了，骄傲起来了。

布雷乔夫：马拉霞，你怎么想：上帝腹部痛吗？

梅拉妮娅：你——别瞎闹……

布雷乔夫：基督也许痛。基督吃鱼……

梅拉妮娅：别再说了，叶戈尔。你为什么要逗弄我？

格拉菲娜：她要烦扰钱。

布雷乔夫：给，阿克西妮娅！你，马拉霞，请原谅，我累了，我要去自己房间。和傻瓜们在一起，最坏地感到疲倦。喂，格拉哈，帮帮忙……

（格拉菲娜领着他离去。克谢妮娅返回来，以
　疑问的目光看着姐妹。）

梅拉妮娅：他装疯。假装……

克谢妮娅：啊，是吗？他哪能……

梅拉妮娅：这没有关系！让他表演。这将向着和他相反的方向发展，既然法院将要对正式遗嘱提出异议。塔伊西娅将是证人，还有卓布诺娃、帕弗林神父、这个喇叭手，还少吗？我们将证明，遗嘱人精神不正常……

克谢妮娅：唉哟，我已经不知道，这怎么办……

梅拉妮娅：我这就教训你！唉，你呀……急忙出了嫁！我对你说过，嫁给巴什金。

克谢妮娅：嗯……这曾是什么时候！而他曾是怎样的英雄！你自己羡慕。

梅拉妮娅：我？你怎么啦？发傻了？

克谢妮娅：嗨，有什么可回忆的呢……

梅拉妮娅：上帝保佑！羡慕！我？

克谢妮娅：怎么样——普罗科菲亚？也许——不需要？

梅拉妮娅：这是为什么——不需要？邀请了，约好了，突然不需要！你——别打搅我！去找到他，并把他带来。塔伊西娅！

（塔伊西娅从前厅走出来。）

梅拉妮娅：嗨，怎么样？

塔伊西娅：我什么都没有了解到。

（克谢妮娅离去。）

梅拉妮娅：为什么？

塔伊西娅：她什么也不说。

梅拉妮娅：怎么这样——不说？你应该恳求。

塔伊西娅：我恳求了，而她像猫似的发鼻嘶声。她斥骂所有人。

梅拉妮娅：怎么骂？

塔伊西娅：骂大家是骗子。

梅拉妮娅：她这是为什么？

塔伊西娅：她说，你们想使人发疯……

梅拉妮娅：她这是对你说的？

塔伊西娅：不，是对圣徒普罗波节伊说的。

梅拉妮娅：那么他——怎么样？

塔伊西娅：他总是说俏皮话……

梅拉妮娅：俏皮话？唉，你呀，草包！他是圣徒，他是在作预言，傻瓜！在前厅坐着，哪里也别去……厨房还有什么人？

塔伊西娅：莫凯伊……

梅拉妮娅：嗯，走吧。（走近布雷乔夫的房门，敲门。）叶戈利，圣徒来了。

> （普罗波节伊在克谢妮娅和帕什金的陪同下走
> 来，他脚穿草鞋，身着长达踝骨的粗麻布衣
> 衫，胸前挂着许多铜十字架和圣像。一副难看
> 的样子：浓密的蓬乱的头发、又长又窄又稀的
> 胡须、动作频密而急剧。）

普罗波节伊：哟，吸得满屋是烟！燻死人……

克谢妮娅：神父，这里任何人都不吸烟。

> （普罗波节伊模仿冬天的风发出呼呼的声音。）

梅拉妮娅：你——等一等，让他出去……

布雷乔夫（格拉菲娜挽扶着他一只手）：真有你的，怎么样……来了！

普罗波节伊：别害怕。别担忧。（发出呼呼的声音。）一切都是过眼云烟，一切都将云消雾散！格利夏曾活着，往上爬，碰到了天花板，——鬼也把他拖走了。

布雷乔夫：这是说的拉斯普京，是不是？

普罗波节伊：瞧，沙皇被推翻了，帝国正在毁灭之中，罪恶逍遥，尸横遍野，臭气熏天！风雪怒号，泥泞低鸣。（发出呼呼的声音。用手扶指着格拉菲娜。）女人形象的魔鬼在你身旁，赶走吧！

布雷乔夫：我会赶走她！饶舌吧，可要有个分寸。马拉妮娅，这是你教会了他，是不是？

梅拉妮娅：你想什么啊？难道可以教会疯子吗？

布雷乔夫：似乎是，可以……

> （舒娜从楼梯上跑下来，安东妮娜、吉亚津跟
> 在她后面。逐渐从楼上走下来的有兹沃尼佐夫
> 夫妇、多斯齐加耶夫夫妇。普罗波节伊默默地
> 用手杖在空中和地板上画线。他低头沉思地
> 站着。）

舒娜（跑到父亲跟前）：这算什么？算什么演出？

梅拉妮娅：你——别说话！

普罗波节伊（费力地）：异教徒没有沉睡，而钟表——嘀嗒地响！但愿上帝……但愿能够……我——不坏，对，对！那么是谁的灾难？表演吧，魔鬼，让你纵情！午夜来临……公鸡喔喔啼叫……这里异教徒完蛋了……

布雷乔夫：人们成功地教会了你……

梅拉妮娅：别打搅，叶戈尔，别打搅！

普罗波节伊：我们将做什么？我们将对人们说什么？

安东妮娜（深感遗憾地）：他——不可怕……不！

普罗波节伊：杀死了坏蛋，唱着哀歌。也许，应该跳起舞来？让我们的人和你们的人都跳起舞来！（踏着拍子唱起来，开始小声，然后越来越响亮，并且跳起舞来。）阿斯塔罗特、萨巴丹、阿斯卡法特、伊杜梅、涅乌姆内。不能，咔啦 叽哩——噎、噎，额头、额头撞到了墙！唉，嗅呀、嗅，你干吗嗅脏？德甫、德甫，幻想、幻想！魔鬼戏弄它！兹根—根—根，他在世并非一个人，巫婆查卡塔玛把他夹在了自己的大腿中！罪孽就是罪孽，淫荡就是淫荡，那是无法回避的！瞧他，叶戈利，生来就是为了使人痛苦……

舒娜（叫喊）：把他赶走……

布雷乔夫：您怎么啦……见您的鬼……您想吓唬我？

兹沃尼佐夫：必须制止这种丑事……

（格拉菲娜跑到普罗波节伊跟前，他没有停止旋转，挥起手杖指向她。）

普罗波节伊：咿哟、唉哟、噢哟、啊哟！呜哟—喽哟，恶魔哟……

（吉亚津夺下普罗波节伊手里的手杖。）

梅拉妮娅：你要——干吗？你是——谁呀？

舒娜：父亲，你把所有人都赶走……你怎么不说话？

布雷乔夫（挥动双手）：等一等……等一等……

（普罗波节伊坐到地板上，发出呼呼的声音，尖声叫起来。）

梅拉妮娅：不能触动他！他——处于灵感之中……处于狂热之中！

多斯齐加耶夫：为了这种狂热，梅拉妮娅师父，是要揍脖子的。

兹沃尼佐夫：起来，走开……赶快！

普罗波节伊：那么——去哪儿？（发出呼呼的声音。）

（克谢妮娅哭泣。）

伊丽莎白：他这是多么机敏……两种声调！

布雷乔夫：你们走吧……滚蛋，全都滚！你们看够了……

舒娜（向圣徒顿足）：走吧，怪物！斯捷帕，把他赶出去！

吉亚津（抓住普罗波节伊的后脖领子）：我们走吧，圣徒……起来！

塔伊西娅：他今天并非太可怕……他能使这显得可怕得多。要是给他酒喝……

梅拉妮娅：你——唠叨什么？（给她耳光。）

兹沃尼佐夫：您怎么不害羞？

梅拉妮娅：谁？你害羞吗？

华尔华娜：请平静，姨妈……

克谢妮娅：天哪……嗨，这究竟是怎么啦？

（舒娜和格拉菲娜把布雷乔夫安置在长沙发上
躺下。多斯齐加耶夫端详着他。兹沃尼佐夫领
着克谢妮娅和梅拉妮娅离去。）

多斯齐加耶夫（面向妻子）：我们回家去，丽沙，回家去！布雷乔夫——不好！非常……游行示威在进行……必须参加……

伊丽莎白：他怎么发出拖长的低沉的声音，啊？我不曾想象任何类似的情况……

布雷乔夫（面向舒娜）：这一切都是女修道院长想出来的……

舒娜：你感觉不好吗？

布雷乔夫：她……好像念亡人经……真诚地……

舒娜：告诉我，你感觉不好吗？送去看医生吧？

布雷乔夫：不必啦。关于帝国，这个小丑往外一挥手……要

是上帝……要是能够……听见吗？他不能！

舒娜：这一切必须忘记……

布雷乔夫：忘记！你瞧，他们在那里怎么样……但愿别委屈了格拉菲娜……人们在街上唱什么？

舒娜：你别起来！

布雷乔夫：散发臭味的帝国也将死亡。我什么也看不见……（撑着桌子站起来，揉揉眼睛。）你的帝国……什么样的帝国？野兽！帝国……我们在天上的父……不，不好！，既然你判我死刑，那么你是我什么样的父？为了什么？大家都死吗？为啥？嗯，让——大家吧！而我……为啥？（摇晃了一下。）啊？怎么样，叶戈尔？（嘶哑地叫唤。）舒娜……格拉哈……医生！唉……无论谁，见鬼！叶戈尔……布雷乔夫……叶戈尔！……

（舒娜、格拉菲娜、吉亚津、塔伊西娅，——布雷乔夫几乎迎着他们倒下去。窗外歌声嘹亮。格拉菲娜和吉亚津搀扶着布雷乔夫。舒娜跑向窗户，把窗户打开，歌声飘入室内。）

布雷乔夫：这是什么？祭祷……再次举行安魂祈祷！舒娜，这是谁？

舒娜：到这里来，来……瞧！

布雷乔夫：唉哟，舒娜……

幕　落

多斯齐加耶夫和其他人

剧中人物

多斯齐加耶夫。	利亚毕宁。
伊丽莎白。	博罗达德——士兵。
安东妮娜。	库济明。
阿历克谢伊。	波普·约瑟夫。
帕弗林。	泽宾——地主。
兹沃尼佐夫。	古宾。
华尔华娜。	涅斯特拉什内伊——父亲
克谢妮娅。	和儿子维克托
多纳特。	特罗耶鲁科夫。
格拉菲娜。	采洛华尼耶夫。
塔伊西娅。	黎索戈诺夫。
梅拉妮娅。	莫克罗乌索夫。
舒娜。	贝特林格。
普罗波节伊。	冉娜。
吉亚津。	丘古诺娃。
拉普节夫。	康斯坦丁——她的儿子。
卡尔梅科娃。	索弗伦——她的儿子。

第一幕

　　商人俱乐部。陈设豪华富丽的客厅，观众对面是亚历山大三世戴皇冠的全身肖像，——有点浅蓝色的背景衬托出肥胖黑色的身躯，其后面是一些圆柱，它们使人想起列宁格勒交易所。在舞台深处是通往有上下两排窗户的大厅的宽大的门，看得见舞台，舞台上有一张铺着红绒布的桌子，桌子后面的墙上有一个金色的框架，其中是尼古拉二世的肖像，框架中突显出两面红旗。会议中断，若干个小组留在大厅里交谈，他们逐渐散去，进入客厅。从客厅到大门往左通往小卖部，往右是通往牌室的门。在牌室旁边的一角，老头儿——约瑟夫牧师坐在软椅的边上，他穿着男靴，长袍退了色，鼻子尖尖的，有点儿秃顶，戴副眼镜。从大厅走出来帕弗林；原市长兼米哈伊尔·阿尔汉格尔地方联盟主席波尔菲利·彼得罗维奇·涅斯特拉什内伊，他手持拐杖，微跛；工厂主库兹马·黎索戈诺夫。

黎索戈诺夫：你，帕弗林神父，等一等再讲，我去要杯茶。（停下来，看着沙皇的肖像，叹了一口气。）陛下怎么样，你的儿子被解雇了？唉嗨—唉……

涅斯特拉什内伊（坐到桌旁，忧郁地）：我有一个猜想：立宪民主党人以列宁和布尔什维克来吓唬我们。他们的打算就是——恐吓。

帕弗林：我担心你们看错了这种情况。列宁——是唯物主义、恶魔、庸俗粗鲁凶狠的智慧的化身……

涅斯特拉什内伊：而你，曾是第二杜马中的社会革命党人，体现了崇高的智慧吗？

帕弗林：您的讥讽未必是恰当的。在第二杜马中，如果您记得的话，神职人员有极多的代表，这里就表现出人民的意志……

涅斯特拉什内伊：是的……牧师们蹲着跳……

帕弗林：深入地看一看，我们就能看到：拒绝恐怖手段的社会革命党的思想完全能够和立宪民主主义融合，而后者是最小的祸害，正如我们所见到的，它包含着进一步右倾的趋势。

（走近桌子并坐到桌旁的人有：采洛华尼耶夫——城市屠宰场老板、特罗耶鲁科夫——磨坊主，五十岁左右，酷像亚历山大三世，他知道自己像沙皇。在大厅门口华西里·多斯齐加

耶夫在和莫克罗乌索夫交谈。莫克罗乌索夫穿
便服，管理着俱乐部事务，他像多斯齐加耶夫
一样，在整个一幕剧的时间内都出现在舞台
上。多斯齐加耶夫是俱乐部主任，双手插在口
袋里，注意听所有的谈话，参加一切座谈，留
下一个人时，若有所思地不时轻轻地吹口哨。）

采洛华尼耶夫：座谈什么内容？

帕弗林：瞧，波尔菲利·彼得罗维奇说，立宪民主党人有意
拿列宁及其同伙来吓唬我们，如我所理解的，恐吓是为了让贸易
阶层向左靠近他们立宪民主党人，受他们的控制……

采洛华尼耶夫：而你，帕弗林神父，难道不是立宪民主党人？

帕弗林：无论如何、任何时候也不转向。我一般地说……

多斯齐加耶夫（走近来）：是呀，一般地说，究竟如何？

帕弗林：看来，既然在位的人物公认为不适合于履行自己的
作用和事业，那就选举另一位人吧。我们保留了留里克①的后裔、
封邑的公爵的孩子，他们过着平安幸福的生活…

（黎索戈诺夫返回来，侍者端来一杯茶，茶壶
里有白兰地酒。）

多斯齐加耶夫：后裔，微不足道的后裔……

特罗耶鲁科夫：我们生活在梦里……

黎索戈诺夫：在小卖部兹沃尼佐夫在挨骂——乐得而听之！

采洛华尼耶夫：是呀……临时政府委员，类似我们的省长……

特罗耶鲁科夫（懒洋洋地）：他早就在我办事处坐着，乖乖
地等待我什么时候叫他吗？

涅斯特拉什内伊：你要说什么，多斯齐加耶夫？

---

① 留里克：留里克王朝即罗斯公的王朝的奠基人，基铺公、弗拉基米尔公、
莫斯科公和俄国沙皇都被认为是留里克的后裔。二十世纪以前的一些贵族家族以及
一些封侯的后裔也属于留里克王朝的家族。——译者

多斯齐加耶夫：我听着呢。

涅斯特拉什内伊：你总是要滑头。

多斯齐加耶夫：我在学习。

涅斯特拉什内伊：不能理解——你瞄向哪里？

多斯齐加耶夫：而你，波尔菲利·彼得罗维奇，瞄向哪里？

（涅斯特拉什内伊不说话。大家看着他，等待。
但未等到。）

帕弗林：顺便说一句，公民兹沃尼佐夫在自己的谈话中反复提及了教会。有许多通常的和轻率的辱骂，知识分子先生们习惯了以此给神职人员施加压力。他还指出：必须从祈祷仪式中去掉古斯拉夫语，好让受众的心灵感到上帝的声音更加浅近易懂，好让我们人民的心灵感到上帝的声音更加平易质朴。

涅斯特拉什内伊（忧郁地）：平易质朴！也说过！给女儿的狗崽子的质朴心灵作通俗易懂的解释！

采洛华尼耶夫：人们逃避、逃避战争。

黎索戈诺夫：整个俄罗斯在临阵脱逃……

帕弗林（激动）：为什么以关于思想自由、人民意志等阴险的说教作为理由……

涅斯特拉什内伊：在第二杜马时期，你仍然和社会革命党人相互往来，并自己对这一切进行说教。

帕弗林：毫无根据的论断。回到委员先生兹沃尼佐夫的谈话上来，应当说：他关于语言的意见以这样一个事实而降低其意义，即天主教会在祈祷上帝时使用的是拉丁语。

（牧师约瑟夫卷了一支漏斗形手卷纸烟吸了起来。）

帕弗林：然而，罗马教会的坚强和力量没有因此而受损害，甚至类似于路德的异教徒的打击……

涅斯特拉什内伊：别说啦，帕弗林神父！我们关于语言的问题谈论得足够多了，甚至到了恶心的程度。

特罗耶鲁科夫：等一等，让他说下去。

涅斯特拉什内伊：无论你吸多少空气，你仍将感到没有吃饱……

帕弗林（生气地）：您，最可敬的波尔菲利·彼得罗维奇，以及您的整个阶层，由于严酷命运的支配而陷入政治领域，这对没有政治经验的人们来说是最危险的。所以您必须知道，一切明白易懂的东西像最有害于人们的蠢事一样自行表现出来，真实的和神圣的深奥道理隐藏在莫名其妙的和难以理解的智慧的巧妙之中……

黎索戈诺夫：对的。啊呀，对的！

特罗耶鲁科夫：我们好像生活在梦里。鬼才知道……

帕弗林（坚定地）：宗教有对付魔鬼诱惑和阴谋的武器……

涅斯特拉什内伊：我对宗教不加反驳。

帕弗林：作为任何一种防护的武器，宗教应当发展和完善。因此，如果我们失去了世俗领袖，就必须以精神领袖代替那个领袖。在莫斯科提出了选举宗主教的问题……

涅斯特拉什内伊：你说，我们怎么办，我们？

黎索戈诺夫：我们，亲爱的朋友，若是有秩序的话，哪怕选举魔鬼也行，这就是问题之所在。

特罗耶鲁科夫（忧郁地）：朋友们，我们发生的事似乎有点儿不对劲！我们总在谈。瞧，妇女们……革命不妨碍她们。她们没有放弃自己的事业……腌黄瓜、渍酸白菜、蘑菇……

多斯齐加耶夫：古宾正在走来……

帕弗林：会见这个……恶棍并不合心意！（迅速往右走向门口，发现了约瑟夫。）啊，这是您，约瑟夫神父，您抽黄花烟？您怎么在这里——抽黄花烟，啊？

约瑟夫：没什么可抽的，没什么！

帕弗林：克制自己！这里不是小饭馆。

涅斯特拉什内伊（推着他走向门口）：走吧，否则，将发生争吵……

（帕弗林、涅斯特拉什内伊离去，黎索戈诺夫
紧随其后，虚掩着门，望着客厅。古宾从大厅
走来，他是一位身材魁梧、体态肥胖的人，他
的脸面浮肿、眼神放肆无礼。阿列克谢伊·多
斯齐加耶夫陪伴着他。）

古宾：这就是——她？

阿列克谢伊：是的。

古宾：棕红色的头发，穿着奇特颜色的连衣裙？

阿列克谢伊：是的，是的……冉娜·古斯塔沃芙娜。

古宾：还不错，引人注目的坏女人！这种有害年龄的小媳妇……

阿列克谢伊：您是想说：中等年龄吧？

古宾：我说的是如我所想的。有害年龄，就是说——介于三十岁到四十岁之间的年龄。最招人喜欢的年龄。明白吗？

阿列克谢伊：不太明白。

古宾：你父亲比你聪明些，尽管……他也不是俾斯麦！嗯，去喝香槟酒吧，女人喜欢的人。

约瑟夫：极可尊敬的阿列克谢伊·马特费耶维奇……

古宾：什么事？

约瑟夫：我以上帝的名义请您赔付您射杀的鹅……

古宾：啊哈！是你呀？我对你说过了：去向法院控诉。

约瑟夫：无法控诉您，除了上帝的惩罚……

古宾：撒谎，可以控诉！滚开！去向法院控诉。不去控诉，我下次还来，还将射杀什么人……懂吗？

约瑟夫：我，阿列克谢伊·马特费耶维奇，将向报纸控诉您。

古宾：去吧！向报纸！高级僧侣！去吧……（去了小卖部。）

（约瑟夫掏出烟荷包，卷一支烟，想起了不能
抽黄花烟，于是把烟荷包藏了起来，痛心地挥
了挥手，重新坐到角落里。）

采洛华尼耶夫：帕弗林害怕古宾吗？

特罗耶鲁科夫：谁都不害怕他这个鬼东西！

（涅斯特拉什内伊走出来。）

黎索戈诺夫：牧师们给他下绊。

采洛华尼耶夫：假定说，这就是波尔菲利·彼得罗维奇的大脚把他踢出了城门。

涅斯特拉什内伊：与我有什么相干？当古宾在日祷时拽住助祭的头发之后，高级僧侣采取了行动。

特罗耶鲁科夫：把他送疯人院……

涅斯特拉什内伊：现在需要建疯人城。

黎索戈诺夫：听，小卖部有喧闹声！我去看看。

（大家都离去。特罗耶鲁科夫留下来，神气地
抚摸着胡须，看着沙皇的肖像，看着镜子中的
自我。斟一杯白兰地酒，站起来，饮酒，发出
咯咯声。）

约瑟夫：祝您健康！

特罗耶鲁科夫（想了一想）：可是，我并未打喷嚏。

约瑟夫：那么，对不起，我听错了！

特罗耶鲁科夫：你从哪里来的？

约瑟夫：我来自科马罗沃的一个村镇。

特罗耶鲁科夫：啊哈……那么，你在这里等什么？

约瑟夫：我在等女修道院长梅拉妮娅师父，按照她的命令。她答应在这里。

特罗耶鲁科夫：她——在这里。白兰地酒——你喝吗？

约瑟夫：我们哪能不喝酒！家酿酒也罢，那也找不到！唉哟，罗斯正在破产！

特罗耶鲁科夫：给你，喝吧！

约瑟夫：上帝保佑您！祝您健康。哈……多么意外的酒呀！

特罗耶鲁科夫（十分满意地）：烧喉咙吧？正是如此。再给你一杯……

（贝特林格从小卖部走出来，跟在他后面的是多斯齐加耶夫和莫克罗乌索夫，忽左忽右地跑在他前面的是黎索戈诺夫。）

贝特林格（轻视地和抱怨地）：您别跳动！您平静下来……

黎索戈诺夫：和阁下交谈的荣誉使我激动。

贝特林格：对不起，我要坐下。您也坐吧！嗯，您究竟要什么？

黎索戈诺夫：您的英明的建议，您的……

贝特林格：您——简短些，不要尊号……

黎索戈诺夫：据说，列宁这个布尔什维克是为了恐吓我们……而虚构的

贝特林格：怎么是这样——虚构的？

莫克罗乌索夫：请听我说：列宁，在他那一帮人被捕之后，就逃到瑞典去了。他是个真实的人。

（从小卖部、从大厅走出来一些人，围绕着贝特林格，看着他。吉亚津在人群中，站在墙边。梅拉妮娅走出来，坐在沙发椅上。约瑟夫牧师走近她，鞠躬，递上文件，交谈。梅拉妮娅领着他走进大厅。过了若干时间牧师迅速挤入小卖部。）

贝特林格：嗯，是的！当然，瑞典将把他遣返给我们。您是市参议会成员，专心于政治，而在城里，却不能乘坐汽车在街道上行驶。瞧见吗？我提醒您，我们有临时政府管政治……

黎索戈诺夫：对不起！当然，我们是粗人。我们不知道，应当相信谁。

贝特林格：瞧，您又跳起来了……奔跑、跳跃……

黎索戈诺夫：人们确信：布尔什维克甚至在我们的城市里骚动起来了。

贝特林格：不要看重市井女小贩们的闲话。

黎索戈诺夫：这是兹沃尼佐夫委员的妻子说的。

贝特林格：什么？我不相信。我知道她，她是个明智的女人。

莫克罗乌索夫：我敢说：城里有布尔什维克。

贝特林格：有吗？

莫克罗乌索夫：正是。

特林格贝：嗨，他们到底要做什么？

莫克罗乌索夫：他们也像社会革命党人一样宣传社会主义。

贝特林格：嗯，嗯，最可爱的人，我们这里总有人在宣传某种东西……布尔什维克……在彼得堡他们被捕了，我们这里怎么样？应当逮捕！

莫克罗乌索夫：阁下，他们躲起来了。

多斯齐加耶夫：伯爵，我们中的某些人怀疑临时政府的权力。

贝特林格：为什么？他本来在逮捕、在抓人呀！在建立秩序……

涅斯特拉什内伊：问题是：谁抓人和为什么抓人？抓人的人是：律师、教授、知识分子，总之，是任何贫困的一伙人。

贝特林格（疲倦的样子）：但是，到底为什么如此激烈？那里有受人敬爱的人们，比如：里沃夫公爵和这个……怎么称呼来着？

多斯齐加耶夫：他是里沃夫公爵，而他的那些勇猛的人仿佛是驴子。

贝特林格（强颜一笑）：这是俏皮话……但是为什么是这样？我们应该信任临时政府……

涅斯特拉什内伊：有的人称它为怀胎政府，似乎社会主义者强奸了它。

贝特林格（无助地）：我不这样想……

采洛华尼耶夫（面向涅斯特拉什内伊）：嗯，多斯齐加耶夫太难为伯爵了。

涅斯特拉什内伊：是的……舌头和手都灵巧。

采洛华尼耶夫：啊呀，真好！

贝特林格（面向多斯齐加耶夫）：您的合伙人布雷乔夫的健康怎么样？

多斯齐加耶夫：他大约一个月以前去世了。

贝特林格：唉，是的，我忘了！我感到遗憾。一个聪明的、有个性的人。

黎索戈诺夫：不那么聪明，倒有点儿粗鲁。

采洛华尼耶夫：他从听差一跃跳进了我们氏族商人阶层。

涅斯特拉什内伊：他娶了一个女傻瓜，而她有钱。他跳进了我们商界，因幸福而骄傲，开始表现自己的品质，成了刚愎自用的人，类似阿列克谢伊·古宾。

贝特林格：唉，是这样啊？

涅斯特拉什内伊：他以为没有人比他更好，天下唯他独尊……

贝特林格（烦闷地）：到底为什么还不开会？

（大家逐渐离开他，客厅变得空荡荡的。他坐
下来，望着沙皇的肖像，用手帕擦嘴。特罗耶
鲁科夫环顾人群，走近来，小声地说。）

特罗耶鲁科夫：请告诉我，阁下，这肖像真的像我吗？

贝特林格：是的，有点像……

特罗耶鲁科夫：阁下，您是我们可敬的领班，请您支持我的申请……

贝特林格：但是，请原谅，我到底能做什么？

特罗耶鲁科夫：您——能！小事，阁下！您作为爱国者，暗示一下，既然儿子被开除了，那么父亲就有失体面地在这里悬着。我把他要回来，把衣服换成普通人的、商人的衣服……

贝特林格（气愤地）：对不起，您……您——疯了吗？您……幻想家！（站起来，走向小卖部的门。特罗耶鲁科夫惊惶失措地往右消失在房间里。迎着贝特林格从小卖部走出来：冉娜、伊丽莎白、多斯齐加耶夫、泽宾。）

冉娜（带着口音说）：需要买汽车。嗨，你——在这里？我找你了。

贝特林格：听我说……

冉娜：沉默一会儿！我说：需要摆阔气，这使普通人感到惊奇。豪华——使人惊奇，不是吗？

泽宾：工人满足于惊奇，生活安定。

冉娜：你们总是讥讽，这是坏习惯！你总坐在这里，像这个……

泽宾：像悬崖上的雄鹰。

冉娜：不，像母鸡，它太多的时间坐着。

伊丽莎白：怎么着，他久坐着冥思苦想？

冉娜（用手指着吓唬她）：喏—喏！

贝特林格（激动地）：你答应过两分钟来。而这些商人俘虏了我，其一醉了，其二疯了，其他是粗暴无礼的人。

冉娜：瞧，他再次坐着！丽沙，你干吗笑啊？

贝特林格：政治，政治！大家似乎吃蘑菇中毒了。他们，这些丑八怪，对政治懂得什么？我——累了！

泽宾：现在，甚至工人、士兵都在想象……

贝特林格：唉，别再说了，我的朋友！

伊丽莎白：会议之后将跳舞吗？

梅拉妮娅（走出来，坐到通往大厅的门旁边的沙发椅上）：你找到了跳舞的时间，聪明女人！

伊丽莎白（愉快地）：为什么呀？老头们将说一声：散会，而我们就……

华尔华娜（从小卖部出来）：丽沙，没看见安德烈在哪里吗？

莫克罗乌索夫：在小客厅。

冉娜：你——心绪不佳，巴尔比什？

华尔华娜：我？一点也不。

泽宾：华尔华娜·叶戈诺芙娜，晚上好！怎么，您已决定砍下我的头？

华尔华娜：我——不！这是涅斯特拉什内伊和他的黑色百人

队在作决定。

冉娜：我不想要政治！我不希望你，华丽娅，砍泽宾先生的头。为了什么？他是快乐的人……你是聪明的人，而俄罗斯人民是善良人民！他不希望砍自己仆人的头。

（大厅里铃声。）

贝特林格：终于！我们走，冉娜。

冉娜：我总在想，当我说仆人的时候。我常常说：管院子的人，看院子的狗——小小的狗。这很可笑！

（他们去大厅。走过梅拉妮娅身旁时，伊丽莎
白没有向她鞠躬。）

梅拉妮娅：你好，伊丽莎白！

伊丽莎白：哎哟，对不起！（溜进了大厅。）

梅拉妮娅：华尔华娜，等一等。

华尔华娜：您需要我吗，姨妈？

梅拉妮娅：我叫你，就是说，需要你！你丈夫这个笨蛋干吗胡扯教会的事？你为啥不教训他？你学习再学习，却不会教训人！政治家！没有教会你们大家都要掉脑袋。

华尔华娜：您不明白！安德烈说的是关于教会接近人民的话，是关于祈祷仪式应当从简单但更有效果的话……

梅拉妮娅（敲拐扙）：应当更可怕，更可怕，更具威胁！把效果留给剧院吧。

华尔华娜：对不起，我需要丈夫……

梅拉妮娅（挥手）：走吧，走！找另一个聪明一点的丈夫才好呢。快走！跑得远远的，扰乱分子！

（站起来，想去大厅。涅斯特拉什内伊和莫克
罗乌索夫从小卖部走出来。）

莫克罗乌索夫：没有来得及找到合适的人，波尔菲利·彼得罗维奇。

（梅拉妮娅留下来，听。）

涅斯特拉什内伊：在我那里、在米哈伊尔·阿尔汉格尔联盟的时候，你随处能找到，而现在找不到？奇怪，兄弟……

莫克罗乌索夫：百姓很不可靠。

涅斯特拉什内伊：你自己可靠吗？

莫克罗乌索夫：您侮辱人，波尔菲利·彼得罗维奇！百姓小心谨慎，藏起来了……

梅拉妮娅：这是怎么啦，百姓藏到哪里去了，既然每天在集会上吼叫？

莫克罗乌索夫：我认为是每逢夜晚。任何时候都不要一个人行走。

涅斯特拉什内伊：嗨，好吧！你仍然……你是爱国者，别忘记！

梅拉妮娅（面向涅斯特拉什内伊）：坐一会儿。（他们坐到右边靠门的桌子旁边，非常低声地说话。）

涅斯特拉什内伊：这就是问题之所在！只是我那里的联盟的人们散去了。现在是这样的时期：任何人都顾自己。

梅拉妮娅：需要许多人吗？

（兹沃尼佐夫从门中瞧了一眼，很快就消失了。）

涅斯特拉什内伊：是的，当然，我们将完成。嗯，好像是，空谈会开始了。你去吗？

（他们离去。吉亚津从大厅门里走出来；梅拉妮娅和涅斯特拉什内伊看着他背影。他坐到桌子旁边，取出便条本，写。兹沃尼佐夫跳出来，用手帕擦脸，退了一步。）

吉亚津（站起来）：可爱的兄弟……

兹沃尼佐夫：我没有时间！

吉亚津：没关系，你来得及完成智慧和荣誉的功绩。

兹沃尼佐夫：这是什么腔调？

吉亚津：你散布流言，似乎我教唆舒娜偷父亲的什么钱，而这些钱是被我藏起来了……

兹沃尼佐夫：不许……攻击……我……你想挑起事端？

吉亚津：说实话不为过！我就要使你丢脸……

兹沃尼佐夫：将不刊登！从报纸中删掉。

吉亚津（推开他）：你真是个坏蛋！

兹沃尼佐夫：我不知道是谁编造出来的流言蜚语，但我未曾散布过。钱！现在钱值什么？我坦率地说，你的态度对我来说出乎意外。你如此巧妙地隐瞒你的信念。

吉亚津：这和事件没有关系。

兹沃尼佐夫：唉，突然……奇怪！你——知识分子……我们，知识分子……

吉亚津（发笑）：他们——知识分子！

兹沃尼佐夫：我们是这些公牛政权的合法继承者……

吉亚津：你宣传鼓动？

兹沃尼佐夫：我们是那样的人，即白痴的专制制度曾那样令我们感受痛苦……

吉亚津：别说啦！我不玩"抽王八"的纸牌戏。你让舒娜平静吧。你们在那里毒害她。瞧，我是个温和的人，但只到现在。（走进小卖部。）

兹沃尼佐夫（用手帕擦脸）：坏蛋！

（华尔华娜和多斯齐加耶夫很快从大厅里出来。）

华尔华娜：梅拉妮娅姨妈到底怎么样？

多斯齐加耶夫：你想一想，自己会想到的，聪明女人。（很快去了小卖部。）

兹沃尼佐夫：他说什么？

华尔华娜：这与你无关。你为什么不叫我参加粮食会议？

兹沃尼佐夫（冷淡地）：没有找到你。

华尔华娜：你找了吗？

兹沃尼佐夫：我委托莫克罗乌索夫了，但显然这个笨蛋……

华尔华娜（阴郁地）：你企图独自行动吗？安德烈，你的发言是不成功的，很不成功。你要懂得：布尔什维克——这已经不是"左边的驴"，他们的旗帜也不是"红色抹布"，像米留科夫[①]对他们和对他们的旗帜所形容的那样，不，这已经是无政府主义思想的旗帜……

兹沃尼佐夫：你太急躁了。说话小声点儿，周围都是人。为什么需要现在说？会议开始了。

华尔华娜：你听我说：我们处于红色的和黑色的这两种无政府主义思想之间。

兹沃尼佐夫：嗯，是的，是的！我明白这个，我知道……

华尔华娜：不！你既不懂我们处境的困难，也不懂这种境况的好处……

兹沃尼佐夫：唉，我的天啦！你多么爱教训人！但我正是这样说布尔什维克的。

华尔华娜（热烈地）：不，不是这样！应当更尖刻些。应当用冷酷无情的语言敲打他们的脑袋。你对布尔什维克在彼得格勒的失败而感到的兴高采烈是不妥当的，是不够策略的。"一切权力归苏维埃"——你就应该以这个口号去影响人……

兹沃尼佐夫：你太情绪化了！

华尔华娜：你的华丽的语言……

兹沃尼佐夫：我感到惊讶！你怕什么？

① 米留科夫（П．Н．Милюков，1859—1943）：俄国政治活动家，立宪民主党的组织者之一，1917年任资产阶级临时政府外交部部长，十月革命后，逃亡国外。——译者

华尔华娜（朝他发出嘘声）：你——愚蠢！你没有阶级感情……

兹沃尼佐夫：对不起！真见鬼！我是什么——是你的雇佣吗？咳，阶级感情在这里有什么关系？我——不是马克思主义者……什么样的荒唐话！

（他很快去大厅。华尔华娜疲惫不堪地坐到椅子上，用拳头敲打桌子。伊丽莎白迎着兹沃尼佐夫从大厅里走来。）

伊丽莎白：我的俏皮粗鲁的人儿，我多么爱你！

兹沃尼佐夫（生气地）：对不起……怎么回事？

华尔华娜：注意自己的言行，丽沙……

伊丽莎白：啊！你在这里？是的，华丽娅，我的举止不好。"年轻的生命过眼云烟"，唉，一切都很寂寞无聊！但是，你别怕。我不会在你那里夺过来安德烈，我爱他……爱国式地……不，这是怎么啦？

兹沃尼佐夫（愁眉苦脸地）：柏拉图式地。放过我吧！

伊丽莎白：正是如此——柏拉图式地！还是喜剧式地。安德柳夏，在这一番胡说八道之后，可以跳舞了，啊？

华尔华娜：你疯了！

伊丽莎白：可爱的省长们！你们无所不能！让我们安排……

兹沃尼佐夫（严厉地）：这不可能。（脱身离去。）

伊丽莎白：他溜走了……嗨……让我们在冉娜那里举行一个小型的舞会。华丽娅，我邀请你！我的上帝啊，好一副面孔？你怎么啦，亲爱的？你发生什么事了

华尔华娜：你走吧，伊丽莎白！

伊丽莎白：给你一杯水吧？

华尔华娜：你走—走吧……

（伊丽莎白跑进小卖部。华尔华娜闭上眼睛站了片刻。梅拉妮娅和帕弗林从大厅出来。华尔

华娜悄悄往右走向门口。）

梅拉妮娅： 炎热。憋闷。一切都令人腻味，令人厌烦，呜呼！你和普罗科彼说了吗？

帕弗林： 谈了。他的性格极其放纵专横，又过分嗜好喝酒……

梅拉妮娅（不耐烦地）：这于事合适吗？

帕弗林： 为了迷路人的教育，什么事情也不要忽视，但是……

梅拉妮娅： 你直截了当地说：那诗歌合适吗？

帕弗林： 诗歌——完全适用，但是，对盲人……而他是能看得见的人……

梅拉妮娅： 你，帕弗林神父，最好是把那个老头儿约瑟夫叫到自己身边，读一读他的颂歌，调好音，告诉他，怎样更好些，更智慧些！心绪烦乱是自下而上发展起来的，要在那里，在下面，使心绪烦乱平静下来，而这里的废话、无聊话能让我们达到什么目的？你自己看得见：在商界没有同心协力。听，小卖部好一片喧闹声……

帕弗林（倾听）：好像是古宾在吵闹，对不起，我去看看。

> （他打开通往大厅的门，从那里传出动人心弦的叫喊声："人民雄伟壮阔的灵魂……"古宾、特罗耶鲁科夫、黎索戈诺夫从小卖部的门中摇摇晃晃地一涌而出，他们都喝醉了，但不是很醉。莫克罗乌索夫，跟在他后面的跑堂的老头拿着托盘，托盘上放着若干酒杯和一盘饼干。）

古宾： 听，人们在大喊大叫：灵魂，灵魂……人们用语言相互窒息。唉，大家都在撒谎。臭狗屎！白兰地酒使牧师感到伤心，甚至伤心到流泪。他哭泣，老鬼！我射杀了他的鹅。

特罗耶鲁科夫： 我们坐在这里的肖像下面吧……

古宾： 我不想坐。任何下流东西都在这里走动。

黎索戈诺夫： 您说说，列克谢伊·马特维伊奇……

古宾：我也不说。你太好问了，也许，你仍然搂抱女人吧，啊？

（特罗耶鲁科夫哈哈大笑。莫克罗乌索夫打开
右边的门，堂倌向那里走过去。）

黎索戈诺夫：列克谢伊·马特维伊奇，有一个问题：我们将
和德国人媾和还是仍将战斗下去？

特罗耶鲁科夫（忧郁地）：沙皇——没了。怎么战斗？

古宾：战斗——有啥意义。靴子没有。华西卡·多斯齐加耶
夫和彼尔菲什卡·涅斯特拉什内伊供给士兵们树皮底的靴子。

（他们去了右边的客厅。梅拉妮娅望着天花板
画十字。涅斯特拉什内伊、采洛华尼耶夫从大
厅走出来，随后是多斯齐加耶夫。）

涅斯特拉什内伊：我听腻了。我已经够了。梅拉妮娅师父，
你也忍不住了吧？

梅拉妮娅：我从这里听到谈话，那里憋闷。怎么办，波尔菲
利·彼得罗维奇，啊？

涅斯特拉什内伊：关于这个——不在这里说。你最好来看我。
明天吧？

梅拉妮娅：可以。上帝给我们派来了这一群饿狼……

涅斯特拉什内伊：应当快些召开立宪会议。

梅拉妮娅：它对你有啥用处？

涅斯特拉什内伊：粗野的人将要来。他没有主人不能活。

梅拉妮娅：粗野的人！粗野的人也学会了造反。那粗野的人
啊，也大喊大叫。

涅斯特拉什内伊：我们用土地塞满他的喉咙。给他一点儿土
地，他就……

多斯齐加耶夫：假定说，彼尔菲夏，我们堵住了他的喉咙，
那么就使他的肚子塞得满满的，而对那些头脑摇晃的人怎么办？

这就是个问题。

涅斯特拉什内伊：这是你，工厂主，再次唠叨工人？

多斯齐加耶夫：正是如此！我是工厂主，你是船主，在某些业务中我们是伙伴，依然显而易见：熊——是坏邻居。

涅斯特拉什内伊：别说啦……大家知道，你是满腹俏皮话。

梅拉妮娅：1906—1907 年向你们表明，应当怎样对付那些工人……忘了吗？

涅斯特拉什内伊：多斯齐加耶夫除了自己什么都不记得……

多斯齐加耶夫（冷笑）：忘记自己——这无论如何是不可能的。甚至圣徒也不曾忘记。不——不，他们将提醒上帝，他们的位置在天堂。

梅拉妮娅：空谈起来了，骄傲起来了！向异教徒叶戈尔·布雷乔夫学会了亵渎神明……

多斯齐加耶夫（离去）：嗨，我要走，我要沉默一会儿，我要闲扯。

涅斯特拉什内伊：伪善者。走来走去，嗅了又嗅，估量再三，什么东西卖给谁更有利。唉，我们圈子里这种骗子……多呀！

梅拉妮娅：需要强有力的人物，波尔菲利，铁腕人物！而他们——竟是这样……

（古宾走出来，特罗耶鲁科夫、黎索戈诺夫跟
在他后面。）

特罗耶鲁科夫：别去……

古宾：去吧，我想发表演说。我要对他们这些木头人说……

（古宾看见了涅斯特拉什内伊，默默地看着
他。后者站着，倒背持拐扙的双手，背靠在
墙上。大家沉默片刻，传出大厅里低沉的声
音："强大的、纯洁的、乡土的阶级力量，这个
阶级……"）

古宾（仿佛渐渐清醒）：啊——啊——啊……波尔菲利？我们好久没见了！怎么样，兄弟？你把我赶出了城门，现在你也被赶出来了？是谁赶的，啊？

梅拉妮娅：列克谢伊·马特维伊奇，是回忆旧怨的时候吗？

古宾：别说话，姨妈！你，走狗，干吗看着我？害怕吗？

涅斯特拉什内伊：我不害怕傻瓜，而有力量对付强盗……

古宾：不害怕？撒谎！还记得，叶戈尔·布雷乔夫是怎样打你嘴巴的……

涅斯特拉什内伊：滚蛋，醉鬼……（抡起拐杖。）

梅拉妮娅：清醒吧……

古宾（吼叫）：嗯，得啦！让我们讲和吧，彼尔菲什卡！你这狗崽子……嗨，反正都一样！握握手吧。（夺下涅斯特拉什内伊的拐杖。）

（莫克罗乌索夫突然出现。一些人从小卖部的
门探看，一个什么人从大厅走出来，严肃地叫
喊："先生们，静一静！"特罗耶鲁科夫坐到桌
子旁边，忘我地欣赏肖像。涅斯特拉什内伊想
去大厅，古宾抓住了他的衣领。）

古宾：不想和解吗？为什么，啊？我是什么人——比你坏吗？我，列克谢伊·古宾，是血肉最纯的男子汉，真正的俄罗斯……

涅斯特拉什内伊：放开我，狗……

古宾：我揍你的脑袋！

莫克罗乌索夫（抓住古宾的手）：对不起……您干什么呀！

梅拉妮娅（面向小卖部门口的人们）：分开他们，没看见，还是怎么啦？

古宾（推开莫克罗乌索夫）：你管什么闲事？你举手向着谁，啊？

（涅斯特拉什内伊试图挣脱古宾的手，但没有

成功。人们闻声从大厅、从小卖部走出来，其
中有多斯齐加耶夫，他手里拿着什么文件。贝
特林格挽着冉娜的手从大厅匆忙走过来，冉娜
惊惶失措。）

伊丽莎白（像往常一样，乐哈哈的，跑到丈夫跟前，问）：
他们难道在打架吗？

（多斯齐加耶向她挥动文件。莫克罗乌索夫用
铁拳套从下面敲打古宾的胳膊肘。）

古宾（哼哼一声，放开涅斯特拉什内伊，吼叫）：这——是
谁碰我？谁，魔鬼？碰古宾？揍？（人们揪住他的双手，围住他，
带他去小卖部，他吼叫。）等一等……不让你们活……

（年迈的老太婆奥尔加·丘古诺娃从大厅里穿
过人群走出来，她戴一副深色眼镜，她的儿子
五十开外的索弗伦和另一个儿子年龄相近的康
斯坦丁挽扶着她的双手。两个儿子都身着长达
膝盖以下的常礼服，脚穿光滑的皮鞋。这几位
阴森森的人物震惊着人群。）

梅拉妮娅：你好，奥尔加·尼古拉耶夫娜！
丘古诺娃：哦？这是谁？好像是梅拉妮娅？站住，孩子们！
去哪儿，索弗伦？
索弗伦：让您坐沙发椅，妈妈。
丘古诺娃：康斯坦丁会送来，我未曾吩咐过你。怎么样，梅
拉妮娅师父，啊？发生什么事了？瞧：公证人和律师都曾温顺地
为商界服务，而如今甚至不与我们为伍，却想对我们这个阶层发
号施令，啊？他们宣称自己是军政长官……你怎么保持沉默？你
曾是我们这里的勇敢者，你聪明、有魄力……不是我们骨肉的异

己分子……

梅拉妮娅（嘶哑地）：我说什么呢？

伊丽莎白（面向丈夫）：好一个敌对的老太婆……

梅拉妮娅（很大声地）：我说过，我说……

多斯齐加耶夫：全城都怕她这位老太婆。

丘古诺娃：叫喊！大声地叫喊！应当敲钟。应当环城举行宗教游行……

伊丽莎白：真是一派胡言！我们走吧？多斯齐加耶夫（拿着她的手）：走……唉哟，没有见解，见解！

丘古诺娃：你们总是叫喊……应当全世界叫喊。

梅拉妮娅：它——世界在哪儿？没有——世界……

幕　落

第二幕

在布雷乔夫的住宅里。深沉的夜晚。餐厅。桌上放着茶炊。格拉菲娜在缝衬衫。塔伊西娅在翻阅硬皮合订本《田地》。

塔伊西娅：真有亚历山德里亚这样一个城市或者只不过是虚构的图画？

格拉菲娜：真有这个城市。

塔伊西娅：是首都吗？

格拉菲娜：不知道。

塔伊西娅：我们有两个首都吗？

格拉菲娜：两个。

塔伊西娅：我们是富人。（叹了一口气。）啊，什么样的坏蛋！

格拉菲娜（微笑）：你是愤怒的少女……

塔伊西娅：我吗？我是这样的……哎嗨！我如此编造和臆想出使所有人混淆起来，好让他们所有人相互撕咬、折磨才好。

格拉菲娜：究竟为什么要这样？

塔伊西娅：就这样……应该！瞧他们妄想出美好的图景，而生活得却像狗崽子。

格拉菲娜：不是所有人全都一样，不是所有人都像你的女修道院长。

塔伊西娅：在我看来，全都一样。

格拉菲娜：你，塔伊西娅，应当学习，应当读书。

塔伊西娅：我不喜欢读书。

格拉菲娜：有很好的书，关于主人的，关于工人的。

塔伊西娅：我不是工人，也不会成为主人，——谁将娶我为妻？而少女不操持家务。用打人的办法教过我读书。用树条抽打，又是扇耳光，又是揪头发。我读够了。诗篇、日课经、言行录……福音书——有意思，只是我不相信奇迹。我不喜欢基督，看够了圣徒。人们都厌烦了！（停顿。）你怎么很少和我说话？你怕我把你的话带给女修道院长？

格拉菲娜：我不是胆小鬼。我知道的事很少，因此也就不说话。你最好是和多纳特说说话。

塔伊西娅：有什么意思，和那个老头儿……

多纳特（手里拿着斧头，腋下夹着木工工具箱）：喂，修理好了。那么顶层阁楼怎么回事啊？

格拉菲娜：门发出吱吱的响声，妨碍兹沃尼佐夫睡觉。

多纳特：点灯吧。普罗波节伊待在厨房里，他干什么？

格拉菲娜：他在等女修道院长。

多纳特：你招待他喝茶、给他吃饭才好，他饿了，去吧……

格拉菲娜：我不想看到他那张粗野的嘴脸。

多纳特：你别看他的嘴脸，而给他吃点东西。你听我的，我不是无缘无故地求你！我叫他，好吗？

格拉菲娜：这是你的事。

（多纳特离去。）

塔伊西娅：瞧，你说，多纳特是好人，而他和骗子、滑头交往。

格拉菲娜（切面包）：多纳特不将因此感到不好。

吉亚津（穿成士兵的样子，头发剪得光光的，肩上披着旧的军大衣）：舒娜——在家吗？

格拉菲娜：在自己房间，卡尔梅科娃在那里……

吉亚津（拿起一片面包）：你看图画吗，塔娅？

塔伊西娅（腼腆地微笑，但说话粗鲁、激昂）：只是在这本书中没有，那么去吧，臆想出来一切作为消遣，好吗？

吉亚津：这就是山脉，阿尔卑斯山脉，按你的说法，这也是臆想出来的吗？

塔伊西娅：嗯，这是山脉，很快就发现，这是臆想出来的。瞧，山脉上覆盖着雪，就是说，这是冬天，而山脚下是开花的树，人们又是夏天的衣着。这是傻瓜的杰作。

吉亚津：这个傻瓜叫大自然，而你们教徒给了它一个名字——上帝。（面向格拉菲娜。）雅科夫将会来的，那么你，格拉霞大婶，就叫他到顶层阁楼去找我。

塔伊西娅（看着他的背影，叹息了一声）：外表上平静，而口头上胡言乱语。他把上帝称为傻瓜，这听起来甚至可怕！

格拉菲娜：你喜欢他吗？

塔伊西娅：还可以，好人。有头发会美些。漂亮而没有头发。一切都说得很明白。（叹了一口气。）只是总不那样说。

格拉菲娜：常和他谈谈，他将教会你善良。

塔伊西娅：嗯，我不是傻瓜，我知道，小伙子教会少女什么东西。在我们那里，去年有两位女见习修道士学会了——怀孕了。

格拉菲娜：你，姑娘，避免不了这个。爱情给人是根深蒂固的。

塔伊西娅：关于爱情，人们在歌中哭得多么悲痛。爱了又跑了，这不是爱情，而是狗的游戏。

格拉菲娜：你有脾气，智慧不多

塔伊西娅：我的智慧足够了。

（走出来多纳特和普罗波节伊，后者身穿农村

的原色粗呢外衣，脚穿草鞋，剪发，和普通乡
下人没有区别，忧郁地环顾。）

多纳特：请坐。

塔伊西娅：怎么改变样子了！魔术师。

普罗波节伊：当着这位少女的面我不会说，她是向女修道院长告密的人。

塔伊西娅（发怒）：我不是少女，骗子！我也不离去！我听到一切都将告诉女修道院长，告诉！她将给你厉害的……

多纳特：你，姑娘，是个聪明人，走开吧！还有你，格拉哈……

格拉菲娜（严厉地）：我们走，塔伊西娅。

塔伊西娅：可是，我不想走。吩咐我观察一切，听取一切。你们赶我走，我将告诉她：你们赶走了我，也就是说，你们有反对她的秘密。

多纳特（温柔地）：可爱的！我们对你的女修道院长不屑一顾。你——想一想：民众赶走了沙皇，没有畏惧，而你以女修道院长恐吓他们，小傻瓜！走吧……

格拉菲娜：别犯傻。你——怎么啦？为女修道院长而活吗？

塔伊西娅：那么，为谁呢？喂，说吧？瞧，你自己也不知道。

（拉普节夫出现在门口。）

普罗波节伊：蛇虽小，但有毒。

多纳特：啊，那就是雅夏！嗯，他及时来到了！瞧，这个人……

拉普节夫：我仿佛知道他……

普罗波节伊：知道我——不足为怪。我，像条丧家之犬，在人们脚下转来转去达十七年之久……

多纳特：这是普罗波节伊……

拉普节夫：圣徒？这——这样……真妙！大叔，你编造瞎话！

普罗波节伊：这不是我。这是市郊区的一个牧师、酒鬼。名叫奥西普。有名的养鹅专家……

拉普节夫：嗯，也许，你自己也瞎编吧？

普罗波节伊：最初是我自己，我并不是很有文化。照别人的样子学习诗作。在小店，在修道院……

多纳特：你曾从事过什么职业，在做圣徒之前？

拉普节夫：在胡闹之前？

普罗波节伊：我曾是兽医。我父亲也曾是兽医。1902 年哈尔科夫省长吩咐人鞭打他致死……父亲挨打之后的第五天肠动脉断裂，血流不止。我还在大约三年之前成了圣徒。情况就是这样……我不知道，怎么称呼你们？

多纳特：民众。

拉普节夫：公民。

普罗波节伊：你们不会给我制造灾难吧？

多纳特：你不要怀疑，讲吧！

普罗波节伊：一个流浪者、助祭——免去教职的教士，劝告我："民众，他说，是愚蠢的，需要依靠上帝走近他们，更加不可理解和厉害的是，他们将为此轻易地供给饮食。"嗯……原来这是对的：民众愚蠢，就这样，有时自己曾为他们感到惭愧。也感到遗憾。吃得饱，喝着酒，抽着烟，手里还有零花钱，可是周围是灾难！在肚子填满的时候，但一切——反正都一样。（他说得越来越低沉和忧郁。）然而，仍然……良心悲痛。我四处漫游了整个俄罗斯，处处是灾难，唉，什么样的灾难啊！灾难，像伏尔加河水，在整个大地上倾泻数千俄里。它冲刷人的面貌。而我，就是说，怡然自得、吓唬人。你机灵一点地碰上谁，你就说：你怎么样，原谅你的母亲吧！

拉普节夫：没关系！快说，熟悉的言论。

普罗波节伊：我习惯了和乡下人相处。我经常问：你们将长久忍耐吗？焚毁、压制周围的一切吧！现在正开始发生某种事情。我厌恶了做圣徒。

拉普节夫：是这样。

多纳特：你吓唬又吓唬了人们，而自己也被吓唬了。

普罗波节伊：好像是这样。虽然我似乎无所畏惧，我是打掉的王牌，我已经没有用了。可是，他们还想打我这张牌。于是，我来找你……找你们。（面向多纳特。）你们对民众的信任现在非常吸引着我。我在砖厂两次听了你们的谈话。同志，我还在特罗耶鲁科夫磨坊、在多斯齐加耶夫呢绒工厂、在城市花园听过您的讲话。您和人民的谈话特别通俗易懂。嗯，我还听了老爷先生们的讲话……

拉普节夫： 那么，他们怎么样？你喜欢他们吗？

普罗波节伊： 怎么说呢？当然，也许老爷先生们开始感到了羞愧。然而，他们不愿以自己的皮靴换我的草鞋。

拉普节夫： 这——未必吧！嗯，你来找我们有什么事啊？

多纳特： 他有事的。嗨，你读吧……

普罗波节伊（站起来，躬身，从包脚布里取出一张纸，把纸展开，但未看着纸而拖长声调朗诵）：

> 惶恐不安的人，
> 魔鬼的俘虏们，
> 被宣判受苦受难直到永恒！
> 有句话请倾听，
> 以纯洁的心灵，
> 以那上帝的理性走向你们……

这好像是首短歌，接下来是另一首圣咏。（停止咳嗽，降低嗓音，发出拖长的低沉的声音。）

> 上帝对三个城市怒气腾腾：
> 他火烧了索多姆、戈莫拉，
> 而把一条蛇派到彼得城，
> 莫非是那条凶猛的蛇
> 它是阴险狡猾、嗜血成性，
> 它的那个名字就叫革命，
> 它——亲生女儿给了撒旦，

> 它每昼夜吃掉一百头畜牲，
>
> 唉嗨，还要吞食一百条人命，
>
> 那全是东正教的人民……

拉普节夫：喂，够了！

普罗波节伊：这里还有许多。

拉普节夫：为了这首诗歌，工人们要拧断你的脑袋。

普罗波节伊：我也就担心这个……你们如何？从你们那里我将怎么样？

拉普节夫：等着瞧。这取决于你。

普罗波节伊：可是我——怎么办？

拉普节夫：把那张纸给我。（拿着纸。面向多纳特。）吉亚津在吗？

多纳特：他在这里。

克谢妮娅（走来）：爷—爷们儿！这是谁，哦，普罗波节伊！是的……你到底怎么敢了？雅科夫，敬畏上帝吧！多纳特，这是干什么？

拉普节夫：别叫喊，妈妈。怎么回事？

克谢妮娅：嗨，您怎么把杂七杂八的……这样一些人拉到住宅里来？每天都有什么人待在这里！不认识——是谁，不知道——为什么？好像进入小饭馆！要知道，是他，普罗波节伊，整死了你的教父……你忘了？

普罗波节伊（嘟囔）：整死了……我恐吓过许多商人，但他们没有死。

克谢妮娅：别嘟囔，不准……你总是撒谎，骗子，撒谎。（用手指着吓唬。）

普罗波节伊：是谁教会了撒谎？是你姐妹教会的。

多纳特：做什么，雅夏？

拉普节夫：你去厨房……不，最好去格拉菲娜那里！我现在和吉亚津就来。

（多纳特和普罗波节伊离去。）

克谢妮娅：牧师彻夜忙于服务，显然，他急着去打牌。我来到家里，家里歌声震天响。唉哟，上帝要严厉地问罪于你！

拉普节夫：原来如此，妈妈……

克谢妮娅：我不想听你说！我也不是你的妈妈。你和吉亚津使阿列克山德娜完全成了调皮鬼。

拉普节夫：吉亚津——他能培养调皮鬼！这是他心爱的事业。

克谢妮娅：这就对了！

拉普节夫：不过，在吉亚津之前舒娜就已是淘气的女孩。事情就是这样，您是个善良的人……

克谢妮娅：愚蠢的人，因此也是善良的人。那聪明人——他们就像兹沃尼佐夫夫妇……

拉普节夫：您许诺过把父亲的枪和他的服装给我……

克谢妮娅：是的，你拿去！拿去，趁华尔华娜还未卖掉的时候。她所有的东西都卖，所有的……

拉普节夫：您把这一切都给格拉菲娜——好吗？兹沃尼佐夫夫妇在哪儿？

克谢妮娅：在贝特林格那里。华尔华娜想要在莫斯科生活。贝特林格和情妇去那里，嗯，她也去……

拉普节夫：这—这样！嗯，我走了……

克谢妮娅：等一等，和我坐一会儿。我的那个姐妹——你听说了吗？她和人争吵。据说，他跺脚骂她，把她赶出去了……

拉普节夫：跺？脚？啊——呀——呀！这到底为了什么？

克谢妮娅：我实在不知道。

拉普节夫：可怕的事情！再见……

克谢妮娅：再等一等！跑了。（环顾。）人很多，而我孤独一人。像只猫，而不是人。

（格拉菲娜走进来，气鼓鼓地搬着茶炊。）

克谢妮娅：瞧你……总带喀嚓声，总带轰鸣声！不要烧水，我不想喝茶。我吃点什么才好……不是一般的东西。等一等，你去哪儿？最好来一碗加内脏和腌黄瓜的肉汤。可是没有内脏！而且什么都没有！（格拉菲娜洗碗。）钱不少，而所有食物都给士兵吃掉了。我们将怎样生活？我会死的，但我不想死。你怎么不说话？

格拉菲娜：我说什么呢？为了大声说话，我知道的事太少。

克谢妮娅：我也是什么都不明白。我还不能想任何事情，除了家事之外。你谎称不知道。你聪明，因此故人叶戈尔爱你。

格拉菲娜：您再次说这个……

克谢妮娅（沉思）：是——是的，说这个。瞧，你曾是我丈夫的情妇，而我无心反对你。

格拉菲娜（热情地）：要把所有的一切都折成、打碎成小部分，好让不知道生活的所有人以及所有骗子、折磨者、没有良心的痞子唉声叹气、放声痛哭……尘世的丑陋！

克谢妮娅（吃惊地）：唉哟，你怎么啦？你怎么发狂了？你不能说这样的话……

格拉菲娜：可真不是对您，不是对您！您是什么人？您是无恶意的人。人们也使得你心灰意冷。难道您曾像人一样生活吗？

克谢妮娅：嗯，真是对不起！我是像所有人那样生活的……

格拉菲娜：我不说那个啦！瞧，塔伊西娅……人们激怒这个丫头到什么程度！痛打她……整个一生……

克谢妮娅：谁像人一样生活呢？兹沃尼佐夫夫妇，是不是？他们只想着一件事，如何把你从这个住宅中赶出去才好，如何伤害舒尔卡才好，还有就是如何巴结真正的主人……

格拉菲娜：唉……一切都不是那样，不是关于那个！（搬起茶炊，离去。）

克谢妮娅（环顾）：她生好大的气！一切都不正常。好像节前的打扮。（站起来，回自己房间。）他们或许准备搬到别的住宅里去。

（走来多纳特和利亚毕宁，后者四十开外，有

点儿秃头，曾是卷发。他说话不慌不忙，带着
幽默。他总是或者抽烟，或者卷"漏斗形手卷
纸烟"，或者手里拿着什么东西玩耍。）

克谢妮娅：上帝啊！你，多纳特，再次带来了谁……

利亚毕宁：您好，女主人！我是自来水管道工。

克谢妮娅：白天来才好呢……

多纳特：他永远没有白天。

利亚毕宁：我只是看看发生了什么事，工作将在明天。

克谢妮娅（离去）：在星期日吗？没有信仰的人！不信神的人！

利亚毕宁：她是个好生气的人！就是说，决定了：清晨六点
左右派来我们的士兵，他们将夺取面粉，一半留给自己，另一半
送到工厂，直接放入工人集体宿舍。妇女们很快将看到，布尔什
维克不只是许诺，而且在给予。明白吗，怪物？

多纳特：明白。听说今天他们把你从集会上赶走了？

利亚毕宁：有过这种情况。在我们城市社会革命党人的势力
强大！

多纳特：他们什么时候会揍你的。

利亚毕宁：这——不排除。

多纳特：同他们讲和——不行吗？

利亚毕宁：决不。我们将把他们逐出委员会，嗯，那时，也
许，他们自己想讲和。

多纳特：我难以理解你们的事情。

利亚毕宁：我看得出来。你小子本该成为社会革命党人，你
错误地和我们在一起。

多纳特（生气地）：我的错误——不是你的事。

利亚毕宁：不是我的事？嗨……嗨，得了。怎么样，喝点茶吧？

多纳特：马上。

利亚毕宁：还吃点东西吧！我的胃口很好，可是没有任何吃
的东西。

（多纳特在门口碰上舒娜，她停下来，含笑看
着利亚毕宁。）

多纳特： 这是彼得同志……

舒娜： 我知道，您好！

利亚毕宁： 我听说过您。瞧，您——好一个……

舒娜： 红毛丫头？

（走来卡尔梅科娃，她衣着朴素，30—35 岁。）

利亚毕宁（离开舒娜转过身去）：加洛契卡，我整天在找你……

卡尔梅科娃： 听我说，彼得……（领他到一边，耳语。）

拉普节夫（走进来，走近多纳特）：嗨，我和圣徒结束了！
吉亚津将写关于他的文章。

多纳特： 你给彼得讲讲关于他的事。

拉普节夫： 他仍然是个滑头、那个圣徒。

多纳特： 习惯。

拉普节夫： 大概，也是个奸细……

（格拉菲娜搬着茶炊进来。）

舒娜（面向拉普节夫）：雅科夫，你听我说。

拉普节夫： 等一等……（离开，走向利亚毕宁和卡尔梅科娃。
舒娜皱起眉头，咬紧嘴唇。）

格拉菲娜： 女修道院长要来过夜。

舒娜： 是吗？这……不方便！谁说的？

格拉菲娜： 塔伊西娅。你和她说说才好，给点抚爱。

舒娜： 我不是温柔的人。

格拉菲娜： 她是个恶毒的人，能给人带来伤害。

舒娜： 给谁？

格拉菲娜： 给所有人。

卡尔梅科娃：嗨，再见，舒罗克，我走了……

舒娜（小声地）：你们耳语什么？

卡尔梅科娃：有些事是秘密的。

舒娜（傲慢地）：你们将永远有对我保守的秘密吗？

卡尔梅科娃（严肃地）：你又重提此事？

舒娜：我问：永远吗？

利亚毕宁（大声对拉普节夫说）：你们俩这是说了许多荒谬话！

卡尔梅科娃：而我要问：你能严肃地对待伟大的危险的事业、对待伟大的思想、对待正展现在你面前的一切吗？这是你需要迅速而永久地决定的事情。决定性的日子正在来临。想一想。如果不能，那就离开。

舒娜：我感到委屈，加丽娜！

（利亚毕宁倾听。）

卡尔梅科娃：委屈什么？

舒娜：感到自己是外人……

卡尔梅科娃：迅速改变自己幼稚的自尊心，是时候了！

舒娜：我想快些明白一切并像你一样工作。

卡尔梅科娃：我现在明白的、过去明白的事情几乎二十年了。但我不能说：我已经明白了一切。我预先告诉你：你将很艰难。你读书少，一般地说，你学得不好。我形成这样的印象：你不想和无产阶级一起走，而想走在它前面。

舒娜：不是实情！

卡尔梅科娃：我怕是实情。走在无产阶级前面——是列宁和类似列宁的人的地位。这类人不多，个位数，其中每一个人都经历了多年的监狱、流放、苦役的磨炼……

舒娜：别生气。我觉得，你和雅什卡把我看成是临时有用。

卡尔梅科娃：嗯……一切都是临时的！再见，我忙着呢。想想自己，舒尔卡。你是个优秀的、意志坚强的人，你能成为很有用的人，但要增强决心。我走了。

格拉菲娜：喝杯茶吧……

卡尔梅科娃：谢谢，格拉霞，没有时间。我去拿白面包，还有糖。

舒娜：拿所有的东西。

卡尔梅科娃（微笑）：别故意显得宽宏大量。（离去。）

利亚毕宁：就是说，这样：诗——见他狗崽子的鬼去吧！自己斟酌：既然可以不刊登有害的胡说八道的东西，那为什么刊登它？任何关于圣徒这个笨蛋的文章——也不需要。就这样告诉吉亚津。快跑。嗨，现在来喝点茶……（面向舒娜。）请招待！

舒娜：请吧……

格拉菲娜：瞧，先吃点东西。喝伏特加酒吗？

利亚毕宁：很想喝点儿！最醇美的液体。甚至有火腿？还有芥末？简直是巴尔塔萨的狂宴①！

（舒娜激动地走动。利亚毕宁望了她一眼，向
格拉菲娜使眼色，后者勉强地微笑。）

格拉菲娜：你们吃吧。（出去取伏特加酒。）

利亚毕宁：我一心想着呢。我吸完烟就开始吃。（面向舒娜。）好一个老头子——多纳特！毫不掩饰的老头子。他思考了并传出了许多最有害的无稽之谈，做到了实话实说。他坚信基督，坚信主人和沙皇，坚信列夫·托尔斯泰。"我曾为上帝而活——没有意思，他说，现在我尝试着为穷人而活。"质朴的奴仆，经受过地主的威力。他有过追求真理的意愿，他很好地把握住了自己的意愿！（舒娜走到桌子旁边，坐了下来。格拉菲娜带来了伏特加酒。）他和青年人、工人们谈得很好。最纷繁的思想容易从他那里进入人们的头脑。（用手指向格拉菲娜、舒娜和自己。）你——做成了；我——买了，又转卖给——她；谁赚了？我赚了！真妙吧？

---

① 巴尔塔萨的狂宴：圣经传说，波斯军进攻巴比伦，巴王 Валтасар（巴尔塔萨）败退入城，以为可以无虑。他正在狂宴的时候，敌军攻入，把他杀死（公元前539年）。——译者

舒娜：这是马克思教的。

利亚毕宁：不只是这个，也不完全是这样，但是，应当首先明白的正是这个。

格拉菲娜（小声地）：塔伊西娅正在走来。

舒娜：唉……见鬼！

格拉菲娜：你们在她面前要小心一点。

利亚毕宁：我准备好。

塔伊西娅：多么黑呀！

利亚毕宁：思想之光照亮着我们，我们在交谈。

塔伊西娅：您是谁？

利亚毕宁：自来水管道工。年轻的女主人请我喝茶。

塔伊西娅：阿列克山德娜·叶戈罗芙娜不是女主人，女主人是她的姐姐华尔华娜。

舒娜：楼下是我和我母亲的。

利亚毕宁：这样。就是说，我错了？嗯，怎么样？显然，现在青年人准备主宰一切，我又错了。

塔伊西娅：这是那种道德败坏的青年人，他们既无上帝，又无沙皇。

利亚毕宁：原来这样？就是说，您信上帝？

塔伊西娅：当然。而你——不信，是不是？

利亚毕宁：我不知为什么这样……有点儿不便相信，我们的上帝……令人怀疑！似乎是非婚生的……

（舒娜微笑。）

塔伊西娅：嗨，你这是说什么呀！

利亚毕宁（沉思）：少女嫁给了老头约瑟，而她似乎和大天使加百列① 生小孩……

———————

① 加百列（Гавриил）：耶稣教神话中的大天使，他向圣母玛利亚预言耶稣即将诞生。——译者

塔伊西娅：和天父，你怎么啦！

利亚毕宁：要知道，他是无形体的，那个天父啊！我们说过基督，说过吃、喝、周游大地的上帝。在我出生的地方，人被不怀好意地看作是非婚生的。你们那里怎么样？

（舒娜哈哈大笑，格拉菲娜低头做针线活。）

塔伊西娅（惊愕地，改称您）：秃子您，啊……说什么异教徒的话！

利亚毕宁：嗯，我到底说了什么特别的话？你想，你想……所有人都反复地说：上帝，上帝，——可是，人们却相互骑在头上。

塔伊西娅：上帝……是非婚生的！听着可怕。在这样残暴的时代……

利亚毕宁：按照我的看法，在这样应该是无畏的时代。

塔伊西娅：你们大家都是可怕的，甚至老头儿也是。似乎不是俄罗斯人。俄罗斯人是温和的。

格拉菲娜：这是——温和的人再次搅扰了你们的那个修道院吧？

塔伊西娅：那里曾驻过士兵，他们由于饥饿！

利亚毕宁：而如果是饥饿的工人曾在那里呢？

塔伊西娅：工人没有枪。

利亚毕宁：就是说，事情决定于大小，决定于枪？那么，如果饥饿的人民取得了枪并去打搅饱汉和富人呢……

塔伊西娅：啊，与我有什么关系？我一无所有。将来也不会有。

吉亚津（走进来）：女修道院长来了。

舒娜：您惊慌什么？

吉亚津：我通知一个令人不愉快的消息。

（塔伊西娅迅速离去。）

利亚毕宁：这就是有名的梅拉妮娅？

格拉菲娜：是的。

利亚毕宁：也许，我走开，啊？

舒娜（热烈地）：为什么？

格拉菲娜：塔伊西娅会告诉女修道院长……

舒娜：嗯，那又怎样？

利亚毕宁：告诉什么？我是自来水管道工。

吉亚津：这是为了孩子们。她，大概，在什么地方见到过您。

利亚毕宁：就是说，需要避开？唉，见鬼……啊，多纳特说过，可以在你们这里过夜……

舒娜：可以，可以！格拉霞，在顶层阁楼上，对吗？

格拉菲娜：那里很好，只是没有生火取暖。

利亚毕宁（面向舒娜）：嗨，您决定：是避开还是留下。

舒娜：留下！您听我说，您是优秀的！我不曾想，您是如此狡猾的、乐观的……如此简朴……像只皮球！我……

利亚毕宁（面向吉亚津）：像对一个死者那样大加夸奖……

舒娜：我非常高兴您是这样的人！

利亚毕宁：我也高兴我并不环。

格拉菲娜：我们走吧。我带您去那里吃东西。

利亚毕宁：等片刻。吉亚津同志，传单您写得太温和，而且拗口！要知道，这不是给大学生的。要写得让文化水平低的人能懂，让能向不识字的人准确无误地讲述。您听到了吗？就是这样。您的这个——留比莫夫，是怎么回事儿？废物！他是什么人？大学生？

吉亚津：他毕业于商业学校。

利亚毕宁：废物。锯木厂的什么小牧师，瘦弱难看的动物，您的朋友就是这个样子，很恶毒……

吉亚津：他不是我的朋友。

利亚毕宁：嗯，反正一样！他建议我枪杀牧师。我问：为什么？他说：为了激发勇气。瞧——整个一头猪！为了激发勇气，白痴！您撵走他，他这样的人我们不需要！一定要让他——见鬼去！让他去找社会革命党人……嗯，我准备好去顶层阁楼……（和格拉菲娜一起离去。）

　　舒娜：多么……可爱！这就是真正的人！

　　吉亚津：准备好了。

　　舒娜：什么？什么准备好了？

　　吉亚津：陶醉于欣喜之中。

　　舒娜：这是什么意思？

　　吉亚津：这就是说，您的父亲曾是疯疯癫癫的。

　　舒娜：不准说我父亲。

　　吉亚津：您父亲的癫狂传给了您。

　　舒娜：怎么啦？

　　吉亚津：您是娇养惯了的、任性的千金小姐。

　　舒娜：商人的女儿。怎样？

　　吉亚津：您不想认真地学习……

　　舒娜：这个今天已经对我说过了。还有什么？

　　吉亚津（挥了挥手）：说了也无用。再见。

　　舒娜：吉亚津，下跪。

　　吉亚津：什么？

　　舒娜：下跪。

　　吉亚津：为什么？怎么一回事？

　　舒娜：下跪。赶快！否则，我就要砸餐具，就要满屋子大喊大叫，总之……就要做出可怕的事来。下跪！

　　吉亚津：当然，您能吵闹……

　　舒娜：跪下，斯捷潘·吉亚津！（推他。）

　　吉亚津（跪下）：您白费力气把我当丑角……

　　舒娜：跟着我说："舒娜，我爱你……"

　　吉亚津（忧郁地）：停止瞎闹。我要离开这个该死的城市！

　　舒娜：重复我的话："我爱你，舒娜，不健全的商人的女儿，任性的少女……"

　　吉亚津（想站起来）：罢手吧……您疯了！

　　舒娜（愤怒地）："我爱，但滑头似的害怕对你说这句话！"（推他的肩膀。）不准起来！重复这句话："我感谢你迫使我……"

　　吉亚津：见您的鬼去吧！

　　舒娜：现在我开始砸餐具！我数到三。一……

（前厅有喧哗声。是谁绊了一下。）

　　舒娜（离去，捏着拳头威胁）：还没完！这将重复。

　　多斯齐加耶夫（在门口）：你这是怎么啦，斯捷帕夏，爬行？

　　吉亚津：丢失了……

　　多斯齐加耶夫：什么——丢失了？

　　吉亚津：不——不知道。掏出手帕，它就跌下来了。一般来说，不值钱的东西……

　　多斯齐加耶夫：好像是。对，对，如果口袋是满的，那就不知道丢失的是什么。我们生活怎么样？你这里热，室温是几度啊？

　　吉亚津：头……有点儿……一般说来，还好……

　　多斯齐加耶夫：头有点儿怎么样？嗯，这会过去的。以前你凭良心说实话，而现在总是一般来说。用上了新的口头禅。怎么回事，一般来说？我们大家一般来说似乎生活着。

　　吉亚津（忧郁地）：想喝茶吗？

　　多斯齐加耶夫：谢谢。茶炊是冰凉的。帕弗林说，在彼得格勒有问题，你什么也没有听见？

　　吉亚津：没有。

　　多斯齐加耶夫：也许，你听见了，但不想说。梅拉妮娅来了吗？（吉亚津点头。）我希望见到梅拉妮娅。而你，斯捷帕夏，跟上了布尔什维克，跟上了无—无产阶级？嗨，怎么样？和他们合得来吗？

　　吉亚津：见您的鬼去吧！

　　多斯齐加耶夫：干吗生气，亲爱的？你自己跟上无产阶级，而叫我去见鬼？（走动。）鱼儿寻找什么地方水更深，鲟鱼寻找什么地方水更咸……

吉亚津（站着，发呆。嘟囔）：你是个傻瓜，斯捷潘……傻出了眼泪……（坐到桌子旁边，倒了一杯茶，啪的一声把书本《田地》合上。）

塔伊西娅（犹豫地、悄悄地走近来）：可以问您吗？

吉亚津（颤抖了一下）：您问吧。

塔伊西娅：有点儿秃头的这位——究竟是谁？

吉亚津：是人。

塔伊西娅：我知道。听说，现在许多人换了穿戴，不以自己的形态活着……

吉亚津（生气地）：谁对这个感兴趣：女修道院长还是您？

塔伊西娅：我。关于他的情况，我没有对女修道院长说过。

吉亚津：那么当您知道了他是谁之后，您会说吗？您，塔伊西娅，丢掉间谍活动才好。这种事是不值得称赞的。您干吗需要这只……母狼、女修道院长？她噼里啪啦地打您嘴巴，而您还为她服务，像只小狗……阿谀奉承。她是商人之妻、贴现人、高利贷者……总之，是个坏蛋！难道您没有看到、没有感觉，他们是怎样侮弄你们的吗？离开女修道院长……让她见鬼去吧！

塔伊西娅：可是，我跑到哪里去呢？

吉亚津：您会找到地方、工作……

塔伊西娅：做什么？

吉亚津：事情不少。您应当学习。瞧，格拉菲娜，年龄几乎比您大一倍，却在读书、学习。

塔伊西娅：她在学习，而她自己还说：什么都不懂。

吉亚津：知之非一日之功。您干吗这样看着我？

塔伊西娅：您的眼睛饱含忧伤。

吉亚津：嗯，这……头痛……

格拉菲娜（跑进来，惊慌）：斯捷潘·尼古拉伊奇，彼得大概是在找厕所而碰上了女修道院长，直接闯入了她的接待室，而多斯齐加耶夫也在那里，——您听见他们是怎样叫喊吗？

吉亚津：嗨，到底在干什么？

塔伊西娅：唉哟……她会给我难堪的……

格拉菲娜：别说话，你……他们到这里来了。

塔伊西娅：我要躲起来……（跑了。）

（走进来利亚毕宁，跟在他后面的是梅拉妮娅和多斯齐加耶夫。）

利亚毕宁（平静地）：您，大娘……

梅拉妮娅（疯狂地、喘吁吁）：我不是你的大娘。

利亚毕宁：你们受命保护商人、高利贷者的政权，您自己也是这一伙的……

梅拉妮娅：给我的是天使般的称呼，傻——傻瓜。一伙！你可听见，华西里，啊？

利亚毕宁：我们就是要消灭惨无人道的政权。

多斯齐加耶夫：这究竟是谁给你们下的命令？

梅拉妮娅：谁命令的？狂人，谁命令你的，谁？

利亚毕宁：历史。工人的阶级觉悟、革命意识……

梅拉妮娅：列宁发的命令？魔鬼的奴仆？

多斯齐加耶夫：魔鬼可以放到一边，瞧，德国人怎么样？

利亚毕宁（面向吉亚津）：我迷路了。这里怎么出去，能去哪里？

多斯齐加耶夫：对不起……等一等！请求说说话。让我们平静地交谈交谈。心平气和地，梅拉妮娅师父，心平气和地。骂人——简单，骂人——容易，这个我们永远来得及……

梅拉妮娅：不应该骂人，可是……

利亚毕宁：打架。是的，师父。一伙人对一伙人地格斗。怎么样？

多斯齐加耶夫：利亚毕宁同志，我在集会上听过您的讲话，我尊敬您！

利亚毕宁（面向吉亚津）：看来，他们在这种情况下说：谢谢，未曾料到！

多斯齐加耶夫：不，让我们严肃地谈。工人的觉悟？假定是这样。那么农民呢？农民的觉悟呢？这就是问题！

利亚毕宁：最有趣的问题。您怎么回答？

多斯齐加耶夫：啊——您呢？这是给您提的问题。瞧，社会革命党人的报纸《灰色大衣》——您知道吗？其中有画列宁、赤卫军的漫画。还有写关于德国金钱的文章……

利亚毕宁：愚蠢和卑鄙尚未被消灭而依然存在。卑鄙生长在愚蠢的土壤中。

梅拉妮娅：嗨，你和他说什么？他能明白什么，暴徒？他闯入到我这里。要是你，华西里，不在的话……

利亚毕宁（面向吉亚津）：你看，她扯到哪里去了……

吉亚津：我们走。

多斯齐加耶夫：安静，斯捷帕夏，安静！让我们把问题留下来，利亚毕宁同志，让它留着。且看答案是什么？农民和地主能满足于什么？土地吗？困难。您怎么想？

利亚毕宁：有点儿困难。

多斯齐加耶夫：那么，工人和工厂主呢？这里似乎是另外一回事，啊？似乎容易些，啊？

利亚毕宁：对，对，对！想得有意思。

多斯齐加耶夫：当然，我在说着玩。

利亚毕宁：我明白。很有趣的玩笑！

多斯齐加耶夫：我是个乐观的、随和的人，而您却想彻底地消灭我。

利亚毕宁：正是这样。您和您们一伙的所有人。

多斯齐加耶夫：嗯，那么我们到底去哪里？

利亚毕宁：这是你们的事。走吧？

多斯齐加耶夫：等一等！然而，也应该确定你们的去处！政府要为下流的人提供生活条件……

梅拉妮娅：监狱、强制劳动队……

多斯齐加耶夫：医院、疯人院……

利亚毕宁：大概，就是她，女修道院长，以及你们中类似涅斯特拉什内伊的许多人必须蹲监狱。

多斯齐加耶夫：我们有极其令人向往的未来，梅拉妮娅师父！

梅拉妮娅：唉，野兽，唉，你呀，凶恶的野兽……

多斯齐加耶夫：利亚毕宁同志，没有有经验的人的帮助，你们将很难管理。

利亚毕宁：将会找到人的。你们聪明一点的人将留下来和我们一起诚实地工作。嗨，够啦！交谈完了。

格拉菲娜：您走后门，正门庭阶被钉死了。

（利亚毕宁、吉亚津和格拉菲娜离去。塔伊西娅从门后向外探看了一眼，消失了。）

梅拉妮娅：竟落得如此地步！连逮捕都不行……

多斯齐加耶夫：是的，不行。（思考。）

梅拉妮娅：噢，上帝啊！为什么？

多斯齐加耶夫（考虑）：聪明一点的人会免受地狱之苦的，就是说……这仍然是一种安慰……对傻瓜来说！

梅拉妮娅：大家眼看着暴徒走来走去，而被禁止抓他。这究竟是怎么回事？

多斯齐加耶夫：抓人——不行！自由。

梅拉妮娅：让自由从今往后永远见鬼去吧！

多斯齐加耶夫（走动，双手插在口袋里）：是的……抓人——被禁止。这是无益的。七月抓过，但又冒出来了！甚至好像更加密集。莫非利亚毕宁这样的人有成千上万……他们可能更多……是的。不抓。那么，如果在险峻的途中、在神秘莫测的路上对他们下绊呢？

梅拉妮娅：唉哟，华西里！否则，您在做……

多斯齐加耶夫：更坏。我们什么也没做。

梅拉妮娅：应当把士兵发动起来。

多斯齐加耶夫：力所不及。

梅拉妮娅：曾有能力的沙皇也束手无策！

多斯齐加耶夫：见他的鬼，傻瓜，加入了这场战争！我们应当和德国人和平共处，向他们学习……沙皇不曾有智慧，但曾有面包！而我们既无智慧，又无面包。战争吃掉了面包。白——白痴！应该和德国人媾和，而这个阉人、律师克伦斯基①却陷入狂热之中！

梅拉妮娅：你发疯了！怎么这样——和平！和那些德国人！

多斯齐加耶夫：先和平，而后……啊哈，女主人来了！

梅拉妮娅：华尔华娜，你这住宅是怎么啦？什么样的藏污纳垢之地！布尔什维克来来往往……

华尔华娜：怎么一回事？

多斯齐加耶夫：华丽娅，你丈夫在哪里？

华尔华娜：和阿辽沙在院子里，那里还有个别的什么人……

多斯齐加耶夫：利亚毕宁在散步……

华尔华娜：不是吧？嗯，当然，这是舒娜和吉亚津的伙伴们。当然，有吉亚津在住宅里，就能保证避免来自他同志们的各种意外事情的发生，但是，一般地说，鬼知道在住宅里会发生什么情况！阿列克山德娜败坏我和安德烈的名声……我不知道，对她怎么办……（响起了低沉的枪声，接着第二声。）我的天啊……安德烈……（跑出去。）

梅拉妮娅（在自己身上画十字）：这是谁？

多斯齐加耶夫（扶着椅子背）：嗨，再一次，像在二月……噼里啪啦地响起来了！

（华尔华娜和阿列克谢伊·多斯齐加耶夫搀扶
着兹沃尼佐夫，他显得疲惫不堪，气喘吁吁。
阿列克谢伊手里拿着左轮手枪。）

---

① 克伦斯基（Александр Федорович Керенский，1881—1970）：俄国政治活动家、律师、社会革命党人。在1917年俄国二月革命推翻沙皇制度后成立的地主资产阶级政权临时政府中曾先后任司法部部长、陆海军部部长、总理、最高总司令。十月革命后组织反对苏维埃的叛乱。后逃亡国外。——译者

兹沃尼佐夫：我是被迫的……他们向我扑来了。

华尔华娜：受伤了吗？

兹沃尼佐夫：没有……是我开的枪……自卫状态……你明白吗？

梅拉妮娅：这是向谁开枪啊？

多斯齐加耶夫（面向儿子）：把手枪扔入水中。

兹沃尼佐夫：我是被迫的……这是很自然的……

华尔华娜：给点水！

梅拉妮娅：然而，是谁向你扑来？

多斯齐加耶夫（面向儿子）：我对你说，把手枪扔掉！快去，扔入洗杯缸中！

兹沃尼佐夫：原谅我，华丽娅……等一等！

梅拉妮娅：我什么也不明白……

华尔华娜：这是利亚毕宁，对吧？

兹沃尼佐夫：哎呀，我不知道……天黑。

（利亚毕宁搀扶着吉亚津，其后跟着塔伊西娅，
她双手抱头。格拉菲娜带着水。）

利亚毕宁：您，兹沃尼佐夫公民，这是怎么回事？

兹沃尼佐夫（跳起来，一手拿着水杯）：我有权……我是被迫的。当他扑向我的时候，是你们自己抓住了他。

吉亚津：小事一桩，安德烈……

利亚毕宁：您撒谎！没有任何人扑向您。我在前面走，吉亚津在侧后。是您用左轮手枪射向我……

阿列克谢伊：这是对的，您过急了。

（多斯齐加耶夫拉扯儿子的袖子。）

吉亚津：格拉霞，给点什么东西包扎一下手吧。

（格拉菲娜撕扯她缝过的衬衫。利亚毕宁脱下

他的上衣。多斯齐加耶夫生气地向儿子耳语，
梅拉妮娅向华尔华娜耳语。）

利亚毕宁：唉，您啊，射手！

阿列克谢伊：这可以这样理解：天黑，意外事件。

利亚毕宁：也是胆怯……

舒娜（穿着大衣，戴着帽子）：发生什么事了？吉亚津，这是怎么了？

华尔华娜：没有任何危险的事！

多斯齐加耶夫：不要紧，舒罗克！你瞧，他——好好的。

利亚毕宁：而您，也许会更高兴一些，如果他两腿一蹬死了的话，对吧？

吉亚津：一般说来，小事一桩！甚至不痛……

格拉菲娜：我们离开这里吧。到我那里去。需要看医生。塔伊西娅，抄近路跑去，十九号楼，阿加波夫医生。

（塔伊西娅否定地摇头。）

华尔华娜（面向格拉菲娜）：请……不要发号施令。您怎么敢！

格拉菲娜：嗬，嗬——嗬！别叫喊……女主人！

舒娜：这是我的住宅，你们从这里滚出去！

吉亚津：不要激动……

利亚毕宁（离去）：应该原谅一切吗？原谅……唉，他妈的吉亚津……懦夫！

（格拉菲娜带走吉亚津，舒娜跑去叫医生，华尔华娜在她后面走向前厅。）

华尔华娜：等一等！需要商量好……你怎么对医生说？

舒娜：滚蛋……

利亚毕宁（转回来，走近桌子，拿起左轮手枪。）：这玩意儿

我拿着，它对你们这些公民们不合适，你们不会使用它。（走了。）

多斯齐加耶夫（面向儿子，低声地）：去夺回来！木头人！

（阿列克谢伊犹豫不决地走在利亚毕宁后面。）

梅拉妮娅（面向兹沃尼佐夫）：喂，怎么……变得无精打采？你该感到害羞才对。瞧，没有杀了他。如果你杀了他，上帝也会原谅你的。不，——那个舒尔卡算什么东西，下贱货，啊？赶人滚蛋。赶走谁？赶走亲姨妈，啊？

塔伊西娅（突然跳到她身边）：你……你——坏家伙！咿嚅，你……僵尸！

梅拉妮娅：塔伊斯卡……你这是怎么啦？

塔伊西娅：你打呀！我不怕！你打……

（华尔华娜、阿列克谢伊闻到叫喊声从
前厅挤入餐厅，利亚毕宁跟在大家后面。）

华尔华娜（惊讶地）：唉，你，下贱货！

梅拉妮娅（怒吼，跺脚）：魔——魔鬼！哼……我揍你……

兹沃尼佐夫：阿辽沙，把这个小丫头赶出去吧！

塔伊西娅：老狗！母狼！（找到了一个满意的词。）母狼……

梅拉妮娅（处于半昏迷状态）：我诅咒……

利亚毕宁：好，姑娘！这样说她……好，聪明女人！

塔伊西娅：母狼——狼……

幕　落

第三幕

在多斯齐加耶夫处。傍晚。住宅后半部分的一个宽大的、不舒适的房间，其窗户朝院子或花园。壁炉。壁炉上面亮着酒精灯，照耀勃克林的昏暗的画。壁炉前面是一张牌桌。阿列克谢伊不时轻轻地吹口哨，摆纸牌卦。壁炉两边是厚重的帷幔门。左边的门后有微弱的亮光，右边的门后一片漆黑。老式软座家具，地板上铺着地毯，房间的一角摆着钢琴，另一角是半圆沙发，沙发后面有一棵榕树，前面有一张圆桌，桌上有一盏未点燃的灯。沙发旁边有一扇小门，门上裱糊着和墙上一样的壁纸，这扇门几乎看不出来。安东妮娜一手拿着书从这扇门走出来。

安东妮娜：好冷……一切都平庸到何等程度！二月开始了革命，一切都还不能结束。这已是十月来临了……什么？

阿列克谢伊：我什么也没有说。

安东妮娜：你穿便服好可怜。像个因贿赂和纵酒而被撤职的警官……（点燃灯。）你不记得——法国人闹革命多少时间？

阿列克谢伊：不记得。

安东妮娜：一切都要做得快而好，或者就什么也别做。（弄乱了纸牌。）

阿列克谢伊（未生气）：猪。

安东妮娜：你知道，我似乎要用枪自杀。

阿列克谢伊：这不是你拿了我的左轮手枪吗？

安东妮娜：你夜晚醉得令人厌恶到何等程度……呸！

阿列克谢伊：是的……喝醉了。军官们可怕地喝酒。你知道，为什么报纸没有出版？涅斯特拉什内伊截住了装纸张的车厢并把它藏到了什么地方。据说，刚一要召开立宪会议，他就要组织对布尔什维克、工人委员会给以毁灭性的打击。他仿佛有人，他们打死了圣徒普罗波节伊。

安东妮娜（点上烟卷抽起来）：舒娜……对这一切感兴趣……

多斯齐加耶夫（从左边房间里出来）：丽沙白在哪里？

阿列克谢伊：她和维克托上去看火灾了……

多斯齐加耶夫：去，问她……叫她！再把字母 Д 的词典带到我办公室来。（环顾。）如果谁都不会弹，这钢琴有什么用？这里应该有台球台，——这是最冷的房间！我不应该听丽沙白的话，买了这个糟糕的老爷式的住宅……

安东妮娜：爸爸，你白白地委屈丽沙……

多斯齐加耶夫（收拾纸牌）：你们玩牌了？

安东妮娜：这是阿列克谢伊在摆纸牌卦。维克托对丽沙没有兴趣，他有的是女人。

多斯齐加耶夫：惊讶地，——你生来就是如此不害臊的人吗？

安东妮娜：丽沙知道维克托力求得到我的嫁妆并在戏弄他，而他害怕她在你和我眼前败坏他的名声……

多斯齐加耶夫（洗牌）：不，真的——好哇！你没有任何目光，但你却把人看透了……

安东妮娜：爸爸，我有目光：

> 人无聊地混日子，
> 坑害别人一辈子，
> 为何他要苟且偷生，
> 他自己也不得而知……

多斯齐加耶夫：全都是——诗句、笑话、戏言！而父亲应该，知道吗，应该！——比较、斟酌、适应，对！瞧，你嘴里叼着烟卷走在你父亲前面，你心中一点女儿之情都没有，一点都没有！惊人的事情！还有莎霞·布雷乔娃也是……她今天没有过夜吗？

安东妮娜：她没有过夜。

多斯齐加耶夫：可惜——叶戈尔去世了，女儿揪下他的肝才好呢！虽然……鬼才知道，要是他看一看这个病灶呢！看来，他甚至不是肝的问题，而是其他的什么问题。是的，舒罗契卡！她适应了布尔什维克。姐妹把她赶出了住宅。嗯，——好啊，你——暂时收留了她，往后怎么办？她去哪里？

安东妮娜：大概，和布尔什维克在一起。

多斯齐加耶夫：直到蹲监狱，直到流放？顺便问一句，你不知道为什么她的同志们似乎停止了活动吗，啊？

安东妮娜：我不感兴趣。

多斯齐加耶夫：去关心关心，问问她，了解一下。

伊丽莎白（从左边的门出来）：唉哟，你们消除如此难堪的苦闷吧！

维克托·涅斯特拉什内伊（全新的，晚礼服，教训人似的说话）：请允许我把话说完……

多斯齐加耶夫：我准了，快说！

维克托：我阐明一个简单的思想：世界上没有任何地方像我们这里那样如此不乐意读书，可以说，书和酒是国家的主要的营养……

多斯齐加耶夫（摆纸牌阵）：嗯……尽管你在撒谎，但是，你继续说吧。

维克托：我们有巨大的图书市场，但没有一家这样的出版社，即它能深入理解图书的社会教育作用才好……

多斯齐加耶夫：社会？下山去—去吧！

维克托：它能想到垄断出版事业并担当起来才好，当然，在政府财政支持和指令下，担当起反对社会主义的、一般地说反对反国家的、反对所有这些马克思的等文学的义务。很奇怪，在战前，当我们的工业充满了活力的时候……

多斯齐加耶夫：这样，这样，这样……

维克托：您——讥笑？

多斯齐加耶夫：我？没有把"J"这张牌塞到那里去，为此要受惩罚的。（洗纸牌。）

（阿列克谢伊返回来，和继母耳语，她否定地摇头。）

维克托（有点儿委屈）：我坚信：国家意识形态食粮供给的权力应当属于那样的社会阶层，即它的手里集中掌握着工业和商业……

多斯齐加耶夫：就是说，遵守饮食制度的权力？例如：吃一块牛犊肉？只读圣徒传？唉哟，维克托，维克托，——祝你有喝波尔多酒的口福，这种温热的、柔和的红葡萄酒！

伊丽莎白：拿来吗？

多斯齐加耶夫：维克托——按俄语的意思是胜利者吧？你的一切真是清晰的和正确的：垄断是有益的；社会主义是有害的玩意儿，是干草。然而，不仅要想到质量，还要想到数量……瞧，有这样的医生，他们使用毒疗，——你明白吗？——毒疗！取一滴剧毒，使它溶解在纯净水桶中，给病人每昼夜使用一滴这样的水……

维克托（不乐意地）：这是您……很巧妙……

多斯齐加耶夫：嗯，假定说，不是很巧妙。况且这不是我，而是医生。你的论断——没有考虑布尔什维克……

维克托：立宪会议将压倒他们……

多斯齐加耶夫：不见得吧？

维克托：不可避免地将予以消灭。

多斯齐加耶夫：这—这样！但是，如果我们消灭了所有苍蝇，那么拿什么样小如苍蝇的东西吹成大象呢？

伊丽莎白：啊呀，华西亚，我不喜欢你像疯人那样说话。葡萄酒——拿到这里来还是送到餐厅去？

多斯齐加耶夫：送到餐厅去。（看着维克托、阿列克谢伊、女儿。）嗯，你们在这里谈着意识形态吃点儿什么东西吧，而我们在餐厅喝酒……丽沙白，等我……（跟在妻子后面离去。）

维克托：多好一个……活人华西里·叶菲莫维奇！

阿列克谢伊（忧郁地）：去和他一起生活，——你就会知道，有多好！

维克托：您喜欢我的思想吗？

安东妮娜：思想？什么样的？

维克托：垄断图书出版的思想。

安东妮娜：难道这是思想？这是商业。您准备做图书买卖，就像买卖皮鞋、熨斗那样买卖图书……

维克托：我认为，从某种最高的观点来看，图书买卖是庸俗的事业。但最高点之所以是有益的，只是因为幻想家从最高点掉下来的时候会摔得粉身碎骨。

　　安东妮娜：我熟悉这个箴言。我不记得我在谁那里读到过它。

　　阿列克谢伊：别发脾气，安东什卡！

　　安东妮娜：我不发脾气。我冷。（向着小门离去。）

　　维克托：商人的女儿极度地娇养惯了。

　　阿列克谢伊：不是所有的。

　　维克托：最漂亮的。

　　阿列克谢伊：也是很有钱的。」

　　维克托：你——昨天输了？

　　阿列克谢伊：是的……见鬼！要偿付贵重的东西。可是我到哪里去得到贵重的东西？继母是不给的。

　　维克托（抽烟）：军官们打牌令人怀疑地走运。

　　阿列克谢伊：我喝醉了……有人从我身上拿走了手表，那是父亲的礼物。左轮手枪也丢了……

　　维克托：你怎么想：安东妮娜嫁给我？

　　阿列克谢伊：当然。她还能去哪儿？

　　维克托：你没有感到，阿列克山德娜·布雷乔夫对她起坏的影响？

　　阿列克谢伊：未必……安东什卡会倾向到另外一边。

　　格拉菲娜：请去餐厅。

　　维克托（惊讶地）：这个女人为什么在你们这里？

　　阿列克谢伊：兹沃尼佐娃把她也赶出来了，而我们的女仆不守纪律。在布尔乔夫死后，继母立刻要来了格拉菲娜。怎么样，你的新太太——昂贵吗？

　　维克托：不便宜。但漂亮，不是吗？

　　阿列克谢伊：是的。我们去吗？

　　维克托：情妇极其心灵手巧。

　　阿列克谢伊：请问：为什么你父亲把新闻纸藏起来了？

　　维克托：你知道，我对我父亲的事业不感兴趣。瞧，你的寻欢作乐的人"爸爸"古板迂腐地和令人厌倦地开玩笑。他的这种隐藏在荒谬言谈之中的习惯是众所周知的，骗不了任何人……

（他们离去。同时：格拉菲娜从右门出来；伊
丽莎白从左门出来，一手拿着苹果盘。）

伊丽莎白： 您做什么，格拉霞？

格拉菲娜： 也许，需要收拾什么东西吧？

伊丽莎白： 一切都有条不紊。对，您把果盘带去餐厅，我一会儿就来。（走近安东妮娜的房门，门锁住了，敲门。）

安东妮娜： 这是你呀？什么事？

伊丽莎白： 你锁门防维克托吗？瞧这笨蛋，啊？他相信，我准备向他张开双臂要拥抱，坏蛋！你干吗总是躲藏，安东什卡？你和舒娜沉迷于书本，你们生活得……没有乐趣，像老鼠一样！最好学我 的样子：傻里傻气，但生活得轻快，一切都向我挥手而去……

安东妮娜： 大概，并非一切，就像早晨父亲还向你叫喊和跺脚呢。

伊丽莎白： 但到底还是原谅了！（抓住丈夫前妻之女的肩膀，摇晃她。）唉哟，安东什卡，你如果看见了这个叶尔马科夫上校才好呢！那才是男子汉呀！他也穿便服——军人！两只大眼睛！一双大手！你知道，对于疯狂的风流韵事来说，就要这样的……真正的男人！他能杀人！当我看到他时，我的两条腿都打哆嗦……不，你——呆板、冷漠，你不能理解……华西里·叶菲莫维奇，当然，应该嫉妒，他是丈夫，应该！

安东妮娜： 应该。在这个词中和动词——撒谎——有着某种相同之处。

伊丽莎白： 瞧，空洞的议论开始了！你这是向父亲学会了玩文字游戏。但他玩……是为了赢得所有人。而你，安东妮娅，最好让所有的动词见鬼去，生活得简单朴素，不搞什么花样！唉嗨，冬妮卡，我理解谁，就这位女皇叶卡捷琳娜二世，她会选择看家狗！（倾听。）而父亲……你看不起他，你不理解他……

（多斯齐加耶夫在昏暗房间的门帘后面。）

伊丽莎白（小声地，但热烈地）：他——可爱，和他在一起轻快。城市中的第一号聪明人，是的！他……这怎么说呢？叶罗普凯伊人，是不是？

多斯齐加耶夫：叶皮—库—列伊人！唉，你啊，无知的恶魔！你们在这里做什么？

伊丽莎白：夸奖你。

多斯齐加耶夫：你们当着我的面也能这样，我不害羞。你，狡猾的人，到餐厅去吧，那里不知道为什么鬼把牧师带来了。牧师说，在工人委员会得到了来自彼得格勒的重要的消息……好像是发生了某种异乎寻常的事情。你，安东什卡，布雷乔娃没有说布尔什维克正在开始行动吗？

安东妮娅：您第二次问我这个问题了。

多斯齐加耶夫：还要第三次问。你总是愁眉不展，气鼓鼓的，冲着谁啊？你最好嫁给那个维克托去，嫁给胜利者！小伙子有点儿傻气，非常富有，——还需要什么呀？你去任意支使他，就像华丽卡支使安德柳什卡一样。华尔卡想当这个法国人……她叫什么来着？昨天在词典里读过……忘了！她被砍了头？是吗？

安东妮娅：罗兰夫人①。

多斯齐加耶夫：啊，是的。学习吧，什么都不知道。可事实上还躺在沙发床上。时代要求适应它。嗨……得啦！火灾从酒精厂漫延到林场，好大的反光！我们的临街栅栏门关闭了，但大厅地板上仍然映照着一道道红光……令人不爽！餐厅里也令人憋闷。你去，安东什卡，吩咐一下，叫大家到这里来……离街远一点！（安东妮娅离去。）嗯，怎么样，狡猾的人？

伊丽莎白（诚恳地）：我对你——不是狡猾的人，我和你在一起——是真诚的。

---

① 罗兰夫人：系法国大革命时期吉伦特政府内政部长罗兰的妻子，名叫让娜·马里（1754—1793），是吉伦特党领袖们经常聚会的巴黎沙龙的女主人，后被雅各宾派处死。——译者

多斯齐加耶夫（用手掌"啪啪"地拍打她的面颊）：傻——傻瓜，有时候也真诚，但是不得当。

伊丽莎白：华西亚，我不是第一次坦率地对你说：你已经够了，而对我——不够！

多斯齐加耶夫（坐下）：嗯……你，贱人，不害臊要到什么程度！

伊丽莎白：我并非下贱，也不是不害臊！我说的是实话——你是聪明人，你知道——实话！

多斯齐加耶夫：是的……你和这个实话见鬼去吧！你愚蠢……到家了，自然的恶魔！你——撒谎，好让人愉快！我感不感到委屈，我对你来说衰老了吗？你听着，我怎么和你说？你要明白，啊？

伊丽莎白：我明白，一切都明白。我了解。我不会对你撒谎。我要撒谎说——你明白我们的友谊将被破坏，而你的友谊对我来说比你的爱更珍贵……

多斯齐加耶夫：唉，丽兹卡……

伊丽莎白：我不会离开你到任何地方去，任何人也引诱不了我，任何人！我知道，像你这样的另一个人是没有的！

（格拉菲娜拿着托盘，托盘上有两瓶酒、盒装
饼干、苹果。）

多斯齐加耶夫：嗯……得啦！别说话。就这样：不要招惹帕弗林，丢掉你这个愚蠢的习惯。总之，不应该招惹任何人，不是这样的日子。不要空谈多余的事。那就会是你有眼光的时候。要察言观色。危险的时代……

伊丽莎白：我不会学习，华西亚！我也没有学问，我像那个少女一样什么都不怕，她唱道：

> 我已有三次出过嫁，
> 我什么事都不怕，

我将要第四次出嫁，

还是什么都不怕……

多斯齐加耶夫：你——别开玩笑，不是开玩笑的时代。你找本词典读一读才好呢。例如达尔文，英国人，他表达这样的观点：必须适应！适者生存，一切都不只是简单地：出生、生长，像个没有保护的傻瓜似的生存！（安东妮娜拿来碟子。）必须让你和安东什卡吸取意识形态的营养……遵守饮食制度！为什么他们不到这里来？

安东妮娜：那里和帕弗林争辩起来了。

多斯齐加耶夫：唉，笨蛋……（离去。伊丽莎白抓着他一只手一起离去。）

格拉菲娜（从昏暗的房间走出来）：舒娜派来一位同志说，她今天也不在这里过夜了，您不必担心。如果想见她，这位同志带您去。她在委员会。她很想见到您。

安东妮娜：不，我不去。这种雨雪泥泞的天气，寒冷。舒娜明天来……后天？嗨，不定什么时候？（格拉菲娜不说话。）某种严肃的事正在开始，格拉霞？

格拉菲娜：我不清楚。

安东妮娜：您也去他们那里，对吧？我可是无处可走。既不赞成你们，也不反对你们……我没有能力。

格拉菲娜（有点儿粗鲁）：也许，您错了？近距离地看看那些坚定信心和下定决心的人们吧……

安东妮娜：没有什么使我相信。我没有使我相信的东西。当然，我这样说，不是为了让你们怜惜我。

格拉菲娜：我明白，您把我的怜惜当作委屈才好呢。不，我不怜惜。我难以理解——怎么这样，为什么？人自由地生活，读他想要读的书……

安东妮娜：人看来是没有任何能力，对吧？

格拉菲娜：您这样的不止一个，多得很……

安东妮娜：您这是安慰？

格拉菲娜：不，到底为什么？

安东妮娜：这位可笑的修女在哪里？

格拉菲娜：她将找到自己的位置……

安东妮娜：嗯，再见，格拉霞！

格拉菲娜（惊讶地）：我可不是今天走。

安东妮娜：请告诉舒娜……不，最好是我给她写封信……

格拉菲娜：现在？

安东妮娜：以后。（去自己房间。）

　　（格拉菲娜皱起眉头，看着她的背影，向着门
　　走动，但挥了挥手，向左走进房间，给帕弗
　　林、阿列克谢伊、维克托让道。）

帕弗林（气愤地）：悲哀，极其悲哀，年轻人，你们这样轻率地、不假思考地对待如此可怕的传闻。

维克托：但是，您解释一下：克伦斯基、军队到底在哪里？

阿列克谢伊：部长们呢？

帕弗林：我什么也不能解释。但是我相信最不可能的事情……

维克托：嗯，是的，这种信念是您的职业……

帕弗林：啊，我的天，天啦！需要听到什么呢！我重复对你们说，你们想一想：上帝赋予我们智慧不是为了练习无效的自作聪明，尽管我们也需要了解异端邪说，但我们是反对异教徒的最内行的人……

多斯齐加耶夫（一手拿着酒瓶走进来）：就是说：在彼得格勒成立了新政府，工人的？嗯，怎么样？我们的祖父、曾祖父出身于工人，我们的父亲和工人一起生活、劳动，为什么我们就不能呢？

帕弗林：唉哟，您多么令人不愉快地开玩笑……

多斯齐加耶夫：阿辽什卡，打开这酒瓶，别摇晃，这酒很柔和！（搂着帕弗林的腰，和他走来走去。）你怕什么，我们心中的牧师？

帕弗林：哪能呢，——这是什么问题？支配俄罗斯的权力被无名之辈夺取了，其中大多数是异族人、异教徒，而您……

多斯齐加耶夫：而我不相信这个，我什么都不怕！

帕弗林：不可能不怕，这是反常的……

多斯齐加耶夫：等一等，怎么回事？我们曾依靠傻瓜们活得轻松愉快，瞧，在战争中傻瓜们被打死了，而留下来的人变得聪明一些了，并向我们提出要入股，要成为股东。

帕弗林：您戏弄我，华西里·叶菲莫维奇。

多斯齐加耶夫：不，你要明白……比方说——德国人。德国人以什么见强？强就强在按达尔文的方式生活……

帕弗林：啊呀，够了！这个达尔文很久很久以前就被推翻了！

维克托：完全正确。

多斯齐加耶夫：被推翻了？没有听说过。嗯，就算他被推翻了，但对他的习惯看法依然存在，德国人很好地适应了。德国人不怕社会主义者，而且供给社会主义者饮食。我们怎么看呢？我们这里一九零六年立宪民主党人说服人民：不要给沙皇纳税，不要提供士兵！人民连耳朵都没有动一动……是的！可是你看，德国工人、社会主义者一九一四年眼睛都没有眨巴一下就给战争捐了钱。

帕弗林：对不起……这令人费解！

维克托：我也不明白：你们看到了什么共同之处……

多斯齐加耶夫：啊哈？你们瞧见了吗？没有共同之处！

维克托：但是您这个例子的意思到底是什么？

帕弗林：等一等……怎么一回事？

（住宅里什么地方传出喧哗声和嘈杂声。）

阿列克谢伊：这是在厨房。是谁来了。

帕弗林（惊惶不安地）：你们瞧……他们闯入来了！

（维克托——平静。）

多斯齐加耶夫（面向儿子）：你去看看，那里是谁？

帕弗林：我说———一切都可以期待。

多斯齐加耶夫：对客人来说——不晚。

帕弗林：现在谁来做客？唉哟，上帝啊！

伊丽莎白（跑进来，小声地，惊慌地）：华西亚，你看：波尔菲利·彼得罗维奇和古宾。

多斯齐加耶夫（惊讶）：古——宾？

伊丽莎白：是的，是的！

帕弗林：请允许我避开，因为我认为相遇的危险是非理智……

多斯齐加耶夫：等一等，让我考虑考虑……

伊丽莎白：他像大象一样闯进来了。

帕弗林：当然，是醉态的。不，我可是……

多斯齐加耶夫：你，帕弗林·萨维里耶夫，坐下吧，他不会吃了你！不，你留下来……

伊丽莎白（抓住牧师一只手）：我将保护你……

（走进来：古宾、涅斯特拉什内伊、阿列克谢伊。）

古宾：啊，帕弗林……嗨，得啦，别害怕……顾不上你。好啊，华西里……

多斯齐加耶夫：瞧，没有预料！高兴……很高兴……

古宾：嗯，哪能——高兴？有什么可高兴的？

涅斯特拉什内伊：就高兴而言，华西里·叶菲莫维奇，晚了！你好！

古宾：你，彼尔菲尔，马上开始吧。

多斯齐加耶夫：怎么回事，啊？你们这是怎么啦……可以说不爱惜自己……

涅斯特拉什内伊：你说，阿列克谢伊·马特维伊奇，我——一会儿！（领着儿子到一边。）

多斯齐加耶夫：夜晚……大家焦急不安了，啊？

古宾：大家来……央求你的计谋……巧计……

涅斯特拉什内伊（面向儿子）：马——在大门旁。你去说，马上把装纸张的车拉走，你知道——拉到什么地方去吗？按文件车厢里有苏打。排字工人准备好了吗？行动吧。我在这里等到你来。一个人不要在城里驶来驶去，要找什么人一起行动。去吧。小心。

古宾（沉重地、忧郁地）：传闻看来是真的。传闻越坏，其内容就越真实……事情往往如此……我们大家至少总是活着！

帕弗林：完全正确……

古宾：你还是别说话，帕弗林！

涅斯特拉什内伊（响亮地）：嗨，你听见了吗？政府成员——被捕了，士兵和工人洗劫了和烧毁了冬宫。克伦斯基——逃跑了……

古宾：我们怎么办？

多斯齐加耶夫：哎——呀——呀！公民们，这到底发生了什么事，啊？帕弗林神父，怎么样？哎呀，大家都在逃跑！时而这个，时而那个。做出不体面的事，于是就逃跑！兹沃尼佐夫，我们的省长，溜到莫斯科去了……

古宾：你——别耍花招，别兜圈子……

涅斯特拉什内伊：我们来商量一下……你算是我们这里走在勇敢者前面的人。人们注重你的话。

帕弗林：我同意这个评价！华西里·叶菲莫维奇，人们听您的，跟着您走……

古宾：不……你，牧师，别说话！

（伊丽莎白试图打开安东妮娜的房门。她用手指招呼阿列克谢伊。他挥了挥手，没有走近去。）

多斯齐加耶夫：我，当然……非常感谢对我的信任……你们到底打算开始做什么？你，波尔菲利·彼得罗夫，老部队长官，指挥米哈伊尔·阿尔汉格尔联盟有多少年了？

涅斯特拉什内伊： 我们问你：在莫斯科组织的安全委员会算什么机构？我们这里是谁代表这个委员会？是你吗？

古宾： 说的是什么样的和谁的安全？

涅斯特拉什内伊： 你和我们还是和立宪民主党人在一起？

多斯齐加耶夫： 多少个问题，帕弗林神父！

（伊丽莎白抓住阿列克谢伊迅速离去。）

古宾： 别腻烦人，华西里！

多斯齐加耶夫： 我认为主要问题是：我和谁在一起？回答很简单：不和任何人，只和我自己。

古宾： 你撒谎！

多斯齐加耶夫： 我自己关心自己的安全，我不指望委员会，我自己是自己的委员会！我不是华尔华娜·兹沃尼佐娃，——不代表党。

帕弗林： 但是，请原谅，据我的理解，问题一般来说涉及您的宗教信仰……

多斯齐加耶夫（发怒）：我信上帝，但我更喜欢白兰地酒。这是一位上校说的，——说得非常好！一般来说——这是什么意思？棚子，是不是，任何废物因其无用而堆放其中？一般来说！……一般来说——和谁？一般来说——为了什么？你们问我的主意？关于什么样的事情？你们打算做什么？

古宾： 苟且偷安。保护自己。

多斯齐加耶夫： 为此你们有人吗？

古宾： 瞧，彼尔菲尔……你说吧，彼尔菲尔。

涅斯特拉什内伊： 军官有。人能找到。

多斯齐加耶夫： 有多少人？除了数量以外，还要知道质量！

古宾： 他——询问，而自己什么都不说。

多斯齐加耶夫： 显然，莫克罗乌索夫在你们周围转来转去，众所周知，他是个滑头。

古宾：诚实的便宜买不来。

涅斯特拉什内伊（坚决地）：嗨，原来这样，华西里·叶菲莫夫，滑头耍够了……

伊丽莎白（跑进来，停下来默默地看着大家，斟酌：怎样、以什么声调讲述自己所知道的事情？她——沮丧，但不很痛心和不惊惶失措。她似乎费力地小声说）：华西亚……华西里·叶菲梅奇……不，这不可能！

多斯齐加耶夫（生气地）：什么？喂，怎么回事？

古宾（面向涅斯特拉什内伊，嘟囔着）：暗中搞什么名堂……什么样的魔术……我就说过……

伊丽莎白：冬妮娅处于死亡之中……

多斯齐加耶夫：你——什么？说胡话？

涅斯特拉什内伊：难道她生病了？

帕弗林：但是，对不起！这是怎么回事？半小时以前……她……

古宾：看见了？甚至帕弗林……不相信……

伊丽莎白：用枪自杀。

多斯齐加耶夫：安东妮娜？不可能！

伊丽莎白：还有呼吸……阿列克谢伊去叫医生了……

多斯齐加耶夫：在哪里？（跑进昏暗的房间。）

伊丽莎白：在拐角上的房间……（跟着多斯齐加耶夫走，环顾大家。）

涅斯特拉什内伊（面向伊丽莎白）：到底什么原因？应当解释一下原因……

古宾：不——怎么样？彼尔菲尔，我警告过你——不会有解释！

帕弗林：我不能不说：非常……不一般的事件！完全健康的少女……

涅斯特拉什内伊：嗨，假定说，她曾是喜怒无常的、任性的……

古宾：唉，华西卡，华西卡……原来是这样，帕弗林，啊？兄弟……一切都垮台了……

帕弗林：自作聪明、无神论幻想——是这些和类似事例的原因。

古宾：嗯，我们将在这里做什么，彼尔菲尔？

涅斯特拉什内伊：等一等。需要看一看。

古宾：看看他女儿吗？（斟酒，喝。）我——不去，不想去。我不喜欢住宅中的死者。

涅斯特拉什内伊：谁喜欢死者……

古宾：需要这样：人死了，要马上把他带到教堂去，让他在那里停放。帕弗林，对吗？

帕弗林：可以。

古宾（叹了一口气）：你仍然是虚伪的人！所有你们，牧师们，是向上帝告发有罪的我们的告密者。

涅斯特拉什内伊（喃喃自语地想）：这究竟是怎样发生的？人们活着——活着，盖起了房子，建设了城市、工厂、教堂……却原来是大家感到陌生的，甚至人们相互感到陌生。

古宾：正是如此。你曾贪恋权力，贪求荣誉……

涅斯特拉什内伊（忧郁）：人们供军队、官吏、法官、省长、警察吃喝了多少……

古宾：啊，牧师呢？牧师像老鼠似的滋生。我们，古老信徒派教徒、无牧师派分子……不过……得啦！别见怪，帕弗林，让我们喝酒！（帕弗林默默地鞠躬，他们碰杯、喝酒。）

涅斯特拉什内伊：你可记得，列克谢伊·马特维耶夫，在一九零六年我们是怎样击溃了罢工者的？人民是怎样渐渐清醒的？省长本人听从我的意见。那时我控制了所有势力……

古宾：是——是的……你大显了身手……流露出了极大的愤怒。

涅斯特拉什内伊：现在——明白吗？那时在市杜马中有人怒斥我，说是杀人犯。

古宾：嗨……得啦。本来，过去了，却又重来了。让大家避开苦役般的生活吧。

帕弗林：圣经证明残酷的真实性……他们来了……

多斯齐加耶夫（一手拿着手帕，另一只手拿着信封）：必须去民警队，丽沙……需要证明。

伊丽莎白：格拉霞跑去了。

多斯齐加耶夫：我的女儿去世了……波尔菲利·彼得罗维奇……是的。您放开我吧……我没有力气去谈论别人的事情……

涅斯特拉什内伊：别人的？这——这样……

古宾：彼尔菲尔，看见了吗？华西亚也打起死人这张牌来了……兄弟，我们走。

多斯齐加耶夫：你唠叨什么，古宾，野蛮人？打什么牌？波尔菲利·彼得罗夫，要重视自己的地位，想一想，你的维克托之死。

古宾：喂，那里怎么啦？我们走！

伊丽莎白（跑进来）：士兵！

涅斯特拉什内伊（忧郁地）：这是我们的。这是维克托派来接我的。

（伊丽莎白面向丈夫嘟囔着什么。）

多斯齐加耶夫（大声地）：然而，对不起！这是怎么啦？你，波尔菲利·彼得罗夫，怎么把士兵叫到别人的——我的——住宅中来，你有什么权力？

涅斯特拉什内伊：现在人们节制自己使用权力。

（帕弗林悄悄隐藏到昏暗的房间里去了。）

多斯齐加耶夫（提高嗓音）：这是什么意思：你们的士兵？谁的——你们的？为什么？

古宾：华西卡，你发抖了？哈—哈……

多斯齐加耶夫：你们走访我是带—带—带着我甚至不乐意听的古怪念头来的，对此有证人帕弗林神父……

（涅斯特拉什内伊用手扶戳了一下地板，慢慢地站起来，伸直腰，显出惊讶的样子。古宾想站起来，但又手脚伸开懒洋洋地坐到了沙发椅上，用困惑的、睁大眼睛的目光依次望着大家，他在被带走前一直保持这种姿态，只是偶尔发出响亮的鼾声，似乎想说什么却又找不到力气。雅科夫·拉普节夫站在右边门口，一手拿着左轮手枪。在他旁边的是士兵博罗达德，约四十岁，持枪，腰间别着两枚手榴弹，穿着草鞋。在雅科夫前面挤过来一位青年工人、车辆润滑工或加油工，脏兮兮的，沾着石油、油漆，也持枪。片刻沉默。多斯齐加耶夫把手帕贴在脸上，肩靠着伊丽莎白。）

涅斯特拉什内伊（起先嘟囔，然后尖声叫喊）：证人？啊——哈——哈……就是说，是个圈套？你给我设圈套，华西卡。犹大，狗崽子，啊？真——真妙……

多斯齐加耶夫（也尖声叫喊）：我叫你来了吗？我叫你了吗？你自己来的！帕弗林知道！他在哪儿？丽沙！

（拉普节夫对博罗达德说着什么，后者得意地微笑、点头。）

涅斯特拉什内伊：古宾！你说得对，这里暗中搞什么鬼名堂……你甚至不明白——怎么样？

拉普节夫：您，波尔菲利·彼得罗夫·涅斯特拉什内伊，被捕了。

涅斯特拉什内伊：什——什么？这是被谁逮捕的？你是谁？有什么权力？

拉普节夫：这个您到带您去的那个地方去了解。

伊丽莎白（迅速地）：雅科夫·叶戈罗维奇，您想一想，我们多么不幸：安东妮娜用枪自杀了！

涅斯特拉什内伊（冷笑，面向古宾）：你听见吗？权力是多斯齐加耶夫所熟悉的……

拉普节夫（惊讶地，不相信）：怎么这样？意外？

伊丽莎白：有意，有给舒娜·布雷乔娃的信，您知道她在哪里吗？

涅斯特拉什内伊：都是自己人……

拉普节夫（面向伊丽莎白）：对不起……这个以后再说。古宾·阿列克谢伊·马特维耶夫也应当逮捕……

涅斯特拉什内伊：那么——多斯齐加耶夫呢？他也是商人、老板……

拉普节夫：库济明同志，去叫押送队——三个人。

涅斯特拉什内伊：你到底是谁？谁派你来当指挥员？

拉普节夫：嗨，您别装样子，您知道我是谁。在您决定明天要消灭的人员名单中我列在第六位。您的儿子和莫克罗乌索夫被捕了，我们全都知道。在这里说话是多余的，您明天说吧。

涅斯特拉什内伊（笨重地坐下来）：这样……明天？得啦。（叫喊。）喂，逮捕吧，啊？还等什么？将以什么法庭审判？

博罗达德：你——别吼叫！我们不向你吼叫。我们的法庭是公正的，请放心。你，大概，不记得我了吧？而我从一九零七年就记得你……

涅斯特拉什内伊：马倌……丑脸……

博罗达德：就是丑脸！也是马倌！

涅斯特拉什内伊：到底……拉普节夫……我知道您……布雷乔夫的教子。到底——为什么？

（库济明和三位士兵走进来。）

拉普节夫（耸肩）：您去胡闹吧！您准备了武装进攻工农兵代表苏维埃……嗯，您现在满意了吧？

博罗达德：你瞧，他不知道这个！做——做过，但不知道，小孩子！他——像小孩子，在玩，但玩什么？他不知道。

多斯齐加耶夫：瞧，你来找我到底是何事，波尔菲利·彼得罗夫？你想把我拖入到什么样的反人民的罪行中去？

古宾（站起来，嘟囔）：嗨，瞧，彼尔菲尔，你达到目的了……毁灭了我……彻底地！

库济明：喂，大叔们，我们走吧！你们的衣服在哪儿？大胆地走……狗崽子！

涅斯特拉什内伊（推了一下古宾）：傻瓜！你——醉鬼。他们对我们将无所作为。他们不敢！

博罗达德：他喜欢吼叫……唉嗨——嗨……

（多斯齐加耶夫递交了信，用手帕遮挡眼睛。）

拉普节夫（白眼看着他，读）："别了，舒娜。我不想要任何东西。只有和你在一起，我有时才感到过温暖和亲切"。（沉默了一会儿。）请不要对舒尔卡说起这封信。在方便的时候，我将把它转交给舒娜。格拉菲娜在你们这里吗？

伊丽莎白：在涅斯特拉什内伊来了的时候，我派她去了苏维埃找你们、找吉亚津，她还没有回来。

（多斯齐加耶夫望着妻子令人惊异地眨眼。）

拉普节夫：安东妮娜——在哪儿？

伊丽莎白：我们走……

（他俩离去。多斯齐加耶夫站在桌子旁边，擦前额、面颊，仿佛想要擦掉脸上的微笑。士兵博罗达德扫视帷幔。）

博罗达德：多么结实的织物！可是没有用这样的织物给士兵缝制军大衣！

多斯齐加耶夫：现在将用比这更好的织物缝制。

博罗达德：军大衣将不必缝制，我们不想战争。

多斯齐加耶夫：也不需要。

博罗达德：嗯，正是如此。瞧，甚至您也明白，什么是正确的！我们将掐死资本家，并将开始全世界兄弟般的生活，正如英明的伟人列宁所教导的那样。而涅斯特拉什内伊——完蛋了！这是个残暴的人！他在一九零七年是那样肆虐……然而，您也是本地人，所以您自己知道，他是个怎样的坏蛋……

多斯齐加耶夫：是的……

博罗达德：可是在你们家周围那时未曾听见丑闻。尽管也有这样的情况，即人生活得平静，但来自这个人的危害比来自暴徒的危害更大……

多斯齐加耶夫：你不喝一小杯酒吗？

博罗达德：不——不，不行！我好像在你们这里值勤。

多斯齐加耶夫（惊慌地）：难道我被捕了吗？

博罗达德：这个我不知道。嗯，然而，我是个老兵，我知道自己的事情。那位用枪自杀的她是你什么人？

多斯齐加耶夫（迟缓地）：她？……女儿……

博罗达德：女——女儿？

多斯齐加耶夫：是的……正是这样……青年人……

博罗达德：青年人……果断的！不想生活在傻瓜之中。据说，祖辈生活得像傻瓜，那就让我们尝试按另外的方式去生活……

（拉普节夫默默地领着士兵离开房间。）

多斯齐加耶夫：离去了。甚至没有点一下头……

伊丽莎白：你很需要他的点头行礼。怎—怎么样？吓坏了吧？

多斯齐加耶夫（抒情地）：唉，丽卓克，你是我的聪明女人！你这一切多么……出色啊！一切都多么及时……关于安东妮娜的事，还有……

帕弗林（从昏暗的房间走出来）：是的，伊丽沙白·米哈伊洛芙娜，我在您的智慧面前也满怀赞叹。

多斯齐加耶夫：这……你怎么啦？你在哪儿？

帕弗林：我——离开了。所谓"避祸求福"。我没有躲藏，但我的教职迫使……如果有人向门帘后张望，那就会看到我在这里。

伊丽莎白：您，帕弗林神父，在我们这里过夜吧。

帕弗林：谢谢！我正想请求你们准予寄宿。我再重复说一次：关于女儿死亡的事，你们做得实在是出色……

伊丽莎白：我们将不说她……

多斯齐加耶夫：是的，有什么可说的？她无能……（往杯中斟酒。）嗨，怎么样？就是说——工人的政权，啊？

帕弗林：啊，上帝啊！既痛苦又可笑……

伊丽莎白：你，华西亚，别担心。

多斯齐加耶夫（思考）：吉亚津、拉普节夫、舒尔卡……

伊丽莎白：咳，别打扰我……

帕弗林：全都是——青年人……

多斯齐加耶夫（思考）：利亚毕宁……还有这个利亚毕宁……数量几何？

伊丽莎白：一切都会很好地过去！本来一切都很简单！很简单，华西亚……

多斯齐加耶夫：我的聪明女人！祝你健康！

帕弗林：永远健康！

博罗达德（走来）：你们在喝酒？

伊丽莎白（惊讶地）：您——怎么，同志？为什么？

博罗达德：啊，我们有若干人将留在这里，以防万一有谁来你们这里做客……嗯，也好让你们自己不要来去走动……你看，神父原来在你们这里……需要看一看，也许，还有什么人？……

伊丽莎白（气愤地）：我们这里没有任何人！

博罗达德：要是突然出现了呢？瞧他，神父，似乎他不曾在，可是他在这里！好像是从天而降。因此，我们在这里走一走，看一看……也许，还将出现什么样的怪事……

（帕弗林缓慢地、机械地向昏暗的房间走去。）

博罗达德（愉快地）：去哪儿，去哪儿，神父？不——不，您就在这里坐一会儿，而我看守您。

伊丽莎白：您不许嘲弄！

博罗达德：这是怎么啦？我还真不会这一手，嘲弄，我甚至不喜欢。我这是在很愉快的时候开个玩笑……你们……不要那个……不要惊慌，安静地坐着！是的，你们喝点酒……事情——容易，是你们熟悉的……

（开始搜查。）

幕　落